John Grisham

Américain, John Grisham est né en 1955 dans l'Arkansas. Il exerce pendant dix ans la profession d'avocat, tout en écrivant des romans à ses heures perdues. Il publie en 1989 son premier roman, *Non coupable,* mais c'est en 1991, avec *La firme,* qu'il rencontre le succès. Depuis, *L'affaire Pélican* (1992), *Le couloir de la mort* (1994), *L'idéaliste* (1995), *Le maître du jeu* (1996) et *L'associé* (1999) ont contribué à en faire la figure de proue du “ legal thriller ”. Mettant à profit son expérience du barreau, il nous dévoile les rouages du monde judiciaire, et aborde par ce biais les problèmes de fond de la société américaine. Aux États-Unis, où il représente un véritable phénomène éditorial, la vente de ses livres se compte en millions d'exemplaires et ses droits d'adaptation font l'objet d'enchères faramineuses auprès des producteurs de cinéma *(La firme, L'affaire Pélican).*

Marié, père de deux enfants, John Grisham est l'un des auteurs les plus lus dans le monde.

NON COUPABLE

DU MÊME AUTEUR
CHEZ POCKET

LA FIRME
L'AFFAIRE PÉLICAN
LE COULOIR DE LA MORT
L'IDÉALISTE
LE CLIENT
LE MAÎTRE DU JEU
L'ASSOCIÉ
LA LOI DU PLUS FAIBLE
LE TESTAMENT
L'ENGRENAGE
LA DERNIÈRE RÉCOLTE
PAS DE NOËL CETTE ANNÉE

JOHN GRISHAM

NON COUPABLE

ROBERT LAFFONT

Titre original :

A TIME TO KILL

traduit de l'américain par Dominique Defert

ISBN : 2-266-14152-X
(édition originale :
ISBN : 0-385-47081-9 Doubleday, New York)

A Renée,

Une femme d'une incomparable beauté,
Une amie d'une loyauté à toute épreuve,
Une critique attentive et compatissante,
Une mère folle de ses enfants,

Une épouse parfaite.

1

Billy Ray Cobb était le plus jeune et le plus petit des deux *rednecks* [1]. A vingt-trois ans, Cobb avait déjà trois années de prison derrière lui, purgées au pénitencier d'Etat de Parchman, pour détention et trafic de stupéfiants. C'était une petite crapule, un type maigre et teigneux qui avait survécu en prison parce qu'il approvisionnait en drogue tout le pénitencier et qu'il savait de temps en temps en faire cadeau aux gardes et aux détenus noirs pour assurer sa sécurité. Durant l'année qui suivit sa sortie de prison, ses affaires avaient continué de prospérer, et son petit trafic avait fait de lui l'un des rednecks les plus riches du comté de Ford. Il était devenu un véritable homme d'affaires, avec des employés, des obligations, des contrats – un chef d'entreprise modèle, sauf au regard des impôts. Chez Ford, il avait payé cash son nouveau pick-up [2] : du jamais vu, à Clanton, depuis des années. Seize mille dollars en liquide, pour un 4 × 4 Ford, un modèle de collection haut de gamme jaune canari. Les roues chromées fantaisistes et les pneus tout-terrain de compétition avaient été offerts en contrepartie de certains arrangements. Le drapeau

1. Littéralement cou rouge. Fermier de condition très modeste dans les États du Sud. *(N.d.T.)*

2. Sorte de camionnette à plateau débâché dont raffolent les Américains. *(N.d.T.)*

sudiste, tendu en travers de la vitre arrière, avait été volé, par Cobb, des mains d'un supporter ivre pendant un match d'Ole Miss [1]. Le pick-up faisait la fierté de Billy Ray. Il était assis sur le plateau arrière, une bière dans une main, un joint dans l'autre, en train de regarder son copain, Willard, avoir sa part avec la petite Noire.

Willard était de quatre ans son aîné sur le papier, mais d'une douzaine d'années son cadet sur le plan mental. Il était la plupart du temps inoffensif, le genre de type à n'avoir ni de sérieux ennuis ni de sérieux emplois. Peut-être une bagarre de temps en temps, avec une nuit au poste en prime, mais rien de plus. Il se disait bûcheron, quoique le mauvais état de son dos le tînt le plus clair du temps loin des bois. Il s'était abîmé la colonne sur une plate-forme de forage, quelque part dans le Golfe, et la compagnie pétrolière lui avait payé une gentille maison, d'où son ex-femme l'avait chassé. Sa fonction première était d'être un employé de Billy Ray Cobb, qui se montrait chiche sur le salaire, mais généreux sur la dope. Pour la première fois depuis des années, Willard ne manquait jamais de rien. Il y avait toujours quelque chose à se mettre sous la dent avec Cobb. Et Willard avait de gros besoins, depuis qu'il s'était blessé au dos.

Elle avait dix ans, et était plutôt petite pour son âge. Elle était étendue sur le dos, les bras repliés sous elle, retenus par une corde de nylon jaune. On lui avait écarté les jambes comme un pantin, le pied droit attaché à un jeune chêne, l'autre au reste pourrissant d'une clôture abandonnée. La corde de nylon lui avait entaillé les chevilles et du sang coulait le long de ses jambes. Son visage était tuméfié et sanguinolent, l'œil droit fermé par une arcade boursouflée. De son œil gauche à demi ouvert, elle regardait l'autre Blanc assis sur son

1. Célèbre équipe de football de l'Oxford University, Mississippi. *(N.d.T.)*

camion. Elle ne voulait pas voir l'homme qui se trouvait au-dessus d'elle. Celui qui respirait bruyamment et l'injuriait, le visage luisant de sueur. Celui qui lui faisait mal.

Une fois que ce fut terminé, l'homme la gifla et éclata de rire. L'autre aussi se mit à rire. Ils rirent de plus en plus fort, et commencèrent à se rouler dans l'herbe comme deux possédés, en poussant des hurlements. Elle détourna la tête et se mit à pleurer en silence, veillant à ne faire aucun bruit. Ils l'avaient frappée un peu plus tôt parce qu'elle s'était mise à pleurer et à crier. Ils l'avaient menacée de la tuer si elle faisait le moindre bruit.

Les hommes se lassèrent de rire et s'installèrent sur le hayon arrière. Willard se nettoya avec la chemise de la fillette, maintenant poisseuse de sang et de sueur. Cobb sortit une bière fraîche de la glacière pour Willard, et commença à se plaindre de la moiteur de l'air. Ils la regardèrent sangloter – elle émit quelques petits bruits étouffés, puis resta silencieuse. Il faisait si chaud que la bière de Cobb, encore à moitié pleine, était déjà tiède. Cobb la lança sur la forme gisante. La boîte atteignit la fillette au ventre, l'éclaboussant de mousse, puis roula sur le sol poussiéreux, à côté d'autres cadavres de fer-blanc issus de la même glacière. Pour le moment, elle avait reçu douze boîtes de bière à moitié pleines, en entendant les deux hommes éclater de rire à chaque tir. Willard avait du mal à toucher sa cible, mais Cobb faisait mouche à chaque fois. Ils n'étaient pas du genre à gâcher de la bière, mais on pouvait mieux viser avec une boîte pleine, et c'était drôle de voir la mousse gicler partout.

La bière tiède se mêla à son sang et dégoulina sur son visage, son cou, pour former une flaque brune sous sa nuque. Elle ne bougea pas.

Willard demanda à Cobb si elle était morte. Cobb ouvrit une autre boîte de bière et lui répondit qu'on ne pouvait arriver à bout d'un négro à mains nues, même en le rouant de coups ou en le violant. Il fallait passer le cran supérieur, prendre un couteau, un fusil ou une corde pour leur faire définitivement la peau. Il n'avait jamais participé à des bastonnades de ce genre, mais il avait côtoyé en prison des tas de négros, et il savait tout sur eux maintenant. Ils passaient leur temps à s'entre-tuer, et toujours avec une arme ou une autre. Ceux qui étaient simplement passés à tabac et violés ne mouraient jamais. Les Blancs, qui se faisaient tabasser et violer, mouraient parfois. Mais jamais les négros – parce que leur crâne était plus dur que les autres. Willard sembla convaincu.

Willard lui demanda ce qu'il comptait faire maintenant qu'ils en avaient fini avec elle. Cobb tira une bouffée sur son joint, avala une lampée de bière et annonça qu'il n'en avait pas encore terminé. Il sauta de la plate-forme et avança en titubant jusqu'à la petite clairière où la fillette était attachée. Il la réveilla en vociférant des injures, lui vida son reste de bière sur le visage et se mit à rire comme un forcené.

Elle vit l'homme contourner l'arbre qui se trouvait à sa droite, s'arrêter devant elle et plonger son regard entre ses jambes ouvertes. Quand il baissa son pantalon, elle détourna la tête en fermant les yeux. Ça recommençait...

Elle aperçut une silhouette dans les sous-bois – un homme qui courait à perdre haleine, à travers les lianes et les broussailles. C'était son papa ! Son papa, fou de colère, qui accourait en hurlant, qui venait la sauver... Elle l'appela de toutes ses forces, mais la silhouette disparut. Elle s'endormit.

Lorsqu'elle s'éveilla, l'un des deux hommes était étendu sur le hayon de la plate-forme, l'autre était couché sous un arbre. Ils somnolaient. Ses bras et ses jambes étaient engourdis. Le sang, la bière et l'urine, mêlés à la poussière, avaient formé sous elle une pâte visqueuse qui collait son corps fluet au sol, et qui craquait au moindre mouvement. Elle voulait s'enfuir, mais elle ne parvenait à se déplacer que de quelques centimètres, malgré tous ses efforts. Son pied était attaché si haut que ses fesses touchaient à peine le sol. Ses jambes et ses bras étaient si ankylosés qu'ils refusaient de bouger.

Elle scruta les bois du regard, à la recherche de son père, en l'appelant à mi-voix. Elle attendit encore et se rendormit.

A son second réveil, les deux hommes étaient debout et s'activaient. Le grand s'avança vers elle avec un petit couteau. Il lui saisit la cheville gauche et se mit à couper la corde avec des gestes nerveux. Lorsque sa jambe droite fut à son tour libérée, la fillette se recroquevilla comme un fœtus, en leur tournant le dos.

Cobb lança une corde de six millimètres de section au-dessus d'une branche et confectionna un nœud coulant. Il redressa la fillette, referma la boucle autour de son cou, puis traversa la clairière, avec l'extrémité de la corde à la main, et grimpa sur la plate-forme où Willard, un nouveau joint aux lèvres, l'attendait en souriant d'un air complice. Cobb tendit la corde, puis tira un grand coup. Le petit corps nu fut traîné brutalement sur le sol avant de s'immobiliser juste sous la branche. La fillette se mit à tousser, à se débattre en suffoquant. L'homme donna un peu de mou, pour lui laisser encore quelques minutes à vivre. Il attacha la corde au pare-chocs et ouvrit une autre bière.

Les deux comparses s'installèrent sur le hayon pour boire, fumer et regarder la fillette de tout leur saoul. Ils avaient passé la journée au lac. Un copain de Cobb les avait invités sur son bateau, avec quelques filles soi-disant faciles qui s'étaient révélées plus récalcitrantes que prévu. Cobb avait distribué drogue et bière à tour de bras, mais les filles ne l'avaient pas payé en retour. Frustrés, les deux hommes étaient repartis et avaient roulé au hasard, jusqu'au moment où ils avaient croisé la fillette. Elle marchait sur le bas-côté d'une petite route, revenant des commissions avec un sac dans les bras, lorsque Willard l'avait clouée au sol, en lui ouvrant l'arrière du crâne avec une boîte de bière.

– Tu vas vraiment le faire? demanda Willard, les yeux rouges et vitreux.

Cobb hésita.

– Non, je vais te laisser cet honneur. C'est toi qui as eu l'idée, après tout.

Willard tira une bouffée sur son joint, lança un crachat et répondit :

– Non, ce n'est pas moi. Et puis d'abord, c'est toi l'expert pour tuer les négros. Fais-le, toi.

Cobb détacha la corde du pare-chocs et la tendit. Le filin racla l'écorce de la branche et une fine pluie de bois d'orme tomba sur la fillette. Elle les regarda fixement et recommença à tousser.

Brusquement, elle entendit du bruit – un bruit de voiture à échappement libre. Les deux hommes tournèrent la tête vers la route poussiéreuse qui menait à la nationale. Ils poussèrent un juron et se mirent à paniquer. L'un deux remonta le hayon du pick-up, l'autre courut vers elle. Dans sa précipitation, il trébucha et tomba à côté d'elle. Tout en s'insultant, les deux hommes la saisirent, retirèrent la corde de son cou, la traînèrent jusqu'au véhicule et la jetèrent par-dessus le hayon. Cobb la gifla et la coucha sur la plate-forme, en menaçant de la tuer si elle s'avisait de bouger ou de faire le moindre bruit. Ils allaient la ramener chez elle si elle se tenait tranquille et faisait ce qu'on lui demandait. Sinon, ils lui faisaient la peau. Les portières claquèrent et le 4 × 4 fila sur la route. Elle rentrait à la maison. Elle s'évanouit.

Cobb et Willard firent un signe à la Firebird lorsqu'ils la croisèrent sur la petite route. Willard surveillait la plate-forme, pour vérifier que la petite Noire restait bien allongée. Cobb s'engagea sur la nationale et enfonça l'accélérateur.

– Qu'est-ce qu'on fait ? demanda nerveusement Willard.

– Sais pas, répondit Cobb, guère plus serein. Mais il va falloir se décider avant qu'elle ne dégueulasse tout le camion. Regarde-la pisser le sang, elle en met partout.

Willard réfléchit un moment en terminant une bière.

– On n'a qu'à la jeter d'un pont, proposa-t-il, fier de lui.

– C'est une idée. Une sacrée bonne idée !

Cobb écrasa la pédale de frein.

– File-moi une bière, ordonna-t-il à Willard, qui fit le tour du camion en titubant pour aller prendre deux nouvelles boîtes à l'arrière.

– Elle a même foutu du sang sur la glacière, annonça-t-il alors que Cobb remettait les gaz.

Gwen Hailey avait un terrible pressentiment. D'ordinaire, elle envoyait l'un des trois garçons faire les courses, mais leur père les avait punis : ils devaient tondre la pelouse. Tonya était allée déjà à l'épicerie toute seule – ce n'était qu'à un kilomètre et demi de là – et elle s'en était sortie comme une grande. Mais au bout de deux heures, Gwen envoya les garçons à la recherche de leur petite sœur. Elle avait dû aller chez les Pounder, pour jouer avec toute leur progéniture ou pousser plus loin, jusque chez les Pierson, pour voir Bessie, sa meilleure amie.

Mr. Bates, l'épicier, leur annonça qu'elle était passée au magasin une heure plus tôt. Jarvis, le frère cadet, trouva un sac à provisions sur le bas-côté de la route.

Gwen appela son mari à la fabrique de papier, puis prit avec elle son fils aîné, Carl Lee Junior, et commença à sillonner les petites routes autour du magasin. Ils partirent se renseigner chez une tante qui habitait dans les anciens baraquements de la plantation Graham. Ils s'arrêtèrent au magasin de

Broadway, qui se trouvait à un kilomètre de l'épicerie Bates. Elle n'était pas passée à la boutique, au dire d'un groupe de petits vieux. Ils parcoururent en vain toutes les routes et les pistes poussiéreuses dans un rayon d'un kilomètre autour de leur maison.

Impossible de trouver un pont dépourvu de pêcheurs à la ligne. Sur la moindre petite passerelle, Cobb apercevait quatre ou cinq Noirs accoudés à la rambarde, avec des chapeaux de paille et des cannes à pêche, et dessous, sur les berges, d'autres pêcheurs encore, assis sur des seaux, avec cannes et chapeaux à l'identique, figés comme des statues de cire, à l'exception d'un mouvement de main de temps à autre, pour chasser une mouche ou un moustique.

La peur commençait à monter. Willard cuvait sa bière et n'était plus d'aucun secours. Cobb devait se débarrasser tout seul de la fillette, et faire en sorte qu'elle ne puisse jamais rien raconter. Willard ronflait tandis que Cobb roulait à tombeau ouvert sur les pistes et les petites routes à la recherche d'un pont ou d'un bord de rivière où il pourrait jeter la fillette sans être vu par une dizaine de Noirs coiffés de chapeaux de paille. Il leva les yeux vers le rétroviseur et aperçut la fillette qui essayait de se relever. Il freina brutalement. La petite Noire fut aussitôt projetée contre le fond de la benne, juste sous la vitre arrière. Willard glissa de son siège, et continua à ronfler sur le sol de la cabine. Cobb les maudit tous les deux, avec la même haine.

Le lac Chatulla n'était qu'un grand trou boueux, creusé de la main de l'homme et fermé à une extrémité par une digue recouverte d'herbe, longue de mille cinq cents mètres. Le lac se trouvait à la pointe sud-ouest du comté de Ford, et une petite partie mordait sur le comté de Van Burren. Au printemps, il était la plus importante retenue d'eau du Mississippi. Mais à la fin de l'été, les pluies seraient loin, et le soleil brûlant, dardant de ses rayons ces eaux peu profondes, finirait par assécher le lac. Ses rives, larges et imposantes quelques mois plus tôt, se rapprocheraient l'une de l'autre et se refermeraient autour d'une étendue d'eau brune et saumâtre. Une multitude de ruisseaux, de petits torrents, de marécages alimentaient le lac, ainsi que deux cours d'eau suffisamment grands pour être appelés rivières. Grâce à tous ces affluents, on ne comptait plus le nombre de ponts au voisinage du lac.

Cobb, dans son pick-up jaune, les emprunta tous en vain, à la recherche frénétique d'un endroit où se débarrasser de son passager encombrant. Il était désespéré. Il connaissait encore un autre pont, une petite construction de bois, enjambant le Foggy Creek. Mais en s'en approchant il aperçut de nouveau des Noirs avec des cannes à pêche ; il quitta aussitôt la route principale et s'engagea dans un chemin. Il s'arrêta un peu plus loin, abaissa le hayon, tira la fillette de la plate-forme et la jeta dans un petit ravin bordé de ku-dzu.

Carl Lee Hailey ne se pressa pas de rentrer. Gwen s'affolait très vite ; elle l'avait appelé des dizaines de fois à la fabrique parce qu'elle croyait que les enfants s'étaient fait kidnapper. Il pointa à la fin de son travail à l'heure habituelle, et rentra chez lui en voiture, en une demi-heure, comme d'habitude. Une bouffée d'angoisse l'envahit lorsqu'il s'engagea dans l'allée de la maison et qu'il aperçut une voiture de police garée devant la porte. D'autres véhicules, appartenant à des membres de la famille de Gwen, étaient garés un peu partout dans l'allée et sur la pelouse ; il remarqua une autre voiture, qu'il ne connaissait pas. Des cannes à pêche sortaient des fenêtres des portières, et sept ou huit chapeaux de paille jonchaient la plage arrière.

Où étaient Tonya et les garçons ?

Lorsqu'il poussa la porte, il entendit Gwen pleurer. A sa droite, dans le petit salon, il aperçut un groupe de gens qui se pressaient au-dessus d'une petite forme allongée sur le sofa. L'enfant était couverte de compresses et entourée de toute la famille en pleurs. Lorsqu'il s'approcha du canapé, les pleurs cessèrent et la foule s'écarta devant lui. Seule, Gwen resta à côté de la fillette. Elle caressait doucement ses cheveux. Carl Lee s'agenouilla à côté de sa fille et posa la main sur son épaule. Elle essaya de sourire. Son visage était tout ensanglanté, couvert d'ecchymoses et de plaies. Ses yeux enflés étaient fermés par deux arcades sanguinolentes. Des larmes montèrent aux yeux de Carl Lee lorsqu'il découvrit son petit corps enveloppé de serviettes et ensanglanté de la tête aux pieds.

Il demanda à Gwen ce qui s'était passé. Elle se mit à trembler en poussant un gémissement, et son frère l'emmena dans la cuisine. Carl Lee se releva, se tourna vers le groupe et exigea qu'on lui dise ce qui était arrivé.

Silence complet.

Il réitéra sa demande pour la troisième fois. Willie Hastings, un shérif adjoint, cousin de Gwen, s'approcha et expliqua à Carl Lee que des gens en train de pêcher sur les berges du Foggy Creek avaient découvert Tonya étendue au milieu de la route. Elle leur avait dit son nom de famille et ils l'avaient ramenée ici.

Hastings se tut et baissa les yeux.

Carl Lee l'observa, attendant la suite. Tout le monde dans l'assistance retint son souffle et regarda le sol.

– Qu'est-ce qui s'est passé, Willie ? hurla Carl Lee en fixant l'adjoint dans les yeux.

Hastings parla lentement. En détournant la tête vers la fenêtre, il répéta ce que Tonya avait raconté à sa mère – les deux Blancs avec leur pick-up, la corde, les arbres, et aussi qu'ils lui avaient fait mal quand ils étaient venus sur elle. La sirène de l'ambulance fit taire Hastings.

Les gens sortirent en silence de la maison et attendirent respectueusement sous l'auvent, tandis que les infirmiers sortaient une civière et se préparaient à entrer.

Les ambulanciers s'arrêtèrent à mi-chemin lorsque la porte d'entrée s'ouvrit et que Carl Lee sortit avec sa fille dans ses bras. Il lui parlait doucement tandis que de grosses larmes roulaient sur ses joues. Il se dirigea vers le véhicule et monta dans l'ambulance. Les infirmiers fermèrent les portes et lui prirent doucement sa petite fille des bras.

2

Ozzie Walls était seul shérif noir du Mississippi. Il y en avait eu quelques-uns dans un passé récent, mais au jour d'aujourd'hui il était l'exception. Il en retirait une grande fierté, parce que le comté de Ford était peuplé à soixante-quatorze pour cent de Blancs et que les autres shérifs noirs avaient été élus dans des comtés beaucoup plus fortement colorés. Depuis la guerre de Sécession, on n'avait plus vu un shérif noir élu dans un comté blanc du Mississippi.

Ozzie Walls avait été élevé dans le comté de Ford – il était cousin de la plupart des Noirs de la région, et aussi de quelques familles blanches. Lors de l'abolition de la ségrégation raciale, il fut élève de la première classe mixte du collège de Clanton. Il voulait jouer à Ole Miss, mais ils avaient déjà deux Noirs dans leurs rangs. Il se fit remarquer finalement dans l'équipe d'Alcorn State, et joua comme arrière chez les Rams, lorsqu'une blessure au genou mit fin à sa carrière et le ramena à Clanton. Le football lui manquait, mais il aimait bien son statut de shérif, en particulier au moment des élections parce qu'il parvenait à recueillir davantage de voix chez les Blancs que ses adversaires de race blanche. Tous les gosses blancs l'adoraient – il était un héros, une star du football qui était passée à la télé et qui avait eu sa photo dans les magazines. Leurs parents le respectaient et votaient pour lui parce qu'il était un flic inflexible qui ne faisait aucun distingo entre Noirs et Blancs lorsqu'il s'agissait de crapules. Les politiciens blancs le soutenaient parce que l'ordre régnait dans le comté de Ford depuis qu'il avait été élu shérif. Les Noirs l'adoraient parce que c'était Ozzie, parce qu'il était l'un des leurs.

Il sauta le dîner et attendit dans son bureau le retour d'Hastings, pour entendre son rapport. Il avait un suspect – Billy Ray Cobb n'était pas un inconnu. Ozzie savait qu'il vendait de la drogue, mais personne n'avait encore réussi à le coincer. Il savait aussi que Cobb était un sale type.

Le shérif rappela ses adjoints partis en patrouille, et, à mesure qu'ils se présentaient dans son bureau, Ozzie leur demanda de localiser Billy Ray Cobb, mais pas de l'arrêter. Il avait douze adjoints sous ses ordres, neuf Blancs et trois Noirs. Tous s'égaillèrent à travers le comté à la recherche d'un pick-up jaune Ford avec un drapeau sudiste accroché à la vitre arrière.

Lorsque Hastings fut de retour, ils partirent pour l'hôpital du comté. Comme de coutume, Hastings prit le volant pour qu'Ozzie puisse continuer à donner ses instructions par radio. Dans la salle d'attente au second étage, ils retrouvèrent la famille Hailey au complet – les tantes, les oncles, les grands-parents, les amis, des inconnus aussi. La petite pièce était bondée et la foule débordait dans le couloir. On entendait des murmures et des pleurs étouffés. Tonya avait été conduite au bloc opératoire.

Carl Lee était assis sur un canapé en skaï dans un coin, Gwen à ses côtés, avec ses fils. Il fixait le sol du regard et semblait perdu dans ses pensées. Gwen avait enfoui sa tête dans son épaule et pleurait en silence. Les garçons se tenaient immobiles, raides comme des statues, les mains posées sur les genoux, et jetaient de temps en temps un regard furtif vers leur père, dans l'espoir d'entendre quelque mot de réconfort.

Ozzie se fraya un chemin à travers l'assistance, serrant des mains en silence, tapotant des épaules amicalement, tout en annonçant à voix basse qu'il allait arrêter les coupables. Il s'agenouilla devant Carl Lee et Gwen.

– Comment va-t-elle ? demanda-t-il.

Carl Lee ne releva pas les yeux. Gwen se mit à pleurer de plus belle et les garçons reniflèrent en essuyant leurs larmes. Ozzie tapota doucement le genou de Gwen et se leva. L'un des oncles conduisit Ozzie et Hastings dans le hall, à l'écart de la famille. Il serra la main du shérif en le remerciant de s'être déplacé.

– Comment va-t-elle ? répéta Ozzie.

– Pas très bien. Elle est sur le billard et elle va y rester sans doute un bon moment. Elle a plusieurs fractures et de graves contusions. Elle a été salement tabassée. Il y a des traces de corde sur son cou, comme si on avait voulu la pendre.

– Elle a été violée ? demanda-t-il, certain déjà de la réponse.

– Oui. Elle a dit à sa mère qu'ils sont venus tour à tour sur elle et qu'ils lui ont fait très mal. L'examen médical vient de le confirmer.

– Comment réagissent Carl Lee et Gwen ?

– Ils en ont pris un sacré coup. Je crois qu'ils sont encore sous le choc. Carl Lee n'a pas dit un mot depuis qu'on est arrivés.

Ozzie lui assura qu'il allait retrouver ces deux hommes rapidement, les arrêter et les enfermer en lieu sûr. Le frère suggéra au shérif de les cacher dans une prison hors du comté, pour leur propre sécurité.

A huit kilomètres de Clanton, Ozzie montra du doigt une allée gravillonnée.

– Prends à droite, annonça-t-il à Hastings.

La voiture quitta la nationale et s'arrêta devant une caravane délabrée. Il faisait presque nuit.

Ozzie sortit sa matraque et se mit à tambouriner à la porte.

– Ouvre, Bumpus !

La caravane remua, et Bumpus se dépêcha d'aller jeter un joint encore fumant dans la cuvette des W-C.

– Ouvre, Bumpus ! insista Ozzie. Je sais que tu es là. Ouvre ou j'enfonce la porte !

Bumpus ouvrit brutalement la porte et Ozzie entra.

– C'est bizarre, Bumpus, à chaque fois que je viens te voir, il y a une drôle d'odeur chez toi et j'entends ta chasse d'eau couler. Habille-toi ! J'ai un boulot pour toi.

– Mais...

– Je t'expliquerai tout ça dehors, là où on peut encore respirer. Enfile quelque chose, dépêche-toi !

– Et si je refuse ?

– Aucun problème. J'irai dire deux mots au juge qui t'a accordé ta conditionnelle.

– Ça va, j'arrive dans une seconde.

Ozzie sourit et se dirigea vers sa voiture. Bobby Bumpus était l'un de ses indicateurs favoris. Depuis sa libération sur parole deux ans plus tôt, il avait mené une vie à peu près honnête, même s'il se laissait aller, de temps en temps, à traficoter un peu de drogue pour se faire un billet ou deux. Ozzie le surveillait de loin et savait tout de ce petit commerce ; Bumpus, de son côté, savait qu'Ozzie n'était pas dupe. Si bien que Bumpus était toujours prêt à rendre service à son ami, le shérif Walls. L'idée première d'Ozzie était de se servir de Bumpus afin de coincer Billy Ray Cobb pour trafic de drogue, mais il y avait plus urgent aujourd'hui.

Au bout de quelques minutes, Bumpus sortit de la caravane, finissant de rentrer sa chemise dans son pantalon et de remonter sa braguette.

– Vous êtes après qui ? demanda-t-il.

– Billy Ray Cobb.

– C'est du gâteau, vous n'avez pas besoin de moi pour ça.

– Ferme-la et écoute-moi. Nous avons de bonnes raisons de penser que Cobb est impliqué dans un viol qui a eu lieu cet après-midi. Une petite Noire a été violée par deux Blancs ; je crois que Cobb était dans le coup.

– Le viol, c'est pas son truc à Cobb. Lui, c'est la drogue, vous savez bien !

– Tais-toi et ouvre tes oreilles ! Tu trouves Cobb et tu te débrouilles pour rester avec lui. Il y a cinq minutes, son camion était garé devant chez Huey. Paye-lui une bière. Faites un billard, une partie de dés, ce que tu voudras. Tâche de savoir ce qu'il a fait aujourd'hui, avec qui il était, où il est allé. Il est toujours prêt à se vanter, je me trompe ?

– Non.

– Alors appelle le central dès que tu l'auras trouvé. Ils me préviendront. Je serai dans le coin. Tu as saisi ?

– Oui, shérif. Pas de problème.

– Tu as des questions ?

– Oui. Je suis fauché. Qui c'est qui va payer ?

Ozzie lui donna un billet de vingt dollars et s'en alla. Hastings bifurqua vers le lac pour rejoindre le bar d'Huey.

– Vous croyez qu'on peut lui faire confiance ? demanda Hastings.

– A qui ça ?

– A ce Bumpus.

– Evidemment. Il est devenu d'une fiabilité à toute épreuve depuis qu'il a été libéré sur parole. C'est un gentil gosse qui essaie de filer droit, enfin, la plupart du temps. Il aide son petit shérif et fait tout ce que je lui dis.

– Pourquoi ?

– Parce que je l'ai surpris en possession de trois cents grammes d'herbe, l'année dernière. Il était sorti de prison depuis un an lorsque j'ai arrêté son petit frère avec trente grammes sur lui. Je lui ai dit que ça allait chercher dans les trente ans. Le môme s'est mis à pleurer, à geindre toute la nuit dans sa cellule. Au matin, il était prêt à tout déballer. Il m'a avoué que la came venait de son frère Bobby. Alors je l'ai laissé partir et je suis allé voir Bobby. J'ai frappé à sa porte et j'ai entendu la chasse d'eau se mettre en marche. Comme il ne se décidait pas à ouvrir, j'ai enfoncé la porte. Je l'ai découvert en sous-vêtements dans les toilettes, en train d'essayer de déboucher la cuvette des W-C. Il y avait de la came partout ; je ne sais pas quelle quantité était partie dans les toilettes, mais le plus gros avait été refoulé. Il avait tellement les foies qu'il a pissé dans son slip.

– C'est vrai ?

– Sans blague. Le gosse en avait partout. C'était quelque chose de le voir dans cet état-là, le slip trempé, un débouche-évier dans une main, la came dans l'autre, en train de patauger dans l'eau qui refoulait des toilettes.

– Qu'est-ce que vous avez fait ?

– Je lui ai dit que son compte était bon.

– Et alors ?

– Il a commencé à chialer comme un gosse. Il pleurait en pensant au chagrin de sa mère, à la prison, et tout ça. Il m'a juré qu'il ne recommencerait jamais plus.

– Vous l'avez arrêté ?

– Non. C'était au-dessus de mes forces. Je lui ai fait peur et l'ai menacé des pires choses. J'ai rédigé sa mise en liberté surveillée sur-le-champ, au beau milieu de sa salle de bains. Depuis, il file droit et il est doux comme un agneau.

Ils roulèrent jusque chez Huey et aperçurent le camion de Cobb garé sur le parking, en compagnie d'une dizaine de pick-up et de 4 × 4. Ils s'arrêtèrent derrière une église de la communauté noire, sur une colline en surplomb de la nationale. De là, ils avaient une bonne vue sur le boui-boui – ou le bordel, comme l'appelaient ses habitués avec affection. Une autre voiture de patrouille était garée sous les arbres, de l'autre côté de la nationale. Quelques instants plus tard, Bumpus arriva en trombe et s'engagea sur le parking. Il pila, faisant voler une giclée de graviers et de poussière, puis revint en marche arrière jusqu'au pick-up de Cobb. Il regarda les alentours, puis entra chez Huey comme si de rien n'était. Trente minutes plus tard, le central avertit Ozzie que son indicateur avait trouvé le suspect, un individu blanc de sexe masculin, chez Huey, un établissement sur la nationale 305, en bordure du lac. Une minute plus tard, deux autres voitures de patrouille arrivèrent discrètement sur les lieux. L'attente commença.

– Comment savez-vous que Cobb était de la partie ? demanda Hastings.

– Je n'en suis pas sûr. C'est juste un pressentiment. La gamine a parlé d'un camion avec des roues chromées et de gros pneus.

– Ça réduit à deux mille le nombre de véhicules possibles.

– Elle a dit aussi qu'il était jaune, qu'il semblait tout neuf, et qu'il y avait un grand drapeau sudiste accroché sur la vitre arrière.

– Ça nous fait descendre à deux cents.

– Peut-être moins que ça. Combien, parmi ces deux cents propriétaires, sont aussi dangereux que Billy Ray Cobb ?

– Et si ce n'est pas lui ?

– C'est lui.

– Mais si ce n'est pas lui ?

– On va bientôt en avoir le cœur net. Il est du genre bavard, surtout lorsqu'il a bu.

Pendant deux heures, ils attendirent et regardèrent les pick-up aller et venir sur le parking – camionneurs, bûcherons, ouvriers de la fabrique de pâte à papier, fermiers, tous laissaient leur jeep ou leur camion sur les gravillons du parking pour aller boire un coup, jouer au billard, écouter un groupe de country, et le plus souvent pour trouver une fille. Certains ressortaient et se rendaient au Ann's Lounge – une minute plus tard, ils étaient de retour chez Huey. Le Ann's Lounge était un établissement plus sinistre encore, à l'intérieur comme à l'extérieur. Pas d'enseigne de bière multicolore pour égayer le décor, ni de groupes sur scène comme chez Huey, pour attirer la clientèle. On se rendait au Ann's Lounge uniquement pour se fournir en drogue et on allait chercher chez Huey tout le reste – musique, femmes, boissons gratuites, machines à sous, tables de jeu, piste de danse et bagarres en pagaille. Une querelle éclata bientôt. Un groupe de Blancs en furie sortit de chez Huey pour en découdre sur le parking. Les coups de pied et les coups de poing plurent au hasard, jusqu'à ce que les belligérants soient hors d'haleine, et tout le monde repartit à la table de jeu.

– Espérons que Bumpus ne faisait pas partie du lot, lança le shérif.

Les toilettes à l'intérieur étaient crasseuses et exiguës, et la plupart des clients allaient se soulager entre les pick-up sur le parking. Tout spécialement les lundis, lorsque la bière à dix cents la pinte attirait les rednecks des quatre comtés alentour. Chaque véhicule recevait alors, par nuit, son quota de trois jets d'urine. Une fois par semaine, en moyenne, un automobiliste passant innocemment sur la nationale venait se plaindre de quelque indécence aperçue sur le parking et Ozzie était obligé d'intervenir. Le reste du temps, il laissait l'endroit tranquille.

Les deux établissements violaient la loi à bien des égards. Il y avait des jeux d'argent, de la drogue, du whisky de contrebande, on y servait des mineurs non accompagnés, le bar restait ouvert après l'heure légale, etc. Peu de temps après son élection, Ozzie avait commis l'erreur, en partie pour tenir ses promesses faites à la va-vite pendant sa campagne, de fermer tous les bars de nuit du comté. Grave erreur. Le taux de criminalité monta en flèche. Les prisons débordèrent de détenus. Les décisions de justice se multiplièrent. Les rednecks descendaient en bande à Clanton, et se garaient tout autour du palais de justice. Par centaines. Toutes les nuits, ils envahissaient le parvis, pour boire, se bagarrer, faire hurler leur radiocassette, et lancer des obscénités au nez des citadins horrifiés. Au matin, la place du palais était un dépotoir de bouteilles et de canettes de bière. Il ferma également les bars de nuit fréquentés par les Noirs, et les vols, les cambriolages et les coups de couteau triplèrent en un mois. On déplorait deux meurtres par semaine.

Finalement, alors que la ville était en état de siège, un groupe d'élus municipaux rencontrèrent Ozzie en secret et le supplièrent de rouvrir ces établissements. Le shérif leur rappela gentiment que, durant la campagne, ils avaient milité pour leur fermeture. Ils reconnurent leur erreur et tenaient à la réparer au plus vite. Oui, ils le soutiendraient aux prochaines élections. Ozzie céda, et la vie reprit son cours normal dans le comté de Ford.

Ozzie n'était pas ravi de voir ces bars de nuit prospérer dans son comté, mais il était convaincu, sans le moindre doute, que ses électeurs étaient plus en sécurité lorsque ces établissements étaient ouverts.

A 22 h 30, le central annonça par radio qu'il avait en ligne l'indicateur – il voulait parler au shérif. Ozzie donna sa position et, une minute plus tard, ils virent Bumpus sortir du bar et s'engouffrer dans son camion. Il démarra en faisant patiner ses roues dans le gravier, et fila à toute allure vers l'église.

– Il est saoul, dit Hastings.

Bumpus fit le tour de l'église et s'arrêta dans un crissement de pneus à quelques centimètres de la voiture de police.

– Salut, shérif ! lança-t-il.

Ozzie s'avança jusqu'au pick-up.

– Pourquoi ça a été si long ?

– Vous m'avez dit que j'avais toute la nuit.

– Il y a deux heures que tu es là.

– C'est vrai, shérif, mais essayez donc de dépenser vingt dollars quand la bière est à cinquante cents !

– Tu es ivre ?

– Non, juste quelques verres pour trinquer. Je peux avoir un autre billet de vingt ?

– Qu'est-ce que tu as appris ?

– A propos de quoi ?

– De Cobb !

– Oh, il est bien là-bas.

– Je sais bien qu'il y est ! Mais encore ?

Bumpus cessa de sourire et regarda le bar en contrebas.

– Il raconte ça en rigolant, shérif. Comme une bonne blague. Il dit qu'il a enfin réussi à trouver une négresse vierge. Quelqu'un a demandé quel âge elle avait, et Cobb a répondu huit ou neuf ans. Tout le monde a éclaté de rire.

Hastings ferma les paupières et baissa la tête. Ozzie serra les dents et détourna les yeux.

– Qu'est-ce qu'il a dit d'autre ?

– Il en a un sacré coup dans l'aile. Il ne se rappellera plus rien demain matin. Il dit que c'était une jolie petite négresse.

– Qui était avec lui ?

– Pete Willard.

– Il est là-bas aussi ?

– Oui. Ils sont tordus de rire, tous les deux, en racontant ça.

– Où sont-ils exactement ?

– A gauche en entrant, à côté des flippers.

Ozzie sourit.

– O.K., Bumpus. C'est parfait. Fais-toi oublier, maintenant.

Hastings donna au central les deux noms. Le central passa l'information à l'adjoint Looney, qui était garé devant chez Percy Bullard, le juge du comté. Looney sonna à la porte et tendit au juge deux mandats d'arrêt. Bullard les signa et les rendit à Looney. Le policier le remercia et prit congé. Vingt minutes plus tard, Looney donnait les mandats à Ozzie derrière l'église.

A 23 heures précises, le groupe s'arrêta au milieu d'une chanson, les dés s'immobilisèrent, les danseurs se figèrent sur la piste, les boules de billard cessèrent de rouler, et quelqu'un alluma la lumière. Tous les regards suivirent le grand shérif tandis qu'il traversait lentement la piste de danse, en compagnie de ses hommes, pour se diriger vers une table dans le coin des flippers. Cobb, Willard et deux autres hommes étaient installés dans une alcôve, autour d'une table couverte de boîtes de bière vides. Ozzie s'avança et regarda Cobb en grimaçant un sourire.

– Désolé, chef, mais les négros n'ont pas le droit d'entrer ici, lâcha Cobb.

Tout le monde éclata de rire.

Ozzie garda le sourire.

Lorsque les rires cessèrent, Ozzie lança :

– Alors les gars, on fait la fête ? Hein, Billy Ray ?

– On la faisait.

– Ça en a l'air. Je déteste jouer les rabat-joie, mais, vous et Mr. Willard, vous allez me suivre.

– Pour aller où ? demanda Willard.

– Faire un petit tour en voiture.

– Je ne bouge pas de là, déclara Cobb.

A ces mots, les deux autres battirent en retraite et rejoignirent le clan des spectateurs.

– Vous êtes tous les deux en état d'arrestation, dit Ozzie.

– Vous avez un mandat ? demanda Cobb.

Hastings sortit les documents, et Ozzie les jeta sur la table, parmi les boîtes de bière.

– Oui, nous avons des mandats. Maintenant, debout !

Willard regarda Cobb, d'un air désespéré, qui terminait tranquillement sa bière.

– Pas question d'aller en taule, lança Cobb.

Looney tendit à Ozzie la plus grande et la plus noire des matraques jamais utilisées dans le comté de Ford. Willard était paralysé par la peur. Ozzie la prit et donna un grand coup sur la table, faisant voler boîtes et bière écumante alentour. Willard se leva d'un bond, tendit ses poignets croisés vers Looney qui attendait avec les menottes. On l'emmena dehors pour le jeter dans une voiture.

Ozzie tapotait le creux de sa paume avec l'extrémité de la matraque, en souriant à Cobb.

– Vous avez le droit de rester silencieux. Tout ce que vous pourrez dire pourra être utilisé contre vous. Vous avez le droit de prendre un avocat. Si vos moyens ne vous le permettent pas, l'Etat vous en fournira un d'office. D'autres questions ?

– Oui, quelle heure il est ?

– L'heure d'aller en prison, mon gars.

– Va te faire voir, négro.

Ozzie lui saisit les cheveux et le tira hors de l'alcôve. Il le plaqua à terre, face contre le sol, planta un genou dans son dos et glissa la matraque sous sa gorge. Il tira sur l'arme, tout en lui écrasant la colonne de son genou. Cobb se débattit jusqu'à ce que la matraque commence à comprimer son larynx.

On referma les menottes sur ses poignets, et Ozzie le tira par les cheveux à travers la piste de danse, puis dehors, sur le gravier du parking, jusqu'à le jeter sur le siège arrière de la voiture où se trouvait déjà Willard.

La nouvelle du viol se répandit comme une traînée de poudre. Des amis de la famille, des cousins se massaient dans la salle d'attente et les couloirs. Tonya était sortie du bloc opératoire. Son état était jugé critique. Ozzie annonça au frère de Gwen l'arrestation de Cobb et Willard. Oui, c'étaient eux, pas le moindre doute.

3

Jake Brigance roula au-dessus de sa femme pour sortir du lit et se dirigea en titubant vers le cabinet de toilette de leur chambre à coucher. Il tâtonna dans le noir à la recherche du réveil qui était en train de hurler. Il le retrouva où il l'avait laissé la veille et le fit taire d'une claque rageuse. Il était 5 h 30, mercredi 15 mai.

Il resta un moment immobile dans l'obscurité, le souffle coupé, terrifié, son cœur battant la chamade dans sa poitrine, les yeux rivés sur les chiffres luminescents qui luisaient sur le cadran de l'appareil maudit. Sa sonnerie stridente résonnait jusqu'au bout de la rue. Il frôlait la crise cardiaque tous les matins, à chaque fois que cette chose de malheur se mettait en branle. Parfois – peut-être deux fois dans l'année –, Jake parvenait à pousser Carla hors du lit pour qu'elle aille arrêter le réveil. Mais la plupart du temps, elle ne se montrait guère coopérative. Pour elle, c'était de la folie de se lever si tôt.

L'appareil était posé sur le rebord de la fenêtre, de sorte que Jake était obligé de se lever pour pouvoir le réduire au silence. Une fois debout, Jake s'interdisait de revenir se pelotonner sous les couvertures. Cela faisait partie de ses règles de conduite. Autrefois, le réveil se trouvait sur la table de nuit, et le volume était réglé plus bas.

Carla parvenait à l'éteindre avant que Jake n'entende quoi que ce soit. Il continuait alors à dormir jusqu'à au moins 7 ou 8 heures, et toute sa journée était perdue. Il arrivait au bureau vers 9 heures, et manquait donc à une autre règle de conduite qui voulait qu'il se mette au travail à 7 heures tapantes. L'appareil restait donc dans la salle de bains et remplissait son rôle de réveil.

Jake s'approcha du lavabo et s'aspergea le visage d'eau froide. Il alluma la lumière et eut un hoquet d'horreur en voyant son reflet dans le miroir. Ses cheveux châtains étaient hérissés en tous sens, et la ligne de son cuir chevelu avait reculé d'au moins cinq centimètres en une nuit. Ou alors c'était son front qui s'était agrandi. Ses yeux étaient bouffis et des choses blanches s'étaient coagulées aux coins des paupières. La couture de la taie d'oreiller avait laissé une longue marque écarlate en travers de son visage. Il la toucha du bout des doigts, puis se mit à se frotter nerveusement la joue pour tenter de la faire disparaître. De son autre main, il tira ses cheveux en arrière et inspecta le haut de son front. A trente-deux ans, il n'avait pas encore de cheveux blancs. C'était le cadet de ses soucis. Son problème, c'était la calvitie – un mal qu'il avait généreusement hérité des deux côtés de sa famille. Il rêvait d'une chevelure épaisse et fournie, se dressant fièrement juste au-dessus des sourcils. Il avait encore plein de cheveux, lui assurait Carla. Mais ça n'allait pas durer, étant donné la vitesse à laquelle il les perdait. Elle lui jurait qu'il était toujours aussi séduisant qu'avant, et il finissait par se laisser convaincre. Un front haut lui donnait, en plus, un air de maturité, lui disait-elle, ce qui était essentiel pour un jeune avocat. Sur ce dernier point, il la croyait sans hésitation.

Mais que pensait-elle de ces vieux avocats tout chauves, ou même de ces honorables avocats d'âge mûr – de ces quadragénaires dégarnis ? Pourquoi ses cheveux ne pourraient-ils pas repousser après que rides et cheveux blancs seraient apparus pour lui donner un air de maturité ?

Jake médita sur ce sujet en prenant sa douche – une douche éclair, avant de se raser et de s'habiller rapidement. Il devait être au Coffee Shop à 6 heures – une autre règle de conduite encore. Il alluma la lumière dans la chambre et commença à claquer les tiroirs et les portes des placards pour réveiller Carla. C'était le rituel matinal, durant l'été, lorsqu'elle ne donnait pas de cours à l'école. Il lui avait expliqué de nombreuses fois qu'elle avait toute la journée pour rattraper le moindre manque de sommeil, et qu'ils devraient en profiter pour passer ensemble ces premiers moments de la journée. Elle gémit et s'enfouit sous les couvertures. Une fois habillé, Jake sauta sur le lit à quatre pattes et l'embrassa dans l'oreille, le cou, et sur tout le visage jusqu'à ce qu'elle se tourne vers lui. Puis il tira les draps au pied du lit et la regarda, amusé, se recroqueviller en grelottant, et tenter de récupérer les couvertures. Il l'en empêcha, et contempla ses longues jambes brunes presque parfaites. Sa chemise de nuit était remontée jusqu'à la taille, et une centaine de pensées lubriques traversèrent son esprit.

Environ une fois par mois, ce beau rituel dérapait. Elle ne protestait pas, et les couvertures étaient repoussées conjointement par leurs deux mains. Ces matins-là, Jack se déshabillait encore plus rapidement et violait au moins trois de ses règles de conduite. C'était ainsi qu'Hanna avait été conçue.

Mais pas ce matin-là. Il couvrit sa femme, l'embrassa tendrement, puis éteignit la lumière. Elle soupira d'aise et se rendormit.

Au bout du couloir, il ouvrit doucement la porte de la chambre d'Hanna et s'agenouilla à son chevet. Elle avait quatre ans – leur fille unique, il n'y en aurait pas d'autre. Elle dormait, entourée de ses poupées et de ses animaux en peluche. Il lui posa un baiser léger sur la joue. Elle était aussi belle que sa mère. Leur ressemblance, à bien des égards, était frappante. Elles avaient de grands yeux gris-bleu qui pouvaient s'embuer de larmes à volonté. Leur chevelure noire était coiffée de la même façon. Elles allaient ensemble chez le coiffeur et c'était la même personne qui leur coupait les cheveux. Même leurs habits se ressemblaient.

Jake adorait les deux femmes de sa vie. Il quitta la petite dernière en lui donnant un baiser et alla dans la cuisine faire du café pour Carla. En chemin, il lâcha Max, le chien, qui courut se soulager dans le jardin tout en aboyant après le chat de Mrs. Pickle, leur voisine.

Peu de personnes attaquaient la journée avec autant d'entrain que Jake Brigance. D'un pas alerte, il alla au bout de l'allée prendre les journaux pour Carla. C'était un petit matin clair et frais, annonçant déjà le début de l'été.

Il scruta la rue Adams, encore plongée dans la pénombre, puis se retourna pour contempler sa maison. Deux maisons dans le comté étaient classées monuments historiques, et Jake Brigance était l'heureux propriétaire de l'une d'elles. Quoiqu'elle fût couverte d'hypothèques, Jake en était très fier. C'était une bâtisse victorienne du XIXe siècle, construite par un cheminot à la retraite – le malheureux était mort sitôt le premier réveillon de Noël fêté dans sa nouvelle maison. La façade était constituée d'un grand mur en pignon dont le toit se prolongeait pour abriter une grande terrasse. Sous le pignon, un petit auvent prolongeait le porche d'entrée. Les cinq piliers porteurs étaient peints en blanc et bleu ardoise. Chaque colonne était décorée de fleurs gravées, avec chacune un motif différent – des jonquilles, des iris, des tournesols... Les rambardes entre les piliers étaient ornées de fleurons en fer forgé. A l'étage, trois baies vitrées donnaient sur un petit balcon, et, sur la droite, une tour octogonale, percée de vitraux, s'élevait au-dessus de la maison, chapeautée par un épi de fer. Sous la tour, à gauche du porche, une jolie véranda, avec une charpente métallique ouvragée, faisait office de garage. La façade était recouverte d'un extravagant patchwork de bardeaux de cèdre, de coquilles Saint-Jacques, d'écailles de poissons, de minuscules pignons entremêlés et de petites coquilles de fuseaux.

Carla avait trouvé un décorateur de La Nouvelle-Orléans, et l'artiste efféminé avait arrêté son choix sur six couleurs – dans les tons bleu ciel, thé et pêche. Les travaux de peinture avaient duré deux mois et coûté à Jake cinq mille dollars, sans compter les heures passées avec Carla, juchés sur une échelle, à peindre ou à gratter les corniches. Certaines couleurs ne le convainquaient pas entièrement, mais il se gardait bien de le dire – de peur de se retrouver une nouvelle fois le pinceau à la main.

Comme tout ce qui datait de l'époque victorienne, la maison avait quelque chose d'unique et d'irrésistible – un caractère à la fois touchant et provocateur, une insouciance joyeuse et une innocence presque enfantine. Carla en rêvait avant même leur mariage. Lorsque son propriétaire mourut à Memphis et que les droits de succession furent réglés, Jake et Carla l'achetèrent pour une bouchée de pain parce que personne n'en voulait. Elle était restée à l'abandon pendant vingt ans. Ils contractèrent de gros emprunts auprès de deux banques de Clanton et passèrent trois années à briquer leur domaine à la sueur de leurs fronts. Maintenant, les gens faisaient un détour pour l'admirer et la prendre en photo.

La troisième et dernière banque de Clanton avait une hypothèque sur la voiture de Jake, la seule Saab du comté – rouge de surcroît. Il essuya la rosée du pare-brise et ouvrit la portière. Les aboiements de Max avaient fini par réveiller le bataillon de geais qui avaient élu domicile dans l'arbre de Mrs. Pickle. Jake, à son passage, fut salué par un concert de pépiements. Cela le mit en joie et il sifflota quelques trilles à leur intention, avant de rejoindre la rue en marche arrière. Deux pâtés de maisons plus loin, il tourna vers le sud, dans la rue Jefferson, puis retrouva la rue Washington au troisième carrefour. Souvent, Jake s'était demandé pourquoi la plus petite ville du Sud avait une rue Adams, une rue Jefferson et Washington, mais pas la moindre rue Lincoln ou Grant. La rue Washington longeait le flanc nord de la grande place de Clanton.

Clanton, étant le chef-lieu du comté, avait droit à sa grande esplanade, et la place abritait naturellement un tribunal en son milieu. Le général Clanton avait dessiné la ville avec un soin méticuleux ; la place était longue et vaste, et la pelouse du tribunal était ornée de grands chênes, plantés en lignes régulières. Le palais de justice du comté de Ford était largement centenaire. Il avait été édifié à la fin de la guerre de Sécession après que les Yankees eurent brûlé le précédent. Orienté au sud, par défi, il montrerait son postérieur à ceux du Nord jusqu'à la fin des temps. C'était un vieil et vénérable édifice, avec une façade bordée de colonnes blanches et une douzaine de fenêtres ceintes de volets noirs. Les briques rouges d'origine avaient été peintes en blanc depuis longtemps, et tous les quatre ans les scouts y ajoutaient une épaisse couche de vernis dans le cadre de leur traditionnelle B.A. d'été. Diverses souscriptions au fil des années avaient permis d'entreprendre des travaux de restauration et de construire des bâtiments annexes. La pelouse était propre et régulièrement tondue. Un détachement de prisonniers venaient s'en occuper deux fois par semaine.

Il y avait trois cafés à Clanton – deux pour les Blancs, un pour les Noirs, tous les trois se trouvant sur la grand-place. Il n'était ni rare, ni interdit, pour les Blancs d'aller manger chez Claude, le café des Noirs du côté ouest. Pas plus qu'il n'était dangereux pour les Noirs d'entrer au Tea Shoppe, côté sud, ou au Coffee Shop sur la rue Washington, mais ils ne le faisaient pas, parce qu'on leur avait dit qu'ils risquaient de faire renaître les tensions des années soixante-dix. Jake allait manger le barbecue de Claude tous les vendredis, comme le faisait la majorité des Blancs libéraux de Clanton. Mais, tous les matins, il venait prendre son petit déjeuner au Coffee Shop.

Il gara la Saab devant son bureau sur la rue Washington et se rendit à pied au Coffee Shop, trois numéros plus loin. Il était ouvert depuis une heure et bourdonnait d'activité. Les serveuses se pressaient de servir cafés et petits déjeuners, tout en bavardant avec les fermiers, les ouvriers et les policiers qui étaient des habitués du lieu. Ce n'était pas un café pour cols blancs. Les cols blancs se retrouvaient au Tea Shoppe, plus tard dans la matinée, pour parler politique intérieure, tennis, golf et balance commerciale. Au Coffee Shop, on parlait de politique locale, de football et de pêche à la ligne. Jake était bien accepté, et les cols-bleus l'aimaient bien ; la plupart d'entre eux, d'ailleurs, avaient déjà franchi le seuil de sa porte pour lui demander de régler un testament, un acte notarié, un divorce, et mille et un litiges imaginables. Ils lui lançaient des piques, lui racontaient des histoires d'avocats véreux, mais Jake était blindé. Ils lui demandaient de leur expliquer le fonctionnement de la Cour suprême et autres curiosités juridiques pendant le petit déjeuner, et Jake dispensait conseils et consultations gratuites au Coffee Shop. Il avait le chic pour aller à l'essentiel et clarifier le moindre problème. Ils aimaient ça. Ils n'étaient pas toujours d'accord avec lui, mais ils obtenaient toujours, de sa part, des réponses franches et honnêtes. Ils se querellaient parfois, mais il n'y avait jamais de réelle animosité.

Il poussa la porte à 6 heures, et il lui fallut cinq bonnes minutes pour dire bonjour à tout le monde, serrer les mains, tapoter les épaules et dire quelques mots gentils aux serveuses. Le temps qu'il s'installe à sa table, Dell, sa serveuse préférée, lui apportait café, toasts, gelée de fraise et bol de céréales. Elle lui tapotait la main, l'appelait mon chéri et mon joli, et était à ses petits soins. Elle râlait et envoyait paître les autres clients, mais Jake avait droit à un traitement de faveur.

Il déjeuna avec Tim Nunley, un mécanicien du garage Chevrolet, et les deux frères West, Bill et Bert, qui travaillaient à l'usine de chaussures à la sortie nord de la ville. Il lâcha trois gouttes de tabasco sur ses céréales bouillies, les mélangea adroitement avec une noix de beurre, puis tartina un toast d'un bon centimètre de gelée de fraise maison. Une fois achevés ces préparatifs, il avala une gorgée de café et commença à manger. Ils déjeunèrent tranquillement, tout en parlant pêche à la perche.

Dans un box à côté de la fenêtre, à un mètre de la table de Jake, trois policiers discutaient entre eux. Le grand, Marshall Prather, se tourna vers Jake et lança à haute voix :

– Dis donc, Jake, t'as pas défendu Billy Ray Cobb, il y a quelques années ?

Le silence tomba instantanément dans la salle et tous les regards se tournèrent vers Jake. Moins intrigué par la question que par la réponse, Jake avala sa bouchée de céréales et chercha dans ses souvenirs.

– Billy Ray Cobb ? répéta-t-il tout haut. Quel genre d'affaire c'était ?

– De la came, répondit Prather. On l'a piqué en train de fourguer de la dope, il y a environ quatre ans. Il est resté à l'ombre à Parchman. Il est sorti l'année dernière.

Jake se rappelait maintenant.

– Non, ce n'est pas moi qui ai assuré sa défense. C'est un avocat de Memphis, je crois.

Prather sembla satisfait et retourna à ses pancakes. Jake attendait quelques explications.

Finalement, il demanda :

– Pourquoi ? Qu'est-ce qu'il a fait ?

– On l'a arrêté hier soir, pour viol.

– Pour viol ?

– Ouais, lui et Pete Willard.

– Qui ont-ils violé ?

– Tu te souviens de Hailey, ce nègre que tu as sauvé de la chaise électrique, il y a quelques années ?

– Lester Hailey. Bien sûr que je m'en souviens.

– Tu connais son frère, Carl Lee Hailey ?

– Bien sûr. Je le connais même bien. Je connais toute la famille. Je les ai défendus plus d'une fois.

– Eh bien, c'était sa petite fille.

– Tu plaisantes ?

– Non.

– Mais elle est toute jeune !

– Ouais. Dix ans.

La faim de Jake s'évanouit tandis que le bar reprenait vie. Il joua avec la cuillère de son café en écoutant la conversation passer de la pêche aux voitures japonaises, puis revenir à la pêche. Lorsque les frères West s'en allèrent, il se glissa à la table des policiers.

– Comment va-t-elle ? demanda-t-il.

– Qui ça ?

– La petite Hailey.

– Pas bien, répondit Prather. Elle est à l'hôpital.

– Comment ça s'est passé ?

– On sait pas tout dans le détail. Elle n'arrive pas trop à parler. Sa mère l'a envoyée chez l'épicier. Ils habitent sur Craft Road, derrière l'épicerie de Bates.

– Je sais où ils habitent.

– Je ne sais pas exactement, mais ils l'ont embarquée dans le pick-up de Cobb, emmenée dans les bois, et ils l'ont violée.

– Tous les deux ?

– Ouais. Plusieurs fois. Ils l'ont tabassée aussi, à coups de pied. Ils l'ont bien amochée. Certains de ses proches ne la reconnaissaient même pas, tellement qu'ils lui ont tapé dessus.

Jake secoua la tête.

– C'est horrible.

– Ouais. Je n'ai jamais vu ça. Ils ont voulu la tuer. Ils l'ont laissée pour morte, dans un coin.

– Qui l'a retrouvée ?

– Un groupe de négros qui pêchaient dans le Foggy Creek. Ils l'ont vue s'écrouler au milieu de la route. Elle avait les mains attachées dans le dos. Elle a dit quelques mots – elle leur a dit son nom et ils l'ont ramenée chez elle.

– Comment vous avez su que c'était Billy Ray Cobb ?

– Elle a dit à sa mère que c'était un pick-up jaune avec un drapeau sudiste sur la vitre arrière. C'est à peu près tout ce qu'il fallait à Ozzie. Ça a été pratiquement réglé le temps que la petite soit conduite à l'hôpital.

Prather veillait à ne pas en dire trop. Il aimait bien Jake, mais Jake était un avocat et beaucoup d'affaires criminelles lui passaient entre les mains.

– Qui est ce Pete Willard ?

– Un copain de Cobb.

– Où les avez-vous arrêtés ?

– Chez Huey.

– Evidemment.

Jake but son café et songea à Hanna.

– C'est dégueulasse, vraiment dégueulasse, marmonna Looney.

– Comment va Carl Lee ?

Prather essuya le sirop d'érable de ses moustaches.

– Je ne le connais pas personnellement, mais je n'ai jamais entendu dire de mal de lui, par qui que ce soit. Ils sont toujours à l'hôpital. Je crois qu'Ozzie est resté avec eux toute la nuit. Il les connaît bien. Il connaît tout le monde, de toute façon. Hastings est plus ou moins cousin de la famille.

– Quand aura lieu l'audience ?

– Bullard l'a prévue à 13 heures, cet après-midi. C'est bien ça, hein, Looney ?

Looney acquiesça.

– La caution a été fixée ?

– Pas encore. Bullard va attendre jusqu'à l'audition préliminaire. Si elle meurt, ils risquent la peine capitale, pas vrai ?

Jake hocha la tête.

– Ils ne peuvent pas être libérés sous caution s'ils risquent la peine de mort, hein, Jake ? demanda Looney.

– Si, c'est possible, mais ça ne s'est jamais vu. Il est évident que Bullard ne leur offrira pas de caution, et, même s'il le faisait, il la fixerait à un montant inaccessible pour eux.

– Si elle ne meurt pas, ils vont en prendre pour combien ? demanda Nesbit, le troisième adjoint.

Les policiers écoutèrent les explications de Jake.

– Ils peuvent être condamnés à perpétuité pour viol. Je pense qu'ils seront accusés aussi de kidnapping et de coups et blessures qualifiés.

– C'est déjà le cas.

– Alors ils risquent vingt ans pour le kidnapping et vingt ans pour les coups et blessures.

– Ouais, mais combien de temps ils vont réellement faire ? demanda Looney.

Jake réfléchit un instant.

– Ils pourraient être libérés sur parole dans treize ans. Sept pour le viol, trois pour le kidnapping et trois pour les coups et blessures. A condition que soient retenues contre eux toutes les charges et qu'ils écopent du maximum.

– Et Cobb ? Il a déjà un casier, lui.

– Ouais, mais il ne peut être considéré comme un récidiviste que s'il a déjà été condamné deux fois par un tribunal.

– Treize ans, répéta Looney en secouant la tête.

Jake regarda par la fenêtre. La place s'animait : des pick-up chargés de fruits et de légumes se garaient autour de la pelouse, et de vieux fermiers dans des salopettes délavées installaient soigneusement des cageots de tomates, de concombres et de courges sur les hayons et les capots. Ils disposèrent leurs melons d'eau de Floride à côté des pneus gras et poussiéreux des camions, et se dirigèrent vers les bancs du mémorial du Vietnam, pour bavarder en mâchonnant leur chique. Ils allaient sûrement parler du viol, songea Jake. Le jour était levé, maintenant ; il était temps d'aller au bureau. Jake dit au revoir aux policiers qui terminaient leur petit déjeuner, embrassa Dell, paya sa note ; pendant une seconde, il eut envie de rentrer chez lui pour s'assurer qu'Hanna allait bien.

A sept heures moins trois, il ouvrait la porte de son bureau et allumait les lumières.

Carl Lee avait à peine dormi sur la banquette de la salle d'attente. L'état de Tonya était jugé préoccupant mais stationnaire. Ils l'avaient vue vers minuit, après que le médecin les eut prévenus que son aspect allait leur causer un choc. Ce fut le cas. Gwen avait embrassé le petit visage couvert de bandages, tandis que Carl Lee était resté au pied du lit, interdit, figé sur place, incapable de faire autre chose que de fixer du regard ce petit corps entouré de machines, de tubes et d'infirmières. On donna plus tard un somnifère à Gwen et on l'emmena chez sa mère à Clanton. Les garçons furent hébergés chez le frère de Gwen.

Les gens étaient partis vers 1 heure du matin, laissant Carl Lee seul sur la banquette. A 2 heures, Ozzie arriva avec des cafés et des beignets, et raconta à Carl Lee tout ce qu'il savait sur Cobb et Willard.

Le bureau de Jake se trouvait dans une construction à un étage, sur le côté nord de la place, parmi une enfilade de bâtisses faisant face au palais de justice, à deux pas du Coffee Shop. La maison avait été construite par les Wilbanks dans les années 1890, du temps où cette famille régnait sur tout le comté. Et un cabinet d'avocats Wilbanks avait occupé ces murs depuis le jour où ils avaient été édifiés jusqu'en 1979, l'année de la radiation de Lucien Wilbanks de l'ordre du Barreau. Au numéro suivant, on trouvait une compagnie d'assurances que Jake avait poursuivie en justice pour dommages et intérêts, pour le compte de Tim Nunley, le mécanicien de chez Chevrolet. De l'autre côté se dressait la banque qui détenait l'hypothèque de sa Saab. Tous les bâtiments autour de la place ne dépassaient pas un étage, sauf ceux des banques. Celle qui se trouvait à côté du bureau de Jake, elle aussi édifiée par les Wilbanks, n'en avait qu'un, mais celle au coin sud-est en comptait deux ; l'autre, la plus récente, à l'angle sud-ouest, en arborait trois.

Jake travaillait seul, et s'était établi à son compte en 1979, l'année de la radiation de Lucien. Il aimait bien œuvrer en solitaire, d'autant plus qu'il ne se trouvait aucun autre avocat à Clanton assez compétent pour s'associer à lui. Il y avait de bons avocats en ville, mais la plupart travaillaient pour le cabinet Sullivan, situé dans le bâtiment à trois étages de la banque. Jake détestait le cabinet Sullivan. Tous les avocats détestaient Sullivan, excepté ceux qui travaillaient pour lui. Ils étaient huit en tout, huit avocats parmi les plus arrogants et les plus prétentieux que Jake ait jamais rencontrés. Deux sortaient de Harvard. Ils avaient comme clients les grands propriétaires terriens de la région, les banques, les compagnies d'assurances, les sociétés de chemins de fer, tous ceux qui avaient de l'argent. Les quatorze autres avocats du comté se partageaient les restes et défendaient les petites gens – les personnes de chair et de sang, qui, pour la plupart, vivaient sans le sou.

On les appelait les « avocats de rue », tous ceux qui végétaient ainsi à défendre les démunis. Jake était fier d'en être un.

Ses locaux étaient gigantesques. Il n'utilisait que cinq des dix pièces que comptait le bâtiment. Au rez-de-chaussée, il y avait un hall d'accueil, une grande salle de réunion, une cuisine et un grand débarras qui faisait office de salle d'archives. Le grand bureau de Jake se trouvait au premier, ainsi qu'une autre pièce, plus petite, surnommée le Q.G. On n'y trouvait ni fenêtre, ni téléphone, ni la moindre distraction. Cinq pièces restaient inoccupées, trois à l'étage et deux au rez-de-chaussée. Dans les années passées, le prestigieux cabinet Wilbanks occupait les dix pièces. Le bureau de Jake au premier – « le bureau du patron » – était immense : une pièce de cent mètres carrés avec une hauteur de plafond de trois mètres – plancher de hêtre, cheminée géante et trois tables de travail : la sienne était une table de réunion qui occupait à elle seule tout un coin de la pièce. Un secrétaire à panneau ouvrant se trouvait dans le coin opposé, sous le portrait de William Faulkner. Les meubles anciens en chêne massif dataient de près de cent ans, tout comme les livres et la bibliothèque qui couvrait un mur entier. Il y avait une belle vue sur la place du palais de justice et deux portes-fenêtres donnaient sur un petit balcon surplombant la rue Washington. Jake avait, sans l'ombre d'un doute, les plus beaux locaux de tous les avocats de Clanton. Même ses pires ennemis chez Sullivan en convenaient.

Pour ce luxe et cette surface, Jake payait quatre cents dollars par mois à son propriétaire et ancien patron, Lucien Wilbanks, qui avait été radié de l'ordre en 1979.

Pendant des dizaines d'années, les Wilbanks avaient régné sur le comté de Ford. C'était une famille riche et puissante, ayant des intérêts dans l'agriculture, la banque, la politique, et en particulier dans le domaine juridique. Tous les Wilbanks mâles étaient avocats, et faisaient leurs études dans les universités de la Ivy League [1]. Ils fondèrent des banques, des églises, des écoles, et plusieurs eurent des fonctions dans la haute administration. La société Wilbanks & Wilbanks avait été le cabinet d'avocats le plus puissant et le plus prestigieux du Nord-Mississippi pendant de nombreuses années.

Puis Lucien arriva. Il était le seul mâle Wilbanks de sa génération. Il avait une sœur et quelques nièces, mais la famille ne se souciait que de leur trouver un bon parti. On fondait de grands espoirs sur Lucien, lorsqu'il était enfant, mais dès sa troisième année à l'université il devint évident qu'il ne serait pas le Wilbanks qu'on attendait. Il hérita du cabinet en 1965, lorsque son père et son oncle périrent dans un accident d'avion. Agé pourtant de quarante ans, Lucien venait de terminer ses études de droit quelques mois avant l'accident, en suivant des cours par correspondance, et avait enfin décroché son diplôme. Il prit la succession du cabinet et les clients commencèrent à s'en aller. De gros clients, comme des compagnies d'assurances, des banques, de gros fermiers, tous quittèrent le cabinet, pour aller chez Sullivan qui venait d'ouvrir boutique. Sullivan travaillait au cabinet Wilbanks jusqu'à ce que Lucien le mette à la porte. En s'en allant, il emmena les autres avocats avec lui, ainsi qu'une bonne partie des clients. Puis Lucien renvoya tout le monde – associés, assistants, clercs –, tout le monde sauf Ethel Twitty, la secrétaire préférée de son père.

Ethel et John Wilbanks avaient été très proches pendant des années. A vrai dire, le dernier fils d'Ethel ressemblait étrangement à Lucien. Le pauvre garçon passait le plus clair de son temps à

1. Nom générique des universités dites aristocrates de la Nouvelle-Angleterre, telles que Yale, Harvard, Dartmouth, Princeton, dont la fondation remonte à l'époque coloniale. *(N.d.T.)*

faire la navette entre tous les asiles du comté. Lucien le surnommait son petit frère attardé. Après l'accident d'avion, le petit frère en question se montra à Clanton et commença à dire à tout le monde qu'il était le fils illégitime de John Wilbanks. Ethel avait honte, mais ne pouvait empêcher son fils de parler. Un parfum de scandale flottait dans Clanton. Une action en justice fut intentée par le cabinet Sullivan, pour défendre les droits du frère attardé qui réclamait sa part du gâteau. Lucien était furieux. Un procès s'ensuivit, et Lucien défendit avec âpreté son honneur. Il défendit avec la même âpreté les possessions de son père, qui avaient été intégralement partagées entre sa sœur et lui. Durant le procès, le jury remarqua la ressemblance frappante entre Lucien et le fils d'Ethel, qui était de plusieurs années son cadet. Le frère attardé s'était astucieusement assis à côté de Lucien. Les avocats de Sullivan lui avaient appris à marcher, s'asseoir et parler comme Lucien, à imiter le moindre de ses gestes. Ils l'avaient même habillé avec des vêtements identiques aux siens. Ethel et son mari niaient tout lien de parenté du garçon avec les Wilbanks, mais le jury en décida autrement. Il fut déclaré qu'il était un héritier à part entière et qu'il avait droit au tiers de l'héritage. Lucien insulta le jury, gifla le pauvre garçon et, malgré ses vociférations, il fut sorti *manu militari* du tribunal et conduit en prison. Finalement, la décision du jury fut déboutée en appel, mais Lucien craignait de voir resurgir le problème à tout moment, si jamais Ethel décidait de revenir sur ses déclarations. C'est la raison pour laquelle Lucien préféra garder Ethel Twitty au cabinet Wilbanks.

Lucien était heureux de voir le cabinet partir en morceaux. Il n'avait jamais eu envie de faire du droit comme ses aïeux. Il voulait être avocat dans des affaires criminelles, et les anciens clients du cabinet ne lui posaient plus que des problèmes juridiques à résoudre. Lucien voulait des viols, des meurtres, des sévices à enfants, toutes les affaires atroces que tout le monde fuyait comme la peste. Il voulait être l'avocat des droits des citoyens et défendre les libertés civiles. Mais, par-dessus tout, il brûlait d'être un avocat engagé, un de ces empêcheurs de tourner en rond défendant des cas et des causes impopulaires, quelqu'un sur qui tous les regards se braquent.

Il se laissa pousser la barbe, divorça, répudia son Eglise, vendit ses parts du country-club, rallia la N.A.A.C.P. [1] et l'A.C.L.U. [2], donna sa démission au conseil d'administration de la banque et devint rapidement la bête noire de Clanton. Il attaqua en justice les écoles pour discrimination raciale, le gouverneur pour la vétusté de la prison, la ville parce qu'elle refusait de paver les rues du quartier noir, la banque parce qu'on n'y trouvait aucun caissier noir, l'Etat parce qu'il conservait la peine de mort, et les usines parce qu'elles refusaient de reconnaître les organisations syndicales. Il gagna bon nombre d'affaires criminelles, et pas seulement dans le comté de Ford. Sa réputation s'étendit; il devint très populaire parmi les Noirs, les Blancs déshérités et quelques syndicats dans le nord du Mississippi. Il tomba parfois sur des affaires lucratives et des cas d'erreur judiciaire. Il y eut de beaux jours. Le cabinet, qui se résumait à Ethel et lui, n'avait jamais été aussi prospère. Lucien ne se souciait pas de l'argent. Il était né avec et n'y faisait pas attention. C'est Ethel qui tenait les comptes.

Le droit occupa toute sa vie. Seul et sans famille, il devint alcoolique. Quinze heures par jour, sept jours sur sept, Lucien travaillait de toute son ardeur. Il n'avait pas d'autres intérêts dans la vie,

1. The National Association for the Advancement of Colored People : association des Noirs américains pour la sauvegarde de leurs droits civiques. *(N.d.T.)*

2. American Civil Liberties Union : Union américaine pour la protection des libertés civiles. *(N.d.T.)*

mis à part l'alcool. A la fin des années soixante, il se découvrit des affinités étroites avec le Jack Daniel's. Au début des années soixante-dix, il était devenu un ivrogne, et, lorsqu'il embaucha Jake en 1978, il était alcoolique au dernier degré. Mais il ne laissa jamais la boisson prendre le pas sur son travail; il apprit à boire et à travailler en même temps. Lucien était toujours à moitié saoul, et il était un avocat redoutable dans cet état. Téméraire et incisif de nature, il pouvait être réellement effrayant lorsqu'il se mettait à boire. Au tribunal, il pouvait mettre à mal l'accusation, insulter la cour, agresser les témoins et finalement présenter ses excuses aux jurés. Il ne respectait personne, et personne ne l'intimidait. Il était craint parce qu'il pouvait tout dire et tout faire. Les gens passaient à côté de lui sur la pointe des pieds. Lucien le savait et adorait ça. Il devint de plus en plus excentrique. Plus il buvait, plus il devenait imprévisible, et comme les gens parlaient encore plus de lui, il augmentait à chaque fois les doses.

Entre 1966 et 1978, Lucien embaucha et congédia onze avocats. Qu'ils soient noirs, juifs, portoricains, hommes ou femmes, aucun ne pouvait suivre le rythme qu'il imposait. Il régnait sur le cabinet comme un tyran, insultant et harcelant ses jeunes avocats. Certains démissionnaient au bout d'un mois. L'un d'eux avait résisté deux ans. Il était difficile d'accepter les sautes d'humeur de Lucien. Il pouvait jouer les excentriques, lui en avait les moyens, mais pas ses employés.

Il embaucha Jake en 1978, tout frais émoulu de l'école de droit. Jake venait de Karaway, une petite ville de deux mille cinq cents habitants, à trente kilomètres de Clanton. Il était un conservateur tiré à quatre épingles, presbytérien pratiquant, et avait épousé une charmante femme qui rêvait d'avoir des enfants. Lucien l'embaucha, curieux de voir s'il allait pouvoir le détourner du droit chemin. Jake accepta le poste, malgré de fortes réticences, parce qu'il n'avait pas d'autre offre à proximité de chez lui.

Un an plus tard, Lucien était radié de l'ordre des Avocats. Ce fut une tragédie pour les rares personnes qui l'estimaient. Le petit syndicat de l'usine de chaussures au nord de la ville avait organisé une grève. C'était un syndicat que Lucien avait mis en place et défendu en justice. L'usine commença à embaucher de nouveaux ouvriers pour remplacer les grévistes, et des heurts éclatèrent. Lucien apparut à côté du piquet de grève pour soutenir les grévistes. Il était plus saoul qu'à l'ordinaire. Un groupe de Jaunes voulut franchir le cordon et une bagarre éclata. Lucien dirigea les opérations. Il fut arrêté et conduit au poste. Il fut condamné par le tribunal pour voies de fait sur la voie publique et incitation à la violence. Lucien fit appel et perdit le procès. Il fit de nouveau appel, et perdit encore.

L'ordre des Avocats était fatigué de Lucien, après toutes ces années. Aucun avocat dans tout l'Etat n'avait eu autant de procès que Lucien Wilbanks. Blâmes privés, blâmes publics, suspensions, tout avait déjà été employé, sans grand résultat. Le tribunal correctionnel et la commission disciplinaire décidèrent de frapper un grand coup. Il fut radié pour attitude outrageante, indigne d'un membre du barreau. Il fit appel et perdit. Il fit appel de nouveau, et perdit encore.

Lucien était effondré. Jake se trouvait dans le bureau de Lucien – le grand bureau du premier étage – lorsque la nouvelle arriva de Jackson, annonçant que la Cour suprême avait entériné le jugement. Lucien raccrocha le téléphone et se dirigea vers les portes-fenêtres qui donnaient sur la place du palais de justice. Jake l'observait, attendant d'entendre sa tirade. Mais Lucien resta silencieux. Il descendit lentement l'escalier, s'arrêta sur le seuil pour regarder Ethel qui était en train de pleurer, puis se tourna vers Jake.

– Je te confie la maison, lança-t-il en ouvrant la porte. A plus tard.

Ils se précipitèrent à la fenêtre et le virent s'éloigner à toute allure dans sa vieille Porsche cabossée. Pendant plusieurs mois, ils n'eurent plus aucune nouvelle de lui. Jake s'occupa de son mieux des dossiers de Lucien, tandis qu'Ethel sauvait chaque jour le cabinet du naufrage.

Certaines affaires furent traitées et défendues en justice, d'autres confiées à d'autres avocats.

Six mois plus tard, Jake, revenant au cabinet après une longue journée passée au tribunal, découvrit Lucien endormi sur le tapis persan de son grand bureau.

– Lucien ! Ça ne va pas ? s'écria-t-il.

Lucien se releva d'un bond et s'assit dans le fauteuil de cuir derrière le bureau. Il était à jeun, bronzé, l'air détendu.

– Jake, mon garçon, comment vas-tu ? demanda-t-il chaleureusement.

– Bien. Très bien. Où étais-tu ?

– Aux îles Caïmans.

– Pour y faire quoi ?

– Boire du rhum, dormir sur la plage, draguer les filles du coin.

– Pas mal comme programme. Pourquoi être rentré ?

– Ça devenait rasoir.

Jake s'assit sur le coin du bureau.

– Je suis content de te revoir, Lucien.

– Moi aussi, Jake. Comment ça se passe, ici ?

– Ce n'est pas de tout repos. Mais on s'en sort, je crois.

– Tu t'es occupé du dossier Medley ?

– Ouais. Ils ont versé quatre-vingt mille.

– C'est très bien. Il était content ?

– Oui, apparemment.

– Cruger est passé en jugement ?

Jake baissa les yeux.

– Non, il a embauché Fredrix. Je crois que le procès est prévu pour le mois prochain.

– J'aurais dû lui parler avant de partir.

– Il est coupable, hein ?

– Oui, on ne peut l'être davantage. Tirons un trait dessus. La plupart des accusés sont coupables, tu sais. Souviens-toi de ça.

Lucien se dirigea vers le balcon et regarda le palais de justice.

– Quels sont tes projets, Jake ?

– J'aimerais rester ici. Et toi, quels sont les tiens ?

– Tu es un type bien, Jake, et j'ai envie que tu restes. Quant à moi, je ne sais pas ce que je vais faire. Je pensais aller faire un tour aux Antilles. C'est un joli endroit, mais je me fais vieux et je n'ai plus envie. Je n'ai aucun projet en vérité. Je vais peut-être voyager. Dépenser un peu d'argent. J'en ai des tonnes, tu sais.

Jake acquiesça. Lucien se retourna et désigna la pièce d'un geste circulaire.

– Je veux que tout ça te revienne, Jake. Je veux que tu restes ici et que tu continues à faire tourner la boutique. Installe-toi ici, derrière ce bureau que mon grand-père a rapporté de Virginie après la guerre de Sécession. Garde les dossiers, les clients, les livres, tout est à toi.

– C'est très généreux de ta part, Lucien.

– La plupart des clients vont s'en aller. Ne prends pas ça contre toi, tu seras un grand avocat un jour. Mais la plupart des clients sont avec moi depuis des années.

Jake ne tenait pas particulièrement à récupérer les clients de Lucien.

– Et pour le loyer ?

– Donne-moi ce que tu peux. Les temps seront durs au début, mais tu t'en sortiras. Moi, je n'ai pas besoin d'argent, toi, si.

– C'est vraiment très gentil...

– Oui, c'est ça, je suis un type gentil, c'est bien connu.

Ils se mirent à rire.

– Et Ethel ? demanda Jake en redevenant sérieux.

– A toi de voir. C'est une bonne secrétaire, qui a connu plus de lois durant sa carrière que tu n'en connaîtras jamais. Je sais que tu ne l'aimes pas, mais il sera difficile de lui trouver une remplaçante. Fiche-la dehors, si tu veux. Ça m'est égal.

Lucien se dirigea vers la porte.

– Appelle-moi en cas de besoin. Je reste dans le coin. Installe-toi dans ce bureau. C'était celui de mon père et de mon grand-père. Fourre mes affaires dans un carton, je viendrai les chercher plus tard.

Cobb et Willard s'éveillèrent avec un mal de tête et des yeux rouges et enflés. Ozzie les avait tirés du sommeil sans ménagement. On les avait mis dans une petite cellule, à l'écart. Dans la geôle contiguë, des prisonniers attendaient leur transfert au pénitencier d'Etat de Parchman. Une dizaine de Noirs s'accrochaient aux grilles et regardaient fixement les deux Blancs qui s'éveillaient en se frottant les yeux. Sur la gauche, il y avait une autre cellule, remplie de Noirs aussi. « Debout, hurlait Ozzie à l'adresse de Cobb et Willard, et bouclez-la, sinon je les laisse entrer ! »

Jake jouissait d'un peu de calme entre 7 heures et 8 h 30, heure à laquelle arrivait Ethel. Il veillait jalousement à préserver ce moment de répit. Il fermait la porte d'entrée à clé, laissait le téléphone sonner et refusait tout rendez-vous. Il préparait sa journée de travail avec minutie. A 8 heures et demie, il avait déjà de quoi occuper Ethel jusqu'à midi. A 9 heures, il allait soit au tribunal, soit voir des clients. Il ne prenait aucun appel jusqu'à 11 heures, heure à laquelle il revenait au bureau répondre aux messages de la matinée, tous, sans exception. Il rappelait toujours sans tarder – encore une autre règle de conduite qu'il s'était fixée. Jake travaillait avec méthode et efficacité, en perdant le moins de temps possible – ce sens de l'organisation devait être inné chez Jake, parce que Lucien était loin d'être un exemple en ce domaine.

A 8 heures et demie, Ethel faisait son entrée, toujours avec la même discrétion. Elle préparait du café et ouvrait le courrier, comme chaque jour depuis quarante et un ans. Elle avait soixante-quatre ans, mais en paraissait cinquante. Elle était enveloppée mais pas grosse, bien faite mais pas attirante. Elle termina le friand graisseux qu'elle avait apporté de chez elle, tout en prenant connaissance du courrier.

Jake entendit des voix. Ethel parlait avec une autre femme. Il ouvrit son carnet de rendez-vous – rien avant 10 heures.

– Bonjour, maître Brigance, lança Ethel dans l'interphone.

– Bonjour, Ethel.

Elle préférait être appelée Mrs. Twitty. Lucien et tout le monde suivaient la consigne. Mais Jake l'appelait Ethel depuis leur première altercation, quelque temps après la radiation de Lucien.

– J'ai devant moi une dame qui voudrait vous parler.

– Elle n'a pas rendez-vous.

– Oui, je sais.

– Notez-la pour demain matin, après 10 heures et demie. Je suis occupé pour l'instant.

– Oui, maître. Mais elle dit que c'est urgent.

– Ah oui ? Et qui est-ce ? lança-t-il d'un ton mordant.

C'était toujours urgent lorsque des gens débarquaient à l'improviste, comme on passait aux pompes funèbres ou à la laverie automatique. Encore une urgence à propos des dernières volontés de l'oncle Luke, ou d'une affaire devant passer en jugement dans trois mois.

– Une certaine Mrs. Willard, répondit Ethel.

– Prénom ?

– Earnestine Willard. Vous ne la connaissez pas, mais son fils est en prison.

Jake se faisait un devoir d'être ponctuel à ses rendez-vous, mais les gens qui se présentaient à l'improviste l'irritaient. Il demandait à Ethel de les renvoyer ou de leur donner un rendez-vous pour le lendemain. Mr. Brigance était très pris, expliquait-elle, mais il pourra vous recevoir après-demain. Ça faisait toujours impression.

– Dites-lui que ça ne m'intéresse pas.

– Mais elle dit qu'elle doit trouver un avocat tout de suite. Son fils passe au tribunal à 13 heures cet après-midi.

– Dites-lui d'aller voir Drew Jack Tyndale, l'avocat d'Etat. Il est bon et il est gratuit.

Ethel transmit le message.

– Mais, Mr. Brigance, cette dame tient à ce que ce soit vous. Elle dit que vous êtes le meilleur avocat du comté pour les affaires criminelles.

Le ton d'Ethel trahissait un certain amusement.

– Dites-lui que c'est la vérité, mais que son cas ne m'intéresse pas.

Ozzie passa les menottes à Willard et le conduisit dans son bureau qui se trouvait dans le premier bâtiment de la prison du comté. Il les lui retira et le fit asseoir sur une chaise de bois au centre d'une pièce pleine de policiers. Ozzie s'installa dans le fauteuil derrière son bureau et regarda son suspect.

– Mr. Willard, voici le lieutenant Griffin, de la police routière du Mississippi. Voici l'inspecteur Rady, qui travaille dans mon service, et voici les shérifs adjoints Looney et Prather, que vous avez rencontrés la nuit dernière, mais je doute que vous vous en souveniez. Moi, je suis le shérif Walls.

Willard les regarda tour à tour, l'air guère rassuré. Il était cerné de toutes parts. Quelqu'un referma la porte. Deux magnétophones étaient posés devant lui, sur le bureau.

– Nous aimerions vous poser quelques questions, d'accord ?

– Pour quoi faire ?

– Avant de commencer, je veux m'assurer que vous connaissez vos droits. En premier lieu, vous avez le droit de garder le silence. C'est clair ?

– Mm-mm.

– Vous n'êtes pas obligé de répondre aux questions, mais si vous choisissez de le faire, tout ce que vous direz pourra être retenu contre vous au procès. Compris ?

– Mm-mm.

– Vous savez lire et écrire ?

– Ouais.

– Parfait. Alors lisez ça et signez en bas. Cela spécifie que vous avez pris connaissance de vos droits.

Willard signa. Ozzie appuya sur la touche rouge d'un des magnétophones.

– Vous avez compris que ce magnétophone enregistre notre conversation ?

– Mm-mm.

– Nous sommes mercredi 15 mai et il est 8 h 43 du matin.

– Si vous le dites...

– Quels sont vos nom et prénoms ?

– James Louis Willard.

– Votre surnom ?

– Pete. Pete Willard.

– Adresse ?

– Route 6, numéro 14, Lake Village, Mississippi.

– Le nom de la rue ?

– Bethel Road.

– Vous vivez seul ?

– Non, avec ma mère, Earnestine Willard. Je suis divorcé.

– Vous connaissez Billy Ray Cobb ?

Willard hésita et regarda ses pieds. Ses bottes étaient restées dans la cellule. Ses chaussettes blanches étaient sales et deux gros orteils sortaient à l'air libre. Il décida qu'il pouvait répondre à cette question.

– Ouais, je le connais.
– Vous étiez avec lui, hier ?
– Mm-mm.
– Où êtes-vous allés, tous les deux ?
– Au lac.
– A quelle heure êtes-vous repartis ?
– Vers 3 heures.
– Avec votre voiture ?
– Non.
– Avec celle de Cobb ?
Willard contempla de nouveau ses orteils.
– Je crois que je vais m'arrêter là.
Ozzie appuya sur le bouton stop et le magnétophone s'arrêta. Il poussa un long soupir en regardant Willard.
– Tu as déjà été à Parchman ?
Willard secoua la tête.
– Tu sais combien il y a de négros à Parchman ?
Willard secoua la tête.
– Environ cinq mille. Et tu sais combien il y a de Blancs comme toi ?
– Non.
– A peine mille.
Willard resta bouche bée. Ozzie lui laissa un moment pour réfléchir, puis fit un clin d'œil au lieutenant Griffin.
– Tu sais ce que font les négros aux Blancs qui violent une fillette noire ?
Pas de réponse.
– Lieutenant Griffin, dites-lui donc ce qui arrive aux Blancs à Parchman.
Griffin s'approcha, s'assit sur un coin du bureau d'Ozzie et regarda Willard.
– Il y a environ cinq ans, un jeune Blanc du comté d'Helena, dans le delta, a violé une fille noire. Elle avait douze ans. Les autres l'attendaient à Parchman. Ils savaient qu'il viendrait. La première nuit, une trentaine de Noirs l'ont attaché à un fût et lui sont passés dessus. Les gardes laissaient faire et se bidonnaient. Il n'y a pas de sym-

pathie pour les violeurs. Ils lui firent ça toutes les nuits pendant trois mois, et puis ils le tuèrent. On le retrouva un matin au fond du fût, castré.

Willard blêmit, puis prit une profonde inspiration en penchant la tête en arrière, les yeux levés au plafond.

– Ecoute, Pete, commença Ozzie, ce n'est pas toi qu'on veut. C'est Cobb. Je veux le coincer depuis qu'il est sorti de Parchman. Je veux vraiment lui en faire baver. Si tu nous aides à le choper, je fais tout mon possible pour te sauver la mise. Je ne peux rien te promettre, mais moi et le procureur on travaille main dans la main. Aide-moi à avoir Cobb et on t'aidera. Dis-nous simplement ce qui s'est passé.

– Je veux un avocat, répondit Willard.

Ozzie secoua la tête en maugréant.

– Qu'est-ce qu'un avocat va pouvoir faire, Pete ? Tenir les négros à l'écart ? J'essaie de t'aider et voilà que tu joues au con.

– Il faut écouter le shérif, fiston. Il essaie de te sauver la peau, intervint Griffin.

– Avec un peu de chance, tu peux t'en sortir avec un an ou deux, ici, dans cette prison, annonça Rady.

– Ce sera bien moins risqué qu'à Parchman, ajouta Prather.

– A toi de voir, Pete, dit Ozzie. Mourir à Parchman, ou rester ici, en vie. On pourrait même envisager un traitement de faveur si tu es réglo.

Willard laissa sa tête retomber et se frotta les tempes.

– Ça va, ça va.

Ozzie relança le magnétophone.

– Où avez-vous trouvé la fille ?

– Sur une petite route.

– Quelle route ?

– Je ne sais pas. J'étais saoul.

– Où l'avez-vous emmenée ?

– Je sais pas.

– Vous étiez seuls, juste toi et Cobb ?
– Ouais.
– Qui l'a violée ?
– Tous les deux. Billy Ray l'a fait en premier.
– Combien de fois ?
– Je ne sais plus. J'avais trop fumé, trop bu.
– Vous l'avez violée tous les deux ?
– Ouais.
– Où vous en êtes-vous débarrassés ?
– Je ne sais plus. Je ne me rappelle plus, je vous le jure.

Ozzie arrêta le magnétophone.

– On va taper tout ça noir sur blanc et tu viendras signer.

Willard secoua la tête.

– Ne le dites pas à Billy Ray, je vous en prie.
– Promis, répondit le shérif.

4

Percy Bullard s'agitait dans son fauteuil de cuir derrière son grand bureau de chêne délabré qui trônait au milieu de la pièce, tandis que la foule se massait dans la salle de tribunal, attirée par cette histoire de viol. Dans la petite pièce à côté du cabinet du juge, les avocats bavardaient de l'affaire autour de la machine à café.

La petite robe noire de Bullard était accrochée dans un coin, à côté de la fenêtre qui donnait sur la rue Washington. Ses pieds, dans des chaussures de jogging de taille 38, touchaient à peine le sol. C'était un petit homme nerveux qui s'angoissait avant la moindre audience de routine. Depuis treize ans qu'il occupait ce fauteuil de juge, il ne parvenait toujours pas à se relaxer. Heureusement, il n'avait pas à juger de grosses affaires; c'était le juge de cour d'assises qui s'en chargeait. Bullard n'était qu'un petit juge de comté, et il avait atteint le sommet de sa carrière.

Mr. Pate, le vieux substitut du juge, frappa à la porte.

– Entrez! lança Bullard.

– Bonjour, Votre Honneur.

– Combien y a-t-il de Noirs dans la salle? demanda abruptement Bullard.

– Ils occupent la moitié des bancs.

– Ils sont au moins une centaine! Il y en vient

moins lorsqu'on juge un véritable meurtre. Qu'est-ce qu'ils veulent ?

Mr. Pate secoua la tête.

– Ils s'imaginent peut-être que nous allons les juger aujourd'hui, maugréa le juge.

– Ils sont sans doute inquiets, répondit doucement Mr. Pate.

– Inquiets ? Pourquoi ? Je ne vais pas les relâcher. Ce n'est qu'une audience préliminaire !

Le juge tourna la tête vers la fenêtre.

– La famille est là ?

– Je crois, oui. J'en ai reconnu certains, mais je ne connais pas les parents de la petite.

– Et question sécurité ?

– Le shérif a posté tous ses adjoints et tous ses hommes de réserve autour de la salle. On fouille tout le monde à l'entrée.

– On a trouvé quelque chose ?

– Non, Votre Honneur.

– Où sont les deux types ?

– Avec le shérif. Ils seront là dans une minute.

Le juge sembla rassuré. Mr. Pate posa une lettre manuscrite sur le bureau.

– Qu'est-ce que c'est ?

Mr. Pate prit une profonde inspiration.

– C'est une demande d'autorisation. Une équipe télé de Memphis voudrait filmer l'audition.

– Quoi !

Le visage de Bullard vira au rouge, tandis que le reste de son corps se mit à osciller dangereusement sur son siège à suspension.

– Des caméras ! s'écria-t-il. Dans mon tribunal !

Il déchira la note et jeta les morceaux vers la corbeille.

– Où sont-ils ?

– Dans la rotonde.

– Faites-les sortir du palais.

Mr. Pate se dépêcha d'aller exécuter les ordres.

Carl Lee Hailey s'installa sur la dernière rangée de sièges. Des dizaines de gens, parents et amis, se trouvaient autour de lui, assis sur les bancs rembourrés de mousse de l'aile droite de la salle. Les rangs de l'aile gauche étaient vides. Des adjoints allaient et venaient dans la travée, armés jusqu'aux dents, l'air inquiets, surveillant attentivement le groupe de Noirs, et en particulier Carl Lee, qui était assis, le corps plié en avant, les coudes sur les genoux, en train de regarder fixement le sol à ses pieds.

Jake, à la fenêtre de son bureau, contemplait la face arrière du palais de justice qui se dressait au milieu de la place. Il était 1 heure de l'après-midi. Il avait sauté le déjeuner, comme d'habitude, et aucune affaire ne l'appelait au tribunal, mais il avait envie de prendre l'air, après être resté toute la matinée enfermé dans son bureau. Il n'avait aucune envie d'entendre le récit du viol dans le détail, mais il aurait détesté manquer l'audition. Il devait y avoir foule, car il ne restait plus une place libre sur le parking. Un groupe de journalistes et de photographes faisaient les cent pas derrière le palais, à côté de la porte de bois par laquelle allaient entrer Cobb et Willard.

La prison se trouvait à deux pâtés de maisons du palais, sur la grand-route, côté sud. Ozzie conduisait la voiture, avec Cobb et Willard à l'arrière. Avec une voiture d'escorte en tête et une autre fermant la marche, le convoi quitta la rue Washington pour s'engager dans l'allée du palais de justice. Six adjoints, fendant la masse des journalistes, ouvrirent le chemin aux accusés, leur firent monter l'escalier de service et s'asseoir dans une petite pièce adjacente à la salle de tribunal

Jake saisit son manteau, sortit sans accorder un regard à Ethel et traversa la rue en courant. Il monta l'escalier de service quatre à quatre, suivit un petit couloir qui longeait la chambre des délibérations du jury, et entra dans le tribunal par une porte latérale au moment même où Mr. Pate conduisait le juge à son fauteuil.

– Mesdames et messieurs, la cour ! lança Mr. Pate.

Tout le monde se leva. Bullard grimpa sur l'estrade et s'installa sur son siège.

– Vous pouvez vous rasseoir, annonça-t-il. Où sont les accusés ? Où sont-ils, hein ? Faites-les donc entrer !

On alla chercher Cobb et Willard dans la petite pièce et on les amena dans la salle, menottes aux poignets. Ils n'étaient pas rasés. Ils étaient sales, défaits, et semblaient un peu hagards. Willard regardait fixement le groupe de Noirs tandis que Cobb leur tournait ostensiblement le dos. Looney leur retira les menottes et les fit asseoir à côté de Drew Jack Tyndale, l'avocat d'Etat, sur la longue table de la défense. De l'autre côté, il y avait la table du procureur du comté, Rocky Childers, qui prenait déjà des notes d'un air important.

Willard jeta un coup d'œil par-dessus son épaule et regarda de nouveau le groupe de Noirs. Au premier rang, juste derrière lui, il y avait sa mère ainsi que celle de Cobb, chacune avec un policier pour assurer leur protection. Willard était rassuré par la présence de tous ces uniformes. Cobb, quant à lui, regardait droit devant lui.

Au fond, à vingt-cinq mètres de lui, Carl Lee releva la tête et regarda le dos des deux hommes qui avaient violé sa fille. Ils étaient sales et hirsutes – des vagabonds. Il se cacha le visage dans les mains et se recroquevilla sur son siège. Des policiers se tenaient derrière lui, dos au mur, surveillant ses moindres gestes.

– Je veux que les choses soient bien claires, commença Bullard. Il s'agit simplement d'une audience préliminaire, et en aucun cas d'un procès. Le but de cette audition est de déterminer s'il y a assez de preuves qu'un crime a été commis pour envoyer ces accusés devant la chambre de mise en accusation. Les accusés peuvent même ne pas assister à cette audience s'ils le désirent.

Tyndale se leva.

– Non, Votre Honneur, nous tenons à assister à tous les débats.

– Parfait. J'ai les copies des mandats d'arrestation demandés par le shérif Walls, pour viol, kidnapping et sévices corporels sur la personne d'une fillette de moins de douze ans. Maître Childers, vous pouvez appeler votre premier témoin.

– Votre Honneur, l'Etat appelle le shérif Ozzie Walls.

Jake s'installa dans le box des jurés avec d'autres avocats – tous faisant semblant d'être occupés à lire d'importants documents. Ozzie prêta serment et prit place dans le fauteuil des témoins à gauche de Bullard, à seulement un mètre des bancs des jurés.

– Voulez-vous vous présenter ?

– Je suis le shérif Ozzie Walls.

– Vous êtes le shérif de ce comté ?

– Oui.

– Nous savons tous qui il est, marmonna Bullard en feuilletant son dossier.

– Shérif, hier après-midi, votre bureau a reçu un appel, vous annonçant la disparition d'un enfant ?

– Oui, vers 4 heures et demie.

– Qu'avez-vous fait ?

– J'ai dépêché mon adjoint Willie Hastings au domicile de Gwen et Carl Lee Hailey, les parents de la petite fille qui avait disparu.

– Où résident-ils ?

– Sur Craft Road, derrière l'épicerie Bates.

– Que s'est-il passé alors ?

– L'adjoint Hastings a rencontré la mère de l'enfant, qui avait passé l'appel. Puis il est parti en voiture à la recherche de la fillette.

– Il l'a retrouvée ?

– Non. Lorsqu'il est retourné chez les Hailey, l'enfant était là. C'est un groupe de pêcheurs qui l'a trouvée et qui l'a ramenée chez elle.

– Dans quel état était la fillette ?

– Elle avait été battue et violée.
– Etait-elle consciente ?
– Oui. Elle pouvait articuler quelques mots, à peine.
– Qu'est-ce qu'elle a dit ?
Tyndale se leva d'un bond.
– Votre Honneur, s'il vous plaît, je sais que les témoignages indirects sont admis dans une audience comme celle-ci, mais il s'agit, en l'occurrence, d'un témoignage indirect au troisième degré !
– Objection rejetée. Taisez-vous et asseyez-vous. Poursuivez, maître Childers.
– Qu'est-ce qu'elle a dit ?
– Elle a dit à sa mère qu'il s'agissait de deux hommes blancs dans un pick-up jaune, avec un drapeau sudiste accroché à l'arrière. C'est à peu près tout. Elle avait du mal à parler. Elle avait les deux mâchoires brisées et le visage meurtri par les coups.
– Que s'est-il passé ensuite ?
– L'adjoint Hastings a appelé une ambulance et l'enfant a été conduite à l'hôpital.
– Comment va-t-elle ?
– Les médecins disent que son état est critique.
– Ensuite ?
– Grâce au témoignage de la fillette, j'ai commencé à suspecter quelqu'un.
– Qu'avez-vous fait ?
– J'ai trouvé un indicateur, un indicateur de confiance, et l'ai envoyé boire une bière avec le suspect, au bord du lac.
Childers n'était pas du genre à s'appesantir sur les détails, en particulier avec Bullard. Jake le savait, Tyndale aussi. Bullard envoyait toutes les affaires devant le jury d'accusation, si bien que l'audience préliminaire n'était qu'une simple formalité. Quelle que soit l'affaire, quels que soient les faits, les preuves, Bullard envoyait les accusés devant le jury d'accusation. Si les preuves étaient

insuffisantes, le jury relaxerait l'accusé, mais en aucun cas Bullard n'en aurait pris la responsabilité. Il devait être réélu, pas le jury d'accusation. Et les électeurs n'aimaient pas voir un criminel sortir les mains libres d'un tribunal. La plupart des avocats du comté ne venaient donc pas aux auditions préliminaires. Mais Jake y assistait. Pour lui, ces audiences étaient le moyen le plus rapide et le plus efficace de connaître les cartes de l'accusation. Tyndale, lui aussi, manquait rarement une audition.

– Boire une bière où ça ?

– Chez Huey.

– Qu'est-ce qu'a appris votre indicateur ?

– Il m'a dit que Cobb et Willard, les deux accusés ici présents, se vantaient d'avoir violé une petite Noire.

Cobb et Willard échangèrent un regard. Qui était cet indic ? Ils se souvenaient à peine de leur soirée chez Huey.

– Ensuite ?

– Nous avons arrêté Cobb et Willard, puis nous avons fouillé un pick-up enregistré au nom de Billy Ray Cobb.

– Qu'avez-vous découvert ?

– Nous l'avons remorqué et l'avons inspecté ce matin. On y a trouvé de nombreuses traces de sang.

– Quoi d'autre ?

– Nous y avons découvert un petit T-shirt couvert de sang.

– A qui appartenait ce T-shirt ?

– A Tonya Hailey, la petite fille qui a été violée. Son père, Carl Lee Hailey, l'a identifié ce matin.

Carl Lee entendit prononcer son nom et se redressa. Ozzie le regarda droit dans les yeux. Jake se tourna et aperçut Carl Lee pour la première fois.

– Décrivez-nous ce camion.

– Un pick-up Ford neuf de couleur jaune. Des

pare-chocs chromés et de gros pneus tout-terrain. Avec un drapeau sudiste sur la vitre arrière.

– A qui appartient ce véhicule ?

Ozzie désigna du doigt la table des accusés.

– A Billy Ray Cobb.

– Ce véhicule correspond-il à la description qu'en a faite la petite fille ?

– Oui.

Childers marqua une pause pour consulter ses notes.

– Parfait, shérif. Maintenant, quelles autres preuves avez-vous contre ces accusés ?

– Nous avons interrogé Pete Willard ce matin à la prison. Il a signé des aveux.

– Tu as fait quoi ? s'écria Cobb.

Willard battit en retraite, cherchant de l'aide du regard.

– Silence ! Silence, cria Bullard en faisant sonner son maillet.

Tyndale sépara ses clients.

– Avez-vous énoncé ses droits à Mr. Willard ?

– Oui.

– Les a-t-il compris ?

– Oui.

– A-t-il signé une attestation en ce sens ?

– Oui.

– Qui était présent lorsque Mr. Willard a fait sa déposition ?

– Moi, deux adjoints, Rady, mon inspecteur, et le lieutenant Griffin de la patrouille routière.

– Avez-vous la déclaration du prévenu ?

– Oui.

– Lisez-la, s'il vous plaît.

Dans une salle silencieuse et immobile, Ozzie lut la courte déclaration. Carl Lee regardait fixement les deux accusés. Cobb observait Willard, qui s'employait à effacer une tache de boue sur l'une de ses bottes.

– Merci, shérif, dit Childers à la fin de la lecture.

– Est-ce que Mr. Willard a signé cette déclaration ?

– Oui, en la présence de trois témoins.

– Ce sera tout pour le ministère public, Votre Honneur.

– Maître Tyndale, le témoin est à vous, lança Bullard.

– Je n'ai aucune question à poser au témoin pour le moment, Votre Honneur.

Bien joué, songea Jake. Stratégiquement, il valait mieux que la défense se fasse discrète durant les audiences préliminaires. Se contenter d'écouter, de prendre des notes, laisser le greffier noter le témoignage, et se faire oublier. La chambre de mise en accusation renverra le dossier de toute façon, alors autant s'économiser. Et ne jamais laisser les prévenus témoigner. Leur témoignage ne servirait à rien et les suivrait jusqu'au procès. Jake, connaissant Tyndale, savait que la cour ne risquait pas d'entendre les deux prévenus.

– Appelez votre témoin suivant, maître Childers, ordonna le juge.

– Nous n'en avons pas d'autre pour le moment, Votre Honneur.

– Parfait. Asseyez-vous. Maître Tyndale, avez-vous des témoins à présenter ?

– Non, Votre Honneur.

– Parfait. La cour considère qu'il existe des preuves suffisantes que divers crimes ont été perpétrés par ces accusés. La cour ordonne donc que Mr. Cobb et Mr. Willard restent incarcérés afin d'être entendus par la chambre de mise en accusation du comté de Ford, qui se tiendra le lundi 27 mai. Des questions ?

Tyndale se leva lentement.

– Oui, Votre Honneur. Nous demandons à la cour de fixer une caution raisonnable pour ces...

– Pas question ! rétorqua Bullard. Toute demande de mise en liberté provisoire sera rejetée. J'ai cru comprendre que la fillette était dans un état critique. Si elle meurt, d'autres charges seront évidemment retenues contre les prévenus.

– Dans ce cas, Votre Honneur, la cour pourra peut-être entendre notre demande de mise en liberté provisoire dans quelques jours, au cas où la situation évoluerait en notre faveur ?

Bullard étudia Tyndale longuement. Bonne idée, songea-t-il.

– Accordé. Une audition aura lieu à cet effet lundi prochain, le 20 mai, dans cette même salle. En attendant, les prévenus resteront sous la garde du shérif du comté. La séance est levée.

Bullard donna un coup de maillet et quitta la salle. Les adjoints se précipitèrent vers les accusés, leur passèrent les menottes et disparurent à leur tour du tribunal. Ils traversèrent la chambre de détention, descendirent l'escalier de service, repoussèrent la masse des journalistes et montèrent dans les voitures.

Une audition signée Bullard – moins de vingt minutes. La justice pouvait se montrer expéditive dans son tribunal.

Jake bavarda avec les autres avocats tout en regardant la foule sortir en file indienne par les grandes portes de bois au fond de la salle. Carl Lee ne semblait pas pressé de s'en aller et fit signe à Jake de le rejoindre. Ils se retrouvèrent sous la rotonde. Carl Lee voulait parler à Jake. Il prit congé des proches en leur promettant de les retrouver à l'hôpital. Ils descendirent ensemble l'escalier en colimaçon jusqu'au rez-de-chaussée.

– Je suis vraiment désolé, Carl Lee, annonça Jake.

– Moi aussi.

– Comment va-t-elle ?

– Elle va s'en sortir.

– Et Gwen ?

– Ça va aller, faut bien.

– Et toi ?

Ils marchèrent lentement dans le couloir qui menait à la porte du fond.

– Ce n'est toujours pas digéré. Il y a vingt-quatre heures encore, tout allait bien. Maintenant regarde-nous. Ma petite fille est à l'hôpital avec des tuyaux partout. Ma femme est folle de chagrin. Les gosses sont traumatisés à vie, et je n'ai qu'une chose en tête : mettre la main sur ces deux salauds.

– J'aimerais pouvoir t'aider, Carl Lee.

– Tout ce que tu peux faire, c'est prier pour elle, prier pour nous.

– J'imagine ce que tu ressens.

– Tu as une petite fille, je crois, hein ?

– Ouais.

Carl Lee se tut. Ils continuèrent à marcher en silence. Jake changea de sujet.

– Où est Lester ?

– A Chicago.

– Qu'est-ce qu'il fait ?

– Il travaille dans une aciérie. Une bonne place. Il s'est marié, aussi.

– Pas possible ? Lester, marié ?

– Ouais, marié avec une Blanche.

– Une Blanche ! Qu'est-ce qu'il fait avec une Blanche ?

– Bah ! tu connais Lester. Il faut toujours qu'il fasse autrement que les autres. Il est sur la route, en ce moment. Il arrivera à la maison dans la nuit.

– Pour quoi faire ?

Ils s'arrêtèrent sur le seuil. Jake réitéra sa question :

– Qu'est-ce que Lester vient faire ici ?

– C'est une affaire de famille.

– Vous manigancez quelque chose ?

– Mais non. Il veut simplement voir sa nièce.

– Restez donc tranquilles, vous autres.

– Tu n'es pas à notre place, Jake.

– Je sais.

– Qu'est-ce que tu ferais, toi ?

– Comment ça ?

– Tu as une petite fille. Imagine qu'elle soit à l'hôpital, après avoir été tabassée et violée. Qu'est-ce que tu ferais ?

– Je ne sais pas. Je ne sais pas ce que je ferais.

– Je vais te dire ça autrement. Si c'était ta petite fille, et si c'étaient deux négros, et si tu pouvais leur mettre la main dessus, qu'est-ce que tu ferais ?

– Je les tuerais.

Carl Lee esquissa un sourire, puis éclata de rire.

– Evidemment, Jake, bien sûr que c'est ce que tu ferais. Tu irais voir après un bon avocat pour qu'il dise au procès que tu étais fou, tout comme tu l'as fait pour le procès de Lester.

– Nous n'avons pas dit que Lester était fou. Nous nous sommes contentés de dire que Bowie méritait de mourir.

– Tu l'as sorti du pétrin, non ?

– C'est vrai.

Carl Lee s'avança vers les marches et leva les yeux.

– C'est par là qu'ils passent pour aller au tribunal ? demanda-t-il.

– Qui ça ?

– Les deux types.

– Ouais. La plupart du temps, on les fait passer par cet escalier. C'est plus rapide et plus sûr. On peut garer les voitures juste devant la porte, et les faire monter quatre à quatre l'escalier.

Carl Lee s'avança vers la porte et regarda par les fenêtres.

– Combien de procès pour meurtre as-tu déjà défendus, Jake ?

– Trois. Celui de Lester et deux autres.

– Combien d'entre eux étaient noirs ?

– Tous les trois.

– Combien en as-tu gagnés ?

– Tous les trois.

– Tu te défends bien avec les Noirs, dis donc.

– Faut croire.

– Tu te sens d'attaque pour en avoir un autre ?

– Ne fais pas ça, Carl Lee. Ça n'en vaut pas la peine. Et si tu es condamné et que tu passes à la chambre à gaz ? Et les enfants ? Qui va les élever ?

Ça ne vaut pas le coup de prendre un tel risque pour ces salauds.

– Tu viens de me dire que tu le ferais à ma place.

Jake rejoignit Carl Lee à la porte.

– Dans mon cas, la situation serait différente. J'aurais de grandes chances de m'en sortir.

– Ah oui ?

– Je suis blanc, et c'est un comté blanc. Avec un peu de chance, j'aurais un jury composé de Blancs, qui seront naturellement de mon côté. Nous ne sommes pas à New York ou en Californie. Le devoir d'un homme est de protéger sa famille. Un jury gobera ça sans problème.

– Et moi ?

– Comme je te le dis, nous ne sommes ni à New York ni en Californie. Certains Blancs t'admireront, mais la majorité voudront te voir suspendu au bout d'une corde. Ce sera beaucoup plus difficile d'obtenir un acquittement ici.

– Mais tu peux y arriver, hein, Jake ?

– Ne fais pas ça, Carl Lee.

– Je n'ai pas le choix, Jake. Je ne serai jamais en paix tant que ces deux ordures seront en vie. Je dois le faire, pour ma petite fille, pour moi-même, pour mon peuple. Et je le ferai.

Ils ouvrirent les portes, longèrent les arcades et rejoignirent la rue Washington, juste devant le bureau de Jake. Ils se serrèrent la main. Jake promit de passer à l'hôpital le lendemain pour voir Gwen et la famille.

– Encore une chose, Jake. Tu viendras me voir en prison lorsqu'ils m'auront arrêté, promis ?

Jake hocha la tête sans réfléchir. Carl Lee sourit et se dirigea vers son camion.

5

Lester Hailey avait épousé une Suédoise du Wisconsin. Bien qu'elle continuât à clamer son amour pour lui, il sentait que sa peau noire commençait à présenter de moins en moins d'attrait à ses yeux. Le Mississippi la terrifiait et elle refusa de faire le voyage. Il eut beau lui répéter qu'elle ne courrait aucun danger, sa décision resta sans appel. Elle ne connaissait toujours pas la famille de Lester – elle aurait été pourtant accueillie à bras ouverts. Il arrivait souvent qu'un Noir du Sud monte au Nord et épouse une Blanche, mais il n'y avait eu encore aucun couple mixte dans la famille Hailey. On comptait beaucoup d'Hailey à Chicago : la plupart étaient des cousins, et tous étaient mariés avec des Noires. Le fait que la femme de Lester soit une blonde ne dérangeait personne. Mais Lester, dans sa nouvelle Cadillac, partit seul pour Clanton.

La nuit du mercredi était déjà avancée lorsque Lester retrouva les siens dans la salle d'attente au premier étage de l'hôpital, en train de tuer le temps en feuilletant des magazines. Il étreignit Carl Lee. Ils ne s'étaient pas vus depuis les dernières vacances de Noël, lorsque la moitié des Noirs de Chicago redescendaient en convoi vers le Mississippi et l'Alabama.

Ils s'éloignèrent dans le couloir, à l'écart des autres.

– Comment va-t-elle ? demanda Lester.

– Mieux. Beaucoup mieux. Elle pourra peut-être rentrer à la maison ce week-end.

Lester fut soulagé. Lorsqu'il avait quitté Chicago, onze heures plus tôt, elle luttait contre la mort, lui avait dit le cousin qui l'avait réveillé au milieu de la nuit. Il alluma une Kool sous un panneau d'interdiction de fumer et regarda son grand frère.

– Et toi, ça va ?

Carl Lee hocha la tête et regarda le bout du couloir.

– Et Gwen ?

– Folle d'angoisse. Encore plus que d'habitude. Elle est chez sa mère. Tu es venu tout seul ?

– Ouais, répondit Lester sur la défensive.

– Ça m'aurait étonné.

– Ça va, hein ! Je n'ai pas conduit toute la journée pour t'entendre critiquer ma femme !

– D'accord, d'accord ! Comment va l'estomac ?

Lester sourit et se mit à pouffer de rire. Lester souffrait de ballonnements d'estomac depuis qu'il avait épousé sa Suédoise. Elle lui mitonnait des plats aux noms impossibles et tout son organisme se rebellait. Il rêvait de collier d'agneau, de pois cassés, de gombos, de poulet à la broche, de porc sauce barbecue et de menhaden [1].

Ils trouvèrent une petite pièce au deuxième étage, équipée de chaises pliantes et d'une table de jeu. Lester alla chercher deux cafés dans un distributeur, une mixture épaisse et sans saveur, et mélangea le lait en poudre avec le doigt. Il écouta attentivement Carl Lee raconter le viol, l'arrestation, l'audience... Lester trouva des serviettes en papier et commença à tracer un plan du palais de justice et de la prison. Quatre ans s'étaient écoulés depuis son procès pour meurtre, et ses souvenirs

1. Hareng des côtes de Louisiane. *(N.d.T.)*

avaient perdu de leur précision. Il n'avait passé qu'une semaine en cellule, avant que le montant de sa caution ne soit fixé, et il n'avait plus jamais revu l'endroit puisqu'il avait été acquitté. En fait, Lester était parti pour Chicago tout de suite après le procès. La victime avait de la famille dans la région.

Ils élaborèrent nombre de plans et de stratégies jusque tard dans la nuit.

Le jeudi, à midi, Tonya quitta la salle de soins intensifs pour être installée dans une chambre individuelle. Son état était jugé stationnaire. Les médecins reprenaient espoir, et la famille fut autorisée à lui apporter des sucreries, des jouets et des fleurs. Avec ses deux mâchoires brisées et sa bouche couturée en tous sens, elle ne pouvait que dévorer des yeux les friandises. Ses frères se chargèrent de les manger à sa place. Ils s'accrochaient à son lit et lui tenaient la main, comme pour la protéger et la rassurer. La chambre ne désemplissait pas. Des amis de la famille, des inconnus venaient lui caresser les cheveux tendrement en lui disant qu'elle était si mignonne – tous la traitaient de façon étrange, comme si c'était un miracle qu'elle ait pu survivre à cette chose horrible. Les gens arrivaient par vagues, un va-et-vient incessant entre le couloir et sa chambre, sous l'œil vigilant des infirmières.

Les blessures la faisaient souffrir et lui arrachaient des larmes parfois. Toutes les heures, les infirmières se frayaient un chemin à travers les visiteurs pour lui injecter un sédatif.

Ce soir-là, les gens se massèrent dans sa chambre autour du poste TV et regardèrent le reportage de la chaîne de Memphis sur le viol. A l'écran, on montrait les photos de deux hommes blancs, mais elle ne put les reconnaître parce que ses ecchymoses lui brouillaient la vue.

Le tribunal du comté de Ford ouvrait ses portes à 8 heures du matin et les fermait à 5 heures de l'après-midi, sauf le vendredi, où les audiences se terminaient à 16 h 30. A 16 h 30, donc, le vendredi après-midi, Carl Lee se cacha dans les toilettes du rez-de-chaussée, juste avant la fermeture. Il s'assit sur une cuvette de W-C et attendit sans bruit pendant une heure. Pas de gardien. Pas âme qui vive. Le silence. Il longea le grand couloir plongé dans la pénombre jusqu'aux portes du fond et regarda par les fenêtres. Personne en vue. Il tendit l'oreille pendant un moment. La salle de tribunal était déserte. Il se retourna et contempla le long couloir, qui traversait la rotonde et menait au grand porche de la façade, soixante mètres plus loin.

Il inspecta les lieux. Les deux doubles portes du fond s'ouvraient sur une aire rectangulaire. A l'extrême droite, il y avait une volée de marches. A gauche, un autre escalier, identique. Le hall d'entrée se rétrécissait pour rejoindre la grande allée centrale. Carl Lee s'imagina être à son procès. Il joignit ses mains dans le dos et s'adossa contre les portes. Il avança de dix pas sur sa droite, monta l'escalier. Dix marches. Il déboucha sur un petit palier, tourna à angle droit sur sa gauche, suivant les indications de Lester. Dix marches encore. Il se retrouva dans la salle de détention. C'était une pièce exiguë, de quatre mètres de côté, percée seulement d'une fenêtre et de deux portes. Il en ouvrit une, au hasard, et pénétra dans la grande salle de tribunal, devant les rangées de bancs matelassés. Il avança dans l'allée, s'assit au premier rang et contempla la salle. Il remarqua une barrière – Lester avait parlé d'une grille – qui séparait les bancs du public de la zone réservée aux juge, jury, témoins, avocats, accusés et greffiers.

Il marcha dans la travée centrale jusqu'aux portes, en examinant la salle en détail. Elle semblait si différente, avec tous ces bancs vides et silencieux. Il retourna ensuite dans la chambre de détention et ouvrit l'autre porte, qui menait de l'autre côté de la barrière, là où tout se jouait durant le procès. Il s'installa derrière la longue table où s'étaient trouvés Cobb et Willard. Sur sa droite, il apercevait une autre longue table, celle des procureurs. Derrière, il y avait une rangée de chaises de bois, puis la barrière ouverte à chaque extrémité par deux portes battantes. Le juge, maître des lieux, était perché sur une estrade, dos au mur, sous le portrait jauni de Jefferson Davis, qui regardait l'assistance d'un air sévère. Les bancs des jurés se trouvaient adossés au mur de droite, à la gauche du juge, sous d'autres figures héroïques de la guerre de Sécession. Le fauteuil du témoin se trouvait à côté de la cour, un peu en contrebas, évidemment, et juste devant les jurés. A la gauche de Carl Lee, en face du jury, il y avait une grande table de travail, couverte de grands registres rouges. On y voyait clercs et avocats s'y activer pendant les procès. Derrière la table, juste derrière le mur, se trouvait la chambre de détention.

Carl Lee se leva, aussi raide que s'il avait les menottes aux poignets, et passa lentement les petites portes battantes de la barrière, faisant mine d'être reconduit dans la chambre de détention. Une fois dans la petite pièce, il redescendit les marches du petit escalier noyé d'ombre. Sur le palier, à mi-hauteur, il apercevait les portes du palais et une bonne partie du hall d'entrée. Arrivé au pied des marches, il trouva, sur la droite, une porte qu'il ouvrit. C'était un débarras où le concierge entreposait tout un bric-à-brac. Il pénétra dans le petit réduit et referma la porte derrière lui. La pièce s'enfonçait sous l'escalier en tournant. C'était un endroit sombre, poussiéreux, encombré de balais et de seaux laissés à l'abandon. Il entrouvrit la porte et regarda fixement l'escalier.

Pendant une heure encore, il rôda dans le palais de justice. L'autre escalier du fond conduisait à une autre salle de détention, juste derrière les bancs des jurés. Il y trouva là encore deux portes – l'une donnant dans la salle de tribunal, l'autre dans le box des jurés. L'escalier se terminait au deuxième étage, donnant accès à la bibliothèque du palais et à deux autres salles des témoins, exactement comme l'avait dit Lester.

Il fit plusieurs aller-retour, parcourant inlassablement le chemin qu'allaient emprunter les hommes qui avaient violé sa fille.

Il s'assit à la place du juge et contempla son domaine. Il s'installa sur les bancs des jurés et se balança dans l'une des confortables chaises. Il s'assit sur le fauteuil des témoins et souffla dans le microphone. Il faisait nuit noire lorsque à 7 heures du soir Carl Lee souleva une fenêtre des toilettes, à côté du débarras, se glissa furtivement au-dehors et disparut dans les buissons et l'obscurité.

– A qui vas-tu en parler ! demanda Carla.

Elle referma la boîte d'une pizza de trente-cinq centimètres de diamètre et remplit leurs verres de limonade tandis que Jake, se berçant mollement dans la balancelle de la terrasse, regardait Hanna sauter à la corde dans l'allée.

– Dis, tu m'écoutes ?

– Pardon, j'étais ailleurs.

– A qui vas-tu en parler ?

– A vrai dire, je n'avais pas l'intention d'en parler, répondit-il.

– Je crois que tu devrais.

– Je crois que non.

Les oscillations de la balancelle s'accentuèrent et il avala une gorgée de limonade.

– D'abord, rien ne prouve qu'un meurtre se prépare, commença-t-il en détachant chaque mot. N'importe quel père, à la place de Carl Lee, dirait ce genre de choses. Tout le monde aurait la même réaction, c'est évident. Mais de là à dire qu'un crime est en route, c'est aller vite en besogne. Et puis il m'a parlé sous le sceau du secret professionnel, en tant que client potentiel. En fait, il me considère déjà comme son avocat.

– Mais supposons que tu sois son avocat et que tu apprennes qu'il prévoit de commettre un meurtre, tu serais quand même bien obligé d'en parler, non ?

– Oui. Si je suis certain qu'il compte le faire. Ce qui n'est pas le cas.

Carla n'était pas de cet avis.

– Je crois quand même que tu devrais en informer quelqu'un.

Jake ne répondit pas. Cette discussion ne rimait à rien. Il avala sa dernière bouchée et feignit d'ignorer sa femme.

– Tu veux que Carl Lee le fasse, c'est ça ?

– Qu'il fasse quoi ?

– Qu'il tue ces types.

– Non. Bien sûr que non.

Il n'était guère convaincant.

– Mais s'il le fait, je ne lui jetterai pas la pierre, parce que je ferais la même chose, à sa place.

– Ne recommence pas.

– Je suis sérieux, et tu le sais très bien. Je ferais pareil.

– Jake, tu serais incapable de tuer qui que ce soit.

– D'accord. Crois ce que tu veux. Je ne vais pas recommencer à discuter. On a déjà parlé de tout ça.

Carla appela Hanna pour qu'elle s'écarte de la rue. Elle s'assit à côté de lui dans la balancelle et agita ses glaçons.

– Tu vas le défendre ?

– J'espère bien.

– Le jury va le condamner ?

– Tu le condamnerais, toi ?

– Je ne sais pas.

– Pense à Hanna. Regarde cette adorable petite fillette innocente en train de sauter à la corde. Tu es une mère. Maintenant, pense à la petite Hailey, gisant par terre, battue à mort, saignant de partout, en train d'appeler sa maman, son papa...

– Tais-toi, Jake !

Il sourit.

– Réponds-moi. Imaginons que tu fasses partie du jury. Tu aurais envie de condamner le père ?

Elle posa son verre sur le rebord de la fenêtre et s'abîma soudain dans la contemplation de ses ongles. Jake flairait la victoire.

– Allez. Tu tais partie du jury. Coupable ou non coupable !

– Il faut toujours que je sois membre d'un jury, avec toi. Et quand ce n'est pas le cas, ce sont des interrogatoires en règle que tu me fais subir.

– Alors, tu le condamnes ou tu l'acquittes ?

Elle le regarda, furibonde.

– Ce serait difficile de le condamner.

Jake esquissa un grand sourire et savoura son triomphe.

– Mais je ne vois pas comment il pourrait les tuer de toute façon, puisqu'ils sont en prison.

– Rien de plus facile. Ils ne sont pas toujours en prison. Ils vont au tribunal, font la navette entre le palais et leur cellule. Souviens-toi d'Oswald et de Jack Ruby. En plus, ils risquent de se retrouver dehors, s'ils obtiennent leur caution.

– Ce serait pour quand ?

– La caution sera fixée lundi. S'ils sortent, ils sont perdus.

– Et s'ils n'ont pas de quoi payer ?

– Ils resteront incarcérés jusqu'au procès.

– Il y a une date d'arrêtée ?

– Probablement à la fin de l'été.

– Je crois quand même que tu devrais en parler à quelqu'un.

Jake se leva d'un bond et partit jouer avec Hanna.

6

K.T. Bruster, plus connu sous le nom de Cat Bruster, était, à sa connaissance, le seul milliardaire noir et borgne de Memphis. Il possédait plusieurs boîtes pour Noirs où les serveuses officiaient en monokini – toutes parfaitement en règle avec la loi. Il avait également en sa possession des immeubles entiers, qu'il louait en toute légalité, et deux églises dans le sud de Memphis, irréprochables, elles aussi. Il soutenait financièrement de nombreuses causes noires, avait beaucoup d'amis dans la politique et faisait figure de héros aux yeux de son peuple.

Il était important pour Cat d'être populaire dans la communauté, parce qu'il pouvait être, à tout moment, inculpé et poursuivi à nouveau en justice. Il aurait alors encore de fortes chances d'être acquitté par ses pairs, puisque la moitié d'entre eux seraient des Noirs. Les autorités n'avaient toujours pas réussi à condamner Cat, ni pour meurtre, ni pour aucun de ses trafics illicites : femmes, cocaïne, objets volés, carte de crédit, tickets alimentaires, alcool de contrebande, fusils et artillerie légère.

Il lui restait un œil, l'autre gisait quelque part dans une rizière du Vietnam. Il l'avait perdu en 1971, le jour où son ami Carl Lee Hailey avait été blessé à la jambe. Carl Lee l'avait porté pendant deux heures avant de trouver du secours. A la fin de la guerre, Cat était rentré à Memphis avec un kilo de haschich dans ses bagages. Il put ainsi s'acheter un petit saloon à South Main, et mangea de la vache enragée jusqu'au jour où il gagna une fille dans une partie de poker contre un souteneur. Il promit à la fille qu'elle n'aurait plus à se prostituer si elle acceptait de faire du strip-tease dans son bar et de danser nue sur les tables. En une nuit, il eut plus de clients que de sièges, si bien qu'il dut acheter un autre bar et embaucher d'autres danseuses. Il fit son trou ; en deux ans, sa fortune était faite.

Son bureau se trouvait au-dessus de l'un de ses clubs, juste à côté de South Main, entre Vance et Beale, dans le quartier le plus chaud de Memphis. L'enseigne sur la façade annonçait Bud[1] et seins à profusion, mais il y avait bien d'autres choses à acheter derrière les vitres teintées.

Carl Lee et Lester arrivèrent au club – le Brown Sugar – le samedi, vers midi. Ils s'installèrent au bar, commandèrent deux Bud et regardèrent les seins des filles.

– Cat est là ? demanda Carl Lee au serveur quand il passa à leur portée.

Le garçon poussa un grognement et repartit vers son évier, finir sa vaisselle. Carl Lee le surveillait du coin de l'œil, entre deux gorgées de bière ou entre deux numéros de danse.

– Une autre ! lança Lester sans quitter des yeux les danseuses.

– Cat Bruster est ici ? répéta Carl Lee lorsque le serveur leur apporta leurs chopes.

– On peut savoir qui le demande ?

– Moi.

– Ah oui ?

– Oui. Moi et Cat, on est de bons amis. On a fait le Vietnam ensemble.

– Votre nom ?

1. Budweiser, bière américaine. *(N.d.T.)*

– Hailey. Carl Lee Hailey. Du Mississippi.

Le serveur s'éclipsa. Une minute plus tard, il émergea entre deux panneaux à miroirs derrière les rayonnages d'alcool du bar. Il fit signe aux deux hommes de le suivre. Ils franchirent une petite porte, traversèrent les toilettes et montèrent à l'étage. Le serveur ouvrit, devant eux, une porte fermée à clé. Le bureau au luxe criard était plongé dans la pénombre. Au sol, la moquette était dorée ; elle était rouge sur les murs et verte au plafond – un vert pelucheux. De discrets barreaux d'acier protégeaient les deux fenêtres de verre teinté, et de grands rideaux bordeaux et poussiéreux, descendant jusqu'au sol, finissaient d'arrêter les rares rayons de soleil qui avaient réchappé à la traversée des vitres opaques. Un petit lustre chromé, couvert de miroirs, projetait une lumière totalement inefficace et tournait lentement au milieu de la pièce, juste au-dessus de leurs têtes.

Deux gorilles géants, vêtus de costumes noirs trois pièces, renvoyèrent le serveur, firent asseoir Carl Lee et Lester, et se positionnèrent derrière eux.

Les deux frères admirèrent le décorum.

– C'est pas mal, hein ? annonça Lester, tandis que les lamentations langoureuses de B.B. King emplissaient la pièce, s'échappant de haut-parleurs invisibles.

Cat entra soudain par une porte dérobée, cachée derrière le bureau de marbre et de verre. Il se précipita vers Carl Lee.

– Carl Lee Hailey ! Ça par exemple ! Mon vieux frère, Carl Lee ! lança-t-il en empoignant son ami. Quelle joie de te revoir ! Quelle bonne surprise !

Carl Lee se leva et les deux hommes se tombèrent dans les bras.

– Comment vas-tu, mon vieux frère ? demanda Cat.

– Ça va, Cat. Ça va bien. Et toi ?

– Très bien ! Très bien ! Qui est-ce ?

Il se tourna vers Lester et tendit la main sous son nez. Lester s'empressa de la serrer vigoureusement.

– C'est mon frère Lester, répondit Carl Lee. Il vient de Chicago.

– Ravi de vous connaître, Lester. Moi et ce grand gaillard, c'est à la vie, à la mort, hein ! A la vie, à la mort !

– Il m'a raconté tout ça, dit Lester.

Cat examina Carl Lee.

– Mon Dieu, mon Dieu, Carl Lee. Tu sembles en forme. Comment va la jambe ?

– Ça va, Cat. Elle se bloque de temps en temps, quand il pleut, mais ça va.

– A la vie, à la mort, tous les deux, hein ?

Carl Lee acquiesça en souriant. Cat le relâcha.

– Vous voulez boire quelque chose, les gars ?

– Non merci, répondit Carl Lee.

– Moi, je veux bien une bière, annonça Lester.

Cat claqua des doigts et un gorille disparut. Carl Lee se laissa retomber sur sa chaise et Cat s'installa sur le coin du bureau, balançant les jambes comme un gamin sur une jetée. Il fit un grand sourire à Carl Lee, qui remua sur son siège, gêné par un tel débordement d'admiration.

– Pourquoi ne viens-tu pas à Memphis travailler pour moi ? demanda Cat.

Carl Lee s'attendait à cette question. Cela faisait dix ans que Cat lui proposait du travail.

– Non merci, Cat. Je suis heureux comme ça.

– Alors c'est très bien. Qu'est-ce qui t'amène ? Tu as des ennuis ?

Carl Lee ouvrit la bouche, hésita. Il croisa les jambes, puis fronça les sourcils en hochant la tête.

– J'ai besoin d'un service, Cat. D'un petit service.

Cat ouvrit les bras.

– Tout ce que tu veux, vieux frère ! Tout ce que tu veux.

– Tu te souviens des M-16 qu'on avait au Vietnam ? Il m'en faut un. Le plus rapidement possible.

Cat referma les bras sur sa poitrine. Il étudia son ami.

– C'est du gros calibre. Quel genre d'écureuil veux-tu chasser avec ça ?

– Il ne s'agit pas d'écureuils.

Cat considéra tour à tour les deux hommes. Mieux valait ne pas poser de questions. C'était sérieux, sinon Carl Lee ne serait pas ici.

– Un semi-automatique ?

– Non. Un vrai.

– Ça va coûter cher.

– Combien ?

– Il n'y a pas plus illégal, tu sais.

– Si je pouvais en commander un chez Sears, je ne serais pas là.

Cat sourit de nouveau.

– Il te le faut pour quand ?

– Pour aujourd'hui.

On apporta la bière de Lester. Cat se dirigea vers son fauteuil de chef en vinyle orange qui trônait derrière le bureau.

– Ça va chercher dans les mille dollars.

– Je les ai.

Cat était passablement surpris, mais n'en laissa rien paraître. Où un pauvre nègre d'un petit bled du fin fond du Mississippi pouvait-il bien trouver mille dollars ? Il avait dû sûrement les emprunter à son frère.

– Mille dollars pour n'importe qui, mais pas pour toi, vieux frère.

– Combien ?

– Rien, Carl Lee, rien du tout. Je te dois quelque chose de bien plus précieux que l'argent.

– Je peux payer sans problème, c'est normal.

– Pas question. C'est une affaire entendue. Le fusil est à toi.

– C'est vraiment gentil, Cat.

– Je t'en donnerais cinquante si tu voulais.

– Un seul me suffira. Je l'aurai quand ?

– Je vais voir ça.

Cat décrocha le téléphone et marmonna quelques mots à l'appareil. Une fois ses instructions données, il raccrocha le combiné et annonça que ça prendrait environ une heure.

– On peut attendre, dit Carl Lee.

Cat retira son bandeau et frotta son orbite vide avec un mouchoir.

– J'ai une meilleure idée.

Il appela ses gardes du corps d'un claquement de doigts.

– Prenons ma voiture. On va faire un tour, et on passera le chercher.

Ils suivirent Cat à travers un passage secret.

– Je vis ici, vous savez.

Il désigna une porte du doigt :

– Derrière cette porte, c'est mon domaine. Il y a toujours quelques femmes nues qui m'attendent.

– J'aimerais bien voir ça, lança Lester.

– Ça suffit, Lester, intervint Carl Lee.

Plus loin dans le couloir, Cat leur montra une grande porte en fer qui se trouvait dans un renfoncement. Il s'arrêta devant, comme pour l'admirer.

– Tout mon argent est là. Je laisse un garde vingt-quatre heures sur vingt-quatre.

– Il y a combien ? demanda Lester en buvant une gorgée de bière.

Cat l'observa d'un air interdit et continua son chemin. Carl Lee jeta un regard furieux à son frère et secoua la tête. Au bout du couloir, ils montèrent un escalier étroit jusqu'au troisième étage. Il régnait là un noir d'encre, et dans l'obscurité Cat sembla actionner un bouton quelque part sur un mur. Ils patientèrent en silence pendant quelques secondes, puis le mur s'ouvrit devant un ascenseur brillamment éclairé, tapissé de rouge et affublé d'un écriteau « Interdit de fumer ». Cat appuya sur un autre bouton.

– On est obligé de monter pour descendre en ascenseur, expliqua-t-il d'un air amusé. Question de sécurité.

Ils acquiescèrent de conserve, pétris d'admiration.

L'ascenseur s'ouvrit au sous-sol. Un gorille attendait à côté d'une grande limousine blanche, portière ouverte. Cat les fit monter dans l'habitacle. Ils dépassèrent lentement une colonne de Fleetwood, d'autres limousines encore, une Rolls, et un assortiment de voitures européennes de luxe.

– Elles sont toutes à moi, annonça-t-il avec fierté.

Le chauffeur klaxonna et une grande porte roulante se releva devant une rue à sens unique.

– Roulez doucement, lança Cat au conducteur et au garde du corps installé à l'avant. Je vais vous faire faire le tour du propriétaire, les gars.

Carl Lee avait déjà eu droit à la visite, la dernière fois qu'il avait vu Cat, quelques années plus tôt. Il y avait des alignements de taudis délabrés que le grand homme appelait ses biens fonciers, des vieux hangars de briques rouges, avec des fenêtres peintes en noir ou murées pour dissimuler ce qu'il y avait à l'intérieur. Il y avait une église aussi, une église prospère, et une autre encore, quelques pâtés de maisons plus loin. Même les prêtres étaient à lui, disait-il. Il y avait aussi une douzaine de tavernes avec terrasse où des groupes de jeunes Noirs venaient boire des canettes de Stag Beer. Il leur montra, d'un air fier, un bâtiment ravagé par un incendie, près de Beale, et leur raconta dans le détail les mésaventures d'un rival qui avait voulu faire son trou dans le strip-tease. Il n'avait aucun adversaire sérieux, disait Cat. Puis vinrent ensuite les clubs, des lieux baptisés Angels, Cat's House, et Black Paradise, des endroits où un homme pouvait trouver alcool, bonne chère, bonne musique, femmes nues, voire davantage, annonçait Cat. Les clubs avaient fait sa fortune. Il en possédait huit.

On leur montra les huit, ainsi que la majeure partie des biens immobiliers que Cat possédait dans le sud de Memphis. Au bout d'une rue sans nom, près du fleuve, le chauffeur tourna brusquement entre deux entrepôts de briques rouges et s'engagea dans une ruelle étroite jusqu'à un portail. Une fois passé le portail, une grande porte s'ouvrit sur un quai de déchargement et la limousine disparut dans le bâtiment. Elle s'arrêta et le garde du corps sortit de la voiture.

– Restez ici, annonça Cat.

Le coffre fut ouvert puis refermé. Moins d'une minute plus tard, la limousine roulait de nouveau dans les rues de Memphis.

– Si on déjeunait ? demanda Cat.

Sans même attendre leur réponse, il lança au chauffeur :

– Au Black Paradise. Appelle-les et dis-leur que je viens déjeuner.

« C'est dans l'un de mes clubs qu'on sert les meilleures côtelettes de tout Memphis. Evidemment, dans le *Sunday,* pas une ligne là-dessus ! Tous les critiques me fuient comme la peste. Vous vous rendez compte ?

– Ça ressemble à de la discrimination raciale, dit Lester.

– Ouais, pour sûr que c'en est ! Mais je garde ça pour mon procès.

– On n'a rien lu sur toi depuis un bout de temps, annonça Carl Lee.

– Mon dernier procès date de trois ans. Fraude fiscale. Les fédéraux ont passé trois semaines à présenter leurs preuves, et les jurés ont délibéré pendant vingt-sept minutes et sont revenus avec les deux mots les plus précieux de tout le langage afro-américain : non coupable.

– Je les ai déjà entendus, ces deux mots-là, annonça Lester.

Un portier attendait sous l'auvent du club, et un nouveau groupe de gorilles en tenue escorta le grand homme et ses invités dans une alcôve privée, à côté de la piste de danse. Nourriture et boisson furent apportées par une escadrille de serveurs. Lester se mit au whisky. Il fut ivre avant que les côtelettes n'arrivent dans son assiette. Carl Lee commanda du thé glacé et, avec Cat, ils se racontèrent leurs souvenirs de guerre.

Quand ils eurent terminé leur déjeuner, un garde du corps approcha et murmura quelque chose à l'oreille de son patron. Cat sourit et regarda Carl Lee.

– L'Eldorado rouge avec des plaques de l'Illinois, c'est la vôtre ?

– Ouais. Mais nous l'avons laissée là-bas.

– Elle est garée devant la porte... et la chose est dans le coffre.

– Quoi ? s'exclama Lester. Mais comment...

Cat éclata de rire et lui donna une grande claque dans le dos.

– Pas de questions, mon ami. Pas de questions. Tout est réglé. Pour Cat, rien n'est impossible.

Comme d'habitude, Jake partit travailler samedi matin, après avoir pris un petit déjeuner au Coffee Shop. Il aimait la paix qui régnait au bureau le samedi – pas de coups de fil, pas d'Ethel. Il s'enfermait à clé, ignorait le téléphone, et fuyait les clients. Il classa ses dossiers, prit connaissance des dernières décisions de la Cour suprême et prépara une stratégie dans la perspective éventuelle d'un procès. C'était pendant la quiétude des samedis matin que lui venaient ses meilleures idées.

A 11 heures, il téléphona au poste de police.

– Le shérif est là ? demanda-t-il au standard.

– Je vais vérifier, lui répondit-on.

Au bout d'un moment, la voix du shérif retentit dans l'écouteur :

– Shérif Walls, annonça-t-il.

– Ozzie, c'est Jake. Comment vas-tu ?

– Bien. Et toi, Jake ?

– Bien. Tu restes au bureau un moment encore ?

– Pendant deux heures encore. Qu'est-ce qui se passe ?

– Rien de spécial. Il faut juste que je te parle. Je serai là dans une demi-heure.

– Je t'attends.

Jake et le shérif s'estimaient mutuellement et se respectaient. Jake l'avait malmené deux ou trois fois durant un procès, mais Ozzie savait que c'était pour des raisons professionnelles et que sa personne n'était pas visée. Jake soutint Ozzie pour les élections, et Lucien finança la campagne, si bien qu'Ozzie ne se formalisait pas pour quelques sarcasmes lancés dans une salle de tribunal. Il aimait bien voir Jake plaider. Et il se plaisait à railler Jake au souvenir d'une certaine finale de football, en 1969. A l'époque, Jake était un jeune quaterback de deuxième année dans l'équipe de l'université de Karaway, et Ozzie, le spécialiste national des placages, jouait dans celle de Clanton. Les deux équipes invaincues se rencontrèrent en finale du championnat à Clanton. Pendant quatre quart-temps interminables, Ozzie terrorisa la frêle défense de Karaway, qui était menée avec l'énergie du désespoir par un jeune quaterback complètement exténué. A la fin du quatrième quart-temps, alors que le score était de 44 à 0 en faveur de Clanton, Ozzie cassa la jambe de Jake pendant une mêlée.

Depuis lors, Ozzie se plaisait à le menacer de lui casser l'autre. Ou alors, feignant de voir Jake boiter, il lui demandait, à brûle-pourpoint, des nouvelles de sa pauvre jambe.

– Qu'est-ce qui te chiffonne, vieux ? demanda Ozzie lorsqu'ils s'installèrent dans le petit bureau.

– C'est Carl Lee. Je me fais un peu de souci pour lui.

– Comment ça ?

– Ecoute, Ozzie, tout ce que je vais te dire doit rester entre nous, d'accord ? Il ne faut en parler à personne.

– Te voilà bien sérieux, Jake.

– Je ne saurais l'être davantage. J'ai parlé avec

Carl Lee, mercredi, après l'audience. Il était hors de lui et je comprends ça. On le serait à moins. Il a parlé de tuer les deux types, et ça avait l'air sérieux. Je me dis simplement qu'il vaut mieux que tu sois au courant.

– Ils sont en sécurité, Jake. Il ne pourrait les approcher, même s'il le voulait. On a reçu quelques coups de fil, anonymes, bien sûr, et toutes sortes de menaces possibles et imaginables. La communauté noire est salement remuée ; mais les types sont en sécurité. Ils sont isolés dans une cellule, et nous ouvrons l'œil, vraiment.

– Parfait. Carl Lee ne m'a pas embauché, mais j'ai défendu tous les Hailey à un moment ou à un autre, et je suis persuadé qu'il me considère comme son avocat, à juste titre ou non. Je me devais de te le faire savoir.

– Je ne suis pas inquiet, Jake.

– Parfait, mais j'aimerais te poser une question. Tu as une fille, comme moi, hein ?

– J'en ai deux.

« Qu'est-ce que Carl Lee a en tête ? Je veux dire, en tant que père noir.

– La même chose que toi dans son cas.

– C'est-à-dire ?

Ozzie se laissa aller au fond de son siège et croisa les bras. Il réfléchit pendant un moment.

– Premièrement, il se demande si elle va s'en sortir, physiquement, j'entends – si elle va vivre ; et si elle survit, quelles souffrances elle va devoir endurer. Pourra-t-elle encore avoir des enfants, par exemple ? Ensuite, il doit songer, au cas où elle guérit, aux séquelles qu'elle risque de garder pour le restant de sa vie. Et, troisièmement, je crois qu'il se demande comment faire la peau à ces salauds.

– Tu passerais aux actes, toi ?

– C'est facile de répondre oui, mais personne ne peut savoir réellement. Je crois que ma place serait davantage à la maison avec mes enfants qu'au pénitencier de Parchman. Et toi, Jake, tu en penses quoi ?

– En gros la même chose. Je ne sais pas comment je réagirais, pour tout dire. Je deviendrais sans doute fou furieux.

Il se tut et fixa le bureau des yeux.

– Mais je pourrais très sérieusement prévoir de tuer celui qui aurait fait ça. J'aurais du mal à trouver le sommeil sachant que le type en question est toujours en vie.

– Et un jury, il en penserait quoi ?

– Tout dépend qui en fait partie. Si tu as le bon jury, tu ressors libre. Si le procureur a le bon jury, tu es bon pour la chambre à gaz. Cela dépend entièrement de sa composition, et dans ce comté la défense peut décrocher un bon jury. Les gens en ont assez des viols, des vols et des meurtres. Je sais comment sont les Blancs.

– Tout le monde en a assez.

– J'ai l'impression que les gens auront beaucoup de sympathie pour un père qui a fait justice lui-même. Les gens n'ont pas confiance en notre système judiciaire. Je crois que je pourrais retourner un jury. Il suffit de convaincre un ou deux jurés que ce salaud méritait de mourir.

– Comme Monroe Bowie.

– Exactement. Comme Monroe Bowie. C'était un sale Noir qui méritait d'y passer, et Lester est ressorti libre comme l'air. Au fait, Ozzie, tu ne te demandes pas pourquoi Lester a fait le voyage de Chicago jusqu'ici ?

– Il est très proche de son frère, non ? De toute façon, on le surveille lui aussi.

La conversation dériva et Ozzie, finalement, lui demanda des nouvelles de sa jambe cassée. Ils se serrèrent la main et Jake s'en alla. Il rentra chez lui, où Carla l'attendait avec sa liste de courses. Il pouvait travailler tant qu'il voulait les samedis matin, tant qu'il revenait à midi à la maison et se montrait prêt à la suivre dans les magasins.

Le dimanche après-midi, une foule se rassembla à l'hôpital et suivit la fillette dans le fauteuil roulant que poussait son père. Ils traversèrent le couloir, franchirent les portes du hall et gagnèrent le parking. Le père la souleva doucement et la déposa sur le siège passager, à l'avant. Il s'installa au volant, sa fille entre sa femme et lui, ses trois fils à l'arrière, et quitta l'hôpital, suivi par une cohorte d'amis et d'inconnus. La caravane progressait lentement ; elle sortit de la ville et s'engagea dans la campagne.

Elle était assise à l'avant comme une grande. Son père serrait les dents, sa mère pleurait, et ses frères se tenaient raides et silencieux sur la banquette arrière.

Une autre foule les attendait à la maison et se précipita vers les voitures lorsque la caravane bifurqua dans l'allée pour se garer sur la pelouse. Les gens chuchotaient tandis que le père la prenait dans ses bras et gravissait les marches du perron. Il entra dans la maison et déposa sa fille sur le divan. Elle était contente de retrouver sa maison, mais fatiguée par la présence de tous ces gens autour d'elle. Sa mère lui tint les pieds tandis que les cousins, les oncles, les tantes, les voisins et la terre entière venaient lui caresser la joue, lui sourire, parfois les larmes aux yeux, sans dire un mot. Son père quitta la maison et discuta dehors avec l'oncle Lester et d'autres hommes. Ses frères étaient dans la cuisine prise d'assaut par les gens venus dévorer des montagnes de nourriture.

7

Rocky Childers était le procureur du comté de Ford depuis tant d'années qu'il ne les comptait plus. Le poste lui rapportait quinze mille dollars par an. Il accaparait le plus clair de son temps et lui interdisait tout espoir d'ouvrir un cabinet. A quarante-deux ans, sa carrière de magistrat était finie. Il était enlisé dans un travail à mi-temps sans avenir, qui occupait toutes ses journées, et tous les quatre ans, invariablement, il était réélu. Heureusement, sa femme avait une bonne place, si bien qu'ils pouvaient s'offrir des Buick neuves, payer leurs cotisations au country-club et avoir le niveau de vie *ad hoc* de l'intelligentsia blanche du comté de Ford. Il avait eu des ambitions politiques, autrefois, dans sa jeunesse, mais les électeurs y mirent un point final. Il supportait mal le fait de passer sa vie à poursuivre en justice des ivrognes, des voleurs à l'étalage et des délinquants juvéniles, et de voir sa réputation salie par le juge Bullard, son ennemi de toujours. Une certaine excitation le gagnait toutefois de temps en temps, lorsqu'on coinçait des gens comme Cobb et Willard. Rocky, de par sa fonction, avait alors l'honneur de diriger audiences et séances préliminaires avant que l'affaire ne soit portée devant le jury d'accusation, puis devant la cour d'assises et le véritable procureur – le grand procureur du district, Me Rufus

Buckley, du comté de Polk. C'était justement Buckley qui avait mis un terme à la carrière politique de Rocky.

D'ordinaire, diriger une audience de demande de liberté provisoire n'avait rien d'angoissant pour Childers, mais cette fois c'était une tout autre affaire. Depuis mercredi, il avait reçu des dizaines de coups de téléphone de la communauté noire, tous des électeurs recensés ou prétendant l'être, qui se disaient très inquiets de voir Cobb et Willard remis en liberté. Ils demandaient à ce que les deux hommes restent sous les verrous, parce que, s'ils étaient noirs, personne ne leur accorderait de liberté sous caution. Childers avait promis de faire de son mieux, en expliquant, toutefois, que le montant de la caution serait fixé par le juge Percy Bullard, que celui-ci habitait Bennington Street et que son numéro de téléphone se trouvait, lui aussi, dans l'annuaire. Ils avaient dit qu'ils viendraient à l'audience, s'assurer qu'ils tiendraient leurs promesses, lui et Bullard.

A midi et demi, le lundi, Childers fut convoqué dans le cabinet du juge, où l'attendaient Bullard et le shérif. Le juge était si nerveux qu'il ne tenait pas en place.

– Quel montant voulez-vous que je fixe pour la caution ? lança-t-il à Childers avec aigreur.

– Je ne sais pas, juge. Je n'y ai pas réfléchi.

– Vous ne pensez pas qu'il serait grand temps ?

Bullard marchait de long en large derrière son bureau, se dirigeait vers la fenêtre, revenait vers son siège. Ozzie restait silencieux, l'air amusé.

– Pas exactement, répondit prudemment Childers. La décision vous appartient. C'est vous le juge.

– Ça va ! Ça va ! Combien allez-vous demander ?

– Je demande toujours plus que ce que j'escompte obtenir, répliqua Childers avec détachement, ravi de voir le juge dans cet état de nerfs.

– Et combien ce sera aujourd'hui ?
– Je ne sais pas. Je n'y ai pas vraiment réfléchi.
Le cou de Bullard s'empourpra et il se tourna vers Ozzie.
– Qu'en pensez-vous, shérif ?
– Eh bien, commença Ozzie en traînant la voix, je serais d'avis de fixer une caution franchement élevée. Ces types doivent rester en prison, pour leur propre sécurité. Les Noirs sont plutôt bien remontés, en ce moment. Il pourrait leur arriver des bricoles s'ils se retrouvent dehors. Mieux vaut mettre la barre haut.
– Quelles sont leurs ressources ?
– Willard est fauché. C'est moins évident pour Cobb. Il est difficile d'évaluer l'argent qu'il gagne avec son trafic de drogue. Il peut peut-être disposer de vingt ou trente mille dollars. Il paraît qu'il a embauché un grand avocat de Memphis. Il doit arriver en ville aujourd'hui. Il doit donc avoir des fonds.
– Nom de Dieu, pourquoi ne me tient-on pas au courant ? Qui a-t-il embauché ?
– Bernard. Peter K. Bernard, répondit Childers. Il m'a appelé ce matin.
– Jamais entendu parler de lui, rétorqua Bullard d'un air supérieur, comme s'il avait en mémoire une fiche signalétique de tous les avocats de l'Etat.
Bullard observa les arbres derrière les fenêtres tandis que le shérif et le procureur échangèrent un regard complice. Le montant de la caution serait exorbitant, comme toujours. Les types du service de recouvrement adoraient Bullard et ses cautions outrageusement élevées. Ils regardaient les familles désespérées s'endetter, racler les fonds de tiroirs pour rassembler les dix pour cent d'acompte que l'État exigeait pour libérer le prévenu. Bullard mettait la barre toujours haut, et ne se souciait pas des conséquences. Il était politiquement sain de demander des cautions élevées et de garder les criminels en prison. Les Noirs appréciaient et ça avait

son importance – même si le comté était composé à soixante-quinze pour cent de Blancs. Il devait bien à la communauté noire une petite faveur.

– Disons cent mille pour Willard et deux cent mille pour Cobb. Ça devrait les contenter.

– Contenter qui ? demanda Ozzie.

– Eh bien, hum, les gens, tous ces gens dans la salle. Ça vous convient, vous ?

– Ça me va, répondit Childers. Mais pour l'audience, comment fait-on ? ajouta-t-il dans un sourire.

– On va leur offrir une belle audience, une audience équitable, et puis je fixerai les cautions à cent mille et deux cent mille dollars.

– Et j'imagine que vous comptez que je demande trois cent mille pour chacun afin que vous puissiez faire preuve de mansuétude ? demanda Childers.

– Je me fiche de ce que vous allez demander ! hurla le juge.

– Ça me paraît bien comme ça, annonça Ozzie en se dirigeant vers la porte. Vous allez m'appeler au box des témoins ? demanda-t-il à Childers.

– Non, nous n'aurons pas besoin de vous. Je pense que l'Etat n'appellera personne puisqu'on nous promet une audience aux petits oignons.

Ils s'en allèrent et laissèrent le juge mijoter dans son bureau. Bullard ferma la porte derrière eux. Il sortit une petite bouteille de sa mallette, remplie de vodka, et avala rageusement une grande lampée d'alcool. Mr. Pate attendait de l'autre côté de la porte. Cinq minutes plus tard, Bullard faisait son entrée dans la salle de tribunal bondée.

– La cour ! cria Mr. Pate.

– Asseyez-vous ! lança le juge avant que qui que ce soit n'ait eu le temps de se lever. Où sont les prévenus ? Où sont-ils ?

Cobb et Willard, qui attendaient dans la salle de détention, furent conduits à la table de la défense. Le nouvel avocat de Cobb lança un sourire à son client tandis qu'on lui ôtait ses menottes. Tyndale, l'avocat de Willard, désigné par l'Etat, n'accorda pas un regard à son client.

Le public noir du mercredi était revenu, accompagné d'amis et de proches. Chacun suivait des yeux les moindres faits et gestes des deux Blancs. Lester les voyait pour la première fois. Carl Lee n'était pas dans la salle.

De son fauteuil de juge, Bullard compta les policiers présents – neuf en tout. Un record ! Puis il compta les Noirs. Ils étaient des centaines, en rangs serrés sur les bancs, fixant du regard les deux violeurs assis à la même table, entre leurs deux avocats. La vodka lui chauffait agréablement le corps. Il but une gorgée de ce qui pouvait passer pour de l'eau avec des glaçons et reposa son gobelet de plastique en laissant échapper un sourire. L'alcool descendit dans son ventre en laissant une traînée de feu dans son œsophage. Ses joues prirent des couleurs. La meilleure chose à faire, ce serait de faire sortir les policiers de la salle et de jeter Cobb et Willard en pâture à la foule. Ça ferait un joli spectacle et la justice y trouverait son compte. Il voyait déjà les grosses doudous piétiner les deux types tandis que leurs maris les coupaient en rondelles à coups de machette et de couteau à cran d'arrêt. Et puis, une fois que tout serait fini, la foule se rassemblerait en silence et sortirait tranquillement du tribunal. Le juge esquissa un sourire indéchiffrable.

Il fit signe à Mr. Pate d'approcher.

– J'ai une petite bouteille d'eau minérale dans le tiroir de mon bureau, murmura-t-il. Vous voulez bien aller m'en remplir un gobelet ?

Mr. Pate acquiesça et quitta la salle.

– L'audience d'aujourd'hui a pour seul et unique objet de fixer le montant de la caution, lança-t-il, et je n'ai nullement l'intention de la laisser traîner en longueur. Les prévenus sont-ils prêts ?

– Oui, monsieur le Juge, répondit Tyndale.
– Oui, Votre Honneur, répondit Bernard.
– Le ministère public aussi ?
– Oui, Votre Honneur, répondit Childers sans prendre la peine de se lever de son siège.
– Parfait. Appelez donc votre premier témoin.
Childers se tourna vers le juge :
– Votre Honneur, le ministère public n'a aucun témoin à appeler. La cour sait parfaitement quelles charges pèsent sur les deux prévenus, puisque vous avez vous-même présidé l'audience préliminaire, mercredi dernier. Autant que je puisse le savoir, la victime a réintégré son foyer à l'heure qu'il est, aussi n'avons-nous aucune nouvelle charge à présenter à l'encontre des deux prévenus. Nous demanderons donc au jury d'accusation d'inculper les deux prévenus pour viol, kidnapping et sévices à enfant. Du fait du caractère particulièrement odieux de ces crimes, du fait du jeune âge de la victime et du fait que Mr. Cobb est un criminel endurci, le ministère public a l'intention de demander la caution maximale, et pas un penny de moins.
Bullard faillit s'étrangler avec son eau minérale. Comment ça, la caution maximale ? Il n'avait jamais existé la moindre limite en ce domaine.
– Vous pouvez être plus précis, maître Childers ?
– L'Etat réclame un demi-million de dollars pour chacun, lança fièrement Childers avant de se rasseoir.
Un demi-million ! Hors de question, songea Bullard. Il avala avec fureur une nouvelle gorgée et foudroya du regard le procureur. Un demi-million ! Trahi en pleine cour ! Bullard envoya Mr. Pate lui chercher un nouveau gobelet d'eau minérale.
– La parole est à la défense.
Le nouvel avocat de Cobb se leva d'un air déterminé. Il s'éclaircit la gorge et retira la paire de lunettes à monture d'écaille que tout avocat des villes se croyait obligé de poser sur son nez.

– Votre Honneur, permettez-moi de me présenter. Mon nom est Peter K. Bernard. Je viens de Memphis, et j'ai été engagé par Mr. Cobb, pour le représenter devant la cour ici pré...

– Vous avez une autorisation pour pratiquer dans le Mississippi ? l'interrompit Bullard.

Bernard fut pris de court.

– Eh bien, hum, pas exactement, Votre Honneur.

– Je vois. Lorsque vous dites « pas exactement », faut-il entendre autre chose que non ?

Plusieurs avocats dans le box des jurés gloussèrent. Bullard était célèbre pour ça. Il détestait les avocats de Memphis, et exigeait qu'ils s'associent avec des avocats locaux avant de se présenter dans son tribunal. Des années plus tôt, alors qu'il plaidait encore, un juge de Memphis l'avait chassé d'une salle d'audience parce qu'il n'avait pas la licence pour le Tennessee. Il rêvait de se venger depuis le jour où il avait obtenu son fauteuil de juge.

– Votre Honneur, je n'ai pas de licence pour le Mississippi, mais j'en ai une pour le Tennessee.

– Encore heureux, rétorqua-t-il du haut de son siège.

Dans le box des jurés, on gloussait de plus en plus.

– Connaissez-vous nos lois, ici, dans le comté de Ford ? demanda le juge Bullard.

– Eh bien, heu, oui, Votre Honneur.

– Vous avez une copie de ces lois ?

– Oui, Votre Honneur.

– Et vous les avez lues attentivement avant de vous présenter dans mon tribunal, je suppose ?

– Heu, oui, Votre Honneur, dans les grandes lignes.

– Avez-vous bien compris ce que spécifiait l'article 14 ?

Cobb leva un regard suspicieux vers son nouvel avocat.

– Heu, je ne me souviens plus de cet article-là, reconnut Bernard.

– Je m'en doutais, figurez-vous. L'article 14 précise que tout avocat venant d'un autre Etat et ne possédant pas de licence au Mississippi, est tenu de s'associer avec un avocat local avant de se présenter devant cette cour.

– Oui, Votre Honneur.

A en croire ses manières et sa mise élégante, Bernard était un avocat de la haute société, du moins il était connu comme tel à Memphis. Et il était en train d'être humilié et ridiculisé par un petit juge de campagne à la langue bien pendue.

– Oui, quoi ? aboya Bullard.

– Oui, il me semble avoir entendu parler de cet article.

– Alors cet associé, où est-il ?

– Il n'y en a pas, mais je pensais que...

– ... Que vous pouviez débarquer de Memphis, prendre connaissance des articles que j'ai fait instituer dans ce comté et passer outre délibérément. C'est ça ?

Bernard baissa la tête et fixa des yeux son bloc-notes vierge, posé sur la table.

Tyndale se leva lentement.

– Votre Honneur, pour le bon déroulement de cette audience, je me propose de m'associer à maître Bernard pour cette seule et unique séance.

Bullard sourit. Joli coup, Tyndale, joli coup. L'eau minérale lui chauffait agréablement l'estomac. Il se détendit.

– Entendu. Appelez votre premier témoin.

Bernard redressa pour la seconde fois les épaules. Il leva le menton et annonça :

– Votre Honneur, à la demande de Mr. Cobb, j'aimerais appeler son frère, Mr. Fred Cobb, au box des témoins.

– Soyez bref, marmonna Bullard.

Le frère de Cobb prêta serment et fut conduit à la chaise des témoins. Bernard prit la parole et se mit à mener un interrogatoire minutieux. Il avait bien préparé son affaire. Il apporta la preuve que Billy Ray Cobb avait un travail, qu'il avait des biens immobiliers dans le comté, qu'il avait grandi là, que ses amis et la plupart des membres de sa famille vivaient ici, et qu'il n'avait aucune raison de s'en aller. Un honnête citoyen, attaché profondément à la région, qui avait tout à perdre s'il lui prenait l'idée de s'enfuir. Un homme, assurément, qui se présenterait devant la cour à la moindre assignation. Un homme qui méritait d'obtenir une caution raisonnable.

Bullard avala une gorgée, joua avec son stylo, tout en comptant les visages noirs dans l'assemblée.

Childers n'avait pas de question. Bernard appela la mère de Cobb, Cora, qui répéta ce que Fred avait dit de son frère Billy. Elle versa deux larmes à un moment mal choisi, et Bullard secoua la tête.

C'était au tour de Tyndale. Il adopta une tactique similaire avec la famille Willard.

Un demi-million de dollars de caution ! Il n'avait pas osé demander moins, de peur de se mettre à dos la communauté noire. Le juge avait désormais une nouvelle raison de haïr Childers. Mais Bullard avait un faible pour les Noirs, parce qu'ils avaient voté pour lui aux dernières élections. Il avait obtenu cinquante et un pour cent des suffrages, mais il avait fait le plein de voix chez les Noirs.

– Vous avez terminé ? demanda-t-il lorsque Tyndale se rassit.

Les avocats de la défense et le procureur se regardèrent, perplexes, puis se tournèrent vers le juge. Bernard se leva.

– Votre Honneur, j'aimerais résumer la situation de mon client au regard d'une caution raisonnable qui...

– Ça va comme ça, mon vieux. Je vous ai assez entendu, vous et votre client. Asseyez-vous.

Bullard eut un moment d'hésitation puis lâcha rapidement :

– Le montant de la caution est donc fixé à cent mille dollars pour Pete Willard et à deux cent mille dollars pour Billy Ray Cobb. Les prévenus resteront sous la garde du shérif jusqu'à ce qu'ils aient réuni lesdites sommes. L'audience est levée.

Il donna un coup de maillet et disparut dans son cabinet, pour terminer sa bouteille de vodka et en ouvrir sans doute une autre.

Lester était satisfait du montant des cautions. La sienne avait été de cinquante mille dollars pour le meurtre de Monroe Bowie. Certes, Bowie était noir, et les cautions étaient toujours plus faibles dans ces cas-là.

La foule se dirigea lentement vers la porte du fond, mais Lester resta à sa place. Il regarda avec insistance les deux Blancs à qui l'on avait passé les menottes et que l'on reconduisait dans la salle de détention. Lorsqu'ils furent hors de vue, il plaça ses mains devant ses yeux et fit une rapide prière. Puis il tendit l'oreille.

Au moins dix fois par jour, Jake venait sur son balcon jeter un coup d'œil sur sa petite ville de Clanton. Parfois, il fumait un cigare et soufflait des nuages de fumée au-dessus de la rue Washington. Même en plein été, il laissait les portes-fenêtres grandes ouvertes. La rumeur de la petite ville lui tenait compagnie tandis qu'il travaillait silencieusement dans son grand bureau. Parfois, il était étonné par tout le bruit qui pouvait monter des quatre rues autour du palais de justice ; à d'autres moments, il montait sur son balcon, intrigué par le calme qui régnait sur la place.

Un peu avant 14 heures, le lundi 20 mai, il s'accouda à la balustrade et alluma un cigare. Une chape de silence pesait sur Clanton.

Cobb ouvrait la marche dans les escaliers, progressant prudemment, les mains attachées dans son dos, suivi de Willard, puis du shérif adjoint

Looney. Dix marches à descendre, puis le palier, puis dix marches encore, sur la droite, jusqu'au rez-de-chaussée. Trois autres policiers attendaient dehors, à côté des voitures de patrouille, surveillant les journalistes en fumant une cigarette.

Alors que Cobb posait le pied sur l'avant-dernière marche, suivi de Willard, trois marches plus haut, et de Looney, encore en haut de l'escalier, la porte du petit débarras poussiéreux s'ouvrit tout à coup, et Carl Lee Hailey jaillit des ténèbres, un M-16 au poing. A bout portant, il fit feu. Les bruits saccadés des impacts et des tirs firent trembler les murs du tribunal et déchirèrent le silence. Les violeurs se figèrent sur place, puis se mirent à hurler tandis que les balles les transperçaient. Cobb fut touché en premier, à l'estomac et à la poitrine, puis ce fut au tour de Willard, au visage, au cou et à la gorge. Ils se contorsionnèrent vainement sur les marches pour s'échapper, les mains attachées dans le dos, impuissants, roulant l'un sur l'autre, dans un bain de chair et de sang.

Looney, touché à la jambe, parvint à remonter l'escalier pour s'abriter dans la chambre de détention, où il se recroquevilla à terre, en entendant les cris de Cobb et Willard et les rires hystériques du Noir. Les balles ricochaient sur les murs du petit escalier, et Looney apercevait en contrebas les parois éclaboussées de matières sanguinolentes.

En tout, sept ou huit rafales sur chacun. Les échos assourdissants du M-16 retentirent dans le palais pendant une éternité, et, par-dessus les tirs et les bruits d'impact crépitant sur les murs, on entendit résonner, haut et clair, le rire suraigu de Carl Lee.

Lorsqu'il cessa de faire feu, Carl jeta son arme sur les deux cadavres et s'enfuit. Il pénétra dans les toilettes, coinça la porte avec une chaise, se faufila par une fenêtre et sauta dans les fourrés. D'un pas tranquille, il regagna son pick-up et rentra chez lui.

Lester se raidit lorsque les tirs commencèrent.

Les déflagrations résonnaient dans toute la salle du tribunal. Les mères de Willard et de Cobb se mirent à hurler, et les policiers se précipitèrent vers la chambre de détention, mais se gardèrent bien de s'aventurer dans l'escalier. Lester tendit l'oreille, craignant d'entendre en réponse des tirs de pistolet, mais il n'y en eut aucun. Il quitta le tribunal, rassuré.

A la première rafale, Bullard empoigna sa bouteille et plongea sous son bureau, tandis que Mr. Pate fermait la porte à clé.

Cobb, du moins ce qui restait de sa dépouille, s'immobilisa sur Willard. Leur sang se mêla et se mit à couler dans l'escalier, noyant chaque marche l'une après l'autre. Bientôt le pied de l'escalier baigna dans une grande flaque de sang.

Jake traversa la rue en courant et se précipita vers l'entrée de service du tribunal. Le shérif adjoint Prather était accroupi au pied de la porte, pistolet au poing, et injuriait les journalistes qui se bousculaient pour approcher. Les autres adjoints étaient recroquevillés au bas du perron, à côté des voitures de patrouille. Jake contourna le palais jusqu'à la porte principale, où d'autres policiers finissaient d'évacuer les employés et le public. Une masse compacte de gens descendait les marches. Jake se fraya un passage à travers la marée humaine et gagna la rotonde où Ozzie dirigeait les opérations, lançant ses ordres tous azimuts. Il fit signe à Jake de s'approcher. Ils longèrent ensemble le couloir jusqu'aux portes du fond. Une dizaine de policiers se tenaient immobiles, arme au poing, fixant silencieusement la cage d'escalier. Jake eut un haut-le-cœur. Willard était presque parvenu à remonter jusqu'au palier. L'avant de son crâne avait été pulvérisé, et son cerveau coulait comme de la gelée sur son visage. Cobb s'était retourné et avait reçu les balles dans le dos. Son visage était enfoui dans l'estomac de Willard, et ses pieds reposaient sur la quatrième marche. Le sang continuait de s'épancher des deux corps sans vie et recouvrait entièrement les six dernières marches de l'escalier. La flaque pourpre sur le sol grandissait et s'approchait des policiers qui, pas à pas, reculaient. L'arme gisait entre les jambes de Cobb sur la cinquième marche, couverte de sang.

Le groupe d'hommes était silencieux, fasciné par la vision de ces deux corps qui, bien que morts, continuaient à ruisseler de sang. Un forte odeur de poudre planait dans l'escalier et gagnait la rotonde, à travers le couloir, où les policiers continuaient à diriger les gens vers la sortie.

– Jake, tu ferais mieux de t'en aller, dit Ozzie sans quitter des yeux les cadavres.

– Pourquoi?

– Parce que cela vaut mieux.

– Pourquoi?

– Parce qu'il va falloir que l'on prenne des photos, que l'on fasse des prélèvements, des analyses, et qu'il est inutile que tu voies ça.

– Entendu. Mais ne l'interroge pas sans moi, d'accord?

Ozzie acquiesça.

On prit des photos, on nettoya le sang, on rassembla les indices et les pièces à conviction, on emporta les corps et deux heures plus tard Ozzie quittait la ville, suivi par cinq voitures de patrouille. Hastings était au volant et conduisait le convoi à travers la campagne environnante. La caravane obliqua vers le lac, passa devant l'épicerie Bates, et s'engagea sur la Craft Road. L'allée des Hailey était déserte, à l'exception de la voiture de Gwen, du pick-up de Carl Lee et de la Cadillac rouge immatriculée dans l'Illinois.

Ozzie savait que tout se passerait bien, tandis que les voitures se garaient en file indienne sur la pelouse. Les policiers se mirent à l'abri derrière les portières ouvertes et regardèrent le shérif s'avancer seul vers la maison. Ozzie s'arrêta devant le seuil. La porte d'entrée s'ouvrit lentement et la famille Hailey sortit sur le perron. Carl Lee s'avança jusqu'au bord de la terrasse, en portant Tonya dans les bras. Il baissa les yeux vers son ami shérif, puis contempla la rangée de voitures et de policiers. Gwen se tenait à sa droite, ses trois fils, à sa gauche. Le benjamin pleurait en silence, mais les deux grands se tenaient droits d'un air fier. Lester était derrière eux.

Les deux groupes s'observèrent, chacun attendant que l'autre prenne la parole ou fasse le premier mouvement, chacun regrettant ce qui allait se passer. On entendait dans le silence les sanglots étouffés de la petite fille, de la mère et du benjamin.

Les enfants avaient tenté de comprendre. Leur papa leur avait dit ce qu'il venait de faire, et pour quelle raison. Mais ils ne pouvaient comprendre pourquoi leur père allait être arrêté et conduit en prison.

Ozzie tapotait du pied une motte de terre, regardait furtivement les Hailey et ses hommes.

Finalement, il articula :

– Tu ferais mieux de me suivre, Carl Lee.

Le père acquiesça faiblement, mais ne bougea pas. Les sanglots de Gwen et du petit redoublèrent lorsque Lester lui prit la fillette des bras. Puis Carl Lee s'accroupit devant ses trois garçons pour leur murmurer de nouveau qu'il devait partir, mais que ce ne serait pas pour longtemps. Il les serra contre lui, et ils fondirent en larmes en s'accrochant à lui. Carl Lee se releva et embrassa sa femme, puis il descendit les marches du perron pour rejoindre le shérif.

– Tu vas me passer les menottes, Ozzie ?

– Non, Carl Lee. Monte simplement dans cette voiture.

8

Moss Junior Tatum, l'adjoint-chef, et Jake parlaient à voix basses dans le bureau d'Ozzie, tandis que gardes, hommes de réserve, détenus modèles et autres résidents de la prison se rassemblaient dans le grand atelier, attendant l'arrivée du nouveau prisonnier. Deux adjoints observaient à travers les stores les journalistes et les cameramen qui attendaient sur le parking, entre la prison et la nationale. Les cars de la télévision venaient de Memphis, Jackson et Tupelo, et s'étaient garés un peu partout sur le parking bondé. Moss n'aimait pas ça, si bien qu'il descendit lentement l'allée et ordonna à la presse de se regrouper dans une certaine zone et de déplacer les véhicules.

– Vous voulez faire une déclaration ? cria un journaliste.

– Ouais, dégagez les véhicules.

– Vous pouvez nous dire quelque chose sur les meurtres ?

– Ouais. Deux personnes ont été tuées.

– On peut avoir des détails ?

– Nan. Je n'étais pas sur les lieux.

– Vous avez un suspect ?

– Ouais.

– Qui est-ce ?

– Je vous le dirai quand vous aurez déplacé les voitures.

Les véhicules furent aussitôt déplacés et un buisson de caméras et de microphones se hérissa sur le côté de l'allée. Moss prit la direction des opérations, plaçant chacun d'un geste du doigt, jusqu'à ce qu'il soit satisfait du résultat, puis il s'avança vers la foule. Il mâchonna tranquillement son cure-dents et planta ses pouces dans les passants de son pantalon, juste au-dessous de son ventre rebondi.

– Qui est l'auteur du meurtre ?

– A-t-il été arrêté ?

– Est-ce que la famille de la fillette est impliquée dans l'affaire ?

– Ils sont morts tous les deux ?

Moss sourit et secoua la tête.

– Chacun son tour. Oui, nous avons un suspect. Il a été arrêté et il sera ici d'une minute à l'autre. Je ne veux voir aucune voiture dans le passage. Ce sera tout pour le moment.

Moss fit demi-tour vers la prison tandis que les journalistes continuaient de l'appeler. Il les laissa s'époumoner et regagna l'atelier.

– Des nouvelles de Looney ? demanda-t-il.

– Prather est à l'hôpital avec lui. Il va bien, une légère blessure à la jambe.

– Ouais, et une bonne crise cardiaque en prime, ajouta Moss dans un sourire.

Les autres se mirent à rire.

– Les voilà ! s'écria un détenu.

Tout le monde se rua aux fenêtres tandis qu'une ligne de gyrophares bleus sinuait lentement sur le parking. Ozzie était au volant de la première voiture, Carl Lee assis à côté de lui, sans menottes. Hastings, affalé à l'arrière, faisait des signes aux caméras tandis que la voiture se frayait un chemin entre les journalistes et les cars. La cohorte contourna le bâtiment et gagna la porte de derrière. Ozzie se gara et ils entrèrent tous les trois tranquillement à l'intérieur de la prison. Carl Lee fut confié au gardien, et Ozzie se dirigea vers son bureau où l'attendait Jake.

– Tu pourras le voir dans une minute, Jake, annonça-t-il.

– Merci. Tu es sûr que c'est lui ?

– Ouais, j'en suis sûr.

– Il ne t'a rien avoué, hein ?

– Non. Il n'a pratiquement pas desserré les dents. Je pense que Lester a dû le prévenir.

Moss entra dans le bureau.

– Ozzie, ces journalistes veulent te parler. Je leur ai dit que tu irais les voir dans un instant.

– Merci du cadeau, Moss, soupira Ozzie.

– Il y a des témoins ? demanda Jake.

Ozzie s'essuya le front avec un mouchoir rouge.

– Ouais, Looney peut l'identifier. Tu connais Murphy, le petit vieux estropié qui fait le ménage au palais ?

– Oui, bien sûr. Celui qui bafouille pas mal.

– Il a tout vu. Il était assis sur les marches de l'escalier est, juste en face de là où cela s'est passé. Il mangeait un casse-croûte Il a eu une telle peur qu'il n'a pu articuler un mot pendant une heure.

Ozzie se tut et observa Jake.

– Je ne devrais pas te dire tout ça...

– Bah ! quelle importance ! Je le saurai de toute façon, tôt ou tard. Où est mon bonhomme ?

– A côté, au bout du couloir. Ils doivent prendre des photos et tout le toutim. Il y en a pour une demi-heure environ.

Ozzie s'en alla. Jake en profita pour appeler Carla et lui dire d'allumer la télé et d'enregistrer les informations.

Ozzie fit face aux microphones et aux caméras.

– Rien ne m'oblige à répondre à vos questions. Nous avons un suspect sous les verrous, nommé Carl Lee Hailey, du comté de Ford. Il est arrêté pour un double meurtre.

– C'est le père de la fillette ?

– Oui.

– Comment savez-vous que c'est lui ?

– Parce que nous sommes très intelligents.

– Il y a des témoins ?
– Aucun à notre connaissance.
– Il a avoué ?
– Non.
– Où l'avez-vous arrêté ?
– Chez lui.
– Un policier a été blessé ?
– Oui.
– Comment va-t-il ?
– Il va bien. Il est à l'hôpital, mais ses jours ne sont pas en danger.
– Comment s'appelle-t-il ?
– Looney. DeWayne Looney.
– Quand aura lieu l'audience préliminaire ?
– C'est au juge d'en décider.
– Vous n'avez pas la moindre idée là-dessus ?
– Peut-être demain. Peut-être mercredi. Plus de questions, je vous en prie. Je n'ai plus aucune information à vous donner pour le moment.

Le gardien prit le portefeuille de Carl Lee, son argent, sa montre, ses clés, son alliance et son canif, puis porta la liste de ses effets personnels sur un formulaire que Carl Lee data et signa. Dans une petite pièce à côté du bureau, on le photographia et on prit ses empreintes digitales, exactement comme Lester lui avait dit. Ozzie l'attendait derrière la porte pour le conduire dans une autre pièce où se trouvait un appareil pour tester le degré d'alcoolémie de certains suspects. Jake s'assit derrière une petite table, à côté de la machine. Ozzie les laissa seuls.

L'avocat et son client étaient assis l'un en face de l'autre et s'observaient attentivement. Ils se souriaient d'un air admiratif, mais n'ouvraient pas la bouche. Ils s'étaient parlé cinq jours plus tôt, le mercredi, durant l'audience préliminaire, le lendemain du viol.

Carl Lee semblait moins inquiet aujourd'hui. Son visage était détendu et son regard était serein. Finalement, c'est lui qui rompit le silence :

– Tu n'en reviens pas, hein, Jake ?

– J'ai du mal à m'y faire, en effet. Tu l'as vraiment fait ?

– Tu sais bien que oui.

Jake sourit, hocha la tête et croisa les bras.

– Comment te sens-tu ?

Carl Lee se détendit et se laissa aller contre le dossier de la chaise pliante.

– Eh bien, ça va mieux, mais je ne suis pas fier de moi J'aurais préféré que cela n'arrive pas. J'espère simplement que tout ira bien pour ma petite, maintenant. Je n'avais rien contre ces types jusqu'à ce qu'ils touchent à ma fille. Ils ont eu ce qu'ils méritaient. Je suis désolé pour leurs mères et leurs pères, s'ils ont des pères, ce qui est peu probable, en fait.

– Tu as peur ?

– Peur de quoi ?

– De la chambre à gaz, par exemple.

– Nan, Jake. C'est pour ça que je t'ai choisi. Je n'ai aucune intention d'aller dans la chambre à gaz. Tu as su sortir Lester de là, il te suffit de faire pareil pour moi. Je sais que tu en es capable, Jake.

– Ce n'est pas aussi simple, Carl Lee.

– Comment ça ?

– Tu ne peux tuer une personne – *a fortiori* deux personnes – de sang-froid, dire au jury qu'elles méritaient de mourir et sortir du tribunal libre comme l'air.

– C'est pourtant bien ce qui s'est passé avec Lester.

– Chaque cas est différent. Et la grosse différence, ici, c'est que tu as tué deux Blancs et que Lester avait tué un Noir. Ça change tout.

– Tu as les foies, Jake ?

– Pourquoi aurais-je peur ? Ce n'est pas moi qui risque la chambre à gaz.

– Tu ne sembles pas très sûr de toi.

Espèce de gros idiot, songea Jake. Comment être sûr de soi à un moment comme celui-là. Les cadavres sont encore chauds. Bien sûr, il était plein de confiance avant les meurtres, mais maintenant ce n'était plus le cas. Son client risquait la chambre à gaz pour un crime qu'il était le premier à revendiquer.

– Où as-tu trouvé l'arme ?

– Par un ami de Memphis.

– D'accord. Lester est dans le coup ?

– Nan. Il était au courant de mes projets, et il voulait m'aider, mais je n'ai pas voulu.

– Comment va Gwen ?

– Elle est sous le choc, mais Lester est avec elle. Elle n'était au courant de rien.

– Et les gosses ?

– Tu sais comment sont les gosses. Ils ne veulent pas que leur père aille en prison. Ils sont tout retournés, mais ça va aller. Lester va s'occuper d'eux.

– Il ne rentre pas à Chicago ?

– Pas pour le moment. Jake, quand est-ce qu'on va passer au tribunal ?

– L'audience préliminaire aura lieu demain ou mercredi, ça dépend de Bullard.

– C'est le juge ?

– C'est lui qui dirigera l'audience. Mais il ne s'occupera pas du procès. Ça passera par la cour d'assises.

– Qui sera le juge, alors ?

– Omar Noose, du comté de Van Buren ; c'est lui qui a jugé le procès de Lester.

– Parfait. Il est bien, hein ?

– Ouais, c'est un bon juge.

– Quand aura lieu le procès ?

– A la fin de l'été ou au début de l'automne. Buckley va tout faire pour que ça se fasse vite.

– Qui est Buckley ?

– Rufus Buckley. Le procureur du district. C'est lui que Lester avait contre lui. Tu dois t'en souvenir. Une grande gueule...

– Ah oui, oui, je vois. Rufus Buckley, le grand

type mauvais. Je l'avais complètement oublié, celui-là. Un sale type, hein ?

– Il est fort, très fort. Il est corrompu et ambitieux, et il va se jeter sur cette affaire pour se faire de la publicité.

– Tu l'as battu, non ?

– Ouais, mais il m'a déjà battu aussi.

Jake ouvrit sa mallette et sortit un dossier. A l'intérieur, il y avait un contrat d'engagement pour ses services d'avocat, qu'il étudia une nouvelle fois, quoiqu'il le connût par cœur. Ses honoraires étaient fondés sur les ressources financières du client, et les Noirs avaient d'ordinaire moins d'argent que les Blancs, sauf s'ils avaient des cousins généreux, ayant une bonne situation à Saint Louis ou à Chicago. Ce qui était rare. Pour le procès de Lester, il existait un frère en Californie qui travaillait à la poste, mais il s'était montré peu disposé à ouvrir son portefeuille. Il y avait quelques sœurs essaimées dans le pays, mais elles avaient toutes des soucis d'argent et n'avaient pu soutenir Lester que moralement. Gwen avait une famille nombreuse. Les Hailey n'avaient pas de problèmes, mais ils n'étaient pas riches. Carl Lee possédait quelques hectares de terrain autour de la maison qu'il avait hypothéquée pour aider Lester à payer Jake.

Jake avait demandé cinq mille dollars pour son procès pour meurtre : la moitié avait été payée avant le procès, le reste avait été remboursé petit à petit sur trois ans.

Jake détestait discuter de ses honoraires. C'était la partie la plus pénible de son travail d'avocat. Les clients voulaient savoir tout de suite combien cela allait leur coûter, et chacun réagissait différemment. Certains restaient bouche bée, d'autres se contentaient de déglutir, certains sortaient du bureau en claquant la porte. Beaucoup tentaient de marchander, mais la plupart payaient, ou promettaient de payer.

Il étudia le dossier et le contrat, en songeant à trouver la solution la plus équitable. Certains avocats de la région auraient pris cette affaire pour presque rien. Juste pour la publicité. Il songea au terrain de Carl Lee, à son travail à la fabrique de papier, à sa famille et annonça finalement :

– Mes honoraires sont de dix mille dollars

Carl Lee ne sourcilla pas.

– Tu as demandé cinq mille à Lester.

Jake avait prévu cette remarque.

– Tu as trois chefs d'accusation sur le dos. Lester n'en avait qu'un.

– Peut-être, mais je n'irai qu'une fois dans la chambre à gaz.

– D'accord, un point pour toi. Combien peux-tu mettre ?

– Je peux te donner mille dollars tout de suite, répondit-il fièrement. J'emprunterai tout ce que je peux en hypothéquant le terrain et je te le donnerai.

Jake réfléchit un moment.

– J'ai une meilleure idée. Mettons-nous d'accord sur un prix. Tu verses les mille dollars et tu me signes une note pour le reste. Emprunte sur ton terrain jusqu'à concurrence de la note.

– Combien veux-tu ? demanda Carl Lee.

– Dix mille.

– Disons cinq mille.

– Tu peux payer davantage que ça.

– Et toi, tu peux t'occuper du procès pour moins que ça.

– Ça va. Je te le fais pour neuf mille.

– Disons six mille.

– Huit ?

– Sept.

– Peut-on s'entendre pour sept mille cinq cents ?

– Ouais, je crois que je pourrai trouver ça. Tout dépend combien ils vont me donner pour le terrain. Je te verse mille dollars tout de suite et je te signe une note pour six mille cinq cents, c'est ça que tu veux ?

– Exactement.
– D'accord. Marché conclu.

Jake remplit les cases vides du contrat et de la reconnaissance de dette. Carl Lee signa les deux documents.

– Jake, combien tu demanderais à un type plein aux as ?
– Cinquante mille dollars.
– Cinquante mille ! Tu es sérieux ?
– Ouais.
– Eh bien, ça en fait de l'argent ! Tu as déjà eu ça entre les mains ?
– Non, mais les gens dans les procès pour meurtre ont rarement ce genre de somme en poche.

Carl Lee voulait tout savoir sur sa caution, le jury d'accusation, le procès, les témoins... Qui sera dans le jury ? Quand pourra-t-il sortir de prison ? Est-ce que Jake pouvait faire accélérer les choses ? Quand pourrait-il raconter sa version des faits ?... Et mille autres questions encore. Jake lui dit qu'ils auraient tout le temps d'en parler. Il promit d'appeler Gwen et son patron à la fabrique.

Il s'en alla et Carl Lee fut conduit en cellule, celle contiguë à celle où se trouvaient les prisonniers attendant leur transfert au pénitencier d'Etat de Parchman.

La Saab était bloquée par un car d'une équipe télé. Jake chercha à savoir où étaient les propriétaires. La plupart des reporters avaient déserté la place, mais quelques-uns traînaient encore devant la prison, à tout hasard. Il faisait presque nuit.

– Vous êtes de la police ? demanda un journaliste.
– Non. Je suis avocat, répondit nonchalamment Jake, feignant l'indifférence.
– Vous êtes l'avocat de Mr. Hailey ?

Jake se retourna et fixa des yeux le journaliste, tandis que les autres tendaient l'oreille.

– Oui, maintenant on peut le dire.
– Vous voulez bien répondre à quelques questions ?
– Posez-les toujours, mais je ne vous promets pas d'y répondre.
– Vous pouvez venir par ici ?
Jake s'avança vers les microphones et les caméras, en faisant mine d'être agacé par ce contretemps. Ozzie et les adjoints le regardaient derrière les fenêtres.
– Jake adore les caméras, souffla Ozzie.
– Comme tous les avocats, ajouta Moss.
– Quel est votre nom, maître ?
– Jake Brigance.
– Vous êtes l'avocat de Mr. Hailey ?
– Exact, répondit Jake d'un ton sec.
– La fillette violée par ces deux hommes était la fille de Mr. Hailey ?
– Exact.
– Qui est l'auteur de ces deux meurtres ?
– Je ne sais pas.
– Est-ce Mr. Hailey ?
– Je vous répète que je ne sais pas.
– Pourquoi a-t-on alors arrêté votre client ?
– Il a été arrêté pour le meurtre de Billy Ray Cobb et de Pete Willard. Il n'est encore inculpé de rien.
– Pensez-vous que Mr. Hailey va être inculpé de ces deux meurtres ?
– Pas de commentaire.
– Pourquoi, pas de commentaire ?
– Avez-vous parlé avec Mr. Hailey ? demanda un autre journaliste.
– Oui, il y a un instant.
– Comment est-il ?
– Comment ça ?
– Eh bien, heu, je veux dire, comment va-t-il ?
– Vous voulez dire est-ce qu'il aime la prison ? demanda Jake avec un demi-sourire.
– Heu, à peu près, oui.

– Pas de commentaire.
– Quand passera-t-il devant la cour ?
– Sans doute demain ou mercredi.
– Va-t-il plaider coupable ?
Jake sourit et répliqua :
– Bien sûr que non.

Après un petit dîner sur le pouce, Jake et Carla s'installèrent dans la balancelle sous l'auvent et parlèrent de l'affaire Hailey en regardant le tourniquet arroser la pelouse. La nouvelle avait fait sensation dans le pays, et Carla avait réussi à enregistrer presque tous les bulletins d'informations télévisés. Deux chaînes nationales avaient couvert l'événement grâce à leurs antennes de Memphis, et les stations locales de Memphis, Jackson et Tupelo diffusaient régulièrement l'extrait où l'on voyait Cobb et Willard conduits au tribunal par un détachement de policiers, puis celui, quelques minutes plus tard, où ils étaient ramenés sur deux brancards, le corps couvert d'un drap blanc. Une des chaînes diffusait le son de la fusillade sur les images où l'on voyait les policiers se mettre à couvert.

L'interview de Jake avait été faite trop tard pour pouvoir être diffusée aux infos du soir, si bien qu'il avait attendu avec Carla, télécommande à portée de main, l'édition du 22 heures ; et il s'était vu, mallette au poing, l'air serein et en forme, séduisant et sûr de lui, visiblement agacé par la présence des journalistes. Jake se trouva très bon, et il fut tout émoustillé par ces images. Il avait déjà fait une brève apparition à la télé, après l'acquittement de Lester, et les habitués au Coffee Shop l'avaient plaisanté à ce sujet pendant des mois.

Il se sentait bien. Il adorait la publicité et ce n'était qu'un début. Aucune autre affaire, aucun événement ne pourrait lui attirer autant de publicité que le procès de Carl Lee Hailey. Sans parler de son acquittement ! Un Noir, accusé du meurtre des deux Blancs qui ont violé sa fille, acquitté par un jury blanc au fin fond du Mississippi...

– Qu'est-ce qui te fait sourire ainsi ? lança Carla, coupant court à ses rêveries.

– Oh, rien...

– Tu parles ! Tu pensais au procès, aux caméras, aux journalistes, à l'acquittement, tu étais en train de descendre les marches du palais, avec Carl Lee à ton bras, et une meute de journalistes à tes trousses, des caméras partout, des gens vous congratulant avec de grandes claques dans le dos, des félicitations fusant de toutes parts de la foule en liesse. Je sais exactement à quoi tu pensais.

– Alors pourquoi poser la question ?

– Pour voir si tu allais le reconnaître.

– Ça va, j'avoue. Cette affaire va me rendre célèbre et nous rapporter un million de dollars, à long terme.

– Si tu gagnes.

– Oui, si je gagne.

– Et si tu perds ?

– Je vais gagner.

– Mais si tu perds ?

– Essaie d'être positive, chérie.

Le téléphone sonna et Jake passa dix minutes avec le rédacteur en chef, propriétaire et seul journaliste du *Clanton Chronicle*. Le téléphone sonna de nouveau, et Jake parla avec un reporter du journal du matin de Memphis. Jake raccrocha et appela Lester et Gwen, ainsi que le patron de Carl Lee à la fabrique de papier.

A 11 heures un quart, le téléphone sonna encore, et Jake reçut sa première menace de mort, anonyme, évidemment. Il était un fils de pute à la botte des négros, un pourri qui ne vivrait pas longtemps si le nègre ressortait sur ses deux jambes.

9

Dell Perkins, ce mardi-là, servit davantage de cafés et de bouillies de céréales que d'ordinaire. Tous les habitués et quelques nouveaux venus étaient venus tôt le matin pour lire le journal et parler des meurtres, qui avaient eu lieu à moins de cent mètres de la porte du Coffee Shop. Chez Claude et au Tea Shoppe, il y avait la même effervescence. La photo de Jake faisait la une du journal de Tupelo, et les journaux de Memphis et Jackson montraient en première page les clichés de Cobb et Willard, avant et après la fusillade, lorsque leurs cadavres étaient chargés dans l'ambulance. Pas la moindre photo de Carl Lee. Les trois journaux rapportaient, dans l'ordre chronologique, les événements des six derniers jours à Clanton.

Tout le monde disait que Carl Lee était l'auteur de ces crimes, mais on commençait à raconter qu'il avait eu d'autres complices armés. La rumeur alla bon train jusqu'à ce qu'une table au Tea Shoppe soit assaillie par toute une bande de Noirs mécontents. Les shérifs adjoints au Coffee Shop, par leur simple présence, mettaient un frein aux bavardages et interdisaient tout dérapage. Looney était un habitué du café, et on se faisait du souci pour sa blessure, qui semblait plus sérieuse que prévu. Il était toujours à l'hôpital, et il avait identifié le tireur : c'était bien le frère de Lester Hailey.

Jake arriva à 6 heures et s'installa au comptoir, à côté des fermiers. Il salua de la tête Prather et les autres adjoints, mais ils firent semblant de ne pas le voir. Tout rentrera dans l'ordre une fois que Looney sortira de l'hôpital, songea-t-il. Il y eut quelques remarques à propos de sa photo en couverture, mais personne ne lui posa de questions, ni sur son nouveau client, ni sur les meurtres. Jake perçut une certaine froideur parmi les clients. Il mangea rapidement et s'en alla.

A 9 heures, Ethel appela Jake. Un coup de fil de Bullard.

– Bonjour, juge. Comment allez-vous ?

– Parlons d'autre chose. Vous représentez Carl Lee Hailey ?

– Oui, Votre Honneur.

– Quand désirez-vous organiser l'audience préliminaire ?

– Ce n'est pas à moi qu'il faut poser la question, juge.

– C'est juste. Vous savez que les funérailles sont prévues pour demain matin... je crois qu'il vaudrait mieux attendre que ces deux salopards soient enterrés, qu'en dites-vous ?

– Oui, juge, ça vaut mieux, effectivement.

– Disons alors demain après-midi, à 2 heures, ça vous va ?

– Parfaitement.

Bullard hésita un moment.

– Jake... et si vous laissiez tomber l'audience préliminaire et me laissiez envoyer directement l'affaire auprès du jury d'accusation ?

– Voyons, juge, vous savez bien que ce n'est pas dans mes habitudes.

– Oui, je sais. Je vous demandais simplement ça comme une faveur. Ce n'est pas moi qui présiderai le procès, alors plus je me tiens à l'écart, mieux je me porte. A demain, Jake.

Une heure plus tard, Ethel aboya de nouveau dans l'interphone :

– Maître Brigance, j'ai ici des journalistes qui demandent à vous voir.

Jake était aux anges.

– D'où viennent-ils ?

– De Memphis et Jackson, je crois.

– Faites-les asseoir dans la salle de réunion. Je descends dans un instant.

Il rajusta sa cravate et se donna un coup de peigne ; il chercha à repérer les cars de télévision dans la rue en contrebas. Il décida de les faire attendre un peu, et, après avoir passé deux coups de téléphone sans intérêt, il descendit l'escalier, passa devant Ethel sans lui accorder un regard et pénétra dans la salle de réunion. Ils lui demandèrent de s'asseoir au bout de la longue table, à cause de la lumière. Il refusa en se disant qu'il voulait contrôler son image, et s'installa sur le côté, dos aux rayonnages de ses gros et luxueux manuels de droit.

On plaça les microphones devant lui, on tourna les projecteurs, et finalement une belle jeune femme de Memphis, les paupières et les tempes ombrées d'orange vif, s'éclaircit la gorge et prit la parole :

– Maître Brigance, vous représentez Carl Lee Hailey ?

– C'est exact.

– Et il est accusé des meurtres de Billy Ray Cobb et Pete Willard ?

– C'est exact.

– Mr. Hailey nie-t-il avoir commis ces meurtres ?

– Il va plaider non coupable.

– Va-t-il être poursuivi pour avoir blessé l'adjoint Looney ?

– Oui. Nous nous attendons à un troisième chef d'accusation, celui d'agression envers un représentant de la loi dans l'exercice de ses fonctions.

– Vous comptez plaider la démence au moment des faits ?

– Je ne préfère pas parler de notre système de défense, puisque à l'heure qu'il est mon client n'a pas encore été officiellement inculpé des faits qui lui sont reprochés.

– Sous-entendez-vous qu'il a une chance de ne pas être inculpé ?

L'occasion était trop belle pour la laisser passer. Cette décision appartenait au jury d'accusation, mais les membres de celui-ci ne seraient désignés que le lundi 27 mai, par la cour d'assises. Pour le moment, les futurs jurés déambulaient donc innocemment dans les rues, s'occupaient de leurs magasins, travaillaient dans leurs usines, faisaient le ménage, lisaient les journaux, regardaient la télévision et attendaient qu'on leur dise si Carl Lee Hailey devait être inculpé ou non.

– Oui, je pense qu'il a de bonnes chances de ne pas être inculpé. C'est au jury d'accusation d'en décider, du moins ce le sera, une fois l'audience préliminaire terminée.

– Quand aura lieu cette audience ?

– Demain. A 14 heures.

– Vous pensez que le juge Bullard va citer votre client devant le jury d'accusation ?

– Il n'y a pas besoin d'être devin pour le savoir, répliqua Jake, sachant que Bullard allait frémir sur son siège en entendant cette réponse.

– Quand le jury d'accusation sera-t-il convoqué ?

– Un nouveau jury va prêter serment lundi matin. Il pourra examiner l'affaire lundi après-midi.

– Pour quelle date prévoyez-vous le procès ?

– Si l'inculpation est prononcée, l'affaire pourrait être jugée à la fin de l'été ou au début de l'automne.

– Par quelle cour ?

– La cour d'assises du comté de Ford.

– Qui la présidera ?

– L'honorable Omar Noose.

– Dans quelle ville officie ce juge ?
– A Chester. Comté de Van Buren, Mississippi.
– Vous voulez dire que cette affaire sera jugée ici, à Clanton ?
– Oui, à moins que l'affaire ne soit renvoyée devant une autre cour.
– Et vous comptez demander un tel renvoi ?
– C'est une excellente question, et je ne peux vous donner de réponse pour l'heure. Il est un peu tôt pour parler de la stratégie de la défense.
– Pourquoi la défense pourrait-elle demander que l'affaire soit jugée par une autre cour ?
Pour trouver un comté à plus forte population noire, songea Jake, mais il répondit prudemment :
– Pour des raisons assez classiques. Eviter l'excès de publicité avant le procès, ce genre de choses...
– Qui décide du renvoi dans une autre cour ?
– Le juge Noose. La décision appartient à lui seul.
– Le montant de la caution a-t-il déjà été fixé ?
– Pas encore, et il ne le sera probablement pas avant que l'inculpation soit prononcée. Il a légitimement droit à une caution raisonnable, dès maintenant, mais une coutume du comté veut que les cautions dans les affaires de meurtre ne soient fixées qu'une fois l'inculpation prononcée en cour d'assises. La caution sera donc établie par le juge Noose.
– Que pouvez-vous nous dire à propos de Mr. Hailey ?
Jake se détendit et réfléchit un moment, tandis que les caméras continuaient de tourner. Encore une belle occasion à ne pas manquer. Une chance en or de planter quelques graines.
– Il a trente-sept ans. Il est marié depuis vingt ans. Il a quatre enfants, trois garçons et une fille. C'est un homme doux et sans histoires. Il n'a jamais eu le moindre problème auparavant. Il a été décoré au Vietnam. Il travaille cinquante heures

par semaine à la fabrique de papier de Coleman. Il n'a pas de dettes et il possède un petit lopin de terre. Il va à l'église tous les dimanches avec sa famille. Il s'occupe de ses propres affaires et, tout ce qu'il demande, c'est qu'on le laisse tranquille.

– Nous permettrez-vous de lui parler ?

– Bien sûr que non.

– Son frère n'a-t-il pas été poursuivi pour meurtre, il y a quelques années ?

– C'est vrai, et il a été acquitté.

– Vous étiez son avocat ?

– C'est exact.

– Vous avez participé à plusieurs procès pour meurtre, dans le comté de Ford, je crois ?

– A trois procès.

– Combien d'acquittements ?

– Trois acquittements pour les trois procès, répondit-il en articulant chaque mot.

– Au Mississippi, les jurés ont plusieurs options possibles, je crois ? demanda la journaliste de Memphis.

– C'est exact. Dans le cas d'un procès pour meurtre, le jury peut décider que le prévenu est coupable d'homicide, ce qui équivaut à une peine de vingt ans, ou d'assassinat, ce qui équivaut à la prison à perpétuité ou à la peine de mort. Et enfin le jury peut décider que le prévenu est non coupable.

Jake fit un sourire à l'attention des caméras.

– Encore faut-il que mon client soit inculpé.

– Comment va la fille de Hailey ?

– Elle est à la maison. Elle a retrouvé les siens dimanche. On espère qu'elle va se rétablir.

Les journalistes se regardèrent, cherchant de nouvelles questions. Jake savait que c'était le moment le plus dangereux. C'était lorsque les journalistes n'avaient plus rien à dire qu'arrivaient les questions vicieuses.

Il se leva et boutonna sa veste.

– Bien. Je suis heureux que vous soyez passés

me voir, messieurs dames. Je reste à votre disposition. Passez-moi simplement un coup de fil pour me prévenir et je me ferai un plaisir de répondre à vos questions.

Ils le remercièrent et prirent congé.

A 10 heures, le mercredi, les rednecks enterrèrent leurs morts au cours d'un double service funéraire, simple et sommaire. Le prêtre, un novice de la Pentecôte, faisait tout son possible pour consoler les familles et apaiser les esprits, devant la petite assemblée et les deux cercueils fermés. Le service fut rapide. On versa quelques larmes.

Les pick-up et les Chevrolet poussiéreux traversèrent la ville, en suivant lentement l'unique corbillard, et s'enfoncèrent dans la campagne. Le cortège s'arrêta derrière une petite église de briques rouges. Les dépouilles furent ensevelies aux deux extrémités d'un minuscule cimetière envahi d'herbes folles. Après quelques dernières paroles de compassion, la foule se dispersa.

Les parents de Cobb avaient divorcé quand il était enfant, et son père était venu de Birmingham assister aux funérailles. Il s'éclipsa sitôt l'enterrement terminé. Mrs. Cobb habitait une petite maisonnette blanche près de Lake Village, à quinze kilomètres au sud de Clanton. Ses deux autres fils, avec les cousins et les amis, se rassemblèrent sous un chêne du jardin tandis que les femmes papillonnaient autour de Mrs. Cobb. Les hommes parlaient des Noirs en général, en mâchant leur chique et buvant du whisky, évoquaient le bon vieux temps où les Noirs savaient rester à leur place. Maintenant, ils étaient dorlotés et protégés par le gouvernement et les tribunaux. Et les Blancs étaient pieds et mains liés. L'un des cousins connaissait quelqu'un qui faisait partie du Klan et proposa de l'appeler. Le grand-père de Cobb avait été membre du Klan, expliqua le cousin, et lorsqu'ils étaient gosses le vieux leur racontait des pendaisons de Noirs dans les comtés de Ford et de Tyler. Ils devraient rendre à ce négro la monnaie de sa pièce, mais personne ne se portait volontaire. Le Klan, lui, serait peut-être intéressé. Il y avait une confrérie un peu plus loin au sud, vers Jackson, dans les environs du comté de Nettles, et on autorisa le cousin à aller prendre contact avec eux.

Les femmes préparèrent le déjeuner. Les hommes mangèrent en silence, puis retournèrent à leur whisky à l'ombre du chêne. Quelqu'un annonça que l'audience du nègre devait avoir lieu à 14 heures ; tout le monde embarqua dans les voitures et partit pour Clanton.

Il y avait le Clanton d'avant les meurtres et celui d'après les meurtres, et il faudrait plusieurs mois avant que la frontière ne s'estompe. Un événement tragique et sanglant, qui n'avait pas duré plus de quinze secondes, avait suffi à transformer la petite bourgade tranquille du Sud en une Mecque grouillante de journalistes, de reporters, d'équipes de télévision, de photographes, envoyés par des stations locales pour certains, par de grands services d'information nationaux pour d'autres. Cameramen et journalistes TV se bousculaient sur les trottoirs autour de la place du palais, pour demander pour la millième fois au quidam dans la rue son opinion sur l'affaire, et son vote éventuel s'il devait faire partie du jury. Les réponses ne laissaient présager aucun verdict. Les petites camionnettes des télévisions locales suivaient les cars des chaînes nationales autour de la place, à la recherche d'histoires à sensation et d'interviews. Ozzie était leur préféré au début. Il avait été interviewé une demi-douzaine de fois le lendemain de la fusillade ; le shérif se lassa très vite. Il délégua Moss Junior pour répondre aux interviews, qui se prêta au jeu avec malice. Moss pouvait répondre à une vingtaine de questions sans divulguer la moindre information. Il mentait aussi pas mal, et les gens qui n'étaient pas de la région ne pouvaient distinguer le vrai du faux.

– A-t-on la preuve qu'il y avait d'autres tireurs ?

– Oui.

– C'est vrai ! On connaît leur identité ?

– Nous avons la preuve que la fusillade a été financée et organisée par une ramification des Black Panthers, poursuivit Moss Junior sans sourciller.

La moitié des journalistes hoquetèrent ou se regardèrent d'un air incrédule en noircissant frénétiquement de notes les pages de leurs blocs.

Bullard refusait de quitter son bureau et de décrocher le téléphone. Il rappela Jake et le supplia une nouvelle fois de renoncer à l'audience préliminaire. Jake refusa. Les journalistes faisaient le pied de grue dans le hall du palais de justice, mais il s'était enfermé à double tour dans son bureau, avec sa vodka.

On avait demandé l'autorisation de filmer les funérailles. Les fils Cobb avaient dit oui, moyennant de l'argent, mais Mrs. Willard avait opposé son veto. Les reporters avaient attendu derrière les portes de l'église la fin de la cérémonie et avaient volé quelques plans. Puis ils avaient suivi le cortège jusqu'au cimetière, avaient filmé l'inhumation et s'étaient faufilés parmi les gens qui présentaient leurs condoléances pour interviewer Mrs. Cobb. Freddie, le fils aîné, les avait chassés en les insultant.

Le silence régnait ce mercredi-là au Coffee Shop. Les habitués, y compris Jake, observaient les étrangers qui avaient envahi leur sanctuaire. La plupart portaient la barbe, avaient un accent curieux et ne commandaient pas de gruau d'avoine au petit déjeuner.

– Dites, vous ne seriez pas l'avocat de Hailey, pas hasard ? lança quelqu'un du bout de la salle.

Jake continua à tartiner son toast sans rien dire.

– Vous êtes son avocat, c'est ça, hein ?
– Qu'est-ce que ça peut vous faire ? rétorqua Jake.
– Il va plaider coupable ?
– Pour l'instant, je prends mon petit déjeuner.
– Alors, oui ou non ?
– Je n'ai aucun commentaire à faire.
– Comment ça, aucun commentaire ?
– Aucun commentaire, c'est tout.
– Mais pourquoi ?
– Je ne réponds jamais aux questions pendant que je mange. Un point, c'est tout.
– Je pourrais vous parler plus tard ?
– Ouais. Prenez rendez-vous. C'est soixante dollars de l'heure.

Les habitués éclatèrent de rire, mais les étrangers restèrent impavides.

Jake accepta de donner une interview, gratuitement, pour un journal de Memphis, puis se claquemura dans son Q.G. pour préparer l'audience préliminaire. A midi, il rendit visite à son célébrissime client à la prison. Carl Lee semblait serein et reposé. Depuis sa cellule, il voyait le va-et-vient incessant des journalistes sur le parking.

– Comment ça va en prison ?
– Pas si mal. La nourriture est bonne. Je mange avec Ozzie dans son bureau.
– Ah bon ?
– Comme je te le dis. Et on joue aux cartes.
– Tu me fais marcher, Carl Lee.
– Nan. Je regarde la télé, aussi. Je t'ai vu hier soir aux infos. Tu étais bien. Je suis en train de faire de toi un homme célèbre, hein, Jake ?

Jake ne répondit pas.

– Et moi, quand est-ce que je passe à la télé ? C'est vrai, c'est moi qui ai tiré, et on ne voit que toi et Ozzie à la télé.

Le client était hilare, pas l'avocat.

– Aujourd'hui, dans environ une heure.
– Ouais. J'ai appris qu'on allait au tribunal. Pour quoi faire ?

– Pour l'audience préliminaire. Ce n'est pas très important, du moins officiellement. Mais, aujourd'hui, c'est différent à cause de toutes ces caméras.

– Qu'est-ce que je dois dire ?

– Rien surtout ! Pas un mot à personne. Ni au juge, ni au procureur, ni aux journalistes, à personne. On écoute, c'est tout. On écoute le procureur, et on essaie de voir quelles cartes il a en main. Ils ont, paraît-il, un témoin oculaire, et il pourrait être appelé. Ozzie viendra témoigner et parler au juge du fusil, des empreintes, de Looney...

– Comment va-t-il, au fait ?

– J'en sais rien. C'est plus grave que prévu.

– Je suis vraiment désolé pour Looney. Je ne l'ai même pas vu.

– Ils vont te poursuivre pour agression sur un policier dans l'exercice de ses fonctions. De toute façon, l'audience préliminaire n'est qu'une simple formalité. Elle permet au juge de déterminer s'il y a assez de preuves pour envoyer l'affaire devant le jury d'accusation. Comme Bullard ne manque jamais de le faire, cette audience n'est donc qu'une formalité.

– Pourquoi la faire, alors ?

– Nous pouvons y renoncer, répliqua Jake en songeant à toutes les caméras qu'il manquerait. Mais ce serait dommage. C'est l'occasion pour nous de voir les cartes maîtresses du ministère public.

– Bah, de toute façon ils ne vont pas faire un pli, hein, Jake ?

– Oui, sûrement. Mais, pour l'instant, contentons-nous d'écouter. C'est la meilleure tactique à suivre pendant une audience préliminaire.

– Moi, ça me va. Tu as parlé à Gwen et à Lester, aujourd'hui ?

– Non. Je les ai appelés lundi soir.

– Je les ai vus hier, dans le bureau d'Ozzie. Ils ont dit qu'ils viendraient au tribunal aujourd'hui.

– Je crois que tout Clanton sera dans la salle, aujourd'hui.

Jake s'en alla. Sur le parking, il repoussa quelques journalistes qui attendaient la sortie de Carl Lee. Il n'avait aucun commentaire à faire, ni à ces journalistes devant la prison, ni à ceux qui faisaient les cent pas devant son bureau. Il était trop occupé pour le moment pour répondre à des questions, mais il sentait parfaitement le regard des objectifs des caméras braqués sur lui. A 13 h 30, il se rendit au palais de justice et partit se réfugier dans la bibliothèque du deuxième étage.

Ozzie et Moss Junior surveillaient le parking et maugréaient en sourdine contre les hordes de reporters et de cameramen. Il était 13 h 45, l'heure d'emmener leur prisonnier au tribunal.

– Ils me font penser à une bande de vautours tournant autour d'une charogne de chien sur le bord de la route, fit remarquer Moss Junior en scrutant le parking à travers les stores.

– Ce sont les gens les plus grossiers que j'ai jamais rencontrés, ajouta Prather. Tu as beau leur dire non, ils reviennent à la charge. Ils s'imaginent que toute la ville leur appartient.

– Et ce n'est rien, il y en a encore autant devant le palais.

Ozzie n'avait pas dit grand-chose. Un journal l'avait attaqué, insinuant que le dispositif de sécurité avait été intentionnellement relâché autour du tribunal. Il en avait assez de la presse. Deux fois, le mercredi, il avait fait évacuer les journalistes de la prison, *manu militari*.

– J'ai une idée, annonça-t-il.

– Laquelle ? demanda Moss Junior.

– Curtis Todd est toujours en prison ?

– Ouais. Il sort la semaine prochaine.

– Alors, il va rendre un petit service à Carl Lee.

– Comment ça ?

– Eh bien, il est à peu près aussi noir que Carl

Lee, il est en gros de la même taille et de la même corpulence, non ?

– Oui, en gros, et alors ? demanda Prather.

Le visage de Moss Junior se fendit d'un sourire en se tournant vers Ozzie qui continuait à scruter les alentours par la fenêtre.

– Ozzie, tu ne vas pas faire ça ?

– Faire quoi ? demanda Prather.

– Allons-y. Allez chercher Carl Lee et Curtis Todd, ordonna Ozzie. Garez ma voiture derrière la prison, et amenez-moi Todd que je lui explique ce qu'il doit faire.

Dix minutes plus tard, le portail de la prison s'ouvrit et un détachement de policiers escorta le prisonnier jusqu'aux voitures. Deux adjoints ouvraient la marche, deux autres la fermaient, et deux autres encore encadraient l'homme qui avait de grandes lunettes de soleil et des menottes aux poignets, que l'on n'avait pas pris la peine de refermer. A leur approche, la masse de journalistes et de caméras s'anima. Les questions fusèrent de toutes parts :

– Vous allez plaider coupable ?

– Vous allez plaider non coupable ?

– Quelle sera votre position au tribunal ?

– Mr. Hailey, allez-vous plaider l'irresponsabilité ?

Le prisonnier esquissa un sourire et continua à avancer d'un pas débonnaire jusqu'aux voitures de patrouille. Les policiers affichaient un sourire sardonique et ignoraient la foule. Les photographes luttaient bec et ongles pour faire le meilleur cliché du justicier le plus célèbre du pays.

Brusquement, devant les yeux ébahis de toute la nation, au nez des policiers et des dizaines de journalistes venus filmer le moindre de ses gestes, le prisonnier fendit la foule et se mit à courir. Il se mit à gambader sur le parking, à faire des sauts de cabri, à tourner sur lui-même comme une toupie, avant de sauter un fossé, traverser la nationale et disparaître dans les sous-bois. Les journalistes poussèrent des cris, rompirent le cordon de policiers, certains même se lancèrent à la poursuite du fugitif pendant un temps. Etrangement, les adjoints repartirent au pas de course vers la prison et refermèrent le portail, laissant les vautours tourner en rond de désespoir sur le parking. Dans les bois, le prisonnier retira ses menottes et rentra chez lui. Curtis Todd venait d'être libéré sur parole, une semaine plus tôt que prévu.

Ozzie, Moss Junior et Carl Lee quittèrent rapidement la prison par la porte de derrière, et arrivèrent au tribunal par une petite rue, où une escorte de policiers les attendait.

– Combien y a-t-il de négros dans la salle ? lança Bullard à Mr. Pate.

– Des masses.

– Génial ! Des masses de négros. Et j'imagine que les rednecks sont venus en nombre aussi ?

– Plutôt, oui.

– La salle est pleine ?

– Bondée.

– Mon Dieu... et ce n'est qu'une simple audience préliminaire ! se lamenta Bullard.

Il vida son gobelet de vodka ; Me Pate s'empressa de lui en tendre un autre.

– Calmez-vous, Votre Honneur.

– Brigance ! Tout est de sa faute ! Il aurait pu s'abstenir de demander cette audience. Je le lui ai pourtant fait clairement comprendre. Deux fois, je suis revenu à la charge. Il sait que je vais envoyer l'affaire devant le jury d'accusation. Il le sait très bien. Je vais avoir maintenant tous ces négros furieux sur le dos, parce que je n'aurai pas relâché leur protégé, et tous les rednecks aux trousses, parce que je ne l'aurai pas pendu sur-le-champ. Brigance, je te ferai payer ça ! Vous l'avez vu faire le beau devant les caméras ? On voit bien qu'il n'a pas besoin d'être réélu, lui, hein ?

– Oui, Votre Honneur.
– Combien avons-nous de policiers dans la salle ?
– Beaucoup. Le shérif a fait venir les hommes de réserve en renfort. Vous êtes en sécurité.
– Et la presse ?
– Ils ont pris d'assaut les premiers rangs.
– Je ne veux voir aucune caméra.
– Aucune caméra, c'est entendu.
– Hailey est arrivé !
– Oui, Votre Honneur. Il est dans la salle, avec Brigance. Tout le monde est là, on n'attend plus que vous.

Le juge se remplit un nouveau gobelet de vodka.
– C'est bon, allons-y.

Comme du temps des années soixante, le public du tribunal était nettement scindé en deux, les Noirs à gauche de l'allée centrale, les Blancs à droite. Les gardes se tenaient d'un air solennel au milieu de l'allée et le long des murs de la salle. Un groupe de Blancs au troisième rang, visiblement éméchés, était l'objet d'une attention particulière – des frères ou des cousins de feu Billy Ray Cobb. On les surveillait de près. Les deux premiers rangs, à droite comme à gauche, étaient occupés par une horde de journalistes. Certains prenaient des notes, tandis que d'autres croquaient le prévenu, son avocat, et maintenant le juge.
– Ils vont faire de ce nègre un héros ! marmonna un redneck assez fort pour être entendu des journalistes.

Une fois que Bullard fut installé sur son siège, les adjoints fermèrent les portes du tribunal.
– Appelez votre premier témoin, ordonna-t-il à l'intention de Rocky Childers.
– L'Etat appelle le shérif Ozzie Walls.

Le shérif prêta serment et s'installa sur la chaise des témoins. Il se mit à son aise et se lança dans un long récit des faits, décrivant la fusillade, les cadavres, les blessures, le fusil et les empreintes de l'accusé retrouvées sur l'arme du crime. Childers exhiba une déposition signée par l'adjoint Looney en présence du shérif et de Moss Junior, identifiant l'agresseur comme étant Carl Lee. Ozzie vérifia la signature de Looney et lut la déposition pour qu'elle soit ajoutée aux pièces du dossier.

– Shérif, avez-vous connaissance d'autres témoins du crime ?

– Oui, Murphy, l'homme de ménage.

– Quel est son nom de famille ?

– Personne ne le sait. On l'appelle simplement Murphy.

– Très bien. Vous lui avez parlé ?

– Non, mais mon enquêteur l'a fait.

– Qui est votre enquêteur ?

– L'officier Rady.

On fit prêter serment à Rady, avant de le faire asseoir dans le box des témoins. Mr. Pate apporta au juge un nouveau gobelet d'eau minérale. Jake noircissait des pages de notes. Il n'appellerait aucun témoin, et il préféra ne pas interroger le shérif. Parfois, les témoins de l'accusation s'emmêlaient les pieds pendant leur déposition, et Jake posait une ou deux questions pour mettre en évidence les contradictions de leurs récits. Plus tard, durant le procès, lorsqu'ils recommençaient à mentir, Jake ressortait les minutes de l'audience préliminaire pour confondre les témoins. Mais, aujourd'hui, ce n'était pas nécessaire.

– Mr. Rady, avez-vous eu l'occasion de parler avec Murphy ? demanda Childers.

– Murphy qui ?

– Je ne sais pas. Murphy tout court, l'homme de ménage.

– Ah lui ! Oui, bien sûr, monsieur le Procureur.

– Très bien. Que vous a-t-il dit ?

– A propos de quoi ?

Childers secoua la tête. Rady était un nouveau venu, et il n'avait pas l'habitude de témoigner. Ozzie s'était dit que cela lui ferait un bon entraînement.

– A propos de la fusillade ! Racontez-nous ce qu'il a vu de la fusillade.

Jake se leva :

– Votre Honneur ! Objection ! Je sais que les conversations hors témoins sont recevables en audience préliminaire, mais Murphy travaille dans le palais de justice. Pourquoi ne pas lui demander de venir témoigner en personne ?

– Parce qu'il bégaye, réplique Bullard.

– Pardon ?

– Oui, parce qu'il bégaye. Et je n'ai pas envie d'entendre bégayer pendant une demi-heure. Objection rejetée. Poursuivez, maître Childers.

Jake se rassit, n'en croyant pas ses oreilles. Bullard fit un petit signe à Mr. Pate, qui s'en alla chercher un autre verre d'eau minérale.

– Alors, Mr. Rady, que vous a dit Murphy à propos de la fusillade ?

– Eh bien, j'avais du mal à le comprendre, parce qu'il était sous le choc, et lorsqu'il s'énerve il bégaye encore plus. Il bégaye tout le temps, mais lorsqu'il...

– Ça va, dites-nous simplement ce qu'il vous a dit, lança Bullard avec impatience.

– D'accord, il a dit qu'il a vu un Noir tirer sur deux Blancs et le policier.

– Très bien, dit Childers. Dites-nous maintenant où il se trouvait au moment des faits ?

– Qui ça ?

– Murphy !

– Il était assis sur les marches, juste en face de l'escalier où il y a eu la fusillade.

– Alors, il a tout vu ?

– A ce qu'il dit.

– Il a reconnu l'agresseur ?

– Oui. On lui a montré les photos de dix Noirs, et il a identifié l'homme ici présent.

– Parfait. Merci. Votre Honneur, le ministère public en a terminé.

– Des questions, maître Brigance ? demanda le juge.

– Non, Votre Honneur, répondit Jake en se levant.

– Des témoins à appeler ?

– Non, Votre Honneur.

– Une requête à faire, une motion à déposer ?

– Non, Votre Honneur.

Jake savait qu'il valait mieux s'abstenir de demander la moindre mise en liberté provisoire. D'abord, cela ne servirait à rien, Bullard n'accepterait jamais en cas de meurtre. Et ça ne ferait que mettre le juge hors de lui.

– Merci, maître Brigance. La cour décide donc qu'il existe des preuves suffisantes pour envoyer le prévenu devant la chambre d'accusation du comté de Ford. Mr. Hailey restera sous la garde du shérif. Aucune caution ne sera offerte. La séance est levée !

On passa rapidement les menottes à Carl Lee, et on le fit sortir du tribunal. Un cordon de sécurité fut déployé. Les caméras attrapèrent l'image fugitive du prisonnier attendant devant les portes la voiture de patrouille. Il avait réintégré sa cellule avant que le public n'ait évacué la salle du tribunal.

Les policiers firent sortir les Blancs en premier, avant de laisser le public noir quitter les lieux.

Jake devait accorder aux journalistes un peu de temps ; il leur fit savoir qu'il les retrouverait dans la rotonde dans quelques minutes. Il alla tout d'abord faire ses salutations au juge dans son bureau, puis monta au deuxième étage vérifier un point de détail dans un livre. Lorsque la salle fut déserte, et qu'il jugea que les journalistes avaient suffisamment attendu, Jake sortit du tribunal et se dirigea vers la rotonde pour affronter les caméras.

Un microphone avec des lettres rouges surgit devant son visage.

– Pourquoi n'avez-vous pas demandé de caution ? s'enquit un journaliste.

– Chaque chose en son temps.

– Hailey va-t-il plaider l'irresponsabilité ?

– Comme je l'ai déjà dit, il est trop tôt encore pour pouvoir répondre à cette question. Il nous faut attendre la décision du jury d'accusation, qui peut ne pas inculper mon client. Si, toutefois, mon client est inculpé, nous élaborerons alors un système de défense.

– Maître Buckley, le procureur général du district, a déclaré que l'inculpation de votre client ne laissait aucun doute. Vous avez des commentaires à faire là-dessus ?

– Je déplore que maître Buckley parle souvent plus qu'il ne le devrait. Il est stupide de sa part de faire le moindre commentaire tant que cette affaire n'a pas été présentée devant le jury d'accusation.

– Il a déclaré également qu'il s'opposerait à toute demande de renvoi devant une autre cour.

– Aucune demande n'a été faite en ce sens pour l'heure. Peu lui importe en fait où se déroulera le procès. Il est prêt à faire son réquisitoire dans le désert, pour peu que la presse soit au rendez-vous.

– Est-ce à dire que les relations sont tendues entre vous et le procureur ?

– C'est possible. Buckley est un bon procureur et un adversaire de valeur. Il parle juste un peu trop.

Jake répondit encore à quelques questions et prit congé.

Mercredi dans la nuit, les chirurgiens amputèrent Looney sous le genou et lui retirèrent le tiers de la jambe. Ils avertirent Ozzie à la prison, qui prévint à son tour Carl Lee.

10

Rufus Buckley éplucha les journaux du mardi matin et lut avec un vif intérêt les comptes rendus de l'audience préliminaire qui s'était tenue dans le comté de Ford. Il fut ravi de voir son nom cité par les journalistes et Jake Brigance. La remarque désobligeante de l'avocat était nettement adoucie par le plaisir qu'il éprouvait à voir son nom écrit dans le journal. Il n'aimait pas Brigance, mais il était heureux que Jake ait parlé de lui devant la presse et les caméras. Depuis deux jours, les feux des projecteurs avaient été braqués sur Brigance et son client ; il était temps enfin que l'on s'intéresse au procureur. Brigance ne devrait pas critiquer quelqu'un en public dans le seul but d'attirer l'attention des médias. Lucien Wilbanks avait écrit un livre sur la façon de manipuler la presse, avant et pendant un procès, et Jake avait parfaitement retenu la leçon. Mais Buckley n'en gardait aucune rancune. Il était ravi. Il aimait l'idée d'un long et difficile procès ; c'était la première fois qu'il avait une chance de briller en public et de devenir réellement célèbre. Il attendait avec impatience la journée du lundi, premier jour de la session de mai au palais de justice du comté de Ford.

Il était âgé de quarante et un ans, et neuf ans plus tôt, lors de sa première élection, il avait été le plus jeune procureur de district du Mississippi.

Maintenant qu'il avait obtenu un troisième mandat, l'ambition recommençait à le démanger. Il était temps de briguer de plus hautes responsabilités, telles que procureur général ou, pourquoi pas, gouverneur, et, par suite, un siège au Congrès ? Il avait tout prévu, malheureusement il était encore trop méconnu en dehors du vingt-deuxième district qui regroupait les comtés de Ford, Tyler, Polk, Van Buren et Milburn. Il fallait se montrer, et se faire entendre. En un mot, il avait besoin de publicité. Un bon procès bien retentissant, et une belle condamnation à mort, voilà exactement ce qu'attendait Rufus Buckley.

Le comté de Ford se trouvait juste au nord de Smithfield, le chef-lieu du comté de Polk où habitait Rufus. Il avait passé son enfance dans le comté de Tyler, à côté de la frontière du Tennessee, au nord du comté de Ford. Il était bien implanté, politiquement, dans la région. Il était un bon procureur. Pendant ses campagnes, il se vantait d'avoir un taux de condamnation de quatre-vingt-dix pour cent, et d'avoir envoyé à la mort davantage de condamnés que n'importe quel autre procureur de l'Etat. Il était fort en gueule, sûr de lui et plein de bonne morale chrétienne. Par serment devant Dieu, son client était la population de tout le Mississippi, et il prenait cette responsabilité très au sérieux. Les gens détestaient le crime, comme lui, alors tous ensemble ils parviendraient à en venir à bout.

Il savait parler à un jury – il savait même l'embobiner ! Ses réquisitoires pouvaient être de véritables sermons ; il priait, implorait, suppliait les jurés à genoux. Il pouvait les enflammer au point de leur donner envie d'aller chercher eux-mêmes la corde pour pendre l'accusé, sans attendre de s'isoler dans la salle de délibérations pour peser le pour et le contre, et voter en leur âme et conscience. Il savait parler comme les Noirs, ou comme les rednecks, et il n'en fallait pas plus pour convaincre la plupart des jurés du vingt-deuxième district. Il était, de surcroît, très populaire dans le comté de Ford. Clanton était sa ville préférée.

A son arrivée au palais de justice du comté de Polk, Rufus fut ravi d'apprendre qu'une équipe de télévision l'attendait dans le hall. Il était surchargé de travail, expliqua-t-il en regardant sa montre, mais il pouvait leur accorder une minute pour répondre à quelques questions.

Ils s'installèrent dans son bureau, et Rufus s'assit, fier comme un paon, dans son fauteuil pivotant en cuir. Le journaliste venait de Jackson.

– Maître Buckley, avez-vous de la sympathie pour Mr. Hailey ?

Buckley sourit d'un air grave, à l'évidence plongé dans de profondes pensées.

– Absolument. Oui, j'ai de la sympathie pour tout père dont l'enfant a été violé. C'est certain. Mais ce que je ne peux pardonner, et ce que notre société ne saurait tolérer, c'est ce type de justice et de vengeance personnelles.

– Vous avez des enfants ?

– Oui. J'ai un petit garçon et deux filles, dont l'une a l'âge de la petite Hailey. Si l'une de mes filles était violée, je serais fou de douleur, mais j'aurais foi en notre système judiciaire pour qu'il châtie le coupable comme il le mérite. J'ai toute confiance en notre justice.

– Vous vous attendez donc à une condamnation ?

– Sans aucun doute. J'obtiens toujours une condamnation lorsque j'en désire une. Et ce sera le cas pour cette affaire.

– Vous allez réclamer la peine de mort ?

– Absolument, parce qu'il s'agit, à l'évidence, d'un meurtre avec préméditation. Je crois donc que la chambre à gaz s'impose.

– Pensez-vous obtenir cette condamnation à mort ?

– Absolument. Les jurés du comté de Ford ont

toujours entériné les peines que je demandais, lorsqu'elles étaient justifiées. Nous avons de très bons jurés, là-bas.

– Maître Brigance, l'avocat de la défense, a affirmé que la chambre d'accusation pourrait ne pas condamner son client.

Buckley gloussa en entendant ces paroles.

– Eh bien, maître Brigance me semble bien naïf. L'affaire passera devant le jury d'accusation lundi, et nous annoncerons l'inculpation lundi après-midi. Je peux vous l'assurer. Et il le sait très bien, en fait.

– A votre avis, l'affaire sera-t-elle jugée au tribunal du comté de Ford ?

– Peu importe dans quel tribunal aura lieu le procès. J'obtiendrai de tout façon sa condamnation.

– Quel système la défense va-t-elle adopter, à votre avis ? L'irresponsabilité au moment des faits ?

– Je m'attends à tout. Maître Brigance est un redoutable avocat. Mais quelle que soit la tactique choisie, l'Etat du Mississippi saura y répondre.

– Plaider coupable, peut-être, et faire appel à la clémence de la cour ?

– Non, je ne crois guère à ce genre de marchandage. Et Brigance non plus. Ce serait très surprenant qu'il choisisse ce type de défense.

– Maître Brigance affirme n'avoir jamais perdu de procès contre vous.

Le sourire de Buckley s'effaça aussitôt de son visage. Il se pencha au-dessus de son bureau et foudroya du regard le journaliste.

– C'est vrai, mais j'imagine qu'il n'a pas cité le nombre colossal de voleurs et de criminels que j'ai fait condamner. J'ai eu plus que mon quota de victoires. Quatre-vingt-dix pour cent pour être exact.

On arrêta la caméra et le journaliste le remercia de sa patience.

– Pas de problème, répondit Buckley. Quand vous voulez.

Ethel gravit l'escalier d'un pas chancelant et se planta devant le bureau de Jake.

– Maître Brigance, mon mari et moi avons reçu un coup de fil obscène la nuit dernière, et je viens d'en recevoir un second, ici, au bureau. Je n'aime pas ça.

Jake désigna une chaise.

– Asseyez-vous, Ethel. Que vous ont dit ces gens ?

– Ils n'étaient pas vraiment obscènes. C'étaient plutôt des menaces, des menaces parce que je travaillais pour vous. Ils disaient que j'allais regretter de travailler pour un vendu à la botte des nègres. Tout à l'heure, ils ont menacé de s'en prendre à vous et à votre famille. J'ai vraiment peur.

Jake aussi, mais il préféra hausser les épaules devant Ethel. Il avait appelé Ozzie mercredi dernier, pour lui parler des coups de fil qu'il recevait chez lui.

– Changez de numéro de téléphone, Ethel. Je paierai les frais.

– Je ne veux pas changer de numéro. Je l'ai depuis dix-sept ans.

– Très bien, comme vous voulez. Moi, j'ai fait changer celui de mon domicile, et il n'y a pas de quoi fouetter un chat.

– Non, je ne veux pas.

– Entendu. Vous avez autre chose à me dire ?

– Eh bien, je ne crois pas que vous devriez accepter cette affaire. Je pense que...

– Mais je me fiche de ce que vous pouvez penser ! Vous n'êtes pas payée pour donner votre avis sur mes choix professionnels. Si je veux connaître votre avis, je vous le ferai savoir. En attendant, gardez vos pensées pour vous.

Elle hoqueta de colère et s'en alla. Jake appela de nouveau Ozzie.

Une heure plus tard, Ethel annonçait dans l'interphone :

– Lucien a appelé ce matin. Il m'a demandé des copies de certaines affaires récentes, et il veut que vous les lui apportiez cet après-midi. Il dit que ça fait plus d'un mois que vous n'êtes pas venu le voir.

– A peine un mois, rectifia-t-il. Entendu, photocopiez les dossiers, et je les lui apporterai cet après-midi.

Lucien passait au bureau, ou appelait, une fois par mois. Il lisait les dossiers et se tenait au courant des derniers points de droit. Il n'avait pas grand-chose à faire, si ce n'était boire du Jack Daniel's et boursicoter – deux hobbies auxquels il s'adonnait à corps perdu. Il était devenu un ivrogne et passait le plus clair de son temps sous l'auvent de sa grande maison blanche, sur une colline dominant la place du palais de justice, à un kilomètre de là, à boire du whisky et à lire des comptes rendus de procès.

Il avait sombré dans l'alcool depuis sa radiation du barreau. Une servante, faisant office également d'infirmière, lui apportait à boire sur la terrasse du matin jusqu'au soir. Il mangeait peu, dormait à peine, et préférait laisser filer les heures en se balançant sur son rocking-chair.

Jake devait lui rendre visite une fois par mois. C'est par sens du devoir que Jake continuait à faire ces visites. Lucien était un vieil homme aigri et malade. Il maudissait les avocats, les juges, et plus spécialement le conseil de l'Ordre du Mississippi. Jake était son seul ami, la seule oreille qui acceptait d'entendre ses sermons. Non content de faire la morale, Lucien donnait aussi son avis sur la façon dont Jake menait ses affaires, et c'était la partie la plus pénible de leur entrevue. Lucien était toujours au courant des dossiers ; Jake n'arrivait pas à comprendre comment il pouvait être aussi bien informé. On le voyait rarement en ville, excepté à la boutique de vins et spiritueux du quartier noir.

La Saab s'arrêta derrière la Porsche poussiéreuse et cabossée. Jake tendit les dossiers à Lucien. Il n'y eut ni bonjour, ni autres manifestations de bienvenue. Juste la main tendue de Jake, donnant les documents à Lucien, qui les prit sans un mot. Ils s'installèrent dans les fauteuils en osier de la longue terrasse et contemplèrent Clanton en contrebas. Le dernier étage du palais de justice pointait au-dessus des toits et des arbres environnant la place.

Au bout d'un moment, Lucien proposa à Jake du whisky, du vin ou de la bière. Jake déclina toutes les offres, Carla n'aimait pas le voir boire, et Lucien le savait.

– Félicitations, au fait.

– Pour quoi ? demanda Jake.

– Pour l'affaire Hailey.

– Et qu'est-ce qui me vaut ces félicitations ?

– Je n'ai jamais eu une affaire aussi grosse entre les mains, et ce n'est pas peu dire.

– Comment ça, grosse ?

– En termes de publicité. De notoriété. C'est le nerf de la guerre pour un avocat, Jake. Si personne ne te connaît, tu crèves la faim. Lorsque les gens ont des problèmes, ils appellent quelqu'un dont ils ont entendu parler. Tu dois te vendre seul, si tu es un avocat de rue. Bien sûr, c'est différent lorsque tu appartiens à une grosse société d'assurances ou à une grande société où tu restes, le cul dans ton fauteuil, à toucher cent dollars de l'heure, dix heures par jour, à réduire en bouillie de pauvres gens et à...

– Lucien, l'interrompit Jake tranquillement. On a déjà parlé de tout ça des centaines de fois. Parle-moi plutôt de l'affaire Hailey.

– D'accord, d'accord. Je suis prêt à parier que Noose va refuser un renvoi dans une autre cour.

– Qui t'a dit que j'allais en demander un ?

– Tu serais stupide de ne pas le faire.

– Pourquoi donc ?

– Simple question d'arithmétique ! Ce comté comprend vingt-six pour cent de Noirs. On dénombre dans tous les autres comtés du vingt-deuxième district au moins trente pour cent de Noirs. Le comté de Van Buren en a même quarante pour cent, donc davantage de jurés susceptibles d'être noirs. Si tu renvoies le procès là-bas, tu augmentes tes chances d'avoir des Noirs dans le jury. Mais si l'affaire est jugée ici, tu cours le risque de tomber sur un jury entièrement composé de Blancs, et crois-moi, ce ne serait pas la première fois dans ce comté. Tu sais, il te suffit d'un Noir pour retourner un jury et obtenir un refus d'inculpation.

– Mais l'affaire passera devant un nouveau jury.

– A toi de le mettre de nouveau dans ta poche. Le ministère public abandonnera au bout de trois jugements. Un jury refusant d'inculper un accusé, c'est comme un procès perdu pour Buckley. Il arrêtera les frais au troisième échec.

– Il me suffit donc de dire à Noose que je veux que le procès soit jugé dans un comté à plus forte population noire, afin d'obtenir davantage de jurés noirs qu'ici.

– Tu peux le faire si tu veux, mais à ta place je m'abstiendrais. Je me contenterais d'avancer les conneries classiques à propos du tapage fait autour de l'affaire avant le procès, de jurés influencés, et tout le tralala.

– Et tu t'imagines que Noose va mordre à l'hameçon ?

– Bien sûr que non ! Cette affaire est trop importante, et elle va le devenir davantage de jour en jour. La presse s'en est déjà mêlée, et le procès a déjà commencé hors des murs du palais. Tout le monde a entendu parler de cette affaire, et pas seulement dans le comté de Ford. Tu ne trouveras personne dans tout l'Etat qui n'ait déjà un avis sur la culpabilité ou l'innocence de Hailey. Aller dans un autre comté ne changera pas grand-chose à l'affaire.

– Dans ce cas, pourquoi demander un renvoi ?
– Parce que, lorsque ce pauvre type sera condamné, tu auras besoin d'arguments pour faire appel. Tu pourras prétendre qu'il n'a pas eu un procès équitable parce que ta demande de renvoi dans une autre cour n'a pas été acceptée.
– Bonjour l'optimisme. Quelles chances j'ai d'obtenir un renvoi dans une autre cour, disons plus au sud dans le delta ?
– Laisse tomber. Tu peux demander un changement de cour, mais tu ne peux pas en choisir le lieu.
Jake ignorait ce détail. Il apprenait toujours quelque chose durant ses visites. Il hocha la tête, l'air songeur, et observa le vieil homme avec sa longue barbe poussiéreuse.
Pas une fois, il n'avait pu prendre Lucien en défaut sur un point de droit criminel.
– Sallie ! hurla Lucien en jetant ses glaçons dans les buissons.
– Qui c'est ?
– Ma femme de chambre, répliqua-t-il tandis qu'une grande et belle fille noire ouvrait les moustiquaires en lançant un sourire à Jake.
– Ouais, qu'est-ce qu'il y a ?
– Mon verre est vide.
Elle traversa la terrasse d'un pas souple et prit le verre de Lucien. Elle n'avait pas trente ans. Elle était jolie, bien faite et d'un noir l'ébène. Jake commanda un thé glacé.
– Où l'as-tu dénichée ? demanda-t-il.
Lucien fixa des yeux le palais de justice.
– Allez, raconte...
– Je ne sais plus.
– Quel âge a-t-elle ?
Lucien resta silencieux.
– Elle habite ici ?
Toujours pas de réponse.
– Combien la payes-tu ?
– En quoi tout ça te regarde ? Davantage en

tout cas que ce tu payes Ethel, si tu veux savoir. Elle est infirmière, tu sais.

Bien sûr, songea Jake dans un sourire.

– Je parie qu'elle sait faire tout un tas de choses.

– T'occupe.

– A ce que je vois, tu ne crois guère à un acquittement.

Lucien réfléchit un moment. La femme de chambre-infirmière revint avec le whisky et le thé glacé.

– Pas vraiment, non. Ça va être difficile.

– Pourquoi ?

– Le meurtre paraît tout ce qu'il y a de prémédité. D'après ce que je sais, il a été préparé minutieusement, non ?

– C'est vrai.

– Evidemment, tu vas plaider la folie.

– Je n'en sais rien encore.

– Tu n'as pas le choix, annonça Lucien comme un professeur à son élève. Il n'y a pas d'autre système de défense. Tu ne peux prétendre qu'il s'agit d'un accident. Tu ne peux pas prétendre, non plus, qu'il a abattu ces deux types, menottes aux poignets et désarmés, en état de légitime défense, hein ?

– C'est vrai.

– Tu ne peux fournir un alibi et dire au jury qu'Hailey était chez lui à l'heure du crime.

– Bien sur que non.

– Alors quel autre système de défense te reste-t-il ? Tu es obligé de dire qu'il était fou !

– Mais ce n'est pas vrai, Lucien, et je ne trouverai jamais un psychiatre véreux pour dire qu'il l'était. Il avait tout prévu, jusqu'au moindre détail.

Lucien sourit et but une gorgée de whisky.

– Voilà pourquoi tu es dans de sales draps, mon garçon.

Jake posa son verre de thé sur la table et se mit à se balancer pensivement. Lucien savourait sa victoire.

– Oui, dans de sales draps, répéta-t-il.
– Et les jurés ? Ils peuvent avoir de la sympathie pour Hailey, non ?
– C'est la raison pour laquelle tu dois plaider la folie. Il faut que tu leur donnes une porte de sortie. Tu dois leur fournir le moyen de le déclarer non coupable, au cas où ils seraient prêts à le faire. S'ils sont de son côté, tu dois avoir un système de défense qui leur permette de l'acquitter. Peu importe qu'ils croient ou non à cette histoire de folie. Dans la chambre de délibérations, ça ne fera aucune différence. Ce qui compte, c'est que le jury ait une base légale pour un acquittement, si tant est qu'il ait le désir de l'acquitter.
– Et à ton avis, les jurés l'auront, ce désir ?
– Certains, oui, mais Buckley va mettre le paquet sur le côté prémédité du meurtre. Et il n'est pas né de la dernière pluie. Il aura tôt fait de leur retirer toute sympathie. Et Hailey ne sera plus qu'un Noir comme un autre, jugé pour le meurtre de deux Blancs, lorsque Buckley en aura fini.
Lucien fit tinter ses glaçons dans son verre en fixant le liquide roux.
– Quant au policier... tentative de meurtre sur la personne d'un officier de police dans l'exercice de ses fonctions, c'est la perpétuité, sans sursis. Tu comptes t'en sortir comment ?
– Ce n'était pas volontaire.
– Génial ! Ce sera sûrement très convaincant lorsque le malheureux va s'avancer vers la chaise des témoins en clopinant et montrer son moignon aux jurés.
– Son moignon ?
– Oui. Son moignon. On lui a coupé la jambe cette nuit.
– La jambe de Looney !
– Oui. Le type qu'a descendu ton petit Hailey.
– Je croyais qu'il allait bien.
– Oh oui, il va très bien. Mais avec une jambe en moins.

– Comment as-tu appris ça ?
– J'ai mes sources.
Jake s'avança jusqu'à la balustrade et s'adossa contre une colonne. Il se sentait sans forces. Toute sa confiance s'était envolée, dissoute par les paroles de Lucien. Il n'avait pas son pareil pour mettre en évidence les lacunes dans les affaires que Jake plaidait. C'était son jeu favori ; et il avait souvent raison.
– Ecoute, Jake, je ne veux pas te retirer tout espoir. Tout n'est pas complètement perdu. On part de loin, mais on peut encore gagner. Tu peux le faire sortir libre du tribunal, et tu as besoin d'y croire pour ça. Simplement, cesse de parader. Tu as fait assez le beau devant les caméras. Maintenant, rentre chez toi et mets-toi au boulot.
Lucien s'avança jusqu'à la balustrade et cracha dans les buissons.
– N'oublie jamais que Hailey est coupable, coupable jusqu'au tréfonds. La plupart des accusés le sont, mais celui-ci l'est davantage encore. Il a fait justice lui-même et tué deux personnes. Il a tout calculé, minutieusement. Notre système judiciaire ne peut tolérer qu'on fasse justice soi-même. Bref, tu peux gagner ce procès, et, si c'est le cas, justice sera faite. Mais si tu le perds, justice sera faite aussi. C'est une drôle d'affaire, au fond. Je t'envie de plus en plus.
– Tu parles sérieusement ?
– Bien entendu. Cette affaire est le rêve de tout avocat. Gagner ce procès fera de toi un homme célèbre. C'est le plus gros coup de ta carrière. Tu seras riche.
– J'ai besoin de ton aide.
– Elle t'est acquise. Je commençais à m'ennuyer ferme.

Après dîner, une fois qu'Hanna fut endormie, Jake parla à Carla des appels au bureau. Ils avaient déjà reçu des coups de téléphone étranges durant des procès, mais jamais de véritables menaces – juste des grognements, des bruits de respiration. Aujourd'hui, la situation était différente. On avait cité le nom de Jake, visé sa famille et parlé de vengeance si Carl Lee était acquitté.

– Tu es inquiet ? demanda-t-elle.

– Pas vraiment. C'est sûrement des gosses, ou des amis de Cobb. Tu n'as pas trop peur ?

– J'aurais préféré qu'ils n'appellent pas.

– Tout le monde reçoit ce genre de coups de téléphone. Ozzie en a déjà eu des centaines. Bullard, Childers, tout le monde... Ça ne m'inquiète pas outre mesure.

– Mais si ça devient plus sérieux ?

– Ecoute, Carla, je ne ferai jamais courir le moindre risque à ma famille. Ça n'en vaut pas la peine. Je me retire de l'affaire si les menaces deviennent trop pressantes. Promis.

Elle ne semblait guère convaincue.

Lester posa, un à un, neuf billets de cent dollars sur le bureau de Jake, avec des gestes de grand seigneur.

– Il n'y a que neuf cents dollars, annonça Jake. On s'était mis d'accord sur mille.

– Gwen a besoin de faire les courses.

– Ce ne serait pas plutôt toi qui aurais eu une petite envie de whisky en chemin ?

– Allez, Jake, tu sais bien que je ne volerais pas mon propre frère.

– D'accord, d'accord. Quand est-ce que Gwen ira emprunter le reste à la banque ?

– Je passe voir le banquier tout à l'heure. Un certain Atcavage.

– C'est ça, Stan Atcavage, la porte à côté, à la Security Bank. C'est un ami à moi. Il m'a concédé un prêt avant ton procès. Tu as l'acte de propriété ?

– Oui, dans ma poche. Combien tu crois qu'il va nous prêter ?

– Aucune idée. Pourquoi ne vas-tu pas le lui demander ?

Lester s'en alla, et dix minutes plus tard Atcavage téléphonait à Jake.

– Jake, je ne peux faire de prêt à ces gens. Si jamais il est condamné... Ne le prends pas mal, je sais que tu es un bon avocat – je me souviens de mon divorce –, mais comment pourra-t-il me payer lorsqu'il sera sur la liste des condamnés à mort ?

– Merci de ta confiance. Ecoute, Stan, s'il ne peut pas payer, tu récupères quatre hectares de terre, non ?

– D'accord, avec une bicoque dessus. Quatre hectares d'arbres et de ronces, avec une vieille cabane dessus. Exactement le rêve de ma femme. Allez, Jake, soyons sérieux.

– C'est une jolie maison, et elle est presque finie de payer.

– C'est une cabane, Jake ; une cabane propre, mais ça reste une cabane qui ne vaut pas un clou.

– Ça pourrait valoir quelque chose bientôt.

– Je n'en veux pas, Jake. La banque n'en veut pas.

– Tu l'as pourtant déjà acceptée comme garantie.

– Mais il n'était pas en prison, à l'époque ; c'est son frère qui l'était, je te le rappelle. Il travaillait à la fabrique de papier. C'était un travail sûr. Maintenant, il est en route pour Parchman.

– Merci encore pour la confiance que tu me portes.

– Ecoute, Jake, j'ai confiance en tes capacités, mais je ne peux pas miser un dollar dessus. Si quelqu'un peut le tirer de ce mauvais pas, c'est bien toi. Et j'espère que tu vas réussir. Mais je ne peux accorder ce prêt. Les comptables pousseraient des hurlements.

Lester tenta sa chance à la People's Bank et à la Ford National, avec le même insuccès. Ils espéraient tous que son frère allait être acquitté, mais dans le cas contraire...

Génial ! songea Jake. Neuf cents malheureux dollars pour défendre quelqu'un passible de la peine de mort.

11

Claude n'avait jamais jugé utile d'imprimer des menus dans son café. Des années plus tôt, lorsqu'il avait ouvert son restaurant, il n'en avait pas les moyens ; aujourd'hui qu'il les avait, ce n'était plus d'aucune utilité, puisque la plupart des clients savaient par cœur ce qu'il avait à proposer. Au petit déjeuner, on pouvait tout lui demander, sauf du riz et des toasts, et les prix variaient selon l'humeur du jour. Le vendredi midi, il y avait de l'épaule et des travers de porc sauce barbecue. Tout le monde le savait. Claude servait quelques Blancs pendant la semaine, mais le vendredi midi, en toute saison, la moitié des tables de son petit café étaient occupées par des Blancs. Claude savait maintenant que les Blancs appréciaient autant la sauce barbecue que les Noirs ; mais pas un Blanc ne connaissait la recette.

Jake et Atcavage trouvèrent une petite table près des cuisines. Claude en personne leur apporta deux assiettes de riz et de salade de chou. Il se pencha vers Jake et lui dit à voix basse :

– Je te souhaite bonne chance. J'espère que tu vas le sortir de là.

– Merci, Claude. J'espère que tu feras partie du jury.

Claude éclata de rire et lança à la cantonade :

– Si je peux me porter volontaire, dis-le-moi !

Jake attaqua ses travers de porc en songeant avec aigreur qu'Atcavage n'avait pas voulu concéder de prêt. Le banquier restait inflexible, mais proposait de prêter cinq mille dollars si Jake cosignait la reconnaissance de dette. C'est déontologiquement impossible, avait expliqué Jake.

Sur le trottoir, une queue se formait, et les visages se pressaient contre la vitrine bariolée de lettres peintes. Claude était partout ; il prenait les commandes, donnait des ordres, courait en cuisine, comptait ses sous, poussait des cris et des jurons, accueillait les nouveaux clients, demandait aux autres de quitter les lieux. Le vendredi, les gens avaient droit à vingt minutes pour déjeuner, et puis Claude leur demandait – et parfois exigeait – qu'ils s'en aillent pour laisser la place aux autres.

– Cessez donc de bavarder, mangez ! lançait-il.

– Il nous reste encore dix minutes, Claude.

– Non, sept.

Le mercredi, il faisait du poisson-chat, et accordait royalement trente minutes aux consommateurs, à cause des arêtes. Les Blancs évitaient le café de Claude comme la peste le mercredi. La raison était évidente, à ses yeux. C'était à cause de sa sauce, une recette secrète qu'il tenait de sa grand-mère, disait-il. Une sauce épaisse et grasse qui ravageait les intestins des Blancs. Ça ne semblait pas déranger outre mesure les Noirs, qui venaient par convois déjeuner le mercredi.

Deux étrangers étaient assis à une table, à côté de la caisse, et observaient d'un air apeuré Claude en train de prendre en main leur déjeuner. Des journalistes, sans doute, songea Jake. A chaque fois que Claude passait près d'eux, en leur jetant un regard mauvais, ils s'empressaient d'avaler un morceau. Ils n'avaient visiblement pas l'habitude de manger des travers de porc. Ils venaient du Nord, c'était évident. Ils avaient voulu commander des salades du chef, mais Claude les avait envoyés promener – des travers de porc, sinon dehors ! Puis il avait annoncé à la cantonade que ces deux idiots avaient osé lui demander une salade !

– Voilà votre déjeuner. Et dépêchez-vous de manger, les avait-il prévenus en leur apportant leurs assiettes.

– On peut avoir des couteaux ? demanda l'un d'eux d'un air pincé.

Claude roula de gros yeux et s'en alla en grommelant.

L'un des deux journalistes remarqua Jake. Au bout de quelques minutes, il se leva et s'approcha de sa table.

– Vous êtes maître Brigance, l'avocat de Mr. Hailey ?

– C'est exact. Qui êtes-vous ?

– Je m'appelle Roger McKittrick, du *New York Times*.

– Enchanté, répondit Jake dans un sourire, avec un air soudain moins renfrogné.

– Je couvre l'affaire Hailey, et j'aimerais pouvoir m'entretenir avec vous, un de ces jours. Le plus tôt possible, pour être honnête.

– Bien sûr. J'ai un peu de temps libre aujourd'hui, nous sommes vendredi.

– Disons en fin d'après-midi ?

– Quatre heures, ça vous va ?

– Parfait, répondit McKittrick.

Voyant Claude sortir des cuisines, le journaliste s'empressa de conclure :

– Alors à tout à l'heure.

– O.K. mon gars, lança Claude à McKittrick. C'est l'heure. Prends ta petite note et tire-toi.

Jake et Atcavage terminèrent leur repas en un quart d'heure, et attendirent la salve verbale de Claude. Ils se léchèrent les doigts, s'essuyèrent la bouche, tout en vantant la tendreté de la viande.

– Cette affaire va te rendre célèbre, hein ? demanda Atcavage.

– J'espère bien, vu qu'elle ne va pas me rapporter un sou.

– Sérieusement, Jake, ça va relancer ton cabinet.

– Si je gagne, j'aurai plus d'affaires sur les bras que je ne pourrai en traiter. Bien sûr que ça va faire du bien. Je pourrai choisir mes dossiers, mes clients.

– Financièrement, ça peut se chiffrer à combien ?

– Aucune idée. On ne peut savoir à l'avance quel client ou quel avantage ça va me rapporter. J'aurai davantage d'affaires, donc davantage d'argent. Je n'aurai plus de soucis à me faire pour l'avenir.

– Tu n'as déjà pas à t'en faire, aujourd'hui.

– Ecoute, Stan. Nous ne roulons pas sur l'or ici. Un diplôme d'avocat n'a plus la même valeur qu'autrefois. Nous sommes trop nombreux. Rien que dans cette petite ville, nous sommes quatorze. La compétition est rude, même ici à Clanton, il n'y a pas assez de bonnes affaires et il y a trop d'avocats. C'est pire encore dans les grandes villes. Et, chaque année, il sort des écoles de droit de plus en plus d'avocats, dont la plupart ne trouveront pas de travail. Dix jeunes par an viennent frapper à ma porte pour trouver du boulot. Un gros cabinet à Memphis vient de licencier plusieurs avocats il y a un ou deux mois. Tu imagines, un peu ? Licenciés, comme dans une usine ! Je suppose qu'ils vont maintenant pointer au chômage et faire la queue avec les conducteurs de bulldozers. Des avocats chômeurs ! Pas des secrétaires ou des chauffeurs de camion, des *avocats* !

– Désolé, je ne me rendais pas compte.

– Alors, oui, si tu veux savoir, je me fais du souci pour mon avenir. Il me faut quatre mille dollars par mois pour tenir, et je travaille seul. Ça veut dire que je dois gagner cinquante mille dollars par an avant de pouvoir mettre le moindre sou de côté. Certains mois, ça va, d'autres, c'est la Bérézina. Pas moyen de prévoir. Je ne sais pas combien je vais gagner le mois prochain. C'est pour cette raison que cette affaire est si importante pour moi. Il ne se présentera jamais une autre chance comme celle-ci. C'est le plus grand procès de ma carrière. Jamais plus, jusqu'à ma retraite, un journaliste du *New York Times* ne m'abordera dans un café pour me demander une interview. Si je gagne, je serai l'avocat le plus coté du coin. Alors, seulement, je pourrai ne plus m'angoisser pour les jours à venir.

– Et si tu perds ?

Jake marqua un moment d'hésitation et chercha Claude des yeux.

– L'affaire aura des retombées médiatiques, quelle que soit l'issue du procès. Que je gagne ou que je perde, cette affaire me sera de toute façon bénéfique. Mais un échec me fichera un sale coup. Tous les avocats du comté souhaitent secrètement que je me casse les dents. Ils veulent tous voir Hailey condamné. Ils sont jaloux. Ils ont peur que je devienne trop fort, que je prenne leurs clients. Les avocats sont extrêmement jaloux, par nature.

– Toi aussi ?

– Bien sûr. Prends l'exemple du cabinet Sullivan. Je méprise tous les avocats de cette étude, mais, pour une bonne part, c'est de la jalousie. J'aimerais avoir leurs clients, leurs honoraires et leur garantie d'emploi. Chaque mois, un joli chèque les attend, presque à vie, et tous les Noëls il leur tombe du ciel une belle prime. Ils défendent l'argent, les valeurs sûres, pendant que moi j'écope des ivrognes, des petites frappes, de femmes ou d'hommes battus, et autres victimes démunies, voire sans le sou. Et je ne sais jamais d'un mois à l'autre combien de ces personnes franchiront le seuil de ma porte.

– Ecoute, Jake, l'interrompit Atcavage, j'aimerais bien poursuivre cette discussion, mais Claude est en train de regarder sa montre. Je pense que nos vingt minutes sont écoulées.

L'addition de Jake dépassait celle d'Atcavage de soixante et onze cents, et comme chacun avait commandé la même chose les deux hommes appelèrent Claude. Normal, expliqua-t-il. Jake avait un travers de plus dans son assiette.

McKittrick était un homme rigoureux, consciencieux, sûr de lui et bien fait de sa personne. Il était arrivé à Clanton le mercredi pour enquêter sur « le meurtre le plus sensationnel du Mississippi ». Il avait interrogé Ozzie et Moss Junior, et ces derniers lui avaient suggéré d'aller interviewer Jake. Il s'était entretenu avec Bullard, sur le pas de sa porte, qui l'avait renvoyé également vers Jake. Il avait interviewé Gwen et Lester, mais il n'avait pu voir la fillette. Il avait rendu visite aux habitués du Coffee Shop et du Tea Shoppe, il s'était rendu également chez Huey et au Ann's Lounge. Il avait parlé à l'ex-femme de Willard, ainsi qu'à sa mère, mais il s'était fait éconduire par Mrs. Cobb qui ne voulait plus entendre parler du moindre journaliste. L'un des frères Cobb avait proposé de parler contre de l'argent. McKittrick avait décliné l'offre. Il s'était rendu à la fabrique de papier pour interroger les collègues de Hailey, puis à Smithfield pour voir le procureur du district. Il était en ville encore pour quelques jours. Il reviendrait pour couvrir le procès.

Il venait du Texas, et il savait en garder, lorsque cela l'arrangeait, quelque accent rustique qui impressionnait les gens du coin et les mettait en confiance. Il disait même « vous autres » de temps en temps, ce qui suffisait à le rendre différent de tous les autres journalistes qui ne pouvaient se défaire de leur langue sèche et précise des villes.

– Qu'est-ce que c'est que ca ? demanda McKittrick en désignant un objet au milieu du bureau de Jake.

– Un magnétophone, répondit Jake.

McKittrick posa à son tour son magnétophone sur le bureau et regarda l'appareil de Jake.

– Je peux vous demander pourquoi ?

– Bien sûr. Nous sommes dans mon bureau, c'est mon interview, et si je veux l'enregistrer c'est mon droit le plus strict.

– Vous vous méfiez ?

– Mieux vaut prévenir que guérir. Je déteste que l'on trahisse mes propos.

– Ce n'est pas mon genre.

– Parfait. Vous ne voyez donc aucun inconvénient à ce que, chacun de notre côté, nous enregistrions cet entretien.

– Vous n'avez donc aucune confiance en moi, maître Brigance.

– Mon Dieu, non. Je vous précise, par ailleurs, que mon prénom est Jake.

– Pourquoi vous méfiez-vous de moi ?

– Parce que vous êtes un journaliste, parce que vous travaillez pour un journal de New York, parce que vous cherchez une histoire à sensation, et que, même si on peut être assuré que vous ne déformerez aucun propos, vous allez écrire un ramassis de conneries, plein de morale et parfaitement documenté, où nous allons tous encore passer pour une bande de culs-terreux racistes et attardés.

– Ce n'est pas vrai. D'abord, je viens du Texas.

– Mais vous travaillez pour un journal de New York.

– Mais de cœur je suis du Sud.

– Depuis combien de temps êtes-vous parti ?

– Depuis vingt ans environ.

Jake sourit et secoua la tête, comme pour dire : ça fait bien trop longtemps.

– Et je ne travaille pas pour un journal à sensation.

– Nous verrons ça. Le procès aura lieu dans plusieurs mois. Nous aurons tout le temps de juger sur pièces en lisant vos articles.

– Trop aimable.

Jake enfonça la touche d'enregistrement de son magnétophone. McKittrick l'imita.

– Pensez-vous que Carl Lee Hailey puisse avoir un procès équitable dans le comté de Ford ?

– Pourquoi ne le pourrait-il pas ?

– Eh bien, il est noir. Il a tué deux Blancs et il va être jugé par un jury blanc.

– Vous voulez dire qu'il va être jugé par une bande de racistes ?

– Pas du tout. Ce n'est nullement ce que j'ai voulu dire, ni sous-entendu. Pourquoi croyez-vous systématiquement que je vous prends tous pour des racistes ?

– Parce que c'est le cas. On nous caricature tout le temps, et vous le savez parfaitement.

McKittrick haussa les épaules et nota quelque chose dans son calepin.

– Allez-vous, oui ou non, répondre à ma question ?

– Oui. Il peut avoir un procès équitable dans ce comté, s'il est jugé ici.

– Vous tenez à ce qu'il soit jugé ici ?

– Il est évident que nous allons essayer d'être jugés ailleurs.

– Où ça ?

– Nous ne pouvons proposer de lieu. Cette décision appartient au seul juge.

– Où a-t-il trouvé le M-16 ?

Jake gloussa et fixa des yeux le magnétophone.

– Je n'en sais absolument rien.

– Serait-il inculpé s'il était blanc ?

– Il est noir, et il n'a pas encore été inculpé.

– Mais s'il était blanc, y aurait-il inculpation ?

– A mon avis, oui.

– Serait-il condamné ?

– Vous voulez un cigare ? demanda Jake en ouvrant le tiroir de son bureau.

Il sortit un Roi-Tan, retira la cellophane et l'alluma avec un briquet à gaz.

– Non, merci.

– Non, il ne serait pas condamné s'il était blanc. A mon avis. Pas dans le Mississippi, pas au Texas, pas dans le Wyoming. Ce serait moins certain à New York.

– Et pourquoi ?

– Vous avez une fille ?

– Non.

– Alors, vous ne pouvez pas comprendre.

– Je ne suis pas de cet avis. Mr. Hailey va-t-il être condamné ?

– Probablement.

– Notre société se montre donc moins clémente à l'égard des Noirs.

– Avez-vous parlé à Raymon Hughes ?

– Non. Qui est-ce ?

– Il a fait campagne pour être shérif aux dernières élections, mais il a eu la malchance d'avoir Ozzie Walls comme adversaire. Il est blanc. Ozzie, comme vous avez pu le remarquer, ne l'est pas. Si ma mémoire est exacte, il a récolté trente et un pour cent des voix. Dans une région qui compte soixante-quatorze pour cent de Blancs. Allez donc dire à Hughes que la société a quelque chose contre les Noirs !

– Je faisais référence à notre système judiciaire.

– Il s'agit de la même société. Qui va s'asseoir dans le box des jurés, à votre avis ? Le même électeur inscrit qui aura élu Ozzie Walls !

– Très bien, alors expliquez-moi où se trouve l'équité lorsqu'une société, qui ne condamnerait pas un Blanc, s'apprête à condamner Hailey ?

– L'équité n'a rien à voir là-dedans.

– Je ne vous suis pas très bien.

– Notre justice est le reflet de la société. Elle n'est pas toujours juste, mais elle l'est autant que la société peut l'être à New York, ou dans le Massachusetts, ou en Californie. C'est une équité pervertie, tout comme peut l'être l'âme humaine.

– Et vous croyez qu'Hailey sera traité avec la même équité ici qu'à New York ?

– Je dis simplement qu'il y a autant de racisme à New York que dans le Mississippi. Allez donc faire un tour dans nos écoles, les élèves y sont aussi mélangés qu'ailleurs.

– Par décision de justice.

– Certes, mais que dire des tribunaux à New York. Pendant des années, la bande de culs bénis que vous êtes nous a montrés du doigt en exigeant que cesse toute ségrégation raciale. C'est finalement ce qui s'est passé, et ça n'a pas été la fin du monde. Mais vous avez discrètement oublié de regarder ce qui se passait dans vos propres écoles, dans vos quartiers, vous avez fermé les yeux sur vos élections truquées, sur l'absence de Noirs dans vos jurys de tribunaux et vos conseils municipaux. Nous avions tort et nous l'avons payé chèrement. Mais nous avons appris, et même si les changements ont été lents et douloureux, nous avons au moins essayé. Mais il faut que vous autres vous continuiez à nous montrer du doigt.

– Je ne comptais pas refaire Gettysburg [1].

– Désolé. Vous voulez savoir quel système de défense nous allons adopter ? Je n'en sais rien pour le moment. Honnêtement, il est trop tôt pour le dire. Il n'a pas encore été inculpé par la chambre d'accusation.

– Il va l'être, non ?

– Pour l'instant, on n'en sait rien. C'est très vraisemblable, oui. Quand sortira l'article ?

– Dimanche, peut-être.

– Peu importe. Personne ne lit votre journal, ici. Oui, il va être inculpé.

McKittrick regarda furtivement sa montre et Jake arrêta son magnétophone.

– Ecoutez, je ne suis pas un si mauvais bougre, annonça McKittrick. Allons boire un verre un de ces jours et faisons la paix.

– Je ne bois pas d'alcool. Mais j'accepte votre invitation.

La première église presbytérienne de Clanton se

1. Pennsylvanie. Bataille décisive durant la guerre de Sécession. *(N.d.T.)*

trouvait juste en face de l'église méthodiste, et les deux édifices se trouvaient à une volée de pierre de la grande église baptiste de la ville. Les baptistes avaient davantage de membres et d'argent, mais les presbytériens et les méthodistes quittaient l'office plus tôt le dimanche et arrivaient avant les baptistes au déjeuner. Les baptistes sortaient de l'église à midi et demi et faisaient la queue dehors, tandis que les presbytériens et les méthodistes mangeaient tranquillement en leur faisant de petits signes.

Jake était ravi de ne pas être baptiste. Ils avaient un esprit un peu trop étroit et rigide, et passaient leur temps à vouloir instaurer une messe dominicale l'après-midi. Un rite contre lequel s'inscrivait farouchement Jake. Carla avait été élevée par les baptistes, Jake par les méthodistes – un compromis avait été trouvé. Ils étaient devenus presbytériens. Ils étaient tous les deux satisfaits de leur église et de ses activités, et ils rataient rarement un service.

Le dimanche, ils s'installaient à leur place habituelle, Hanna entre eux deux, et écoutaient distraitement le sermon. Jake regarda le prêtre et pensa à sa confrontation avec Buckley, au tribunal, devant douze bons et loyaux citoyens, tandis que la nation tout entière allait retenir son souffle; Carla, de son côté, se mit à songer à la décoration de la salle à manger. Jake croisa deux ou trois regards inquisiteurs durant l'office – les gens devraient être impressionnés d'avoir une telle célébrité dans leurs rangs. Il y avait des visages inconnus dans l'assemblée – c'étaient soit d'anciens pécheurs repentants, soit des journalistes. Jake ne sut le dire jusqu'à ce que l'un d'eux se mette à le dévisager avec insistance : il s'agissait de journalistes!

– J'ai adoré votre sermon, révérend, mentit Jake en serrant la main du pasteur sur les marches de l'église.

– Je suis heureux de vous voir, Jake, répliqua le révérend. On vous a vu toute la semaine à la TV.

On ne pouvait plus tenir les enfants sitôt que vous apparaissiez.

– Merci. Priez pour nous.

Ils s'en allèrent à Karaway, pour le déjeuner dominical avec les parents de Jake. Gene et Eva Brigance vivaient dans la vieille maison familiale, une fermette plantée sur deux hectares de terre boisée, à trois pâtés de maisons de la grande rue, et à deux cents mètres de l'école communale que Jake et sa sœur avaient fréquentée jusqu'à douze ans. Ses parents étaient tous les deux à la retraite, mais ils étaient encore assez jeunes pour sillonner le continent avec leur caravane chaque été. Ils s'en allaient le lundi suivant pour le Canada, et comptaient revenir après la Fête du travail [1]. Jake était leur seul fils. Sa sœur aînée vivait à La Nouvelle-Orléans.

Les déjeuners du dimanche chez Eva Brigance étaient un modèle de cuisine du Sud – une débauche de viandes frites, de légumes du jardin bouillis, hachés et cuits au four, de friands et de biscuits faits main, avec deux ramequins pleins de sauce, des melons d'eau, des cantaloups, des litres de planteur, des tartes au citron et des fraisiers. La plupart resteraient dans les plats, et le surplus serait soigneusement emballé par Eva et Carla et rapporté à Clanton, où il nourrirait la famille pendant toute la semaine.

– Comment vont tes parents, Carla ? demanda Mr. Brigance en lui tendant les roulés au fromage.

– Très bien. J'ai eu maman au téléphone hier.

– Ils sont encore à Knoxville ?

– Non. Ils sont déjà à Wilmington, pour tout l'été.

– Pourquoi n'iriez-vous pas leur rendre visite ? suggéra Eva en servant le thé glacé qui débordait d'un gros pichet en céramique.

Carla regarda furtivement Jake, qui remplissait l'assiette d'Hanna de haricots. Il ne voulait pas

1. Le premier lundi de septembre. *(N.d.T.)*

parler de l'affaire Hailey. Le procès avait été l'unique sujet de conversation de tous les repas depuis lundi, et Jake n'était pas d'humeur à répondre aux mêmes et sempiternelles questions.

– Oui, Eva. On y a pensé. Ça dépend du travail de Jake. Il risque d'être occupé cet été.

– Oui, nous avons vu ça à la télé, répondit Eva d'un ton monocorde, comme pour rappeler à son fils qu'elle n'avait pas eu de nouvelles de lui depuis les meurtres.

– Tu as des problèmes avec ton téléphone, fiston ? demanda Mr. Brigance.

– Oui. Nous avons changé de numéro.

Les quatre adultes mangèrent lentement, avec une boule d'appréhension au ventre, tandis qu'Hanna fixait des yeux le gâteau.

– Oui, je sais. C'est ce que nous a dit la standardiste. Vous vous êtes mis sur la liste rouge.

– Pardon de ne pas vous avoir prévenus. J'ai été débordé. Ça a été une semaine mouvementée.

– Oui, nous avons lu ça dans le journal, répondit son père.

Eva posa sa fourchette et s'éclaircit la gorge.

– Jake, tu crois vraiment pouvoir le tirer de là ?

– Je me fais du souci pour Carla et Hanna, dit son père. Ça risque d'être dangereux.

– Il les a tués de sang-froid, précisa Eva.

– Ils avaient violé sa fille, maman. Qu'est-ce que tu ferais si on violait Hanna ?

– C'est quoi violer ? demanda Hanna.

– Rien, ma chérie, répondit Carla. Ne pourrait-on pas changer de sujet ?

Elle regarda les trois Brigance avec insistance. Tout le monde recommença à manger en silence. Leur belle-fille avait raison, comme à son habitude.

Jake fit un sourire à sa mère, sans regarder son père.

– J'aimerais que l'on ne parle plus de cette affaire, maman. Elle me sort par les yeux.

– On se tiendra au courant par les journaux, annonça Mr. Brigance.

On parla du voyage au Canada.

Alors que les Brigance finissaient de déjeuner, la nef bondée de l'église de Notre-Dame-de-Sion oscillait et tremblait tandis que le grand révérend Ollie Agee transformait ses ouailles en une masse vibrante d'amour et de foi. Les diacres dansaient. Les anciens chantaient. Les femmes s'évanouissaient. Les adultes imploraient Dieu, les bras levés au ciel, tandis que les bambins regardaient les voûtes empreints d'une sainte terreur. Le chœur tanguait, roulait à l'unisson, puis la belle harmonie se brisa et chaque choriste se mit à hurler à un couplet différent du chant. L'organiste jouait un air, le pianiste un autre, et le chœur se débrouillait pour suivre. Le révérend sautait devant sa chaire dans sa longue robe blanche bordée de pourpre, en train de vociférer ses prières, d'implorer Dieu en hurlant, le visage ruisselant de sueur.

Le tintamarre s'amplifia, comme nourri par les évanouissements successifs des femmes, atteignit son paroxysme puis commença à faiblir. Grâce à des années d'expérience, Agee savait exactement lorsque la transe parvenait à son apogée, lorsque le délire était sur le point de céder le pas à la lassitude, et lorsque ses ouailles avaient besoin de souffler. A l'instant ultime, il bondit sur sa chaire et claqua violemment la porte : le coup résonna dans l'église avec la force de Dieu tout-puissant. Instantanément la musique s'arrêta, les convulsions disparurent, les femmes évanouies se réveillèrent, les enfants cessèrent de pleurer, et la foule se rassit humblement sur les bancs. L'heure du sermon était venue.

Alors que le révérend s'apprêtait à prêcher, les portes de l'église s'ouvrirent et les Hailey pénétrèrent dans la salle. La petite Tonya marchait toute seule, clopin-clopant, tenant la main de sa mère. Ses frères suivaient derrière, l'oncle Lester fermait la marche. Ils descendirent lentement l'allée centrale et trouvèrent une place dans les premiers rangs. Le révérend fit un signe à l'organiste, qui commença à jouer en sourdine, puis le chœur commença à fredonner et à osciller sur place. Les diacres se levèrent et se mirent à se dandiner avec les choristes. Pour ne pas être en reste, les anciens se levèrent à leur tour et commencèrent à chanter. Puis, devant tant d'émotion, la sœur Crystal s'évanouit brutalement. La syncope fut contagieuse, et les autres sœurs se mirent à tomber comme des mouches. Les vieux chantèrent plus fort que le chœur, ce qui fit redoubler ce dernier d'ardeur. Comme on n'entendait plus l'orgue, l'organiste augmenta le volume. Le pianiste rejoignit le brouhaha et se lança avec obstination dans une interprétation d'un cantique jusqu'à ce que l'organiste se décide à suivre le mouvement. Le son de l'orgue tonna en retour dans l'église. Le révérend Agee sauta de sa chaire et avança vers les Hailey en dansant. Tout le monde lui emboîta le pas – le chœur, les diacres, les anciens, les femmes, les enfants en pleurs –, tout le monde suivit le mouvement et alla saluer la petite Hailey.

Jake ne se faisait pas de souci pour son client. Carl Lee aurait préféré être chez lui, mais, grâce au traitement de faveur dont il bénéficiait, la vie de détenu était tout à fait tolérable. C'était une nouvelle prison, construite avec les deniers de l'Etat, qui répondait scrupuleusement à la charte nationale des droits des détenus. Les repas étaient préparés par deux énormes femmes noires qui savaient cuisiner, certes, mais aussi falsifier des chèques. Elles allaient bientôt être libérées, mais Ozzie s'était abstenu de le leur dire. La nourriture était servie à quarante prisonniers, par une poignée de détenus modèles. Treize prisonniers devaient être transférés à Parchman, mais le pénitencier était plein. Alors ils attendaient, sans savoir quand ils feraient l'angoissant voyage jusqu'à cette immense exploitation agricole du delta, cernée de grillage, où la nourriture était nettement moins bonne, où les lits étaient moins douillets, l'air conditionné inexistant, les moustiques gigantesques, grouillants et agressifs, les toilettes rarissimes et le plus souvent bouchées.

La cellule de Carl Lee se trouvait à côté de la cellule numéro deux, où les prisonniers de Parchman attendaient leur transfert. A deux exceptions près, c'étaient des Noirs ; bien qu'ils fussent loin d'être des enfants de chœur, ils avaient tous peur de Carl Lee. Les deux voleurs qui partageaient sa cellule étaient, quant à eux, proprement terrifiés par leur célèbre compagnon de geôle. Chaque soir, on emmenait Carl Lee jusqu'au bureau d'Ozzie, pour dîner avec le shérif et regarder les infos. Il était une célébrité, et il aimait ça presque autant que son avocat et le procureur. Il brûlait d'expliquer son point de vue aux journalistes, de leur parler de sa fille, de leur dire pourquoi sa place n'était pas en prison, mais son avocat le lui avait interdit.

Après la visite dominicale de Gwen et Lester, Ozzie, Moss Junior et Carl Lee quittèrent furtivement la prison en fin d'après-midi et partirent pour l'hôpital. C'était une idée de Carl Lee et Ozzie n'y voyait pas d'inconvénient. Looney se trouvait dans une chambre individuelle. A son arrivée, Carl Lee regarda la jambe du policier, puis releva les yeux vers Looney. Ils se serrèrent la main. Avec des yeux brillants de larmes et une voix tremblante d'émotion, Carl Lee exprima ses regrets : il ne visait que les deux types, il ne voulait blesser personne, il était désolé, du fond du cœur. Sans hésitation, Looney accepta les excuses de Carl Lee.

Jake attendait dans le bureau d'Ozzie lorsque le petit groupe regagna la prison. Ozzie et Moss Junior prirent congé et laissèrent l'avocat avec son client.

– Où étiez-vous partis ? demanda Jake d'un air suspicieux.

– A l'hôpital, voir Looney.

– Quoi !

– Il n'y a pas de mal à ça, non ?

– J'aimerais être averti avant que tu ne fasses la moindre visite, dorénavant.

– Quel mal y a-t-il à aller voir Looney ?

– Looney va être le témoin clé de l'accusation ; elle va se servir de lui pour essayer de t'envoyer dans la chambre à gaz. Voilà tout. Il n'est pas de ton côté, Carl Lee, et tout ce que tu diras à Looney devra se faire en présence de ton avocat. C'est clair ?

– Pas vraiment.

– Je n'arrive pas à croire qu'Ozzie ait fait ça, marmonna Jake.

– C'est moi qui ai eu l'idée, reconnut Carl Lee.

– Eh bien, si tu as encore d'autres idées de ce genre, tu es prié de m'en faire part. D'accord ?

– Entendu.

– Tu as parlé à Lester, dernièrement ?

– Ouais. Avec Gwen, cet après-midi. Ils m'ont apporté des gâteaux. Ils m'ont dit pour la banque.

Jake comptait ne pas céder pour ses honoraires ; pas question de défendre Carl Lee pour neuf cents dollars. Le procès allait accaparer tout son temps durant les trois prochains mois, et neuf cents dollars lui offraient à peine de quoi vivre. Ce n'était bon pour personne de travailler pour rien. Carl Lee devait se débrouiller pour trouver de l'argent. Il avait de la famille. Celle de Gwen était nombreuse. Il leur suffisait de se serrer un peu la ceinture, de vendre quelques automobiles, peut-être un lopin de terre ou deux, mais Jake aurait ses sous. Sinon, Carl Lee pouvait se trouver un autre avocat !

– Je te donnerai l'acte de propriété pour ma maison, offrit Carl Lee.

Jake se laissa attendrir.

– Je ne veux pas de ta maison, Carl Lee. Je veux de l'argent. Mes six mille cinq cents dollars.

– Dis-moi où les trouver, et je le ferai. C'est toi l'avocat, trouve un moyen. Je te suis.

Jake savait déjà qu'il allait baisser pavillon.

– Je ne peux pas faire ça pour neuf cents dollars, Carl Lee. Je ne peux pas laisser cette affaire me ruiner. Je suis avocat. Je suis censé gagner de l'argent.

– Jake, je te donnerai cet argent. Promis. Ça prendra peut-être du temps, mais je te paierai. Fais-moi confiance.

Pas si tu es condamné à mort, songea Jake. Il préféra changer de sujet :

– Tu sais que le jury d'accusation va être constitué demain, et qu'il va statuer sur ton cas.

– Alors ça y est, c'est le procès ?

– Non. Demain, tu vas être simplement inculpé. Le palais de justice sera plein de gens et de journalistes. Le juge Noose viendra ouvrir la session de mai. Buckley va faie la chasse aux caméras et remuer de l'air. C'est un grand jour. Noose doit juger un procès pour vol à main armée l'après-midi. Si tu es inculpé demain, nous serons cités au tribunal mercredi ou jeudi, pour la mise en accusation.

– La quoi ?

– La mise en accusation. Lors d'un procès pour meurtre, le juge doit lire le chef d'accusation en public, devant Dieu et le monde entier. Ils en font tout un foin de ce truc, tu vas voir ! Nous répondrons alors que nous plaidons non coupable, et Noose fixera la date définitive du procès. Nous demanderons ensuite une caution raisonnable, qu'il refusera. Lorsque je prononcerai le mot caution, tu verras Buckley se mettre à hurler et monter sur ses grands chevaux. Plus je pense à lui, plus il me sort par les yeux, celui-là. Il va vraiment nous pourrir la vie.

– Pourquoi n'aurais-je pas droit à une caution ?

– Dans les cas de meurtre, le juge n'est pas obligé de fixer une caution. Ça arrive parfois, mais c'est exceptionnel. Même si Noose accepte de fixer une caution, tu ne pourras pas la payer ; autant t'ôter cette idée de la tête. Tu resteras en prison jusqu'à ton procès.

– J'ai perdu mon travail, tu sais.

– Quand ça ?

– Gwen est allée chercher mon chèque, vendredi. Ils le lui ont dit. C'est sympa, hein ? J'ai manqué cinq jours de travail en treize ans, et ils me fichent à la porte comme un malpropre ! Ils doivent se dire que je ne reviendrai pas.

– Je suis désolé d'apprendre ça, Carl Lee. C'est vraiment moche.

12

L'honorable Omar Noose n'avait pas été de tous temps aussi honorable. Avant d'être juge de la cour d'assises du vingt-deuxième district, Noose n'était qu'un piètre avocat, doté de rares clients – mais il était déjà un redoutable politicien. Cinq sessions à l'assemblée du Mississippi l'avaient corrompu jusqu'au tréfonds et lui avaient appris l'art de la manipulation et de l'escroquerie en politique. Le sénateur Noose, président de la commission financière du Sénat, vivait dans le luxe, et peu de gens du comté de Van Buren songeaient à se demander comment lui et sa famille pouvaient avoir ce train de vie avec une indemnité parlementaire de seulement sept mille dollars par an.

Comme la plupart des parlementaires du Mississippi, Noose se représenta une fois de trop, et se fit écraser, l'été 1971, par un parfait inconnu. Un an plus tard, le juge Loopus, son prédécesseur à la cour d'assises, mourut, et Noose persuada ses amis sénateurs de demander au gouverneur de le nommer à ce poste pour terminer la session judiciaire en cours. C'est ainsi que l'ex-sénateur Noose devint juge de cour d'assises. Il fut élu en 1975, puis réélu en 1979 et 1983.

Plein de repentir, métamorphosé et humilié par sa brusque perte de pouvoir, le juge Noose se plongea dans l'étude du Code pénal, et après des débuts balbutiants, il acquit ses lettres de noblesse. Le poste lui rapportait soixante mille dollars par an ; il put donc s'offrir le luxe d'être honnête. Aujourd'hui, à soixante-trois ans, il était devenu un juge sage et avisé, respecté par la plupart des avocats et par la Cour suprême, qui cassait rarement ses jugements. Il était secret, mais charmant, patient, mais strict, et il avait un nez long et pointu, à la Cyrano, sur lequel trônait une paire de lunettes de presbyte octogonales, cerclées de noir, dont il ne se séparait jamais, quoiqu'elles ne lui fussent d'aucune utilité. Son grand nez, sa haute silhouette dégingandée, sa touffe hirsute de cheveux gris, sa voix perçante lui avaient valu, en secret, le surnom d'Icabod [1] parmi les avocats. Icabod Noose. Le grand Icabod Noose.

Il monta sur l'estrade. La salle se leva et Ozzie marmonna de façon inintelligible que la session de mai de la cour d'assises du comté de Ford était officiellement ouverte. Un pasteur local offrit une longue prière dans un langage fleuri, puis l'assistance se rassit. Les jurés potentiels occupaient la moitié de la salle. Les criminels et autres plaideurs, avec leurs familles, leurs amis, la presse et les curieux occupaient l'autre moitié. Noose exigeait que tous les avocats du comté assistent à la séance d'ouverture de la session. Les membres du barreau se trouvaient donc dans le box des jurés, comme à la parade, avec tous leurs insignes et leurs décorations, l'air solennel. Buckley et son adjoint, D.R. Musgrove, étaient assis à la table de l'accusation, fiers et glorieux défenseurs de l'Etat. Jake était assis à l'écart, sur une simple chaise de bois, devant la rambarde séparant le public de la cour. Les greffiers et les sténographes se tenaient derrière les grands registres rouges. Tout le monde regardait Icabod prendre place dans son fauteuil, lisser sa

1. Personnage biblique, petit-fils d'Elie (héb. *ikhabhodh*, l'humble), ayant donné naissance à une interjection obsolète faisant référence à une gloire évanouie. *(N.d.T.)*

robe, ajuster ses horribles lunettes de lecture, et regarder l'assemblée de ses yeux perçants.

– Bonjour, lança-t-il de sa voix de fausset.

Il rapprocha le microphone de sa bouche et s'éclaircit la gorge.

– C'est toujours un grand plaisir de retrouver le comté de Ford pour la session judiciaire de mai. Je vois que la plupart des gens du barreau ont trouvé le temps de venir à cette séance d'ouverture, et comme de coutume, je demanderai à Mme la greffière de noter les absents de sorte que je puisse les contacter personnellement. Je vois que nous avons aujourd'hui un grand nombre de jurés potentiels, et je tiens à vous remercier tous de votre présence parmi nous. Je sais qu'on ne vous a pas laissé réellement le choix, mais sachez que votre présence est vitale pour le bon fonctionnement de notre justice. Nous allons appeler un jury d'accusation, puis nous constituerons plusieurs jurys de cour pour les procès qui auront lieu dans les deux semaines à venir. J'espère que chaque membre du barreau a une copie du calendrier, et que vous aurez remarqué qu'il est quelque peu surchargé. Deux affaires, au moins, devront être jugées chaque jour, durant cette semaine et la suivante, mais je crois comprendre que la plupart des affaires en instance de jugement feront l'objet d'une révision de dossier. Nous devrons néanmoins ajourner bon nombre d'affaires, et j'aurai besoin de toute la coopération du barreau. Une fois que le jury d'accusation sera constitué et que les inculpations commenceront à tomber, j'organiserai les mises en accusation et les premières comparutions. Maintenant, passons rapidement en revue le calendrier – les affaires criminelles en premier, les civiles en second. Les avocats seront autorisés à quitter la salle lorsque nous sélectionnerons les membres du jury d'accusation.

– L'Etat contre Warren Moke. Vol à main armée, procès prévu pour cet après-midi.

Buckley se leva, avec une lenteur toute théâtrale.

– L'Etat du Mississippi est prêt pour le procès, Votre Honneur, annonça-t-il fièrement aux spectateurs.

– La défense aussi, répondit Tyndale, l'avocat désigné par la cour.

– Quelle durée prévoyez-vous pour le procès ? demanda le juge.

– Un jour et demi, répondit Buckley.

Tyndale acquiesça.

– Parfait. Nous constituerons un jury de cour ce matin et nous ouvrirons le procès à 13 heures. L'Etat contre William Daal, pour faux et usage de faux ; deux chefs d'accusation ; procès prévu pour demain.

– Votre Honneur, répondit D.R. Musgrove, le prévenu va reconnaître les charges qui pèsent contre lui.

– Parfait. L'Etat contre Roger Hornton, vol qualifié, deux chefs d'accusation, prévu pour demain.

Noose continua à lire le registre. Chaque affaire recevait les mêmes réponses. Buckley se levait, déclarait l'Etat prêt pour le procès, ou Musgrove annonçait discrètement que l'accusé allait reconnaître les faits, et les avocats de la défense se levaient pour acquiescer. Jake ne présentait aucune affaire durant la session de mai, et bien qu'il fît tout son possible pour feindre l'ennui, il adorait entendre cette énumération, car il apprenait ainsi qui avait quelle affaire et ce que faisaient ses concurrents. C'était aussi l'occasion de se montrer devant certaines gens du coin. La moitié des membres du cabinet Sullivan étaient présents. Eux aussi paraissaient s'ennuyer ferme, tandis qu'ils occupaient fièrement le premier rang du box des jurés. Les aînés de chez Sullivan ne se donnaient pas la peine de faire une apparition à la séance d'ouverture ; ils inventeraient un mensonge et raconteraient à Noose qu'ils plaidaient à la cour fédérale d'Oxford, voire à la Cour suprême de Jackson. Une question de dignité les empêchait de se mêler avec le tout-venant du barreau ; aussi envoyait-on les jeunes lieutenants du cabinet pour satisfaire Noose et demander que toutes les affaires civiles dont avait la charge le cabinet Sullivan soient systématiquement repoussées, ajournées, gelées, ou traitées de telle sorte que le cabinet puisse les faire attendre *ad vitam œternam* et continuer à encaisser des honoraires. Leurs clients étaient des compagnies d'assurances qui généralement préféraient ne pas aller en procès et payaient une fortune des avocats dont le seul rôle était d'empêcher leurs affaires de passer devant le moindre jury. Il aurait été plus rentable et plus honnête de payer un dédommagement raisonnable aux victimes et cela aurait permis d'éviter à la fois une action en justice et de faire vivre des cabinets parasites tels que l'étude Sullivan & O'Hare. Malheureusement, les compagnies d'assurances et leurs conseillers étaient trop stupides et trop pingres pour l'accepter, si bien que les avocats de rue tels que Jake Brigance gagnaient leur vie à poursuivre en justice ces compagnies et à les contraindre à payer bien plus que ce que celles-ci auraient déboursé si elles s'étaient comportées honnêtement dès le début. Jake détestait les compagnies d'assurances, et il détestait leurs avocats, et tout spécialement les jeunes loups du cabinet Sullivan – ces types de son âge qui étaient prêts à poignarder tout le monde dans le dos, lui ou quiconque, ami comme ennemi, pour monter en grade, gagner deux cent mille dollars par an et se permettre de ne pas assister aux séances d'ouverture.

Jake détestait particulièrement Lotterhouse, ou plutôt L. Winston Lotterhouse, comme le proclamait son papier à en-tête : un petit gringalet binoclard, doté d'un diplôme d'Harvard et d'un sérieux complexe de supériorité, qui était sur le point de devenir un associé du cabinet Sullivan – autant dire que les coups de poignard avaient plu à verse l'an passé. Lotterhouse était assis, la mine hautaine, entre deux autres avocats du cabinet, avec sept dossiers devant lui, dont chacun rapportait cent dollars de l'heure, et attendait patiemment la fin de la séance d'ouverture.

Noose passa aux affaires civiles.

– Collins contre la Royal Consolidated General Mutual Insurance Company.

Lotterhouse se leva lentement. Les secondes devenaient des minutes, les minutes devenaient des heures, et les heures représentaient des honoraires, des acomptes, des primes, des prises de capital dans la société Sullivan.

– Votre Honneur, cette affaire est prévue pour mercredi prochain.

– Je vois bien.

– Oui, Votre Honneur. Mais je crains d'être dans l'obligation de demander un ajournement. J'ai, en effet, un problème d'emploi du temps pour ce mercredi-là : je dois me rendre à la cour fédérale de Memphis pour assister à une audience préliminaire. J'avais demandé à ce que cette audience se tienne à une autre date, mais le juge s'est opposé à ma requête. Je le regrette vivement. J'ai donc déposé ce matin une demande d'ajournement.

Gardner, l'avocat du plaignant, était furieux.

– Votre Honneur, cette affaire devait être jugée il y a deux mois. Elle était programmée pour février, mais maître Lotterhouse déplorait un décès dans sa belle-famille. L'affaire devait être jugée auparavant en novembre, mais un oncle venait de mourir. Auparavant encore, elle était prévue pour août dernier, et il y avait là aussi des funérailles en vue. J'imagine, aujourd'hui, que nous devons nous estimer heureux que personne ne soit mort !

Il y eut quelques rires dans la salle. Le visage de Lotterhouse s'empourpra.

– Trop, c'est trop, Votre Honneur, poursuivit Gardner. Maître Lotterhouse préfère repousser le procès jusqu'à la fin des temps. Cette affaire est prête pour passer en jugement, et mon client a droit à ce procès. Nous nous opposons donc vigoureusement à cette demande d'ajournement.

Lotterhouse esquissa un sourire en direction du juge et retira ses lunettes.

– Votre Honneur, si je peux me permettre de répondre...

– Non, vous ne pouvez pas, maître Lotterhouse, l'interrompit Noose. Plus d'ajournement supplémentaire. Cette affaire passera devant la cour mercredi prochain. Aucun autre retard ne sera toléré.

Alléluia ! songea Jake. Noose se montrait d'ordinaire très tolérant avec le cabinet Sullivan. Jake lança un sourire à Lotterhouse.

Deux affaires civiles de Jake furent repoussées à la session d'août. Lorsque Noose eut terminé d'énumérer la liste, il congédia les avocats, et s'intéressa au groupe des jurés potentiels. Il leur expliqua le rôle d'un jury d'accusation, son importance et son mode de fonctionnement. Il fit la distinction avec le jury de jugement, tout aussi important mais dont la tâche était plus réduite dans le temps. Il commença à poser des questions, des dizaines de questions – la plupart imposées par la loi –, toutes destinées à évaluer les capacités, tant physiques que morales, des prétendants à être jurés, à connaître leur âge et leur situation. Quelques questions étaient obsolètes, mais une loi ancienne exigeait qu'elles fussent posées.

– Est-ce que l'un d'entre vous s'adonne aux jeux d'argent ou à la boisson ?

Il y eut des rires, mais personne ne se risqua à lever le doigt. Soixante-cinq personnes furent automatiquement exemptées. Noose accepta les justificatifs habituels : maladie, cas d'urgence, souffrances morales, mais refusa, presque en intégralité, de libérer de leur devoir de citoyen ceux qui demandaient à être exemptés pour des raisons financières. C'était cocasse de voir les jurés se lever un à un, et expliquer humblement au juge que ces quelques jours de travail au service de la justice allaient causer d'irréparables dommages à leur ferme, à leur boutique, ou à la fabrique de papier. Noose montait sur ses grands chevaux et faisait aux plus mercantiles un sermon sur les devoirs civiques de tout citoyen américain.

Parmi les quatre-vingt-dix élus, dix-huit seraient retenus pour le jury d'accusation, et le reste servirait à constituer les divers jurys de jugement. Lorsque Noose eut achevé son interrogatoire, la greffière sortit d'une boîte dix-huit noms et les déposa devant le juge. Noose commença à faire l'appel. Les nouveaux élus, un à un, se levèrent, remontèrent lentement l'allée centrale, franchirent la porte de la rambarde avant de s'installer sur les fauteuils pivotants et matelassés du box des jurés. Il y avait quatorze places, douze pour les jurés, et deux pour les suppléants. Lorsque le box fut rempli, Noose appela quatre autres personnes qui rejoignirent leurs compagnons et s'assirent sur des chaises installées au pied du box.

– Levez-vous et prêtez serment, ordonna Noose, tandis que la greffière ouvrait devant eux un petit livre noir qui contenait tous les serments.

– Levez la main droite, ordonna-t-elle. Jurez-vous solennellement que vous vous acquitterez de votre devoir de jurés d'accusation, en votre âme et conscience, que vous entendrez en toute impartialité toutes les parties en présence et déciderez de chaque affaire qui sera soumise à votre jugement, avec l'aide de Dieu tout-puissant ?

Il y eut un chœur d'acquiescement :

– Oui, je le jure.

Et on fit rasseoir le jury d'accusation. Parmi les cinq Noirs du jury, deux étaient des femmes. Parmi les treize Blancs, on comptait huit femmes. Pour la plupart, c'étaient des fermiers. Jake en connaissait sept sur les dix-huit.

– Mesdames et messieurs, fit Noose, commençant son discours habituel, vous avez été sélectionnés et vous avez prêté serment, en tant que jurés du comté de Ford. Vous assumerez cette fonction jusqu'à ce qu'un nouveau jury d'accusation soit constitué à la session d'août. Je tiens à vous dire que cette tâche n'accaparera qu'une faible partie de votre temps. Vous vous réunirez tous les jours de cette semaine, puis quelques heures par mois, jusqu'en septembre. Votre travail sera d'entendre toutes les affaires criminelles, de prendre connaissance des charges qui pèsent sur les prévenus, des dommages infligés aux victimes, et de déterminer s'il existe des preuves suffisantes pour avancer que l'accusé a réellement commis les faits qui lui sont reprochés. Si telle est votre intime conviction, vous prononcerez alors l'inculpation du prévenu, ce qui aura pour effet de confirmer les chefs d'accusation pesant contre l'accusé. Vous êtes dix-huit. Si douze d'entre vous considèrent que l'accusé doit être inculpé, l'inculpation sera prononcée, ou retournée à la cour, comme nous disons dans notre jargon. Votre pouvoir est considérable. Juridiquement, vous avez le droit d'enquêter sur tout acte criminel, sur tout citoyen suspect, sur toute administration ; en résumé, sur tout ce qui vous semble louche. Vous pouvez vous réunir quand vous le désirez, mais d'ordinaire, vous vous rencontrerez à chaque fois que le procureur du district, maître Buckley, aura besoin de vous. Vous avez le droit de convoquer les témoins à votre guise, de consulter leur déposition. Toutes vos délibérations doivent rester secrètes. Vous serez seuls avec les témoins, en la stricte compagnie du procureur et de ses adjoints. L'accusé n'a pas le droit de se présenter devant vous. Il vous est formellement interdit de raconter à qui que ce soit ce qui s'est dit en salle de délibération.

« Maître Buckley, voulez-vous vous lever, je vous prie ? Merci. Je vous présente maître Rufus Buckley, le procureur du district. Il vient de Smithfield, du comté de Polk. Il dirigera vos débats, en quelque sorte. Merci, maître Buckley. Maître Musgrove, levez-vous, s'il vous plaît. Voici D.R. Musgrove, l'adjoint du procureur. Il vient également de Smithfield. Il assistera maître Buckley au cours de cette session. Merci, maître Musgrove. Ces messieurs représentent l'Etat du Mississippi, et vont soumettre les affaires criminelles au jury d'accusation.

« Un dernier point : le précédent jury d'accusation a été constitué en février, et le président était un Blanc. Aussi, pour ne pas faillir à la tradition et suivre les vœux du ministère de la Justice, je vais nommer une personne noire, de sexe féminin, comme présidente de ce jury. Voyons un peu. Laverne Gosset. Où êtes-vous, Mrs. Gosset ? Ah ! vous êtes là, parfait. Vous êtes professeur, c'est bien ça ? parfait. Je suis persuadé que vous saurez vous acquitter de cette nouvelle responsabilité. Il est temps maintenant de vous mettre au travail. Je crois savoir que vous devez entendre cinquante affaires. Je vais maintenant vous demander de suivre maître Buckley et maître Musgrove dans la petite salle de tribunal qui nous sert de chambre de délibérations. Merci, mesdames et messieurs, et bonne chance.

Buckley, fier comme un paon, ouvrit la marche et fit sortir le nouveau jury d'accusation de la salle. Dans le hall, il fit un signe aux reporters. Non, aucun commentaire pour l'instant. Une fois arrivé dans la petite salle de tribunal, le jury s'installa autour de deux grandes tables pliantes. Un secrétaire apporta sur un chariot roulant l'ensemble des dossiers. Un vieil officier de police, à la retraite et à moitié sourd, dans un uniforme élimé, se posta devant la porte. La sécurité était assurée. Buckley, changeant subitement d'idée, se releva et partit rejoindre les journalistes dans le hall. Oui, dit-il, l'affaire Hailey sera soumise au jury d'accusation cet après-midi. En fait, il tiendra une conférence de presse à 16 heures sur les marches du palais, et il aura en poche l'inculpation d'Hailey.

Après déjeuner, le chef de la police de Karaway s'assit à l'extrémité de l'une des longues tables, et se mit à farfouiller nerveusement dans ses dossiers. Il évitait de regarder les jurés, qui attendaient fébrilement leur première affaire.

– Présentez-vous ! aboya le procureur.

– Nolan Earnhart, chef de la police de Karaway.

– Combien d'affaires avez-vous à nous présenter, Mr. Earnhart ?

– Cinq, pour notre service de Karaway.

– Voyons déjà la première.

– Vous avez raison, voyons la première, bégaya le chef de la police en feuilletant de nouveau ses papiers. Ah, voilà. La première affaire, c'est Fedison Bulow, un Noir, âgé de vingt-cinq ans, pris en flagrant délit de cambriolage à l'épicerie Griffin de Karaway, à 2 heures du matin, le 12 avril. L'alarme s'est déclenchée au central et nous l'avons arrêté dans le magasin. La caisse avait été fracturée, et des sacs d'engrais avaient disparu. Nous avons retrouvé l'argent et les sacs dans une voiture enregistrée à son nom, garée derrière la boutique. Il a signé trois pages d'aveux au poste. Nous avons ici les copies.

Buckley déambulait dans la salle, faisant des sourires à chacun.

– Et vous désirez que le jury inculpe Fedison Bulow, pour les chefs d'accusation de vol avec effraction dans un local commercial ? demande Buckley pour venir au secours du policier.

– Oui, maître, c'est ça.

– Maintenant, chers membres du jury d'accusation, vous avez le droit de poser toutes les questions que vous désirez. C'est vous qui menez les débats. Il y a des questions ?

– Oui. A-t-il un casier judiciaire ? demanda Mack Loyd Crowell, un chauffeur livreur au chômage.

– Non, répliqua le chef de la police. C'est sa première arrestation.

– Excellente question. Il faut toujours poser cette question, car si le prévenu a déjà été condamné, nous pouvons le considérer comme récidiviste, professa Buckley. Y a-t-il d'autres questions ? Non, aucune ? Parfait. Maintenant, quelqu'un doit proposer que le jury d'accusation confirme à la cour l'inculpation de Fedison Bulow.

Silence complet. Les dix-huit jurés baissèrent les yeux, en attendant que quelqu'un prenne la parole. Buckley patienta. Le silence dura. Génial, songea-t-il. Un jury timide. Une bande de mous qui n'osent pas parler. Des libéraux. Pourquoi ne lui avait-on pas donné un jury d'accusation digne de ce nom, assoiffé de sang et pressé de condamner n'importe qui pour n'importe quoi ?

– Mrs. Gosset, vous voulez bien vous en charger, puisque vous êtes la présidente ?

– Je veux bien, répondit-elle.

– Merci, dit Buckley. Procédons au vote. Combien de personnes votent pour l'inculpation de Fedison Bulow, sur le chef d'accusation de vol avec effraction. Levez la main.

Dix-huit mains se levèrent, et Buckley sentit une bouffée de bonheur l'envahir.

Earnhart présenta les quatre autres affaires de Karaway. Dans chacune d'entre elles, le suspect paraissait aussi coupable que Bulow, et les quatre inculpations furent prononcées à l'unanimité. Buckley expliqua aux jurés la procédure à suivre. Il insista sur leur importance, leur pouvoir, en veillant bien à mettre l'accent sur la lourde responsabilité qui leur incombait en tant que représentants de la justice. Les langues se délièrent aussitôt.

– Il a un casier judiciaire ?

– Quelle est la peine dans ce cas ?

– Quand sera-t-il de nouveau en liberté ?
– Combien de chefs d'accusation pouvons-nous prononcer ?
– Quand aura lieu le procès ?
– Est-ce que le prévenu est sous les verrous, en ce moment ?

Cinq inculpations venaient d'être prononcées, les cinq à l'unanimité et sans discussion, et le jury trépignait maintenant d'impatience pour qu'on lui présente l'affaire suivante. Buckley décida que le moment était venu ; il ouvrit la porte et fit signe à Ozzie qui déambulait tranquillement dans le couloir, en compagnie d'un adjoint et d'un groupe de journalistes.

– Présentez l'affaire Hailey en premier, lui souffla Buckley à la porte.

– Mesdames et messieurs, je vous présente le shérif Walls. Je suis certain que la plupart d'entre vous le connaissent. Il a plusieurs affaires à vous soumettre. Quelle est la première, shérif ?

Ozzie fouilla dans ses papiers, comme s'il cherchait quelque chose, avant de marmonner :

– L'affaire Carl Lee Hailey.

Les jurés retombèrent dans le silence. Buckley observa attentivement leur réaction. La plupart baissèrent de nouveau les yeux. Personne ne souffla mot tandis qu'Ozzie consultait ses dossiers. Finalement, il dut aller chercher un autre attaché-case, car il n'avait pas prévu de présenter cette affaire en premier.

Buckley se vantait de pouvoir connaître les sentiments d'un jury. Il regardait le visage des jurés et pouvait lire dans leurs pensées. Il ne quittait pas le jury des yeux pendant son réquisitoire, et connaissait, sans coup férir, les pensées de chacun. Même lorsqu'il interrogeait un témoin, il gardait son regard rivé sur le box des jurés. Parfois, il se tenait devant eux, et regardait les réactions de chacun devant les réponses du témoin. Avec plus d'une centaine de procès à son actif, Buckley était infaillible – il sut aussitôt qu'il allait avoir des problèmes avec l'affaire Hailey. Les cinq Noirs commencèrent à se montrer nerveux et arrogants, comme s'ils étaient ravis de la joute inévitable qui allait s'ensuivre. La présidente, Mrs. Gosset, semblait particulièrement recueillie tandis qu'Ozzie feuilletait ses dossiers en marmonnant. La plupart des Blancs gardaient un air impassible, mais Mack Loyd Crowell, un homme d'une cinquantaine d'années, aux airs de paysan revêche, se montrait aussi arrogant que les Noirs. Il se leva d'un bond et se dirigea vers la fenêtre, qui donnait sur le côté nord de la place. Buckley avait du mal à cerner le personnage, mais il sentait que Crowell allait jouer les trouble-fête.

– Shérif, combien de témoins avons-nous pour cette affaire ? demanda Buckley, lui aussi quelque peu nerveux.

Ozzie cessa de consulter ses documents et répondit :

– Eh bien, il n'y a que moi, pour l'instant. Mais nous pouvons en trouver d'autres.

– D'accord, d'accord, répliqua Buckley. Présentez-nous donc cette affaire.

Ozzie se redressa, croisa les jambes et dit :

– Allez, Rufus, tout le monde sait de quoi il retourne. On en parle à la télé depuis une semaine.

– Résumez-nous les faits.

– Les faits ? Entendu. Il y a une semaine, Carl Lee Hailey, un homme de race noire, âgé de trente-sept ans, a tué avec une arme à feu un certain Billy Ray Cobb et un certain Pete Willard, et blessé l'officier de police DeWayne Looney, qui se trouve encore à l'hôpital, amputé d'une jambe. L'arme était un M-16, une arme dont la détention est illégale, et sur laquelle on a retrouvé les empreintes de Hailey. J'ai, ici, une déposition de l'adjoint Looney. Il certifie, sous serment, que l'homme qui a tiré était Carl Lee Hailey. Il y a eu un témoin, Murphy, le petit vieux qui fait le ménage au palais de justice. Un type qui bégaye beaucoup. Je peux le faire appeler, si vous voulez.

– Des questions ? lança Buckley.

Le procureur regarda nerveusement les jurés, qui ne quittaient pas Ozzie des yeux. Crowell leur tournait le dos, et continuait à regarder par la fenêtre.

– Des questions ? répéta Buckley.

– Ouais ! répondit Crowell en se retournant vers Buckley, avant de regarder Ozzie.

« Ces deux gars qu'il a tués, ils avaient violé sa fille, hein, shérif ?

– Oui, nous en sommes absolument certains, répondit Ozzie.

– L'un des deux a avoué, n'est-ce pas ?

– Oui.

Crowell s'approcha lentement, d'un air décidé, et se tint au bout de la table. Il regarda Ozzie dans les yeux.

– Vous avez des enfants, shérif ?

– Oui.

– Vous avez une fille ?

– Oui.

– Imaginez qu'elle ait été violée et que vous puissiez mettre la main sur l'homme qui a fait ça. Qu'est-ce que vous feriez ?

Ozzie hésita et chercha Buckley du regard, dont le visage virait au pourpre.

– Je n'ai pas à répondre à cette question, annonça Ozzie.

– Ah oui ? Vous venez témoigner devant ce jury d'accusation, n'est-ce pas ? Vous êtes bien un témoin, non ? Alors répondez à la question.

– Je ne sais pas ce que je ferais.

– Allez, shérif. Soyez franc. Dites-nous la vérité. Qu'est-ce que vous feriez ?

Ozzie sembla embarrassé et en colère. Il aurait bien aimé dire la vérité, expliquer avec quel plaisir il aurait castré, estropié et tué le moindre malade qui aurait osé toucher sa fille. Mais il n'en avait pas le droit. Le jury pourrait penser de même et ne pas inculper Carl Lee. Il ne tenait pas à ce que Hailey soit inculpé, mais c'était un mal nécessaire. Il regarda d'un air implorant Buckley qui s'était rassis et suait à grosses gouttes.

Crowell repartit à l'assaut avec le zèle et la ferveur d'un avocat ayant surpris un témoin en train de mentir.

– Allez shérif ! insista-t-il. Nous vous écoutons. Dites-nous la vérité. Qu'est-ce que vous feriez au violeur ? Dites-le-nous. Allez-y !

Buckley sentait la panique monter en lui. Il était sur le point de perdre la plus grande affaire de sa carrière, même pas au procès, mais devant le jury d'accusation, au premier round, à cause d'un chauffeur livreur au chômage ! Il se leva d'un bond et parvint à articuler :

– Le témoin n'a pas à vous répondre !

Crowell fit volte-face et lança :

– Vous, asseyez-vous et taisez-vous ! Nous n'avons aucun ordre à recevoir de vous ! Nous pouvons même vous inculper si ça nous chante, n'est-ce pas ?

Buckley se rassit et regarda Ozzie d'un air abattu. Crowell était un rusé. Il était trop intelligent pour être dans un jury d'accusation. Quelqu'un avait dû le payer. Il en savait trop. Oui, les jurés d'accusation pouvaient inculper qui ils voulaient.

Crowell fit demi-tour et repartit à la fenêtre. Tout le monde l'observa en silence.

– On est sûr que c'est lui, le coupable ? demanda Lemoyne Frady, un lointain cousin illégitime de Gwen Hailey.

– Oui, ça ne fait aucun doute, répondit lentement Ozzie, en surveillant Crowell du coin de l'œil.

– Et tu veux qu'on l'inculpe, Ozzie ? demanda Frady, avec une admiration évidente pour le shérif.

– Oui, pour deux meurtres et agression sur la personne d'un officier de police.

– Quelles sont les peines encourues ? demanda Barney Flaggs, un autre Noir.

– La chambre à gaz pour les meurtres. Et la prison à perpétuité pour agression à l'encontre d'un représentant des forces de l'ordre.

– Tu veux vraiment qu'on l'inculpe, Ozzie ? demanda Flaggs.

– Ouais, Barney. Je dis que ce jury doit inculper Hailey. C'est nécessaire.

– D'autres questions ? l'interrompit Buckley.

– Pas si vite, répliqua Crowell en se retournant. Vous me semblez bien pressé de nous faire avaler la pilule, Mr. Buckley, et je n'aime pas ça. On n'a pas encore fait le tour de la question. Alors asseyez-vous et si nous avons besoin de vous, on vous fera signe.

Buckley le regarda d'un air mauvais en le désignant du doigt :

– Je n'ai ni à m'asseoir ni à me taire ! hurla-t-il.

– Oh si ! Bien sûr que si, répondit calmement Crowell avec un sourire ironique, parce que si vous refusez de le faire, nous pouvons vous faire sortir de la salle ; et vous le savez très bien. Et si vous refusez de quitter cette pièce, nous pouvons aller en toucher deux mots au juge. Vous serez bien obligé de céder, n'est-ce pas, Mr. Buckley ?

Rufus resta cloué sur place, bouche bée. Son estomac se noua, ses jambes devinrent du coton, mais il resta raide comme une statue.

– Alors si vous voulez assister à nos délibérations, asseyez-vous et fermez-la.

Buckley s'assit à côté de l'huissier qui s'était réveillé.

– Merci, dit Crowell. J'aimerais vous poser à tous une question. Combien d'entre vous feraient ou voudraient faire ce que Hailey a fait si quelqu'un violait votre fille, votre femme, ou votre mère ? Hein ? Combien ? Allez-y, levez la main.

Sept ou huit bras se dressèrent, et Buckley se prit la tête dans les mains. Crowell eut un sourire et poursuivit :

– Moi, cet homme, je l'admire. Ce type-là en a dans le ventre. J'espère qu'à sa place, j'aurais le courage d'en faire autant, parce que Dieu sait que ça me démangerait. L'homme parfois n'a pas le choix. Cet homme mérite une décoration, pas une inculpation.

Crowell marchait autour des tables, forçant l'attention de chacun.

– Avant que vous votiez, j'aimerais faire encore une chose. J'aimerais que vous pensiez à cette pauvre enfant. Elle a dix ans, je crois. Essayez de l'imaginer couchée par terre, les mains attachées dans le dos, en train de pleurer et d'appeler son papa. Et représentez-vous ces deux ordures, ivres, complètement camées, en train de la violer tour à tour, de la frapper, à coups de poing, à coups de pied. Vous vous rendez compte qu'ils ont même essayé de la pendre ! Pensez à votre fille. Imaginez-la entre leurs mains.

« Vous ne pensez pas qu'ils n'ont eu que ce qu'ils méritaient ? On devrait se réjouir que ces sales types soient morts. Je suis plus tranquille de savoir que ces deux salauds ne pourront plus violer ni tuer d'autres enfants. Hailey nous a rendu un grand service. Ne l'inculpons donc pas. Rendons-le à sa famille, là où est sa place. C'est un homme juste qui a fait une chose juste.

Crowell se tut et repartit vers la fenêtre. Buckley l'observa avec appréhension ; lorsqu'il fut certain que Crowell en avait terminé, il se leva de son siège.

– Vous avez fini ?

Il n'y eut pas de réponse.

– Parfait. Mesdames et messieurs de la chambre d'accusation, j'aimerais maintenant vous expliquer deux ou trois choses. Un jury d'accusation n'est pas censé juger une affaire. C'est le rôle d'un jury de procès, Mr. Hailey aura un procès équitable devant douze jurés loyaux et impartiaux, et s'il est innocent, il sera acquitté. Mais sa culpabilité ou sa non-culpabilité n'a pas à être déterminée par cette chambre. Vous avez à décider, après avoir entendu la version des faits du ministère public, s'il y a de fortes probabilités pour qu'un crime ait réellement été commis. Vous avez la preuve, aujourd'hui, qu'un crime a été commis par Carl Lee Hailey. Trois crimes pour être exact. Il a tué deux hommes et en a blessé un autre. Avec des témoins à l'appui.

Buckley retrouvait son calme tandis qu'il parlait en tournant autour des tables. Il reprenait confiance.

– Le devoir de ce jury d'accusation est de l'inculper, et s'il a de solides circonstances atténuantes, il saura les faire valoir au procès. S'il a une bonne raison d'avoir fait ce qu'il a fait, laissons-le le prouver devant la cour. C'est à ça que servent les procès. L'Etat l'accuse d'un crime, et il s'emploiera à le démontrer pendant le procès. Si l'accusé a des excuses, et s'il arrive à convaincre le jury de jugement, il sera acquitté, ça ne fait aucun doute. Et ce sera tant mieux pour lui. Mais ce n'est pas à vous, pour l'heure, de décider si Mr. Hailey doit rentrer chez lui ou non. Ce n'est pas le propos aujourd'hui, n'est-ce pas, shérif ?

Ozzie acquiesça et dit :

– C'est vrai. Le jury d'accusation est là pour prononcer l'inculpation si la preuve d'un crime lui est présentée. Le jury de jugement ne le condamnera pas si l'Etat ne peut prouver sa culpabilité, ou si son système de défense est solide. Mais ces considérations n'ont pas à entrer dans la décision d'un jury d'accusation.

– Le jury a-t-il d'autres points à éclaircir ? demanda Buckley avec inquiétude.

« Parfait. Il faut maintenant faire une proposition.

– Je propose un vote contre l'inculpation de Hailey, lança Crowell.

– Je suis du même avis, marmonna Barney Flaggs.

Les genoux de Buckley se mirent à trembler. Il voulut prendre la parole, mais aucun son ne put sortir de sa bouche. Ozzie cacha sa joie.

– Nous avons une proposition de vote, annonça Mrs. Gosset. Que ceux qui sont pour lèvent la main.

Cinq mains noires se dressèrent, avec celle de Crowell.

Six voix au total. La proposition échoua.

– Qu'est-ce qu'on fait, maintenant ? demanda Mrs. Gosset.

Buckley parla très vite :

– Quelqu'un doit proposer la mise en accusation de Mr. Hailey, pour deux homicides volontaires avec préméditation et une agression sur la personne d'un officier de police.

– Alors, je le fais, dit l'un des Blancs.

– Moi aussi, dit un autre.

– Que ceux qui sont en faveur de cette proposition lèvent la main, dit Mrs. Gosset. Je compte douze voix. De l'autre côté, j'en compte six, avec la mienne. Ça fait douze voix contre six. Ce qui veut dire ?

– Ce qui veut dire qu'il est inculpé, répondit Buckley, fier comme un paon.

Le procureur respirait de nouveau normalement, et ses joues reprenaient des couleurs. Il murmura quelque chose à un greffier, puis s'adressa aux jurés :

– Je vous propose dix minutes de pause. Il nous reste encore quarante affaires à examiner, alors je vous demande de ne pas vous absenter trop longtemps. Je vous rappelle ce que le juge Noose a dit ce matin. A savoir que ces délibérations sont absolument confidentielles. Vous ne devez parler à personne de votre travail, une fois hors d'ici et...

– Ce qui lui fait peur en fait, l'interrompit Crowell, c'est que nous allions dire qu'il s'en est fallu d'une voix pour que Hailey ne soit pas inculpé. Ce n'est pas ça, Buckley ?

Le procureur sortit de la pièce en claquant la porte.

Cerné par des dizaines de caméras et de journalistes, Buckley se dressait sur les marches du palais, en brandissant les copies des inculpations. Comme un prêtre, il prêchait, faisait la morale, louait les mérites du jury, se lançait dans un grand sermon contre le crime et la vengeance personnelle, et condamnait Carl Lee Hailey. Qu'il vienne au tribunal ! Que s'installent les jurés dans leur box ! La condamnation était assurée. Il était même certain d'obtenir la peine de mort. Buckley était antipathique, revanchard, plein de morgue et de prétention. Buckley dans ses œuvres. Quelques journalistes s'en allèrent, mais Buckley continua sur le même ton. Il fit son panégyrique, se vanta de ses quatre-ving-dix pour cent... non, de ses quatre-vingt-quinze pour cent de condamnations. D'autres journalistes se lassèrent. Plusieurs caméras cessèrent de tourner. Buckley se mit alors à louer le juge Noose pour sa sagesse et son sens de l'équité, à faire l'éloge des jurés du comté de Ford pour leur bon sens et leur clairvoyance.

Trop c'était trop. Les plus résistants finirent par s'ennuyer et tout le monde s'en alla.

13

Stump Sisson, le grand sorcier du Ku Klux Klan pour l'État du Mississippi, avait organisé une réunion dans un petit bungalow niché au cœur de la pinède du comté de Nettles, à trois cent cinquante kilomètres du comté de Ford. Il n'y avait ni robes, ni protocole, ni discours. Le petit groupe discutait des événements du comté de Ford avec Freddie Cobb, le frère de feu Billy Ray Cobb. Freddie avait contacté un ami qui avait contacté à son tour Stump pour organiser la rencontre.

A-t-on inculpé le négro ? Cobb n'en savait trop rien, mais il avait entendu dire que le procès se tiendrait à la fin de l'été, ou aux premiers jours d'automne. Ce qui l'inquiétait le plus, c'était qu'on disait que le négro allait plaider la démence et être acquitté. Ce n'était pas normal. Le nègre avait tué son frère de sang-froid, en prévoyant son coup. Il s'était caché dans un placard à balais et avait attendu l'arrivée de son frère. C'était un meurtre de sang-froid, et maintenant, on commençait à raconter que le négro allait sortir les mains libres. Qu'est-ce que pouvait faire le Klan ? Les négros avaient plein d'appuis de nos jours – la N.A.A.C.P., l'A.C.L.U. et toute une multitude d'autres groupes de défense, sans parler des tribunaux et du gouvernement. Les Blancs n'avaient plus personne vers qui se tourner, mis à part le Ku

Klux Klan. Qui d'autre pouvait manifester et défendre le droit des Blancs ? Toutes les lois étaient en faveur des Noirs, et les libéraux au pouvoir étaient à la botte des négros et n'arrêtaient pas de faire passer des lois contre les Blancs. Il fallait faire quelque chose. C'est pour cette raison qu'il était venu voir les gens du Klan.

Le nègre est-il en prison ? Oui, traité comme un pape ! On a un négro comme shérif, là-bas ; Hailey est son chouchou. C'est pour ça qu'il a droit à un traitement de faveur et à une protection supplémentaire. Le shérif, c'est encore une autre histoire. On raconte que Hailey pourrait être libéré sur parole. C'est juste une rumeur. On voudrait bien que ce soit vrai.

Et votre frère ? Est-ce qu'il a violé la petite ? On n'en sait rien, probablement pas. Willard, l'autre type, a reconnu l'avoir violée, mais pas Billy Ray, il n'a jamais rien avoué. Il avait plein de filles. Pourquoi est-ce qu'il aurait été violer une petite négresse ? Et même s'il l'a fait, c'est pas si grave que ça.

Qui est l'avocat du négro ? Brigance, un type de Clanton. Un jeune, mais loin d'être mauvais. Il s'est occupé de pas mal d'affaires criminelles et il a une bonne réputation. Il a gagné plusieurs procès pour meurtre. Il a dit à la presse que le négro plaiderait la démence et serait acquitté.

Qui est le juge ? On sait pas encore. Bullard est le juge du comté, mais on dit que c'est pas lui qui jugera l'affaire. On parle de déplacer le procès dans un autre comté ; alors, on peut pas savoir qui sera le juge.

Sisson et ses sbires écoutèrent attentivement le redneck. Ils avaient apprécié le passage sur la N.A.A.C.P., le gouvernement et les libéraux, mais ils avaient aussi lu les journaux et regardé la télé. Ils savaient que son frère avait eu ce qu'il méritait – mais des mains d'un négro. Ça, c'était inadmissible.

L'affaire présentait un réel intérêt. Il y avait le temps d'organiser la révolte, puisque le procès se tiendrait dans plusieurs mois. Ils pourraient défiler la journée autour du palais de justice, vêtus de leurs robes blanches et coiffés de leurs cagoules coniques. Ils pourraient prononcer des discours devant un public captivé et parader devant les caméras de télévision. Les médias adoreraient ça – la presse détestait le Klan mais aimait les altercations, les échauffourées. La nuit, ils feraient alors des manœuvres d'intimidation, en brûlant des croix ou en proférant des menaces par téléphone. Ils frapperaient par surprise. Les cibles étaient légion. La violence serait inévitable. Le Klan était passé maître dans l'art de la provocation. L'effet qu'avaient leurs défilés en robes blanches sur une bande de Noirs en colère n'était que trop connu.

Le comté de Ford pourrait être leur prochain champ de bataille. Ils pourraient s'y embusquer, y organiser des raids, frapper à l'improviste et s'enfuir. Ils avaient tout le temps d'organiser la campagne, de rameuter les fidèles des autres Etats. C'était l'occasion rêvée que le Klan attendait. L'occasion de regrossir les rangs. Cette affaire pouvait faire renaître le racisme de ses cendres et faire sortir des bois tous les ennemis des nègres, les faire descendre dans la rue... Le nombre de leurs fidèles était en chute libre. Hailey serait leur nouvelle bataille, leur nouveau cri de ralliement.

– Mr. Cobb, pouvez-vous nous fournir les noms et adresses du nègre, de sa famille, de son avocat, du juge et des jurés ? demanda Sisson.

Cobb émit une restriction.

– Oui, sauf des jurés. Ils n'ont pas encore été choisis.

– Quand les connaîtrez-vous ?

– J'en sais rien du tout. A l'ouverture du procès, j'imagine. Vous avez une idée derrière la tête ?

– Rien de précis encore, mais le Klan va sans doute répondre favorablement à votre appel. Nous avons besoin d'un peu d'exercice, et ce pourrait être une bonne occasion.

– Je peux être utile à quelque chose ? s'empressa de demander Cobb.

– Bien entendu. Mais il faut être membre du Klan.

– Il n'y a pas d'antenne du Klan, là-bas. Elle a disparu, il y a longtemps. Mon grand-père était membre.

– Vous voulez dire que le grand-père de la victime était un membre du Klan ?

– Ouais, répondit Cobb avec fierté.

– Alors, c'est pour nous un devoir d'intervenir.

Les autres hochèrent la tête, n'en croyant pas leurs oreilles, savourant déjà leur vengeance. Ils expliquèrent à Cobb que s'il pouvait trouver cinq ou six personnes aussi motivées que lui pour rejoindre le Klan, ils organiseraient alors une cérémonie secrète en grande pompe, dans la forêt du comté de Ford, avec une grande croix en feu, et tout le reste. Cobb et ses amis seraient alors intronisés, et deviendraient membres du Ku Klux Klan à part entière. Et l'antenne du comté de Ford renaîtrait de ses cendres. Tous les sympathisants du Klan des environs se rassembleraient pour aller perturber le procès de Carl Lee Hailey. Ils seraient si nombreux à lever le poing dans le comté cet été qu'aucun juré doté de bon sens n'oserait voter l'acquittement du nègre. Qu'il recrute donc six hommes de plus, et ils faisaient de lui le chef du Ku Klux Klan pour le comté de Ford.

Cobb annonça qu'il avait assez de cousins pour constituer une section. Il quitta la réunion, grisé à l'idée de devenir membre du Klan et de suivre les traces du grand-père.

Buckley avait mal prévu son coup. Sa prestation de 16 heures ne fut pas diffusée dans les éditions du soir. Jake, au bureau, passa toutes les chaînes en revue sur son petit poste noir et blanc, et se mit à éclater de rire. Aucune chaîne nationale, pas plus que les stations locales de Memphis, Jackson ou Tupelo, ne mentionna l'inculpation de Carl Lee Hailey. Il imaginait la famille Buckley, au grand complet, collée devant son téléviseur, tournant désespérément le bouton à la recherche de son héros, tandis que le père, énervé, hurlait en vain pour avoir le silence. Et puis à 7 heures, une fois passé la météo de Tupelo – dernier bulletin météo de la soirée – tout le monde s'en irait, laissant le héros fatigué dans son fauteuil. Ça passera peut-être aux infos de 10 heures, se dit Jake.

A 10 heures du soir, Jake et Carla étaient couchés sur le canapé, enlacés dans la pénombre, et attendaient les journaux TV. Ils le virent enfin, sur les marches du palais, brandissant ses inculpations et vociférant comme un prédicateur, tandis que le journaliste de la quatrième chaîne expliquait qu'il s'agissait de Rufus Buckley, le procureur du district, qui allait poursuivre Carl Lee Hailey en justice, maintenant que ce dernier avait été inculpé par la chambre d'accusation. Après un plan rapide sur Buckley, la caméra panoramiqua sur la charmante place de Clanton, avant de revenir sur le journaliste qui conclut son reportage en annonçant que le procès aurait lieu fin août.

– Il est belliqueux, annonça Carla. Pourquoi a-t-il donné une conférence de presse pour annoncer l'inculpation ?

– C'est un procureur. Nous autres, de la défense, nous fuyons la presse comme la peste.

– J'avais remarqué. Mon press-book va bientôt être plein.

– N'oublie pas de faire des photocopies pour ma mère.

– Tu les lui dédicaceras ?

– Seulement en échange d'argent. Mais pour toi, je m'abaisserai à le faire gratuitement.

– C'est trop aimable. Et si tu perds, je t'enverrai la note, pour la colle et les agrafes.

– Je me permets de te rappeler, chérie, que je n'ai jamais perdu un procès pour meurtre. J'en ai gagné trois sur trois, si tu veux les chiffres exacts.

Carla actionna la télécommande et le monsieur météo perdit soudain la parole.

– Tu sais ce qui me hérisse le plus dans tes procès pour meurtre...

Elle donna un coup de pied dans les coussins qui reposaient à côté de sa longue jambe brune, aux formes quasi parfaites.

– Le sang, la violence, l'horreur intrinsèque de tout ça ?

– Non.

Elle rejeta en arrière sa chevelure qui s'étala sur l'accoudoir du canapé.

– La mort ? Le fait que la vie paraisse insignifiante ?

– Non.

Elle avait enfilé l'une des vieilles chemises à pois de Jake, tout élimée, et jouait avec les boutons.

– La vision cauchemardesque de voir un innocent entrer dans la chambre à gaz ?

– Non.

Elle commença à ouvrir la chemise. La lumière bleutée du téléviseur clignotait comme un stroboscope dans la pénombre de la pièce, tandis que le présentateur souriait en articulant un « bonne nuit » inaudible.

– La peur des enfants, lorsque le père pénètre dans la salle de tribunal pour faire face à ses pairs ?

– Non.

La chemise était déboutonnée, et laissait apparaître un fin soutien-gorge de soie blanche, qui semblait luire sur la peau hâlée.

– L'injustice flagrante de notre justice ?

– Non.

Elle leva lentement sa longue jambe presque parfaite, haut, très haut, jusqu'à la poser sur le dossier du canapé.

– Les méthodes honteuses et sans scrupules

qu'utilisent les flics et les procureurs pour coincer des innocents ?

– Non.

Elle détacha le fin ruban de soie qui retenait ses deux seins presque parfaits.

– L'intensité, la folie des sentiments, le flot incontrôlable des émotions qui déferlent, les pensées qui s'enflamment, la passion qui emporte tout sur son passage...

– Tu brûles, dit-elle. Chemises et caleçon tombèrent sur les lampes et la table basse tandis que leurs corps s'emmêlaient dans les coussins. Le vénérable canapé, un cadeau des parents de Carla, se mit à osciller en couinant sur le parquet. C'était de la solide construction ancienne qui en avait vu d'autres. Max, le chien, alla aussitôt s'installer au bout du couloir et se mit à monter la garde devant la chambre d'Hanna.

14

Harry Rex Vonner était un avocat obèse et repoussant spécialisé dans les affaires sordides de divorces et il envoyait régulièrement en prison quelques idiots pour obtenir le versement de pensions impayées. Il était vil et retors, et beaucoup de gens en instance de divorce avaient recours à ses services dans le comté de Ford. Il pouvait vous faire récupérer les enfants, la maison, la ferme, le magnétoscope, le four à micro-ondes, tout ce que vous vouliez. Un éleveur prospère continuait de lui verser des honoraires dans le seul but qu'il ne défende pas sa femme actuelle lors de son prochain divorce. Harry Rex donnait ses affaires criminelles à Jake, et Jake lui passait les divorces litigieux. Ils étaient amis et méprisaient les autres avocats, en particulier ceux du cabinet Sullivan.

Il débarqua mardi matin.

– Jake est là ? grogna-t-il à Ethel.

Il s'avança d'un pas pesant vers l'escalier, en la défiant du regard de l'en interdire. Elle hocha la tête, sachant qu'il valait mieux ne pas lui demander s'il avait rendez-vous. Elle s'était déjà fait insulter, une fois. Tout le monde y avait eu droit, un jour ou l'autre.

L'escalier trembla de toutes ses marches lorsqu'il commença à monter. Il arriva dans le bureau de Jake à bout de souffle.

– Bonjour, Harry Rex. Tu as réussi à venir jusqu'ici ? Bravo !

– Pourquoi ne t'installes-tu pas au rez-de-chaussée ? maugréa-t-il entre deux halètements.

– Il te faut de l'exercice. Sans cet escalier, tu passerais la barre des cent cinquante kilos.

– Trop aimable. Dis donc, je sors du palais ; Noose voudrait te voir à 10 heures et demie si possible. Il veut discuter de l'affaire Hailey avec toi et Buckley. Pour fixer la date de la mise en accusation publique, celle du procès, et tout le toutim. Il m'a demandé de te prévenir.

– Parfait. J'y serai.

– J'imagine que tu es au courant pour le jury d'accusation ?

– Evidemment. J'ai un double ici des inculpations.

Harry Rex esquissa un sourire.

– Non. Je parle du vote proprement dit.

Jake se figea et regarda Vonner avec curiosité. Harry Rex tourna autour de son bureau d'un air sombre, comme un nuage d'orage menaçant. Il était une source intarissable de commérages et de ragots, et se faisait un devoir de colporter la vérité, la plupart du temps. La légende d'Harry Rex était née vingt ans plus tôt, lors de son premier procès. La compagnie de chemin de fer qu'il attaquait en dommages et intérêts pour des millions de dollars refusait de débourser un centime, et après trois jours de procès, le jury se retira pour aller délibérer. Les avocats de la compagnie commencèrent à s'inquiéter en voyant que le jury tardait à rendre un verdict en leur faveur. Ils offrirent à Harry Rex vingt-cinq mille dollars pour retirer la plainte au matin du deuxième jour de délibération. Avec des nerfs d'acier, il les envoya paître. Son client était prêt à accepter l'argent. Il envoya paître également son client. Des heures plus tard, des jurés hagards et épuisés rendirent leur verdict : cent cinquante mille dollars de dommages et intérêts. Harry Rex fit un bras d'honneur aux avocats, rabroua son client et alla fêter sa victoire au bar du Best Western. Il paya une tournée générale, et au cours de cette longue soirée, il raconta qu'il avait placé des micros dans la salle de délibération et qu'il savait exactement ce que le jury allait décider. La nouvelle s'ébruita et Murphy découvrit une série de fils courant le long des canalisations du chauffage jusqu'à la pièce des jurés. Le conseil de l'ordre des avocats s'en mêla, mais on ne put rien prouver. Et depuis vingt ans, les juges demandent aux huissiers de passer au peigne fin la chambre des délibérations à chaque fois que Harry Rex est mêlé, de près ou de loin, à quelque procès que ce soit.

– Personne ne peut connaître le vote des jurés, annonça Jake, la suspicion perlant de chaque mot.

– J'ai mes sources.

– Ça va. Alors, c'était quoi le vote ?

– Douze contre six ! A une voix près, Hailey n'était pas inculpé.

– Douze contre six, répéta Jake.

– Buckley a failli avoir une attaque. Un certain Crowell, un Blanc, est monté au créneau et a presque convaincu le jury de relâcher ton type.

– Tu connais ce Crowell ?

– Je me suis occupé de son divorce, voilà deux ans. Il vivait à Jackson jusqu'à ce que sa femme se fasse violer par un nègre. Elle est devenue folle et il a demandé le divorce. Elle s'est coupé les veines avec un couteau de cuisine. Et puis, il a débarqué à Clanton et s'est remarié avec une pauvre fille du coin. Ça a duré un an. Il lui a drôlement rabattu le caquet à ton Buckley. Il lui a dit de s'asseoir et de la fermer. J'aurais voulu voir ça !

– C'est toi qui es derrière tout ça, hein ?

– Mais non. J'ai juste de bonnes sources d'information.

– Ah oui ? Et qui donc ?

– Jake, ne recommence pas...

– Tu as encore posé des micros ?

– Pas du tout. J'ai juste écouté. C'est bon signe, non ?

– Quoi ?

– Un résultat aussi serré. Six personnes sur dix-huit ont voté pour qu'Hailey reparte les mains libres. Cinq Noirs plus Crowell. C'est bon signe, je trouve. Il te suffit d'avoir deux Noirs dans le jury au procès et tu t'en sors !

– Ce n'est pas aussi simple. Si le procès se tient dans ce comté, il y a de fortes chances pour que l'on ait un jury entièrement blanc. Ils sont légion ici, comme tu le sais, et très à cheval sur la loi. En plus, ce Crowell semble sortir tout droit d'un chapeau de magicien.

– C'est ce que s'est dit le pauvre Buckley. Tu devrais voir cet abruti. Il fait le beau dans le palais, prêt à signer des autographes après son gros bide d'hier soir à la télé. Personne ne lui adresse la parole, alors il se mêle à toutes les conversations. Il est comme un gosse qui cherche à attirer l'attention.

– Mesure tes paroles. Il risque d'être le prochain gouverneur.

– Pas s'il perd le procès Hailey. Et il va le perdre, Jake. On va se choisir un bon jury, douze bons et loyaux citoyens, et puis nous les achèterons.

– Je préfère faire comme si je n'avais rien entendu.

– Ça marche à chaque fois.

Peu après 10 h 30, Jake entrait dans le bureau du juge qui se trouvait derrière la salle de tribunal et serra les mains de Buckley, Musgrove et Icabod, par pure bienséance professionnelle. Ils n'attendaient plus que lui. Noose lui désigna un siège et s'installa derrière son bureau.

– Nous n'en avons que pour quelques minutes, Jake.

Il le fixa du regard derrière ses lunettes.

– J'aimerais mettre Carl Lee Hailey en accusation demain matin, à 9 heures. Vous y voyez un inconvénient ?

– Aucun. C'est parfait.

– Nous avons d'autres mises en accusation à prononcer dans la matinée, et nous traitons une affaire de vol à 10 heures. C'est bien ça, Rufus ?

– Oui, Votre Honneur.

– Parfait. Parlons un peu maintenant du procès de Mr. Hailey. Comme vous le savez, la prochaine session de cette cour commencera fin août, le troisième lundi du mois, et je sais d'avance que nous aurons un programme aussi chargé. Du fait de la nature de cette affaire, et du fait, à vrai dire, de la publicité qu'elle suscite, je crois qu'il serait préférable de tenir le procès le plus tôt possible.

– Le plus tôt sera le mieux, renchérit Buckley.

– Jake, combien de temps vous faut-il pour préparer votre défense ?

– Deux mois.

– Deux mois ! répéta Buckley d'un air incrédule. Pourquoi vous faut-il autant de temps ?

Jake ignora la question et regarda Icabod qui rajustait ses lunettes pour consulter son agenda.

– Pour ma gouverne, dois je m'attendre à une demande de renvoi dans une autre cour ?

– Oui.

– Ça ne fera aucune différence, de toute façon, annonça Buckley. Nous obtiendrons une condamnation, où que ce soit !

– Gardez ça pour les caméras, Rufus, répondit Jake d'un ton détaché.

– Vous feriez mieux de ne pas aborder ce sujet, répliqua Buckley avec véhémence. Parce que vous semblez bien les aimer aussi, les caméras !

– Messieurs, je vous en prie, intervint Noose. Quelles autres requêtes pouvons-nous attendre de la part de la défense ?

Jake réfléchit un moment.

– Il y en aura d'autres, sûrement.

– Puis-je savoir lesquelles ? demanda Noose avec une pointe d'irritation.

– Juge, je ne peux vraiment pas discuter de ma défense, pour l'heure. Les inculpations viennent juste de tomber et je n'ai pu encore m'entretenir avec mon client. Nous avons, à l'évidence, beaucoup de pain sur la planche.

– Combien de temps vous faut-il ?

– Deux mois.

– Ça suffit ! hurla Buckley. De qui se moque-t-on ? Le ministère public peut soutenir le procès dès demain, Votre Honneur. Deux mois ! C'est ridicule !

Jake commençait à voir tout rouge, mais n'en laissa rien paraître. Buckley se dirigea vers la fenêtre en grommelant, n'en croyant pas ses oreilles.

Noose étudia son calendrier.

– Pourquoi deux mois ?

– Ça risque d'être une affaire compliquée.

Buckley éclata de rire et secoua la tête d'incrédulité.

– Dois-je comprendre qu'il faut s'attendre à ce que vous plaidiez la démence au moment des faits ?

– Oui, Votre Honneur. Faire examiner Mr. Hailey par un psychiatre va demander du temps. Et le ministère public, évidemment, va vouloir le faire examiner par ses propres médecins.

– Je vois.

– Et nous risquons d'avoir des démarches à faire avant le procès. C'est une grosse affaire et je veux avoir le temps de la préparer au mieux.

– Qu'en dites-vous, maître Buckley ? s'enquit le juge.

– Peu importe. Ça ne fait aucune différence pour l'accusation. Nous serons prêts. Nous pouvons traiter l'affaire dès demain matin.

Noose griffonna sur son calendrier et redressa ses lunettes, qui tenaient en équilibre sur le bout de son nez, grâce à une verrue miraculeusement placée à la naissance des narines. La longueur de son nez, ainsi que la forme particulière de son crâne, avaient contraint Son Honneur à faire faire ses lunettes de lecture sur mesure, quoiqu'elles ne lui servissent en aucun cas à lire, mais seulement à masquer, avec plus ou moins de bonheur d'ailleurs, la forme et les dimensions spectaculaires de l'appendice en question. Jake n'avait jamais osé dire que ces verres hexagonaux ridicules, teintés en orange, loin de camoufler quoi que ce soit, ne faisaient, en fait, qu'attirer l'attention sur ce nez proéminent.

– Combien de temps pensez-vous que le procès va durer, Jake ? demanda Noose.

– Trois ou quatre jours. Mais il en faudra peut-être trois autres pour constituer le jury.

– Maître Buckley ?

– Ça me semble raisonnable. Mais je ne comprends pas pourquoi il lui faut deux mois pour préparer un procès de trois jours. Je suis contre toute cette perte de temps.

– Tout doux, Rufus, répondit calmement Jake. Les caméras seront encore là dans deux mois, comme dans trois. Personne ne va vous oublier. Vous pourrez donner des interviews, tenir des conférences de presse, faire des sermons, tout ce que vous voudrez. Le grand jeu. Ne vous faites pas tant de souci. Vous aurez votre petite tranche de gloire.

Buckley plissa les yeux de fureur et son visage s'empourpra. Il fit trois pas vers Jake.

– Si je ne me trompe pas, maître Brigance, vous avez donné davantage d'interviews et vu plus de caméras que moi cette dernière semaine ?

– Je sais. Vous êtes jaloux ?

– Non, je ne suis pas jaloux ! Je me fiche totalement des caméras...

– Ah bon ? Depuis quand ?

– Messieurs, allons, je vous en prie, s'interposa

Noose. Cette affaire risque d'être longue et éprouvante pour tout le monde. J'attends que vous vous comportiez comme des professionnels. Pour l'instant, le planning est surchargé. La seule possibilité que je vois est le 22 juillet. Cela vous convient-il ?

– Nous pourrons soutenir le procès cette semaine-là, répondit Musgrove.

Jake lança un sourire à Buckley, puis se mit à feuilleter son agenda.

– Ça me semble bien.

– Parfait. Toutes les démarches et requêtes particulières devront être déposées au plus tard le lundi 8 juillet. L'interpellation de l'accusé est fixée à demain matin, 9 heures. D'autres questions ?

Jake se leva, serra la main à Noose et Musgrove, et prit congé.

Après déjeuner, il partit s'entretenir avec son célèbre client dans le bureau d'Ozzie. Un double de l'inculpation lui avait été apporté en cellule. Carl Lee avait quelques questions à poser à son avocat.

– Je risque quoi pour un homicide volontaire avec préméditation ?

– Le plus gros.

– Il y a combien de sortes d'homicides ?

– En gros, trois. L'homicide involontaire, l'homicide volontaire, et l'homicide volontaire avec préméditation.

– Combien pour un homicide involontaire ?

– Vingt ans.

– Combien pour un homicide volontaire ?

– De vingt ans à la perpétuité.

– Combien pour l'homicide volontaire avec préméditation ?

– La chambre à gaz.

– Et pour agression à l'encontre d'un représentant des forces de l'ordre ?

– La perpétuité. Sans sursis.

Carl Lee examina attentivement les chefs d'accusation.

– C'est-à-dire que j'écope de deux chambres à gaz et de la prison à perpétuité ?

– Pas encore. Tu es bon, pour le moment, à passer en procès. Qui est fixé, soit dit en passant, pour le 22 juillet.

– Dans deux mois ! Mais pourquoi dans si longtemps ?

– Il nous faut du temps. On ne va pas trouver du jour au lendemain un psychiatre qui sera prêt à dire que tu étais fou au moment du meurtre. Et puis Buckley voudra t'envoyer à Whitfield pour que tu te fasses examiner par les médecins de l'Etat qui diront tous de concert que tu étais parfaitement sain de corps et d'esprit au moment des faits. Nous déposerons nombre de requêtes. Buckley aussi. Il y aura beaucoup d'audiences préliminaires. Tout ça prend du temps.

– Pas moyen d'accélérer le mouvement ?

– Je n'y tiens pas.

– Et si moi je le veux ? s'emporta Carl Lee.

Jake regarda Carl Lee attentivement.

– Qu'est-ce qui se passe, gros nigaud ?

– Il y a que je veux sortir d'ici, et vite.

– Je croyais que tu te plaisais bien en prison.

– Peut-être, mais il faut que je rentre à la maison. Gwen n'a plus d'argent, et elle n'arrive pas à trouver du travail. Lester a des problèmes avec sa femme. Elle n'arrête pas de l'appeler. Il ne va pas pouvoir rester ici indéfiniment. Et je déteste demander de l'aide aux autres.

– Mais ils vous aident quand même, non ?

– Certains, oui. Mais ils ont tous leurs problèmes. Il faut que je sorte d'ici, Jake.

– Ecoute, tu vas être mis en accusation demain matin, à 9 heures. Le procès est fixé au 22 juillet, et cette date ne changera pas. Alors, ôte-toi ça de la tête. Je t'ai expliqué ce qu'était une mise en accusation ?

Carl Lee secoua la tête.

– Ça va durer vingt minutes, pas plus. Nous passerons devant le juge Noose, dans la grande salle. Il posera quelques questions, d'abord à toi et ensuite à moi. Il va lire les chefs d'accusation retenus par le jury, et nous demander si nous en avons reçu un exemplaire. Puis il te demandera si tu vas plaider coupable ou non coupable. Tu répondras alors non coupable. Il te donnera la date du procès et tu te rassiéras. A ce moment-là, Buckley et moi allons nous lancer dans une grande joute à propos de ta liberté conditionnelle que Noose refusera d'accorder. Tu seras alors reconduit en cellule, et tu y resteras jusqu'au jour de ton procès.

– Et après le procès ?

Jake sourit.

– Non, tu ne seras plus en prison après le procès.

– Tu le promets ?

– Non. Je ne promets rien. C'est clair, pour demain ?

– C'est clair. Dis donc, Jake ? Combien je t'ai donné d'argent ?

Jake eut un moment d'hésitation, flairant les ennuis.

– Pourquoi tu me demandes ça ?

– Juste pour savoir.

– Neuf cents dollars, plus une reconnaissance de dette.

Gwen avait moins de cent dollars pour vivre. Elle avait des ardoises chez tous les commerçants et le réfrigérateur était vide. Elle était venue le voir dimanche et avait pleuré pendant une heure. Elle avait rapidement les larmes aux yeux, c'était une sorte de protection pour elle, un masque. Mais Carl Lee savait qu'elle était folle d'angoisse. Sa famille l'aidait un peu, lui apportait quelques légumes du jardin, et lui donnait de temps en temps un billet pour aller acheter des œufs et du lait. Aux enterrements comme à l'hôpital, la famille était toujours prête à tout. Ils étaient généreux et donnaient leur temps sans compter pour venir pleurnicher, se lamenter de conserve, et faire des simagrées. Mais lorsqu'il était question d'argent, ils détalaient comme des lapins. La famille de Gwen ne leur était que d'un piètre secours, et celle de Carl Lee ne valait guère mieux.

Il voulait demander à Jake cent dollars, mais il préféra attendre que Gwen soit complètement effondrée. Ce serait plus facile à ce moment-là.

Jake feuilleta ses dossiers, s'attendant à ce que Carl Lee lui demande de l'argent. Les clients dans les affaires criminelles, en particulier les Noirs, voulaient toujours récupérer une partie de l'argent qu'ils avaient versé. Jake savait qu'il ne verrait sans doute rien d'autre que ces neuf cents dollars, et il n'était pas prêt à les lui rendre. En outre, les Noirs s'entraidaient toujours. Les familles viendraient les aider et les Eglises leur apporteraient leurs oboles. Personne ne risquait de mourir de faim.

Jake attendit, et rangea ses dossiers dans sa mallette.

– Tu as d'autres questions à me poser, Carl Lee ?

– Ouais. Qu'est-ce que je dois dire, demain ?

– Comment ça ?

– J'aimerais dire au juge pourquoi j'ai tué ces deux types. Ils avaient violé ma fille. Ils devaient mourir.

– Et tu veux dire ça au juge demain ?

– Ouais.

– Et tu t'imagines que tu vas pouvoir rentrer chez toi une fois que tu lui auras dit ça ?

Carl Lee ne répondit pas.

– Ecoute, Carl Lee, tu m'as demandé d'être ton avocat. Et tu m'as choisi parce que tu avais confiance en moi, n'est-ce pas ? Alors si je veux que tu dises quoi que ce soit demain, je te le ferai savoir. Mais, en attendant, tu la boucles. Lorsqu'on sera le 22 juillet, tu auras la possibilité de faire valoir ton point de vue, mais pour l'heure, c'est moi qui tiens les rênes.

– D'accord, tu es là pour ça.

Lester et Gwen entassèrent les enfants dans la Cadillac rouge et se rendirent chez le docteur qui avait son cabinet à côté de l'hôpital. Deux semaines s'étaient écoulées depuis le viol. Tonya brûlait de courir avec ses frères dans l'escalier, mais elle boitait encore et sa mère lui tint fermement la main. Les élancements dans ses jambes et ses fesses avaient disparu, les bandages à ses chevilles et à ses poignets avaient été retirés par le docteur la semaine précédente, et ses blessures cicatrisaient normalement. Mais on ne lui avait toujours pas retiré le tampon de gaze entre ses cuisses.

Elle se déshabilla dans la petite pièce et s'assit à côté de sa mère sur la table d'auscultation moletonnée. La mère l'entourait de ses bras pour la garder au chaud. Le médecin lui fit ouvrir la bouche et tâta ses mâchoires. Il examina ses poignets, ses chevilles. Puis il l'étendit sur la table, et inspecta son entrejambe. Elle se mit à pleurer et s'agrippa à sa mère, penchée au-dessus d'elle.

Elle avait encore mal.

15

Le mercredi, à 5 heures du matin, Jake buvait son café en regardant par les portes-fenêtres de son bureau la place du palais encore noyée d'ombres. Il avait passé une nuit agitée et, quelques heures plus tôt, il avait abandonné la chaleur de son lit dans le vain espoir de retrouver le nom d'une affaire en Georgie, analysée pendant ses études de droit, se rappelait-il vaguement, où il était question d'un juge qui avait accordé une liberté conditionnelle dans une affaire criminelle, parce que le casier judiciaire de l'accusé était vierge et parce qu'il avait une maison dans le comté, un emploi stable et toute sa famille alentour. La décision du juge, dans ce contexte précis, avait fait jurisprudence. Mais Jake ne parvenait pas à se souvenir du nom de cette affaire. En revanche, les affaires claires et inattaquables où le juge avait entièrement le droit de refuser la liberté conditionnelle au prévenu étaient légion au Mississippi. C'était la loi et Jake ne la connaissait que trop bien à présent, mais il cherchait un argument pour contrer Icabod. Jake détestait l'idée de demander une liberté sous caution pour Carl Lee. Il voyait déjà Buckley monter sur ses grands chevaux, et énumérer toutes ces affaires qui allaient merveilleusement dans son sens, tandis que Noose l'écouterait en souriant, avant d'annoncer son refus. Jake allait se faire humilier publiquement à la première escarmouche.

– Tu es bien matinal, mon chéri, lança Dell en servant le café à son client favori.

– Peut-être, mais, au moins, je suis là.

Il n'était pas venu ces derniers jours. Tout le monde aimait bien Looney, et depuis son amputation, il y avait une certaine animosité en ville et au Coffee Shop à l'encontre de l'avocat de Hailey. Jake le sentait et tentait de l'ignorer.

De toute façon, un avocat assurant la défense d'un Noir, meurtrier de deux Blancs, s'attirait forcément l'inimitié d'une grande partie de la population.

– Tu as une minute ? demanda Jake.

– Bien sûr, répondit Dell, en jetant un regard circulaire dans la salle. A 5 heures un quart du matin, le café n'était pas encore bondé. Elle s'installa en face de Jake et se remplit une tasse.

– De quoi on parle, ici ? demanda-t-il.

– Comme d'habitude. On parle politique, pêche et récoltes. Ça ne change jamais. Ça fait vingt et un ans que je sers la même nourriture aux mêmes personnes, et ça fait vingt et un ans que je les entends parler des mêmes choses.

– Rien d'autre ?

– Si. Hailey. On en parle beaucoup. Sauf lorsqu'il y a des étrangers. Dans ce cas, tout le monde fait comme si de rien n'était.

– Pourquoi donc ?

– Parce que si tu as le malheur de laisser croire que tu sais quelque chose sur cette affaire, tu peux être sûr qu'un journaliste va te coller aux basques et t'assaillir de questions.

– C'est pénible, hein ?

– Non, c'est une aubaine. Les affaires n'ont jamais aussi bien marché !

Jake sourit et posa une noix de beurre sur ses céréales avant d'ajouter du tabasco.

– Qu'est-ce que tu en penses, toi ?

Dell se gratta le nez de la pointe carmin de son faux ongle et souffla sur son café pour le refroidir. Elle était réputée pour son franc-parler et Jake attendait d'elle une réponse honnête.

– Il est coupable. Il les a tués. C'est clair comme de l'eau de roche. Mais il a la meilleure excuse du monde et j'ai une certaine sympathie pour lui.

– Supposons que tu fasses partie du jury. Tu votes coupable ou non coupable ?

Elle regarda la porte d'entrée s'ouvrir et salua de la main le client qui entrait.

– Eh bien, mon cœur serait pour pardonner à quiconque tue un violeur. *A fortiori* à un père. Mais, d'un autre côté, on ne peut pas laisser les gens prendre les armes et faire justice eux-mêmes. Tu ne peux pas prouver qu'il était fou au moment de faire ça ?

– Supposons que je le puisse.

– Alors je voterais non coupable, même si je ne suis pas persuadée qu'il l'était vraiment.

Jake étala la confiture de fraises sur les toasts et hocha la tête d'approbation.

– Mais pour Looney ? demanda-t-elle. C'est un ami.

– C'était un accident.

– C'est une raison suffisante ?

– Non. Bien sûr que non. Le fusil n'est pas arrivé dans ses mains par hasard. Looney a été touché involontairement, mais je doute que ce soit une excuse. Tu le condamnerais, toi, pour avoir blessé Looney ?

– Peut-être, oui, répondit-elle pensivement. Il a perdu une jambe.

Comment peut-on le reconnaître irresponsable pour les balles qui ont tué Cobb et Willard, mais pas pour celle qui a touché Looney ? songea Jake. Mais il s'abstint de dire quoi que ce soit, et préféra changer de sujet.

– Qu'est-ce qu'on dit sur moi ?

– Rien de particulier. Quelqu'un a demandé où

tu étais l'autre jour, avant d'ajouter que tu n'avais plus de temps à nous consacrer maintenant que tu étais une vedette. J'ai surpris quelques messes basses, à propos de toi et du Noir, mais dans l'ensemble, tout est calme. Ils ne te critiquent pas ouvertement ; je ne les laisserais pas faire.

– Tu es un amour.

– Je suis une teigne et tu le sais très bien !

– Non. Tu essaies juste de t'en donner les apparences.

– Ah oui ? Regarde un peu...

Elle se leva d'un bond et insulta une table de fermiers qui lui avaient fait signe de rapporter du café. Jake termina son petit déjeuner seul, et retourna au bureau.

Lorsque Ethel arriva au bureau à 6 heures et demie, deux journalistes faisaient les cent pas sur le trottoir. Ils suivirent Ethel à l'intérieur et demandèrent à voir Jake Brigance. Elle refusa et leur demanda de partir. Mais ils ne voulaient pas s'en aller et insistèrent. Jake entendit la discussion au rez-de-chaussée et ferma la porte de son bureau, laissant Ethel se débrouiller.

Par la fenêtre, il vit une équipe de télévision s'installer derrière le palais de justice, à côté des portes. Il esquissa un sourire et sentit monter en lui une délicieuse décharge d'adrénaline. Il se voyait déjà aux infos TV de 20 heures, marchant d'un pas décidé, strict et professionnel, suivi par une meute de journalistes, le suppliant en vain de faire le moindre commentaire. Et ce n'était que la mise en accusation ; qu'est-ce que cela allait être au procès ! Des caméras partout, des journalistes hurlant leurs questions, des premières pages dans tous les journaux, peut-être même des couvertures de magazines. Sur la une du journal d'Atlanta, on parlait de « la plus grande affaire de meurtre dans le Sud depuis les vingt dernières années ». Jake aurait accepté l'affaire pour rien, ou presque.

Quelques minutes plus tard, il mettait un terme à la dispute qui faisait rage au rez-de-chaussée, et accueillit chaleureusement les journalistes. Ethel disparut dans la salle de réunion.

– Pourriez-vous répondre à quelques questions ?

– Impossible, répondit-il poliment, j'ai rendez-vous avec le juge Noose.

– Juste deux petites questions ?

– Impossible. Mais je tiendrai une conférence de presse à 3 heures cet après-midi.

Jake ouvrit la porte et les journalistes lui emboîtèrent le pas sur le trottoir.

– Où aura-t-elle lieu ?

– Ici, dans mon bureau.

– Quel en sera le sujet ?

– L'affaire Hailey.

Jake traversa la rue d'un pas tranquille, et s'engagea dans l'allée qui menait aux marches du palais, tout en répondant aux questions, chemin faisant.

– Est-ce que Hailey sera présent à cette conférence de presse ?

– Oui. Avec sa famille.

– La petite fille, aussi ?

– Oui, elle sera là.

– Hailey pourra-t-il répondre à quelques questions ?

– Peut-être. Je n'ai rien décidé encore.

Jake leur souhaita une bonne journée, et disparut dans les couloirs du palais de justice, laissant les journalistes discuter de cette conférence de presse inattendue.

Buckley entra dans le bâtiment par les grandes portes de bois de l'entrée principale, dans la plus totale indifférence. Il espérait croiser une caméra ou deux, mais il apprit à son grand désespoir que tous les journalistes s'étaient rassemblés derrière le palais dans l'espoir d'entrevoir le prévenu. La prochaine fois, il passerait par-derrière.

Le juge Noose se gara devant une bouche d'incendie à côté de la poste, et fit le tour de la place par le côté est, avant d'entrer dans le palais de justice. Lui non plus n'attira guère l'attention, à peine quelques regards curieux.

Ozzie regarda, par les fenêtres de la prison, la foule s'attrouper sur le parking. Il songea réitérer le stratagème de la sortie précédente, mais il chassa cette idée. Il avait reçu une vingtaine de menaces de mort par téléphone, et il y en avait quelques-unes à prendre très au sérieux. Elles étaient on ne peut plus précises, avec l'heure et le lieu de l'exécution. Mais la plupart restaient heureusement assez vagues, des menaces de mort de routine. Et ce n'était que la mise en accusation ! Il songea au procès à venir et marmonna ses instructions à Moss Junior. Carl Lee fut encerclé d'uniformes et conduit, à travers une meute de journalistes, jusqu'à un minibus de location. Six policiers et le chauffeur montèrent avec lui dans le véhicule. Escorté par trois nouvelles voitures de patrouilles le minibus prit tranquillement la direction du palais de justice.

Noose avait une dizaine de mises en accusation à prononcer ce matin-là. A 9 heures, sitôt installé sur son siège, il feuilleta ses documents pour trouver le dossier de l'affaire Hailey. Il leva les yeux vers le premier rang et aperçut un alignement sinistre de gens à l'air suspect, tous récemment inculpés. A l'extrême fin de la rangée, deux policiers encadraient un prévenu menottes aux poignets avec lequel Brigance discutait à voix basse. Il devait s'agir d'Hailey.

Noose ouvrit un grand registre rouge et ajusta ses lunettes pour qu'elles ne gênent pas sa lecture.

– L'Etat contre Carl Lee Hailey, affaire numéro 3889. Mr. Hailey peut-il s'avancer ?

On lui retira les menottes, et Carl Lee suivit son avocat jusqu'à l'estrade. Ils regardèrent Son Honneur, au-dessus d'eux, qui prenait connaissance avec une certaine nervosité des chefs d'accusation cités dans le dossier. Le silence s'installa dans la salle de tribunal. Buckley se leva et tourna autour du prévenu, avec une lenteur affectée. Les dessinateurs derrière les rambardes sortirent leurs fusains.

Jake foudroya Buckley du regard, qui n'avait aucune raison de se tenir à côté d'eux pendant l'énoncé de la mise en accusation. Le procureur du district avait mis son plus beau costume en fibres synthétiques. La moindre mèche de sa grosse tête était soigneusement peignée et plaquée à sa place. Il avait tout l'air d'un évangéliste de show télévisé.

Jake s'approcha de Buckley et lui murmura à l'oreille :

– Vous avez un joli costume, Rufus.

– Merci, répondit-il oubliant momentanément de rester sur ses gardes.

– Est-ce qu'il brille dans le noir ? demanda Jake, avant de retourner aux côtés de son client.

– Etes-vous Carl Lee Hailey ? demanda le juge.

– Oui.

– Maître Brigance est-il votre avocat ?

– Oui.

– J'ai ici une copie des chefs d'accusation retenus contre vous par la chambre d'accusation. Avez-vous reçu également une copie de ce document ?

– Oui.

– En avez-vous parlé avec votre avocat ?

– Oui.

– Avez-vous compris sa signification ?

– Oui.

– Parfait. La loi exige que je lise devant cette assemblée vos chefs d'accusation.

Noose s'éclaircit la gorge.

« Les membres de la chambre d'accusation du Mississippi, dûment choisis et sélectionnés parmi un échantillon de bons et loyaux citoyens du comté de Ford, ayant prêté serment et juré de statuer en nom et place du comté susnommé et sous l'autorité de l'Etat du Mississippi, déclarent avoir l'intime conviction que Carl Lee Hailey, ici présent, dans l'Etat et le comté susnommés, et dans la juridiction de la cour ci-présente, s'est rendu coupable de coups et blessures ayant entraîné la mort, avec l'intention de la donner, à l'encontre de Billy Ray Cobb et de Pete Willard, citoyens du comté susnommé, et de tentative de meurtre à l'encontre du citoyen DeWayne Looney, officier de police de son état, en violation directe avec le code civil en vigueur dans le Mississippi, et intentant, de fait, à la paix et la dignité de l'Etat du Mississippi. Signé : Laverne Gosset, présidente du jury d'accusation. »

Noose reprit son souffle.

– Comprenez-vous les charges qui sont retenues contre vous ?

– Oui.

– Comprenez-vous que si vous êtes condamné, vous risquez la peine de mort par chambre à gaz dans le pénitencier de Parchman ?

– Oui.

– Souhaitez-vous plaider coupable ou non coupable ?

– Non coupable.

Noose consulta son calendrier tandis que tous les regards de l'assistance étaient braqués sur lui. Les journalistes noircissaient les pages de leur calepin. Les dessinateurs concentraient leurs efforts sur les figures de proue du procès, dont Buckley, qui s'était arrangé pour pénétrer dans leur champ de vision en leur offrant son meilleur profil. Il brûlait de dire quelque chose. Il fixait d'un air méprisant la nuque de Carl Lee, comme s'il était impatient de le voir raide mort. Il alla pavaner vers la table où se trouvait Musgrove, et se mit à s'entretenir à voix basse d'un air important. Il traversa ensuite la salle de tribunal et se mit à chuchoter à l'oreille d'un des greffiers. Puis il revint devant l'estrade où l'accusé se tenait immobile à côté de son avocat, qui avait remarqué le manège de Buckley et faisait tout son possible pour l'ignorer.

– Mr. Hailey, annonça Noose d'une voix de fausset, votre procès aura lieu le lundi 22 juillet. Toutes doléances et requêtes préliminaires devront être déposées avant le 24 juin et seront arrêtées le 8 juillet.

Carl Lee et Jake acquiescèrent.

– Vous avez des questions ?

– Oui, Votre Honneur, tonna Buckley pour être entendu des journalistes jusque dans la rotonde. L'Etat s'oppose vigoureusement à la moindre requête de liberté conditionnelle de la part de l'accusé.

Jake serra les poings et se retint d'exploser.

– Votre Honneur, l'accusé n'a encore fait aucune requête en ce sens, à ce que je sache. Mr. Buckley, comme d'habitude, se perd dans la procédure. Il ne peut s'opposer à une requête qui n'a pas encore été formulée. Il a dû pourtant apprendre ça à la faculté de droit.

Buckley fut piqué au vif, mais garda contenance.

– Votre Honneur, maître Brigance demande toujours une liberté conditionnelle, et je suis persuadé qu'aujourd'hui, il n'échappera pas à la règle. Le ministère public s'oppose donc à toute requête de ce type.

– Pourquoi n'attendez-vous pas que cette requête soit faite, maître Buckley ? demanda Noose avec une pointe d'irritation.

– Très bien, répondit Buckley.

Son visage s'empourpra de rage et il lança à Jake un regard mauvais.

– Comptez-vous demander à la cour une liberté conditionnelle pour votre client ? interrogea Noose.

– Je comptais le faire initialement, mais avant d'avoir eu la chance de m'exprimer, maître Buckley y a été de son monologue et...

– Oubliez maître Buckley, l'interrompit Noose.

– Vous avez raison, Votre Honneur, il est un peu perturbé...

– Vous allez demander une conditionnelle ou non, maître Brigance ?

– Oui, j'avais prévu de faire cette requête.

– Je le pensais bien aussi, et j'ai déjà réfléchi à la question quant à l'accorder ou non. Comme vous le savez, cela reste à mon entière discrétion et je n'ai jamais accordé de liberté conditionnelle dans des affaires pour meurtre. Je ne vois pas pourquoi je ferais une exception dans le cas ci-présent.

– Est-ce à dire que vous avez déjà décidé de rejeter cette requête ?

– Oui.

Jake haussa les épaules et reposa son dossier sur la table.

– Je vois.

– D'autres questions ? demanda Noose.

– Non, Votre Honneur, répondit Jake.

Buckley secoua la tête en silence.

– Parfait. Mr. Hailey, vous resterez donc en détention provisoire dans la prison du comté de Ford jusqu'à votre procès. Vous pouvez disposer.

Carl Lee revint s'asseoir sur la première rangée de bancs, où un policier l'attendait avec les menottes. Jake ouvrait son attaché-case pour y ranger ses dossiers lorsque Buckley le saisit par le bras.

– C'était un coup bas, Brigance, souffla-t-il entre ses dents.

– Vous l'avez bien cherché, répliqua Jake. Et lâchez mon bras, je vous prie.

Buckley s'exécuta.

– Je n'ai pas apprécié ce que vous avez fait.

– Dommage, Votre Seigneurie. Il fallait tenir votre langue. A trop vouloir montrer les dents, on finit par se faire mordre.

Buckley dépassait Jake de dix centimètres et de vingt-cinq kilos, et il était sur le point d'exploser.

Leur altercation avait attiré l'attention, et un policier s'était interposé entre eux. Jake lança un clin d'œil ironique à Buckley et quitta le tribunal.

A 2 heures, le clan des Hailey, mené par l'oncle Lester, pénétra dans le bureau de Jake par la porte du fond. Jake les accueillit dans la petite pièce attenante à la salle de réunion du rez-de-chaussée. Ils parlèrent de la conférence de presse. Vingt minutes plus tard, Ozzie et Carl Lee arrivèrent tranquillement. Jake les conduisit jusqu'à la petite pièce, puis se retira avec Ozzie pour laisser Carl Lee seul avec sa famille.

Jake dirigea de main de maître la conférence de presse, montrant un don miraculeux pour manipuler des médias qui ne demandaient qu'à l'être. Il s'installa au bout de la salle de réunion avec les trois fils Hailey derrière lui. Gwen était assise à sa gauche, Carl Lee à sa droite, avec Tonya sur ses genoux.

D'ordinaire, la loi interdisait que l'on révèle l'identité d'un enfant violé, mais le cas de Tonya était différent. Son nom, son visage, son âge étaient connus de tous à cause de la célébrité de son père. Elle avait déjà été montrée au monde entier, et Jake voulait qu'on la voie, qu'on la prenne en photo, vêtue de sa plus belle robe du dimanche, assise sur les genoux de son papa. Les jurés la verraient tous, quels qu'ils soient et où qu'ils puissent se trouver.

Les journalistes s'entassèrent dans la pièce. Elle fut rapidement comble, la foule déborda sur le couloir et le hall d'entrée, où Ethel ordonnait aux gens de s'asseoir sans ménagement et de la laisser tranquille. Un policier était de faction devant la porte, et deux autres interdisaient l'accès du bâtiment par-derrière. Le shérif Walls et Lester se tenaient derrière les Hailey et leur avocat, mal à l'aise. Devant Jake, un buisson de microphones fleurissait sur la table, les caméras ronronnaient et scintillaient sous les feux des projecteurs des équipes TV.

– J'ai quelques remarques préliminaires à faire, commença Jake. D'abord, toutes les questions devront s'adresser à moi. Aucune question ne devra être directement posée à Mr. Hailey ou à l'un des membres de sa famille. Si quelqu'un lui pose une question, je lui ordonnerai de ne pas y répondre. Deuxièmement, j'aimerais vous présenter sa famille. A ma gauche, voici sa femme, Gwen Hailey. Derrière nous, vous apercevez ses fils, Carl Lee Junior, Jarvis et Robert. Derrière les garçons, se trouve le frère de Mr. Hailey, Lester Hailey.

Jake marqua un temps d'arrêt et fit un sourire à Tonya.

– Et sur les genoux de son père, je vous présente Tonya. Maintenant, je suis prêt à entendre vos questions.

– Que s'est-il passé, ce matin, au tribunal ?

– Mr. Hailey a été mis en accusation. Il a plaidé non coupable, et son procès aura lieu le 22 juillet.

– Y a-t-il eu une altercation entre vous et le procureur du district ?

– Oui. A la fin de la séance, Maître Buckley s'est approché de moi et m'a saisi le bras. Il allait sans doute se jeter sur moi si un policier n'était pas intervenu.

– Pourquoi a-t-il fait ça ?

– Maître Buckley perd toute maîtrise de lui-même à la moindre tension psychologique.

– Maître Buckley ne compte donc pas parmi vos amis ?

– Non.

– Le procès aura-t-il lieu à Clanton ?

– Une demande de renvoi dans une autre cour sera déposée par la défense. Le choix du lieu appartient au juge Noose. C'est tout ce qu'on peut dire, pour l'instant.

– Pouvez-vous nous décrire les conséquences de cette affaire sur la famille Hailey ?

Jake réfléchit un moment tandis que les caméras tournaient. Il jeta un coup d'œil sur Carl Lee et Tonya.

– Vous avez devant vous une gentille famille. Il y a deux semaines encore, leur vie était simple et sans histoires. Le père avait un travail à la fabrique de papier, un peu d'argent sur son compte en banque ; il y avait la sécurité à la maison, le calme, et l'église tous les dimanches – une famille modèle. Et puis, pour des raisons connues de Dieu seul, deux viandes saoules et droguées ont fait quelque chose d'horrible et d'innommable à cette petite fille de dix ans. Quelque chose qui nous a tous choqués et révulsés au plus profond de nous-mêmes. Ils ont détruit sa vie, et la vie de ses parents et de famille. C'était plus que le père ne pouvait en supporter. Il a craqué. Ça a été plus fort que lui. Maintenant, il est en prison et attend son procès, avec l'ombre de la chambre à gaz devant ses yeux. Il a perdu son travail. Il n'a plus d'argent. Le temps de l'insouciance et du bonheur est mort. Les enfants doivent faire face à l'éventualité de vivre sans père. Leur mère, qui cherche en vain un travail pour subvenir aux besoins de sa famille, en est réduite à aller supplier parents et amis pour survivre.

« En un mot, pour répondre à votre question, cher monsieur, cette famille a été détruite, mise en pièces.

Gwen se mit à pleurer en silence et Jake lui tendit un mouchoir.

– Sous-entendez-vous que Mr. Hailey n'était pas responsable de ses actes au moment du drame ?

– Exactement.

– Vous comptez plaider la démence, alors ?

– Oui.

– Vous allez pouvoir le prouver ?

– Ce sera aux jurés d'en décider. Nous leur présenterons des experts en psychiatrie pour le leur démontrer.

– Avez-vous déjà pris contact avec ces experts ?

– Oui, mentit Jake.

– Pouvez-vous nous donner leurs noms ?

– Non, le moment ne serait pas approprié.

– On parle de menaces de mort à l'encontre de Mr. Hailey. Est-ce vrai ?

– Nous recevons des menaces de mort continuelles, visant Mr. Hailey, sa famille, ma famille, le shérif, le juge, tous ceux qui sont impliqués dans cette affaire. Je ne sais pas encore à quel point il faut les prendre au sérieux.

Carl Lee tapota la jambe de Tonya, les yeux rivés sur la table. Il avait l'air terrifié, pitoyable ; il faisait peine à voir. Ses fils semblaient terrifiés aussi, mais, conformément aux consignes, ils restaient au garde-à-vous et n'osaient pas faire le moindre mouvement. Carl Lee Junior, l'aîné de quinze ans, se tenait derrière Jake. Jarvis, treize ans, se trouvait derrière son père. Et Robert, le cadet, âgé de onze ans, se tenait derrière sa mère. Ils étaient tous vêtus du même costume de marin et de la même chemise blanche, fermée d'un petit nœud papillon rouge. Robert portait la vareuse de son frère Jarvis (qui avait été autrefois celle de Carl Lee Junior) et le tissu était un peu plus usé que les deux autres. Mais il était propre, soigneusement repassé, et les ourlets n'étaient pas décousus. Les enfants semblaient vifs et intelligents. Comment un juré aurait-il la force de priver ces garçons de leur père ?

La conférence de presse fut un succès. Les chaînes locales et nationales en diffusèrent des extraits, au journal de 20 heures et de fin de soirée. Les Hailey et leur avocat firent la une des journaux du jeudi.

16

La Suédoise avait appelé plusieurs fois au cours des deux semaines, depuis que son mari était au Mississippi. Elle se méfiait de lui. Il avait plein d'ex-petites amies là-bas. A chaque fois qu'elle appelait, Lester n'était pas là, et Gwen mentait, expliquant qu'il était parti à la pêche ou travailler à la fabrique pour rapporter un peu d'argent à la maison. Gwen en avait assez de mentir, et Lester en avait assez de faire la nouba. Le couple battait de l'aile. Lorsque le téléphone sonna le vendredi matin avant l'aube, Lester décrocha. C'était elle.

Deux heures plus tard, la Cadillac rouge se garait sur le parking de la prison. Moss Junior conduisit Lester jusqu'à la cellule de Carl Lee. Les deux frères parlèrent à voix basse, pour ne pas réveiller les autres détenus.

– Je dois rentrer à la maison, marmonna Lester, un peu honteux et intimidé.

– Pourquoi donc ? demanda Carl Lee, connaissant déjà la raison.

– Ma femme a appelé ce matin. Je dois retourner au travail sinon je suis viré.

Carl Lee hocha la tête, comprenant la situation.

– Je suis désolé, vieux. Ça m'embête de partir, mais je n'ai pas le choix.

– Bien sûr. Quand est-ce que tu reviens ?

– Quand tu voudras.

– Disons, pour le procès. Ça va être dur pour Gwen et les gosses. Tu pourras être là ?

– Tu sais bien que je me débrouillerai. Je prendrai quelques jours de congé. Je serai là.

Ils s'assirent sur la paillasse de Carl Lee, et se regardèrent en silence. La cellule était plongée dans la pénombre. Les deux couchettes en face d'eux étaient vides.

– Mon Dieu, j'avais oublié que c'était aussi sinistre, ici.

– J'espère bien ne pas moisir ici longtemps.

Ils se levèrent et tombèrent dans les bras l'un de l'autre. Puis Lester appela Moss Junior pour qu'il vienne ouvrir la porte.

– Je suis fier de toi, vieux frère, dit-il à son aîné.

Puis Lester partit pour Chicago.

La deuxième personne qui rendit visite à Carl Lee, ce matin-là, fut son avocat. Il l'attendait dans le bureau d'Ozzie. Jake avait les yeux bouffis et l'air de mauvais humeur.

– Carl Lee, j'ai parlé à deux psychiatres de Memphis, hier. Tu sais le prix qu'ils demandent pour une expertise légale ? Hein ?

– Comment veux-tu que je le sache ?

– Mille dollars ! lança Jake. Mille dollars ! Où veux-tu que je trouve mille dollars ?

– Je t'ai donné tout l'argent que j'avais. Je t'ai même proposé de...

– Je ne veux pas de ta terre. Parce que personne ne veut l'acheter ta terre, et que si on ne peut pas la vendre, elle ne nous est d'aucune utilité. Il nous faut de l'argent, Carl Lee. Pas pour moi, mais pour les psys.

– Pourquoi ?

– Pourquoi ? répéta Jake avec incrédulité. Parce que je veux t'éviter la chambre à gaz, voilà pourquoi ! Et elle ne se trouve qu'à cent cinquante kilomètres d'ici. C'est la porte à côté. Et pour avoir une chance de réussir, il nous faut convaincre le jury que tu étais en état de démence lorsque tu as tiré sur ces types. Ce n'est pas moi qui vais les convaincre. Ni toi. Il faut un psychiatre pour ça. Un expert. Un médecin. Et ces gens-là ne travaillent pas pour rien. Tu saisis ?

Carl Lee se pencha d'un air las et regarda une araignée marcher sur le tapis poussiéreux. Après douze jours passés en prison et deux audiences au tribunal, le système judiciaire commençait à lui sortir par les yeux. Il songea aux instants qui avaient précédé la fusillade. Qu'est-ce qu'il y avait dans sa tête à ce moment-là ? Bien sûr que ces types devaient mourir. Il n'avait aucun regret. Mais avait-il pensé à la prison, aux difficultés financières, aux avocats, aux psychiatres ? Peut-être, mais si peu. Ce ne devait être que des ennuis passagers, voués à disparaître sitôt qu'il retrouverait l'air libre. Ce devait être facile et sans douleur, comme cela avait été le cas pour Lester.

Mais tout se mettait à aller de travers. On voulait le garder en prison, le briser, faire de ses enfants des orphelins. Le monde entier semblait ligué contre lui et décidé à le punir pour avoir perpétré un acte qu'il devait commettre. Et voilà qu'aujourd'hui, son seul allié avait des exigences auxquelles il ne pouvait répondre. Son avocat lui demandait l'impossible. Son ami était en colère et haussait la voix.

– Débrouille-toi ! cria Jake en se dirigeant vers la porte. Demande à tes frères et sœurs, à la famille de Gwen, à tes amis, à ton Eglise. Fais comme tu veux, mais trouve cet argent. Et vite !

Jake claqua la porte et quitta la prison.

Le troisième visiteur de la matinée arriva un peu avant midi, dans une grande limousine noire, avec un chauffeur et des plaques immatriculées dans le Tennesse. Elle manœuvra dans le parking jusqu'à trouver trois emplacements contigus pour pouvoir se garer. Un géant noir en sortit et ouvrit la porte à son patron. D'un air important, ils gravirent les marches du perron et pénétrèrent dans la prison.

La secrétaire cessa de pianoter sur sa machine et lança aux nouveaux venus un sourire mi-figue mi-raisin.

– Bonjour.

– Bonjour, répondit le plus petit des deux hommes, celui qui avait un bandeau sur l'œil. Je m'appelle Cat Bruster et j'aimerais parler au shérif Walls.

– On peut savoir pour quel motif ?

– Oui, madame. C'est au sujet de Mr. Hailey, un résident de votre charmante maison.

En entendant son nom le shérif était sorti de son bureau pour remettre à sa place cet importun.

– Mr. Bruster, je suis le shérif Walls.

Ils se serrèrent la main. Le garde du corps ne bougea pas.

– Ravi de vous rencontrer, shérif. Je suis Cat Bruster, j'arrive de Memphis.

– Oui. Je sais qui vous êtes. Je vous ai vu à la télé. Qu'est-ce qui vous amène dans le comté ?

– Eh bien, j'ai un ami qui a des problèmes. Carl Lee Hailey. Et je suis venu pour lui donner un coup de main.

– Très bien. Et lui, qui c'est ? demanda Ozzie, en regardant le gorille. Ozzie, qui frisait les un mètre quatre-vingt-dix, avait dix bons centimètres de moins que le garde du corps. Le géant noir devait dépasser les cent cinquante kilos – et rien que du muscle.

– Je vous présente Tiny Tom [1], expliqua Cat. Mais tout le monde l'appelle Tiny, c'est plus court.

– Je vois.

– C'est, en quelque sorte, mon garde du corps.

– Il n'est pas armé, au moins ?

– Non, shérif. Il n'a pas besoin d'arme.

– Charmante nouvelle. Passons dans mon bureau, voulez-vous ?

1. Petit Tom ou Tom Pouce. *(N.d.T.)*

Une fois dans le bureau. Tiny referma la porte et se posta derrière son patron, assis en face du shérif.

– Il peut s'asseoir, s'il le veut, annonça Ozzie.

– Non, shérif, il reste toujours à côté des portes. Il a été formé pour ça.

– Comme une sorte de chien de garde ?

– C'est ça.

– Parfait. Qu'est-ce qui vous amène ?

Cat croisa les jambes et posa une main endiamantée sur ses genoux.

– Voilà, shérif. Carl Lee et moi on a fait le Vietnam, ensemble. On s'est fait coincer à Da Nang, durant l'été 71. J'ai été touché à la tête, et boum ! deux secondes plus tard, c'est lui qui se prenait un pruneau dans la jambe. Notre escouade s'était volatilisée et les bridés faisaient un carton sur nous. Carl Lee s'est traîné jusqu'à l'endroit où j'étais tombé. Il m'a juché sur ses épaules et a couru sous les tirs de mitrailleuses pour nous mettre à couvert dans un fossé. Pendant trois kilomètres, il m'a porté en claudiquant. Il m'a sauvé la vie. Il a eu une médaille pour ça. Vous le saviez ?

– Non.

– C'est pourtant le cas. On est restés dans la même chambre à l'hôpital de Saigon, pendant deux mois, et puis on s'est tirés du Vietnam. Et je compte pas y retourner de sitôt !

Ozzie écoutait attentivement le récit de Cat.

– Et voilà que j'apprends que mon vieux frère a des ennuis. Alors j'aimerais lui donner un coup de main.

– C'est vous qui lui avez trouvé le M-16 ?

Tiny grogna et Cat sourit.

– Bien sûr que non.

– Vous voulez le voir ?

– Bien sûr. C'est pas plus compliqué que ça ?

– Non. Si vous demandez à Tiny de s'écarter de cette porte, j'irai le chercher.

Tiny bougea, et deux minutes plus tard Ozzie

était de retour avec le prisonnier. Cat lui sauta au cou en hurlant de joie, et les deux hommes se donnèrent des claques dans le dos comme deux boxeurs. Carl Lee regarda Ozzie un peu gêné. Le shérif comprit le message et sortit du bureau. Tiny reprit aussitôt son poste derrière la porte. Carl Lee rapprocha deux chaises pour qu'ils puissent se parler face à face.

– Je suis fier de toi, vieux frère, commença Cat. Vraiment fier de toi. Pourquoi ne m'as-tu pas dit que c'était pour ça que tu voulais le M-16 ?

– Parce que.

– Comment c'était ?

– Comme au Vietnam, sauf que là, ils pouvaient pas riposter.

– C'est comme ça le meilleur.

– Ouais, je suppose. Mais j'aurais préféré que rien de tout ça n'arrive.

– Tu regrettes pas, quand même ?

Carl Lee se balança sur sa chaise, en levant les yeux au plafond.

– J'ai fait ce que j'avais à faire, et je n'ai aucun regret. Mais j'aurais préféré qu'ils ne touchent pas à ma petite fille. J'aurais préféré que tout soit comme avant, que rien de tout ça ne se produise.

– Bien sûr, bien sûr. Ça ne doit pas être facile pour toi tous les jours, hein ?

– Ce n'est pas pour moi que je me fais du souci. C'est pour ma famille.

– Bien sûr, bien sûr. Comment va ta femme ?

– Ça va. Elle se débrouille.

– J'ai appris que le procès est prévu pour le 22 juillet ? On a davantage parlé de toi dans les journaux que de moi, ces derniers temps.

– Ouais, Cat. Mais toi, tu t'en sors toujours. Moi, ce n'est pas aussi sûr.

– Tu as pris un bon avocat, hein ?

– Ouais. C'est un bon avocat.

Cat se leva et commença à arpenter le bureau, en admirant les coupes et les prix d'Ozzie.

– C'est surtout pour cette raison que je suis venu, vieux.

– Comment ça ? demanda Carl Lee, ne sachant trop ce que son ami avait derrière la tête, mais convaincu qu'il n'était pas ici par hasard.

– Carl Lee, tu sais combien de procès j'ai eus ?

– J'ai l'impression que tu passes ta vie dans les tribunaux.

– Cinq ! Cinq fois ils m'ont fait passer devant le juge. Les fédéraux, les types de l'Etat, de la mairie, tout le monde... pour trafic de drogue, jeux illicites, vente d'armes, racket, proxénétisme... tu l'as dit, oui ! Ils ne m'ont pas lâché d'une semelle. Et tu sais quoi, Carl Lee ? J'étais coupable de tout ça. A chaque fois que je passais en procès, j'étais le plus grand coupable de la Terre. Et tu sais combien de fois j'ai été condamné ?

– Non.

– Pas une seule ! Pas une fois ils n'ont pu me coincer. Cinq procès, cinq non-lieux !

Carl Lee sourit d'un air admiratif.

– Tu sais pourquoi ils n'ont pas pu me condamner ?

Carl Lee en avait une vague idée, mais il secoua la tête.

– Parce que j'avais le plus vil, le plus rusé, le plus perfide des avocats qui puissent exister dans le coin. Voilà pourquoi, Carl Lee ! Il fait des coups bas, il ment comme il respire, et les flics le détestent. Mais voilà, je ne suis pas en prison, moi. Il est prêt à tout pour gagner un procès.

– Comment il s'appelle ? demanda Carl Lee, intéressé.

– Tu l'as forcément vu à la télévision. On parle de lui tout le temps dans les journaux. A chaque fois qu'un caïd du milieu a des ennuis, il est sur le coup. Il s'occupe des trafiquants de drogue, des politiciens, de moi, de toutes les huiles du coin.

– C'est quoi son nom ?

– Il ne s'occupe que d'affaires criminelles, en

particulier de drogue, de corruption, d'extorsion de fonds, des choses de ce genre. Mais tu sais quelles affaires il préfère ?

– Non.

– Les meurtres ! Les affaires de meurtres, c'est sa passion. Il n'en a jamais perdu une seule. C'est lui qui s'occupe de toutes les grosses affaires criminelles à Memphis. Tu te souviens la fois où on a arrêté deux Noirs en train de jeter un quidam pardessus un pont ? C'était un beau flag ! Il y a environ cinq ans...

– Oui, je me souviens.

– Il y a eu un gros procès qui a duré deux semaines et ils sont sortis libres comme l'air. C'était encore notre homme. Il les a tirés d'affaire. Encore un non-lieu.

– Je crois bien que je l'ai vu à la télé.

– C'est sûr. C'est un affreux. Carl Lee. Un type qui n'a jamais perdu un procès.

– Comment il s'appelle ?

Cat se rassit et regarda Carl Lee dans les yeux d'un air grave.

– Bo Marsharfsky, annonça-t-il.

Carl Lee releva la tête, comme si le nom lui disait quelque chose.

– Et alors ?

Cat posa sa main et huit carats de bagues sur le genou de Carl Lee.

– Alors, ce type-là veut s'occuper de toi, vieux.

– J'ai déjà un avocat et je ne sais même pas comment le payer. Comment pourrais-je m'en offrir un autre ?

– Tu n'auras rien à payer, Carl Lee. C'est là que j'interviens. Je loue ses services à l'année. Ce type est à ma botte. Je lui ai donné à peu près cent mille dollars l'année dernière, juste pour que je puisse avoir la paix. Ça ne te coûtera pas un sou.

Brusquement, Carl Lee parut très intéressé par la personne de Bo Marsharfsky.

– Comment il sait pour moi ?

– Parce qu'il lit les journaux et regarde la télé. Tu sais comment sont les avocats... Il était dans mon bureau hier, en train de regarder ta photo en première page du journal. Je lui ai raconté notre histoire. Je ne pouvais plus le tenir. Il voulait à tout prix s'occuper de toi. J'ai dit que j'irais t'en toucher deux mots.

– C'est pour cette raison que tu es venu ?

– Exactement. Il a dit qu'il savait où trouver les gens pour te sortir de là.

– Quelles gens ?

– Des médecins, des psychiatres, des gens comme ca. Il les connaît tous.

– Ça coûte de l'argent.

– C'est moi qui paye, Carl Lee, je te dis ! Je paierai tous les frais. Tu auras le meilleur avocat et les meilleurs médecins que l'on puisse s'offrir, et ton vieux pote Cat paiera la note. Ne t'inquiète pas pour l'argent !

– Mais j'ai un bon avocat, déjà.

– Quel âge a-t-il ?

– La trentaine, je pense.

Carl écarquilla les yeux d'étonnement :

– C'est un bébé, Carl Lee ! Il sort juste des bancs de la fac. Marsharfsky a cinquante ans, et il a traité davantage d'affaires de meurtres que ton garçonnet n'en verra jamais. Il s'agit de ta vie, Carl Lee. Ne la laisse pas entre les mains du premier venu.

Jake lui parut soudain très jeune, bien que celui-ci fût plus jeune encore lorsqu'il s'était occupé de Lester.

– Ecoute, Carl Lee, les procès, ça me connaît, et le tien s'annonce de taille et compliqué. A la moindre erreur, tu te retrouves dans la chambre à gaz. Si ce gosse fait un faux pas, c'est ta vie qui peut y passer. Tu ne peux pas te permettre d'embaucher un jeunot et de prier Dieu pour qu'il ne fasse pas de connerie. Le risque est trop gros. Une seule erreur, insista Cat en claquant dans ses doigts, et tu es dans la chambre à gaz. Marsharfsky, lui, ne fera pas d'erreur.

Carl Lee était coincé dans les cordes.

– Il pourrait peut-être travailler avec mon avocat ? demanda-t-il, cherchant à trouver un compromis.

– Non. Pas question ! Marsharfsky n'a besoin de personne. Il travaille en solo. Ton gosse ne ferait que le gêner s'il était dans ses pattes.

Carl Lee se prit la tête dans les mains et regarda ses pieds. Mille dollars pour un malheureux docteur. Il ne pourrait jamais trouver cet argent. Il ne voyait pas pourquoi il lui fallait un docteur puisqu'il savait qu'il était en parfaite possession de ses moyens à l'époque. Mais, à l'évidence, cela semblait nécessaire. Tout le monde était de cet avis. Mille dollars pour un docteur de bas étage, alors que Cat était prêt à lui offrir ce qu'il y avait de mieux sur la place.

– Ce serait moche de faire ça à mon avocat.

– Ne sois pas stupide, vieux, le rabroua Cat. Tu ferais mieux de penser à toi plutôt qu'à ce gamin ! L'heure n'est plus à ménager les gens. Il est avocat, laisse tomber. Il s'en sortira.

– Mais je l'ai déjà payé.

– Combien ? demanda Cat, en appelant Tiny d'un claquement de doigts.

– Neuf cents dollars.

Tiny apporta une liasse de billets. Cat en sortit neuf billets de cent dollars et les fourra dans la poche de Carl Lee.

– Tiens, et ça, c'est pour les gosses, annonça-t-il en ajoutant un billet de mille dollars.

Le cœur de Carl Lee battit la chamade au doux contact de cet argent contre sa poitrine. Il avait envie de jeter un coup d'œil sur le gros billet et de le serrer dans sa paume. De quoi manger, songea-t-il, de quoi manger pour les gosses.

– Alors, c'est entendu ? demanda Cat avec un sourire.

– Tu veux que je congédie mon avocat et que j'embauche le tien ? demanda-t-il pour être sûr d'avoir bien compris.

– Exactement.

– Et tu te charges de tous les frais ?

– Exactement.

– Et pour ce que tu viens de me donner ?

– Cet argent est à toi. Et n'hésite pas à me demander si tu es à court.

– C'est rudement gentil de ta part, Cat.

– C'est que je suis un type rudement gentil. Il y a deux personnes que je suis prêt à aider financièrement. L'un m'a sauvé la vie, il y a des années, et l'autre me sauve la mise tous les deux ans.

– Pourquoi ton type tient-il autant à s'occuper de mon affaire ?

– A cause de la publicité. Tu sais comment sont les avocats. Regarde un peu comme ton blanc-bec a déjà fait parler de lui grâce à toi. Ton affaire, c'est le nirvana de tout avocat qui se respecte. Alors, c'est entendu ?

– Oui. Tope là.

Cat lui donna un coup de poing affectueux sur l'épaule et se dirigea vers le téléphone d'Ozzie. Il pianota sur le clavier.

– Appel en P.C.V. pour le 901-566-9800. De la part de Cat Bruster. Appel personnel pour Bo Marsharfsky.

Dans son bureau de Memphis au vingtième étage, Bo Marsharfsky décrocha le téléphone et demanda à sa secrétaire si le communiqué de presse était prêt. Elle lui apporta et se mit à le lire soigneusement.

– Ça me semble bien, annonça-t-il. Envoyez-le aux journaux immédiatement. Pour la photo, dites-leur de piocher dans leurs archives, et de prendre la dernière en date. Appelez Frank Fields au Post. Dites-lui que je veux une première page demain matin. Il me doit bien ça.

– Bien, maître. Et pour la télévision ? demanda-t-elle.

– Envoyez-leur une copie. Je ne peux pas leur parler pour le moment, mais je tiendrai une conférence de presse à Clanton, la semaine prochaine.

Lucien appela à 6 heures et demie le samedi matin. Carla était emmitouflée sous les couvertures et ne voulut pas décrocher. Jake se traîna vers la table de nuit et se battit avec la lampe de chevet avant de mettre la main sur le combiné.

– Allô ? parvint-il à articuler.

– Qu'est-ce que tu fiches ? demanda Lucien.

– Je dormais, jusqu'à ce que tu téléphones.

– Tu as vu le journal ?

– Quelle heure est-il ?

– Va chercher le journal et rappelle-moi après.

Lucien raccrocha. Jake regarda fixement l'appareil et le reposa sur la table de nuit. Il s'assit sur le bord du lit, se frotta les yeux pour se réveiller, en se souvenant que Lucien appelait rarement. Ce devait être important.

Il fit du café, lâcha le chien dans le jardin et partit chercher, en short et en sweatshirt, les journaux du matin qui avaient atterri à quelques centimètres les uns des autres au pied de la pelouse. Il retira la bande de plastique au-dessus de la table de la cuisine et commença à feuilleter les journaux en buvant son café. Il n'y avait rien de particulier dans le journal de Jackson. Rien non plus dans celui de Tupelo. Le *Memphis Post* faisait sa une avec une histoire d'assassinat dans le Middle East, et puis il vit ce dont parlait Lucien. En bas de la première page, il aperçut sa photo, avec comme légende : « Jake Brigance renvoyé aux vestiaires ». Il y avait aussi une photo de Carl Lee, et une splendide photo d'un visage qui ne lui était pas inconnu. Dessous, on pouvait lire : « Bo Marsharfsky entre en piste. » L'article annonçait que le célèbre avocat de Memphis avait été embauché par le « tueur justicier ».

Jake resta bouche bée, sous le coup de la surprise. C'était sans doute une erreur. Il avait parlé avec Carl Lee la veille encore. Il lut l'article avec attention. Il n'apprit pas grand-chose, on y énumérait principalement les grands succès de Marsharfsky. Il tiendrait, annonçait-il, une conférence de presse à Clanton. L'affaire représentait un nouveau défi à relever, etc. Il avait foi en la clairvoyance des jurés du comté de Ford.

Jake enfila en silence un pantalon et une chemise. Sa femme était encore perdue dans les bras de Morphée. Il lui raconterait plus tard. Il prit le journal sous le bras et se rendit à son bureau. Mieux valait éviter le Coffee Shop. Sur le bureau d'Ethel, Jake lut une nouvelle fois l'article et regarda fixement sa photo en couverture.

Lucien fut d'un piètre réconfort. Il connaissait Marsharfsky, qu'on surnommait « le requin ». C'était une infâme crapule, un type rusé comme un renard, plein de bonnes manières. Lucien l'admirait.

Moss Junior conduisait Carl Lee dans le bureau d'Ozzie où Jake l'attendait avec le journal. Le policier se retira aussitôt et referma la porte derrière lui. Carl Lee s'assit sur la petite banquette de skaï noir.

Jake lui jeta le journal à la figure.

– Tu as lu ça ? demanda-t-il.

Carl Lee continua à le regarder, ignorant le journal.

– Pourquoi tu as fait ça, Carl Lee ?

– Je n'ai pas de comptes à te rendre, Jake.

– Ah oui ? Alors comme ça, tu n'as pas eu le cran de m'en parler, d'homme à homme ! Tu t'es débrouillé pour que je l'apprenne par les journaux. J'exige une explication !

– Tu me demandais trop d'argent, Jake. Tu ne parles que de ça. Je suis coincé ici en prison et tu n'arrêtes pas de râler parce que je ne sais pas comment trouver ce que tu me demandes.

– Tu l'as dit ! Tu ne peux même pas me payer. Comment comptes-tu payer Marsharfsky ?

– Je n'aurai pas à le payer.

– Quoi !

– Tu m'as très bien entendu. Je n'ai pas besoin de le payer.

– Parce qu'il travaille gratuitement, maintenant ?

– Non. Quelqu'un va payer à ma place.

– Qui ça ? hurla Jake.

– Je n'ai pas à te le dire. Ça ne te regarde pas, Jake.

– Tu loues les services du plus grand avocat de Memphis, et quelqu'un va payer la note ?

– Voilà.

C'est un coup de la N.A.A.C.P., songea Jake. Non, ils n'embaucheraient pas Marsharfsky. Ils ont leurs propres avocats. Et puis, il serait trop cher pour eux. Mais alors qui était-ce ?

Carl Lee ramassa le journal et le déplia lentement. Il avait honte, et se sentait en faute vis-à-vis de Jake, mais il n'y pouvait plus rien. Il avait demandé à Ozzie d'appeler Jake et de lui apprendre la nouvelle, mais le shérif ne voulait pas être mêlé à leurs histoires. Il aurait dû appeler lui-même, c'est vrai, mais il était trop tard pour s'excuser. Il contempla la photo. Il apprécia le passage sur le « tueur justicier ».

– Alors, tu ne veux pas me dire de qui il s'agit ? demanda Jake, en se radoucissant un peu.

– Non, Jake. Je ne veux pas.

– Tu en as parlé avec Lester ?

Les yeux se relevèrent vers lui.

– Non. Ce n'est pas son procès, et cela ne le regarde pas.

– Où est-il ?

– Il est reparti à Chicago. Hier. Et ne t'avise pas de l'appeler. Ma décision est prise, Jake.

C'est ce qu'on va voir, pensa Jake. Lester allait tôt ou tard le savoir. Jake ouvrit la porte.

– Alors, voilà. Je suis viré. Comme ça. Sans explication.

Carl Lee baissa les yeux vers le journal et ne répondit pas.

Carla prenait son petit déjeuner en attendant le retour de Jake. Un journaliste de Jackson avait appelé, et lui avait appris la nouvelle.

Il n'y eut aucun mot, juste des gestes. Il se remplit une tasse de café et alla sur la terrasse. Il but le liquide fumant tout en contemplant la haie irrégulière qui bordait son long et étroit jardin. Un soleil scintillant baignait les rhododendrons verdoyants et séchait la rosée du matin, soulevant une brume poisseuse qui s'accrochait à sa chemise. La haie et les plantes attendaient leurs soins hebdomadaires. Jake retira ses mocassins – il n'avait pas eu le temps d'enfiler de chaussettes – et s'avança sur le gazon spongieux pour examiner un bassin à oiseaux cassé au pied d'un myrte rabougri, seul arbre du jardin digne de ce nom.

Carla suivit ses pas dans l'herbe grasse et se tint derrière lui. Il lui prit la main et sourit.

– Ça va ? demanda-t-elle.

– Oui, ça va.

– Tu as pu lui parler ?

– Oui.

– Qu'est-ce qu'il a dit ?

Il secoua la tête en silence.

– Je suis désolée, Jake.

Il acquiesça et contempla le bassin cassé.

– Il y aura d'autres affaires, dit-elle sans grande conviction.

– Bien sûr.

Il songea à Buckley, et l'entendait déjà éclater de rire. Il pensa aux gens du Coffee Shop, et se jura qu'il n'y remettrait plus jamais les pieds. Il songea aux caméras et aux journalistes, et une écharde de douleur lui traversa l'estomac. Il pensa à Lester, son seul espoir.

– Tu veux manger quelque chose ? demanda-t-elle.

– Non merci, je n'ai pas faim.

– Il y a un bon côté à tout, tu sais, dit-elle. Au moins, nous n'aurons plus peur de répondre au téléphone.

– Je crois que je vais tondre la pelouse, répondit-il.

17

La congrégation était constituée d'un groupe de pasteurs noirs dont le but était de coordonner les activités politiques de la communauté noire du comté de Ford. La congrégation ne se réunissait qu'épisodiquement d'ordinaire, mais pendant les périodes d'élections, les pasteurs se retrouvaient tous les dimanches après-midi, pour interroger les candidats, parler des programmes de chacun, et, plus important, pour déterminer sur qui se porterait la bienveillance de leurs ouailles. On passait des accords, on mettait au point des stratégies, il y avait des transferts d'argent. La congrégation avait montré à maintes reprises qu'elle pouvait décider du vote de la communauté noire. Pendant les périodes d'élections, le nombre de dons faits aux églises noires atteignait son paroxysme.

Le révérend Ollie Agee demanda une réunion extraordinaire de la congrégation, le dimanche après-midi, dans les locaux de son Eglise. Il termina son sermon rapidement, et vers 16 heures, ses fidèles s'étaient égaillés dans la nature lorsque les Cadillac et les Lincoln commencèrent à se garer sur le parking. La réunion était secrète, et seuls les prêtres membres de la congrégation y étaient invités. On dénombrait vingt-trois Eglises noires dans le comté, et vingt-deux représentants répondirent à l'appel du révérend Agee. La rencontre serait brève, puisque certains pasteurs, en particulier ceux de l'Eglise du Christ, devaient commencer leur office tôt dans la soirée.

Le but de cette réunion, expliqua le révérend, était d'organiser un soutien moral, politique et financier pour Carl Lee Hailey, qui était un sujet fidèle de son église. Des fonds devaient être levés pour lui assurer la meilleure défense possible. D'autres fonds seraient récoltés pour subvenir aux besoins de la famille. Lui, le révérend Agee en personne, superviserait la levée de ces fonds, et chaque prêtre serait responsable de la collecte effectuée dans son église, comme d'habitude. Une annonce spéciale serait faite durant les offices du matin et du soir, à compter du dimanche suivant. Agee déciderait des sommes allouées à la famille. La moitié de l'argent serait consacrée à organiser la défense. Le facteur temps était important. Le procès était prévu pour le mois prochain. Il fallait collecter l'argent tant que l'affaire était dans tous les esprits, et que les gens étaient encore dans de bonnes dispositions.

La congrégation entérina à l'unanimité la proposition du révérend. Agee poursuivit son laïus.

La N.A.A.C.P. devait intervenir dans l'affaire Hailey. S'il avait été blanc, Carl Lee Hailey n'aurait pas été inculpé. Pas dans le comté de Ford. Il allait passer devant les tribunaux pour la seule raison qu'il était de race noire, et ceci devait être rapporté à la N.A.A.C.P. On avait averti le directeur national. Les antennes locales de Memphis et de Jackson avaient promis d'intervenir. Les conférences de presse seraient d'un grand secours. Un boycott des entreprises gérées par les Blancs était envisageable – cette tactique remportait toujours un franc succès et donnait des résultats spectaculaires.

Il fallait agir tout de suite, tant que les gens étaient prêts à bouger. Les pasteurs approuvèrent à l'unanimité et s'en allèrent chacun accomplir leurs offices.

Par fatigue, mais aussi pour ne plus avoir à affronter les regards, Jake dormit pendant la messe. Carla avait fait des pancakes et ils avaient pris un long petit déjeuner avec Hanna dans le patio. Il avait préféré ne pas ouvrir les journaux du dimanche après avoir trouvé, en couverture du supplément du *Memphis Post*, une pleine page consacrée à Marsharfsky et à son nouveau client. Tout y était, avec photos et déclarations de l'illustre avocat à l'appui. L'affaire Hailey représentait le plus grand défi de sa carrière, disait-il. Tout serait mis en œuvre pour assurer la victoire, tant sur un plan juridique que social. Un nouveau système de défense serait mis au point, promettait-il. Il n'avait pas perdu une affaire de meurtre en douze ans, se vantait-il. Ce serait un combat difficile, mais il avait confiance en la sagesse et l'équité des jurés du Mississippi.

Jake avait parcouru l'article sans faire de commentaire et avait jeté le journal à la poubelle.

Carla proposa un pique-nique ; Jake savait qu'elle prendrait mal le moindre refus sous prétexte qu'il avait du travail, bien que ce fût la stricte vérité. Ils chargèrent donc la Saab de nourriture et de jouets et s'en allèrent sur les berges du lac. Les eaux brunes et boueuses du lac Chatulla avaient atteint leur plus haut niveau de l'année – dans quelques jours, elles commenceraient leur lente descente. Les hautes eaux attiraient une flottille de hors-bord, de dériveurs, de catamarans et de canots pneumatiques.

Carla étendit deux grands plaids sous un chêne sur le versant d'une colline, tandis que Jake sortait de voiture la nourriture et une maison de poupée. Hanna installa sa petite famille, avec les chiens et les voitures, sur l'un des plaids, et commença à demander aux occupants de faire le ménage dans la maison. Ses parents la regardèrent avec attendrissement. Sa naissance avait été un cauchemar et une source d'angoisse déchirante ; elle était née prématurée de deux mois, et les prévisions des médecins étaient des plus réservées. Pendant onze jours, Jake était resté à côté de la couveuse à regarder cette attendrissante petite chose violette et fripée d'un kilo et demi s'accrocher à la vie tandis qu'un bataillon de médecins et d'infirmières surveillaient les écrans de contrôle et ajustaient canules et seringues, en secouant la tête de dépit. Lorsqu'il était seul, Jake caressait la couveuse et pleurait à chaudes larmes. Jamais il n'avait tant prié. Il dormait dans un rocking-chair au chevet du bébé et rêvait de petite fille aux yeux bleus jouant avec ses poupées et dormant sur son épaule. Parfois, il croyait entendre sa voix.

Après un mois de soins, les infirmières retrouvèrent le sourire et le visage des médecins se détendit. Pendant la semaine qui suivit, on retira peu à peu les systèmes d'assistance artificielle, au rythme d'une canule par jour. Hanna se mit à grossir jusqu'à atteindre deux bons kilos et demi, et les parents, tout fiers, purent la ramener chez eux. Les médecins leur annoncèrent qu'ils n'auraient pas d'autres enfants, sauf par adoption.

Hanna se portait à merveille aujourd'hui, et le son de sa voix lui faisait encore monter les larmes aux yeux. Ils mangèrent de bonne humeur, tandis qu'Hanna faisait un sermon à ses poupées pour leur inculquer quelques notions d'hygiène.

– C'est la première fois depuis deux semaines que tu te détends un peu, dit Carla lorsqu'elle le vit s'allonger sur la couverture.

Les catamarans bariolés fendaient les eaux du lac en tous sens, parmi une centaine de hors-bord vrombissants tirant leur lot de skieurs éméchés.

– Nous avons été à l'église dimanche dernier, répliqua-t-il.

– Mais tu n'as pensé qu'à ton procès.

– J'y pense encore.

– C'est fini, non ?

– Je ne sais pas.
– Tu crois qu'il pourrait changer d'avis ?
– Peut-être, si Lester lui parle. C'est difficile de savoir. Les Noirs sont si imprévisibles lorsqu'ils ont des ennuis. Il a fait une bonne affaire, vraiment. Il a le meilleur avocat de Memphis, et c'est gratuit.
– Qui va payer ?
– Un vieil ami de Carl Lee qui habite Memphis, un type nommé Cat Bruster.
– Qui est-ce ?
– Un type plein aux as, un trafiquant de drogue, un escroc et un truand. Marsharfsky est son avocat. Ils font la paire tous les deux !
– C'est Carl Lee qui t'a raconté ça ?
– Non. Il ne voulait rien me dire, alors j'ai demandé à Ozzie.
– Lester est au courant ?
– Pas encore.
– Comment ça, pas encore ? Tu ne vas pas l'appeler, quand même ?
– J'en avais l'intention, à vrai dire.
– Tu ne vas pas un peu trop loin ?
– Je ne crois pas. Lester a le droit d'être tenu informé, et...
– Mais c'est à Carl Lee de le lui dire.
– Il devrait, mais il ne le fera pas. Il a fait une erreur, et il faut que quelqu'un lui en fasse prendre conscience.
– Mais c'est son problème, pas le tien. Du moins, plus maintenant.
– Carl Lee est trop gêné pour le dire à Lester. Il sait que Lester va le houspiller et lui dire qu'il a encore fait une bourde.
– Alors tu en déduis que c'est à toi de te mêler de leurs affaires de famille ?
– Non. Mais je pense que Lester devrait être informé.
– Il va bien l'apprendre tôt ou tard par les journaux.
– Ce n'est pas si sûr, répondit Jake sans grande conviction.

« Tiens, je crois qu'Hanna veut encore du jus d'orange.

– Je crois que tu veux plutôt changer de sujet.

– Ce sujet ne me dérange pas. Je veux cette affaire, et j'ai bien l'intention de la récupérer.

Sans lever les yeux, il sut que le regard de Carla se durcissait. Il regarda un dériveur s'échouer sur un banc de sable.

– Jake, c'est contraire à toute déontologie, et tu le sais très bien.

Elle parlait avec calme, mais il y avait quelque chose de ferme et comme une colère rentrée dans sa voix. Ses mots étaient lourds et chargés de mépris.

– Ce n'est pas vrai, Carla. Je suis un avocat tout à fait scrupuleux de la déontologie.

– Tu as toujours de grands discours sur l'éthique de ce métier. Mais en ce moment, tu t'apprêtes à solliciter un client. Ce n'est pas bien, Jake.

– Récupérer, pas solliciter.

– Où est la différence ?

– Solliciter un client est contraire à la déontologie. Je n'ai jamais lu aucune loi interdisant de récupérer un client.

– Ce n'est pas bien, Jake. Carl Lee a embauché un autre avocat. Il faut que tu te fasses une raison.

– Et tu imagines peut-être que le code déontologique de l'avocat est le livre de chevet de Marsharfsky ? Comment crois-tu qu'il a obtenu cette affaire ? Il a été embauché par un homme qui ne le connaît ni d'Eve ni d'Adam. Marsharfsky a évidemment fait des pieds et des mains pour avoir cette affaire, et il l'a eue.

– Et ça te donne le droit de faire pareil ?

– Moi, je récupère. Nuance.

Hanna réclama des biscuits, et Carla se mit à fouiller dans le panier. Jake se redressa sur un coude et les oublia momentanément. Il songea à Lucien. Que ferait-il à sa place ? Il prendrait sans doute un billet d'avion, irait à Chicago trouver

Lester, lui glisserait quelques billets dans la poche et le convaincrait d'aller faire peur à Carl Lee. Il dirait à Lester que Marsharfsky ne pourrait pas plaider au Mississippi, et que les rednecks du jury ne lui feraient pas confiance puisque c'était un étranger. Il appellerait Marsharfsky et lui dirait qu'il allait le poursuivre en justice sitôt qu'il aurait posé le pied à Clanton pour avoir forcé la main d'un client. Il se servirait de ses amis noirs pour qu'ils aillent persuader Gwen et Ozzie que le seul avocat ayant la moindre chance de sauver Carl Lee était bel et bien Lucien Wilbanks. Et Carl Lee finirait par craquer et appellerait Lucien.

Voilà exactement ce que ferait Lucien à sa place. Au diable l'éthique du métier !

– Qu'est-ce qui te fait sourire ? demanda Carla, interrompant le fil de ses pensées.

– Je me disais simplement que c'était bien d'être ici, avec toi et Hanna. On devrait le faire plus souvent.

– Tu es déçu, hein ?

– Evidemment. Jamais une affaire comme celle-là ne se représentera. En gagnant le procès, je serais devenu le plus grand avocat de la région. Et on n'aurait plus jamais eu de souci à se faire pour l'argent.

– Mais si tu perdais le procès ?

– Cela resterait une bonne carte quand même. Mais je ne peux pas perdre ce que je n'ai plus.

– Tu le prends mal, n'est-ce pas ?

– Un peu, oui. C'est difficile à accepter. Tous les avocats du comté sont pliés en deux de rire en ce moment, mis à part Harry Rex, peut-être. Mais je m'en sortirai, le ridicule ne tue pas.

– Qu'est-ce que je fais pour le press-book ?

– Garde-le. Tu auras peut-être encore des choses à mettre dedans.

C'était une petite croix, trois mètres de long sur un mètre vingt de large, conçue pour être transportée discrètement sur la plate-forme d'un pick-up. Des croix bien plus grandes étaient utilisées pour les cérémonies, mais les petites étaient idéales pour les raids de nuit dans les zones d'habitation. On ne les utilisait pas souvent, du moins pas assez souvent, au goût de leurs constructeurs. En fait, cela faisait plusieurs années qu'on n'en avait pas érigé dans le comté de Ford. La dernière en date avait été plantée dans le jardin d'un Noir accusé d'avoir violé une Blanche.

Quelques heures avant l'aube, ce lundi matin, la croix fut rapidement déchargée du véhicule et dressée en silence dans la terre meuble d'une pelouse devant une maison victorienne de la rue Adams. On jeta une petite torche au pied de la croix, qui s'embrasa en quelques secondes. Le pick-up disparut dans la nuit et s'arrêta à côté d'une cabine téléphonique à la sortie de la ville. Un message fut laissé au poste central de police.

Quelques minutes plus tard, le shérif adjoint Marshall Prather s'engagea dans la rue Adams et aperçut aussitôt la lueur devant la maison de Jake. Il tourna dans l'allée et se gara derrière la Saab. Il sonna à la porte et attendit sous le porche, en contemplant les flammes. Il était presque 3 heures et demie. Il sonna de nouveau. La rue était sombre et silencieuse, à l'exception du halo des flammes et des crépitements du bois qui brûlait à quinze mètres de là. Jake sortit enfin, titubant de sommeil, et se figea sur place, les yeux écarquillés d'effroi. Les deux hommes, côte à côte, regardèrent les flammes sans échanger un mot, intimidés non seulement par ce spectacle, mais aussi par sa signification.

– Bonjour, Jake, articula enfin Prather sans quitter la croix des yeux.

– Qui a fait ça ? demanda Jake avec une boule d'angoisse dans la gorge.

– Je n'en sais rien. Ils n'ont pas laissé de nom. Ils nous ont simplement prévenus.

– A quelle heure ont-ils appelé ?
– Il y a un quart d'heure.
Jake se passa la main dans les cheveux, pour les empêcher de voleter sous le souffle chaud.
– Ça va brûler pendant combien de temps ? demanda-t-il, sachant pourtant que Prather n'était pas plus féru que lui en matière de pyrotechnie.
– Difficile à dire. Ils l'ont probablement arrosée d'essence. Ça se sent. Ça peut brûler pendant deux heures. Tu veux que j'appelle les pompiers ?
Jake releva la tête et scruta la rue. Toutes les maisons étaient éteintes et silencieuses.
– Non. Pas la peine de rameuter tout le monde. Laissons-la brûler. Il n'y a aucun risque, n'est-ce pas ?
– C'est ta pelouse.
Prather ne semblait toujours pas décidé à bouger. Il restait planté là, les mains dans les poches, le ventre débordant sur son ceinturon.
– La dernière, c'était en 1967...
– Ah oui ?
– Ouais. J'étais au lycée. On est allé la voir brûler.
– C'était comment le nom de ce Noir déjà ?
– Robinson, Robinson quelque chose. On disait qu'il avait violé Velma Thayer.
– C'était vrai ? demanda Prather.
– C'est ce qu'en a conclu le jury. Il est à Parchman maintenant, à cueillir du coton jusqu'à la fin de ses jours.
Prather parut satisfait.
– Je vais aller réveiller Carla, marmonna Jake en s'en allant.
Quelques instants plus tard, il était de retour avec sa femme.
– Mon Dieu, Jake ! Mais qui a fait ça ?
– On ne sait pas.
– C'est le Klan ? demanda-t-elle.
– Sûrement, répondit le policier. Il n'y a qu'eux qui s'amusent à brûler des croix, c'est pas vrai, Jake ?

Jake hocha la tête.

– Je croyais qu'ils avaient quitté le comté depuis des années, dit Prather.

– Faut croire qu'ils sont revenus, répliqua Jake.

Carla restait clouée sur place, la main devant la bouche, terrifiée. La lueur du feu rougissait son visage.

– Fais quelque chose, Jake. Retire-moi ça du jardin.

Jake scruta les flammes et de nouveau jeta un regard circulaire dans la rue. Les crépitements devenaient de plus en plus sonores, et les flammes orange s'élevaient de plus en plus haut dans la nuit. Pendant un instant, il avait espéré que le feu s'éteindrait rapidement sans que personne, hormis eux trois, le remarque, et que personne à Clanton n'en saurait rien. Mais il sourit devant sa propre naïveté.

Prather grogna ; il en avait assez, à l'évidence, de rester sans bouger sous le porche.

– Dis donc, Jake ? C'est pas que je veuille remuer le couteau dans la plaie, mais à en croire les journaux, ils se sont trompés d'avocat ? C'est pas vrai ?

– Faut croire qu'ils n'ont pas ouvert le journal, murmura Jake.

– Faut croire, oui.

– Dis-moi, Prather, tu connais des membres du Klan encore actifs dans ce comté ?

– Pas un seul. Il y en a quelques-uns plus au sud de l'Etat, mais aucun dans le coin. Pas que je sache. Le F.B.I. a déclaré que le Ku Klux Klan appartenait définitivement au passé.

– Ce n'est guère rassurant.

– Pourquoi ?

– Parce que ces types, si ce sont des gens du Klan, ne sont pas de la région. Ils viennent de loin. Ça veut dire qu'ils sont motivés. Tu ne trouves pas ça inquiétant, Prather ?

– Je ne sais pas. Je me ferais davantage de souci

si c'étaient des gens du coin qui avaient fait le coup. Ça voudrait dire que le Klan est de retour chez nous.

– Pourquoi une croix ? demanda Carla au policier.

– C'est un avertissement. Ça veut dire : laissez tomber, sinon la prochaine fois ce ne sera pas à une croix que l'on mettra le feu. Ils se sont servis de ce moyen d'intimidation pendant des années, pour faire peur aux Blancs qui soutenaient la cause des Noirs et toutes ces histoires de droits civiques. Si les Blancs s'entêtaient à défendre les Noirs, alors des actes de violence s'ensuivaient. Des bombes, de la dynamite, des bastonnades, voire des meurtres, mais c'était il y a longtemps. Aujourd'hui, c'est leur façon de dire à Jake de ne plus se mêler de cette affaire. Mais puisqu'il n'est plus l'avocat de Hailey, je ne vois pas bien où ils veulent en venir.

– Va voir si Hanna ne s'est pas réveillée, demanda Jake.

Carla disparut dans la maison.

– Si tu as un tuyau d'arrosage, je veux bien l'éteindre, proposa Prather.

– Bonne idée, répondit Jake. Je n'ai aucune envie que les voisins voient ça.

Jake et Carla, en robe de chambre, restèrent sur la terrasse à regarder le policier arroser les flammes. Le bois sifflait et fumait sous les trombes d'eau tandis que le feu s'éteignait lentement. Prather continua d'asperger la croix pendant un quart d'heure, puis il enroula soigneusement le tuyau et cacha les restes derrière les fourrés au pied de l'escalier.

– Merci, Prather. Garde ça pour toi, entendu ?

Le policier s'essuya les mains sur son pantalon et rajusta son chapeau.

– Bien sûr. Fermez bien vos portes quand même. Si vous entendez quoi que ce soit, appelez le central. On fera des rondes ici pendant la semaine.

Il quitta l'allée en marche arrière, et s'éloigna lentement dans la rue Adams, en direction de la place du palais. Carl et Jake s'assirent dans la balancelle et contemplèrent les restes fumants de la croix.

– J'ai l'impression de revivre en direct un vieux reportage de *Life*, déclara Jake.

– Ou un chapitre de l'histoire du Mississippi sorti tout droit d'un manuel d'écolier. Il faudrait peut-être leur dire que tu as été viré.

– Merci.

– Comment ça, merci ?

– Merci d'être si directe.

– Pardonne-moi. J'aurais dû dire « déchargé de l'affaire », « remercié », ou...

– Simplement qu'il a embauché un autre avocat, ça aurait suffi. Tu as peur à ce point-là ?

– Tu sais bien que oui. Je suis totalement terrifiée. Si ces gens peuvent faire brûler une croix en plein milieu de notre jardin, qu'est-ce qui les empêche de mettre le feu à la maison ? Cette affaire n'en vaut pas la peine, Jake. Je veux que tu sois heureux, que tu réussisses, et que tu aies tout le bonheur possible, mais pas si cela nous met en danger. C'est trop cher payé.

– Tu es contente que je me sois fait virer ?

– Je suis contente qu'il ait choisi un autre avocat. Ils vont peut-être nous laisser tranquilles, à présent.

Jake passa son bras autour d'elle, et l'attira contre lui. Elle était belle, à 3 heures et demie du matin dans sa robe de chambre.

– Ils ne vont pas revenir, hein ?

– Mais non. Ils en ont fini avec nous. Quand ils sauront que je ne suis plus sur le coup, ils passeront un coup de fil pour s'excuser.

– Ce n'est pas drôle, Jake.

– Je sais.

– Tu crois que ça va se savoir ?

– On a encore une heure de tranquillité. Le

Coffee Shop n'ouvre qu'à 5 heures. Dell Perkins saura tout, jusqu'au moindre détail, avant même qu'elle n'ait servi un café à son premier client.

– Qu'est-ce qu'on va en faire ? demanda-t-elle en désignant la croix qui se fondait, à présent, dans le clair-obscur lunaire.

– J'ai une petite idée. On va l'emporter à Memphis, et la faire brûler devant la porte de Marsharfsky.

– Je vais me coucher.

A 9 heures, Jake avait fini de dicter sa lettre spécifiant son retrait de l'affaire. Ethel était en train de la taper à la machine avec enthousiasme lorsqu'elle l'appela à l'interphone.

– Maître Brigance, j'ai un certain Mr. Marsharfsky en ligne. Je lui ai dit que vous étiez en rendez-vous, mais il a dit qu'il allait attendre.

– Je vais le prendre.

Jake décrocha le téléphone.

– Allô ?

– Bonjour, maître Brigance. Bo Marsharfsky de Memphis. Comment allez-vous ?

– On ne peut mieux.

– Parfait. J'imagine que vous avez vu les journaux du week-end ? Vous les recevez à Clanton ?

– Oui. Et on a le téléphone et une poste aussi.

– Alors vous êtes au courant pour l'affaire Hailey ?

– Oui. J'ai pu apprécier votre prose.

– Ne dévions pas du sujet. J'aimerais plutôt discuter de cette affaire, si vous avez une minute.

– J'aimerais bien, oui.

– Si j'ai bien compris la procédure au Mississippi, tout avocat venant d'un autre Etat doit s'associer avec un avocat local pour passer devant la cour, n'est-ce pas ?

– Vous voulez dire que vous n'avez pas de licence pour le Mississippi ? demanda Jake qui n'en croyait pas ses oreilles.

– Eh bien, non. Je n'en ai pas.

– Vous ne mentionniez pas ce détail dans vos articles.

– Encore une fois, ne dévions pas du sujet. Les juges exigent donc ce genre d'association à chaque fois ?

– Ça dépend des juges.

– Je vois. Et dans le cas de Noose ?

– Ça lui arrive.

– Parfait. J'ai coutume de m'associer avec un avocat local lorsque je dois plaider dans une bourgade de campagne. Les gens se sentent rassurés de voir un avocat de leur région assis avec moi à la table de la défense.

– C'est une touchante attention.

– Par hasard, ça ne vous intéresserait pas de...

– Vous voulez rire ! lança Jake. Je viens d'être mis à la porte et vous me proposez de porter votre mallette ! Vous ne manquez pas d'air. Pas question que mon nom soit associé au vôtre.

– Oh là ! dites donc, le bouseux, vous...

– Non, c'est vous qui allez m'écouter. Ça va peut-être vous surprendre, mais nous avons des lois dans cet Etat contre toute sollicitation illicite d'affaires. La loi Champerty, ça vous dit quelque chose ? Bien sûr que non. C'est un crime au Mississippi, ainsi que dans la majeure partie des Etats. Nous avons une éthique et un code déontologique ici, qui proscrit le racolage en matière d'affaires juridiques. L'éthique, monsieur le Requin, vous savez ce que c'est ?

– Je ne sollicite aucune affaire, fiston. Ce sont elles qui viennent à moi.

– Comme celle de Carl Lee Hailey, par exemple ? J'imagine qu'il a trouvé votre nom dans l'annuaire. Je suis sûr que vous y avez une page entière de pub, juste à côté de celle des médecins avorteurs.

– J'ai été recommandé auprès de lui.

– Par votre espèce de proxénète ! Je sais exactement comment vous avez embobiné Hailey. Si ce n'est pas de la sollicitation illicite, qu'est-ce que c'est ? Je peux déposer une plainte au parquet. Ou mieux, je pourrais demander à ce que vos méthodes soient examinées par la chambre d'accusation.

– Bien, j'en conclus que vous et le procureur du district, vous marchez main dans la main. Au revoir, monsieur.

Marsharfsky avait réussi à lancer une dernière pique avant de raccrocher. Jake fulmina de rage pendant une heure avant de pouvoir de nouveau se concentrer sur son travail. Lucien aurait été fier de lui.

Un peu avant déjeuner, Jake reçut un appel de Walter Sullivan, du cabinet Sullivan.

– Jake, mon garçon, comment vas-tu ?

– Très bien.

– Tant mieux. Tu sais que Bo Marsharfsky est un vieil ami à moi ? Nous avons défendu deux gros banquiers il y a des années, inculpés de fraude et de détournement de fonds. On les a sortis d'affaire, tous les deux. C'est un avocat hors pair. Il m'a demandé de m'associer avec lui pour l'affaire Carl Lee Hailey. Je voulais juste savoir si...

Jake raccrocha le combiné et quitta son bureau. Il passa l'après-midi sur la terrasse de Lucien.

18

Gwen n'avait pas le numéro de téléphone de Lester. Ni Ozzie, ni personne. Aux renseignements, l'opératrice annonça à Jake qu'il y avait deux pages pleines de Hailey dans le bottin de Chicago, et plus d'une dizaine de Lester Hailey. Jake demanda les numéros des cinq premiers Lester Hailey sur la liste et les appela tous, un à un. C'étaient tous des Blancs. Il téléphona à Tank Scales, le propriétaire de l'un des meilleurs bars de nuit pour Noirs du comté, le Tank's Tonk. Lester adorait cet endroit. Tank était un client de Jake, et il lui donnait souvent des renseignements précieux et confidentiels à propos de certains Noirs, de leurs petits trafics et manigances.

Tank passa au bureau le mardi matin, avant de se rendre à sa banque.

– Tu as vu Lester ces deux dernières semaines ? demanda Jake.

– Oui, bien sûr. Il est passé plusieurs fois, pour jouer au billard, et boire des bières. Il est rentré à Chicago, la semaine dernière, à ce qu'on m'a dit. Il était obligé. Je ne l'ai pas vu de tout le week-end.

– Qui était avec lui ?

– Il était seul, la plupart du temps.

– Et Iris ?

– Ouais, il a dû l'amener une ou deux fois, lorsque Henry était en déplacement. Ça me fichait les jetons de le voir avec elle. Henry, c'est un méchant. Il en ferait de la charpie de ces deux-là, s'il apprenait qu'ils se voient.

– Ça fait dix ans que ça dure, Tank.

– Ouais. Elle a deux enfants de Lester. Tout le monde le sait, sauf Henry. Pauvre type. Le jour où il va découvrir le pot aux roses, tu auras une autre affaire de meurtre sur les bras.

– Dis-moi, Tank, tu pourrais parler à Iris ?

– Je ne la vois pas très souvent.

– Une fois suffira. J'ai juste besoin du numéro de téléphone de Lester à Chicago. J'imagine qu'Iris doit l'avoir.

– C'est sûr. Je crois que Lester lui envoie de l'argent.

– Tu pourrais essayer de l'avoir pour moi ? Il faut que je parle à Lester.

– Bien sûr Jake. Si elle a son numéro, tu l'auras.

Le mercredi, la vie au bureau avait repris son cours normal. Les clients commençaient à réapparaître. Ethel n'avait jamais été aussi gentille, du moins pour une vieille grincheuse comme elle. Il retrouvait son travail d'avocat, mais la blessure restait aussi douloureuse. Il évitait, chaque matin, le Coffee Shop, et demandait à Ethel de faire certaines choses à sa place pour ne pas avoir à traverser la rue et à pénétrer dans le palais de justice. Il se sentait humilié et honteux. Il avait du mal à se concentrer sur d'autres affaires. Il songeait à prendre de longues vacances, mais il n'en avait pas les moyens. L'argent se faisait rare, et il n'avait aucun goût à travailler. Il passait le plus clair de son temps dans son bureau, à regarder d'un air songeur les allées et venues sur la place du palais de justice.

Il pensait souvent à Carl Lee, assis dans sa cellule, à quelques centaines de mètres de là, et s'interrogeait pour la millième fois sur les raisons d'une telle trahison. Il avait peut-être poussé le bouchon un peu loin avec cette histoire d'argent, et oublié qu'il y avait une pléthore d'avocats prêts à reprendre l'affaire pour rien. Il haïssait Marsharfsky. Il le revoyait parader devant les tribunaux de Memphis, proclamant à qui voulait l'entendre que ses clients innocents étaient victimes de quelque sordide cabale. Des trafiquants de drogue, des proxénètes, des politiciens véreux, des escrocs notoires – tous étaient coupables, tous méritaient de longues peines de prison, voire la mort. Marsharfsky était un Yankee, et avait cette voix nasillarde du haut Middle West. Son accent aurait irrité n'importe qui né au sud de Memphis. Mais c'était un acteur émérite : il regardait la caméra droit dans l'objectif et se mettait à gémir que son client avait été honteusement maltraité par la police de Memphis. Jake l'avait vu jouer cette scène plus de dix fois. « L'innocence de mon client est totale, absolue, inattaquable. Il ne devrait pas comparaître en justice. Mon client est un citoyen modèle, un honnête contribuable. » Et ses quatre premières condamnations pour extorsions. « Le F.B.I. s'acharne contre lui. Le gouvernement aussi. D'abord il a payé sa dette à la société. Cette fois, son innocence n'est plus à prouver. » Jake le détestait, et si sa mémoire était bonne, Marsharfsky avait perdu autant de procès qu'il en avait gagné.

Le mercredi après-midi, personne ne vit Marsharfsky à Clanton. Ozzie avait promis d'avertir Jake si jamais il se présentait à la prison.

La cour d'assises siégerait jusqu'à vendredi, et il aurait été poli de la part de Jake de passer voir le juge Noose pour lui expliquer les raisons et les circonstances de son retrait. Son Honneur jugeait une affaire civile, et il y avait de fortes chances pour que Buckley soit absent. Il ne devait pas être là, puisqu'on n'entendait ni cris ni vitupérations.

Noose, d'ordinaire, suspendait la séance pendant une dizaine de minutes, vers 15 h 30, et c'est précisément à cette heure-là que Jake entra dans ses bureaux par une porte latérale, à l'insu de tout le monde. Jake s'installa sous la fenêtre et attendit patiemment qu'Icabod sorte de la salle de tribunal. Cinq minutes plus tard, la porte s'ouvrit, et Son Honneur fit son entrée.

– Jake, comment allez-vous ? demanda-t-il.

– Très bien, Votre Honneur. Je peux vous parler une minute ? demanda Jake en refermant la porte.

– Bien sûr. Asseyez-vous. Qu'est-ce qui vous amène ?

Noose retira sa robe, la jeta sur le dossier d'une chaise, et s'allongea sur son bureau, renversant au passage piles de livres, dossiers et téléphone. Une fois que son grand corps dégingandé fut en position horizontale, il croisa lentement ses mains sur son estomac, ferma les yeux et prit une profonde inspiration.

– Mon docteur m'a dit de m'étendre sur une surface dure le plus souvent possible.

– Bien sûr, Votre Honneur. Vous voulez que je vous laisse ?

– Non, non. Qu'est-ce qui vous amène ?

– L'affaire Hailey.

– Je m'en doutais. J'ai lu votre note. Alors il a trouvé un autre avocat ?

– Oui, Votre Honneur. J'ai été le premier surpris. Je comptais plaider l'affaire en juillet.

– Vous n'avez pas à vous excuser, Jake. La notification de retrait sera acceptée. Ce n'est pas de votre faute. Ce genre de choses arrive tout le temps. Qui c'est, ce Marsharfsky ?

– Il vient de Memphis.

– Avec un nom comme ça, il va faire fureur dans le comté, c'est sûr !

– Oui, Votre Honneur.

Un nom presque aussi ridicule que Noose, songea Jake.

– Il n'a pas de licence pour le Mississippi, précisa Jake.

– C'est intéressant. Il connaît notre procédure ?
– Je crois qu'il n'a jamais plaidé dans le Mississippi. Il m'a dit que d'ordinaire, il s'associe avec un avocat de la région lorsqu'il va plaider dans une bourgade de campagne.
– Une bourgade de campagne ?
– Ce sont ses propres termes.
– Eh bien, il a intérêt à trouver un associé s'il veut mettre le pied dans mon tribunal. J'ai déjà eu de mauvaises expériences avec des avocats étrangers, en particulier avec ceux de Memphis.
– Oui, Votre Honneur.
Noose se mit à prendre de longues inspirations et Jake décida qu'il était temps de prendre congé.
– Votre Honneur, il faut que je m'en aille. Si je ne vous vois pas en juillet, je vous verrai durant la session d'août. Au revoir et ménagez votre dos.
– Merci, Jake. A bientôt.
Jake était sur le point d'ouvrir la porte du petit bureau lorsque la porte principale, donnant sur la salle de tribunal, s'ouvrit. L'honorable L. Winston Lotterhouse ainsi qu'un autre porteur de mallette du cabinet Sullivan apparurent sur le seuil.
– Oh, bonjour, Jake, lança Lotterhouse. Vous connaissez K. Peter Otter, notre nouvel associé.
– Enchanté de vous connaître, K. Peter, répliqua Jake.
– Nous dérangeons peut-être ?
– Pas du tout. Je m'en allais justement. Le juge Noose se reposait le dos.
– Asseyez-vous, messieurs, dit Noose.
Lotterhouse avait envie de chercher la bagarre.
– Dites donc, Jake, j'imagine que Walter Sullivan vous a annoncé que notre cabinet officiera comme conseiller local dans l'affaire Hailey.
– J'ai appris ça.
– Je suis désolé de ce qui vous arrive.
– Votre chagrin se lit sur tout votre visage, en effet.
– Cette affaire présente un réel intérêt pour

notre cabinet. Nous nous occupons rarement d'affaires criminelles, comme vous le savez.

– Je le sais, répondit Jake, cherchant un trou de souris pour s'y cacher. Il faut que je file. J'ai été ravi d'avoir bavardé avec vous, L. Winston. Enchanté d'avoir fait votre connaissance, K. Peter. Dites bonjour de ma part à J. Walter et F. Robert, et tous les gars de la boîte.

Jake se sauva par la porte du fond en se maudissant d'avoir tendu la joue pour se faire gifler. Il partit se réfugier dans son bureau.

– Tank Scales a appelé ? demanda-t-il à Ethel en se dirigeant vers l'escalier.

– Non. Mais maître Buckley vous attend.

Jake s'arrêta sur la première marche.

– Il m'attend ? Où ça ? demanda-t-il en serrant les dents.

– En haut. Dans votre bureau.

Jake s'approcha lentement du bureau d'Ethel et se pencha au-dessus d'elle, à quelques centimètres de son visage. Elle avait péché et elle le savait. Il la regarda d'un air mauvais.

– Il n'avait pas rendez-vous, à ce que je sache ? articula-t-il sans desserrer les dents.

– Non, répondit-elle, les yeux rivés sur son sous-main.

– Il n'est pas le maître des lieux non plus, à ma connaissance ?

Elle resta immobile, sans ouvrir la bouche.

– Il n'a pas la clé de mon bureau, à ce que je sache ?

Toujours pas de réponse, ni le moindre mouvement.

Jake se pencha encore davantage.

– Je devrais vous fiche à la porte sur-le-champ.

Les lèvres d'Ethel frémirent, et elle prit un air suppliant.

– J'en ai marre de vous, Ethel. Je ne supporte plus votre attitude, votre voix, votre insubordination. Je ne supporte plus la façon dont vous traitez les gens. Tout m'insupporte, chez vous.

Les yeux d'Ethel s'embuèrent de larmes.
– Je suis désolée.
– Non, vous n'êtes pas désolée ! Vous savez pourtant, et ce depuis des années, que personne, personne au monde, pas même ma propre femme, n'a le droit d'entrer dans mon bureau en mon absence.
– Mais il a insisté.
– C'est un connard. Il est payé pour faire peur aux gens. Mais il ne fera pas la loi chez moi.
– Chut ! Il va vous entendre.
– Je m'en fiche. Il sait très bien ce que je pense de lui.
Il se pencha encore, si bien que leurs nez ne furent plus séparés que par quelques centimètres.
– Vous avez envie de garder votre place, Ethel ?
Elle hocha la tête, incapable d'articuler un son.
– Alors, vous allez suivre à la lettre ce que je vais vous ordonner. Montez à l'étage, allez chercher Mr. Buckley, et conduisez-le dans la salle de réunion, où j'irai le retrouver. Et ne vous avisez jamais de recommencer ce que vous venez de faire.
Ethel s'essuya les yeux et monta à toute allure l'escalier. Quelques instants plus tard, le procureur patientait dans la salle de réunion, derrière une porte fermée. Il patienta d'ailleurs un certain moment.
Jake se trouvait dans la petite cuisine à côté, en train de boire un jus d'orange, se préparant à la confrontation. Il but lentement. Au bout d'un quart d'heure, il entra dans la salle de réunion. Buckley était assis à l'extrémité de la grande table. Jake s'installa à l'autre bout, le plus loin possible du procureur.
– Bonjour, Rufus. Qu'est-ce que vous voulez ?
– Vous avez de jolis locaux. Ce sont les anciens bureaux de Lucien, je crois ?
– C'est exact. Qu'est-ce qui vous amène ?
– Rien de particulier. Une simple visite de courtoisie.

– Je suis très occupé.
– J'aimerais aussi vous parler de l'affaire Hailey.
– Voyez ça avec Marsharfsky.
– Je m'attendais à une belle bataille, en particulier avec vous en face de moi. Vous êtes un adversaire de valeur, Jake.
– C'est trop d'honneur.
– N'interprétez pas mal mes paroles. Je ne vous aime pas, et ça ne date pas d'hier.
– Depuis le procès de Lester Hailey.
– Oui, vous avez sans doute raison. Vous avez gagné, mais vous avez triché.
– J'ai gagné, c'est tout ce qui compte. Et je n'ai pas triché. Je vous ai poussé dans les cordes et vous avez fait dans votre froc.
– Vous avez donné des coups bas et Noose vous a laissé faire.
– Peu importe. Je ne vous aime pas non plus.
– Parfait. Voilà qui me rassure. Qu'est-ce que vous savez sur ce Marsharfsky ?
– C'est pour cette raison que vous êtes venu ?
– Possible.
– Je ne l'ai jamais rencontré, mais même s'il était mon père, je ne vous dirais rien sur lui. Vous avez d'autres questions ?
– Vous avez sans doute dû lui parler.
– On a échangé quelques mots au téléphone. Ne me dites pas que vous avez peur de lui ?
– Non. C'est par simple curiosité. Il a une excellente réputation.
– C'est vrai. Mais vous n'êtes pas venu ici pour me parler de sa réputation, n'est-ce pas ?
– Non, pas vraiment. Je voulais discuter de l'affaire.
– Vous pouvez être plus précis ?
– Je voulais qu'on parle des chances pour qu'un acquittement soit prononcé, des diverses stratégies possibles de la défense, de la folie d'Hailey au moment des faits. De ce genre de choses.

– Vous disiez que vous étiez sûr d'obtenir une condamnation. Vous racontiez ça devant toutes les caméras, vous vous souvenez ? Juste après l'inculpation. Pendant l'une de vos conférences de presse.

– Les caméras vous manquent déjà, Jake ?

– Du calme, Rufus. Je suis en dehors du jeu. Toutes les télés sont à vous maintenant, du moins à vous et à Marsharfsky, ainsi qu'à Walter Sullivan. Allez-y, croquez-les tout crus, monsieur le tigre ; je vous regarde ! Et mille pardons encore, si jamais je vous ai volé, de temps en temps, quelques gros plans. Je sais à quel point c'était douloureux.

– Excuses acceptées. Marsharfsky est venu en ville ?

– Je n'en ai pas la moindre idée.

– Il avait parlé de tenir une conférence de presse cette semaine.

– Et vous êtes venu pour me parler de cette conférence de presse, c'est ça ?

– Non, je voulais vous parler de Hailey, mais, à l'évidence, vous n'avez pas de temps à me consacrer.

– C'est exact. Et de surcroît, je n'ai rien à vous dire, monsieur le gouverneur.

– Vous savez que je n'aime pas que vous m'appeliez ainsi.

– Et pourquoi donc ? C'est pourtant la vérité. Vous seriez prêt à traduire père et mère en justice pour avoir votre nom dans le journal.

Buckley se leva et se mit à marcher de long en large derrière sa chaise.

– Je regrette que vous ne soyez plus sur cette affaire, Mr. Brigance, lança-t-il, en haussant la voix.

– Et moi donc !

– Je vous aurais appris quelques petites choses en matière de justice. J'aurais vraiment bien aimé vous rabattre le caquet !

– Vous n'avez pas été aussi brillant que ça, dans le passé.

– C'est la raison pour laquelle je voulais vous avoir en face de moi, Brigance. J'y tenais plus que tout au monde.

Son visage retrouvait son teint cramoisi habituel.

– Il y aura d'autres occasions, ne vous en faites pas, gouverneur.

– Cessez donc de m'appeler comme ça ! cria-t-il.

– Ça va pourtant être le cas, gouverneur. C'est pour cette raison que vous courez derrière les caméras. Vous briguez ce fauteuil, c'est évident.

– Je fais mon travail. Je poursuis des malfrats en justice.

– Carl Lee n'est pas un malfrat.

– Je vais le faire griller, votre Carl Lee !

– C'est loin d'être du tout cuit.

– Vous allez voir.

– Il vous faut douze voix sur douze.

– Je les aurai !

– C'est sûr. Aussi facilement que vous avez eu les voix du jury d'accusation, peut-être ?

Buckley se figea net. Il plissa les paupières et fronça les sourcils. Trois grosses rides se creusèrent en travers de son front de pachyderme.

– Qu'est-ce que vous savez sur ces délibérations ?

– J'en sais autant que vous. Une voix de moins, et vous alliez vous rhabiller.

– C'est faux !

– Allez, gouverneur. Nous sommes entre nous. Il n'y a aucun journaliste dans la salle. Je sais exactement ce qui s'est passé. Je l'ai su dès l'heure suivante.

– Je vais en informer Noose sur-le-champ.

– Et moi la presse. Ce sera du meilleur effet, juste avant le procès.

– Vous n'oseriez pas faire ça ?

– Pas pour le moment. J'ai une bonne raison de ne pas le faire. Je vous rappelle que j'ai été viré. C'est d'ailleurs pour ça que vous êtes ici, n'est-ce pas, Rufus ? Pour me rappeler que je ne suis plus sur l'affaire à l'inverse de vous. Histoire de remuer un peu le couteau dans la plaie. Très bien, c'est fait. Maintenant, allez-vous-en. Allez donc retrouver votre jury d'accusation ! Ou allez voir si un journaliste ne traîne pas dans les couloirs du palais. Faites ce que vous voulez, mais fichez le camp !

– Avec joie. Désolé de vous avoir dérangé.

– Moi de même.

Buckley ouvrit la porte qui donnait dans l'entrée, et s'arrêta sur le seuil.

– Je mentais, Jake. Je suis ravi que vous ne soyez plus sur l'affaire.

– Je le sais très bien, Rufus. Mais ne me rayez pas trop vite de votre liste.

– Qu'est-ce que vous voulez dire ?

– Au revoir, Rufus.

Le jury d'accusation du comté de Ford ne chômait pas ; dès le jeudi de la deuxième semaine de délibérations, deux nouveaux inculpés étaient venus louer les services de Jake. L'un d'entre eux était un Noir, accusé d'avoir blessé à coups de couteau un autre Noir, en avril, au Massey's Tonk, une boîte de nuit miteuse de la région. Jake aimait bien les bagarres au couteau parce que les acquittements étaient possibles ; il suffisait d'avoir un jury plein de rednecks qui se fichaient éperdument que les Noirs s'entre-égorgent. Il y avait juste eu un peu de chahut dans la boîte, les choses avaient tourné à l'aigre, quelqu'un avait été blessé, mais personne n'était mort. Pas de cadavre, pas de condamnation. C'était la tactique qu'il avait adoptée pour le cas de Lester Hailey. Son nouveau client lui avait promis mille cinq cents dollars, à condition que Jake lui obtienne une liberté conditionnelle.

L'autre inculpé était un Blanc, un gosse, qui avait volé un pick-up. C'était la troisième fois qu'il était arrêté au volant d'un véhicule volé, et il était bon pour passer sept ans à Parchman.

Jake allait donc devoir rendre visite à ses clients à la prison du comté, et il en profiterait pour passer voir Ozzie. Le jeudi, en fin d'après-midi, il trouva le shérif dans son bureau.

– Tu es occupé ? demanda Jake.

Le bureau croulait sous cinquante kilos de papiers répandus jusqu'au sol.

– Non, rien que de la paperasse. Plus de croix en feu ?

– Non, Dieu merci. Une suffit.

– Je n'ai pas encore vu ton petit copain de Memphis.

– C'est curieux, dit Jake. Je pensais qu'il serait passé, depuis le temps. Tu as parlé à Carl Lee ?

– Je le vois tous les jours. Il commence à s'inquiéter ferme. Son avocat ne s'est même pas donné la peine de l'appeler, Jake.

– Tant mieux. Une bonne suée ne lui fera pas de mal. Je ne vais certainement pas le plaindre.

– Tu penses qu'il a fait une erreur ?

– C'est évident. Je sais comment sont les rednecks du coin, Ozzie, et je sais comment ils agissent lorsqu'ils se retrouvent dans un box de jurés. Ils ne vont pas se laisser impressionner par les beaux discours d'un type de Memphis. Tu ne crois pas ?

– Je ne sais pas. Tu es avocat. Ce n'est pas moi qui vais mettre ta parole en doute, Jake. Je t'ai déjà vu à l'œuvre.

– Il n'a même pas de licence pour le Mississippi. Le juge Noose l'attend au tournant. Il hait les avocats qui viennent de l'extérieur.

– C'est vrai ?

– Absolument. Je lui ai parlé, hier.

Ozzie sembla troublé et regarda Jake longuement.

– Tu veux le voir ?

– Qui ça ?

– Carl Lee.

– Certainement pas ! Je n'ai rien à lui dire.

Jake jeta un coup d'œil sur sa mallette.

– Je dois voir Leroy Glass, poursuivi pour voies de fait.

– C'est toi qui t'occupes de Leroy ?

– Ouais. Sa famille est venue me trouver ce matin.

– Suis-moi.

Jake attendit dans la salle où l'on pratiquait les alcootests qu'un prisonnier aille chercher son nouveau client. Leroy portait la tenue fluo classique de la prison du comté. De petites tresses à l'africaine pointaient dans toutes les directions au-dessus de son crâne, et deux longues nattes pendaient dans son dos. Une paire de mules vertes en coton éponge protégeaient ses pieds tannés de la poussière du linoléum. Pas de chaussettes. Une vieille et vilaine cicatrice lui barrait la joue, du bas de l'oreille droite jusqu'à la narine. A l'évidence, Leroy était un habitué des bagarres au couteau. Il arborait sa cicatrice comme une médaille. Il fumait des Kool.

– Leroy, je suis Jake Brigance, se présenta l'avocat en désignant à son client une chaise pliante à côté du distributeur de Pepsi.

« Ta mère et ton frère sont venus, ce matin, me demander d'assurer ta défense.

– Content de vous connaître, Mr. Jake.

Un prisonnier modèle attendait dans le couloir, derrière la porte, tandis que Jake interrogeait Leroy. Il noircit trois pages de notes. Le point essentiel à aborder, du moins à ce stade du travail, était la question de l'argent. Combien avait-il en sa possession ? Combien pouvait-il trouver ? Ils parleraient des coups de couteau plus tard. Les tantes, les oncles, les frères et sœurs, les amis, tous ceux qui avaient un travail pouvaient lui prêter de l'argent. Jake prit tous les numéros de téléphone.

– Qui vous a parlé de moi ? demanda Jake.

– Je vous ai vu à la télé, Mr. Jake. Vous et Carl Lee Hailey.

Jake en ressentit une certaine fierté, mais s'abstint de le montrer. La télévision faisait partie du métier, un point c'est tout.

– Tu connais Carl Lee ?

– Ouais. Je connais Lester, aussi. C'était vous l'avocat de Lester, hein ?

– Oui.

– Moi et Carl Lee, on est dans la même cellule. On m'a fait déménager hier soir.

– Ah bon ?

– Ouais. Il ne parle pas beaucoup. Il a dit que vous étiez un super-avocat et tout, mais qu'il a trouvé quelqu'un d'autre à Memphis.

– C'est exact. Il est content de son nouvel avocat ?

– Je ne sais pas, Mr. Jake. Il était dans tous ses états ce matin, parce que l'autre n'était toujours pas venu le voir. Il dit que vous, vous veniez le voir tout le temps, et que vous discutiez avec lui de son procès, mais le nouveau, celui qui a un drôle de nom, il n'est même pas venu lui rendre une seule visite encore.

Jake tenta de cacher sa joie avec une grimace, mais ce fut difficile.

– Je vais te dire quelque chose, si tu me promets de ne pas le répéter à Carl Lee.

– Promis.

– Son nouvel avocat ne peut pas venir le voir.

– Ah bon ? Mais pourquoi ?

– Parce qu'il n'a pas le droit de travailler au Mississippi. C'est un avocat du Tennessee. Il va se faire renvoyer du tribunal s'il vient ici tout seul. Je crains que Carl Lee n'ait fait une grosse erreur.

– Pourquoi vous ne le lui dites pas ?

– Parce qu'il m'a viré. Je ne peux plus lui donner aucun conseil.

– Mais il faut que quelqu'un l'avertisse, pourtant ?

– Attention, tu m'as promis de ne rien dire.

– Oui, oui, je dirai rien, je le jure.

– Sûr ?

– Craché par terre !

– Parfait. Il faut que je file, à présent. J'irai voir le bureau des cautions demain matin, et on pourra peut-être te faire sortir d'ici un ou deux jours. Et pas un mot à Carl Lee, d'accord ?

– D'accord.

Tank Scales était appuyé contre la Saab lorsque Jake quitta la prison. Il écrasa sa cigarette et sortit un bout de papier de sa poche.

– Il y a deux numéros. Le premier, c'est chez lui. Mais évite de l'appeler à son travail, sauf en cas d'extrême urgence.

– Beau travail, Tank. C'est Iris qui te les a donnés ?

– Ouais. Elle ne voulait pas. Elle est passée au bar hier soir et je l'ai fait boire.

– A charge de revanche, hein !

– Je n'y manquerai pas, sois sans crainte.

Il faisait nuit. Il était presque 8 heures du soir. Le dîner allait être froid, mais Jake avait l'habitude. C'est pour cette raison qu'il avait offert à Carla un four à micro-ondes. Elle était habituée aux horaires fluctuants et à réchauffer les repas. Elle l'attendait toujours pour manger avec lui, qu'il rentre à 6 heures ou à 10 heures du soir.

Jake prit la direction du bureau en quittant la prison. Il n'osait pas appeler Lester depuis la maison – pas devant Carla. Il s'installa derrière son bureau et fixa les numéros que lui avait donnés Tank. Carl Lee lui avait dit de ne pas appeler son frère. Est-ce qu'il avait le droit de le faire ? Est-ce que c'était de la sollicitation ? Etait-ce contraire à l'éthique, contraire au code déontologique, que de téléphoner à Lester pour lui dire que Carl Lee l'avait renvoyé pour louer les services d'un autre avocat ? Non, en aucun cas. Et répondre aux questions que lui poserait Lester à propos de ce nouvel avocat, était-ce une faute professionnelle ? Non, bien sûr que non. Et exprimer ses inquiétudes, critiquer le nouveau venu ? Non, probablement pas. Etait-ce malhonnête d'inciter Lester à parler à son frère ? Non. Mais le convaincre de renvoyer Marsharfsky, oui, sûrement. Et de rembaucher Jake, oui, sans aucun doute. Ce serait effectivement contraire à toute éthique. Il avait donc entièrement le droit d'appeler Lester s'il se contentait de parler de Carl Lee, et de laisser la conversation suivre son cours.

– Allô ?

– Bonjour. Est-ce que Lester est là ?

– Qui le demande ? fit la voix au téléphone, avec un fort accent suédois.

– Jake Brigance, du Mississippi.

– Un instant, je vous prie.

Il était 20 h 30. Il n'y avait pas de décalage horaire avec Chicago, se souvenait-il.

– Jake !

– Lester ! Comment vas-tu ?

– Bien, Jake. Fatigué, mais ça va. Et toi ?

– Très bien, merci. Dis-moi, tu as eu Carl Lee au téléphone cette semaine ?

– Non. Je suis parti vendredi, et je suis sur deux équipes depuis dimanche. Je n'ai pas une minute à moi.

– Tu as ouvert le journal ?

– Non. Qu'est-ce qui se passe ?

– Tu ne vas pas le croire, Lester.

– Qu'est-ce qu'il y a, Jake ?

– Carl Lee m'a viré et a embauché un grand avocat de Memphis.

– Quoi ! Tu plaisantes ? Depuis quand ?

– Depuis vendredi dernier. Peu après ton départ, j'imagine. Il n'a même pas pris la peine de m'avertir. Je l'ai appris par les journaux, le samedi matin.

– Il est dingue ! Pourquoi a-t-il fait une chose pareille, Jake ? Qui c'est ce type ?

– Tu connais un dénommé Cat Bruster, à Memphis ?

– Bien sûr.
– C'est son avocat. Bruster paie tous les frais. Il est venu rendre visite à Carl Lee vendredi dernier, à la prison. Le lendemain matin, il y avait ma photo dans le journal et j'apprenais que j'étais viré.
– Tu le connais, cet avocat ?
– Il s'agit de Bo Marsharfsky.
– C'est un bon ?
– C'est un avocat marron. Il défend tous les gangsters et les trafiquants de drogue de Memphis.
– C'est pas un nom de Polack, ça ?
– Oui, c'est un Polonais. Je crois qu'il vient de Chicago.
– Pas étonnant, c'est plein de Polacks par ici. Il a le même accent à couper au couteau ?
– Oui, comme s'il avait la bouche pleine d'huile. Il va faire son petit effet à Clanton.
– Quel idiot ! Carl Lee n'a jamais été une lumière. C'est toujours moi qui dois penser à sa place ! Quel crétin !
– Oui. Il a fait une sacrée bourde, Lester. Tu es bien placé pour savoir comment ça se passe dans un procès pour meurtre. Tu sais à quel point le jury est important lorsqu'il quitte le tribunal pour aller délibérer. Ils ont ta vie entre leurs mains. Douze personnes du coin vont s'enfermer pour discuter et débattre de ton cas. Le jury est l'élément clé d'un procès. C'est pour cette raison qu'il faut que le courant passe avec eux.
– Je sais, Jake. Tu sais faire ça très bien.
– Je suis persuadé que Marsharfsky sait le faire à Memphis, mais ce ne sera pas le cas dans le comté de Ford. Pas dans cette région rurale du Mississippi. Les gens vont se méfier de lui.
– Tu as raison, Jake. Je n'arrive pas à croire que Carl Lee ait fait ça. Il a tout fichu par terre.
– C'est pourtant bien ce qu'il a fait, Lester. Et je me fais du souci pour lui.
– Tu lui as parlé ?
– Samedi dernier, après avoir ouvert le journal,

je suis allé le voir aussitôt. Je lui ai demandé pourquoi il avait fait ça, mais il n'a pas voulu me répondre. Il était mal à l'aise. Je ne l'ai plus revu, depuis. Mais il n'a pas vu Marsharfsky, non plus. L'autre n'a pas dû encore trouver Clanton sur la carte, et à ce qu'il paraît, Carl Lee commence à s'inquiéter. D'après ce que je sais, ça fait une semaine que son affaire reste au point mort.

– Ozzie lui a parlé ?

– Ouais, mais tu connais Ozzie. Il n'est pas du genre bavard. Il sait que Bruster est un escroc, il sait que Marsharfsky est un escroc, mais il n'ira pas le dire à Carl Lee.

– Nom de Dieu ! Je n'arrive pas à le croire. Il est stupide s'il s'imagine que les rednecks vont prêter attention aux propos d'un avocat véreux de Memphis. Ils n'ont déjà pas confiance en un avocat du comté de Tyler, et c'est la porte à côté ! On est dans de beaux draps, oui !

Jake sourit derrière son écouteur. Pour l'instant l'éthique était sauve.

– Qu'est-ce que je dois faire, Jake ?

– Je ne sais pas, Lester. Il a besoin d'aide et tu es le seul qu'il voudra bien écouter. Tu sais comme il est têtu.

– Je crois que je ferais mieux de l'appeler.

Non, songea Jake, ce sera plus facile pour lui de te dire non au téléphone. Il fallait que les deux frères se retrouvent l'un en face de l'autre. Un voyage depuis Chicago ferait son effet.

– Je ne crois pas que tu en tireras grand-chose par téléphone. Il s'est fait à cette idée. Il faut le faire revenir sur sa décision, et tu n'y parviendras pas par téléphone.

Lester réfléchit quelques instants. Jake était sur des charbons ardents.

– Quel jour sommes-nous ?

– Jeudi 6 juin.

– Voyons... marmonna Lester. C'est à dix heures de route. Je travaille de 4 heures à minuit demain et dimanche. Je peux partir à minuit d'ici, demain, être à Clanton samedi, vers 10 heures du matin. Et repartir dimanche, au petit matin, pour être au travail à 4 heures. Ça fait beaucoup de route, mais ça peut se faire.

– C'est très important, Lester. Je crois que ça vaut la peine de faire ce voyage.

– Où seras-tu samedi, Jake ?

– Ici, au bureau.

– Entendu. J'irai le voir à la prison, et si j'ai besoin de toi, je te passe un coup de fil.

– Ça me paraît bien. Un détail encore, Lester. Carl Lee m'a demandé de ne pas t'appeler. Alors bouche cousue.

– Qu'est-ce que je vais lui dire ?

– Dis-lui que tu as appelé Iris, et qu'elle t'a tout raconté.

– Qui ça, Iris ?

– Allez, Lester. Tout le monde le sait ici depuis des années. Tout le monde, sauf son mari. Et il finira bien par l'apprendre, tôt ou tard.

– J'espère que non. Tu aurais un autre meurtre sur les bras. Et un nouveau client.

– Ah ! non. Je n'arrive déjà pas à garder ceux que j'ai ! Appelle-moi samedi.

Il mangea son plat réchauffé au four à micro-ondes à 22 h 30. Hanna était couchée. Il raconta à Carla sa rencontre avec Leroy Glass et avec le jeune voleur de pick-up. Elle se sentait soulagée, et de nouveau en sécurité depuis que l'affaire Carl Lee Hailey appartenait au passé. Plus d'appels anonymes. Plus de croix enflammées dans le jardin. Plus de regards menaçants à l'église. Il y aurait d'autres affaires, l'assurait-elle. Jake ne parla pas beaucoup. Il mangea simplement, le sourire aux lèvres.

19

Peu avant la fermeture des portes du palais, le vendredi, Jake appela la greffière au téléphone pour savoir si un procès était encore en cours. Non, lui répondit-elle, Noose était parti. Buckley, Musgrove, tout le monde était parti. La salle de tribunal était déserte. Fort de cette information, Jake traversa la rue, pénétra dans le palais par la porte de derrière et longea le couloir jusqu'au bureau du greffe. Il plaisanta avec la greffière et les secrétaires tout en cherchant discrètement le dossier de Carl Lee. Il retint son souffle tandis qu'il feuilletait les documents d'un air nonchalant. Génial ! Il ne pouvait rêver mieux. Aucune nouvelle pièce n'avait été versée au dossier depuis le début de la semaine, à l'exception de sa notification de retrait en tant qu'avocat de la défense. Marsharfsky et son conseiller local n'avaient pas ouvert le dossier. Rien n'avait été fait. Il fit encore le galant auprès de ces dames pendant quelques minutes, puis retourna à son bureau.

Leroy Glass était toujours en prison. Sa caution avait été fixée à dix mille dollars et sa famille était incapable de trouver ne serait-ce que les mille premiers dollars. Il continuerait donc à partager sa cellule avec Carl Lee. Jake avait un ami au service de recouvrement des cautions qui faisait un traitement de faveur à ses clients. Si un client avait besoin de sortir de prison, et s'il y avait peu de risques que le client en question s'évanouisse dans la nature, la mise en liberté conditionnelle serait signée. Et la maison faisait crédit aux clients de Jake. En gros cinq pour cent tout de suite et le reste payable par mensualités. Si Jake avait voulu que Leroy Glass sorte de prison, la liberté conditionnelle aurait été signée sur-le-champ. Mais Jake préférait le garder derrière les barreaux.

– Ecoute, Leroy, je suis désolé. Mais je continue à négocier avec les types des cautions, expliqua Jake à son client dans la salle où se trouvait l'éthylotest.

– Mais vous avez dit que je sortirais aujourd'hui.

– Ta famille n'a pas réuni l'argent, Leroy. Je ne vais pas payer ta caution de ma poche. On va te faire sortir de là, mais ça va prendre quelques jours. Tu sais, c'est mon intérêt aussi. Il faut que tu puisses reprendre ton travail très vite, si je veux que tu me rembourses l'argent que tu me dois.

Leroy parut satisfait.

– Entendu, Mr. Jake. Faites pour le mieux.

– Il paraît que la nourriture n'est pas mauvaise ? demanda Jake avec un sourire.

– Ça peut aller. C'est meilleur à la maison.

– On va te faire sortir de là, promit Jake.

– Comment va le type que j'ai planté ?

– On ne sait pas trop. Ozzie dit qu'il est toujours à l'hôpital. Moss Tatum dit qu'il est rentré chez lui. Comment savoir ? Je ne crois pas que sa blessure soit très sérieuse.

« Qui était la femme ? demanda Jake, incapable de se souvenir du détail de l'affaire.

– C'est la femme de Willie.

– Willie comment ?

– Willie Hoyt.

Jake réfléchit un instant et tente de se rappeler le chef d'accusation.

– Ce n'est pas l'homme que tu as blessé.

– Non. C'est Curtis Sprawling que j'ai blessé.

– Tu veux dire que vous vous êtes battus tous les deux pour la femme d'un troisième ?
– Oui, c'est ça.
– Où se trouvait le Willie en question ?
– Il était en train de se battre aussi.
– Avec qui ?
– Avec un autre type.
– Vous étiez quatre à vous battre pour cette femme ?
– Oui, Mr. Jake. C'est ça.
– Comment la bagarre a-t-elle éclaté ?
– Son mari n'était pas en ville et...
– Elle est mariée ?
– Oui.
– Et il s'appelle comment, le mari ?
– Johnny Sands. A chaque fois que son mari est en déplacement, il y a une bagarre.
– Pourquoi donc ?
– Parce qu'elle n'a pas d'enfant – elle ne peut pas en avoir – et qu'elle n'aime pas rester toute seule. Vous voyez ce que je veux dire ? Quand le mari s'en va, tout le monde le sait. Et si par malheur elle se pointe dans un bar, c'est la bagarre assurée.

Quel procès ! songea Jake.

– Mais tu m'as dit qu'elle était venue avec Willie Hoyt ?
– C'est vrai. Mais ça ne veut rien dire, parce que tout le monde dans la boîte la drague, lui paye des verres, l'invite à danser. C'est tout le temps comme ça.
– Une sacrée fille, hein ?
– Oh ! Mr. Jake. Elle est à tomber par terre. Il faudrait que vous la voyiez.
– Je la verrai, rassure-toi. Dans le box des témoins.

Leroy leva les yeux au plafond, l'air béat et rêveur, en songeant à la femme de Johnny Sands. Peu importait l'homme qu'il avait poignardé et les vingt ans de prison qu'il risquait. Il avait prouvé, dans un combat au couteau, qu'il n'était pas une chiffe molle.

– Dis-moi, Leroy, tu n'as pas parlé à Carl Lee, n'est-ce pas ?

– Si. Bien sûr. Je suis toujours dans sa cellule. Et on parle tout le temps. Il n'y a pas grand-chose d'autre à faire.

– Non, je veux dire, tu ne lui as pas raconté ce que je t'ai dit hier ?

– Oh non. Je vous ai promis de ne rien dire.

– Très bien.

– Mais il faut que je vous dise, Mr. Jake... il se fait vraiment du mouron. Il n'a toujours pas eu de nouvelles de son avocat. Il est de plus en plus inquiet. J'ai serré les dents pour ne pas tout lui déballer, mais j'ai tenu bon. Je lui ai quand même dit que vous étiez mon avocat.

– Ce n'est pas grave.

– Il a dit que c'était gentil de votre part de venir à la prison pour me parler de mon affaire et tout ça. Il a dit que j'avais choisi un bon avocat.

– Pas assez bon pour lui, toutefois.

– Je crois que Carl Lee ne sait plus où il en est. Il ne sait plus à qui faire confiance. C'est un type bien, vous savez.

– En attendant, ne lui raconte rien, entendu ? C'est strictement confidentiel.

– D'accord. Mais il faut que quelqu'un le lui dise.

– Il n'est venu demander conseil à personne, ni à moi ni à qui que ce soit, avant de me virer et de prendre son nouvel avocat. C'est un adulte. Il a pris sa décision. La balle est dans son camp, maintenant.

Jake marqua une pause et se pencha vers Leroy. Il baissa la voix :

– Et je vais te dire autre chose encore, à condition que tu tiennes ta langue. J'ai regardé son dossier, il y a une demi-heure. Son nouvel avocat n'a rien fait de toute la semaine. Aucune pièce n'y a été apportée. Rien.

Leroy fronça les sourcils et secoua la tête.
– Oh ! c'est moche.
Son avocat reprit de plus belle :
– Ces grosses huiles sont comme ça. Ils parlent beaucoup, remuent de l'air, pètent plus haut que leur cul. Mais ils prennent plus d'affaires qu'ils ne peuvent en traiter et finissent par perdre plus souvent qu'on ne le pense. Je les connais bien. J'ai mené ma petite enquête. La plupart d'entre eux sont largement surestimés.
– C'est pour cette raison qu'il n'est pas venu voir Carl Lee ?
– Evidemment. Il est trop occupé. Et puis, il a plein de grosses affaires sur les bras. Il se fiche de Carl Lee comme de sa première chemise.
– C'est moche. Carl Lee ne mérite pas ça.
– C'est lui qui a choisi. Il faudra bien qu'il fasse avec, maintenant.
– Vous croyez qu'il va être condamné, Mr. Jake ?
– Cela ne fait aucun doute. Il a le pied dans la chambre à gaz. Il a loué les services d'un avocat véreux qui n'a pas le temps de travailler sur son dossier, qui n'a même pas le temps de venir lui rendre visite en prison.
– Vous voulez dire que vous, vous pourriez le tirer d'affaire ?
Jake se détendit et croisa les jambes.
– Je ne promets jamais rien – et pour ton procès, c'est pareil. Il faudrait être stupide pour promettre un acquittement. Trop de choses entrent en jeu pendant un procès.
– Carl Lee dit que son avocat a annoncé un acquittement dans le journal.
– Il a affaire à un fou.

– Où tu étais ? demanda Carl Lee à son compagnon de cellule lorsque le gardien eut refermé la porte.
– Avec mon avocat.

– Jake ?

– Oui.

Leroy s'assit sur la paillasse en face de Carl Lee qui lisait pour la énième fois le journal. Il le replia et le rangea sous sa couchette.

– Tu as l'air tracassé, dit Carl Lee. De mauvaises nouvelles ?

– Non. Mais je peux pas sortir encore. Jake a dit que ça prendrait quelques jours.

– Jake a parlé de moi ?

– Non. Pas beaucoup.

– Comment ça, pas beaucoup ? Qu'est-ce qu'il a dit ?

– Il a simplement demandé de tes nouvelles.

– C'est tout ?

– Ouais.

– Il ne m'en veut pas trop ?

– Non. Il se fait du souci pour toi, mais je ne crois pas qu'il t'en veuille.

– Pourquoi est-ce qu'il se fait du souci ?

– Je ne sais pas, répondit Leroy en se couchant sur sa couchette, les bras croisés derrière la nuque.

– Allez, Leroy. Tu en sais plus que ce que tu veux bien me dire. Qu'est-ce que Jake t'a raconté ?

– Jake m'a demandé de ne pas le dire. Il a dit que c'était confidentiel. Tu ne voudrais pas que ton avocat raconte à tout le monde ce que vous vous dites, non ?

– Mon avocat, je ne le vois même pas !

– Tu en avais un bon, mais tu l'as viré.

– J'en ai un bon aujourd'hui aussi.

– Tu en es sûr ? Tu ne l'as jamais vu. Il est trop occupé pour venir te parler, et comme il est surchargé de travail, il n'a pas le temps de s'occuper de ton affaire.

– Comment est-ce que tu sais tout ça ?

– J'ai demandé à Jake.

– Ah oui ? Et qu'est-ce qu'il a dit ?

Leroy resta silencieux.

– Je veux savoir ce qu'il a dit, insista Carl Lee en s'asseyant sur la couchette de Leroy.

Il fixa du regard son compagnon de cellule qu'il dépassait d'une bonne tête. Leroy décida de se laisser impressionner ; ça lui donnait une bonne excuse pour tout raconter à Carl Lee. Soit il lâchait le morceau, soit il se prenait des coups.

– C'est un escroc, répondit Leroy. Un gros avocat véreux qui est prêt à te vendre au premier venu. Il se contrefiche de ton cas. Tout ce qui l'intéresse, c'est la publicité. Il n'a pas ouvert ton dossier depuis une semaine. Jake a vérifié cet après-midi, au palais de justice. Pas la moindre trace de Mr. le grand avocat. Il a trop de travail pour quitter Memphis et s'occuper de toi. Il a d'autres clients à son planning, tous escrocs, comme ton ami Bruster.

– Tu dis n'importe quoi, Leroy.

– D'accord, je débloque – ce n'est pas moi qui ai choisi de plaider la démence ! Ce n'est pas moi qui ai un dossier au point mort !

– Tu es devenu un expert, à ce que je vois ?

– Tu m'as demandé de te raconter, alors c'est ce que je fais.

Carl Lee se dirigea vers la porte et saisit les barreaux de ses grosses mains. La cellule avait beaucoup rétréci en trois semaines, et plus elle rapetissait, plus il lui était difficile de réfléchir, de raisonner, de réagir. Il n'arrivait pas à se concentrer en prison. Il n'entendait que le son de cloche des autres et il ne pouvait se fier à personne. Gwen était trop irrationnelle. Ozzie trop discret. Lester était à Chicago. Il ne pouvait se confier qu'à Jake, mais il l'avait renvoyé pour des raisons qu'il commençait à ne plus comprendre lui-même. Pour l'argent, c'est vrai. Mille neuf cents dollars en liquide, offerts par le plus grand escroc et trafiquant de drogue de Memphis, avec son avocat en prime – un type qui représentait tous les gangsters, trafiquants et autres coupeurs de gorges de la ville. Est-ce que Marsharfsky pouvait défendre les honnêtes gens ? Que se diraient les jurés en le voyant assis à côté de Marsharfsky ? Ils penseraient aussitôt qu'il est coupable, c'est évident. Pour quelle raison sinon aurait-il fait appel à un avocat marron d'une grande ville ?

– Tu sais ce que vont dire les rednecks du jury lorsqu'ils vont voir ton Marsharfsky ? lança Leroy.

– Non. Et quoi ?

– Ils vont se dire que ce pauvre négro est coupable, et qu'il a vendu son âme pour se payer le plus grand escroc de Memphis dans l'espoir de leur faire avaler le contraire.

Carl Lee marmonna quelque chose, la tête coincée entre les barreaux.

– Ils vont te griller, Carl Lee.

Moss Junior Tatum était de permanence le samedi à 6 heures et demie du matin lorsque la sonnerie du téléphone retentit dans le bureau d'Ozzie.

– Qu'est-ce que vous faites debout à cette heure-là ? demanda Moss.

– Je me le demande moi-même, répliqua le shérif. Tu te souviens, Moss, de ce vieux pasteur noir nommé Street, le révérend Isaiah Street ?

– Pas vraiment.

– Mais si ! Il a prêché pendant cinquante ans à l'église Springdale, au nord de la ville. Il a été le premier membre de la N.A.A.C.P. dans le comté. C'est lui qui organisait les marches des Noirs et les boycotts dans les années soixante.

– Ah oui, je me souviens ! Le Klan ne l'a pas coincé une fois ?

– Oui. Ils l'ont tabassé et ont mis le feu à sa maison, mais rien de sérieux. C'était durant l'été 65.

– Je croyais qu'il était mort depuis longtemps.

– Non. Ça fait dix ans qu'il a le pied dans la tombe, mais il bouge encore un peu. Il m'a appelé à 5 heures et demie, ce matin. Pour me rappeler toutes les faveurs que je lui dois.

– Qu'est-ce qu'il voulait ?

– Il va venir voir Carl Lee à 7 heures. Pourquoi, je n'en sais rien. Mais sois gentil avec lui. Installe-les dans mon bureau et laisse-les discuter. Je viendrai tout à l'heure.

– Entendu, shérif.

Durant ses grandes années, le révérend Isaiah Street avait été le moteur du mouvement contestataire de la communauté noire dans le comté. Il avait défilé aux côtés de Martin Luther King à Memphis et à Montgomery. Il avait organisé des manifestations à Clanton et Karaway, ainsi que dans d'autres villes du nord du Mississippi. Durant l'été 64, il avait accueilli des étudiants venus du nord du pays et coordonné leur travail pour recenser les électeur noirs. Certains avaient vécu sous son toit, pendant cet été mémorable, et ils venaient encore lui rendre des visites de courtoisie de temps en temps. Le pasteur n'était pas un extrémiste. C'était un homme calme, intelligent, respectueux d'autrui, qui avait su gagner l'estime de tous les Noirs et de la plupart des Blancs. Sa voix tranquille et posée avait un charisme étonnant au milieu de la fureur et de l'agitation ambiantes. En 1969, c'est lui qui mit fin, grâce à son travail sur le terrain, à la ségrégation raciale en vigueur dans les lycées, et Clanton ne connut que peu de troubles.

Un infarctus en 1975 lui laissa tout le côté droit paralysé, mais ne diminua en rien ses capacités intellectuelles. Aujourd'hui, à soixante-dix-huit ans, il parvenait encore à marcher tout seul, à pas lents, aidé d'une canne. Aussi droit et digne que possible. On le fit asseoir dans le bureau du shérif. Il déclina l'offre d'une tasse de café, et Moss Junior partit chercher l'accusé.

– T'es réveillé, Carl Lee ? chuchota-t-il, craignant de réveiller les autres détenus, et de les entendre tous se mettre à brailler pour avoir leurs petits déjeuners, leurs médicaments, leurs avocats, leurs cautions, leurs petites amies...

Carl Lee se redressa aussitôt.

– Oui. Je n'ai pas beaucoup dormi.
– T'as une visite. Viens.
Moss ouvrit la cellule sans bruit.
Carl Lee avait rencontré le révérend des années plus tôt, lorsque celui-ci avait fait un discours devant la dernière classe noire d'East High. La ségrégation raciale prit fin, et le lycée noir d'East High devint un collège mixte. Il n'avait pas revu le révérend depuis son infarctus.
– Carl Lee, je te présente le révérend Isaiah Street, annonça Moss, en soignant soudain sa syntaxe.
– Nous nous connaissons. On s'est rencontrés, il y a plusieurs années.
– Parfait. Je vais fermer la porte et vous laisser bavarder tranquillement.
– Comment allez-vous, mon révérend ? demanda Carl Lee.
Ils s'assirent côte à côte sur le canapé.
– Très bien, mon fils. Et vous ?
– On fait aller.
– Je suis allé en prison, moi aussi. Il y a des années. C'est une épreuve terrible, mais je crois que c'est un mal nécessaire. Comment vous traite-t-on ?
– Bien. Très bien. Ozzie me laisse faire tout ce que je veux.
– Ah ! Ozzie... il est notre fierté, à tous.
– Oui. C'est un homme juste et bon.
Carl Lee regarda le vieil homme fatigué. Son corps était malingre et usé, mais son esprit était vif, sa voix toujours aussi sûre et posée.
– Nous sommes fiers de vous aussi, Carl Lee. Je suis contre la violence, mais parfois elle est nécessaire, je suppose. Vous avez fait ce que vous deviez faire, mon fils.
– Oui, sans doute, répondit Carl Lee, ne sachant trop quoi répondre.
– J'imagine que vous vous interrogez sur les raisons de ma visite ?

Carl Lee acquiesça. Le révérend tapota le sol de la pointe de sa canne.

– Je m'inquiète de votre sort. La communauté noire tout entière s'inquiète. Si vous étiez un Blanc, vous seriez, selon toute vraisemblance, acquitté par le jury. Le viol d'un enfant est un crime horrible, et qui blâmerait un père d'avoir fait justice lui-même ? Un père blanc, j'entends. Un père noir récoltera la même sympathie au sein de la communauté noire, mais voilà, il y a un problème : le jury sera composé de Blancs. Un père, selon la couleur de sa peau, n'aura pas les mêmes chances au procès. Vous me comprenez ?

– Je crois, oui.

– Le jury est l'élément crucial. Il choisira entre la culpabilité et l'innocence. Entre la liberté et la mort. Tout va dépendre du verdict du jury. C'est très périlleux de mettre des vies entre les mains de douze citoyens moyens, qui n'entendent rien aux lois et se laissent facilement impressionner par le cérémonial.

– Oui, c'est sûr.

– Votre acquittement par un jury blanc pour le meurtre de deux Blancs aidera davantage la cause noire que toutes nos actions depuis que nous avons mis fin à la ségrégation raciale dans les écoles. Et il ne s'agit pas seulement du Mississippi : il y a des frères noirs partout. Votre affaire est très célèbre. Tout le monde la suit avec attention dans le pays.

– J'ai simplement fait ce que je devais faire.

– Précisément, mon fils. Vous avez fait ce que vous considériez juste. Et c'était le cas ; même si ce fut brutal et horrible, c'était une cause juste. Et la plupart des gens, Blancs comme Noirs, sont de cet avis. Mais aurez-vous les mêmes chances qu'un Blanc devant la cour ? Là est la question.

– Et si je suis condamné ?

– Ce sera un nouvel affront pour tout notre peuple. Un signe que le racisme est toujours ancré profondément dans les esprits, que la haine et les vieux préjugés demeurent. Ce serait une catastrophe. Il faut éviter à tout prix que vous soyez condamné.

– Je m'y emploie du mieux possible.

– Vraiment ? Parlons un peu de votre avocat, si vous voulez bien.

Carl Lee opina du chef.

– Vous l'avez rencontré ?

– Non.

Carl Lee baissa la tête et se frotta les yeux.

– Et vous ?

– Oui, je l'ai rencontré.

– Ah bon ? Quand ça ?

– A Memphis, en 1968. J'étais avec Martin Luther King. Marsharfsky représentait les éboueurs en grève de Memphis. Il demandait à Martin de quitter la ville, en prétendant qu'il semait le désordre, qu'il incitait les Noirs à la violence et qu'il empêchait le bon déroulement des négociations. Il était arrogant et grossier. Il a injurié Martin – en privé, évidemment. Pour nous, il était évident qu'il cherchait à casser le mouvement et recevait des dessous-de-table de la ville. Et je crois que nous avions raison.

Carl Lee émit un long soupir et se frotta les tempes.

– J'ai suivi sa carrière, poursuivit le révérend. Il s'est fait un nom en défendant des gangsters, des voleurs et des proxénètes. Il en a sorti quelques-uns d'affaire, mais tous étaient coupables. C'était évident, rien qu'à voir leurs têtes. Et c'est bien ce qui m'inquiète dans votre situation. Je crains que vous ne soyez considéré coupable d'office, par le simple fait de vous afficher à ses côtés.

Carl Lee s'affaissa encore un peu, et se prit la tête dans les mains.

– Qui vous a demandé de venir ici ? demanda-t-il, d'une voix lasse.

– J'ai eu une discussion avec un vieil ami.

– Qui ça ?

– Un vieil ami, mon fils. Il se fait du souci pour vous. Tout le monde se fait du souci.

– C'est le meilleur avocat de Memphis.
– Mais nous ne sommes pas à Memphis.
– C'est un expert en droit criminel.
– Peut-être parce qu'il est lui-même un criminel.

Carl Lee se leva brusquement et s'éloigna vers le bout de la pièce, en tournant le dos au révérend.

– Il est gratuit. Ça ne va pas me coûter un centime.

– L'argent n'est que bien peu de chose en regard d'une vie, mon fils.

Les instants passèrent dans un silence pesant. Finalement, le révérend se releva péniblement en s'appuyant sur sa canne.

– Je vous ai tout dit. Je vous laisse. Bonne chance, Carl Lee.

Carl Lee lui serra la main.

– J'apprécie votre sollicitude, mon père, et vous remercie de votre visite.

– Ce que j'avais à vous dire tient en peu de mots, mon fils. Votre affaire est déjà assez délicate comme ça. Ne la compliquez pas plus en embauchant un escroc comme Marsharfsky.

Lester quitta Chicago peu après minuit, le vendredi soir. Il fit le voyage tout seul, comme d'habitude. Sa femme, un peu plus tôt, était partie à Green Bay, passer le week-end chez sa famille. Lester détestait encore plus Green Bay que son épouse pouvait détester le Mississippi, et il ne tenait pas plus qu'elle à voir sa belle-famille. C'était de gentilles gens, ces Suédois, et ils l'auraient traité comme un membre de la famille s'il leur en avait laissé l'occasion. Mais ils étaient trop différents de lui, et pas seulement à cause de la blancheur de leur peau. Lester avait grandi avec les Blancs du Sud et il avait appris à les connaître. Il ne les aimait pas tous, et il détestait d'ailleurs la plupart de leurs comportements à son égard, mais il les connaissait au moins. Mais les gens du Nord, en particulier les Suédois, ils étaient si loin de lui.

Leurs coutumes, leur accent, leur nourriture, presque tout chez eux lui était étranger, jamais il n'avait pu se sentir à l'aise en leur compagnie.

Un divorce s'annonçait, probablement dans un an. Un vieux cousin de sa femme avait épousé une Noire au début des années 70 et avait fait beaucoup parler de lui dans la famille. Lester n'était qu'un caprice de sa femme et elle commençait à se lasser de son jouet. Par bonheur, il n'y avait pas d'enfant. Il suspectait qu'il y avait quelqu'un d'autre. Comme c'était le cas, de son côté – Iris lui avait promis de l'épouser et de venir à Chicago sitôt qu'elle se serait débarrassée d'Henry.

Passé minuit, le paysage, de part et d'autre de la nationale 57, n'était plus qu'un grand trou noir – quelques points de lumière, ici et là, provenant de petites fermes isolées, et de temps en temps, le halo d'une grosse ville comme Champaign ou Effingham. Le Nord, c'était l'endroit où il habitait et travaillait, mais ce n'était pas chez lui. Son foyer, c'était là où se trouvait sa mère, dans le Mississippi, même s'il savait qu'il n'y vivrait plus jamais. Il y avait trop d'ignorance, trop de misère. Peu importait le racisme. Ce n'était pas aussi terrible, une fois que l'on était habitué. Il y en aurait toujours – il devenait simplement moins visible avec le temps. Les Blancs continuaient à régner sur tout le pays, mais cela n'était pas, en soi, si intolérable. Ce n'était pas près de changer. En revanche, ce qu'il ne pouvait accepter, c'étaient l'ignorance et l'extrême pauvreté de tant de Noirs ; c'étaient tous ces baraquements délabrés, ce taux faramineux de mortalité infantile, ce chômage désespérant, c'étaient toutes ces filles mères et ces enfants affamés. Voilà l'intolérable, l'insupportable, au point qu'il avait fui le Mississippi, comme des milliers d'autres, pour émigrer dans le Nord, dans l'espoir de trouver un travail, un travail décent qui pourrait refermer cette blessure douloureuse.

Retourner au Mississippi était une joie et une

souffrance. Une joie, parce qu'il allait retrouver les siens ; une souffrance parce qu'il allait voir leur misère. Il y avait quelques éclaircies au tableau : Carl Lee avait un travail, une maison proprette, et des enfants qui ne traînaient pas en haillons. Mais il était une exception, et tout ses efforts risquaient d'être réduits à néant par deux ivrognes blancs de la pire espèce. Les Noirs qui sombraient dans l'ignominie avaient une excuse, mais les Blancs, vivant dans un monde blanc, n'en avaient aucune. Ces deux ordures étaient mortes, Dieu merci, et il était fier de son grand frère.

Après six heures de route, le soleil pointa à l'horizon, alors qu'il traversait le Mississippi à la hauteur de Cairo. Deux heures plus tard, il franchissait de nouveau le fleuve à Memphis. Il obliqua vers le sud-est pour gagner l'Etat du Mississippi. Une heure plus tard, il contournait la place du palais de justice de Clanton. Il n'avait pas dormi depuis vingt heures.

– Carl Lee, tu as de la visite, lui annonça Ozzie derrière les barreaux d'acier de la porte.

– Décidément... Qui est-ce ?

– Suis-moi, tu verras bien. Il vaut mieux que vous vous installiez dans mon bureau. Ça risque de durer un moment.

Jake faisait les cent pas dans son bureau en attendant que le téléphone sonne. 10 heures du matin. Lester devait être en ville, si tant est qu'il ait tenu parole. 11 heures. Jake parcourut distraitement deux ou trois dossiers, et griffonna quelques instructions pour Ethel. Midi. Il appela Carla et prétexta avoir un rendez-vous avec un nouveau client à 13 heures : « Ne m'attends par pour déjeuner. Je m'occuperai du jardin cet après-midi. » 13 heures. Il dénicha les minutes d'un vieux procès dans le Wyoming où un mari avait été acquitté après avoir abattu l'homme qui avait violé sa femme, en 1893. Jake photocopia les documents, puis jeta le tout à la corbeille. 14 heures. Lester était-il vraiment en ville ? Peut-être pourrait-il faire un saut à la prison pour s'en assurer, en feignant de rendre visite à Leroy ? Non, ce n'était pas une bonne idée. Il s'affala sur le canapé.

A 14 h 15, le téléphone sonna. Jake se releva d'un bond. Il décrocha, le cœur battant.

– Allô ?

– Jake ? C'est Ozzie.

– Oui. Ozzie, qu'est-ce qu'il y a ?

– Ta présence est réclamée à la prison.

– Quoi ? répondit Jake, jouant l'innocence.

– Il faut que tu viennes.

– Mais qui me demande ?

– Carl Lee veut te parler.

– Lester est là ?

– Oui. Il veut te parler aussi.

– J'arrive tout de suite.

– Ça fait quatre heures qu'ils sont là-dedans, annonça Ozzie en désignant la porte de son bureau.

– A faire quoi ? demanda Jake.

– A parler, à se disputer. Les cris ont cessé depuis une demi-heure. Carl Lee est sorti et m'a demandé de t'appeler.

– Merci. Allons-y.

– Pas question, vieux. Je n'entre pas. Je n'ai rien à faire là. Tu y vas tout seul.

Jake frappa à la porte.

– Entrez !

Il pénétra dans la pièce et referma la porte derrière lui. Lester était étendu sur le canapé. Il se leva et lui serra la main.

– Bonjour, Jake, ravi de te voir.

– Bonjour, Lester. Qu'est-ce qui t'amène par chez nous ?

– Des affaires de famille.

Jack se tourna vers Carl Lee et alla lui serrer la main. Le détenu n'avait pas l'air content.

– Vous avez demandé à me voir ?
– Ouais, Jake. Assieds-toi. Il faut qu'on parle, dit Lester. Carl Lee a des choses à te dire.
– Non, c'est toi qui lui dis, répliqua Carl Lee.
Lester soupira et se frotta les yeux. Il était fatigué et à bout de nerfs.
– Non. Je ne dirai pas un mot de plus. C'est entre toi et Jake que ça se passe.
Lester ferma les yeux et s'étendit sur le canapé. Jake s'assit sur une chaise pliante adossée contre le mur, face au canapé. Il regarda Lester, ignorant ostensiblement Carl Lee qui se balançait dans le fauteuil d'Ozzie. Carl Lee ne dit rien. Lester non plus. Au bout de trois minutes de silence, Jake commença à s'impatienter.
– Qui m'a demandé, au juste ?
– Moi, répondit Carl Lee.
– Bon. Alors qu'est-ce que tu veux ?
– Je veux que tu reprennes l'affaire.
– Qu'est-ce qui te fait croire que j'en veux, de ton affaire ?
– Quoi ! fit Lester en se redressant éberlué.
– Ce n'est pas une chose qu'on donne ou qu'on reprend selon l'humeur. C'est un accord entre toi et ton avocat. Alors cesse de t'imaginer que tu me fais un cadeau !
Jake haussait la voix, laissant libre cours à sa colère.
– Tu veux reprendre l'affaire ou pas ? demanda Carl Lee.
– Tu comptes me réembaucher, Carl Lee ?
– Voilà.
– Et on peut savoir pourquoi ?
– Parce que Lester veut que je le fasse.
– Très bien. Alors je refuse de m'occuper de ton affaire.
Jake se leva et se dirigea vers la porte.
– Si Lester veut que ce soit moi, et que toi tu veux Marsharfsky, alors garde Marsharfsky. Si tu n'es pas capable de prendre une décision tout seul, ne quitte surtout pas ton avocat véreux.

– Attends, Jake. Du calme, lança Lester en lui bloquant le passage. Assieds-toi, s'il te plaît. Je comprends que tu sois en colère. Carl Lee a eu tort de te virer. C'est pas vrai, Carl Lee ?

Carl Lee baissa les yeux et se tripota le bout des doigts.

– Assieds-toi, Jake. Et discutons, insista Lester en le ramenant vers sa chaise.

« Très bien. Maintenant, faisons le point de la situation. Carl Lee, est-ce que tu veux que Jake soit ton avocat ?

Carl Lee hocha la tête.

– Oui.

– Bon. Maintenant Jake, est-ce que tu...

– Explique-moi pourquoi, demanda Jake en se tournant vers Carl Lee.

– Comment ça ?

– Dis-moi pourquoi tu veux que je reprenne l'affaire, pourquoi tu ne veux plus de Marsharfsky.

– Je n'ai pas de raison à donner.

– Oh si ! Détrompe-toi ! Tu me dois au moins une explication. Tu m'as renvoyé, il y a une semaine, et tu n'as pas eu le cran de me le dire en face. Je l'ai lu dans le journal. C'est d'ailleurs là que j'ai tout appris sur ton grand avocat qui, soit dit en passant, n'a toujours pas réussi à trouver Clanton sur la carte ! Et maintenant, tu me rappelles et tu t'attends à ce que j'avale la pilule, sous prétexte que tu as peut-être changé d'avis ? Ça ne marche pas. Tu me dois des explications !

– Vas-y, explique-lui, Carl Lee. Parle-lui, dit Lester.

Carl Lee se pencha et posa ses coudes sur le bureau. Il se prit la tête dans les mains et se mit à parler, le visage enfoui dans ses paumes.

– Je ne sais plus où j'en suis. Cet endroit me rend dingue. J'ai craqué. J'ai peur pour ma petite fille. J'ai peur pour ma famille. J'ai peur pour ma peau. Tout le monde me donne des avis contraires. Je n'ai jamais été dans une situation comme celle-là, et je suis perdu. Tout ce que je peux faire, c'est faire confiance aux gens. J'ai confiance en Lester, et en toi Jake. Vous êtes les deux seuls qui me restent.

– Tu as confiance en ce que je te dis ? demanda Jake.

– Ça a toujours été le cas.

– Et tu auras confiance en moi si je m'occupe de ton affaire ?

– Ouais, Jake. Je veux que ce soit toi.

– Alors, ça va.

Jake se détendit, et Lester se rallongea sur le canapé.

– Il va falloir que tu en informes Marsharfsky. Tant que tu ne l'auras pas fait, je ne pourrai pas travailler sur ton dossier.

– On va s'en occuper cet après-midi, annonça Lester.

– Parfait. Passe-moi un coup de fil, quand tu lui auras parlé. On a du pain sur la planche, et le temps va nous filer entre les doigts.

– Et pour l'argent ? demanda Lester.

– Même somme, mêmes conditions. Ça vous va ?

– Ça va pour moi, répondit Carl Lee. Je te paierai par tous les moyens.

– On reparlera de ça plus tard.

– Et pour les médecins ? demanda Carl Lee.

– On va se débrouiller pour faire certains arrangements. Je ne sais pas encore lesquels, mais je vais bien trouver.

L'accusé esquissa un sourire. Lester se mit à ronfler et Carl Lee éclata de rire en regardant son frère.

– J'ai cru un moment que tu l'avais appelé, mais il m'a juré que tu n'y étais pour rien.

Jake sourit, mal à l'aise, mais s'abstint de dire quoi que ce soit. Lester était un fieffé menteur, un talent qui s'était révélé extrêmement bénéfique durant son procès.

– Je suis désolé, Jake. J'ai eu tort.

– Inutile de t'excuser, Carl Lee. On a trop de travail ; le temps n'est plus aux excuses.

A côté du parking de la prison, un journaliste attendait, à tout hasard, à l'ombre d'un arbre.

– Pardon, monsieur, vous êtes bien maître Brigance ?

– Qui êtes-vous ?

– Je m'appelle Richard Flay. Je travaille pour le *Jackson Daily.* Vous êtes Jake Brigance ?

– Oui.

– L'ancien avocat de Hailey ?

– Non, son nouvel avocat.

– On disait qu'Hailey avait choisi Bo Marsharfsky. C'est pour cette raison que je fais le pied de grue ici. Un bruit court comme quoi Marsharfsky viendrait à Clanton cet après-midi.

– Eh bien, si vous le voyez, vous pourrez lui dire qu'il est trop tard. Lester dormit profondément sur le canapé d'Ozzie. On vint le réveiller à 4 heures du matin, le dimanche, et après avoir bu un grand gobelet de café noir, il reprit la route pour Chicago. La veille au soir, les deux frères avaient appelé Cat à son bureau au-dessus du club et lui avaient annoncé la décision de Carl Lee. Cat semblait occupé et la nouvelle le laissa indifférent. Il leur dit qu'il avertirait Marsharfsky. Personne ne parla de l'argent.

20

Lester quittait tout juste Clanton lorsque Jake descendit l'allée en robe de chambre pour aller ramasser ses journaux du dimanche. Clanton se trouvait à une heure de route au sud-est de Memphis, à trois heures au nord de Jackson et à quarante-cinq minutes de Tupelo. Les quotidiens des trois villes, avec leurs feuillets supplémentaires du dimanche, étaient distribués à Clanton. Jake était abonné depuis longtemps aux trois et il se félicitait aujourd'hui d'avoir eu cette initiative ; Carla avait ainsi de quoi garnir son press-book. Jake déplia les journaux sur la table et entreprit la tâche fastidieuse de passer en revue dix centimètres de feuilles imprimées.

Il n'y avait rien de particulier dans le journal de Jackson – Jake pensait pourtant y trouver un article de Richard Flay. Il aurait dû passer plus de temps avec lui, songea-t-il, lorsqu'il était ressorti de la prison, la veille. Rien dans celui de Memphis. Rien non plus dans celui de Tupelo. Jake n'était pas réellement surpris, mais il aurait aimé que la nouvelle se soit déjà propagée. Il était encore trop tôt. Lundi, peut-être. Jake en avait assez de raser les murs, de se sentir mal à l'aise. Tant que la nouvelle ne serait pas parue dans les journaux et ne serait pas lue par les clients du Coffee Shop, par les gens de l'église et par les autres avocats de la ville, en particulier par Buckley, Sullivan et Lotterhouse, tant que tout le monde en ville ne serait pas au courant, il continuerait à se faire discret. Jake hésitait : que dire à Sullivan ? Carl Lee allait appeler Marsharfsky, ou alors son proxénète – ce qui était plus probable –, pour qu'il se charge de transmettre le message. Quel communiqué de presse Marsharfsky allait-il bien pouvoir donner aux journaux pour justifier son renvoi ? Le grand avocat appellerait ensuite Sullivan pour lui annoncer la nouvelle. Ça pourrait se faire lundi matin, voire avant. La nouvelle se propagerait comme une traînée de poudre dans le cabinet Sullivan, et les associés, jeunes et vétérans confondus, se réuniraient en conseil de guerre autour de la grande table en acajou pour maudire Brigance, son absence d'éthique et ses tactiques déloyales. Les associés tenteraient de faire réagir leur patron en ânonnant articles de droit et code déontologique que Brigance avait probablement violés. Jake les haïssait, tous autant qu'ils étaient. Il enverrait à Sullivan une petite lettre bien sentie, ainsi qu'une copie à Lotterhouse.

Il ne préviendrait pas Buckley. Il aurait la surprise de l'apprendre par les journaux. Une copie de la lettre qu'il allait adresser au juge Noose ferait amplement l'affaire. Il n'allait certainement pas lui faire l'honneur de lui écrire une lettre personnelle.

Jake, après une hésitation, composa le numéro de Lucien. Il était 7 heures passées. L'infirmière-femme de chambre-barwoman décrocha le téléphone.

– Sallie ?

– Oui.

– C'est Jake. Lucien est réveillé ?

– Un instant, je vous prie.

Elle roula sur le côté et tendit le combiné à Lucien.

– Allô ?

– Lucien ? C'est Jake.

– Ouais. Qu'est-ce que tu veux ?

– J'ai de bonnes nouvelles. Carl Lee Hailey m'a réembauché, hier. J'ai de nouveau l'affaire.

– Quelle affaire ?

– L'affaire Hailey !

– Oh, le Justicier ! Il t'est donc revenu ?

– Depuis hier. Nous avons du pain sur la planche.

– Quand s'ouvre le procès ? Courant juillet, je crois bien ?

– Le 22.

– Autant dire demain. Quelles sont les priorités ?

– Trouver un psy. Un pas cher et qui dira tout ce qu'on veut.

– J'ai notre homme, répondit Lucien.

– Parfait. Je compte sur toi. Je te rappellerai dans un ou deux jours. Carla se réveilla à une heure décente pour un dimanche et trouva son mari dans la cuisine, avec des journaux étalés partout autour de lui. Elle fit du café et, sans un mot, s'assit de l'autre côté de la table. Il lui fit un sourire et continua sa lecture.

– A quelle heure t'es-tu levé ?

– A 5 heures et demie.

– Pourquoi si tôt ? C'est dimanche.

– Je n'arrivais plus à dormir.

– Tu es donc si impatient ?

Jake reposa son journal.

– A dire vrai, oui. Je ne tiens plus en place. Je regrette simplement de ne pouvoir te faire partager ma joie.

– Je suis désolée pour hier soir.

– Tu n'as pas à t'excuser. Je sais ce que tu ressens. Le problème, c'est que tu ne vois que le mauvais côté des choses. Tu n'imagines pas tout ce que ce procès pourra nous apporter.

– Jake, cette affaire me fait peur. Les appels téléphoniques, les menaces, les croix en feu. Même si ce procès pouvait nous rapporter un million de dollars, à quoi bon s'il nous arrive malheur ?

– Il ne nous arrivera rien. Nous avons reçu quelques menaces et essuyé quelques regards torves à l'église, mais rien de sérieux.

– Il n'y a pas de fumée sans feu.

– Toi et Hanna vous allez prendre l'avion pour la Caroline du Nord et vous installer chez tes parents jusqu'à la fin du procès. Ils seront ravis de vous avoir et tu n'auras plus à t'inquiéter à propos du Klan et de leurs croix.

– Mais le procès aura lieu dans un mois et demi ! Tu veux que je reste à Wilmington pendant tout ce temps-là ?

– Oui.

– J'adore mes parents, mais c'est ridicule.

– Tu ne les vois pas assez, et ils ne voient pas assez Hanna.

– C'est nous qui ne te voyons pas assez. Pas question de partir pendant six semaines.

– J'ai une tonne de travail qui m'attend. Cette affaire va me prendre tout mon temps. Je vais travailler la nuit, les week-ends...

– Ce n'est pas nouveau.

– Je ne vais plus faire attention à vous, je ne vais penser qu'au procès.

– On a l'habitude.

Jake lui sourit.

– Tu veux dire que tu es prête à supporter tout ça ?

– Sans problème. Ce sont ces dingues dehors qui me fichent la frousse.

– Si ça devient trop sérieux, je me retire de l'affaire. Je laisse tout tomber si ma famille court le moindre risque.

– Tu le promets ?

– Bien sûr que oui. Mais envoyons quand même Hanna chez tes parents.

– Si nous ne courons aucun danger, pourquoi faire partir qui que ce soit ?

– Par sécurité. Elle va passer de superbes vacances avec ses grands-parents. Ils sont fous d'elle.

– Elle ne restera pas une semaine sans moi.

– Et toi, tu ne tiendras pas une semaine sans elle.

– C'est vrai. C'est hors de question. Je ne serai pas rassurée si je la sais loin de moi, je veux pouvoir rester auprès d'elle, la serrer dans mes bras.

Le café était prêt et Carla remplit leurs tasses.

– Il y a quelque chose dans les journaux ?

– Non. Je croyais que celui de Jackson pourrait en parler, mais ça a dû arriver trop tard.

– Ils doivent être un peu rouillés après une semaine d'inaction.

– Attends demain, et tu vas voir.

– Qu'est-ce qui te fait dire ça ?

– Je le sais, c'est tout.

Elle secoua la tête et feuilleta le journal, à la recherche des pages de mode et des infos pour les consommateurs.

– Tu vas à l'église aujourd'hui ?

– Non.

– Pourquoi donc ? Tu as récupéré l'affaire. Tu es de nouveau une star.

– Peut-être, mais personne ne le sait encore.

– Je le vois. Alors ce sera pour dimanche prochain.

– Juré.

Dans toutes les églises, toutes les chapelles et tous les temples de la région, paniers, boîtes et soucoupes passaient et repassaient de main en main ou étaient placés sur les autels ou devant les portes d'entrée pour recueillir les fonds de soutien pour la famille Hailey. Les grandes boîtes familiales Kentucky Fried Chicken[1] étaient le plus souvent utilisées. Plus le panier ou la boîte étaient grands, plus l'obole individuelle paraissait petite, ce qui permettait au pasteur de les faire passer une seconde fois dans les rangs. Il s'agissait d'une

1. Chaîne de restauration rapide servant des plats à base de poulet. *(N.d.T.)*

offrande spéciale, venant s'ajouter aux quêtes traditionnelles, qui était précédée, dans presque toutes les églises, d'un rappel détaillé de la douloureuse épreuve qu'avait traversée la petite Hailey, et d'un discours émouvant quant au devenir de sa famille si les paniers n'étaient pas remplis. Plusieurs fois, le nom sacro-saint de la N.A.A.C.P. fut prononcé et joua le rôle de sésame pour nombre de portefeuilles et porte-monnaie.

Le système fonctionna à merveille. On vida les paniers, on compta l'argent, et on recommença l'opération durant l'office du soir. Le dimanche, après la dernière messe, les dons de la journée furent rassemblés et comptés par chaque pasteur. Une part honorable des sommes recueillies serait apportée au révérend Agee le lendemain, qui cacherait, à son tour, l'argent quelque part dans son église avec l'intention d'en reverser la totalité – moins un petit pourcentage – au fonds de soutien de la famille Hailey.

De 14 heures à 17 heures, le dimanche après-midi, les détenus de la prison du comté étaient rassemblés sur la grande aire de repos grillagée qui se trouvait derrière le bâtiment, de l'autre côté de la rue. Trois personnes au maximum par prisonnier – amis ou parents – étaient autorisées à passer une heure en compagnie du détenu. Il y avait deux pins parasols, quelques tables de pique-nique délabrées et un terrain de basket. Policiers et chiens montaient la garde derrière les grilles.

C'était devenu une habitude... Gwen et les enfants, vers 15 heures, quittaient l'église après la messe et prenaient la route de la prison. Ozzie laissait entrer Carl Lee avant tout le monde pour qu'il puisse prendre la meilleure table – celle qui avait encore ses quatre pieds et qui se trouvait à l'ombre. Carl Lee s'y asseyait tout seul, ne parlant à personne, et regardait les empoignades sur le terrain de basket en attendant l'arrivée de sa famille.

Ce n'était pas vraiment du basket, mais quelque chose entre le rugby, la lutte et le judo. Personne n'osait être arbitre. Pas de sang, pas de méchanceté. Et, curieusement, pas de bagarre. Une rixe aurait signifié aussitôt un séjour d'un mois en quartier d'isolement et une suppression de toutes les visites.

Il n'y avait pas beaucoup de visiteurs ; quelques petites amies, quelques épouses. Elles s'asseyaient dans l'herbe au pied des grilles et regardaient avec leurs hommes la mêlée furieuse sous les paniers de basket. Un couple voulut s'installer à la table de Carl Lee pour déjeuner. Il refusa. L'homme et sa compagne durent manger dans l'herbe.

Gwen et les enfants arrivèrent un peu avant 3 heures de l'après-midi. L'adjoint Hastings – et le cousin de Gwen – ouvrit la grille et les enfants coururent vers leur père. Gwen sortit les victuailles. Carl Lee sentait les regards de ceux qui n'avaient pas sa chance, et il en tirait une certaine fierté. S'il avait été blanc, plus petit ou moins costaud, ou encore accusé d'un crime moins grave, on lui aurait demandé de partager son repas avec les autres. Mais ils avaient affaire à Carl Lee, et personne n'osait les regarder trop longtemps. La partie de basket reprit, avec le même enthousiasme désordonné, et la famille Hailey mangea en paix. Tonya, comme de coutume, s'installa à côté de son père.

– Ils ont fait la quête pour nous, aujourd'hui, annonça Gwen après déjeuner.

– Où ça ?

– A l'église. Le révérend Agee a dit que toutes les églises noires du comté vont donner de l'argent tous les dimanches pour nous et pour payer les avocats.

– Combien ils ont recueilli ?

– Je ne sais pas. Ils vont faire passer le panier tous les dimanches jusqu'au procès.

– C'est vraiment gentil. Qu'est-ce que le révérend a dit sur moi ?

– Il a simplement parlé du procès. Il a dit qu'il fallait beaucoup d'argent et qu'il avait besoin du soutien de toutes les églises. Il a parlé de la charité chrétienne et tout ça. Il a dit que tu étais un héros pour notre peuple.

Quelle bonne surprise ! Il espérait quelque soutien de la part de son église, mais certainement pas financier.

– Combien d'églises ont donné ?

– Toutes celles du comté.

– Quand est-ce qu'on aura l'argent ?

– Il ne l'a pas dit.

Une fois qu'il aura pris sa part, songea Carl Lee.

– Les garçons, emmenez votre sœur jouer là-bas, à côté du grillage. Maman et moi, on a à discuter. Et attention à ne pas lui faire de mal.

Carl Lee Junior et Robert prirent leur sœur par la main et firent ce qu'on leur avait demandé.

– Qu'est-ce qu'a dit le docteur ? demanda Carl Lee en regardant ses enfants s'éloigner.

– Elle va bien. Sa mâchoire se ressoude bien. Il pourra retirer les fils dans un mois. Elle ne peut pas encore courir ou sauter, mais il n'y en a plus pour longtemps. Elle a encore mal.

– Et pour... le reste ?

Gwen secoua la tête et se cacha le visage dans ses mains. Elle commença à pleurer et s'essuya les yeux. Elle parla d'une voix brisée :

– Elle n'aura jamais d'enfants. Il m'a dit que...

Gwen s'interrompit, s'essuya les joues et tenta de poursuivre. Mais les pleurs ne voulaient pas s'arrêter. Elle s'enfouit le visage dans une serviette en papier.

Une boule de chagrin monta dans la gorge de Carl Lee. Il se prit la tête dans les mains. Il serra les dents et ses yeux s'embuèrent de larmes.

– Qu'est-ce qu'il a dit ?

Gwen releva la tête et parla rapidement, en essayant de retenir ses larmes.

– Il m'a dit, mardi, que c'était trop abîmé à l'intérieur et que...

Elle s'essuya de nouveau les joues avec ses mains.

– Mais il veut l'envoyer voir un spécialiste à Memphis.

– Il y a un espoir ?

Elle secoua la tête.

– Non, il est sûr de son diagnostic à quatre-vingt-dix pour cent. Mais il pense qu'on devrait aller consulter un autre médecin à Memphis. Il faudrait l'y emmener dans un mois.

Gwen prit une autre serviette en papier et s'essuya le visage. Elle en tendit une à son mari, qui tamponna rapidement ses yeux.

A côté de la grille, Tonya écoutait ses frères se chamailler pour savoir qui serait le gendarme et qui serait le voleur. Elle regardait ses parents parler, secouer la tête, les larmes aux yeux. Elle savait qu'on parlait d'elle. Elle se frotta les yeux et se mit à pleurer aussi.

– Elle fait de plus en plus de cauchemars, annonça Gwen, rompant le silence. Je dois dormir avec elle toutes les nuits. Elle rêve que des hommes viennent l'emporter, des hommes cachés dans les armoires ou en train de la pourchasser dans la forêt. Elle se réveille en hurlant, trempée de sueur. Le docteur a dit qu'elle doit voir un psychiatre. Il paraît que ça ne va pas passer tout seul, et que ça ne va faire que s'aggraver.

– Combien ça va coûter ?

– Je ne sais pas. Je n'ai pas encore appelé.

– Ne tarde pas trop. Où se trouve ce psychiatre ?

– A Memphis.

– Ça m'aurait étonné...

« Les garçons sont gentils avec elle ?

– Ils sont adorables. Ils la chouchoutent tout le temps. Mais ses cauchemars leur fichent la frousse. Quand elle hurle la nuit, elle réveille toute la maison. Les garçons accourent à son chevet et cherchent à la rassurer, mais je vois bien qu'ils sont terrorisés. La nuit dernière, il a fallu que ses frères restent à ses pieds pour qu'elle accepte de se rendormir. On s'est tous couchés par terre, avec la lumière allumée.

– Ce sont de grands garçons, ils s'en sortiront.

– Tu leur manques.

Carl Lee se força à sourire.

– Il n'y en a plus pour longtemps, maintenant.

– Tu crois ?

– Je ne sais plus que croire. Mais je ne compte pas passer le reste de ma vie en prison. J'ai repris Jake.

– Quand ça ?

– Hier. L'avocat de Memphis n'est jamais venu me voir, il ne m'a même pas téléphoné. Je l'ai renvoyé et j'ai réembauché Jake.

– Mais tu disais que Jake était trop jeune ?

– J'avais tort. Il est jeune, mais il est bon. Demande à Lester.

– C'est ton procès, pas le sien.

Carl Lee se leva et se mit à marcher lentement le long des grilles. Il songeait aux deux types, morts et enterrés, leurs corps en train de pourrir quelque part, leurs âmes brûlant en enfer. Mais avant leur mort leur chemin avait croisé celui de sa petite fille, et en deux heures ils avaient meurtri son corps, fait chavirer son esprit. Le choc avait été si violent qu'elle ne pourrait jamais avoir d'enfants, si traumatisant qu'elle les voyait encore cachés dans les armoires, prêts à fondre sur elle. Pourrait-elle un jour oublier, tirer un trait, effacer ce souvenir de sa mémoire et retrouver une vie normale ? Peut-être un psychiatre pourrait-il l'y aider ? Mais les autres enfants... la laisseraient-ils redevenir une petite fille comme les autres ?

Elle n'était qu'une petite négresse, se disaient sans doute les gens. La gamine d'un quelconque négro. Illégitime, bien sûr, comme tous les gosses de ces gens-là. Le viol, c'était monnaie courante, chez eux.

Il revoyait ses agresseurs au tribunal. L'un fier

comme un paon, l'autre terrible. Il les revoyait descendre l'escalier, tandis qu'il s'apprêtait à faire justice. Il se souvint de leurs expressions de terreur lorsqu'il était sorti du cagibi avec son M-16. De nouveau, il entendit le crépitement des balles, leurs appels au secours, leurs hurlements tandis qu'ils s'écroulaient dans l'escalier, emmêlés l'un dans l'autre, menottes aux poignets, en train de se tordre, de se contorsionner en vain. Il se rappela avoir souri, et même ri en les regardant tressauter au sol, en voyant leurs têtes voler en éclats. Ce ne fut que lorsque leurs deux corps cessèrent de bouger qu'il s'était enfui.

Carl Lee sourit de nouveau. Il était fier de lui. Le premier bridé qu'il avait descendu au Vietnam lui avait causé davantage de remords.

La lettre pour Walter Sullivan était prête :

Cher J. Walter,

Je pense, à l'heure qu'il est, que Mr. Marsharfsky vous a appris qu'il ne s'occupe plus de l'affaire de Mr. Carl Lee Hailey. Vos services en tant que conseiller local n'ont plus, par conséquent, de raison d'être. Je vous souhaite une agréable journée.

Bien sincèrement,

Jake.

Une copie fut envoyée à L. Winston Lotterhouse. La lettre pour Noose était tout aussi laconique :

Votre Honneur,

Je vous informe par la présente que j'ai de nouveau la charge du dossier de Mr. Hailey. Nous serons prêts à soutenir le procès le 22 juillet. Je vous prie donc de prendre acte du fait que je représenterai Mr. Carl Lee Hailey devant la cour.

Bien sincèrement,

Jake.

Une copie fut adressée à Buckley.

Marsharfsky appela à 9 heures et demie, le lundi. Jake regarda le voyant de la ligne clignoter pendant deux minutes avant de décrocher.

– Allô ?

– Comment avez-vous fait ?

– Qui est à l'appareil ?

– Votre secrétaire ne vous l'a pas dit ? C'est Bo Marsharfsky, et je veux savoir comment vous avez réussi votre coup.

– Quel coup ?

– Me voler mon affaire.

Du calme, se dit Jake. Il cherche la bagarre.

– Autant que je m'en souvienne, c'est vous qui me l'aviez volée.

– Je n'ai jamais rencontré votre client avant qu'il ne m'embauche.

– Ce n'était pas nécessaire. Vous avez envoyé votre proxénète en avant-garde.

– Seriez-vous en train de m'accuser de courir le client ?

– Absolument.

Marsharfsky se tut et Jake se prépara à recevoir un flot d'injures.

– Vous voulez que je vous dise, Mr. Brigance, vous avez raison. Je chasse le client tous les jours. Je suis un pro en ce domaine. C'est la raison pour laquelle je gagne autant d'argent. S'il se prépare une grande affaire criminelle quelque part, je fais tout pour l'avoir. Et tous les moyens sont bons pour moi.

– C'est drôle, vous ne disiez rien de tout ça dans les journaux.

– Et si je veux l'affaire Hailey, je l'aurai.

– L'espoir fait vivre.

Jake raccrocha et éclata de rire pendant dix minutes. Il alluma un cigare bon marché et se mit à travailler sur sa demande de renvoi devant une autre cour.

Deux jours plus tard, Lucien appela Jake et lui demanda de passer chez lui. C'est important. Il avait un visiteur qui allait l'intéresser au plus haut point.

Le visiteur en question était le Dr W.T. Bass, un psychiatre à la retraite habitant Jackson. Il connaissait Lucien depuis des années, et ils avaient travaillé ensemble sur deux affaires criminelles où la défense plaidait la démence de l'accusé au moment des faits. Les deux personnes en question croupissaient néanmoins à Parchman. Bass avait pris sa retraite un an avant que Lucien ne soit radié du barreau – un départ précipité, comme la radiation de Lucien, à cause d'une inclination trop prononcée pour le Jack Daniel's. Bass rendait de temps en temps visite à Lucien, et Lucien faisait souvent le voyage jusqu'à Jackson. Les deux hommes aimaient boire ensemble. Ils s'étaient installés sur la terrasse en attendant l'arrivée de Jake.

– Il te demande simplement de dire qu'il était fou, lui annonça Lucien.

– Et il l'était ?

– Aucune importance.

– Avec toi, jamais rien n'a d'importance.

– Au contraire, il est important de donner au jury une excuse pour pouvoir l'acquitter. Tout le monde se fiche qu'il soit fou ou non. Mais il leur faut un motif pour le disculper.

– Ce serait quand même bien si je pouvais l'examiner.

– Mais tu pourras. Tu pourras lui parler autant que tu voudras. Il est en prison et la moindre visite est la bienvenue pour lui.

– Il faudra que je le voie plusieurs fois.

– C'est évident.

– Et si je considère qu'il était en pleine possession de ses moyens au moment des faits ?

– Alors tu ne témoigneras pas au procès, tu n'auras pas ton nom et ta photo dans tous les journaux, et tu ne passeras pas à la télé.

Lucien se tut un moment, le temps d'avaler une longue gorgée de whisky.

– Contente-toi de faire ce que je te dis. Interroge-le, noircis des pages de notes, pose-lui tout un tas de questions stupides, tu connais la musique ! Et puis déclare qu'il était fou.

– Quoi que tu en dises, ce n'est pas du tout cuit. Je te rappelle que ça n'a pas très bien marché les dernières fois.

– Ecoute, tu es médecin, non ? Alors relève la tête, sois fier et arrogant. Comporte-toi comme n'importe quel médecin. Donne ton opinion et défie quiconque de te contredire.

– Je ne sais pas. Ça s'est déjà mal passé.

– Fais ce que je te dis et tout ira bien.

– C'est ce que j'ai fait l'autre fois, et les deux types se sont retrouvés à Parchman.

– Ils n'avaient aucune chance. Pour Hailey, c'est différent.

– Ah oui ? Et quelles sont ses chances, à ton Hailey ?

– Faibles.

– Où est la différence alors ?

– Hailey est un honnête homme qui avait une bonne raison de commettre ces meurtres.

– Alors pourquoi estimes-tu que ses chances sont faibles ?

– Au regard de la loi, cette raison n'est pas suffisante.

– C'est souvent le cas, non ?

– En plus, il est noir, et nous sommes dans un comté à majorité blanche. Je n'ai aucune confiance en ces culs bénis du coin.

– Et s'il était blanc ?

– S'il était blanc et s'il avait tué deux Noirs ayant violé sa fille, on le relâcherait avec les félicitations du jury.

Bass vida son verre et s'en emplit un autre. Une bouteille, vidée à moitié, et un seau à glace trônaient devant eux, sur la table basse en osier.

– Et son avocat ? demanda-t-il.
– Il va arriver d'une minute à l'autre.
– Il travaillait pour toi ?
– Ouais, mais je ne crois pas que tu l'aies déjà rencontré. Il est jeune, la trentaine. Propre sur lui, un jeune loup, et une bête de travail.
– Et il travaillait pour toi ?
– Puisque je te le dis ! Il a une bonne expérience des procès pour son âge. Ce n'est pas sa première affaire de meurtre, mais, sauf erreur de ma part, je crois que c'est son premier cas de démence.
– C'est rassurant. Encore un qui va me poser un tas de questions !
– Ce que j'aime chez toi, c'est ton optimisme. Attends de rencontrer le procureur.
– Je n'aime pas ça. On a déjà fait ça deux fois, et ça a été un fiasco.
Lucien secoua la tête, n'en croyant pas ses oreilles.
– Ma parole, tu es le toubib le plus timoré que je connaisse.
– Et le plus pauvre.
– Tu dois te montrer prétentieux et sûr de toi. Tu es un expert. Agis comme tel. Qui pourrait remettre en cause tes capacités professionnelles à Clanton, au fin fond du Mississippi ?
– L'accusation aura ses experts aussi.
– Ils auront leur psychiatre de Whitfield. Il examinera le détenu une heure ou deux, et il filera au procès déclarer qu'Hailey est l'homme le plus sain d'esprit qu'il ait jamais vu. Pas une fois dans sa vie il n'a rencontré d'accusé légalement irresponsable de ses actes. Pour lui, personne n'est fou. Tout le monde est doté à vie d'une santé mentale à toute épreuve. Whitfield est plein de gens sains d'esprit, c'est bien connu, mais quand c'est l'Etat qui est sur la sellette, il est prêt à soutenir que la moitié de la population du Mississippi est folle à lier ! Leur psy perdrait sa place sur-le-champ s'il se mettait à dire que les accusés sont légalement irresponsables. Voilà l'adversaire qu'ils vont t'opposer !

– Et le jury va me croire ?

– Oublie le passé. Tu dois agir comme si c'était la première fois.

– Il y a eu deux échecs, je te le rappelle. Un violeur et un assassin. Aucun des deux n'était fou, même si j'ai soutenu le contraire. Et les deux ont eu ce qu'ils méritaient.

Lucien but une longue gorgée et contempla le liquide brun et les glaçons qui flottaient à sa surface.

– Tu as dit que tu voulais m'aider. Dieu sait pourtant que tu me dois une fière chandelle ! Combien de divorces ai-je réglés pour toi ?

– Trois. Et à chaque fois j'ai été sucé jusqu'à la moelle.

– Les trois fois, ce n'était que justice. Soit on cédait, soit on allait devant les tribunaux, au risque que tes exploits soient déballés en public.

– C'est vrai.

– Combien de clients, de patients t'ai-je envoyés en toutes ces années ?

– Pas assez pour payer mes pensions alimentaires.

– Tu te souviens de ton affaire de faute professionnelle ? Cette jeune patiente qui venait se faire soigner chez toi et dont le traitement médical consistait principalement en des troussages hebdomadaires sur ton canapé ? Ton syndicat a refusé de te défendre, alors qui as-tu appelé ? Qui t'a tiré d'affaire pour rien ? Encore ton vieil ami Lucien.

– Il n'y avait pas de témoins.

– Mais il y avait la déposition de la belle. Et la cour savait que toutes tes épouses avaient demandé le divorce pour adultère.

– Elles n'ont jamais rien pu prouver.

– On a tout fait pour qu'elles ne s'y risquent pas. On ne leur a guère laissé le choix, tu te souviens ?

– Ça va ! Ça va ! J'ai dit que je t'aiderais. Mais tu as vu mes antécédents ?

– Tu es un incurable défaitiste.
– Non. Mais les tribunaux me filent la pétoche.
– Tes antécédents sont parfaits. Tu as déjà été cité comme expert. Ne t'inquiète donc pas autant.
– Et ça ? fit Bass en levant son verre.
– C'est vrai, tu ne devrais pas boire autant, répondit Lucien d'un air hypocrite.
Le médecin lâcha son verre et éclata de rire. Il tomba de son rocking-chair et rampa jusqu'à la balustrade, les mains sur le ventre, plié en deux de rire.
– Tu es saoul, annonça Lucien en allant chercher une autre bouteille.

Lorsque Jake arriva une heure plus tard, Lucien se balançait mollement dans son grand fauteuil en osier. Le médecin dormait dans la balancelle à l'autre bout de la terrasse. Il était pieds nus, et ses orteils disparaissaient dans les fourrés qui bordaient la balustrade. Jake monta les marches et tira brusquement Lucien de son indolence.
– Jake, mon garçon, comment vas-tu ? marmonna-t-il la bouche pâteuse.
– Très bien, Lucien. Je vois que ça va aussi pour vous, dit-il en regardant les deux bouteilles, l'une vide, l'autre presque dans le même état.
– Je voudrais te présenter ce type, là-bas, expliqua Lucien en essayant de se redresser.
– Qui est-ce ?
– C'est notre psychiatre. Le Dr W.T. Bass. Il vient de Jackson. C'est un très bon ami à moi, Il va nous aider pour l'affaire Hailey
– Il est bon ?
– C'est le meilleur. Nous avons souvent collaboré sur des cas de démence.
Jake fit quelques pas dans la direction de la balancelle et s'arrêta. Le psychiatre était couché sur le dos, la chemise déboutonnée, bouche grande ouverte. Il ronflait comme un soufflet de forge, en émettant un étrange gargouillis. Un taon de la

taille d'un petit moineau vrombissait sous ses narines et était repoussé jusqu'au sommet de la balancelle à chaque expiration. Une odeur fétide planait comme un brouillard invisible sur ce coin de la terrasse.

– Ce type est réellement médecin ? demanda Jake en allant s'asseoir à côté de Lucien.

– Psychiatre, précisa Lucien d'un air fier.

– Il t'a aidé à les finir ?

Jake désigna du menton les deux bouteilles de whisky.

– Je l'ai aidé, disons. Il boit comme un trou, mais il est toujours à jeun pendant les procès.

– Voilà qui me rassure.

– Tu vas bien l'aimer. Il n'est pas cher. Et il me doit un service. Il ne va pas te coûter un sou.

– Je l'aime déjà.

Les joues de Lucien étaient aussi rouges que ses yeux.

– Tu veux boire quelque chose ?

– Non, merci. Il est 3 heures et demie de l'après-midi.

– Vraiment ? Quel jour sommes-nous, au fait ?

– Nous sommes mercredi 12 juin. Depuis combien de temps vous éclusez ?

– Depuis une trentaine d'années.

Lucien éclata de rire en faisant tinter ses glaçons dans son verre.

– J'entendais seulement pour aujourd'hui...

– Nous avons commencé au petit déjeuner. Qu'est-ce que ça peut faire ?

– Il est encore en exercice ?

– Non. Il a pris sa retraite.

– Volontairement ?

– Est-ce qu'il a été radié de l'ordre des médecins, c'est ça que tu veux savoir ?

– Oui, ça peut se résumer comme ça.

– Non. Il a toujours sa licence, et ses antécédents sont irréprochables.

– Ça saute aux yeux.

– L'alcool a eu raison de lui, voilà quelques années. L'alcool et les femmes. Je me suis occupé de trois de ses divorces. Il en était arrivé au point où tous ses revenus partaient dans les pensions alimentaires, alors il a pris sa retraite.

– Comment il s'en sort ?

– On a... enfin, je veux dire... *Il* a planqué un peu de sous à gauche. Ses femmes n'en savent rien, ni leurs requins d'avocats. Il vit tout à fait confortablement.

– Il en a tout l'air, à ce que je vois.

– En plus, il fournit un peu de dope, mais seulement à une clientèle fortunée. Ce n'est pas vraiment de la drogue, mais des narcotiques qu'il a le droit de prescrire. Ce n'est pas vraiment illégal, juste pas très défendable d'un point de vue éthique.

– Qu'est-ce qu'il fait ici ?

– Il passe me voir de temps en temps. Il habite Jackson, mais il déteste cette ville. Je l'ai appelé dimanche après t'avoir parlé. Il veut rencontrer Hailey au plus vite, demain si possible.

Le psychiatre grogna et roula sur le côté, ce qui eut pour effet de faire brusquement osciller la balancelle. Au bout de deux ou trois aller et retour, le médecin bougea de nouveau, en ronflant toujours aussi fort. Il déplia sa jambe droite et son pied se coinça dans la branche d'un fourré. La balancelle fit une embardée et projeta le brave docteur par terre. Son crâne heurta le plancher, tandis que son pied restait en l'air, coincé dans l'armature de la balancelle. Il grimaça de douleur et se mit à tousser. Puis les ronflements reprirent de plus belle. Jake, par réflexe, fit un pas vers lui, mais s'arrêta lorsqu'il vit que l'homme ne s'était fait aucun mal et s'était rendormi.

– Laisse-le tranquille ! lança Lucien entre deux rires.

Lucien jeta un glaçon qui frôla la tête du médecin. A la seconde tentative, le glaçon termina sa glissade juste sur le bout de son nez.

– Debout, ivrogne ! rugit Lucien.

Jake descendit l'escalier pour rejoindre sa voiture, en écoutant son ancien patron lancer des glaçons en riant sur le Dr W.T. Bass, psychiatre de son état, et premier témoin de la défense.

L'adjoint DeWayne Looney quitta l'hôpital sur des béquilles, et emmena sa femme et ses trois enfants à la prison, où le shérif, ses collègues et quelques amis l'attendaient avec un gâteau et des petits cadeaux. Il serait au standard, à présent. Il rendrait son insigne, son uniforme et ne toucherait plus qu'un demi-salaire.

21

Le foyer de l'église Springdale avait été nettoyé, briqué, lustré. Les tables et les chaises pliantes avaient été soigneusement disposées dans la salle. C'était la plus grande église noire du comté, et elle se trouvait à Clanton, si bien que le révérend Agee se sentait obligé d'y organiser la rencontre. Le but de la conférence de presse était de se faire entendre, de montrer aux médias le grand élan de solidarité pour le nouveau héros de la région, et pour annoncer la création d'un fonds de soutien pour la défense de Carl Lee Hailey. Le directeur national de la N.A.A.C.P. était venu avec un chèque de cinq mille dollars et la promesse d'une aide financière substantielle. Le directeur de la section de Memphis avait apporté cinq mille dollars et les avait étalés fièrement sur la table. Les deux responsables s'installèrent aux côtés du révérend Agee derrière les deux tables pliantes, en compagnie de tous les pasteurs de la congrégation, devant une salle bondée regroupant deux cents fidèles des églises noires. Gwen se trouvait à côté d'Agee. Quelques journalistes et quelques caméras, beaucoup moins que prévu, furent rassemblés dans l'allée centrale.

Agee prit la parole en premier, inspiré par la présence des caméras. Il parla des Hailey, de leur bonté, de leur innocence et du baptême de la petite Tonya quand elle n'avait encore que huit ans. Il parla d'une famille brisée par le racisme et la haine. On commença à renifler dans l'assistance. Puis le ton monta. Il se mit à attaquer le système judiciaire, à condamner l'acharnement des autorités à poursuivre un bon et honnête citoyen qui n'avait fait que son devoir, un homme qui, s'il avait été blanc, n'aurait pas même comparu en justice, un homme qui se retrouvait au tribunal pour la seule et unique raison qu'il était noir, et que c'était là ce qu'il y avait d'intolérable : la persécution juridique dont était victime Carl Lee Hailey. Agee trouva son rythme, la foule suivit de concert et la conférence de presse tourna à la célébration mystique. Il tint son auditoire en transe pendant quarante-cinq minutes.

Il était difficile de prendre la suite après une telle prestation. Mais le directeur national n'hésita pas. Il se lança dans une condamnation enflammée du racisme pendant une demi-heure. Il profita du moment pour donner les statistiques nationales sur les crimes, les arrestations, les condamnations et la population pénitentiaire, et résuma les chiffres en déclarant que la justice du pays était sous contrôle des Blancs qui persécutaient honteusement le peuple noir. Et puis, avec une même rigueur arithmétique, il annonça les statistiques du comté de Ford et déclara la justice locale inapte à juger Carl Lee Hailey. Les projecteurs des équipes TV faisaient briller une barre de sueur au-dessus de ses sourcils, et le ton monta de nouveau. Il se montra plus furieux encore que le révérend Agee, et il se mit à cogner du poing le podium en faisant tressauter le buisson de microphones devant lui. Il exhortait les Noirs du comté de Ford et du Mississippi tout entier à se saigner aux quatre veines pour donner leur obole. Il promettait des manifestations, des marches de protestations. Le procès serait un grand cri de bataille pour le peuple noir et pour tous les opprimés du monde entier.

Il répondit aux questions. Combien d'argent espérait-on recueillir ? Au moins cinquante mille dollars. La défense de Carl Lee Hailey coûterait cher, et cinquante mille dollars n'y suffiraient peut-être pas, mais on récolterait jusqu'au moindre cent. Malheureusement, le temps manquait. Où irait l'argent ? Honoraires et frais juridiques. Il faudrait une batterie d'avocats et de médecins. Ferait-on appel aux avocats de la N.A.A.C.P. ? Bien entendu. Le service juridique de Washington était déjà sur le pied de guerre. Les juristes de la capitale allaient prendre l'affaire en main. Carl Lee Hailey allait devenir leur priorité numéro un et tous les moyens disponibles seraient mis en œuvre pour sa défense.

Lorsqu'il eut terminé, le révérend Agee monta de nouveau sur le podium et fit un signe au pianiste qui attendait dans un coin. La musique emplit la salle. Tout le monde se leva et, main dans la main, l'assistance se lança dans une interprétation vibrante de *We Shall Overcome* [1].

Jake apprit la création du fonds de soutien dans les journaux du mardi. On disait en ville qu'une quête spéciale était organisée par les églises, mais il était question que l'argent soit versé à la famille. Cinquante mille dollars pour assurer la défense de Carl Lee Hailey ! Jake était furieux, mais sa curiosité était piquée au vif. Allait-il être renvoyé de nouveau ? Supposons que Carl Lee refuse de prendre les avocats de la N.A.A.C.P., qu'adviendra-t-il de l'argent ? Le procès aurait lieu dans cinq semaines ; cela laissait largement le temps aux juristes de la capitale de descendre à Clanton. Il avait lu des articles sur ces types ; une équipe de six experts en droit criminel qui sillonnaient le Sud pour défendre les Noirs accusés de crimes odieux qui défrayaient la chronique. On les surnommait

1. Hymne chanté par Martin Luther King lors de ses discours pour l'égalité des droits civiques des Noirs et des Blancs. *(N.d.T.)*

« L'Escadron de la mort ». Ils étaient brillants, pleins de talent et avaient suivi une formation de haut niveau. Leur rôle était d'éviter aux meurtriers noirs les diverses chambres à gaz et chaises électriques qui sévissaient dans le Sud. Ils ne s'occupaient que de crimes passibles de la peine capitale et ils étaient très efficaces. La N.A.A.C.P. leur trouvait les affaires, l'argent, organisait les manifestations locales, s'occupait de la presse. Le racisme était leur meilleure – et parfois leur seule – défense, et, même s'ils perdaient beaucoup plus d'affaires qu'ils n'en gagnaient, leurs résultats n'étaient pas mauvais, compte tenu des circonstances. Ils ne défendaient que des causes perdues, ou supposées comme telles. Leur but était de faire de l'accusé un martyr et de s'attirer la sympathie du jury.

Et voilà qu'ils débarquaient à Clanton !

Une semaine auparavant, Buckley avait fait savoir à la cour qu'il voulait voir Carl Lee examiné par les médecins du ministère public. Jake avait demandé que les médecins procèdent à leurs examens à Clanton, de préférence dans le bureau d'Ozzie. Noose avait refusé et avait ordonné au shérif d'emmener Carl Lee à l'hôpital psychiatrique de l'Etat du Mississippi, à Whitfield. Jake voulait être présent pendant les examens. Noose avait encore refusé.

Le mercredi matin, à l'aube, Jake et Ozzie prenaient un café dans le bureau du shérif en attendant que Carl Lee sorte de sa douche et s'habille. Whitfield se trouvait à trois heures de route, et ils avaient rendez-vous à 9 heures. Jake avait quelques conseils à donner à son client.

– Combien de temps va-t-il rester là-bas ? demanda Jake à Ozzie.

– C'est toi l'avocat. Combien de temps ça prend d'habitude ?

– Trois ou quatre jours. Tu connais l'endroit ?

– Oui. On y a déjà emmené des tas de dingues. Mais aujourd'hui, c'est différent. Où vont-ils le garder ?

– Ils ont toutes sortes de cellules, tu sais.

Hastings entra dans le bureau, l'air endormi, un beignet rassis entre les dents.

– Combien de voitures on prend, chef ?

– Deux, répondit Ozzie. La mienne et la tienne. Je prends Carl Lee et Pirtle avec moi, et toi, tu prends Riley et Nesbit.

– Des fusils ?

– Trois fusils à pompe. Des munitions en pagaille. Et tout le monde avec un gilet pare-balles, y compris Carl Lee. Prépare les voitures. J'aimerais partir à 5 heures et demie.

Hastings marmonna quelque chose et s'en alla.

– Tu t'attends à des ennuis ? demanda Jake.

– On a reçu des menaces au téléphone. En particulier deux, qui parlaient du voyage à Whitfield. On va emprunter beaucoup de nationales pendant le trajet.

– Quel chemin vous allez prendre ?

– La majorité des gens prennent la 22 pour rejoindre la nationale. Il est peut-être plus sûr de passer par les routes secondaires. On va sûrement prendre la 14 vers le sud et la 89.

– C'est un chemin inattendu.

– Tant mieux. Je suis content de voir que tu approuves.

– Il s'agit de mon client, tu sais.

– Pas depuis très longtemps.

Carl Lee dévora ses œufs et ses biscuits, tandis que Jake lui faisait ses dernières recommandations pour son séjour à Whitfield.

– Je sais, Jake. Tu veux que je joue les dingues, pas vrai ? lança Carl Lee en riant.

Ozzie trouvait ça cocasse aussi.

– C'est très sérieux, Carl Lee. Ecoute-moi.

– Mais pourquoi ? Tu as dit que peu importait ce que j'allais dire ou faire, jamais ils ne diraient que j'étais fou quand j'ai tiré. Ces médecins travaillent pour l'Etat, pas vrai ? C'est bien l'Etat qui me poursuit, non ? Qu'est-ce que ça peut faire alors ce que je vais dire ou faire ? Leur opinion est déjà faite. Pas vrai, Ozzie ?

– Je ne veux pas prendre parti. Je travaille pour l'Etat.

– Non, tu travailles pour le comté, précisa Jake.

– Nom, grade et matricule. C'est tout ce qu'ils pourront tirer de moi, annonça Carl Lee en vidant un petit sac en papier.

– Très drôle, répondit Jake.

– Ça y est, Jake, il est fou pour de bon, annonça Ozzie.

Carl Lee s'était enfoncé deux pailles dans les narines et commençait à arpenter la pièce sur la pointe des pieds. Le nez au plafond, il fit mine soudain de saisir quelque chose au-dessus de sa tête et de le glisser dans le sac en papier. Il fit encore un autre bond et cacha sa nouvelle prise dans le sac. Hastings s'arrêta sur le pas de la porte, bouche bée. Carl Lee lui fit une grimace en roulant des yeux, puis recommença à faire des sauts de cabri.

– Mais qu'est-ce qu'il fait ? demanda Hastings.

– Je chasse les papillons, répondit Carl Lee.

Jake saisit sa mallette et se dirigea vers la porte.

– Je crois que tu ferais mieux de le laisser à Whitfield.

Il claqua la porte et quitta la prison.

Noose avait prévu d'examiner la demande de renvoi dans une autre cour le lundi 24 juin, au palais de justice de Clanton. L'audience promettait d'être longue, et toute la presse serait au rendez-vous. C'était à Jake, puisqu'il était l'auteur de cette demande, de prouver que Carl Lee ne pouvait avoir un procès équitable dans le comté de Ford. Pour ce faire, il avait besoin de témoins : des personnes dont la crédibilité n'était plus à mettre en doute, qui accepteraient de dire devant la cour qu'un jugement impartial ne pouvait être rendu dans ce tribunal. Atcavage était prêt à lui rendre ce service, mais la banque risquait de lui interdire de prendre position. Harry Rex était partant. Le révérend Agee lui répondit qu'il aurait été heureux de venir témoigner, mais que cela lui était impossible maintenant que les avocats de la N.A.A.C.P. avaient annoncé leur volonté de prendre l'affaire en main. Lucien n'avait aucune crédibilité, et l'idée de faire appel à lui n'effleura pas une seconde l'esprit de Jake.

Buckley, en revanche, allait aligner une dizaine de témoins à la respectabilité irréprochable, des élus, des avocats, des hommes d'affaires, voire d'autres shérifs. Tous affirmeraient être à peine au courant de l'affaire Carl Lee Hailey et jugeraient que l'accusé pouvait, sans le moindre doute, recevoir un procès équitable.

Jake, d'un point de vue pratique, préférait que le procès ait lieu à Clanton, dans son palais de justice, juste à côté de son bureau, devant son public. Les procès étaient des périodes épuisantes, chargées de stress, synonymes de nuits blanches. Il aurait été bienvenu que cela se passe dans un endroit connu, à trois minutes de chez lui. Pendant les suspensions de séance, il aurait pu passer ses moments de liberté dans son bureau, à préparer la suite du procès, à chercher des témoins ou à se détendre. Il aurait pu manger au Coffee Shop ou chez Claude, ou même rentrer à la maison grignoter un morceau. Son client aurait pu rester dans la prison du comté, près de sa famille.

Et, bien sûr, la couverture médiatique de l'événement aurait été bien plus importante. Les journalistes se seraient rassemblés chaque matin devant son bureau et l'auraient suivi jusqu'à son entrée dans la salle de tribunal. Tout cela en aurait tenté plus d'un.

Le lieu du procès avait-il une réelle importance, au fond ? Lucien avait raison. Tout le monde, jusqu'au fin fond du Mississippi, était au courant de l'affaire. Alors à quoi bon changer de cour ? Le moindre juré potentiel de cet Etat s'était déjà fait une opinion quant à l'innocence ou la culpabilité de son client.

Bien sûr que le choix du lieu était primordial ! Selon l'endroit, certains jurés pouvaient être blancs ou noirs. Chiffres à l'appui, il y aurait davantage de Blancs dans un jury du comté de Ford que dans un jury d'un autre comté. Jake affectionnait les jurés noirs, en particulier dans les affaires criminelles, et spécialement lorsque l'accusé était noir. Les Noirs n'étaient pas aussi impatients que les Blancs à condamner le prévenu. Ils avaient l'esprit ouvert. Jake les appréciait également dans les affaires civiles. Ils se rangeaient toujours du côté de l'opprimé, face aux grandes compagnies d'assurances et aux grandes sociétés, et ils se montraient toujours généreux avec l'argent d'autrui. Jake se faisait un devoir de prendre tous les jurés noirs qui se présentaient, mais ils étaient fort rares dans le comté de Ford.

Il fallait à tout prix que le procès ait lieu dans un autre comté, un comté doté d'une plus forte proportion de Noirs. Un seul juré noir pouvait bloquer tout un jury. Une majorité pouvait même imposer un acquittement, avec un peu de chance. Passer deux semaines dans un motel n'avait rien de réjouissant, mais, pour avoir des visages noirs dans le box des jurés, Jake était prêt à tous les sacrifices.

Lucien avait étudié la question jusqu'au moindre détail. Jake fut ponctuel et arriva à 8 heures pile au rendez-vous, quoique de mauvaise grâce. Sallie leur apporta le petit déjeuner sur la terrasse. Jake but du café et du jus d'orange, Lucien du bourbon et de l'eau. Pendant trois heures, ils passèrent en revue tous les aspects du problème. Lucien avait les copies de tous les jugements de la Cour suprême des quatre-vingts dernières années, et dispensait son savoir comme un professeur. L'élève prenait des notes, levait parfois le doigt pour poser une question, mais se contentait d'écouter la majeure partie du temps.

Whitfield se trouvait à quelques kilomètres de Jackson, dans une région rurale du comté de Rankin. Deux gardes étaient de faction devant les grilles et repoussaient les journalistes. Carl Lee était attendu pour 9 heures et ils n'en savaient pas plus. A 8 h 30, deux voitures de police du comté de Ford s'arrêtèrent devant les portes. Journalistes et cameramen se précipitèrent vers le conducteur de la voiture de tête. La vitre d'Ozzie était baissée.

– Où est Carl Lee Hailey ? lança un journaliste affolé.

– Dans l'autre voiture, répondit Ozzie avec nonchalance, en faisant un clin d'œil à Carl Lee, assis à l'arrière.

– Il est dans l'autre voiture ! cria quelqu'un.

Et tout le monde se précipita vers le véhicule d'Hastings.

– Où est Hailey ? demandèrent-ils tous en chœur.

Pirtle, sur le siège passager, désigna Hastings, le chauffeur.

– Vous l'avez devant vous.

– Vous êtes Carl Lee Hailey ? cria un journaliste dans les oreilles d'Hastings.

– Ouais.

– Pourquoi êtes-vous au volant ?

– Pourquoi vous avez cet uniforme ?

– Ils viennent de me prendre comme adjoint, répondit Hastings sans sourciller.

Les portes s'ouvrirent et les deux voitures démarrèrent en trombe.

Carl Lee fut conduit dans le bâtiment principal pour signer le registre, puis emmené, sous l'escorte d'Ozzie et des adjoints, jusqu'à sa cellule – baptisée « chambre » par le personnel du lieu. On verrouilla la porte derrière lui. Ozzie et ses hommes prirent congé et repartirent pour Clanton.

Après déjeuner, un assistant, avec un calepin et une blouse blanche, commença à lui poser des questions. Il demanda à Carl Lee de lui raconter tous les faits marquants de sa vie, depuis sa naissance. Cela dura deux heures. A 16 heures, deux gardes lui passèrent les menottes et l'emmenèrent à bord d'une voiturette de golf vers un bâtiment de briques, situé à un kilomètre de sa chambre. On le fit entrer dans le bureau du Dr Wilbert Rodeheaver, chef du département. Les gardes attendirent dans le couloir.

22

Cinq semaines s'étaient écoulées depuis le meurtre de Billy Ray Cobb et de Pete Willard. Le procès devait avoir lieu dans quinze jours. Les trois motels de Clanton affichaient complet pour la semaine précédant le procès et pour toute la durée des audiences. La presse de Jackson et Memphis avait jeté son dévolu sur le Best Western, le plus grand et le plus beau des trois. Le Clanton Court, qui avait le meilleur bar et restaurant, avait été réservé par les journalistes d'Atlanta, de Washington et de New York. Au East Side Motel, qui était loin d'être luxueux, les prix avaient curieusement doublé depuis début juillet, et là aussi on affichait complet.

La population, au début, s'était comportée de façon amicale à l'égard de ces étrangers, même si la plupart se montraient grossiers et parlaient avec de forts accents. Toutefois, certains articles sur Clanton et ses habitants avaient été pour le moins désobligeants, alors une sorte de loi du silence s'était instaurée. Un café bruyant devenait silencieux comme un tombeau sitôt qu'un étranger passait le seuil de la porte. Les marchands sur la place du palais se montraient à peine aimables envers le moindre inconnu. Les employés du palais de justice faisaient la sourde oreille face aux sempiternelles questions que posaient ces intrus.

Même les journalistes de Memphis et de Jackson devaient se battre pour obtenir une réponse de quelqu'un. Les gens en avaient assez d'être décrits comme des paysans racistes et arriérés. Ils ignoraient ostensiblement ces étrangers auxquels on ne pouvait se fier, et vaquaient à leurs occupations.

Le bar du Clanton Court était devenu le point de ralliement des journalistes. C'était le seul endroit en ville où ils pouvaient trouver un peu de chaleur et bavarder tranquillement. Ils s'installaient dans les alcôves sous le grand écran de télévision et parlaient de la vie de la petite bourgade et du procès à venir. Ils comparaient leurs notes, les bruits de couloir qu'ils avaient glanés çà et là, les infos et les ragots, et buvaient plus que de raison parce qu'il n'y avait rien d'autre à faire à Clanton, passé 8 heures du soir.

Les motels se remplirent le dimanche 23 juin, au soir, la veille de l'audience devant décider du renvoi ou non du procès. Le lundi matin, les journalistes se rassemblèrent dans le restaurant du Best Western, pour prendre un café et discuter de la décision possible du juge. L'audience sonnait le début des hostilités entre la défense et l'accusation, et ce serait vraisemblablement leur unique joute juridique avant le procès. Une rumeur courait, annonçant que Noose était malade et qu'il ne présiderait pas le procès. On disait qu'il allait demander à la Cour suprême de nommer un autre juge. Un simple bruit de couloir, sans source, affirma un journaliste de Jackson. A 8 heures, ils chargèrent caméras et microphones dans les voitures et prirent la direction du tribunal. Un groupe alla se poster devant la prison, un autre s'installa devant les portes de la face arrière du palais, mais la majorité choisirent de s'installer dans le tribunal. A 8 h 30, la salle était comble.

Du haut de son balcon, Jake observait l'activité autour de la place du palais. Son cœur battait plus que de coutume, et son estomac se serrait. Il esquissa un sourire. Il était prêt à affronter Buckley, à affronter les caméras.

Noose leva les yeux au-dessus de ses lunettes plantées au bout de son nez et contempla la salle de tribunal. Tout le monde l'attendait.

– La cour, ici présente, commença-t-il, a sous les yeux la requête de l'accusé demandant la remise de son procès devant un autre tribunal. La date dudit procès a été arrêtée pour le lundi 22 juillet. C'est-à-dire dans quatre semaines à compter d'aujourd'hui. J'ai donné une date limite pour les dépôts des diverses requêtes et, si j'en crois mon agenda, c'est la seule date butoir que la cour a imposée avant le procès.

– C'est exact, Votre Honneur, lança Buckley en se levant à moitié de sa chaise.

Jake leva les yeux au ciel et secoua la tête.

– Merci, maître Buckley, répondit sèchement Noose. La défense a fait savoir à la cour qu'elle comptait plaider la démence au moment des faits. L'accusé a-t-il été examiné par les médecins de Whitfield ?

– Oui, Votre Honneur, la semaine dernière, répondit Jake.

– Va-t-il présenter à la cour son propre psychiatre ?

– Bien sûr, Votre Honneur.

– A-t-il été examiné par celui-ci ?

– Oui, Votre Honneur.

– Parfait. Ce point est donc réglé. Quelles autres requêtes comptez-vous soumettre à la cour ?

– Votre Honneur, nous comptons demander à la greffière de convoquer un nombre de jurés potentiels plus grand que d'habitude.

– Le ministère public s'opposera à une telle requête ! tonna Buckley en se levant d'un bond.

– Asseyez-vous, Mr. Buckley ! ordonna Noose en retirant ses lunettes pour foudroyer du regard l'avocat général. Je vous prierai de ne plus élever la voix. Bien sûr que vous vous opposerez à cette requête ! Vous allez vous opposer à toutes les requêtes que soumettra la défense. C'est votre rôle. Tout à l'heure, lorsque j'aurai levé la séance, vous pourrez faire tout le spectacle que vous voudrez pour les médias, mais en attendant, je ne veux plus d'interruption intempestive.

Buckley se pelotonna sur sa chaise et cacha son visage empourpré de honte. Noose ne l'avait jamais réprimandé aussi brutalement.

– Continuez, je vous prie, maître Brigance.

Jake était surpris par la rudesse des paroles d'Icabod. Le juge semblait malade et fatigué. C'était peut-être la pression.

– Nous formulerons peut-être quelques objections écrites en prévision de certaines pièces de l'accusation.

– Sous forme de requêtes préliminaires ?

– Oui, Votre Honneur.

– Nous verrons ça pendant le procès. C'est tout ?

– Oui, Votre Honneur, pour le moment.

– Maître Buckley, est-ce que le ministère public a des requêtes à soumettre ?

– Non, je n'en vois aucune, répondit humblement Buckley.

– Parfait. Je veux m'assurer que la cour n'aura aucune surprise d'ici le procès. Je viendrai la semaine précédant le procès pour entendre et régler les derniers détails. Je demande que les requêtes soient rapidement déposées, de sorte que nous puissions préparer convenablement ce procès avant le 22.

Noose consulta son dossier et étudia la demande de renvoi déposée par la défense. Jake murmura quelque chose à l'oreille de Carl Lee qui avait tenu à assister à l'audience, bien que ce ne fût pas nécessaire. Gwen et les trois garçons étaient assis au premier rang, derrière leur père. Tonya n'était pas dans la salle.

– Maître Brigance, votre requête semble rédigée en bonne et due forme. Combien de témoins avez-vous à présenter ?

– Trois, Votre Honneur.

– Maître Buckley, combien en avez-vous de votre côté ?

– Nous en avons vingt et un, annonça Buckley avec fierté.

– Vingt et un ! s'écria le juge.

Buckley battit en retraite et jeta un coup d'œil à Musgrove.

– Mais... mais, nous n'aurons sans doute pas besoin de la totalité d'entre eux. En fait, nous n'avions pas l'intention de les faire tous comparaître.

– Prenez vos cinq meilleurs, maître Buckley. Je n'ai pas l'intention de passer la journée ici.

– Oui, Votre Honneur.

– Maître Brigance, vous demandez donc un renvoi dans une autre cour. C'est votre requête. La cour vous écoute.

Jake se leva, traversa la salle lentement, en passant derrière la table de Buckley, et se dirigea vers le pupitre qui faisait face au box des jurés.

– S'il agrée à la cour, Votre Honneur, Mr. Hailey souhaiterait effectivement que son procès ait lieu dans un autre comté. Les raisons en sont évidentes : la presse a trop parlé de cette affaire pour espérer encore avoir un procès équitable. Les honnêtes citoyens du comté de Ford ont déjà une opinion bien arrêtée quant à la culpabilité ou l'innocence de Carl Lee Hailey. Mon client est accusé du meurtre de deux hommes, qui sont originaires du comté et qui ont toute leur famille ici. Leur vie n'avait rien d'exemplaire, mais leur mort a fait couler beaucoup d'encre. Jusqu'à cette affaire, très peu de gens avaient entendu parler de Carl Lee Hailey. Aujourd'hui, tout le monde dans le comté connaît cet homme, sa famille, et sait ce qui est arrivé à sa fille ainsi que les moindres détails des faits qui lui sont reprochés. Il sera impossible de trouver douze personnes dans le comté qui n'auront pas déjà une opinion arrêtée sur cette affaire. Je pense que le procès devrait avoir lieu dans un comté de l'Etat où les gens ont moins entendu parler de cette affaire.

– Vous avez une idée de l'endroit ? l'interrompit le juge.

– Je ne saurais décider d'un comté en particulier, mais il faudrait que ce soit le plus loin possible d'ici. Pourquoi pas dans le golfe ?

– Pourquoi ?

– Pour des raisons évidentes, Votre Honneur. C'est à six cents kilomètres d'ici, et je suis persuadé que l'affaire a fait moins de bruit là-bas.

– Et vous pensez que les gens dans le sud du Mississippi n'ont pas eu vent de cette histoire ?

– Si, bien entendu. Mais cette histoire les touche de moins près.

– Je vous rappelle qu'ils ont la télévision et les journaux, maître Brigance.

– Je sais bien.

– Vous croyez que nous pourrons trouver douze personnes dans cet Etat qui ne soient pas au courant des détails de cette affaire ?

Jake fit mine de consulter son dossier. Il entendait les crayons crisser sur les carnets de croquis, il voyait du coin de l'œil Buckley sourire d'un air sardonique.

– Cela risque effectivement d'être difficile, répondit-il tranquillement.

– Appelez votre premier témoin.

Harry Rex Vonner prêta serment et s'installa dans le box des témoins. Le bois du fauteuil grinça sous la charge. Harry Rex souffla dans le microphone et un sifflement résonna dans la salle. Il lança un sourire à Jake et hocha la tête.

– Voulez-vous bien vous présenter à la cour ?

– Je m'appelle Harry Rex Vonner.

– Où habitez-vous, Mr. Vonner ?

– 8493 Cedarbrush, à Clanton, Mississippi.
– Depuis combien de temps résidez-vous à Clanton ?
– Depuis toujours. Cela fait quarante-six ans.
– Quelle est votre profession ?
– Je suis avocat. Je suis inscrit au barreau depuis vingt-deux ans.
– Avez-vous déjà rencontré Mr. Carl Lee Hailey ?
– Oui, une fois.
– Que savez-vous sur lui ?
– On dit qu'il a tué deux hommes, Billy Ray Cobb et Pete Willard, et qu'il a blessé un policier, DeWayne Looney.
– Connaissiez-vous ces deux hommes ?
– Pas personnellement. On m'a raconté des choses sur Billy Ray Cobb.
– Comment avez-vous été au courant des meurtres ?
– Eh bien, c'était un lundi, je crois. Je me trouvais dans le palais de justice, au rez-de-chaussée, en train de vérifier certains actes de propriété au bureau des greffes, lorsque j'ai entendu les coups de feu. Je suis sorti. Dans le couloir, c'était la panique complète. J'ai demandé à un policier ce qui se passait et il m'a répondu que deux types avaient été abattus à côté des portes du fond. J'ai traîné un peu, et rapidement le bruit a couru que le meurtrier était le père de la petite fille qu'avaient violée les deux types en question.
– Quelle a été votre réaction première ?
– Ça m'a fait un choc, comme pour la plupart des gens, j'imagine. Mais ça m'avait donné un coup aussi, lorsque j'avais appris cette histoire de viol.
– Quand avez-vous su que Mr. Hailey avait été arrêté ?
– Le soir même. A la télévision.
– Qu'est-ce qu'on y apprenait exactement ?
– Eh bien, j'ai essayé d'en voir le maximum. Il y avait des bulletins spéciaux sur les chaînes locales

de Memphis et de Tupelo. On a le câble à la maison, alors j'ai pu voir les infos de New York, Chicago et Atlanta. Toutes les chaînes parlaient de la fusillade et de l'arrestation. On voyait des images du palais de justice et de la prison. Ça a fait tout un ramdam. Le plus grand événement qui se soit jamais passé à Clanton.

– Comment avez-vous réagi lorsque vous avez appris que le père était peut-être l'auteur du crime ?

– Cela ne m'a pas vraiment étonné, en fait. Tout le monde se disait que cela ne pouvait être que lui. Et j'ai admiré son courage. J'ai des enfants, vous savez, je comprends parfaitement son geste. Et je continue, aujourd'hui encore, à l'admirer.

– Qu'est-ce que vous savez sur le viol ?

Buckley sauta de son siège.

– Objection ! Le viol est hors de propos dans cette affaire !

Noose retira de nouveau ses lunettes et regarda le procureur d'un air agacé. Au bout d'un moment, Buckley baissa les yeux, l'air penaud. Il remua quelques secondes sur place et finit par se rasseoir. Noose se pencha et le fixa des yeux du haut de l'estrade.

– Maître Buckley, je vous ai déjà demandé de changer de ton. Si vous recommencez, je me verrai dans l'obligation de vous inculper pour outrage à la cour. Il est possible que vous ayez raison, le viol est peut-être hors de propos dans cette affaire. Mais nous ne sommes pas au procès, que je sache. Ce n'est qu'une audience préliminaire. Vous voyez des jurés dans le box ? Vous dépassez les bornes et vos interventions sont pour le moins malvenues. Alors veuillez rester sur votre chaise. Je sais que c'est difficile avec le public qu'il y a dans cette salle aujourd'hui, mais je vous ordonne de rester à votre place, à moins que vous n'ayez quelque chose de vraiment intéressant à dire. Auquel cas vous pourrez vous lever et me dire poliment, et sans hurler, ce que vous voulez me faire savoir.

– Merci, Votre Honneur, dit Jake en lançant un sourire à Buckley. Bien, reprenons, Mr. Vonner. Que savez-vous à propos du viol ?

– Simplement ce qu'on raconte.

– C'est-à-dire ?

Buckley se leva et se courba comme un lutteur japonais de sumo.

– Si Votre Honneur veut bien me permettre, dit-il d'une voix mielleuse, j'aimerais faire une objection sur ce point précis, si cela agrée à la cour. Le témoin ne peut témoigner que de ce qu'il sait ou de ce qu'il a vu personnellement, mais en aucun cas de on-dit ou de rumeurs.

Noose répondit sur le même ton mielleux.

– Merci, maître Buckley. Votre objection est notée et rejetée par la cour. Maître Brigance, veuillez poursuivre.

– Merci, Votre Honneur.

« Que raconte-t-on sur le viol ?

– Cobb et Willard ont emmené la petite Hailey dans les bois. Ils étaient saouls. Ils l'ont attachée au pied d'un arbre et l'ont violée à plusieurs reprises avant d'essayer de la pendre. Ils ont même uriné sur elle.

– Ils ont fait quoi ? demanda Noose.

– Ils lui ont pissé dessus, monsieur le Juge.

Un murmure d'étonnement parcourut la salle. Jake ne connaissait pas ce détail, Buckley non plus, et à l'évidence personne ne le savait, sauf Harry Rex Vonner. Noose secoua la tête et donna un petit coup de maillet.

Jake griffonna quelque chose dans son carnet et loua les connaissances insoupçonnées de son ami.

– Où raconte-t-on tout ça ?

– Dans toute la ville. C'est de notoriété publique. Tous les flics en parlaient le lendemain matin au Coffee Shop. Tout le monde le sait.

– Est-ce de notoriété publique dans tout le comté ?

– Oui. Je n'ai rencontré personne en un mois

qui ne soit pas au courant du viol jusque dans les moindres détails.

– Dites-nous ce que vous savez sur la fusillade.

– Eh bien, comme je l'ai dit, c'était un lundi après-midi. Les types étaient ici, dans le palais de justice, pour une audience préliminaire, je crois, et ça s'est passé à leur sortie de la salle, lorsqu'ils descendaient l'escalier du fond, avec les menottes aux poignets, escortés par des policiers. Une fois arrivés au milieu des marches, Carl Lee Hailey a jailli d'un débarras avec un M-16 au poing. Les deux types sont morts et DeWayne Looney a été blessé. On l'a amputé d'une jambe.

– Où les faits se sont-ils produits exactement ?

– Juste sous nos pieds, à côté des portes du fond. Mr. Hailey était caché dans un placard à balais. Il est sorti tout à coup et a ouvert le feu.

– Vous pensez que c'est la vérité ?

– Je sais que ça s'est passé comme ça.

– Où avez-vous appris tout ça ?

– Un peu partout. Au café. Dans les journaux. Tout le monde est au courant.

– Où parle-t-on de cette histoire ?

– Partout. Dans les bars, les églises, à la banque, au pressing, dans les cafés du coin, chez l'épicier. Partout.

– Avez-vous rencontré quelqu'un qui doute que Mr. Hailey ait commis ce crime ?

– Non. Personne dans ce comté ne remet en cause le fait que Carl Lee Hailey ait tué ces types.

– Est-ce que les gens se sont fait une opinion quant à sa culpabilité ou son innocence ?

– Tout le monde a son idée là-dessus. Il n'y a pas de demi-mesure. C'est un sujet douloureux et chacun reste campé sur sa position.

– Selon vous, Mr. Hailey peut-il avoir un procès équitable dans le comté de Ford ?

– Non, maître. Il n'y a pas trois personnes parmi les trente mille du comté qui ne se soient pas déjà forgé une opinion, dans un sens ou dans l'autre.

Mr. Hailey a déjà été jugé, en fait. Non, il sera impossible de trouver un jury impartial.

– Merci, Mr. Vonner. J'en ai terminé avec le témoin, Votre Honneur.

Buckley tapota ses cheveux et passa ses doigts derrière ses oreilles pour s'assurer que la moindre mèche était à sa place. Il s'avança d'une démarche théâtrale vers le pupitre.

– Mr. Vonner, tonna-t-il d'une voix de stentor, avez-vous, quant à vous, déjà jugé Carl Lee Hailey ?

– Bien sûr que oui, bordel !

– Surveillez votre langage, je vous prie, lança Noose.

– Et quel serait votre verdict ?

– Maître Buckley, j'aimerais vous faire comprendre la chose suivante. Et je vais tenter de m'expliquer le plus précisément et le plus lentement possible pour être certain d'être bien compris de tous – même de vous. Si j'avais été shérif, je ne l'aurais pas arrêté. Si j'avais fait partie du jury d'accusation, je ne l'aurais pas inculpé. Si j'étais juge, je ne le poursuivrais pas en justice. Si j'étais procureur, je ne ferais pas de réquisitoire contre lui. Si je faisais partie du jury du procès, je voterais pour que le maire lui remette les clés de la ville, ou pour que l'on pose une plaque commémorative sur le mur de sa maison, et je le renverrais dans sa famille. Et je vais vous dire mieux, maître Buckley : si un jour on viole ma fille, j'espère que j'aurai les tripes pour faire ce qu'il a fait.

– Je vois. Vous faites partie de ceux qui pensent que les gens doivent être armés et que la moindre dispute doit tourner en fusillade.

– Je crois simplement que les enfants ont le droit de se promener sans être violés, et que les parents ont le devoir de les protéger. Vous savez ce que c'est que d'avoir une petite fille ? Si deux camés l'attachaient à un arbre et la violaient, je deviendrais fou et plus rien ne pourrait m'arrêter.

Je considère que tout père, digne de ce nom, devrait avoir le droit d'abattre tout pervers qui ose poser la main sur son enfant. Et je crois que vous êtes un fieffé menteur lorsque vous prétendez que vous n'iriez pas faire la peau à celui qui aurait violé votre fille.

– Mr. Vonner, je vous en prie ! intervint Noose.

Buckley se raidit, mais garda son calme.

– Vous avez, effectivement, une opinion bien arrêtée sur cette affaire, à ce que je vois.

– Vous faites preuve d'une grande perspicacité.

– Et vous voulez donc le voir acquitté, n'est-ce pas ?

– Je donnerais volontiers de l'argent pour qu'il le soit, si j'étais en fonds !

– Et vous pensez qu'il aurait davantage de chances d'être acquitté dans un autre comté ?

– Je crois qu'il devrait avoir devant lui des jurés qui n'ont jamais entendu parler de cette affaire avant le début du procès.

– Mais vous, vous l'acquitteriez, n'est-ce pas ?

– Je vous ai déjà dit oui.

– Et vous avez certainement parlé à d'autres personnes qui sont du même avis que vous ?

– Oui, à beaucoup.

– Dans le comté de Ford, il y a aussi des gens qui seraient d'avis de le condamner, n'est-ce pas ?

– Bien entendu. Il y en a des tas. C'est un Noir, je vous le rappelle.

– A travers toutes les discussions que vous avez eues avec les gens du coin, avez-vous senti une nette majorité pour l'une ou l'autre position ?

– Non, pas vraiment.

Buckley griffonna une note dans son carnet.

– Mr. Vonner, est-ce que Jake Brigance est l'un de vos amis ?

Harry Rex sourit et roula des yeux à l'intention de Noose.

– Je suis avocat, maître Buckley. Mes amis se comptent sur les doigts d'une main, des doigts bien écartés, si vous voyez ce que je veux dire. Mais, pour répondre à votre question, monsieur le Procureur, oui, Mr. Brigance est un ami.

– Et c'est lui qui vous a demandé de venir témoigner.

– Non. Je suis passé ici par hasard. J'ai vu de la lumière et je suis entré. Je ne savais absolument pas qu'il y avait une audience aujourd'hui.

Buckley jeta son carnet sur sa table et se rassit. On reconduisit Harry Rex à sa place.

– Appelez votre témoin suivant, ordonna Noose.

– J'appelle le révérend Ollie Agee, annonça Jake.

On alla chercher le révérend Agee dans la chambre des témoins. Jake l'avait rencontré à l'église, la veille, avec une liste de questions. Il avait décidé de venir témoigner. Les deux hommes n'avaient pas abordé le sujet de la N.A.A.C.P.

Le révérend était un excellent témoin. Sa voix grave et profonde n'avait pas besoin d'être amplifiée pour se faire entendre dans la salle. Oui, il connaissait les détails du viol et du meurtre. Les Hailey étaient des fidèles de son église. Il les connaissait depuis des années. Il était presque de la famille. Il les avait soutenus et avait partagé leur douleur après le viol. Oui, il avait parlé à des gens innombrables depuis le meurtre, et tout le monde avait déjà choisi son camp. Lui et vingt-deux autres pasteurs s'étaient réunis pour parler de cette affaire. Et, oui, chacun s'était fait une opinion dans le comté de Ford. Un procès équitable était un leurre dans le comté, selon lui.

Buckley lui posa une seule question.

– Révérend Agee, avez-vous rencontré un membre de la communauté noire qui souhaiterait la condamnation de Carl Lee Hailey ?

– Non. Je ne crois pas.

On remercia le révérend, qui alla s'asseoir dans la salle, entre deux pasteurs de la congrégation.

– Appelez votre témoin suivant, ordonna Noose.

Jake lança un sourire au procureur du district et annonça :

– J'appelle le shérif Ozzie Walls.

Buckley et Musgrove se raidirent et se mirent à chuchoter. Ozzie était de leur côté, du côté de la loi et de l'ordre, du côté de l'accusation. Il n'avait pas à aider la défense. C'était une fois de plus la preuve que l'on ne pouvait pas faire confiance à un négro, songea Buckley. Ils se soutiennent toujours entre eux, en cas d'ennuis.

Jake orienta la discussion sur le sujet du viol et sur les antécédents de Cobb et Willard. C'était répétitif et ennuyeux, et Buckley trépignait d'impatience. Mais il avait essuyé assez d'humiliations pour la journée. Jake savait que Buckley resterait coi, alors il poussa Ozzie à raconter les détails les plus horribles du viol. Ce fut finalement Noose qui se lassa le premier.

– Allez au fait, maître Brigance.

– Oui, Votre Honneur. Shérif, c'est vous qui avez arrêté Carl Lee Hailey ?

– Oui, c'est moi.

– Pensez-vous qu'il ait tué Billy Ray Cobb et Pete Willard ?

– Oui, sans aucun doute.

– Avez-vous rencontré quelqu'un dans ce comté qui pense le contraire ?

– Non, maître.

– Il est unanimement admis que Mr. Hailey a tué ces deux hommes, n'est-ce pas ?

– Oui. Tout le monde en est persuadé. Du moins tous ceux avec qui j'en ai parlé.

– Shérif, vous vous baladez pas mal dans le comté ?

– Oui, c'est mon travail de savoir ce qui se passe un peu partout.

– Et vous parlez à beaucoup de gens ?

– Plus que je ne le voudrais.

– Avez-vous rencontré quelqu'un qui n'ait pas entendu parlé de Carl Lee Hailey ?

Ozzie répondit après un moment de réflexion :

– Il faudrait être sourd, aveugle et idiot pour ne pas savoir qui est Carl Lee Hailey.

– Avez-vous rencontré quelqu'un qui n'ait pas un avis sur sa culpabilité ou son innocence ?

– Tout le monde a un avis là-dessus, dans ce comté.

– Pensez-vous qu'il puisse avoir un procès équitable ici ?

– Je n'en sais rien. Mais je sais qu'il sera impossible de trouver douze personnes qui ne soient pas au courant du viol et du meurtre.

– Je n'ai plus de questions, annonça Jake au juge.

– Est-ce votre dernier témoin ?

– Oui, Votre Honneur.

– Désirez-vous interroger le témoin, maître Buckley ?

Le procureur resta assis et secoua la tête.

– Parfait, conclut Noose. Faisons une courte suspension de séance. J'aimerais voir les avocats dans mon cabinet.

Un brouhaha s'éleva dans la salle tandis que les avocats disparaissaient avec Noose et Mr. Pate par les portes du fond. Noose referma la porte de son bureau et retira sa robe. Mr. Pate lui apporta une tasse de café noir.

– Messieurs, je vais devoir imposer un *modus vivendi* complet sur cette affaire, à partir d'aujourd'hui, et ce pendant toute la durée du procès. Tout ce battage médiatique m'exaspère, et je ne veux pas que la presse juge cette affaire à notre place. Me fais-je bien comprendre ?

Buckley était blême de surprise. Il ouvrit la bouche, mais aucun son n'en sortit.

– Bonne idée, Votre Honneur, répondit Jake, le ventre noué. J'ai moi-même pensé faire cette proposition.

– Oui, j'en suis persuadé. J'ai remarqué comme vous fuyez toute publicité ces temps-ci. Et vous, maître Buckley, qu'en pensez-vous ?

– A qui cela s'applique-t-il ?

– A vous, Mr. Buckley. A vous et à Mr. Brigance. Il vous est désormais interdit de parler du procès, en quelque terme que ce soit, à la presse. Cette prérogative s'applique à tout le monde, à tous ceux qui se trouvent sous la juridiction de cette cour. Les avocats, les greffiers, les huissiers, le shérif.

– Mais pourquoi ? demanda Buckley.

– Je n'ai pas envie de vous voir, tous les deux, en train de juger cette affaire par médias interposés. Je ne suis pas aveugle. Vous vous battez tous les deux pour être sous les projecteurs, et je n'ose imaginer comment ce sera durant le procès. Une fosse aux lions, voilà ce que ça va être. Ce ne sera plus un procès, mais le cirque Barnum !

Noose se dirigea vers la fenêtre et marmonna quelque chose entre ses dents. Il se tut un moment, puis recommença à marmonner. Les deux avocats se regardèrent, puis observèrent la silhouette disgracieuse de Noose devant la fenêtre.

– Cette obligation de réserve prend effet immédiatement, et devra être observée jusqu'à la fin du procès. Toute violation de cet ordre sera considérée comme un outrage à la cour. Il vous est interdit de discuter du moindre aspect de cette affaire avec tout membre de la presse. Vous avez des questions ?

– Non, Votre Honneur.

Buckley regarda Musgrove et secoua la tête.

– Maintenant, reprenons l'audience. Maître Buckley, vous avez annoncé vingt témoins. De combien avez-vous réellement besoin ?

– Cinq ou six.

– Voilà qui me semble plus raisonnable. Qui sont-ils ?

– Floyd Loyd.

– Qui est-ce ?
– Le président du conseil du premier district du comté
– Quel est son témoignage ?
– Il vit ici depuis cinquante ans, ça fait dix ans qu'il s'occupe du district. Selon lui, un procès équitable est tout à fait envisageable dans ce comté.
– J'imagine qu'il n'a jamais entendu parler de Carl Lee Hailey, lança Noose avec sarcasme.
– Je ne sais pas trop.
– Qui d'autre encore ?
– Nathan Baker, juge de paix, troisième district du comté.
– Témoignage identique ?
– Oui, en substance.
– Qui d'autre ?
– Edgar Lee Baldwin, ancien président du conseil du premier district.
– Il n'a pas été inculpé, voilà quelques années ? demanda Jake.

Le visage de Buckley s'empourpra encore plus que de coutume. Sa bouche énorme s'ouvrit toute grande et ses yeux s'écarquillèrent d'étonnement.

– Il y a eu un non-lieu, lança Musgrove.
– Je n'ai pas dit qu'il avait été condamné. J'ai simplement dit « inculpé ». Par le F.B.I., je crois bien.
– Ça suffit comme ça, intervint Noose. Qu'est-ce que ce Baldwin a à nous dire ?
– Il a passé toute sa vie dans le comté. Il connaît tout le monde et il considère que Mr. Hailey peut recevoir un procès équitable, répondit Musgrove.

Buckley, toujours sans voix, fixait Jake des yeux.

– Qui d'autre ?
– Le shérif Harry Bryant, du comté de Tyler.
– Le shérif Bryant ? Qu'est-ce qu'il va dire ?

Musgrove parlait maintenant pour le ministère public.

– Votre Honneur, nous avons deux arguments à opposer à la demande de renvoi dans une autre cour. D'abord, nous soutenons qu'un procès équitable peut avoir lieu dans le comté de Ford. Deuxièmement, si la cour considère qu'un procès équitable est impossible à organiser dans ce comté, le ministère public soutient que l'énorme publicité faite autour de cette affaire a touché tous les jurés potentiels dans cet Etat. Les mêmes préjugés, pour ou contre l'innocence de Carl Lee Hailey, se retrouveront dans tous les comtés. Tout renvoi devant une autre cour nous semble donc inutile. Nous avons des témoins pour étayer ce second point.

– C'est un nouveau concept, maître Musgrove. C'est la première fois que j'entends cette idée.

– Moi aussi, renchérit Jake.

– Qui sont ces témoins ?

– Robert Kelly Williams, procureur du neuvième district.

– Où se trouve donc ce district ?

– A la pointe sud de l'Etat.

– Il a fait tout ce voyage pour venir dire que le moindre type dans son bayou a déjà son opinion sur l'affaire ?

– Oui, Votre Honneur.

– Qui d'autre ?

– Grady Liston, procureur du quatorzième district.

– Même position ?

– Oui, Votre Honneur.

– C'est tout ?

– Eh bien, Votre Honneur, nous avons encore d'autres témoins, mais je crains que leurs témoignages ne soient quelque peu redondants par rapport aux précédents.

– Parfait. Nous allons alors nous limiter à ces six-là.

– Bien, Votre Honneur.

– Je vais entendre vos témoins. Ensuite, je vous laisserai, à chacun, cinq minutes pour défendre votre point de vue. Et je donnerai ma décision quant à cette requête d'ici deux semaines. Vous avez d'autres questions ?

23

Il était difficile de dire non aux journalistes. Ils suivirent Jake tandis qu'il traversait la rue Washington et l'assaillirent de questions malgré ses refus de faire le moindre commentaire. Ils n'abandonnèrent leur proie que lorsque l'avocat trouva enfin refuge dans son bureau. Un photographe de *Newsweek,* plus obstiné que les autres, força la porte et demanda à Jake de poser pour une photo. Il voulait faire un de ces clichés où le personnage a un air important et sévère, devant des rayonnages de livres reliés en cuir. Jake resserra sa cravate et conduisit le photographe dans la salle de réunion, avant de prendre la pose dans un silence de tribunal. Le photographe le remercia et s'en alla.

– Vous avez une seconde à me consacrer ? demanda Ethel tandis que son patron se dirigeait vers l'escalier.

– Certainement.

– Pourquoi ne pas vous asseoir un instant. J'ai des choses à vous dire.

Ça y est, elle démissionne, songea Jake en allant prendre une chaise devant la fenêtre.

– Quel est le problème ?

– L'argent.

– Vous êtes la secrétaire la mieux rémunérée de la ville. Et vous avez eu une augmentation il y a trois mois.

– Je ne vous parle pas de mon salaire. Ecoutez-moi, je vous en prie. Nous n'avons pas assez à la banque pour payer les factures de ce mois. Nous sommes fin juin et il est rentré mille sept cents malheureux dollars.

Jake ferma les yeux et se frotta le front.

– Regardez un peu ce qu'il y a à payer, annonça-t-elle en désignant un tas de factures. Il y en a pour quatre mille dollars. Avec quoi je vais les payer, à votre avis ?

– Combien y a-t-il à la banque ?

– Mille neuf cents dollars vendredi. Et rien n'est rentré ce matin.

– Rien ?

– Pas un sou.

– Et le jugement de l'affaire Liford ? Ça faisait trois mille dollars d'honoraires.

Ethel secoua la tête.

– Mr. Brigance, le dossier n'est pas clos. Liford n'a pas signé la décharge. Vous deviez passer chez lui la prendre. Il y a trois semaines, vous ne vous en souvenez pas ?

– Non. Et l'argent de Buck Britt, où ça en est ? Il y en a pour mille dollars.

– Son chèque était en bois. La banque l'a renvoyé. Il traîne sur votre bureau depuis quinze jours.

Elle se tut et prit une profonde inspiration.

– Vous ne vous occupez plus de vos clients. Vous ne répondez plus aux messages, et vous...

– Cessez de me faire la morale, Ethel !

– Et vous êtes en retard d'un mois sur tout.

– Ça suffit !

– Tout ça depuis que vous avez pris l'affaire Hailey. Vous ne pensez plus qu'à ça. C'est votre obsession. Et nous courons à la catastrophe.

– Comment ça, nous ? Combien de fois n'avez-vous pas été payée, Ethel ? Et d'abord, combien de ces factures sont-elles réellement arrivées à échéance ?

– Plusieurs.

– Mais pas plus que d'habitude ?

– Non. Mais comment allons-nous faire le mois prochain ? Le procès est dans quatre semaines !

– Taisez-vous, Ethel. Ça suffit ! Si la pression est trop forte pour vous, démissionnez. Et si je vous entends encore une fois vous lamenter, vous êtes virée.

– Ça vous ferait plaisir, hein ?

– Non, mais ça me ferait un souci de moins.

Ethel était une femme solide. Quatorze ans passés avec Lucien lui avaient endurci le cœur et l'âme, mais elle restait néanmoins une femme. Ses lèvres se mirent à trembler et ses yeux s'embuèrent de larmes. Elle baissa la tête.

– Je suis désolée, murmura-t-elle. Mais je me fais du mauvais sang.

– Pour qui ?

– Pour Bud et moi.

– Qu'est-ce qui se passe avec Bud ?

– Il est très malade.

– Oui, je suis au courant.

– Il recommence à avoir de la tension. En particulier depuis les coups de fil. Il a eu trois attaques en cinq ans, et il est bon pour en avoir une autre. Il est terrifié. Nous le sommes tous les deux.

– Combien d'appels vous avez eus ?

– Plusieurs. Pour nous menacer de brûler la maison ou de la faire sauter. Ils nous disent qu'ils savent où on habite, et que si Hailey est acquitté ils viendront mettre de l'essence ou de la dynamite pendant que nous dormirons. Deux fois on nous a menacés de mort. Trop c'est trop.

– Vous devriez peut-être démissionner.

– Et crever de faim ? Bud n'a pas travaillé depuis dix ans, comme vous le savez. Où est-ce que j'irais trouver une place ?

– Vous savez, Ethel, moi aussi je reçois des menaces au téléphone. Je ne les prends pas au sérieux. J'ai promis à Carla d'abandonner l'affaire sitôt que ma famille sera réellement en danger. Ça devrait vous rassurer, non ? Il y a plein de dingues qui se baladent en liberté, c'est vrai.

– C'est bien ce qui m'inquiète. Les gens sont assez dingues pour passer aux actes.

– Allons ! vous voyez tout en noir. Je vais demander à Ozzie de faire surveiller votre maison.

– Vous feriez ça ?

– Evidemment. La police surveille bien la mienne. Croyez-moi, Ethel, il n'y a pas de quoi s'inquiéter. Il s'agit, sans doute, de quelques mauvais plaisants, rien de plus.

Elle s'essuya les yeux.

– Pardon d'avoir pleuré et pardon de m'être montrée irritable ces derniers temps.

Vous l'êtes depuis quarante ans, songea Jake.

– C'est oublié.

– Et pour ça, que fait-on ? demanda-t-elle en désignant la pile de factures.

– Je vais trouver l'argent. Ne vous faites plus de soucis.

Willie Hastings, qui terminait son service à 22 heures, signala son départ à la pointeuse qui se trouvait à côté du bureau d'Ozzie, et se rendit directement chez les Hailey. C'était à son tour de dormir sur le canapé. Quelqu'un devait coucher tous les soirs sur le sofa de Gwen – un frère, un cousin ou un ami. Willie faisait la nuit du mercredi.

Avec les lumières allumées, il était impossible de dormir. Tonya acceptait de se mettre au lit à la seule condition que toutes les lampes de la maison soient allumées. Les hommes pouvaient être tapis dans le noir, prêts à fondre sur elle. Elle les avait vus bien des fois, s'approchant de son lit en rampant, ou en train de se cacher dans les placards. Elle avait entendu leurs voix derrière sa fenêtre, et elle avait aperçu leurs yeux injectés de sang, braqués sur elle, tandis qu'elle s'apprêtait à se coucher. Elle entendait des bruits de pas au grenier –

les bruits de ces grosses bottes de cow-boy qui lui avaient meurtri le ventre. Ils étaient là-haut, attendant que tout le monde soit couché pour descendre dans sa chambre et l'emmener de nouveau dans les bois. Une fois par semaine, sa mère et son frère aîné dépliaient l'échelle et montaient inspecter les combles, avec une lampe de poche et un revolver.

Aucune pièce de la maison ne devait rester dans le noir lorsque Tonya allait au lit. Une nuit, alors qu'elle était étendue à côté de sa mère, incapable de trouver le sommeil, une ampoule sauta dans le couloir. Elle se mit aussitôt à hurler, jusqu'à ce que son frère aille chercher des ampoules de rechange dans une station-service de Clanton.

Elle dormait avec sa mère, qui devait la serrer contre elle pendant des heures jusqu'à ce que ses fantômes s'évanouissent. Au début, Gwen avait du mal à dormir avec les lumières, mais au bout de cinq semaines elle parvenait à sommeiller un peu, par à-coups. Le petit corps à côté d'elle tressautait, s'agitait dans son sommeil.

Willie souhaita bonne nuit aux garçons et embrassa Tonya. Il lui montra son arme et lui promit de monter la garde dans le salon. Il fit le tour de la maison, inspecta placards et armoires. Lorsque Tonya fut rassurée, elle se coucha à côté de sa mère et commença à pleurer en silence, en fixant des yeux le plafond.

Vers minuit, Willie retira ses bottes et s'étendit sur le canapé. Il dégrafa son holster et posa son revolver sur le sol, à côté de lui. Il était presque endormi lorsqu'il entendit un hurlement strident, comme celui d'un enfant que l'on torture. Il saisit son arme et accourut dans la chambre. Tonya était assise dans le lit, fixant des yeux le mur devant elle, tremblante de la tête aux pieds. Elle les avait vus derrière la fenêtre. Ils l'attendaient. Gwen la serrait contre elle. Les trois garçons se pressaient au pied du lit, regardant leur sœur d'un air impuissant. Carl Lee Junior se dirigea vers la fenêtre.

Tout était normal. Ce genre d'incident s'était produit bien des fois en cinq semaines. Malgré leurs efforts, ils savaient qu'il n'y avait pas grand-chose à faire.

Gwen tenta de l'apaiser et la réinstalla doucement sur l'oreiller.

– C'est fini, ma chérie, maman est là, et l'oncle Willie aussi. Personne ne va venir te chercher. C'est fini, ma chérie.

Elle demanda à Willie de monter la garde sous la fenêtre avec son revolver, et à ses fils de dormir au pied du lit de leur sœur. Chacun prit position. Elle poussa pendant un moment des gémissements plaintifs dans son sommeil.

Willie resta à son poste jusqu'à ce que tout le monde soit endormi, puis il emporta les garçons un à un dans leur chambre. Ensuite il revint s'installer sous la fenêtre et attendit que l'aube paraisse derrière les rideaux.

Jake et Atcavage déjeunèrent ensemble chez Claude le vendredi. Ils commandèrent des travers de porc et de la salade de chou. L'endroit était bondé, comme de coutume, et pour la première fois depuis un mois on n'y apercevait que des visages familiers. Les habitués bavardaient tranquillement comme avant l'affaire. Claude était en verve – il tonitruait, houspillait et insultait ses fidèles clients. Claude était une de ces rares personnes dont les injures mettaient en joie tout le monde.

Atcavage avait assisté à l'audience, et serait allé soutenir la demande de renvoi devant une autre cour au besoin. La banque voyait ce témoignage d'un mauvais œil et Jake avait préféré laisser Atcavage tranquille. Les banquiers avaient une peur atavique des tribunaux, et Jake était reconnaissant à son ami d'avoir surmonté sa paranoïa et d'avoir assisté à l'audience. Ce faisant, il était devenu le premier banquier du comté de Ford à être apparu, de son plein gré, dans une salle de tribunal. Jake était fier de lui.

Claude passa à côté d'eux en courant, leur lançant au passage qu'il leur restait dix minutes et qu'ils feraient mieux de la fermer et de manger. Jake termina son plat et s'épongea le visage.

– Au fait, Stan, puisqu'on parle de prêts, j'aurais besoin de t'emprunter cinq mille dollars pendant trois mois, sans fonds de garantie.

– On parlait de prêts ?

– Oui, tu disais quelque chose sur les banques.

– Ah bon ? J'avais l'impression qu'on était en train de dire du mal de Buckley. Et je dois dire que ça m'amusait beaucoup.

– Tu ne devrais pas faire le fanfaron. C'est facile d'amasser de l'argent, mais quand il s'agit d'ouvrir son porte-monnaie... Tu es sur la mauvaise pente, Stan.

– Oh, mille fois pardon. Dis-moi comment retrouver ton estime ?

– En m'accordant ce prêt.

– Bon, ça va. Qu'est-ce que tu veux en faire ?

– C'est important de le savoir ?

– Comment ça, « important » ?

– Ecoute, Stan, tout ce qui t'intéresse, c'est de savoir si oui ou non je pourrai te rendre cet argent dans trois mois ?

– C'est exact. Est-ce que tu pourras me rendre cet argent dans trois mois ?

– Voilà la vraie question. Bien sûr que je le pourrai !

Le banquier sourit :

– Tu es dos au mur, hein ?

L'avocat sourit à son tour :

– Oui, reconnut-il. Je n'arrive pas à me concentrer sur autre chose. Le procès est dans trois semaines, et tout mon temps et mon énergie y passent.

– Combien va te rapporter cette affaire ?

– Neuf cents dollars au lieu de dix mille.

– Neuf cents dollars !

– Ouais. Je te rappelle que tu n'as pas voulu de sa terre comme garantie à son prêt.

– C'est un coup bas.

– Ah, si tu lui avais accordé ce prêt, je n'en serais pas réduit à te demander cet argent.

– Je préfère te faire un prêt à toi.

– Parfait. Quand est-ce que tu me signes le chèque ?

– Tu sembles aux abois.

– Je sais le temps que ça vous prend, vous autres, entre vos réunions d'experts-comptables, vos vice-présidents par-ci, vos vice-présidents par-là. Il faudra un mois avant qu'un de ces types ne se décide à m'accorder ce prêt, à condition encore que son petit manuel lui dise qu'il peut et que la maison mère soit de bonne disposition. Je sais comment ça se passe.

Atcavage consulta sa montre.

– A 3 heures, cet après-midi, ça t'ira ?

– On fera aller.

– Tu as dit sans garantie ?

Jake s'essuya la bouche, se pencha au-dessus de la table et chuchota :

– Tu as une hypothèque sur ma maison qui est unique en son genre, et tu as un droit de rétention sur ma voiture. Je veux bien hypothéquer ma propre fille si tu veux, mais si tu t'avises d'y toucher, je t'étripe. Quelle garantie veux-tu de plus ?

– Je retire ce que j'ai dit.

– Alors quand ce chèque ?

– A 3 heures.

Claude surgit devant eux et remplit leurs tasses de thé.

– Il vous reste cinq minutes, lança-t-il avec véhémence.

– Huit, rectifia Jake.

– Ecoute-moi bien, monsieur la Grande Gueule, répliqua Claude avec un sourire ironique. Tu n'es pas dans ton tribunal ici, et ta photo dans les journaux ne vaut pas tripette. Alors quand je dis cinq minutes, c'est cinq minutes !

– Entendu. De toute façon la viande était de la semelle.

– C'est bizarre, parce que tu n'as rien laissé dans ton assiette.

– Autant tout manger, au prix où est le repas.

– Le prix pourrait bien augmenter si tu continues à te plaindre.

– On s'en va, on s'en va, annonça Atcavage.

Il se leva et jeta un billet d'un dollar sur la table.

Le dimanche après-midi, les Hailey pique-niquèrent sous un arbre, à distance de la mêlée furieuse qui sévissait sous le panier de basket-ball. La première vague de chaleur de l'été traversait le pays, et une touffeur lourde et poisseuse tombait des frondaisons et pesait sur l'aire de jeu. Gwen chassait des essaims de mouches, tandis que les enfants et leur père mangeaient un poulet tiède et suintant. Les garçons finirent rapidement leur assiette, pressés d'aller jouer sur la nouvelle balançoire qu'Ozzie avait fait installer pour les enfants des détenus.

– Qu'est-ce qu'ils t'ont fait à Whitfield ? demanda Gwen.

– Oh, rien de particulier. Ils m'ont posé des tas de questions, m'ont fait passer des tests. Des conneries comme ça.

– Et les conditions de détention ?

– Menottes aux poignets et murs capitonnés.

– C'est vrai ? Ils t'ont mis dans une cellule aux murs capitonnés ?

Gwen poussa un petit rire amusé.

– Je te jure. Ils me regardaient comme si j'étais un animal bizarre. Ils disaient que j'étais célèbre. Mes gardiens m'ont dit qu'ils étaient fiers de moi – il y avait un Blanc et un Noir. Ils disaient que j'avais fait ce que j'avais à faire et qu'ils espéraient que j'allais m'en sortir. Ils ont été gentils avec moi.

– Qu'est-ce qu'ont dit les docteurs ?

– Ils ne diront pas grand-chose jusqu'au procès, et puis ils annonceront au tribunal que je suis normal.

– Comment tu sais tout ça ?

– C'est Jake qui me l'a dit. Pour l'instant, il ne s'est pas encore trompé.

– Il a trouvé un docteur, de son côté ?

– Ouais. Une espèce de dingue alcoolo. Il paraît que c'est un psychiatre. Je l'ai vu deux fois dans le bureau d'Ozzie.

– Qu'est-ce qu'il t'a dit ?

– Pas grand-chose. Jake dit qu'il racontera tout ce qu'on voudra.

– C'est un vrai docteur digne de ce nom, à ce que je vois.

– Il pourra tenir tête aux autres de Whitfield.

– D'où est-ce qu'il vient ?

– De Jackson, je crois. Il n'avait pas l'air très sûr de lui, en fait. Il semblait craindre que je lui saute dessus à tout instant. Les deux fois où je l'ai vu, il était saoul, j'en mettrais ma main à couper. Il m'a posé deux ou trois questions auxquelles je n'ai rien compris. Il a pris quelques notes comme un vrai psy. Puis il a dit qu'il pourrait vraisemblablement m'aider. J'ai parlé de lui à Jake, qui m'a dit de ne pas m'inquiéter, qu'il serait à jeun au procès. Mais je crois que Jake non plus n'est pas très rassuré.

– Pourquoi faire appel à un type comme lui, dans ce cas ?

– Parce qu'il est gratuit. Il doit une faveur à quelqu'un. Un vrai psy demanderait mille dollars pour m'examiner et mille autres encore pour venir témoigner au procès. Et encore, c'est le premier prix. Inutile de te dire que cela dépasse nos moyens.

Gwen perdit son sourire et détourna les yeux.

– Nous avons besoin d'argent à la maison, annonça-t-elle sans le regarder.

– Combien te faut-il ?

– Deux cents dollars pour la nourriture et les factures.

– Combien te reste-t-il ?

– Moins de cinquante dollars.

– Je vais voir ce que je peux faire.

Elle tourna la tête vers lui.

– Comment ça ? Où comptes-tu trouver de l'argent dans une prison ?

Carl Lee fronça les sourcils et fit signe à sa femme de se taire. Elle n'avait pas à lui poser de questions. C'était encore lui qui portait le pantalon, même s'il était derrière les barreaux. C'était lui le patron.

– Pardon, murmura Gwen.

24

Le révérend Agee regarda à travers une tente des vitraux de son église et aperçut avec satisfaction les belles Cadillac et Lincoln arriver à 5 heures pile, le dimanche après-midi. Il avait demandé une réunion de la congrégation pour organiser leur action durant les trois semaines précédant le procès et préparer la venue des avocats de la N.A.A.C.P. Les collectes hebdomadaires avaient porté leurs fruits – plus de sept mille dollars avaient été recueillis à travers le comté et près de six mille avaient été déposés par le révérend sur un compte spécial baptisé Fonds de soutien pour la défense de Carl Lee Hailey. Pas un cent n'avait encore été donné à la famille. Agee attendait les ordres de la N.A.A.C.P. pour disposer de l'argent qui, pour la majorité, pensait-il, servirait à financer la défense de Carl Lee. Les sœurs pourraient toujours nourrir les Hailey s'ils avaient faim. Mieux valait ne pas gaspiller l'argent liquide.

La congrégation cherchait d'autres moyens de trouver de l'argent. Il était difficile de soulever des fonds parmi des gens pauvres, mais le besoin était pressant et la conjoncture favorable. Il fallait battre le fer quand il était chaud. Après, il serait trop tard. Les pasteurs décidèrent de se retrouver le lendemain à l'église Springdale de Clanton. Les gens de la N.A.A.C.P. devaient arriver en ville le matin. La presse ne serait pas conviée. Il s'agissait d'une réunion de travail.

Norman Reinfeld était âgé de trente ans. C'était un expert en droit criminel, sorti d'Harvard à l'âge record de vingt et un ans. Il avait préféré décliner l'offre alléchante d'entrer dans le prestigieux cabinet de ses père et grand-père à Wall Street, pour rallier la N.A.A.C.P. et passer son temps à se battre bec et ongles pour éviter la peine de mort à des Noirs miséreux du Sud. Il excellait dans son travail. Certes, il n'obtenait que de piètres résultats, mais ce n'était en aucune façon de sa faute ; la plupart des Noirs qui risquaient la chambre à gaz, à l'instar de leurs homologues blancs, la méritaient effectivement. Reinfeld et son équipe d'experts juridiques gagnaient néanmoins leur part et, lorsqu'ils perdaient un procès, ils parvenaient à garder en vie leur condamné à mort grâce au jeu subtil des appels et autres pourvois en justice. Quatre de ses anciens clients avaient été gazés, électrocutés ou avaient reçu une injection mortelle de penthotal, et c'était quatre de trop pour Reinfeld. Ils étaient morts tous les quatre sous ses yeux, et à chaque exécution il jurait devant Dieu de violer toutes les lois, de faire fi de toutes considérations éthiques, d'outrager n'importe quelle cour, d'ignorer toutes les poursuites en justice et de faire tout ce qui était en son pouvoir pour soustraire un être humain à cet assassinat légal qu'était la peine de mort. Peu lui importaient les autres assassinats, illégaux ceux-là, qu'avaient pu perpétrer ses clients, peu lui importaient leur machiavélisme ou leur cruauté. D'autres se chargeaient de s'y attarder. Son cheval de bataille, c'était l'exécution capitale, et il engageait dans ce combat toute son ardeur et sa rigueur morale.

Il dormait rarement plus de trois heures par nuit. Le sommeil était difficile à venir lorsqu'on avait trente et un clients dans l'antichambre de la mort – sans compter dix-sept autres en instance de procès et huit avocats égotiques à diriger. Il avait trente ans et en paraissait quarante-cinq. Il était usé, irritable et revêche. En temps normal, il n'aurait jamais eu le temps d'assister à une réunion de pasteurs noirs du Sud, mais la situation était exceptionnelle. C'était l'affaire Hailey. Le Justicier. Le père faisant justice lui-même. L'affaire criminelle la plus célèbre du moment dans le Mississippi. Un Etat où pendant des années les Blancs ont tiré sur les Noirs comme on tire sur des lapins, sans autre émotion. Un Etat où le viol des femmes noires était considéré comme un sport. Un Etat où les Noirs étaient pendus haut et court au moindre signe de rébellion. Et voilà qu'un père de couleur venait de tuer les deux Blancs qui avaient violé sa fille ; il avait déjà le pied dans la chambre à gaz, pour avoir perpétré une action dont personne ne se serait ému trente ans plus tôt s'il avait été de race blanche. C'était l'affaire de la décennie, son affaire, celle dont il allait s'occuper personnellement.

Le lundi, le révérend Agee le présenta à la congrégation, et ouvrit les débats par une énumération fastidieuse des manifestations et initiatives organisées dans le comté. Reinfeld se montra plus concis. Lui et son équipe ne pouvaient pas défendre Mr. Hailey puisque celui-ci n'avait pas loué ses services. Il fallait organiser rapidement une rencontre avec le prévenu. Aujourd'hui si possible. Le lendemain matin au plus tard, car l'avion de Reinfeld décollait de Memphis à midi. On l'attendait pour une importante affaire de meurtre en Géorgie. Le révérend Agee promit de régler ce problème au plus vite. Il était un ami du shérif. Parfait, répondit Reinfeld, je compte sur vous.

– De quelle somme disposez-vous ? demanda Reinfeld.

– On a reçu quinze mille dollars, répondit Agee.

– Je suis au courant. Je parlais des collectes d'ici.

– Six mille dollars, répondit fièrement Agee.
– Six mille dollars ! répéta Reinfeld. C'est tout ? Je croyais que vous étiez organisés dans le coin ? C'est ça le grand mouvement populaire dont vous parliez ? Six mille dollars ! Combien espérez-vous obtenir encore ? Il ne nous reste plus que trois semaines.

Les pasteurs de la congrégation restèrent silencieux. Ce juif avait un sacré culot. C'était le seul Blanc et il montait déjà au créneau.

– Combien vous faut-il ? demanda Agee.
– Ça dépend, révérend, de la qualité de la défense que vous comptez offrir à Mr. Hailey. Je n'ai que huit avocats dans mon équipe. Cinq sont pris sur d'autres procès en ce moment. Nous avons trente et une peines capitales sur les bras, à divers niveaux d'appel, et dix-sept procès à soutenir dans les cinq prochains mois, dans dix Etats différents. Nous recevons dix demandes par semaine, et nous en refusons huit parce que nous n'avons ni les moyens nécessaires ni le personnel pour défendre la personne en question. Dans le cas de Mr. Hailey, les deux antennes de la N.A.A.C.P., ainsi que le siège central, vous offrent quinze mille dollars. Et j'apprends maintenant que vous n'avez récolté, de votre côté, que six mille dollars. Ça fait, au total, vingt et un mille dollars. Avec cet argent vous allez pouvoir vous payer une défense honorable. Deux avocats, sans doute un psychiatre, mais rien d'extraordinaire. Avec vingt et un mille dollars, on peut avoir une bonne défense. Mais j'avais autre chose en tête.
– On peut savoir quoi ?
– Une défense hors pair : trois ou quatre avocats, une cohorte de psychiatres, une demi-douzaine d'enquêteurs, un psychologue, rien que pour sonder le jury. Et j'en passe, et des meilleurs. Il ne s'agit pas du meurtre d'une petite vieille au coin de la rue. Je suis venu gagner ce procès. Et j'avais l'impression que vous aviez le même objectif, vous autres.

– Combien ? demanda Agee.

– Cinquante mille minimum. Cent mille serait mieux.

– Ecoutez, Reinfeld, vous êtes ici dans le Mississippi. Nos gens sont pauvres. Ils se sont montrés très généreux jusqu'à présent, mais il nous est impossible de collecter trente mille autres dollars.

Reinfeld ajusta ses lunettes d'écaille sur son nez et se gratta la barbe.

– Combien pouvez-vous obtenir encore ?

– Cinq mille dollars, peut-être.

– C'est maigre.

– Pour vous, peut-être, mais pour la communauté du comté de Ford, c'est une somme !

Reinfeld regarda le plancher en continuant à se gratter la barbe.

– Combien a donné l'antenne de Memphis ?

– Cinq mille, répondit quelqu'un de Memphis.

– Et Atlanta ?

– Cinq mille.

– Et au niveau de l'Etat, combien ?

– De quel Etat ?

– Le Mississippi.

– Rien.

– Rien ?

– Rien du tout.

– Pourquoi ?

– Posez-lui donc la question, répondit Agee en désignant le révérend Henry Hillman, responsable fédéral pour le Mississippi.

– Eh bien, nous sommes en train d'essayer de trouver des fonds, commença Hillman, mal à l'aise, mais...

– Combien avez-vous récolté pour l'instant ? demanda Agee.

– Eh bien, nous avons...

– Rien du tout, pas vrai ? Vous n'avez pas bougé le petit doigt, n'est-ce pas, Hillman ? insista Agee en haussant la voix.

Allez, Hillman, dites-nous combien vous avez

recueilli, intervint le révérend Roosevelt, vice-président de la congrégation.

Le pauvre Hillman était pris de court. Il était assis tranquillement sur son banc, à demi endormi, et voilà qu'il se retrouvait assailli de toutes parts.

– Le conseil du Mississippi apportera son écot.

– A d'autres, Hillman. Vous autres, les fédéraux, vous êtes toujours en train de nous réclamer de l'argent, pour ceci ou pour cela, mais de tout cet argent on n'en voit jamais la couleur. Vous êtes tout le temps on train de pleurnicher, de geindre parce que vous n'avez pas un sou, alors nous continuons à vous envoyer de l'argent. Mais lorsqu'on vous demande un petit coup de main, il n'y a plus personne, et on a droit à de beaux discours.

– C'est faux.

– Ne commencez pas à mentir, Hillman.

Reinfeld, gêné, s'aperçut qu'il avait touché un point sensible.

– Messieurs, messieurs, nous avons d'autres points à discuter, intervint l'avocat diplomatiquement.

– Très juste, lança Hillman.

– Quand pourrai-je rencontrer Mr. Hailey? demanda Reinfeld.

– Je vais organiser un rendez-vous pour demain matin, annonça Agee.

– Où ça?

– Je propose que vous vous rencontriez dans le bureau du shérif Walls. C'est un Noir, vous savez, c'est le seul shérif noir du Mississippi.

– Oui, c'est ce qu'on m'a dit.

– Je crois qu'il ne fera pas de difficultés.

– Parfait. Qui est l'avocat d'Hailey?

– Un gars du coin. Jake Brigance.

– Convoquez-le. Nous lui demanderons de nous donner un coup de main. Histoire d'arrondir les angles.

La voix désagréable et stridente d'Ethel rompit brusquement la belle tranquillité de la fin de l'après-midi. Jake fit un bond sur son siège.

– Mr. Brigance, vous avez le shérif Walls sur la deux ! annonça-t-elle dans l'interphone.

– Je prends.

– Vous avez encore besoin de moi, patron ?

– Non. A demain.

Jake appuya sur le bouton de la ligne numéro deux.

– Allô, Ozzie ? Qu'est-ce qui se passe ?

– Dis donc, Jake, il est arrivé en ville toute une bande de grosses huiles de la N.A.A.C.P.

– Ça n'a rien d'extraordinaire.

– Mais là, c'est différent. Ils veulent rencontrer Carl Lee demain matin.

– Pourquoi donc ?

– Un type nommé Reinfeld, cela te dit quelque chose ?

– Oui. De nom. Il dirige une équipe d'avocats, spécialisés dans les affaires de meurtre. Norman Reinfeld ?

– C'est ça.

– Je m'y attendais un peu.

– Eh bien, il est là, et il veut voir ton Carl Lee.

– Comment se fait-il que tu sois au courant ?

– Le révérend Agee vient de m'appeler. Pour que je lui rende ce service, évidemment. Il m'a demandé de t'appeler.

– La réponse est non. Un non catégorique.

Ozzie resta un moment silencieux avant d'annoncer :

– Jake, ils veulent que tu assistes à l'entrevue.

– Je suis donc invité !

– Oui. Il paraît que Reinfeld a insisté. Il tient à ce que tu sois là.

– Et où ça se passe ?

– Dans mon bureau. Demain à 9 heures.

Jake prit une profonde inspiration et répondit lentement :

– Entendu, j'y serai. Où est Carl Lee, en ce moment ?

– Dans sa cellule.

– Fais-le venir dans ton bureau. J'arrive dans cinq minutes.

– Pour quoi faire ?

– Une petite séance de confession au pied levé.

Reinfeld et les révérends Agee, Roosevelt et Hillman étaient assis en rang d'oignons sur des chaises pliantes face à Ozzie, Carl Lee et son avocat. Jake fumait un mauvais cigare dans le seul dessein d'enfumer le petit bureau. Il tirait dessus avec ardeur en contemplant nonchalamment le sol, essayant de ne laisser transparaître qu'un vaste mépris pour Reinfeld et les pasteurs. Il ne fallait pas laisser Reinfeld prendre de l'assurance ; son dédain pour le petit avocat de province qu'était Jake n'était déjà que trop visible. Reinfeld était arrogant et insolent de nature. Jake devait prendre les devants.

– Qui a demandé cette réunion ? demanda Jake avec impatience, après un long moment de silence embarrassé.

– Eh bien, c'est nous, en fait, répondit Agee en cherchant Reinfeld du regard.

– Alors finissons-en. Qu'est-ce que vous voulez ?

– Du calme, Jake, intervint Ozzie. Le révérend Agee m'a demandé d'arranger ce rendez-vous pour que Mr. Reinfeld puisse voir Carl Lee.

– Très bien. Il l'a vu. Alors, Reinfeld ?

– Je suis venu proposer mes services, ainsi que le concours de mon équipe et de la N.A.A.C.P. tout entière, à Mr. Hailey, répondit Reinfeld.

– Quel genre de services ?

– Juridiques s'entend.

– Carl Lee, tu as demandé à Mr. Reinfeld de venir te rendre visite ? demanda Jake.

– Non.

– Dites-moi, ça ressemble à de la sollicitation de client, Mr. Reinfeld ?

– Epargnez-moi vos sermons, Mr. Brigance. Vous savez très bien ce que je fais, et pourquoi je suis ici.

– Alors, comme ça, vous chassez le client ?

– Je ne chasse rien du tout. J'ai été appelé par l'agence locale de la N.A.A.C.P. et par diverses organisations pour la défense des droits civiques. Nous nous occupons exclusivement d'affaires de meurtre. C'est notre spécialité.

– Vous seriez donc le seul avocat à pouvoir traiter une affaire de cette importance ?

– J'en ai déjà plaidé pas mal.

– Et perdu pas mal aussi.

– La plupart de mes affaires sont considérées comme des causes perdues.

– Je vois. C'est donc votre avis sur cette affaire ? Vous comptez la perdre également ?

Reinfeld tira sur les poils de sa barbe et lança à Jake un regard mauvais.

– Mr. Brigance, je ne suis pas venu chercher la bagarre.

– Je sais. Vous êtes venu offrir vos formidables talents de juriste à un accusé qui ne vous connaît ni d'Eve ni d'Adam et qui est parfaitement satisfait de son avocat. Vous êtes venu me prendre mon client. Je sais exactement pourquoi vous êtes ici.

– Je suis ici à la demande de la N.A.A.C.P., Mr. Brigance. Je dirige ses spécialistes en droit criminel. Je vais là où la N.A.A.C.P. me demande d'aller.

– Combien de clients avez-vous ?

– Plusieurs dizaines. Quelle importance cela peut-il avoir ?

– Est-ce qu'ils avaient tous des avocats avant que vous ne vous immisciez dans leurs affaires ?

– Certains oui, d'autres non. Nous tâchons, dans la mesure du possible, de travailler avec les avocats locaux.

Jake esquissa un sourire.

– C'est trop d'honneur. Vous m'offrez de porter votre mallette et de vous faire visiter la ville ? Avec de la chance, j'aurai peut-être le droit d'aller vous chercher un sandwich pendant la pause de midi. Le grand frisson, quoi !

Carl Lee était assis, bras croisés, les yeux rivés sur une tache du tapis. Les pasteurs le regardaient avec insistance, attendant qu'il intervienne, qu'il dise à son avocat de se taire, qu'il était renvoyé et que les avocats de la N.A.A.C.P. reprenaient l'affaire. Ils le fixaient des yeux, mais Carl Lee restait impassible et se contentait d'écouter.

– Nous pouvons vous apporter beaucoup, Mr. Hailey, dit Reinfeld calmement.

Mieux valait ne pas envenimer les choses tant que l'accusé ne s'était pas décidé. Une dispute risquait de tout fiche par terre.

– Du genre ? demanda Jake.

– Une équipe, des moyens, des experts, l'expérience d'un groupe d'avocats spécialisés dans des affaires de ce type. Nous avons à notre disposition, de surcroît, un grand nombre de médecins hautement qualifiés. Un simple appel et ils sont là.

– De combien d'argent disposez-vous ?

– Cela ne vous regarde pas.

– Vraiment. Peut-être cela regarde-t-il Mr. Hailey ? Après tout, c'est de son affaire qu'il s'agit. Peut-être Mr. Hailey aimerait-il savoir quelle somme vous comptez engager pour sa défense ? N'est-ce pas, Carl Lee ?

– Ouais.

– Très bien. Mr. Reinfeld, de quelle somme disposez-vous ?

Reinfeld remua sur sa chaise et lança un regard réprobateur aux pasteurs, qui lancèrent à leur tour de muets reproches à Carl Lee.

– Environ vingt mille dollars pour l'instant, admit Reinfeld à contrecœur.

Jake éclata de rire, n'en croyant pas ses oreilles.

– Vingt mille dollars ! Vous êtes sérieux ? Vingt mille dollars ! Je croyais qu'avec vous c'était le grand jeu. Vous avez aligné cent cinquante mille dollars pour ce type qui avait tué un flic à Birmingham, l'an passé. Et qui a été condamné, soit dit en passant. Vous en avez sorti cent mille pour la pute de Shreveport qui a occis son client. Et qui a été, elle aussi, condamnée, je me permets de le souligner. Et vous proposez vingt mille dollars pour cette affaire ? Cela en dit long sur l'intérêt que vous y portez !

– Et vous, combien comptez-vous débourser ? demanda Reinfeld.

– Si vous arrivez à m'expliquer en quoi cela vous regarde, je me ferai un plaisir de vous répondre.

Reinfeld se pencha sur sa chaise et se frotta les tempes.

– Parlez-lui donc, révérend Agee.

Agee regarda Carl Lee. Les pasteurs regrettaient de ne pas être seuls avec lui, sans Blancs autour d'eux. Ils auraient pu lui parler, comme on le fait entre frères. Ils lui auraient dit ce qu'il fallait faire : renvoyer son avocaillon blanc et embaucher de véritables avocats. Les spécialistes de la N.A.A.C.P. Des types qui savaient défendre les Noirs. Mais ils n'étaient pas seuls, et ils ne pouvaient faire pression. Ils se devaient de montrer un certain respect pour les Blancs en présence. Agee prit la parole :

– Ecoute, Carl Lee, on essaie de t'aider. Nous avons fait venir Mr. Reinfeld ici. Il met à ta disposition tous ses avocats, toute son équipe. Nous n'avons rien contre Jake. C'est un jeune avocat très doué. Il pourra travailler avec Mr. Reinfeld. Nous ne te demandons pas de renvoyer Jake ; nous voulons simplement que tu embauches Mr. Reinfeld. Ils pourront travailler ensemble.

– Pas question, répondit Jake.

Agee se tut et regarda Jake d'un air las.

– Allez, Jake. Nous n'avons rien contre vous. C'est une chance que nous vous offrons. Vous allez travailler avec les plus grands. Vous allez apprendre beaucoup de choses. Vous...

– Je vais être très clair, révérend. Si Carl Lee veut embaucher vos avocats, libre à lui. Mais je ne jouerai pas les larbins. C'est moi ou eux. Il n'y a pas d'alternative. C'est mon affaire ou la vôtre. Le tribunal n'est pas assez grand pour moi, Reinfeld et Rufus Buckley.

Reinfeld roula des yeux et leva le nez au plafond, avec un petit sourire méprisant.

– Vous dites que c'est à Carl Lee d'en décider ? demanda le révérend Agee.

– Bien sûr que la décision lui appartient. Il m'a embauché. Il a le droit de me renvoyer. Il l'a déjà fait une fois. Ce n'est pas moi qui ai un pied dans la chambre à gaz.

– Qu'est-ce que tu en dis, Carl Lee ? demanda Agee.

Carl Lee décroisa les bras et regarda Agee.

– Ces vingt mille dollars, c'est pour faire quoi ?

– En fait, c'est plutôt trente, répondit Reinfeld. On va demander aux gens du coin de redonner dix mille. L'argent servira à votre défense. Il nous faudra sans doute louer les services de deux ou trois enquêteurs, de deux ou trois experts en psychiatrie. Et nous faisons souvent appel à un psychologue pour nous aider à sélectionner le jury. Une défense comme celle-là coûte très cher.

– Hum... et combien ont donné les gens du pays ? demanda Carl Lee.

– Environ six mille dollars, répondit Reinfeld.

– Qui s'est chargé de la collecte ?

Reinfeld se tourna vers Agee.

– Les églises, répondit le révérend.

– Qui a recueilli l'argent collecté dans chaque église ? demanda Carl Lee.

– Nous, répondit Agee.

– Vous voulez dire *vous,* dit Carl Lee.

– Eh bien, oui, en un sens. Chaque église m'a apporté l'argent et je l'ai déposé sur un compte spécial.

– Ouais. Et vous y avez, évidemment, tout déposé, jusqu'au moindre cent ?

– Bien entendu.

– Bien entendu... J'aimerais vous poser une question, révérend, une seule. Sur ces six mille dollars, combien ont reçu ma femme et mes gosses ?

Agee sembla pâlir, du moins tant que faire se peut. Il chercha du regard le soutien des autres pasteurs qui s'étaient tous abîmés dans la contemplation d'une punaise égarée sur le tapis. Personne ne bougea. Tout le monde savait qu'Agee avait pris son pourcentage, et que la famille Hailey n'avait pas reçu le moindre cent. Agee avait davantage profité de la collecte que les Hailey. Tous le savaient, et Carl Lee aussi.

– Alors, révérend ? Combien ? répéta Carl Lee.

– Eh bien, nous pensions que l'argent...

– Combien, révérend ?

– ... l'argent devait servir à payer les juristes, des choses comme ça.

– Ce n'est pas ce que vous avez dit pendant vos sermons, n'est-ce pas ? Vous disiez que cet argent serait versé à ma famille. Vous aviez les larmes aux yeux lorsque vous imploriez les gens de donner tout ce qu'ils avaient pour que mes gosses ne meurent pas de faim. Ce n'est pas la vérité, révérend ?

– L'argent est pour toi, Carl Lee. Pour toi et ta famille. Pour le moment, nous pensons qu'il vaut mieux le garder pour assurer ta défense.

– Et si je ne veux pas de vos avocats ? Qu'est-ce qu'ils deviennent, ces vingt mille dollars ?

Jake poussa un petit rire.

– Excellente question ! Que devient l'argent si Mr. Hailey ne vous embauche pas, Mr. Reinfeld ?

– Cet argent n'est pas à moi, répondit Reinfeld.

– Révérend Agee ? demanda Jake.

Trop, c'était trop. Le révérend vit tout rouge. Il tendit le doigt vers Carl Lee, d'un air menaçant.

– Ecoute, Carl Lee. On s'est remué les fesses pour trouver cet argent. Six mille billets donnés par les pauvres gens d'ici, des pauvres gens qui n'étaient pas tenus de le faire. On a sué sang et eau pour cet argent, et ce sont des pauvres qui ont donné, des pauvres gens qui survivent grâce à l'assistance sociale et aux tickets alimentaires, des gens pour qui chaque sou compte. Et pourtant, ils ont donné... Et tu sais pourquoi ? Parce qu'ils croyaient en toi, parce qu'ils étaient de ton côté, parce qu'ils voulaient que tu ressortes libre de la salle de tribunal. Alors ne crache pas sur cet argent !

– Gardez vos sermons, répondit Carl Lee tranquillement. Vous dites que les pauvres du comté ont donné six mille dollars.

– Exact.

– D'où provient le reste ?

– De la N.A.A.C.P. Cinq mille d'Atlanta, cinq mille de Memphis et cinq du siège national. Et cet argent est strictement réservé pour les frais de ta défense.

– A condition que j'embauche Mr. Reinfeld, ici présent ?

– Exact.

– Et si je ne le prends pas, les quinze mille dollars s'envolent en fumée ?

– Exact.

– Et les six mille dollars ?

– Bonne question. Nous n'en avons pas encore discuté. Nous espérions que tu nous serais reconnaissant d'avoir trouvé de l'argent pour te venir en aide. Nous t'offrons les meilleurs avocats sur la place et, à l'évidence, ça ne te fait ni chaud ni froid.

Le silence s'installa pendant une éternité. Pasteurs, avocats et shérif attendaient un signe de l'accusé. Carl Lee se mordillait la lèvre inférieure en fixant le sol des yeux. Jake alluma un autre cigare. Il avait été renvoyé une fois déjà. Il n'en était pas mort.

– Il vous faut une réponse tout de suite ? demanda Carl Lee finalement.

– Non, répondit Agee.

– Si, dit Reinfeld. Le procès aura lieu dans moins de trois semaines. On a déjà perdu deux mois. Mon temps est précieux. Je ne peux pas attendre, Mr. Hailey. Soit vous m'embauchez, soit on passe à autre chose. J'ai un avion à prendre.

– Très bien, je vais vous dire quoi faire, Mr. Reinfeld. Allez prendre votre avion et ne vous souciez plus de moi. Je préfère tenter ma chance avec mon ami Jake.

25

La section du Ku Klux Klan du comté de Ford fut officiellement fondée à minuit, le jeudi 11 juillet, dans un petit pré bordant une piste poussiéreuse, au plus profond de la forêt, quelque part dans le nord du comté. Les six nouvelles recrues, l'air nerveux, se tenaient devant une grande croix en feu et répétaient les paroles scandées par un grand prêtre. Une vingtaine de membres en robes blanches reprenaient en chœur certains passages au moment *ad hoc.* Une sentinelle, armée d'un fusil, faisait le guet sur le bord de la piste. Elle jetait de temps en temps des coups d'œil sur la cérémonie, mais ne cessait de surveiller les alentours au cas où des intrus viendraient à paraître. Il n'y en eut aucun.

A minuit précis, les six nouveaux s'agenouillèrent et fermèrent les yeux, tandis qu'on leur enfilait, d'un air solennel, leurs capuches blanches. Ils faisaient partie du Ku Klux Klan, à présent. Tous les six-Freddie Cobb, le frère du disparu, Jerry Mapples, Clifton Cobb, Ed Wilburn, Morris Lancaster et Terrell Grist. Le grand prêtre s'approcha et proféra au-dessus de leurs têtes les vœux sacrés de la confrérie. Les grandes flammes commençaient à leur chauffer désagréablement le visage. Ils se mirent à suffoquer en silence sous leurs lourdes robes et leurs capuches pointues. La sueur ruisselait sur leurs joues cramoisies et ils priaient de toute leur ferveur pour que le grand prêtre en termine avec ses âneries et que prenne fin la cérémonie. Lorsque les chants cessèrent enfin, les nouvelles recrues se relevèrent et s'éloignèrent de la croix en flammes. Leurs nouveaux frères les congratulèrent, les embrassèrent avec force tapes sur l'épaule, postillonnant des incantations plus primaires sur leurs clavicules ruisselantes. On retira les lourdes capuches, et les hommes du Klan, jeunes comme anciens, traversèrent d'un pas fier le pré pour rejoindre la cabane délabrée de l'autre côte de la piste. La même sentinelle se posta sur les marches du perron tandis qu'à l'intérieur on remplissait les verres de whisky et on échafaudait des plans pour le procès de Carl Lee Hailey.

L'adjoint Pirtle était de patrouille de nuit. Il s'était arrêté chez Gurdy, au nord de la ville, pour prendre un café et grignoter une part de tarte, lorsqu'on lui annonça à la radio qu'il devait se rendre à la prison. Il était minuit moins trois, le vendredi.

Pirtle abandonna sa tarte et prit la direction du poste de police.

– Qu'est-ce qui se passe ? demanda-t-il au type du standard.

– On vient d'avoir un appel anonyme. Quelqu'un qui demandait à parler au shérif. Je lui ai dit qu'il n'était pas de service, alors il a demandé à parler à n'importe quel policier de garde. C'est donc toi. Il a dit que c'était très important. Il va rappeler dans un quart d'heure.

Pirtle se versa une tasse de café et s'installa dans le confortable fauteuil d'Ozzie. Le téléphone sonna.

– C'est pour toi, lui lança le standardiste.

– Allô ? fit Pirtle.

– Qui est à l'appareil ? demanda la voix.

– L'adjoint Joe Pirtle. Et vous, qui êtes-vous ?

– Où est le shérif ?

– Il dort, j'imagine.

– Bon, alors écoutez – et écoutez-moi bien, parce que c'est important et que je ne rappellerai pas. Vous êtes au courant de l'affaire de ce nègre ?

– Ouais.

– Vous connaissez son avocat, un certain Brigance ?

– Ouais.

– Alors écoutez-moi. Entre minuit et 3 heures du matin, ils vont faire sauter sa baraque.

– Quoi ?

– La baraque de Brigance va sauter, je vous dis !

– Mais qui ça ?

– Peu importe, Pirtle. Contentez-vous d'ouvrir vos oreilles. Ce n'est pas une plaisanterie, et si vous ne me croyez pas, attendez donc de voir ce qui va se passer. Ça va faire un joli feu d'artifice, d'une minute à l'autre.

La voix se tut, mais l'homme était toujours là.

– Allô ? Allô ?

– Bonne nuit, Pirtle.

L'homme raccrocha.

Pirtle sauta de son siège et se rua au standard.

– Tu as entendu ?

– Bien sûr.

– Appelle Ozzie et dis-lui de rappliquer. Je vais chez les Brigance.

Pirtle gara sa voiture dans une allée de la rue Monroe, à l'abri des regards, et se rendit à pied jusqu'au domicile des Brigance, en traversant les pelouses des maisons mitoyennes. Il ne remarqua rien de particulier. Il était 0 h 55. Il fit le tour de la maison, sa lampe-torche à la main. Tout était normal. Les maisons alentour étaient silencieuses ; pas une lumière aux fenêtres. Il dévissa la veilleuse de la terrasse et s'installa dans un fauteuil en osier. L'attente commença. La voiture étrangère aux allures rétro était garée à côté de l'Oldsmobile sous l'auvent. Il attendait l'arrivée d'Ozzie. C'était au shérif d'aller prévenir Jake.

Des phares apparurent au bout de la rue. Pirtle se tassa dans son fauteuil – personne ne pouvait le voir de la rue. Un pick-up rouge passa devant la maison, mais ne s'arrêta pas. Pirtle se redressa et regarda le véhicule s'éloigner.

Quelques instants plus tard, il aperçut deux silhouettes, s'approchant de la maison au petit trot. Il dégrafa l'étui de son revolver et sortit son arme. La première silhouette était beaucoup plus grande que la seconde, et semblait courir avec plus de souplesse et d'aisance. C'était Ozzie – suivi de Nesbit. Pirtle alla à leur rencontre, puis les trois hommes partirent se cacher sous l'auvent noyé d'ombre. Ils parlaient à voix basse en surveillant la rue.

– Qu'est-ce qu'il a dit, exactement ? demanda Ozzie.

– Que quelqu'un allait faire sauter la maison de Jake entre minuit et 3 heures du matin. Il a dit que c'était très sérieux.

– C'est tout ?

– Ouais. Il n'était pas très causant.

– Depuis combien de temps es-tu là ?

– Depuis vingt minutes.

Ozzie se tourna vers Nesbit.

– Donne-moi ton talkie et va te planquer derrière la maison. Ne bouge pas et ouvre l'œil.

Nesbit partit comme une fusée et trouva une petite ouverture dans la haie qui bordait la clôture. Rampant à quatre pattes, il disparut dans les buissons. De son petit nid, il pouvait surveiller tout l'arrière de la bâtisse.

– Tu vas pas prévenir Jake ? demanda Pirtle.

– Pas encore. Tout à l'heure, peut-être. Si nous allons frapper à la porte, les lumières vont s'allumer, or il vaut mieux se faire discrets pour le moment.

– Ouais, mais si Jake nous entend et déboule de la maison en tirant sur tout ce qui bouge ? Il peut nous prendre pour deux nègres prêts à le cambrioler.

Ozzie regarda la rue sans répondre.

– Mets-toi à sa place, Ozzie. Les flics encerclent ta maison à 1 heure du matin, attendant que quelqu'un vienne jeter une bombe chez toi. Tu voudrais qu'on te laisse dormir tranquillement ou qu'on te tienne au courant ?

Ozzie contempla les maisons au loin.

– Nous ferions mieux d'aller les réveiller. Et si nous n'arrivons pas à arrêter le type avec sa bombe ? Et si quelqu'un dans la maison est blessé ? Ça sera encore de notre faute, pas vrai ?

Ozzie se leva et appuya sur la sonnette.

– Dévisse cette ampoule, ordonna-t-il, en désignant la lampe du porche.

– C'est déjà fait.

Ozzie enfonça de nouveau la sonnette. La porte de bois s'ouvrit, Jake s'avança vers la porte moustiquaire et regarda le shérif. Jake portait une chemise de nuit froissée qui lui tombait jusqu'aux genoux, et il avait à la main droite un 38 chargé. Il ouvrit la contre-porte lentement.

– Qu'est-ce qui se passe, Ozzie ? demanda-t-il.

– Je peux entrer ?

– Ouais. Qu'est-ce qu'il y a ?

– Reste ici, ordonna-t-il à Pirtle. J'en ai pour une minute.

Ozzie referma la porte et éteignit la lumière dans l'entrée. Les deux hommes s'assirent dans la pénombre du salon qui donnait sur la terrasse et la rue.

– Je t'écoute, dit Jake.

– Il y a environ une demi-heure, nous avons reçu un appel anonyme qui disait que quelqu'un allait faire sauter ta maison entre minuit et 3 heures du matin. On a pris la chose au sérieux.

– Merci d'être venu.

– Pirtle est sur la terrasse et Nesbit surveille l'arrière de la maison. Il y a dix minutes, Pirtle a vu passer un pick-up rouge. Il a ralenti devant la maison. Pour l'instant, c'est tout.

– Vous avez inspecté les alentours ?

– Ouais. Il n'y a rien. Ils ne doivent pas être encore arrivés. Mais quelque chose me dit que c'est du sérieux.

– Quoi donc ?

– Je ne sais pas. Un pressentiment.

Jake posa le 38 sur le sofa à côté de lui et se frotta les tempes.

– Qu'est-ce que tu proposes ?

– On attend. C'est tout ce qu'il y a à faire. Tu as un fusil ?

– J'ai de quoi envahir Cuba.

– Tu pourrais t'habiller et aller le chercher. Et te poster derrière l'une des petites fenêtres au premier. Nous, on va continuer à faire le guet dehors.

– Tu as assez d'hommes avec toi ?

– Ouais. Ils ne seront pas plus d'un ou deux, à mon avis.

– Qui ça *ils ?*

– Je sais pas. Peut-être le Klan, peut-être des indépendants. Va savoir !

Les deux hommes regardèrent la rue pensivement. Ils apercevaient le haut du crâne de Pirtle qui était affalé dans le fauteuil en osier, juste sous la fenêtre du salon.

– Jake, tu te souviens de ces ouvriers qui militaient pour l'égalité des droits civiques et qui ont été tués par le Klan en 64. On les a retrouvés enterrés dans un remblai à la périphérie de Philadelphie.

– Bien sûr. J'étais gosse, mais je m'en souviens.

– Personne ne les aurait jamais retrouvés si quelqu'un n'avait pas vendu la mèche – quelqu'un du Klan. Un informateur. Ça se passe souvent comme ça avec le Klan. Il y a toujours quelqu'un de chez eux qui vient manger le morceau.

– Tu penses donc que c'est le Klan ?

– Cela en a tout l'air. Si c'étaient des types isolés, il n'y aurait pas eu de fuite. Plus le groupe est important, plus il y a de chance que quelqu'un parle.

– Ça se tient. Mais ça ne me rassure pas pour autant.

– Bien sûr, ça peut toujours être une blague.

– T'as pas l'air de vraiment rigoler.

– Tu vas prévenir ta femme ?

– Ouais. Il vaut mieux.

– Je le crois aussi. Mais n'allume pas les lumières. Ça pourrait leur faire peur.

– J'en serais ravi, figure-toi.

– Moi, je serais plutôt ravi de les arrêter. Parce que si nous ne les prenons pas maintenant, ils recommenceront, et la prochaine fois, on pourrait oublier de nous prévenir à temps.

Carla s'habilla rapidement dans le noir. Elle était terrorisée. Jake installa Hanna sur le sofa du salon. Elle murmura quelque chose et replongea dans le sommeil.

Carla lui caressa les cheveux en regardant Jake charger un fusil.

– Je serai à l'étage, dans la chambre d'amis. N'allume aucune lumière. Les flics ont encerclé la maison, alors ne t'inquiète pas.

– Ne t'inquiète pas ? Tu plaisantes !

– Essaie de dormir.

– Dormir ? Jake, tu as perdu la raison.

L'attente fut de courte durée. Ozzie le vit le premier, grâce à la position avantageuse qu'il s'était trouvée dans la haie en bordure du trottoir. Un homme seul, descendant tranquillement la rue de l'autre côté de la place. Il avait à la main une petite boîte, une sorte de mallette. Lorsqu'il fut à deux numéros de la maison de Jake, il quitta la rue et coupa à travers les pelouses des maisons voisines. Ozzie sortit son revolver et sa matraque, et observa l'homme qui marchait droit vers lui. Jake l'avait dans la lunette de son fusil de chasse. Pirtle s'aplatit au sol, et rampa comme un serpent dans les fourrés, prêt à attaquer.

Brusquement, la silhouette traversa le jardin des

voisins au pas de course, pour approcher la maison de Jake sur le côté. Il posa délicatement la boîte sous la fenêtre de la chambre de Jake. Alors qu'il s'apprêtait à s'enfuir, une grande matraque noire s'abattit sur sa tempe, faisant éclater sous le choc son oreille en deux morceaux – deux lambeaux de chair pendant de son crâne. L'homme hurla de douleur et s'écroula.

– Je l'ai! cria Ozzie.

Pirtle et Nesbit se précipitèrent. Jake descendit calmement l'escalier.

– Je reviens dans une seconde, annonça-t-il à Carla.

Ozzie empoigna le suspect par la nuque et le plaqua contre le mur de la maison. L'homme était sonné mais conscient. La mallette se trouvait à un mètre d'eux.

– Comment tu t'appelles? demanda Ozzie.

L'homme geignit, se prit la tête dans les mains et ne répondit pas.

– Je t'ai posé une question, dit Ozzie en se penchant au-dessus de son suspect.

Pirtle et Nesbit se tenaient à côté, arme au poing, trop effrayés pour parler ou lever le petit doigt. Jake fixait des yeux la mallette, en silence.

– Je ne dirai rien, répondit enfin l'homme.

Ozzie leva sa matraque et l'abattit violemment sur la cheville de l'homme. Il y eut un bruit sinistre d'os brisés.

L'homme hurla en se tenant la jambe. Ozzie lui envoya un coup de pied au visage. L'inconnu tomba à la renverse et sa tête heurta le mur de la maison. Il roula sur le côté en gémissant de douleur.

Jake se pencha au-dessus de la mallette et tendit l'oreille. Il eut un mouvement de recul et se releva rapidement.

– Ça fait tic-tac, dit-il d'une voix blanche.

Ozzie s'avança et pressa sa matraque sur le nez de son suspect.

– J'ai encore une question à te poser, avant que je ne casse, un à un, tous les os de ton corps. Qu'est-ce qu'il y a dans cette boîte ?

Pas de réponse.

Ozzie leva de nouveau sa matraque et brisa l'autre cheville.

– Qu'est-ce qu'il y a dans cette boîte ? hurla-t-il.

– De la dynamite ! répondit l'homme d'une voix de supplicié.

Pirtle lâcha son arme. Le sang de Nesbit se mit à battre si fort sous ses tempes qu'il dut s'adosser au mur. Jake pâlit et ses jambes devinrent du coton. Il se précipita vers la maison, en criant :

– Carla, prends les clés de la voiture ! Vite !

– Pour quoi faire ? demanda-t-elle.

– Fais ce que je te dis. Prends les clés et monte dans la voiture !

Il souleva Hanna et traversa la cuisine pour gagner le garage. Il déposa l'enfant sur la banquette arrière de la Cutlass de Carla, puis prit Carla par le bras et la fit monter en voiture.

– File, et ne reviens pas avant une demi-heure.

– Jake, qu'est-ce qui se passe ? insista-t-elle.

– Plus tard ! Je t'expliquerai plus tard ! Va-t'en ! Va faire un tour pendant une demi-heure. Eloigne-toi de cette rue.

– Mais pourquoi, Jake ? Qu'est-ce que vous avez trouvé ?

– De la dynamite.

Elle passa la marche arrière et disparut dans l'allée.

Lorsque Jake retrouva les policiers, le suspect était attaché au compteur à gaz par le bras gauche, juste à côté de la fenêtre de la chambre. Il gémissait, grognait, poussait des jurons. Ozzie prit délicatement la mallette par la poignée et la déposa entre les jambes du suspect. Ozzie lui fit écarter les cuisses à coups de pied. L'homme gémit de plus belle. Ozzie, ses adjoints et Jake reculèrent en le regardant. L'homme se mit à pleurer.

– Je ne sais pas comment la désamorcer, lança-t-il en serrant les dents.
– Tu as intérêt à apprendre, et vite, lança Jake d'une voix qu'il ne reconnut pas.
Le suspect ferma les yeux et baissa la tête. Il se mordit la lèvre, se mit à haleter d'angoisse. Sa sueur roulait sur son menton et ses sourcils. Son oreille écrasée pendait de sa tête comme une feuille morte.
– Donnez-moi de la lumière.
Pirtle lui tendit sa lampe-torche.
– J'ai besoin de mes deux mains.
– Essaie d'abord avec une seule, répondit Ozzie.
L'homme approcha doucement ses doigts de la serrure et ferma les yeux.
– Tirons-nous d'ici, dit Ozzie.
Ils s'enfuirent en courant et partirent se réfugier dans le garage, le plus loin possible de la bombe.
– Où est ta famille ? demanda Ozzie.
– Partie. Tu connais ce type ?
– Non, dit Ozzie.
– Je ne l'ai jamais vu non plus, annonça Nesbit.
Pirtle secoua la tête.
Ozzie appela le central, demanda qu'on fasse venir l'adjoint Riley sur place, l'artificier maison du comté.
– Et s'il se plante et que la maison saute ? demanda Jake.
– Tu as une assurance, non ? répondit Nesbit.
– Très drôle.
– Laissons-lui cinq minutes, et puis Pirtle ira aux nouvelles, dit Ozzie.
– Pourquoi moi ?
– D'accord, alors Nesbit ira.
– Pourquoi pas Jake ? répondit Nesbit. C'est sa maison, après tout.
– Charmant, répondit Jake.
Ils attendirent, en tentant de tuer le temps en bavardant. Nesbit proféra encore quelques stupidités à propos de l'assurance.

– Taisez-vous ! fit Jake. J'ai entendu quelque chose.

Tout le monde se figea. Quelques instants après, le suspect appela de nouveau. Ils traversèrent la pelouse en courant, puis contournèrent la maison avec précaution. La mallette vide avait été lancée quelques mètres plus loin. A côté de l'homme se trouvait une belle grappe de douze bâtons de dynamite. Entre ses jambes, ils aperçurent un gros réveil avec des fils électriques fixés à l'aide de chatterton argenté.

– Elle est désamorcée ? demanda Ozzie avec inquiétude.

– Ouais, répliqua l'homme entre deux halètements.

Ozzie s'agenouilla devant lui, et prit le réveil et les fils.

Il ne toucha pas à la dynamite.

– Où sont tes potes ?

Pas de réponse.

Il sortit sa matraque et s'approcha de l'homme.

– Je vais te briser chaque côte, une à une. Tu ferais mieux de parler. Où sont tes potes ?

– Va te faire foutre !

Ozzie se releva et regarda autour de lui, non pour chercher l'assentiment de Jake ou de ses adjoints, mais pour s'assurer qu'il n'y avait pas de témoins. Voyant que tout était éteint chez les voisins, il leva sa matraque. Le bras gauche du suspect était suspendu au compteur à gaz, et Ozzie abattit l'extrémité de son bâton sous l'aisselle de l'homme. Le prisonnier se tordit de douleur. Jake eut presque pitié de lui.

– Où sont-ils ? demanda Ozzie.

Pas de réponse.

Jake détourna les yeux lorsque le shérif assena un nouveau coup dans les côtes.

– Où sont-ils ?

Pas de réponse.

Ozzie leva de nouveau sa matraque.

– Arrêtez!... arrêtez, par pitié, supplia le suspect.

– Où sont-ils?

– Par là-bas. A deux pâtés de maisons.

– Combien sont-ils?

– Il est seul.

– Quel véhicule?

– Un pick-up rouge. Un G.M.C.

– Envoie les voitures, ordonna Ozzie.

Jake, dans le garage, attendait nerveusement le retour de sa femme. A 2 heures un quart, la voiture s'engagea dans l'allée.

– Hanna dort? demanda Jake en ouvrant la porte.

– Oui.

– Parfait. Laisse-la dormir. On s'en va dans quelques minutes.

– Où va-t-on?

– Allons en discuter à l'intérieur.

Jake se versa du café et essaya de se calmer. Carla était terrifiée. Elle était furieuse aussi. et tremblait de tous ses membres. Elle avait du mal à se calmer. Il lui décrivit la bombe et lui expliqua qu'Ozzie était parti arrêter le complice.

– Je veux que toi et Hanna alliez chez tes parents à Wilmington, et que vous y restiez jusqu'à la fin du procès, annonça-t-il.

Elle fixa sa tasse des yeux sans rien dire.

– J'ai déjà appelé ton père. Je lui ai tout raconté. Ils ont peur aussi et ils insistent pour que tu restes avec eux jusqu'à ce que tout soit fini.

– Et si je ne veux pas partir?

– S'il te plaît, Carla. Ce n'est pas le moment de discuter.

– Et toi, dans tout ça?

– Ne te fais pas de soucis. Ozzie va me donner un garde du corps et la maison sera sous surveillance vingt-quatre heures sur vingt-quatre. Je dormirai de temps en temps au bureau. Je ne courrai aucun risque, je te le promets.

Elle ne semblait guère convaincue.

– Ecoute, Carla, j'ai des milliers de choses en tête en ce moment. J'ai un client devant la chambre à gaz et son procès commence dans dix Jours. Je ne veux pas le perdre. Je vais travailler jour et nuit, jusqu'au 22, et lorsque le procès aura démarré, je n'aurai plus un instant à moi. La dernière chose dont j'aie besoin, c'est bien de me faire du souci pour Hanna et toi. Alors, je t'en prie, va chez tes parents.

– Ils vont te faire la peau, Jake. Ils ont essayé de nous tuer ce soir.

Jake pouvait difficilement dire le contraire.

– Tu avais promis de te retirer de l'affaire sitôt que ça deviendrait dangereux.

– C'est hors de question. Noose ne me laissera pas me retirer. Il est trop tard.

– Arrête de me mentir, Jake !

– Je suis triste que tu croies ça. J'ai simplement sous-estimé la gravité des menaces. Maintenant il est trop tard pour faire marche arrière.

Elle se leva et partit dans la chambre faire ses bagages.

– L'avion décolle de Memphis à 6 heures et demie. Ton père t'attendra à l'aéroport de Raleigh à 9 heures et demie.

– Bien, mon capitaine.

Un quart d'heure plus tard, ils quittaient Clanton. Jake était au volant et Carla lui faisait la tête. A 5 heures, ils prirent un petit déjeuner dans l'aéroport de Memphis. Hanna était tout ensommeillée mais brûlait d'excitation à l'idée de retrouver ses grands-parents. Carla parla peu. Elle en avait gros sur le cœur, mais ils s'étaient fixé une règle : ne jamais se disputer devant Hanna. Elle mangea donc en silence et but son café, en jetant des coups d'œil sur son mari qui lisait le journal comme si de rien n'était.

Jake les embrassa et leur promit d'appeler tous les jours pour donner des nouvelles. L'avion décolla à l'heure prévue. A 7 heures et demie, Jake était dans le bureau d'Ozzie.

– Qui est-ce, alors ? demanda-t-il au shérif.

– Aucune idée. Pas de portefeuille, pas de papiers, rien. Et il refuse de parler.

– Personne n'a pu reconnaître ce type ?

Ozzie hésita à répondre.

– Eh bien, il est difficilement reconnaissable dans l'état où il est. Avec tous les bandages qu'il a sur la tête...

Jake sourit.

– Tu n'y vas pas de main morte, mon gaillard !

– Seulement lorsque je suis obligé. D'ailleurs, je ne t'ai pas entendu protester cette nuit.

– Non. J'avais plutôt envie de te donner un coup de main. Et son complice ?

– Il dormait dans un G.M.C. rouge, à environ cinq cents mètres de chez toi. Terrell Grist. Un redneck du coin. Il habite Lake Village. Je crois que c'est un ami de la famille Cobb.

Jake répéta le nom plusieurs fois.

– Jamais entendu ce nom-là. Où il est ?

– A l'hôpital. Dans la même chambre que l'autre.

– Ne me dis pas, Ozzie que tu lui as cassé les jambes à lui aussi ?

– Ce n'est pas ma faute, Jake. Il a résisté. Il a fallu lui faire entendre raison, puis on a essayé de l'interroger, mais il ne voulait pas coopérer.

– Qu'est-ce qu'il a raconté ?

– Pas grand-chose. Il n'en sait guère plus, d'ailleurs. Je suis persuadé qu'il ne connaissait pas le type avec la dynamite.

– Tu veux dire qu'ils ont fait appel à un professionnel ?

– Possible. Riley a examiné le détonateur et le système d'horlogerie. Il dit que c'était du beau boulot. Il ne serait rien resté de toi, Jake. Rien de ta femme, rien de ta fille, et probablement rien non plus de la maison. Sans le coup de fil, tu serais mort, Jake. Et toute ta famille aussi.

Jake se sentit chanceler. Il s'assit sur le canapé. Le souffle coupé, comme s'il venait de recevoir un coup de pied dans l'entrejambe. Ses intestins manquèrent de se relâcher et des haut-le-cœur lui soulevèrent l'estomac.

– Tu as fait partir ta famille ?

– Oui, répondit-il faiblement.

– Je vais te donner un de mes adjoints comme garde du corps, vingt-quatre heures sur vingt-quatre. Tu as une préférence ?

– Pas vraiment.

– Nesbit, ça te va ?

– Parfait. Merci.

– Autre chose, au fait. J'imagine que tu préfères que cela ne s'ébruite pas ?

– Si possible, oui. Qui est au courant ?

– Juste moi, et mes adjoints. J'essaierai d'étouffer ça jusqu'à la fin du procès, mais je ne peux rien te promettre.

– Je comprends bien. Fais pour le mieux.

– Je ferai tout mon possible, Jake.

– Je le sais, Ozzie. Merci pour tout.

Jake se rendit à son bureau, se fit un café et s'allongea sur le sofa. Il espérait faire un petit somme, mais le sommeil refusait de venir. Ses paupières étaient lourdes de fatigue mais ne voulaient pas se fermer. Ses yeux restaient rivés sur le ventilateur au plafond.

– Mr. Brigance, appela Ethel à l'interphone.

Pas de réponse.

– Mr. Brigance !

Quelque part, dans les méandres lointains de son subconscient, Jake entendit l'appel. Il se leva d'un bond.

– Qu'est-ce qu'il y a ? cria-t-il.

– Vous avez le juge Noose au téléphone.

– D'accord, d'accord, marmonna-t-il en se dirigeant d'un pas titubant vers son bureau.

Il consulta sa montre. Il était 9 heures du matin. Il avait dormi une heure.

– Bonjour, Votre Honneur, lança-t-il gaiement, essayant de se montrer alerte et réveillé.

– Bonjour, Jake. Comment allez-vous ?

– Très bien. Je tâche d'être prêt pour le grand jour. Il y a de quoi faire !

– J'imagine. Dites-moi, Jake, quel est votre emploi du temps, aujourd'hui ?

Aujourd'hui ? songea-t-il. Il saisit son agenda.

– Rien de spécial. Juste du travail au bureau.

– Parfait. J'aimerais que nous déjeunions ensemble. Passez donc chez moi, vers 11 heures et demie, disons.

– J'en serai ravi. Que me vaut cet honneur ?

– Je veux discuter avec vous de l'affaire Hailey.

– Entendu. Je serai chez vous à 11 h 30.

Les Noose habitaient une belle maison d'avant-guerre[1] à la périphérie de Chester. La maison appartenait à la famille de sa femme depuis un siècle, et bien que la demeure eût besoin de quelques travaux de réfection, elle gardait une certaine allure. Jake n'avait jamais été invité chez les Noose ; il ne connaissait pas la femme du juge, mais il avait entendu dire qu'elle venait d'une vieille famille qui avait eu de l'argent en son temps et qu'elle en avait gardé un certain snobisme. Elle était aussi disgracieuse qu'Icabod, et Jake se demanda quelle tête pouvaient avoir leurs enfants. Elle montra une distance polie lorsque Jake voulut engager la conversation tandis qu'elle le conduisait jusqu'au patio, où Son Honneur sirotait un thé glacé en consultant son courrier. Une servante dressait la table dans un coin.

– Ravi de vous voir, Jake, lança chaleureusement Icabod. Merci d'être venu.

– Tout le plaisir est pour moi. Vous avez une bien belle maison.

Ils parlèrent du procès en mangeant une soupe et des sandwiches au poulet. Icabod redoutait cette épreuve, même s'il refusait de le reconnaître. Il

1. Avant la guerre de Sécession. *(N.d.T.)*

paraissait fatigué, comme si l'affaire était déjà un fardeau sur ses épaules. A la grande surprise de Jake, il apprit que Noose détestait Buckley. Jake s'empressa de dire qu'il partageait ce sentiment.

– Jake, je ne sais que faire à propos du lieu du jugement, annonça-t-il. J'ai étudié vos arguments, et ceux de Buckley ; j'ai moi-même procédé à quelques recherches. C'est une question délicate. La semaine dernière, j'ai suivi un colloque sur le golfe, et j'ai bu un verre avec le juge Denton de la Cour suprême. Nous avons fait notre droit ensemble, et nous sommes tous les deux au Sénat. Nous sommes de très bons amis. Il vient du comté de Dupree, dans le sud de l'Etat. Tout le monde là-bas ne parle que de cette affaire. Les gens dans la rue lui demandent quelle sera sa décision si jamais l'affaire va en appel. Tout le monde s'est forgé une opinion, alors que ce comté se trouve à près de six cents kilomètres d'ici. Supposons que j'accepte de déplacer le procès, quelle juridiction vais-je pouvoir choisir ? Nous ne pouvons quitter l'Etat, et je suis convaincu que tout le monde non seulement connaît votre client, mais l'a déjà jugé. Vous n'êtes pas de cet avis ?

– C'est vrai qu'il y a eu beaucoup de battage autour de cette affaire, répondit prudemment Jake.

– Parlez-moi franchement, Jake. Nous ne sommes pas au tribunal. C'est la raison pour laquelle je vous ai fait venir ici. Je veux connaître votre opinion. Je sais bien qu'il y a eu beaucoup de publicité. Je veux bien aller ailleurs, mais dites-moi où.

– Vers le delta, par exemple ?

Noose sourit.

– Ça vous plairait bien, hein ?

– Evidemment. Nous pourrions choisir un bon jury, là-bas. Un jury qui sera à même de comprendre réellement l'enjeu de ce procès.

– Ouais, et un jury qui serait à moitié composé de Noirs !

– Je n'avais pas songé à ce détail.

– Vous pensez sincèrement que ces gens n'auront pas déjà jugé le cas de votre client ?

– Non, Votre Honneur.

– Très bien. Où pouvons-nous aller dans ce cas ?

– Le juge Denton a-t-il fait une proposition ?

– Pas vraiment. Nous avons plutôt discuté des motifs de refus classique. La cour n'accepte un changement de juridiction que lorsqu'il y a un climat de haine manifeste. Il s'agit d'une affaire délicate, avec un crime qui défraie la chronique et soulève bien des passions, à la fois pour et contre l'accusé. Avec la télévision et la presse, ce genre de crimes, de nos jours, deviennent aussitôt des faits divers célèbres ; tout le monde connaît tous les détails d'une affaire, bien avant la tenue du procès. Et la nôtre, en l'occurrence, surpasse en publicité toutes les autres. Même Denton reconnaît qu'on n'a jamais autant parlé d'un procès. Il admet qu'il sera impossible de trouver un jury vierge et impartial dans tout le Mississippi. Supposez que je laisse le procès avoir lieu dans le comté de Ford, et que votre homme soit condamné. Vous allez faire appel, en prétendant que le procès aurait dû être jugé dans une autre juridiction. Denton m'a fait comprendre qu'il soutiendrait alors ma décision. Selon lui, la majorité de la Cour suprême me donnerait raison d'avoir maintenu le procès à Clanton. Bien entendu, ce n'est pas sûr à cent pour cent. Nous en avons discuté longuement autour de bon nombre de verres. Au fait, vous voulez boire quelque chose ?

– Non merci.

– Je ne vois aucune raison valable de déplacer le procès. Et quand bien même le ferions-nous, ce serait une grave erreur de croire que nous pourrions trouver douze personnes qui n'ont pas d'ores et déjà décidé de la culpabilité de Mr. Hailey.

– J'ai l'impression que votre décision est prise, Votre Honneur.

– C'est exact. Le procès aura lieu à Clanton. Ça ne m'enchante guère, mais je ne vois rien qui puisse justifier un renvoi devant une autre cour. En outre, j'aime bien Clanton. C'est près de chez moi, et l'air conditionné fonctionne dans le palais de justice.

Noose ouvrit un dossier et sortit une enveloppe.

– Jake, voici ma décision quant au renvoi du procès, daté d'aujourd'hui. J'ai envoyé une copie à Buckley et en voici une pour vous. L'original est dans cette enveloppe. Je vous saurais gré de le porter à la greffière de Clanton.

– Comme il vous plaira.

– J'espère simplement avoir fait le bon choix. Je me suis longtemps posé la question, croyez-moi.

– Votre métier n'est pas toujours de tout repos, lança Jake, tentant de se montrer compatissant.

Noose appela la servante et demanda un gin-tonic. Il insista pour que Jake aille admirer les roses de son jardin. Il passa ainsi une heure à arpenter le gazon pour contempler les roses de Son Honneur. Jake pensait à Carla, à Hanna, à sa maison, et à la dynamite, mais il sut montrer un grand intérêt pour les talents horticoles d'Icabod.

Il songeait souvent au temps où il était étudiant, en particulier à ces vendredis après-midi qu'il passait avec ses amis. Quand il pleuvait, ils se retrouvaient dans leur bar favori d'Oxford pour écluser les bières à moitié prix du patron et refaire le monde de la justice, ou encore pour maudire leurs professeurs tyranniques, arrogants et imbus de leur personne. Et quand il faisait beau, ils empilaient les packs de bière dans la Coccinelle fatiguée de Jake et partaient pour la plage de Sardis Lake, où les filles, par dizaines, enduisaient d'huile leurs corps hâlés et suaient sous le soleil, en ignorant leurs appels et leurs hurlements de jeunes loups frétillants. Il avait la nostalgie de cette période insouciante. Il détestait l'école de droit – tout étudiant doté d'un peu de bon sens ne pouvait que l'abhorrer –, mais il regrettait ses amis et le bon vieux temps, en particulier les vendredis après-midi. Il regrettait cette vie insouciante, même si à l'époque le stress pouvait paraître insupportable, en particulier durant la première année, lorsque les professeurs usaient et abusaient de leur autorité. Il regrettait même jusqu'aux vaches maigres de cette époque – quand on n'avait rien, on se contentait de peu, et tous ses camarades de classe étaient logés à la même enseigne. Maintenant qu'il gagnait de l'argent, il se faisait des soucis pour ses dettes, ses frais de fonctionnement, ses cartes de crédit et le rêve américain d'accéder aux classes aisées le tiraillait ; pas devenir riche, juste jouir d'une certaine aisance. Il regrettait sa vieille Volkswagen parce que cela avait été sa première voiture, un cadeau pour son bac. A l'inverse de la Saab, il n'avait pas été obligé d'emprunter pour l'avoir. Parfois, il regrettait sa vie de garçon, même s'il était heureux en ménage. Il regrettait la bière aussi... La bière en quantité, en bock, en canette, en bouteille – boire était un acte de convivialité, et il passait à l'époque beaucoup de temps avec ses amis. Il ne buvait pas tous les jours du temps de ses études, et il se saoulait rarement. Mais il se souvenait de quelques cuites mémorables.

Puis était arrivée Carla. Il avait fait sa connaissance au début de son dernier semestre. Six mois plus tard, ils se mariaient. Elle était belle, et c'est ce qui l'avait attiré en premier lieu. Elle était réservée, un peu snob au début, comme la plupart des filles des cercles de bonnes familles d'Oxford. Mais il s'aperçut qu'elle pouvait se montrer chaleureuse, et qu'elle manquait de confiance en elle. Il n'arrivait toujours pas à comprendre comment quelqu'un d'aussi bien fait de sa personne que Carla pouvait manquer d'assurance. Elle était une brillante étudiante en sciences humaines et n'avait d'autre ambition que d'enseigner quelque temps au lycée. Sa famille avait de l'argent, et sa mère n'avait jamais travaillé. Ça plaisait bien à Jake – l'argent de la famille et l'absence de toute perspective professionnelle. Il voulait une femme au foyer, qui resterait belle, lui donnerait des enfants, et qui n'essaierait pas de porter le pantalon à sa place. Ce fut le coup de foudre.

Seule ombre au tableau, c'était qu'elle détestait le voir boire quelque alcool que ce fût. Son père buvait quand elle était enfant, et elle avait conservé de cette période des souvenirs douloureux. Jake avait dû se mettre à l'eau pour ses six derniers mois d'études et avait perdu sept kilos. Il était svelte, se sentait en pleine forme, et il était fou amoureux. Mais la bière lui manquait.

Il y avait une épicerie de campagne à quelques kilomètres de Chester, avec une enseigne Coors sur la façade. La Coors avait été sa bière préférée durant ses études de droit, même si à cette époque elle n'était pas distribuée à l'est du fleuve. C'était la petite douceur d'Ole Miss, et l'importation clandestine de la marque avait fait le bonheur de tout le campus. Maintenant que l'on pouvait la trouver partout, les gens étaient revenus à la Budweiser.

C'était vendredi, et il faisait chaud. Carla était à mille cinq cents kilomètres de là. Il n'avait aucune envie de retourner au bureau. Les affaires en cours pouvaient bien attendre jusqu'au lendemain. Un dingue venait d'essayer d'assassiner toute sa famille et de rayer sa maison de la liste des monuments historiques. Le plus grand procès de sa carrière allait s'ouvrir dans dix jours. Il n'était absolument pas prêt ; le stress montait. Il venait de se voir refuser une motion préliminaire cruciale, celle dont toute sa défense dépendait. Et pour couronner le tout, il avait une soif de chameau. Jake s'arrêta devant la boutique et acheta un pack de six boîtes de Coors.

Il lui fallut presque deux heures pour parcourir les cent kilomètres qui séparaient Chester de Clanton. Il apprécia ce moment de détente, le paysage, la bière... Il s'arrêta deux fois pour soulager sa vessie et une autre fois pour acheter un autre pack. Il se sentait revivre !

Il n'y avait qu'un endroit où aller dans son état. Ni à la maison, ni au bureau, encore moins au palais de justice pour donner l'infâme notification de refus d'Icabod. Il gara la Saab derrière la Porsche cabossée et remonta l'allée d'un pas vaporeux, une canette à la main. Lucien, fidèle à son habitude, se balançait mollement sur la terrasse, un verre à sa portée, en lisant un traité sur les cas de plaidoirie pour démence. Il ferma le livre et, remarquant la boîte de bière, il regarda son ancien associé d'un air hilare. Jake lui fit un grand sourire béat.

– Qu'est-ce que tu fêtes ?

– Rien de précis. J'avais juste soif.

– Je vois. Et ta femme ?

– Ce n'est pas ma femme qui va me dire ce que je dois faire. Je fais ce que je veux. C'est moi le patron ! Si je veux une bière, j'en prends une, et elle n'a rien à dire !

Jake avala une longue gorgée.

– C'est qu'elle n'est pas en ville, alors.

– Elle est en Caroline du Nord.

– Elle est partie quand ?

– A 6 heures, ce matin. Elle a pris l'avion à Memphis avec Hanna. Elle va rester à Wilmington, chez ses parents, jusqu'à la fin du procès. Ils ont une petite maison de rêve sur la plage. Ils y passent tous les étés.

– Elle est partie ce matin, et tu es saoul à la mi-journée ?

– Je ne suis pas saoul, répliqua Jake. Pas encore.

– Ça fait combien de temps que tu biberonnes ?

– Deux heures. J'ai acheté un pack de six en partant de chez Noose, vers 1 heure et demie. Et toi, tu t'y es mis à quelle heure ?

– Dès le petit déj, comme d'habitude. Qu'est-ce que tu faisais chez Noose ?

– On a parlé du procès en déjeunant. Il rejette ma demande de renvoi.

– Quoi ?

– Oui, tu m'as bien entendu. Le procès aura lieu à Clanton.

Lucien prit une longue gorgée et fit tinter ses glaçons.

– Sallie ! hurla-t-il.

« Il a dit pourquoi ?

– Ouais. Où que l'on aille, il a dit que ce serait impossible de trouver des jurés qui n'aient pas déjà entendu parler de l'affaire.

– Je te l'avais dit. C'est une raison logique de ne pas déplacer le procès, mais d'un point de vue juridique, c'est un peu léger. Noose commet une erreur.

Sallie revint avec un nouveau verre et emporta les bières de Jake au réfrigérateur. Lucien but une gorgée et fit claquer sa langue. Il s'essuya la bouche d'un revers de manche, avant d'avaler une longue goulée.

– Tu sais ce que cela implique, n'est-ce pas ? demanda-t-il.

– Bien sûr. Un jury avec rien que des Blancs.

– Oui, et une possibilité d'appel au cas où il serait condamné.

– Je ne compte pas trop là-dessus. Noose a déjà consulté la Cour suprême. Il pense que la cour le soutiendra. Il se croit intouchable.

– C'est un idiot. Je peux lui fournir une vingtaine de cas où le procès aurait dû être déplacé. Je crois plutôt qu'il a peur de bouger.

– Pourquoi aurait-il peur ?

– On lui a chauffé les oreilles.

– Qui ça ?

Lucien contempla le liquide doré dans son grand verre, puis il remua lentement les glaçons du bout du doigt. Il esquissa un sourire énigmatique, comme s'il savait quelque chose et qu'il attendait qu'on le supplie de dévoiler son secret.

– Qui ça ? insista Jake, en regardant son ami avec des yeux rouges et brillants.
– Buckley, répondit Lucien d'un air supérieur.
– Buckley ? répéta Jake. Je ne comprends pas.
– Je m'y attendais.
– Ça te dérangerait de m'expliquer ?
– Non, pas vraiment. Mais tu risques de le répéter. C'est tout à fait confidentiel. J'ai des sources d'information haut placées.
– Lesquelles ?
– C'est top secret.
– Quelles sources ? insista Jake.
– Je t'ai dit que c'est top secret. Tu ne le répéteras à personne, promis ?
– Comment Buckley pourrait-il faire pression sur Noose ?
– Si tu veux bien te taire, je vais te le dire.
– Buckley n'a aucune influence sur Noose. Noose le méprise. Il me l'a dit lui-même, aujourd'hui. Au déjeuner.
– Je sais bien.
– Alors comment peux-tu dire que Noose s'est fait chauffer les oreilles par Buckley ?
– Si tu te décides à la fermer, je pourrai te le dire.
Jake vida sa bière et appela Sallie.
– Tu sais quel requin est Buckley en politique ?
Jake acquiesça.
– Tu sais à quel point il veut gagner ce procès ? S'il sort victorieux, il se dit que c'est la porte ouverte pour être procureur général.
– Gouverneur, précisa Jake.
– Si tu veux. Il a les dents longues, d'accord ?
– D'accord.
– Bref, il a été voir tous ses petits copains du parti pour qu'ils fassent pression sur Noose et que le procès ait lieu dans le comté de Ford. Certains n'y ont pas été de main morte. Du genre déplacez le procès, et on vous fera tomber aux prochaines élections. Laissez-le à Clanton, et votre réélection est assurée.

– Ce n'est pas possible !
– Comme tu voudras. Mais c'est pourtant la vérité.
– Comment tu sais tout ça ?
– J'ai mes sources.
– Qui l'a appelé ?
– Tu veux des noms ? Tu te souviens de cet escroc qui était shérif du comté de Van Buren ? Un dénommé Motley ? Le F.B.I. l'a coincé, mais il est de nouveau en liberté. C'est encore un homme très populaire là-bas.
– Oui, je me souviens de lui.
– Je sais de source sûre qu'il est passé voir Noose avec deux sbires et qu'il lui a suggéré très clairement de laisser le procès à Clanton. C'est Buckley qui les avait envoyés.
– Qu'est-ce qu'a répondu Noose ?
– Ils se sont injuriés copieusement. Motley a dit à Noose qu'il n'aurait pas cinquante voix aux prochaines élections dans le comté de Van Buren. Ils allaient bourrer les urnes, intimider les Noirs, faire voter les morts : la routine habituelle à Van Buren. Et Noose sait qu'ils tiendront parole.
– Mais qu'est-ce que ça peut lui faire, au fond ?
– Un peu de jugeote, Jake. Noose est un vieil homme. A part être juge, il ne peut rien faire d'autre. Tu l'imagines commencer une carrière d'avocat à son âge ? Il gagne soixante mille dollars par an. Il en mourrait s'il se retrouvait sur la paille. C'est le cas de la plupart des juges. Il doit à tout prix garder son fauteuil. Buckley le sait ; il est donc allé voir quelques purs et durs du parti et leur a monté le bourrichon, en leur disant que ce bon à rien de nègre allait être acquitté si le procès était renvoyé dans une autre juridiction et qu'il fallait qu'ils fassent pression sur le juge. Voilà pourquoi Noose est coincé.

Les deux hommes burent en silence, en se balançant lentement dans leurs grands rocking-chairs de bois.

– Ce n'est pas tout, ajouta Lucien.
– Comment ça ?
– Il y a autre chose qui pèse sur Noose.
– Ah bon ?
– Il a reçu des menaces. Pas des menaces politiques, mais des menaces de mort. On m'a dit qu'il ne ferme plus l'œil de la nuit. La police surveille sa maison. Il est armé, maintenant.
– Je connais ça, marmonna Jake.
– Ouais, j'ai appris ce qui t'est arrivé.
– T'as appris quoi ?
– A propos de la dynamite. On sait qui a fait le coup ?
Jake était abasourdi. Il dévisagea Lucien, bouche bée.
– Ne me demande pas comment je sais. J'ai mes sources, point. Alors, qui c'était ?
– Personne ne le sait.
– Ça a tout l'air d'être un pro.
– Charmant !
– Tu peux rester ici si tu veux. J'ai cinq chambres qui te tendent les bras.

Le soleil avait disparu à l'horizon lorsque à 8 h 15, Ozzie gara sa voiture de patrouille derrière la Saab et la Porsche. Il avança jusqu'aux marches du perron. Lucien l'aperçut.
– Bonjour, shérif, tenta-t-il d'articuler, la bouche pâteuse.
– Bonsoir, Lucien. Jake est ici ?
Lucien tendit le menton vers le bout de la terrasse, où se trouvait Jake, couché dans la balancelle.
– Il fait un petit somme, expliqua Lucien.
Ozzie s'approcha en faisant craquer les lattes de bois de la terrasse et considéra la silhouette abîmée dans un profond sommeil, ronflant paisiblement. Ozzie lui tapota doucement les côtes. Jake ouvrit un œil, et tenta de se redresser.
– Carla a appelé à mon bureau. Elle te cherche

partout. Elle se fait un sang d'encre. Elle a passé l'après-midi à appeler. Pas moyen de te joindre. Personne ne savait où tu étais. Elle te croit mort.

Jake se frotta les yeux tandis que la balancelle oscillait mollement.

– Dis-lui que je suis en vie. Dis-lui que tu m'as vu, que tu m'as parlé et que tu es convaincu, sans l'ombre d'un doute, qu'il ne s'agissait pas de mon fantôme. Dis-lui que je l'appellerai demain. Dis-le-lui, s'il te plaît. Fais ça pour moi.

– Pas question, mon pote. Tu es un grand garçon. Tu décroches ton téléphone et tu le lui dis toi-même.

Ozzie s'en alla. Il n'avait pas l'air content.

Jake se leva péniblement et se dirigea vers la maison en titubant.

– Où est le téléphone ? hurla-t-il à l'adresse de Sallie.

Quand il composa le numéro, Lucien fut pris d'un inextinguible fou rire.

26

Sa dernière gueule de bois remontait à ses années de droit, six ou sept ans plus tôt. Il ne se souvenait plus trop de la date, mais ces coups de marteau sous son crâne, cette bouche pâteuse, cette impression d'avoir les yeux en feu et de manquer d'air lui rappelaient des souvenirs douloureux de beuveries.

Il sut qu'il allait être malade sitôt qu'il eut ouvert l'œil gauche. Sa paupière droite était collée et refusait de s'ouvrir. Il fallut qu'il l'écarte avec ses doigts. Jake n'osait pas faire le moindre mouvement. Il resta étendu sur le sofa sans bouger, tout habillé, ses chaussures encore aux pieds, écoutant son crâne battre comme un tambour, les yeux rivés sur les pales du ventilateur qui tournaient lentement au-dessus de lui. Il avait mal au cœur, et un torticolis parce qu'il s'était endormi sans oreiller. Une douleur lancinante montait de ses pieds enfermés dans ses chaussures. Son estomac s'agita dans son ventre, se tordit, prêt à se retourner. Il était malade comme un chien.

Jake souffrait le martyre lorsqu'il avait la gueule de bois : il ne pouvait pas dormir pour tenter d'oublier son mal. Dès que ses yeux s'ouvraient, son cerveau entrait en effervescence ; la tête recommençait à lui tourner, le sang se mettait à battre sous ses tempes, et il lui était impossible de trouver le sommeil. Ça le plongeait dans des abîmes de perplexité. Ses amis à l'université pouvaient dormir des jours entiers pour cuver leur bière, mais pas Jake. Il n'avait jamais pu sombrer plus de quelques heures après avoir vidé sa dernière canette.

Pourquoi ? C'était toujours sa grande question au réveil. Pourquoi ne pouvait-il pas faire comme les autres ? Une bière fraîche était un délice. Voire deux ou trois. Mais dix, quinze, vingt ? Il avait perdu le compte. Passé dix canettes, la bière perdait toute saveur, et seul le fait de boire importait, boire et ne pas dessaouler. Lucien s'était montré plein de sollicitude. Avant la nuit, il avait envoyé Sallie chercher un carton entier de Coors, à ses frais, et avait incité Jake à boire davantage. Il devait rester une ou deux boîtes dans le carton, pas plus. Lucien l'avait poussé au vice.

Lentement, Jake souleva les jambes, l'une après l'autre, et posa ses pieds par terre. Il se massa lentement les tempes, sans que cela lui apporte le moindre soulagement. Il prit de profondes inspirations, mais son cœur continuait de battre la chamade dans sa poitrine, envoyant trop de sang dans son cerveau, et excitant les petits lutins occupés à marteler son crâne. Il lui fallait trouver d'urgence un verre d'eau. Sa langue était desséchée ; elle était si gonflée qu'il avait du mal à fermer ses mâchoires. Jake restait bouche ouverte, langue pendante comme un chien. Pourquoi moi ?

Il se leva lentement, avec d'infinies précautions, et se dirigea vers la cuisine plongée dans les ténèbres. Il alluma la lampe au-dessus de la cuisinière. La lumière, pourtant tamisée, lui transperça cruellement les yeux. Il se frotta les paupières, tentant de décoller la chassie coagulée de ses doigts empestant d'alcool. Il avala un verre d'eau tiède à lentes gorgées, laissant le liquide ruisseler sur son menton et dégoutter sur le sol. Tant pis – Sallie nettoierait derrière lui. Il était 2 heures et demie du matin.

Quoique chancelant sur ses jambes, il parvint à traverser le salon sans faire de bruit. Il passa devant son canapé de torture dépourvu d'appuie-tête et gagna la porte. La terrasse était jonchée de boîtes de bière et de bouteilles vides. Pourquoi ?

Une fois de retour à son bureau, il s'assit dans sa douche, sous un jet d'eau brûlant, incapable de bouger. L'eau apaisa ses nausées et atténua son mal de crâne, mais son sang continuait à bouillonner dans ses tempes. Un jour, à la faculté, il avait trouvé la force de sortir de son lit et avait rampé jusqu'au réfrigérateur. Il avait bu une bière et s'était senti mieux. Il en avait ouvert une deuxième, et le soulagement avait été indéniable. Affalé sous sa douche, Jake se souvenait de cet épisode ; mais la simple évocation d'une bière lui retourna l'estomac. Il vomit.

Il s'allongea ensuite sur la table de réunion, en slip et en maillot, prêt à mourir. Il avait contracté plein d'assurances-vie. Ils ne toucheraient pas à la maison. Son successeur pourrait obtenir un ajournement.

Jour J moins 9. Le temps était précieux, et il venait de perdre une journée à se saouler copieusement. Il songea à son entretien avec Carla au téléphone, et le sang se mit à battre plus fort sous ses tempes. Il avait essayé de prendre une voix normale. Il lui avait dit qu'il avait passé la soirée à étudier des dossiers avec Lucien ; il l'aurait bien appelée plus tôt mais le téléphone ne marchait pas, du moins chez Lucien. Mais sa langue était lourde, et le débit de ses paroles était lent. Elle comprit aussitôt qu'il avait bu. Elle était furieuse – une colère rentrée. Oui, sa maison était encore debout. Ce furent les seules paroles de lui qu'elle accepta de croire.

A 6 heures et demie, il l'appela de nouveau. Etre de si bonne heure au bureau risquait de faire bonne impression et de l'amadouer. Ce fut raté. Jake se fit violence pour paraître plein d'entrain. Ça ne marcha pas non plus.

– Comment tu te sens ? insista-t-elle.

– En super-forme ! répondit-il, les paupières trop lourdes pour garder les yeux ouverts.

– A quelle heure t'es-tu couché ?

A quelle heure ? répéta intérieurement Jake.

– Juste après t'avoir appelée.

Elle ne répondit pas.

– J'étais au bureau à 3 heures du matin, lança-t-il fièrement.

– Trois heures ?

– Oui, je n'arrivais pas à trouver le sommeil.

– Mais tu n'as presque pas dormi la nuit dernière.

Un accent de sollicitude pointait derrière la froideur de ses mots. Jake se sentit rassuré.

– Ça va aller. Je risque de passer quelques jours chez Lucien. J'y serai plus en sécurité.

– Et le garde du corps ?

– Oh, ils m'ont donné Nesbit. Il dort dans la voiture, devant la porte.

Elle hésita et Jake sentit comme une chaleur passer dans la ligne.

– Je me fais du souci pour toi, annonça-t-elle avec tendresse.

– Tout ira bien, ma chérie. Je t'appelle demain. J'ai du travail à terminer.

Il reposa l'écouteur, courut aux toilettes et vomit de nouveau.

Les coups sur la porte redoublaient d'ardeur. Jake les ignora pendant un quart d'heure. Mais le visiteur importun savait que Jake était là et semblait bien décidé à ce qu'on lui ouvre.

Jake alla finalement sur le balcon.

– Qu'est-ce que c'est ? lança-t-il.

Une jeune femme apparut sous sa fenêtre et s'adossa contre une B.M.W. noire, garée derrière la Saab. Elle avait enfoncé les mains dans les poches de son jean élimé et délavé à souhait. Le soleil de midi battait son plein. Elle cligna des yeux en levant la tête dans sa direction. Ses cheveux roux flamboyaient dans la lumière dorée.

– Vous êtes Jake Brigance ? demanda-t-elle, en se protégeant les yeux de son avant-bras.

– Ouais. Qu'est-ce que vous voulez ?

– Il faut que je vous parle.

– J'ai du travail.

– C'est très important.

– Vous n'êtes pas une cliente, n'est-ce pas ? demanda-t-il en fixant des yeux la silhouette élancée et connaissant déjà la réponse.

– Non. Ça ne prendra pas plus de cinq minutes, promis.

Jake ouvrit la porte. Elle entra sans hésitation, comme si elle était la propriétaire des lieux. Elle lui serra la main sans ambages.

– Je m'appelle Ellen Roark.

Jake lui montra un siège à côté de l'entrée.

– Ravi de vous connaître. Asseyez-vous.

Jake s'assit sur le coin du bureau d'Ethel.

– En une ou deux syllabes ?

– Pardon ?

Elle avait l'accent arrogant du Nord, mais adouci par des incitations du Sud.

– C'est Rork ou Row Ark ?

– R-o-a-r-k. A Boston, on dit Rork, et Row Ark dans le Mississippi.

– Ça vous dérange si je vous appelle Ellen ?

– Faites donc. C'est en deux syllabes. Je peux vous appeler Jake ?

– Je vous en prie.

– Tant mieux, parce que je ne me voyais pas vous appeler monsieur.

– Alors, comme ça, vous venez de Boston ?

– Ouais, j'y suis née. J'ai fait mes études là-bas. Mon père est Sheldon Roark, un grand avocat de Boston, spécialisé dans les affaires criminelles.

– J'ai dû passer à côté. Qu'est-ce qui vous amène dans le Mississippi ?

– Je fais mon droit à Ole Miss.

– A Ole Miss ! Comment avez-vous atterri là ?

– Ma mère est originaire de Natchez. C'était

une charmante étudiante d'Ole Miss, puis elle est partie à New York, où elle a rencontré mon père.

– J'ai moi-même épousé une charmante étudiante d'Ole Miss.

– C'est pas ça qui manque, là-bas.

– Vous voulez un café ?

– Non merci.

– Bien, maintenant que nous avons fait connaissance, qu'est-ce qui vous amène à Clanton ?

– Carl Lee Hailey.

– Ça m'aurait étonné.

– J'aurai fini mes études en décembre, et je traîne à Oxford cet été. Je travaille sur la procédure criminelle avec Guthrie, et c'est ennuyeux au possible.

– Ce dingue de George Guthrie !

– Ouais, il ne s'est pas arrangé.

– En première année, il m'a collé sur une question de droit constitutionnel.

– Enfin, bref, j'aimerais vous aider pour le procès.

Jake sourit et s'assit dans le gros fauteuil pivotant d'Ethel. Il étudia la jeune femme attentivement. Son polo de coton noir lui seyait à merveille. Les courbes et les ombres subtiles sur le tissu laissaient imaginer une poitrine généreuse, sans soutien-gorge. Ses cheveux épais tombaient en douces cascades sur ses épaules.

– Qu'est-ce qui vous fait croire que j'ai besoin d'aide ?

– Je sais que vous travaillez seul, et je sais que vous n'avez pas d'assistante.

– Comment savez-vous tout ça ?

– C'était dans *Newsweek*.

– Ah oui, je vois de quel article il s'agit. Il était bien, hein ? Et il y avait une bonne photo.

– Vous avez l'air un peu emprunté, mais vous n'étiez pas mal.

– Quels sont vos antécédents ?

– Le génie est un trait caractéristique de ma

famille. Je suis sortie première de ma promotion à l'université de Boston et suis classée deuxième à la fac de droit. J'ai passé, l'été dernier, trois mois avec la ligue de défense des prisonniers du Sud à Birmingham et joué les porte-serviettes dans sept procès pour meurtre. J'ai assisté à l'exécution d'Elmer Wayne Doss en Floride, par électrocution, et à celle de Willie Ray Ash, par injection de Penthotal, au Texas. A Ole Miss, pendant mes temps libres, j'écris des rapports pour l'A.C.L.U. et je travaille sur deux condamnations à mort en appel pour un cabinet de Spartanburg, en Caroline du Sud. J'ai passé mon enfance dans le cabinet de mon père, et je savais mener une recherche juridique avant de savoir conduire. Je l'ai vu défendre des meurtriers, des violeurs, des escrocs, des détourneurs de fonds, des terroristes, des assassins, des tortionnaires d'enfants, des pédophiles, des assassins d'enfants comme des enfants parricides. Je travaillais dans son cabinet quarante heures par semaine lorsque j'étais au lycée et cinquante heures par semaine lorsque j'étais à la fac. Il a une équipe de dix-huit avocats avec lui, tous plus brillants et talentueux les uns que les autres. Il n'y a pas de meilleur terrain d'entraînement pour une future avocate, et j'y suis restée quatorze ans. J'ai vingt-cinq ans, et depuis que je suis petite, j'ai toujours voulu m'occuper de droit criminel et mettre un terme à la peine de mort, comme mon père.

– C'est tout ?

– Mon père est très riche, et bien que nous soyons une famille catholique irlandaise, je suis sa fille unique. J'ai plus d'argent que vous et je travaillerai pour rien. Tous les frais seront à ma charge. Vous aurez une assistante gratuite pendant trois semaines. Je ferai toutes les recherches nécessaires, je taperai à la machine, je répondrai au téléphone. Je porterai même votre mallette, et je ferai le café.

– Pendant un moment, j'ai cru que vous alliez me demander d'être mon associée.

– Non. Je suis une femme, et je suis dans le Sud. Je sais où est ma place.

– Pourquoi cette affaire vous intéresse-t-elle autant ?

– Je veux être dans la salle de tribunal. J'adore les procès pour meurtre, les grands procès où la vie de quelqu'un est en jeu, les procès où la pression est si forte qu'elle en devient presque palpable. Voir une salle bondée, des cordons de sécurité partout, la moitié des gens détestant l'accusé et son avocat, l'autre priant tous les saints de le voir acquitté. J'adore ça. Et ce procès, c'est Le procès. Je ne viens pas du Sud. Je me sens une étrangère ici ; la plupart du temps, l'endroit me déroute, mais j'ai comme une attirance perverse pour cette région. Je n'ai jamais pu me l'expliquer, mais c'est plus fort que moi. Les implications raciales sont énormes. On va juger un père noir qui a tué deux Blancs qui avaient violé sa fille. Mon père a dit qu'il aurait pris l'affaire pour rien.

– Dites-lui de rester à Boston.

– Ce procès, c'est le rêve de tout avocat. Je veux être là, c'est tout. Je resterai à ma place, promis. Laissez-moi simplement travailler dans l'ombre et assister au procès.

– Le juge Noose déteste les femmes avocats.

– Comme tous les magistrats du Sud. D'abord, je ne suis pas avocate, je suis étudiante en droit.

– Je vous laisserai le soin de lui expliquer tout ça.

– Alors, c'est oui ?

Jake détourna la tête et prit une profonde inspiration. Une bouffée de nausée traversa son estomac et lui coupa le souffle. Les petits lutins s'étaient réveillés sous son crâne et recommençaient à abattre leurs marteaux avec furie. Par sécurité, il valait mieux se rapprocher des toilettes.

– Oui, vous avez le travail. Je vous demanderai peut-être de faire quelques recherches pour moi, gratuitement. Ce genre d'affaires est complexe, comme vous pouvez l'imaginer.

Elle lui lança un sourire ravi et complice.

– Je commence quand ?

– Maintenant.

Jake lui fit visiter rapidement les locaux, et lui donna le petit bureau à l'étage. Ils étalèrent le dossier Hailey sur la table de réunion, et elle passa l'heure suivante à le photocopier.

A 14 h 30, Jake se réveillait après avoir fait un petit somme sur le canapé. Il descendit dans la salle de réunion. Ellen avait sorti la moitié des livres de la bibliothèque. Ils étaient empilés sur la grande table, hérissés de marque-pages tous les centimètres. Elle prenait des notes à tout va.

– Votre bibliothèque n'est pas mal, annonça-t-elle.

– Certains de ces livres n'ont pas été ouverts depuis vingt ans.

– J'ai vu la poussière.

– Vous avez faim ?

– Oui. J'ai l'estomac dans les talons.

– Il y a un petit café au coin de la rue où ils ont une spécialité de beignets de maïs gras à souhait. C'est justement ce que réclame mon organisme. Une bonne dose de graisse.

– J'en ai l'eau à la bouche.

Ils se rendirent chez Claude, étrangement vide pour un samedi après-midi. Ils étaient les seuls Blancs. Claude n'était pas là et le silence de la salle donnait le vertige. Jake commanda un cheeseburger oignons, avec trois aspirines.

– Vous avez mal à la tête ? s'enquit Ellen.

– Ce n'est rien de le dire.

– Le stress ?

– Non, une cuite.

– Une cuite ? Je croyais que vous étiez un ascète pur et dur ?

– Qui vous a dit ça ?

– *Newsweek.* L'article disait que vous étiez un chef de famille irréprochable, une bête de travail, un presbytérien dévot qui ne boit que de l'eau et fume de temps en temps un cigare bon marché. Vous vous rappelez ? Ne me dites pas que vous avez oublié ?

– Vous croyez toujours tout ce que vous lisez ?

– Non.

– Tant mieux. Parce que la nuit dernière, je me suis saoulé comme un Polonais et j'ai passé la matinée à vomir.

La jeune assistante semblait amusée.

– Et qu'est-ce que vous avez bu ?

– Je ne me rappelle plus rien. Enfin rien de la nuit dernière. C'est ma première cuite depuis que je suis sorti de la fac de droit, et j'espère bien que ce sera ma dernière. J'avais oublié à quel point les réveils sont douloureux.

– Pourquoi les avocats boivent-ils tous autant ?

– C'est à la fac que l'on découvre les joies de l'alcool. Votre père boit aussi ?

– Evidemment. Nous avons du sang irlandais. Mais il ne fait pas trop d'écarts.

– Et vous ?

– Tout le temps, répondit-elle fièrement.

– Alors vous serez une grande avocate.

Jake mélangea les trois sachets d'aspirine dans un verre d'eau et avala la mixture d'un trait. Il fit une grimace et s'essuya la bouche. Elle le regarda avec un sourire amusé.

– Qu'en dit votre femme ?

– A propos de quoi ?

– De la cuite. Vous un chef de famille si pieux et puritain.

– Elle n'est pas au courant. Elle est partie hier matin, très tôt.

– Désolée, je ne savais pas.

– Elle est partie chez ses parents jusqu'à la fin du procès, précisa Jake. Nous avons reçu des coups de fil anonymes et des menaces de mort, et hier, on a planté des bâtons de dynamite sous la fenêtre de notre chambre. Les flics les ont trouvés juste à temps, et on a arrêté les types. Sans doute des membres du Klan. Il y avait de quoi souffler la maison et nous tuer tous les trois. C'est une bonne excuse pour se saouler, non ?

– C'est affreux.

– Ce travail que vous venez d'obtenir peut se révéler très dangereux. Je préfère vous prévenir tout de suite.

– On m'a déjà menacée aussi. L'été dernier, à Dothan, en Alabama, nous défendions deux jeunes Noirs qui avaient sodomisé et étranglé une petite vieille de quatre-vingts ans. Aucun avocat dans l'Etat ne voulait les défendre, alors ils ont appelé l'A.C.L.U. On était connus comme le loup blanc ; sitôt que nous mettions le pied en ville, une foule prête à nous lyncher nous attendait à chaque coin de rue. Je n'ai jamais senti, de toute ma vie, autant de haine à mon encontre. Nous nous cachions dans un motel d'une autre ville par sécurité. Mais une nuit, deux hommes m'ont coincée dans le salon du motel et ont essayé de me kidnapper.

– Qu'est-ce qui s'est passé ?

– J'avais un 38 à canon court dans mon sac à main. Et j'ai réussi à les convaincre que je savais m'en servir.

– Un 38 à canon court ?

– Un cadeau de mon père. Pour mes quinze ans. J'ai un permis de port d'arme.

– Mieux vaut ne pas lui chercher des noises, à votre père.

– On lui a tiré dessus plusieurs fois. Il s'est occupé de beaucoup d'affaires délicates, du genre de celles qui défraient la chronique et où les gens sont tellement scandalisés qu'ils veulent voir l'accusé se balancer au bout d'une corde sans autre forme de procès. C'est ce genre d'affaires que mon père affectionne. Il a un garde du corps qui le suit vingt-quatre heures sur vingt-quatre.

– C'est terrible. J'en ai un aussi. Il s'appelle Nesbit, et il raterait une vache dans un couloir. Il est avec moi depuis hier.

La nourriture arriva. Ellen retira les oignons et les tomates de son Claudeburger, et lui proposa ses frites. Elle coupa une moitié de son steak haché et se mit à grignoter le pourtour comme un oiseau. L'huile suintait dans son assiette. Entre chaque bouchée, elle s'essuyait soigneusement la bouche.

Elle semblait douce et gentille. Son sourire avenant contrastait étrangement avec l'air arrogant et belliqueux qu'arboraient d'ordinaire les militants de l'A.C.L.U. et de l'E.R.A [1] – mais ce n'était qu'un masque. Pas la moindre trace de maquillage. Inutile. Elle ne cherchait pas à paraître belle ou mignonne, et semblait bien décidée à rester naturelle. Elle avait la pâleur d'une rousse, mais sa peau avait un teint frais, décorée de sept ou huit taches de rousseur autour de son petit nez pointu. A chacun de ses sourires, ses lèvres s'ouvraient comme par enchantement et ses joues se plissaient un court instant en courbes franches et harmonieuses. C'était un sourire plein de confiance, énigmatique et chargé de défi. Ses yeux vert-de-gris semblaient prêts à s'embraser de colère à tout moment. Il y avait une intensité troublante dans son regard lorsqu'elle parlait.

Son visage rayonnait d'intelligence. Elle était d'un charme irrésistible.

Jake mastiquait son hamburger et tentait d'ignorer ce regard qui le dévisageait. La nourriture grasse et lourde emplissait agréablement son estomac et, pour la première fois depuis dix heures, il commençait à se dire qu'il allait survivre à sa gueule de bois.

– Sérieusement, pourquoi avez-vous choisi Ole Miss pour faire vos études ? demanda-t-il.

– C'est une bonne fac de droit.

– C'était ma fac. Et elle n'était pas spécialement réputée pour attirer les grosses têtes du Nord-Est, à ce que je sache. C'est là-haut que se trouvent les

1. Egal Rights Admendment : amendement pour l'égalité des droits (droits de la femme). *(N.d.T.)*

grandes universités. Et c'est nous qui y envoyons nos petits surdoués.

– Mon père déteste les avocats qui sortent des facs de la Ivy League. Il vient du bas de l'échelle. Il a gravi à la force du poignet tous les échelons en suivant les cours du soir. Toute sa vie, il a subi les vexations des avocats riches, fils de bonne famille et parfaitement incompétents. Maintenant, c'est lui qui se moque d'eux. Il m'a dit que je pouvais aller faire mes études de droit où bon me semblait, mais que si je choisissais une université de la Ivy League, il me couperait les vivres. Et puis, il y avait ma mère. J'ai été bercée pendant mon enfance par toutes ces histoires qu'on raconte sur le Sud profond, et je voulais venir me rendre compte sur place. En plus, les Etats du Sud semblent bien décidés à ne pas abolir la peine de mort, alors je me dis qu'un jour où l'autre je finirai par venir plaider ici.

– Pourquoi êtes-vous si opposée à la peine de mort ?

– Vous êtes pour, vous ?

– Oui, et plutôt deux fois qu'une.

– C'est incroyable ! Entendre ça de la part d'un avocat !

– J'aimerais que l'on en revienne aux pendaisons publiques d'antan sur le parvis du tribunal.

– Quoi ? Vous plaisantez, j'espère ! Dites-moi que c'est pour rire.

– Absolument pas.

Elle cessa de manger et esquissa un sourire. Ses yeux se posèrent sur lui, et elle l'observa attentivement, cherchant à discerner la moindre trace d'ironie chez lui.

– Vous êtes sérieux ?

– Je ne saurais l'être davantage. Le problème avec la peine de mort, c'est que l'on n'en fait pas assez usage.

– Vous avez expliqué vos théories à Mr. Hailey ?

– Mr. Hailey ne mérite pas la peine de mort. Mais les deux types qui ont violé sa fillette la mériteraient amplement.

– Je vois. Et sur quels critères jugez-vous que telle ou telle personne mérite la peine capitale ?

– C'est très simple. Il faut considérer le crime et le criminel. S'il s'agit d'un trafiquant de drogue qui abat un officier de la brigade des stups, alors il mérite la chambre à gaz. S'il s'agit d'un vagabond qui viole une fillette de trois ans et la noie en lui plongeant la tête dans une ornière pleine de boue, avant de la jeter par-dessus un pont, alors oui, vous lui prenez sa vie, et vous remerciez Dieu de vous en être débarrassé. S'il s'agit d'un taulard en fuite qui s'introduit dans une ferme et torture un couple de petits vieux, avant de les faire brûler vifs dans leur maison, alors vous le sanglez vite à une chaise, vous lui branchez quelques fils électriques, vous faites une petite prière et vous tournez l'interrupteur. Et s'il s'agit de deux camés qui kidnappent et violent une petite fille de dix ans, la rouent de coups de pied avec leurs santiags à bouts pointus jusqu'à lui briser les deux mâchoires, alors c'est avec joie, bonheur et félicité que vous les enfermez dans la chambre à gaz et que vous les écoutez hurler. C'est aussi simple que ça.

– C'est barbare.

– Leurs crimes le sont bien davantage. La mort est encore trop douce pour eux, bien trop douce.

– Et si Mr. Hailey est condamné à mort ?

– Si cela se produit, soyez sûre que je passerai les dix prochaines années à remuer ciel et terre pour sauver sa peau. Je ferai appel, je me battrai comme un lion... Et si, malgré tout, il se retrouve attaché sur la chaise, soyez sûre encore que je serai devant les portes de la prison, avec les jésuites et une bonne centaine d'âmes bien intentionnées comme vous, à défiler en brandissant des bougies et à chanter des hymnes à la vie. Et puis j'irai sur sa tombe, derrière l'église, avec sa veuve et ses enfants, en regrettant que nos existences se soient croisées.

– Vous avez déjà assisté à une exécution ?

– Non, pas que je me souvienne.

– J'en ai vu deux. Vous changeriez de discours si vous en aviez vu ne serait-ce qu'une.

– D'accord. J'assisterai à la prochaine.

– C'est une chose horrible.

– Les familles des victimes étaient présentes ?

– Oui, les deux fois.

– Ils ont été horrifiés par la chose ? Leur point de vue a-t-il changé pour autant en ce qui concerne la peine de mort ? Bien sûr que non. Pour eux, c'était la fin du cauchemar.

– Vous me surprenez beaucoup.

– Ce sont les gens comme vous qui me surprennent. Comment pouvez-vous vous battre autant, dépenser autant d'énergie pour sauver la vie d'individus qui ont tout fait pour mériter la peine de mort et qui ont été légalement condamnés ?

– Tout dépend de quelles lois on parle. C'est illégal dans le Massachusetts.

– Le Massachusetts ! C'est le seul Etat où McGovern ait réussi à avoir la majorité en 1972 [1]. Vous vous croyez toujours, vous autres, le nombril du pays.

Les hamburgers de Claude refroidissaient dans les assiettes et le ton entre eux avait monté. Jake tourna la tête et surprit quelques regards. Ellen retrouva son sourire et croqua une rondelle d'oignon.

– Qu'est-ce que vous pensez de l'A.C.L.U. ? demanda-t-elle en mâchonnant.

– J'imagine que vous avez votre carte de membre dans votre sac ?

– Exactement.

1. McGovern : démocrate libéral qui s'était présenté aux élections présidentielles de 1972 contre Richard Nixon. Il essuya une cuisante défaite ; seuls deux Etats votèrent pour lui, le Massachusetts et le district de Columbia.

– Alors vous êtes virée.

– Je me suis inscrite quand j'avais seize ans.

– Pourquoi si tard ? Vous avez dû être la dernière de votre groupe de scouts à prendre leur carte.

– Vous n'avez donc aucun respect pour les dix premiers amendements de la Constitution ?

– Au contraire, je leur voue un culte sans fin. Mais je déteste les juges qui les interprètent à leur guise. Mangez, ça va refroidir.

Ils terminèrent leurs hamburgers en silence, en se surveillant du coin de l'œil. Jake commanda un café et deux sachets d'aspirine.

– Et si vous me disiez comment nous allons gagner ce procès ? demanda-t-elle.

– Nous ?

– Je ne suis pas vraiment renvoyée, hein ?

– Non. Mais souvenez-vous que c'est moi le patron, et vous l'assistante.

– Bien sûr, chef. Quelle est votre stratégie, alors ?

– Qu'est-ce que vous feriez à ma place ?

– Eh bien, d'après ce que je crois savoir, notre client a soigneusement prévu son coup, et a tué les types de sang-froid, six jours après le viol. Cela semble pour le moins prémédité.

– C'est vrai.

– Alors, il n'y a pas de défense possible. Je crois donc que nous devrions plaider coupable et demander la perpétuité pour lui éviter la chambre à gaz.

– Vous êtes une battante, à ce que je vois.

– C'était pour rire. La folie est notre seul système de défense possible. Mais elle semble difficile à démontrer.

– Vous avez entendu parler de la loi M'Naghten ? demanda Jake.

– Oui. Nous avons un psychiatre ?

– Oui, plus ou moins. Il dira ce que nous voulons. A condition qu'il soit à jeun au procès. L'une de vos tâches les plus délicates, en tant qu'avocate adjointe de la défense, sera de vous assurer que notre psy ne soit pas saoul le jour du procès. Ce ne sera pas du tout cuit, croyez-moi.

– Il n'y a que les tâches impossibles qui m'intéressent.

– Très bien, Row Ark. Prenez un stylo. Vous avez la nappe pour écrire. Votre patron va vous donner du travail.

Elle commença à prendre des notes sur la nappe en papier.

– Je veux connaître les décisions rendues par la Cour suprême du Mississippi dans le cadre de la loi M'Naghten, ces cinquante dernières années. Il y en a probablement une bonne centaine. Il y a eu une grosse affaire en 1976, l'Etat contre Hill, où la cour fut cruellement partagée – cinq contre quatre. Les opposants réclamaient une application plus large à la notion de folie. Faites ça court. Moins de vingt pages. Vous savez taper à la machine ?

– Quatre-vingt-dix mots à la minute.

– Ça m'aurait étonné. Je veux avoir ça sur mon bureau mercredi.

– Vous l'aurez.

– Il y a certains points qui nécessitent quelques recherches. Vous avez vu les photos des deux corps. Pas joli, hein ? Noose, d'ordinaire, permet aux jurés de voir le sang et les cadavres, mais j'aimerais, cette fois, que ces clichés ne passent pas entre leurs mains. Voyez ce qu'on peut faire.

– Ça ne va pas être facile.

– Le viol est au cœur même de notre système de défense. Je veux que le jury connaisse tous les détails. Je veux une étude complète. Je connais deux ou trois affaires sur lesquelles on pourra s'appuyer, et j'espère convaincre Noose que le viol est un point crucial du procès.

– Entendu. Quoi d'autre ?

– Je ne sais pas encore. Lorsque j'aurai retrouvé mes esprits, il me viendra d'autres idées. En attendant, mettez-vous là-dessus.

– Je vous vois lundi matin, pour vous tenir au courant ?

– D'accord. Mais pas trop tôt. Disons 9 heures. J'aime être tranquille avant.

– Question tenue vestimentaire, je fais quoi ?

– Vous êtes très bien.

– En jeans et sans chaussettes ?

– J'ai une autre employée, une secrétaire nommée Ethel. Elle a soixante-quatre ans, et une poitrine opulente. Heureusement, elle porte un soutien-gorge. Ce ne serait peut-être pas une mauvaise idée de faire de même.

– J'y songerai.

– Je n'ai pas besoin de distraction en ce moment.

27

Lundi 15 juillet. Jour J moins 7. Durant la semaine, la nouvelle se répandit que le procès se tiendrait à Clanton, et la petite bourgade se préparait au grand choc. Le téléphone sonnait à tout va dans les trois motels tandis que les journalistes et leurs équipes confirmaient leurs réservations. La foule dans les cafés bourdonnait d'impatience. Une équipe d'entretien municipale s'activait autour du palais de justice dès le matin, pinceaux et brosses à reluire à la main. Ozzie dépêcha un bataillon de détenus avec des tondeuses et des taille-haies. Les vieux, à l'ombre du monument aux morts de la guerre du Vietnam, regardaient d'un œil circonspect toute cette activité fébrile. Le détenu de confiance qui dirigeait les travaux des hommes de corvée leur demanda de cracher leur chique de Redman sur le gazon et non plus sur le trottoir. Il se fit remettre à sa place sans détour. Les haies grasses et plantureuses reçurent une nouvelle couche de terreau, et une dizaine de tourniquets se mirent à bruisser sur les pelouses dès 9 heures du matin.

A 10 heures, le thermomètre atteignait les 33 °C. Les petites boutiques autour de la place ouvraient leurs portes dans la moiteur de l'air ; les ventilateurs commencèrent à bourdonner. On appelait Memphis ou Jackson pour demander l'autorisation de changer les prix durant la semaine à venir.

Noose avait appelé Jean Gillespie, la greffière du tribunal, le vendredi, et lui avait dit que le procès se tiendrait à Clanton. Il lui avait demandé de convoquer un échantillon de cent cinquante jurés potentiels. La défense voulait pouvoir choisir ses douze jurés à partir d'un éventail plus grand que de coutume et Noose avait donné son accord. Jean et deux greffiers adjoints passèrent leur samedi à sélectionner dans les listes des électeurs inscrits leur échantillon de jurés potentiels. Suivant les instructions de Noose, ils éliminèrent ceux âgés de plus de soixante-cinq ans. Un millier de noms furent retenus. Leurs noms et adresses furent inscrits sur une petite carte et déposés dans une urne. Les deux adjoints, un Blanc, un Noir, brassèrent alors les cartes. Chacun tira ensuite, tour à tour, une carte de l'urne et la posa sur la table. Lorsque le nombre de cent cinquante fut atteint, le tirage au sort cessa, et on dressa la liste. C'est ainsi que les jurés potentiels pour le procès de l'Etat contre Hailey furent sélectionnés. Chaque étape de leur sélection avait été effectuée en suivant scrupuleusement les instructions données par l'honorable Omar Noose, qui tenait à se prémunir contre toute attaque. Si le jury était entièrement composé de Blancs, et si Hailey était condamné, Noose savait que chaque étape de la sélection du jury serait passée au peigne fin par la cour d'appel. Cela lui était déjà arrivé une fois et il avait été mis en défaut pour un vice de forme. Cela ne se reproduirait pas.

A partir de cette première liste, les nom et adresse de chaque juré furent consignés sur des convocations séparées. La pile des convocations resta sur le bureau de Jean jusqu'à l'arrivée du shérif Ozzie Walls le lundi, à 8 heures du matin. Il but une tasse de café avec Jean en écoutant ses instructions pour la journée.

– Le juge Noose veut qu'elles soient distribuées entre 16 heures et minuit, annonça-telle.

– Entendu.

– Les jurés devront se présenter au tribunal à 9 heures précises lundi prochain.

– Très bien.

– Il n'est pas précisé sur les convocations le nom de l'accusé et la nature du procès. Cela doit rester secret.

– Ils doivent bien se douter de quoi il s'agit.

– Sûrement, mais Noose a été très clair sur ce point. Vos hommes ne doivent rien dire à propos du procès en apportant les convocations. Le nom des jurés doit rester confidentiel, du moins jusqu'à mercredi. Ne me demandez pas pourquoi. Ce sont les ordres de Noose.

Ozzie examina la pile de convocations.

– Combien il y en a ?

– Cent cinquante.

– Cent cinquante ! Pourquoi autant ?

– C'est un gros procès. Ce sont les ordres de Noose, encore.

– Je vais devoir mettre tous mes hommes sur le coup pour distribuer tout ça !

– Je suis désolée.

– Ça va, ça va. Si c'est ce que veut Son Honneur.

Ozzie s'en alla. Quelques instants plus tard, Jake se tenait derrière le guichet à conter fleurette aux secrétaires. Il fit un grand sourire à Jean Gillespie, et la suivit jusqu'à son bureau. Il ferma la porte derrière lui. Jean s'assit dans son fauteuil et pointa un doigt accusateur vers Jake. Il continua à sourire.

– Je sais pourquoi vous êtes là, lança-t-elle d'un ton sec. Et la réponse est non.

– Allez, Jean, donnez-moi cette liste.

– Il faudra attendre mercredi comme tout le monde. Ce sont les ordres de Noose.

– Mercredi ? Pourquoi mercredi ?

– Je n'en sais rien. Mais Omar a été très clair là-dessus.

– Donnez-moi cette liste, Jean.

– Jake, je ne peux pas. Vous voulez que j'aie des ennuis ?

– Vous n'aurez aucun ennui, parce que personne ne le saura. Vous savez bien que je suis une tombe.

Son sourire s'était effacé.

– Jean, donnez-moi cette putain de liste !

– Jake, je ne peux pas.

– Il me la faut, à tout prix. Je ne peux attendre jusqu'à mercredi. Il faut que j'avance dans mon travail.

– Ce ne serait pas honnête vis-à-vis de Buckley, opposa-t-elle sans conviction.

– Qu'il aille au diable, celui-là ! Vous croyez qu'il ne fait pas des coups en traître ? C'est un serpent, ce type, et vous le détestez autant que moi.

– Probablement plus encore.

– Donnez-moi cette liste, Jean.

– Ecoutez, Jake. Vous savez que nous sommes amis. Vous êtes l'avocat que j'estime le plus. Lorsque mon fils a eu des ennuis, c'est vous que j'ai appelé, pas vrai ? J'ai confiance en vous, et je veux que vous gagniez ce procès, mais je ne peux pas passer au-dessus des ordres d'un juge.

– Qui vous a aidée à vous faire élire la dernière fois, moi ou Buckley ?

– Je vous en prie, Jake.

– Qui a fait sortir votre fils de prison, moi ou Buckley ?

– Jake, par pitié.

– Qui voulait mettre votre fils sous les verrous, moi ou Buckley ?

– Jake, vous n'avez pas le droit...

– Qui a défendu votre mari lorsque tout le monde, et je dis bien tout le monde, voulait le renvoyer parce qu'il y avait un trou dans les comptes de l'église ?

– Je ne suis pas contre vous, Jake. Je vous aime tous, vous, Carla et Hanna, mais je ne peux pas faire ça.

Jake claqua la porte et sortit en trombe du bureau. Jean s'assit sur le coin du bureau, et essuya les larmes qui coulaient sur ses joues.

A 10 heures du matin, Harry Rex débarqua dans le bureau de Jake et lui lança sous le nez une photocopie de la liste des jurés.

– Tiens et ne pose pas de questions, dit-il.

A côté de chaque nom, Harry Rex avait écrit quelques notes, telles que « inconnu » ou « ancien client ; déteste les négros », ou encore « travaille à la fabrique de chaussures, peut-être de notre côté ».

Jake examina attentivement la liste, essayant de mettre un visage ou une réputation sur chaque nom. Pas d'adresse, pas de référence d'âge ni de profession. Rien que des noms ; un de ses anciens profs de Karaway ; une ancienne camarade de sa mère, toutes deux membres du Garden Club [1] ; un ancien client à lui – vol à l'étalage, croyait-il se souvenir ; un fidèle de son église ; un habitué du Coffee Shop ; un gros fermier de la région. La plupart des noms semblaient appartenir à des Blancs. Il y avait un Willie Mae Jones, un Leroy Washingon, un Roosevelt Tucker, une Bessie Lou Bean, et quelques autres noms à consonances noires. Mais, globalement, la liste était d'une pâleur inquiétante. Il connaissait une trentaine de noms, grand maximum.

– Qu'est-ce que tu en penses ? demanda Harry Rex.

– Difficile à dire. Ce sont des Blancs, pour la grande majorité, mais cela n'a rien de très surprenant en soi. Comment as-tu réussi à avoir cette liste ?

– Pas de questions, j'ai dit. Je t'ai mis des notes sur les vingt-six que je connais. Je ne peux pas faire mieux. Je ne sais rien sur les autres.

– Tu es un ami en or, Harry Rex.

1. Club de jardinage. *(N.d.T.)*

– Je suis un dieu. Tu es prêt pour le procès ?

– Pas encore. Mais j'ai une arme secrète.

– Comment ça ?

– Tu la rencontreras bientôt.

– Une femme ?

– Ouais. Tu es libre mercredi soir ?

– Je crois que oui. Pourquoi ?

– Parfait. Rendez-vous ici à 20 heures. Lucien sera là. Il y aura peut-être une ou deux autres personnes. Je veux que l'on prenne deux heures pour parler des jurés. Il faut dresser une liste. Tracer le profil du juré idéal et nous en servir comme référence. On étudiera chaque nom, et on essaiera d'identifier tous ces gens, ou du moins la plupart.

– Une vraie partie de plaisir, quoi ! Je serai là. Quel serait notre juré idéal, selon toi ?

– C'est encore un peu flou. Je crois que le côté justicier va séduire les rednecks. Les fusils, la violence, la protection des femmes, les rednecks adorent ça. Mais notre homme est noir, et j'en connais un paquet qui aimeraient bien le faire griller sur la chaise électrique. Il a tué deux des leurs.

– C'est vrai. Et j'éviterais les femmes, aussi. Elles n'ont aucune sympathie pour les violeurs, mais elles placent la vie au-dessus de tout. Leur faire voler la tête en morceaux avec un M-16 dépasse leur entendement. Toi et moi, on peut comprendre parce que nous sommes pères tous les deux. Cette idée nous séduit. La violence et le sang ne nous dérangent pas. Nous admirons Hailey. Il faut que nous choisissions des admirateurs potentiels pour notre jury. De jeunes pères pas trop illettrés.

– C'est intéressant. Lucien, au contraire, prétend qu'il vaut mieux viser les femmes parce qu'elles sont plus enclines à pardonner.

– Je ne crois pas. Je connais des femmes qui te feraient volontiers la peau si tu te mettais en travers de leur chemin.

– Tu fais allusion à tes anciennes clientes ?

– Oui, et il y en a une sur cette liste. Frances Burdeen. Choisis-la, et je lui dirai comment voter.
– Tu es sérieux ?
– Ouais. Elle fera tout ce que je lui dirai.
– Tu peux être au tribunal lundi ? Je veux que tu assistes à la sélection du jury et que tu m'aides à faire mon choix.
– Tu peux compter sur moi.

Jake entendit des voix dans le hall d'entrée. Il fit signe à son ami de se taire. Il écouta, esquissa un sourire, et s'approcha, entraînant Harry Rex à sa suite. Les deux hommes avancèrent sur le palier sur la pointe des pieds et écoutèrent l'altercation qui éclatait devant le bureau d'Ethel.

– Il est impossible que vous travailliez ici, insistait Ethel.
– Faut croire que oui. J'ai été embauchée samedi, par Jake Brigance, qui est bien votre patron, si je ne m'abuse.
– Embauchée pour faire quoi ? demanda Ethel.
– Comme assistante.
– Mais je ne suis pas au courant.
– Nous en avons parlé ensemble et il m'a donné ce travail.
– Et pour quel salaire ?
– Cent dollars de l'heure.
– Oh Seigneur ! Il faut que je lui parle tout de suite.
– Tout est déjà réglé, Ethel.
– Mrs. Twitty, je vous prie.

Ethel examina Ellen de la tête aux pieds. Un jean délavé, des tennis à quatre sous, pas de chaussettes, une chemise de coton trop ample et, à l'évidence, pas de soutien-gorge.

– Votre tenue n'est pas appropriée à ce bureau. Vous êtes... indécente.

Harry Rex fronça les sourcils et lança un sourire à Jake. Ils continuèrent à observer la scène en silence.

– Mon patron, qui se trouve être également le vôtre, m'a dit que ça allait très bien.

– Mais vous avez oublié d'enfiler quelque chose, vous ne croyez pas ?

– Jake m'a dit que je pouvais m'en passer. Il m'a dit que ça fait vingt ans que vous ne portez pas de soutien-gorge. Selon lui, la plupart des femmes de Clanton n'en mettent pas, alors j'ai laissé le mien à la maison.

– Il a dit quoi ? s'écria Ethel en croisant les bras sur sa poitrine.

– Il est dans son bureau ? demanda Ellen d'un ton glacial.

– Oui, je vais l'appeler.

– Pas la peine.

Jake et Harry Rex battirent en retraite dans le bureau et attendirent l'arrivée de leur nouvelle assistante. Elle entra dans la pièce, avec une grande mallette à la main.

– Bonjour, Row Ark, lança Jake. J'aimerais vous présenter un bon ami à moi. Harry Rex Vonner.

Harry Rex serra la main d'Ellen, en contemplant la poitrine de la jeune femme.

– Ravi de faire votre connaissance. Quel est votre prénom ?

– Ellen.

– Appelle-la Row Ark, dit Jake. Elle va travailler ici comme assistante jusqu'à la fin du procès Hailey.

– C'est très gentil de votre part, dit Harry Rex, les yeux toujours rivés sur sa poitrine.

– Harry Rex est un avocat de la région, Row Ark. Méfiez-vous de lui comme de la peste. Comme beaucoup par ici, c'est un escroc.

– Pourquoi avoir embauché une femme, Jake ? demanda-t-il sans détour.

– Row Ark est une grosse tête en droit criminel, comme la plupart des étudiants de troisième année. Et ses tarifs sont tout à fait raisonnables.

– Vous avez quelque chose contre les femmes, maître ? demanda Ellen.

– Non, mam'zelle. J'adore les femmes. J'en ai épousé quatre.

– Harry Rex est un spécialiste du divorce. L'avocat le plus redoutable du genre, expliqua Jake. Le plus ignoble de tous. A bien y penser, je crois que c'est l'être le plus ignoble que je connaisse.

– Merci du compliment, dit Harry Rex qui avait enfin cessé de regarder la chemise d'Ellen.

Elle regarda ses énormes chaussures poussiérieuses et éraflées, ses socquettes de nylon avachies autour de ses chevilles, son pantalon de toile sale et froissé, son veston élimé, sa cravate rose bonbon trop courte qui oscillait quinze centimètres au-dessus de sa ceinture, puis annonça :

– Moi, je le trouve plutôt mignon.

– Attention, vous pourriez bien être la cinquième Mme Vonner, lança Harry Rex.

– Mais non, c'est purement physique.

– Doucement, lança Jake. Depuis que Lucien est parti, il n'y a pas eu la moindre histoire de cul dans ce bureau.

– Oui, beaucoup de choses sont parties avec Lucien, dit Harry Rex.

– Qui est Lucien ?

Jake et Harry Rex échangèrent un regard.

– Vous le rencontrerez bien assez tôt, répondit Jake.

– Votre secrétaire est charmante, annonça Ellen.

– Je savais qu'entre vous ça allait faire des étincelles. Mais c'est un véritable amour une fois qu'on la connaît.

– Combien de temps ça prend ?

– Je la connais depuis vingt ans, répondit Harry Rex, et j'attends encore.

– Comment vont les recherches ? demanda Jake.

– Doucement. Il y a des dizaines de cas où l'on a fait référence à la loi M'Naghten, et ce sont de gros dossiers. J'en suis environ à la moitié. J'ai prévu de passer la journée ici à travailler dessus, à condition que votre pittbull d'en bas ne me saute pas dessus.

– Je vais la calmer, répondit Jake.

Harry Rex se dirigea vers la porte.

– Ravi de vous avoir rencontrée, Row Ark. A plus tard.

– Merci Harry Rex, dit Jake. A mercredi soir.

Le parking en terre battue du bar était plein. Jake trouva enfin l'endroit à la nuit tombée. Il n'avait jamais eu l'occasion de venir chez Tank, et l'idée d'entrer dans ce bar ne l'enchantait guère. L'établissement était caché le long d'une petite route poussiéreuse, à une dizaine de kilomètres de Clanton. Jake se gara à une cinquantaine de mètres du petit bâtiment. Il songea un moment à laisser son moteur tourner au cas où Tank serait absent et qu'une retraite précipitée s'avérerait nécessaire. Mais il chassa rapidement cette idée stupide parce qu'il aimait bien sa voiture, et que le vol était non seulement possible dans ces parages, mais hautement probable. Il verrouilla les portières, fit deux fois le tour du véhicule, quasiment certain de ne pas le retrouver à son retour – ou alors en pièces détachées.

Le son du juke-box filtrait à travers les vitres ouvertes. Il crut entendre une bouteille se fracasser sur le sol ou sur la tête de quelqu'un. Il hésita à côté de sa voiture, prêt à rebrousser chemin. Non, c'était important. Il serra les fesses, retint son souffle, et poussa les battants de bois délabrés.

Quarante paires d'yeux se tournèrent vers le pauvre petit Blanc égaré, planté sur le seuil en complet veston, qui scrutait la salle noyée d'ombres. Jake cherchait désespérément du regard un ami. Mais il n'y en avait aucun. Michael Jackson termina sa chanson sur le juke-box et, pendant une éternité, un silence pesant tomba dans le bar de nuit. Jake resta sur le pas de la porte. Il saluait tout le monde de la tête en souriant, en faisant comme s'il était un habitué. Personne ne lui retourna son sourire.

Soudain, il y eut un mouvement derrière le bar. Les genoux de Jake se mirent à trembler. « Jake ! Jake ! » cria quelqu'un. Ce furent les mots les plus doux qu'il lui ait été donné d'entendre. Derrière le comptoir, il aperçut son ami Tank qui retirait son tablier et marchait vers lui. Ils se serrèrent chaleureusement la main.

– Qu'est-ce qui t'amène ?

– J'aimerais te parler une minute. On peut sortir ?

– Bien sur. Qu'est-ce qui se passe ?

– Rien. C'est pour le boulot.

Tank tourna un interrupteur sur le chambranle de la porte d'entrée et la lumière jaillit.

– Je vous demande un instant d'attention. Je vous présente l'avocat de Carl Lee Hailey, mon ami Jake Brigance ! Accueillez-le comme il le mérite.

Un concert d'applaudissements et de vivats explosa dans la petite salle. Plusieurs clients du bar vinrent lui serrer la main ou lui taper sur l'épaule. Tank ouvrit un tiroir et sortit une poignée de cartes de visite de Jake. Elles passèrent de main en main, comme des friandises. Jake respirait de nouveau et son visage reprit quelque couleur.

Une fois dehors, les deux hommes s'adossèrent contre le capot de la Cadillac jaune de Tank. La voix de Lionel Ritchie retentit derrière les vitres du bar, et les conversations reprirent. Jake montra à Tank une photocopie de la liste.

– Regarde chacun de ces noms. Dis-moi combien tu en connais parmi eux. Essaie de te renseigner, parles-en autour de toi.

Tank approcha la liste de son nez. La lumière de l'enseigne Michelob luisait au-dessus de son épaule.

– Il y a beaucoup de Noirs ?

– A toi de me le dire. C'est l'une des raisons pour lesquelles je veux que tu y jettes un coup d'œil. Entoure les noms de ceux qui sont noirs. Si tu as des doutes, renseigne-toi. S'il y a des Blancs que tu connais dans cette liste, écris-moi ce que tu sais sur eux.

– D'accord, Jake. Avec plaisir. Ce n'est pas illégal, au moins ?

– Bien sûr que non, mais ne parle à personne de cette liste. Il faut que tu me donnes ça mercredi matin.

– A tes ordres.

Tank partit avec la liste et Jake reprit le chemin du bureau. Il était presque 22 heures. Ethel avait fait une copie de la liste originale apportée par Harry Rex et une dizaine de photocopies avaient été données en main propre à des amis de confiance, Lucien, Stan Atcavage, Tank, Dell au Coffee Shop, un avocat de Karaway dénommé Roland Isom, et quelques autres. Même Ozzie avait eu une liste.

A moins de cinq kilomètres du bar de Tank se trouvait la petite maisonnette où vivaient Ethel et Bud Twitty depuis près de quarante ans. C'était un endroit charmant, chargé de souvenirs d'une ribambelle d'enfants qui avait désormais essaimé dans le Nord. Le fils arriéré, celui qui ressemblait tant à Lucien, se trouvait à Miami pour des raisons obscures. La maison était silencieuse à présent. Cela faisait des années que Bud n'avait plus travaillé, depuis sa première crise cardiaque en 1975. Il avait eu encore deux infarctus et plusieurs autres petites attaques. Ses jours étaient comptés, et il avait depuis longtemps accepté le fait qu'un jour une attaque plus forte que les autres l'emporterait, et qu'il s'écroulerait sur la terrasse, au beau milieu d'une séance d'écossage de haricots. C'était tout le mal qu'il se souhaitait...

Le lundi soir, il s'installa sous l'auvent pour

écosser ses haricots, en suivant le match de baseball des Cardinals à la radio. Ethel se trouvait dans la cuisine. A la fin du huitième temps alors que les Cards étaient au renvoi, il entendit du bruit sur le côté de la maison. Il baissa le son de la radio. Probablement un chien. Puis un autre bruit encore. Bud se leva et se dirigea vers le bout de la terrasse. Soudain, une grande silhouette vêtue de vêtements noirs, le visage peinturluré de maquillage commando, jaillit des fourrés, saisit le vieil homme et le projeta violemment au sol. Ethel, dans la cuisine, ne put entendre son cri étouffé. Un autre assaillant apparut et les deux hommes traînèrent le vieillard au pied du perron de la maison. L'un d'eux le maintint au sol, tandis que son compère le rouait de coups au ventre et au visage. En quelques secondes, le vieil homme s'évanouit.

Ethel, entendant du bruit, accourut sur le pas de la porte. Un troisième larron la saisit, lui tordit le bras et referma un coude sur sa gorge. Elle ne pouvait plus bouger, ni pousser le moindre cri. Elle fut maintenue ainsi, terrifiée, tandis que les deux autres frappaient tour à tour son mari. Sur le trottoir, à trois mètres de ce déchaînement de violence, se tenaient trois autres silhouettes, chacune vêtue d'une longue robe blanche bordée de rouge, le visage masqué par une grande capuche. Ils sortirent de la pénombre et contemplèrent la scène, tels trois juges assistant à une exécution. Après une minute interminable, la curée perdit de son attrait.

– Ça suffit ! lança l'un des juges.

Les trois assaillants vêtus de noir déguerpirent. Ethel descendit les marches et s'agenouilla auprès de son mari ensanglanté. Les trois silhouettes blanches s'évanouirent dans la nuit.

Jake quitta l'hôpital passé minuit. Bud était en vie, mais son état était jugé critique. Le vieil homme souffrait de multiples fractures mais, plus grave, il avait été victime d'une nouvelle attaque.

Ethel avait laissé libre cours à sa colère et l'avait accusé ouvertement.

– Vous aviez dit qu'il n'y avait aucun danger ! hurlait-elle. Allez donc raconter ça à mon mari ! Tout est de votre faute !

Il l'avait écoutée vociférer et hurler à tue-tête, et ses regrets s'étaient peu à peu mués en colère. Il regarda la famille et les proches qui se trouvaient dans la petite salle d'attente. Tous les regards étaient braqués sur lui. Oui, semblaient-ils tous dire, c'est vous le fautif.

28

Gwen appela Jake au bureau le mardi matin, et la nouvelle secrétaire, Ellen Row Ark, répondit au téléphone. Elle se battit un moment avec l'interphone qui finit par rendre l'âme, puis elle cria dans la cage d'escalier : « Jake, j'ai la femme de Mr. Hailey en ligne ! »

Jake ferma brutalement son livre, et décrocha le téléphone avec mauvaise humeur.

– Jake. Je peux te parler ?

– Je suis très occupé. Qu'est-ce que tu veux ?

Elle se mit à pleurnicher.

– Jake, il nous faut de l'argent. Nous n'avons plus un sou, et il y a un tas de factures à payer. Je n'ai pas payé le crédit de la maison depuis deux mois et la banque n'arrête pas d'appeler. Je n'ai plus que toi vers qui me tourner.

– Et ta famille ?

– Ce sont de pauvres gens, Jake, tu le sais bien. Ils nous donnent à manger et font tout ce qu'ils peuvent, mais ils ne peuvent payer la maison et nos factures.

– Tu as parlé à Carl Lee ?

– Je ne lui ai rien dit pour l'argent. La dernière fois, du moins. Il ne peut pas faire grand-chose, à part se faire du mouron, et Dieu sait qu'il s'en fait déjà assez comme ça.

– Et les églises ?

– Je n'ai pas vu un cent.
– De combien as-tu besoin ?
– D'au moins cinq cents dollars, juste pour sortir la tête de l'eau. Je ne sais pas comment ça se passera le mois prochain. Je verrai ça le moment venu.
Neuf cents dollars moins cinq cents dollars, ça lui laissait quatre cents misérables dollars pour plaider un procès pour meurtre. Un record digne du Guinness ! Quatre cents dollars ! Il lui vint une idée.
– Tu peux passer à mon bureau vers 2 heures cet après-midi ?
– Oui, mais j'aurai les enfants avec moi.
– Pas de problème. Viens.
– Entendu.
Jake raccrocha et chercha rapidement dans l'annuaire le numéro du révérend Ollie Agee. Il réussit à le joindre à l'église. Jake lui raconta qu'il voulait discuter avec lui du procès et mettre au point son témoignage. Jake annonça au révérend que sa déposition serait cruciale pour son système de défense. Agee répondit qu'il serait là à 14 heures.
La tribu Hailey arriva la première. Jake les fit asseoir autour de la table de réunion. Les gosses se rappelaient être venus dans cette pièce lors de la conférence de presse. Ils étaient impressionnés par la longue table, les gros fauteuils pivotants et les rayonnages imposants de livres. A son arrivée, le révérend serra Gwen dans ses bras, et fit la fête aux enfants, en particulier à Tonya.
– Je serai bref, révérend, commença Jake. Il y a certains points dont nous devons discuter. Depuis plusieurs semaines, vous et d'autres pasteurs noirs avez collecté de l'argent pour les Hailey. Et vous avez fait du bon travail. Plus de six mille dollars de dons, il paraît. Je ne sais pas où se trouve l'argent, et cela ne me regarde pas. Vous avez offert cet argent aux avocats de la N.A.A.C.P. pour défendre

Carl Lee, mais comme vous le savez, ils ne s'occuperont pas de son affaire. C'est moi son avocat, son seul avocat, et pour l'instant on ne m'a pas proposé le moindre sou. Ce qui ne me surprend en rien. Il est évident que vous vous fichez de défendre Carl Lee sitôt que l'on vous retire la liberté de choisir ses défenseurs. Très bien. Je saurai me débrouiller seul. En revanche, ce qui m'ennuie réellement, révérend, c'est que pas le moindre argent, et je dis bien pas le moindre, n'a été donné à la famille Hailey. C'est bien le cas, Gwen ?

Le visage de Gwen était tour à tour passé de l'étonnement à l'incrédulité en entendant les paroles de Jake. Maintenant il y avait de la colère dans ses yeux.

– Six mille dollars ! répéta-t-elle.

– Plus que ça encore, d'après les derniers comptes, renchérit Jake. Et tout cet argent, révérend, dort quelque part dans une banque, pendant que Carl Lee moisit en prison et que Gwen cherche désespérément un travail ; les factures s'accumulent, les amis ne peuvent qu'apporter un peu de nourriture, et les huissiers frappent déjà à la porte. Alors j'aimerais, révérend, que vous nous disiez ce que vous comptez faire de cet argent.

Agee esquissa un sourire et dit d'une voix mielleuse :

– Cela ne vous regarde pas.

– Mais cela me regarde, moi, s'emporta Gwen. Vous vous êtes bien servi de mon nom pour collecter cet argent, non ? Je l'ai entendu de mes propres oreilles. Vous disiez à l'église que tous ces dons d'amour, comme vous appelez ça, seraient versés à ma famille. J'imaginais que vous aviez utilisé cet argent pour payer un avocat ou quelque chose de ce genre. Et voilà que j'apprends aujourd'hui que vous avez placé ces sous à la banque. Et j'ai bien l'impression que vous comptez les garder pour vous.

Agee resta impassible.

– Ecoute-moi, Gwen. Nous pensions que cet argent serait plus utile à la défense de Carl Lee. Il a refusé notre offre et n'a pas voulu embaucher les avocats de la N.A.A.C.P. Alors j'ai demandé à Mr. Reinfeld, le responsable du groupe, ce que je devais faire de cet argent. Il m'a répondu qu'il valait mieux le garder, parce que Carl Lee en aura besoin lorsqu'il fera appel.

Jake secoua la tête en serrant les dents. Il s'apprêtait à remettre à sa place cet abruti, mais il comprit qu'Agee ne mesurait pas la portée de ses paroles. Jake préféra se mordre les lèvres.

– Je ne comprends pas, répondit Gwen.

– C'est très simple, expliqua le révérend avec un sourire hypocrite. Selon Mr. Reinfeld, Carl Lee va être condamné à mort parce qu'il aura refusé de se faire défendre par la N.A.A.C.P. Il faudra alors faire appel, non ? Lorsque Jake aura perdu son procès, vous et Carl Lee allez bien devoir vous tourner vers un autre avocat qui aura une chance de lui sauver la vie. C'est à ce moment que nous aurons besoin de Mr. Reinfeld, et c'est à ce moment que l'argent nous sera utile. Vous voyez donc bien que ces sous sont pour Carl Lee.

Jake secoua la tête en maudissant le pasteur en secret. Il maudissait plus encore Reinfeld.

Les yeux de Gwen s'embuèrent de larmes et elle serra les poings.

– Je ne comprends toujours pas, et je m'en fiche. Tout ce que je sais, c'est que j'en ai assez de mendier pour avoir de la nourriture, assez de dépendre des autres, assez d'avoir peur de me retrouver à la rue.

Agee la regarda d'un air attristé.

– Je comprends, Gwen, mais...

– Si vous avez nos six mille dollars à la banque, vous avez tort de ne pas nous les rendre. Nous sommes assez grands pour savoir les utiliser au mieux.

Carl Lee Junior et Jarvis se tenaient aux côtés de leur mère et tentaient de la consoler. Ils fixèrent Agee des yeux.

– Mais c'est pour Carl Lee, dit le révérend.

– Très bien, annonça Jake. Vous avez demandé à Carl Lee ce qu'il voulait faire de cet argent ?

Le sourire torve d'Agee s'évanouit. Le pasteur remua sur son siège.

– Carl Lee sait que nous agissons pour son bien, répondit-il sans conviction.

– Je vois. Mais vous n'avez pas répondu à ma question. Alors je me permets d'insister : avez-vous, oui ou non, demandé à Carl Lee ce qu'il voulait faire de cet argent ?

– Oui, je crois bien en avoir discuté avec lui, mentit Agee.

– C'est ce que nous allons voir, répondit Jake en se levant.

Il se dirigea vers la porte du petit bureau. Le révérend le suivit des yeux, l'air inquiet, presque paniqué. Jake ouvrit la porte et fit un signe de tête à quelqu'un. Carl Lee et Ozzie apparurent alors sur le seuil. Les enfants crièrent de joie et se jetèrent dans les bras de leur père. Le visage d'Agee se décomposa.

Après quelques instants d'embrassades, Jake se prépara à porter le coup de grâce.

– Révérend, si vous redemandiez à Carl Lee ce qu'il veut faire de ses six mille dollars ?

– Ce ne sont pas, à proprement parler, les siens, rectifia Agee.

– Ce ne sont pas non plus les vôtres, lança Ozzie.

Carl Lee descendit Tonya de ses genoux et s'avança vers Agee. Il s'assit en face de lui, sur le coin de la table, au-dessus du pasteur, prêt à frapper si nécessaire.

– Je vais être très clair, révérend, pour qu'il ne subsiste plus le moindre doute. Vous avez collecté de l'argent avec mon nom, pour soi-disant le bien de ma famille. Vous avez demandé à nos frères de donner leur obole, et ils l'ont fait en croyant que cet argent nous serait versé, à moi et à ma famille. Vous avez menti. Vous avez, en réalité, fait cette quête pour impressionner la N.A.A.C.P. et non pour venir en aide à ma famille. Vous avez menti à l'église, dans les journaux, partout.

Agee regarda autour de lui et s'aperçut que tout le monde, y compris les enfants, le fixait des yeux en hochant la tête.

Carl Lee posa le pied sur la chaise du révérend et se pencha sur lui.

– Si vous ne nous donnez pas cet argent, je dirai à tous les Noirs que je sais que vous êtes un escroc. Je le dirai à tous vos fidèles – vous vous souvenez que je suis membre de votre église ? Et je leur raconterai que je n'ai pas reçu un cent. Et lorsque je serai libre, vous ne récolterez pas deux dollars à vos messes du dimanche. Vous allez devoir vendre votre Cadillac et vos costumes à paillettes. Vous perdrez même jusqu'à votre église, parce que j'aurai demandé à tout le monde de vous boycotter.

– Tu as terminé ? demanda Agee. Si c'est le cas, je tiens à te dire que je suis blessé par tes paroles. Profondément blessé à l'idée que toi et Gwen ayez cette opinion de moi.

– C'est pourtant la vérité et je me fiche de vous avoir blessé ou non.

Ozzie s'approcha.

– Je suis de leur avis, révérend Agee. Vous avez mal agi, et vous le savez très bien.

– Je suis mortifié, Ozzie, d'entendre ça de vous. Mortifié.

– Je vais vous dire quelque chose qui va vous mortifier bien davantage. Dimanche prochain, moi et Carl Lee, nous allons aller à l'église. On quittera discrètement la prison pour faire un petit tour en voiture. On arrivera juste au moment de votre sermon. Nous entrerons par les grandes portes, et nous descendrons l'allée centrale jusqu'à l'autel. Si vous faites le moindre geste pour nous en empêcher, je vous passe les menottes sur-le-champ. Et Carl Lee prendra la parole. Il dira à toutes vos ouailles qu'il n'a toujours pas vu la couleur de l'argent qu'ils ont si généreusement versé et que Gwen et les gosses sont sur le point de se retrouver à la rue parce que vous voulez embaucher une grosse huile de la N.A.A.C.P. Il leur dira que vous leur avez menti. Il lui faudra bien une heure pour raconter tout ça. Et quand il en aura terminé, je dirai à mon tour quelques mots. Je dirai quelle fripouille vous êtes. Je leur parlerai de cette Lincoln volée que vous avez achetée à Memphis pour trois fois rien, et de cette condamnation pour recel à laquelle vous avez échappé de justesse. Je leur parlerai aussi des pots-de-vin que vous versent les entreprises de pompes funèbres. Je leur parlerai de cette affaire de conduite en état d'ivresse qui vous pendait au nez à Jackson et que je suis parvenu à faire étouffer il y a deux ans. Et je leur parlerai aussi, révérend, de la fille qui...

– Non, pas ça, Ozzie, supplia Agee.

– Mais si, révérend, je leur parlerai de ce petit secret, connu seulement de vous et de moi, ainsi que d'une certaine femme de mauvaise vie.

– Quand voulez-vous cet argent ?

– Sitôt que vous l'aurez fait sortir de la banque, répondit Carl Lee.

– C'est comme si c'était fait !

Jake et Ozzie laissèrent les Hailey se retrouver et montèrent dans la grande pièce au premier étage, où Ellen était plongée dans les ouvrages juridiques. Jake la présenta à Ozzie et ils prirent place tous les trois autour du grand bureau.

– Comment vont mes petits copains ? demanda Jake.

– Nos dynamiteurs en herbe ? Ils récupèrent gentiment. On va les garder à l'hôpital jusqu'à la fin du procès. On a fait mettre une serrure sur la porte, et j'ai un adjoint de faction dans le couloir. Ils sont coincés.

– On connaît l'identité du chef ?

– Pas encore. L'analyse des empreintes n'a encore rien donné. Il n'a peut-être jamais été fiché ? Et il refuse toujours de parler.

– L'autre, c'est bien un type du coin, non ? demanda Ellen.

– Ouais. Un certain Terrell Grist. Il veut porter plainte pour brutalité policière. Incroyable, non ?

– Je suis étonné que personne ne le sache encore, annonça Jake

– Moi aussi. Bien sûr, Grist et notre inconnu ne risquent pas d'aller s'en vanter et mes hommes tiennent leur langue. Il n'y a que toi et ta secrétaire qui puissiez vendre la mèche.

– Et Lucien, mais je ne lui ai rien dit.

– Je pense qu'il a compris.

– Quand vas-tu t'occuper d'eux ?

– Après le procès, on les transférera en prison et on commencera les formalités. Rien ne presse.

– Des nouvelles de Bud ? demanda Jake.

– J'ai fait un saut ce matin pour aller voir nos deux loustics, j'en ai profité pour rendre visite à Ethel, à l'étage en dessous. L'état de Bud est toujours critique et stationnaire.

– Des suspects en vue ?

– C'est sans doute le Klan. Avec les robes blanches et tout le toutim. Tout concorde. D'abord la croix en feu dans ton jardin, puis la dynamite, et maintenant Bud. Sans compter toutes ces menaces de mort. Je crois bien que ce sont eux. Et nous avons un indic chez eux.

– Quoi ?

– Tu m'as bien entendu. Il se fait appeler Mickey Mouse. Il m'a téléphoné dimanche. C'est son coup de fil qui t'a sauvé la vie. « L'avocat du négro », c'est comme ça qu'ils t'appellent. Il a dit que le Klan est de nouveau dans le comté de Ford.

Ils ont inauguré une nouvelle confrérie, comme ils disent.

– On sait qui en fait partie ?

– Il n'a pas donné trop de détails. Il me rappellera seulement si quelqu'un d'autre risque d'être blessé.

– Charmant. On peut lui faire confiance ?

– Il t'a sauvé la vie.

– C'est vrai. Il est membre du Klan ?

– Il ne l'a pas précisé. Ils comptent organiser une grande marche jeudi prochain.

– Le Klan ?

– Ouais. Et la N.A.A.C.P. appelle à une manifestation demain, devant le palais de justice. Ils veulent défiler un moment dans les rues. La marche du Klan de jeudi est censée être pacifique.

– Ils seront combien ?

– Mickey ne l'a pas précisé. Comme je t'ai dit, il n'entre pas vraiment dans les détails.

– Le Ku Klux Klan organisant une marche à Clanton... C'est à peine croyable !

– Ça sent le roussi, dit Ellen.

– Et ce n'est qu'un début, répliqua Ozzie. J'ai demandé au gouverneur de mettre la police routière en état d'alerte. La semaine s'annonce difficile.

– Quand on pense que Noose se démène pour que le procès ait lieu ici ! lança Jake.

– Il est trop tard pour faire marche arrière, Jake. Où que tu ailles, il y aura des manifestations, des marches, et des gens du Klan.

– Tu as peut-être raison. Tu en es où de la liste ?

– J'aurai fini demain.

Après le dîner, Joe Frank Perryman s'assit sous l'auvent de sa maison, avec le journal du soir dans les mains et une chique fraîche de Redman dans la bouche. Il cracha, à giclées précises, le jus de tabac dans un trou ménagé à cet effet dans le plancher. C'était le rituel du soir. Lela finissait la vaisselle.

allait bientôt apporter de grands verres de thé glacé, et ils resteraient sous l'auvent jusqu'au crépuscule, à parler des récoltes, des petits-enfants et de la moiteur de l'air. Ils vivaient à la périphérie de Karaway, sur trente hectares de champs soigneusement cultivés, que le père de Joe Frank avait volés durant la Dépression. C'était une famille paisible, travailleuse, et croyante.

Perryman avait déjà envoyé quelques jets bruns dans le trou lorsqu'un pick-up quitta la route et s'engagea dans la longue allée gravillonnée qui menait à la maison. Le véhicule se gara le long de la pelouse, et un visage familier sortit de la cabine. C'était Will Tierce, l'ancien président du conseil d'administration du comté de Ford. Will avait tenu cette fonction pendant vingt-quatre ans, au terme de six mandats consécutifs, et s'était fait battre de sept voix aux dernières élections de 83. Les Perryman avaient toujours soutenu la candidature de Tierce parce qu'il leur offrait de temps en temps un tombereau de gravier pour leur allée, ou refaisait le petit pont d'accès à l'entrée de leur propriété.

– Bonsoir, Will, lança Joe Frank en regardant l'ex-président du conseil d'administration traverser la pelouse et monter les marches du perron.

– Bonsoir, Joe Frank.

Ils se serrèrent la main et s'installèrent sous l'auvent.

– Donne-moi une chique, dit Tierce.

– Sers-toi. Qu'est-ce qui t'amène par ici ?

– Je passais dans le coin. Je me suis souvenu du thé glacé de Lela et j'ai eu soudain la pépie. Ça fait un bout de temps qu'on ne vous a pas vus en ville.

Ils bavardèrent un moment, en mâchonnant leur chique et en buvant leur thé glacé, jusqu'à ce que les moustiques se réveillent avec la tombée de la nuit. La sécheresse fut au centre de leur conversation et Joe Frank se plaignit longuement du manque d'eau. C'était la pire canicule depuis dix ans. Il n'était pas tombé une goutte d'eau depuis trois semaines. Si la pluie ne venait pas, la récolte de coton était fichue. Les haricots tiendraient, mais pas le coton.

– Dis donc, Joe Frank, j'ai appris que tu es convoqué au tribunal la semaine prochaine, pour faire partie du jury.

– Oui. Ça tombe mal. Comment t'as appris ça ?

– Je ne sais plus. Par-ci, par-là.

– Je ne savais pas que tout le monde était au courant.

– J'ai dû en entendre parler aujourd'hui, à Clanton. J'avais à faire au palais de justice. C'est là que j'ai appris ça. C'est bien pour le procès du négro, hein ?

– J'en ai bien l'impression.

– Qu'est-ce que tu en penses, toi, de ce type qui a tué ces deux gars de sang-froid ?

– Ce n'est pas moi qui le blâmerai, intervint Lela.

– Ouais, mais tu n'as pas le droit de faire justice toi-même, expliqua Joe Frank à sa femme. A quoi serviraient les tribunaux sinon ?

– Tu sais ce qui me dérange, dit Tierce, c'est cette histoire de folie. Ils vont dire que le négro était fou pour le faire acquitter. Comme ce crétin qui a tiré sur Reagan. Ce n'est pas normal. Et en plus, ce n'est pas vrai. Ce négro avait prévu d'abattre ces deux gars. Il s'est planqué et il les a abattus de sang-froid. Où tu vois de la folie là-dedans ?

– Et si cela avait été ta fille qui avait été violée, Will ? demanda Lela.

– Je laisserais la justice faire son devoir. Lorsqu'on attrape un violeur par ici – un négro le plus souvent –, il passe le reste de ses jours sous les verrous. Parchman est plein de violeurs qui ne sortiront jamais de prison. Ce n'est pas le cas à New York ou en Californie, ou dans d'autres endroits de dingues où on laisse les criminels en liberté, mais nous avons ici un bon système judiciaire, et un vieux juge qui prononce de vraies sentences. Il fallait laisser la justice agir. Notre système ne peut pas survivre si nous laissons les gens, en particulier les négros, faire justice eux-mêmes. Voilà ce qui m'inquiète véritablement. Imagine que ce nègre s'en sorte, et ressorte libre du tribunal. Tout le monde dans le pays va le savoir, et ça va être la folie chez les négros. Ils vont se mettre à flinguer tout le monde sur leur passage, et diront après qu'ils avaient perdu la boule. Voilà le vrai danger avec ce procès.

– Il ne faut pas laisser aux négros la bride sur le cou, renchérit Joe Frank.

– Je ne te le fais pas dire. Mais si Hailey s'en tire, plus personne ne sera en sécurité. Les négros vont sortir avec des fusils et semer la pagaille.

– Je n'avais pas pensé à tout ça, admit Joe Frank.

– J'espère que tu feras le bon choix, Joe Frank. J'espère de tout mon cœur qu'ils te choisiront dans le jury. Nous avons besoin de personnes sensées comme toi.

– Je me demande bien pourquoi ils me choisiraient ?

– J'ai entendu dire qu'ils avaient convoqué cent cinquante personnes. Ils s'attendent à avoir cent personnes dans la salle.

– Quelles sont mes chances d'être sélectionné ?

– Une sur cent, répondit Lela.

– Ça me rassure. Je n'ai pas de temps à perdre, avec ma ferme et tout le reste.

– Nous avons besoin de toi dans ce jury, dit Tierce.

La conversation dériva sur les politiciens locaux et le nouveau président du conseil d'administration qui laissait les routes dans un état lamentable. La tombée de la nuit marquait l'heure du coucher pour les Perryman. Tierce leur souhaita bonne nuit et rentra chez lui. Il s'assit derrière la table de sa cuisine avec une tasse de café et consulta de nouveau sa liste des jurés. Son ami Rufus serait fier de lui. Six noms étaient cerclés sur sa liste, et il avait parlé à tous les six. Il inscrivit un O.K. devant chacun. Ils feraient de bons jurés, des jurés sur lesquels Rufus pouvaient compter pour préserver la loi et l'ordre dans le comté de Ford. Un couple s'était montré réticent au premier abord, mais leur bon ami Will Tierce leur avait expliqué ce qu'était la justice et ils s'étaient laissé ramener dans le droit chemin.

Rufus serait vraiment content. Et il avait promis que le jeune Jason Tierce, le neveu de Will, ne serait pas poursuivi pour cette histoire de détention de drogue.

Jake piqua avec sa fourchette un morceau de viande suintant d'huile et quelques haricots, et regarda Ellen faire de même en face de lui. Lucien, assis en bout de table, ignorait son assiette. Il sirotait son whisky, et passait la liste du jury en revue, faisant des remarques sur chaque personne qu'il connaissait. Il était plus saoul que d'ordinaire. Il ne connaissait pas la moitié des noms, mais il y allait toutefois de ses commentaires. Cela amusait beaucoup Ellen qui lançait des clins d'œil complices à son patron.

Lucien posa la liste et frappa la table du manche de sa fourchette.

– Sallie ! hurla-t-il.

Puis il se tourna vers Ellen.

– Vous savez combien il y a de gens de l'A.C.L.U. dans le comté ?

– Au moins quatre-vingts pour cent de la population, j'imagine, répondit-elle.

– Un seul. Moi. Je fus le tout premier et, à l'évidence, le dernier. Les gens par ici sont des cons, Row Ark. Ils se fichent des libertés civiles. Ce n'est qu'une bande d'ultra-conservateurs fanatiques comme notre ami Jake, ici présent.

– C'est faux. Je mange chez Claude au moins une fois par semaine, lança Jake.

– Et ça fait de toi un libéral ? demanda Lucien.

– Cela fait de moi quelqu'un de gauche.

– Tu ne m'empêcheras pas de penser que tu es républicain.

– Ecoute, Lucien, tu peux dire ce que tu veux sur ma femme, ma mère ou mes ancêtres, mais ne dis jamais que je suis républicain.

– Vous avez pourtant l'air d'un républicain, dit Ellen.

– Est-ce qu'il a une tête de démocrate, lui ? lança Jake en désignant Lucien.

– C'est évident. J'ai su qu'il était démocrate dès que je l'ai vu.

– Très bien, je suis républicain.

– Je l'avais bien dit ! rugit Lucien.

Son verre lui échappa des doigts et vola en éclats sur le sol.

– Sallie !

– Row Ark, devinez qui fut la troisième personne inscrite à la N.A.A.C.P. dans tout le Mississippi ?

– Rufus Buckley, lança Jake.

– Moi. Lucien Wilbanks. J'ai rallié la N.A.A.C.P. en 1967. Les Blancs m'ont pris pour un dingue.

– Pas étonnant, dit Jake.

– Evidemment, les Noirs, les nègres, comme on les appelait alors, me prenaient aussi pour un dingue. Aux yeux de tout le monde, je passais pour un fou, à l'époque.

– C'est toujours le cas aujourd'hui.

– Toi, le républicain, ta gueule ! Row Ark, pourquoi ne venez-vous pas vous installer à Clanton ? On pourrait monter un cabinet qui ne s'occuperait que des affaires de l'A.C.L.U. Faites descendre votre vieux de Boston, et on le prendra comme associé !

– Pourquoi ne montes-tu pas à Boston ? railla Jake.

– Et toi, pourquoi ne vas-tu pas te faire mettre chez les Grecs ?

– Comment s'appellerait notre cabinet ? demanda Ellen.

– Chez les dingues ! lança Jake.

– Wilbanks, Row and Ark. Avocats associés.

– ... et sans licence, ajouta Jake.

Les paupières de Lucien semblèrent peser des tonnes. Sa tête s'inclina en avant malgré lui. Il lâcha une claque sur les fesses de Sallie tandis qu'elle faisait le ménage à ses pieds.

– C'est un coup bas, Brigance, dit Lucien sans sourire.

– Row Ark, continua Jake en imitant Lucien, devinez qui a été le dernier avocat radié par la Cour suprême du Mississippi ?

Ellen esquissa un sourire aux deux hommes, et eut la délicatesse de ne pas répondre.

– Row Ark, lança Lucien en élevant la voix, devinez qui sera le prochain avocat de ce comté à être chassé de son cabinet ?

Il éclata de rire, et tout son corps fut traversé de soubresauts. Jake lança un clin d'œil à Ellen.

Quand son fou rire fut passé, il demanda :

– Quel est le programme de la sauterie de demain soir ?

– Je veux qu'on épluche la liste des jurés avec toi et quelques autres personnes.

– On peut savoir qui ?

– Harry Rex, Stan Atcavage, peut-être une autre personne.

– Où ça ?

– A mon bureau. A 8 heures. Alcool interdit.

– C'est mon bureau, et j'apporterai une caisse de whisky si ça me chante. C'est mon grand-père qui a construit ces murs, je te le rappelle.

– Comment pourrais-je l'oublier ?

– Row Ark, trinquez avec moi.

– Non merci, Lucien. C'était très bon, et j'ai passé une bonne soirée, mais il faut que je rentre à Oxford.

Ils se levèrent de table et laissèrent Lucien. Jake n'avait pas envie d'aller bavarder sur la terrasse ce soir. Ellen s'en alla et il monta dans sa chambre d'emprunt. Il avait promis à Carla qu'il ne dormirait plus à la maison. Il l'appela. Elle et Hanna allaient bien. Elles étaient inquiètes, mais tout allait bien. Il ne parla pas de Bud Twitty.

29

Un convoi d'anciens cars scolaires fit lentement le tour de la place de Clanton, le mercredi après-midi vers 14 heures. Chaque véhicule était peinturluré de toutes les couleurs et arborait, sur ses flancs, le blason d'une église. Il y avait trente et un cars au total, chacun plein à craquer de Noirs du troisième âge qui agitaient journaux et mouchoirs dans le vain espoir de s'aérer. Après avoir fait trois fois le tour du palais de justice, le car de tête s'arrêta devant la poste et trente et une portes s'ouvrirent de conserve. Les cars se vidèrent dans une jolie pagaille puis les gens furent canalisés vers le centre de la pelouse, où Ollie Agee, perché sur le kiosque de la place, distribuait des panneaux bleu et blanc avec dessus « Libérez Carl Lee », en hurlant ses instructions.

Les rues environnantes furent rapidement encombrées de cars venant de tous les coins de l'Etat et avançant, centimètre par centimètre, vers le palais de justice. Ne pouvant aller plus loin, le convoi s'arrêta. Des centaines de Noirs abandonnèrent leurs véhicules et partirent d'un pas solennel vers la place du tribunal. Ils se massèrent autour du kiosque de bois pour recevoir leurs écriteaux, puis s'égaillèrent sous les chênes et les magnolias pour trouver un peu de fraîcheur et saluer de vieilles connaissances. D'autres cars d'églises arrivèrent et ne purent s'approcher de la place tant elle était encombrée. Ils déchargèrent leur cargaison humaine devant le Coffee Shop.

Pour la première fois de l'année, le thermomètre dépassait la barre des 40 °C et promettait de monter encore. Il n'y avait aucun nuage dans le ciel pour atténuer les rayons du soleil, et pas la moindre brise pour chasser la touffeur de l'air. Les chemises étaient trempées de sueur en un quart d'heure à l'ombre des arbres, ou en cinq minutes sous le soleil. Les plus faibles cherchèrent refuge dans le tribunal.

La foule continuait de grossir. C'était pour la plupart de vieilles personnes, mais il y avait cependant un certain nombre de jeunes – des militants en herbe qui voulaient en découdre, frustrés d'avoir raté les grandes marches pour les droits civiques des années soixante, et qui se disaient que c'était peut-être leur seule chance de crier leur colère, de chanter *We Shall Overcome*, et de revendiquer en général leur identité noire dans un monde sous la mainmise des Blancs. Ils allaient et venaient, attendant que quelqu'un prenne l'initiative. Enfin, trois étudiants se dirigèrent vers les marches du palais, en brandissant leurs écriteaux et en scandant « Libérez Carl Lee. Libérez Carl Lee ».

Aussitôt la foule commença à scander son cri de guerre :

– Libérez Carl Lee !
– Libérez Carl Lee !
– Libérez Carl Lee !

Les gens quittèrent le couvert des arbres et se rassemblèrent au pied de l'escalier, où un podium et une sono avaient été installés. Ils hurlaient à l'unisson à l'attention de personne, mais simplement pour le plaisir de scander leur nouveau cri de ralliement dans une harmonie parfaite.

– Libérez Carl Lee !
– Libérez Carl Lee !

Des greffiers et des secrétaires apparurent aux fenêtres du tribunal, regardant bouche bée la manifestation. On entendait les clameurs de la foule à des centaines de mètres à la ronde, et les petites boutiques et les bureaux de la place se vidèrent. Propriétaires et clients sortirent sur le trottoir pour regarder l'événement. Les manifestants remarquèrent leurs spectateurs et leur ardeur décupla, les slogans gagnèrent en force et en rythme. Les vautours de la presse rôdaient, excités par le bruit. Ils s'approchaient de la grande pelouse du tribunal avec caméras et microphones.

Ozzie et ses hommes s'occupèrent de la circulation jusqu'à ce que la nationale et les rues soient définitivement barrées. La police tenait à se montrer bien que rien n'indiquât qu'un débordement soit à craindre.

Agee, en compagnie de tous les pasteurs des trois comtés – qu'ils soient à la retraite, novices, en poste à plein temps ou à mi-temps –, parada au milieu de la marée de visages hurlants et se fraya un chemin jusqu'au podium. La vue des prêtres donna un regain d'ardeur à l'assistance et les cris résonnèrent de plus belle sur la place, jusque dans les paisibles quartiers résidentiels et les champs alentour. Des milliers de Noirs brandirent leurs banderoles et hurlèrent à pleins poumons. Agee se balançait avec la foule et dansait sur son petit podium. Il se mit à taper dans ses mains avec les autres pasteurs et rythma les cris de la foule comme un chef de chœur. Le spectacle était impressionnant.

– Libérez Carl Lee !

– Libérez Carl Lee !

Pendant un quart d'heure, Agee mena les clameurs jusqu'à un délire paroxystique. Puis, sitôt qu'il discerna les premiers signes de fatigue, il se dirigea vers les microphones et demanda le silence. Les manifestants, haletants et en sueur, continuèrent de crier, mais avec moins de vigueur. Les chants de liberté s'évanouirent bientôt. Agee demanda à l'assistance de laisser passer la presse pour qu'elle fasse son travail. Il exigea le silence absolu pour que chacun puisse communier avec Dieu. Le révérend Roosevelt se mit à louer le Seigneur, au cours d'une débauche d'art oratoire et d'allitérations qui tira les larmes à plus d'un.

Lorsqu'il dit enfin « Amen », une grosse femme noire coiffée d'une perruque rouge à paillettes s'avança vers les micros et ouvrit sa large bouche. Les premières paroles de *We Shall Overcome* retentirent *a cappella* sur l'esplanade – une voix chaude, grave et envoûtante. Les pasteurs, derrière elle, se mirent à taper des mains en rythme et à osciller sur place. Aussitôt la foule se mit à se balancer de conserve, et deux mille voix se joignirent à la chanteuse dans une harmonie saisissante. L'hymne mélancolique emplit tout le ciel de Clanton.

Lorsque le chant fut terminé, quelqu'un cria « Libérez Carl Lee », ce qui donna le point de départ à un nouveau tonnerre de clameurs. Agee les fit taire encore une fois, et s'avança vers les micros. Il sortit une petite fiche de sa poche, et commença son sermon.

Comme prévu, Lucien arriva en retard, et à moitié saoul. Il avait apporté une bouteille et proposa un verre à Jake, Atcavage et Harry Rex. Tout le monde déclina l'offre.

– Il est 9 heures moins le quart, Lucien, annonça Jake. Cela fait presque une heure que l'on attend.

– Dis donc, je fais ça gratuitement, jusqu'à preuve du contraire.

– D'accord, mais je t'avais demandé d'être là à 8 heures tapantes.

– Et tu m'avais dit aussi de ne pas apporter de bouteille. Et je t'avais dit qu'ici c'était chez moi, que cette maison avait été construite par mon grand-père, que tu n'en étais que le locataire, mon locataire, et que tu l'occupais, à ce que je sache, pour un prix plus que raisonnable que je serais en droit d'augmenter à tout moment. Alors, je viens à l'heure que je veux, et avec une bouteille si j'en ai envie.

– Ça va. Est-ce que tu as...

– Qu'est-ce que font tous ces Noirs dehors, à tourner autour du palais en pleine nuit ?

– Ils appellent ça une veillée, expliqua Harry Rex. Ils ont décidé de tourner autour du tribunal avec des flambeaux jusqu'à ce que leur bonhomme soit libre.

– Ça risque d'être long. J'imagine que ces pauvres hères sont prêts à marcher jusqu'à ce que mort s'ensuive. Elle peut durer dix ans, leur veillée, voire quinze. Ils pourront l'inscrire au livre des records. Ils feraient mieux de se les foutre dans le cul, leurs flambeaux. Bonsoir, Row Ark.

Ellen était assise sur le petit secrétaire sous le portrait de William Faulkner, en train d'étudier une liste surchargée d'indications. Elle hocha la tête et lui adressa un sourire.

– Row Ark, dit Lucien, vous avez tout mon respect. Je vous considère comme mon égale. Je considère qu'il est normal qu'à travail égal il y ait salaire égal. Je crois aussi que c'est à vous de choisir d'avoir un enfant ou d'avorter. Je crois à toutes ces conneries. Vous êtes une femme et votre sexe ne doit en aucun cas vous donner quelque privilège que ce soit, nous sommes d'accord ? Vous devez être traitée comme si vous étiez un homme, n'est-ce pas ?

Lucien fouilla dans ses poches et sortit une liasse de billets.

– Alors, puisque vous êtes un employé comme les autres, complètement asexué à mes yeux, je crois que je peux, sans vous froisser, vous demander d'aller nous acheter un pack de Coors bien fraîches.

– Pas question, Lucien ! intervint Jake.

– Ferme-la, Jake.

Ellen se leva et regarda Lucien dans les yeux.

– Bien sûr, Lucien, mais c'est moi qui paye.

Elle sortit du bureau.

Jake secoua la tête, en lançant un regard mauvais à Lucien.

– Ça risque d'être long, pour nous aussi.

Harry Rex changea d'avis et se versa une rasade de whisky dans sa tasse de café.

– Ne vous saoulez pas, par pitié, implora Jake. Nous avons du travail.

– Je travaille mieux quand je suis ivre, répondit Lucien.

– Moi aussi, renchérit Harry Rex.

– Ça promet, dit Atcavage.

Jake posa les pieds sur son bureau et alluma un cigare.

– Bon. La première chose à faire, c'est de tracer le profil du juré idéal.

– Un Noir, dit Lucien.

– Noir comme le trou du cul d'un charbonnier, renchérit Harry Rex.

– Je suis d'accord, annonça Jake. Mais nous n'aurons pas cette chance. Buckley récusera tout juré noir. Nous le savons bien. Il faut nous concentrer sur les Blancs.

– Les femmes, dit Lucien. Il faut toujours choisir des femmes dans les cas de procès pour meurtre. Elles ont un cœur plus gros, et plus tendre, et elles sont toujours du côté de la défense. Il faut à tout prix prendre des femmes.

– Non, rétorqua Harry Rex. Pas cette fois. Les femmes ne peuvent pardonner à quelqu'un d'avoir pris un fusil d'assaut et d'avoir réduit en charpie deux types. Il nous faut des pères, de jeunes pères qui auraient fait la même chose qu'Hailey à sa place. Des papas de petites filles.

– Depuis quand es-tu un spécialiste dans la sélection des jurés ? lança Lucien. Je croyais que tu n'étais qu'un infâme avocat de divorces.

– Je suis peut-être un infâme avocat, mais je sais choisir des jurés.
– Et les écouter à travers les murs.
– Tu vises bien bas, ce soir.
Jake leva les bras.
– Ça va, les gars, passons. Qu'est-ce que vous pensez de Victor Onzell ? Tu le connais, Stan ?
– Ouais. C'est un de nos clients. Il a la quarantaine, marié, trois ou quatre gosses. Un Blanc. Il vient du Nord. Il s'occupe du restau de l'aire de repos, à la sortie nord de Clanton. Ça fait cinq ans qu'il est là.
– Je ne le prendrais pas pour un empire, annonça Lucien. Il vient du Nord ; il ne pense pas comme nous autres. Il est sans doute en faveur d'une réglementation du port d'arme et de tout ce genre de conneries. Les Yankees me fichent toujours les jetons dans les affaires de meurtre. On devrait avoir une loi au Mississippi qui interdise à un Yankee de faire partie d'un jury, quel que soit le nombre d'années qu'il ait passées dans le Sud.
– Charmant, dit Jake.
– Moi, je le prendrais, annonça Harry Rex.
– Pourquoi donc ?
– Il a des gosses, et probablement une fille. S'il vient du Nord, il doit avoir moins de préjugés contre les Noirs. Il me semble valable.
– John Tate Aston.
– Il est mort, répondit Lucien.
– Quoi ?
– Je dis qu'il est mort. Depuis trois ans.
– Pourquoi figure-t-il sur la liste ? demanda le seul non-avocat en présence.
– Ils ne révisent pas la liste des électeurs, expliqua Harry Rex entre deux gorgées. Certains meurent, d'autres déménagent, et il est impossible de tenir la liste à jour. Ils ont envoyé cent cinquante convocations, et vous verrez qu'ils seront cent à cent vingt à se présenter. Les autres seront morts ou auront déménagé.

– Caroline Baxter. Ozzie dit qu'elle est noire, précisa Jake en consultant ses notes. Elle travaille à l'usine de carburateurs de Karaway.

– Prends-la, dit Lucien.

– Je voudrais bien, répondit Jake.

Ellen revint avec les bières. Elle lâcha le pack sur les genoux de Lucien et détacha une boîte de 33 cl. Elle tira la capsule et retourna s'asseoir devant le secrétaire. Jake déclina la bière qu'on lui tendait, mais Atcavage se découvrit une petite soif. Jake resta le seul non-buveur.

– Joe Kitt Shepherd.

– C'est un nom de redneck, dit Lucien.

– Qu'est-ce qui te fait dire ça ? demanda Harry Rex.

– Le prénom composé, expliqua Lucien. La plupart des rednecks ont des doubles prénoms. Par exemple, Milly Ray, Johnny Ray, Bobby Lee, Harry Lee, Jesse Earl, Billy Wayne, Jerry Wayne, Eddie Mack. Même leurs femmes ont des prénoms en deux parties. Bobbie Sue, Betty Pearl, Mary Belle, Thelma Lou, Sally Faye.

– Et Harry Rex ? demanda Harry Rex.

– Je ne connais aucune femme qui s'appelle Harry Rex.

– Je parlais pour les hommes.

– Ça collerait pour un redneck.

Jake reprit la direction des débats.

– Dell Perry dit qu'il tient une petite boutique d'articles de pêche sur le lac. Personne ne le connaît ici, à ce que je vois.

– Non, mais je maintiens que c'est un redneck, dit Lucien. A cause de son nom. A ta place, je le rayerais.

– Vous n'avez ni âges, adresses, professions, ni autres renseignements de ce genre ? demanda Atcavage.

– Rien, jusqu'à l'ouverture du procès. Lundi, tous les jurés potentiels vont remplir un questionnaire dans la salle. Mais jusqu'à ce moment-là, nous n'aurons que des noms.

– Quel genre de jurés on cherche, Jake ? demanda Ellen.
– Des jeunes ou des hommes d'âge moyen et pères de famille. Je préfère éviter ceux qui ont dépassé la cinquantaine.
– Pourquoi donc ? demanda Lucien d'un ton belliqueux.
– Les jeunes Blancs sont plus tolérants.
– Comme Cobb et Willard ? rétorqua Lucien.
– La plupart des vieux détestent les Noirs, mais la jeune génération a accepté leur intégration. Les jeunes sont plus ouverts, par définition.
– Je suis d'accord, dit Harry Rex, mais j'éviterais les femmes et les rednecks.
– C'est bien mon intention.
– Je crois que tu fais une erreur, dit Lucien, les femmes se montrent plus compréhensives. Regarde Row Ark. Elle aime bien tout le monde. N'est-ce pas, Row Ark ?
– C'est exact, Lucien.
– Elle a de la sympathie pour les criminels, pour les pornographes d'enfants, les athées, les immigrés clandestins, les homos. N'est-ce pas, Row Ark ?
– Exact, Lucien.
– Elle et moi sommes les seuls à avoir notre carte de l'A.C.L.U. dans tout le comté.
– Vous m'écœurez, dit Atcavage, le banquier.
– Clyde Sisco, enchaîna Jake, tentant de calmer les esprits.
– Lui, on peut l'acheter, répondit Lucien d'un air suffisant.
– Comment ça « on peut l'acheter » ? demanda Jake.
– On peut l'acheter, c'est tout.
– Comment tu le sais ? demanda Harry Rex.
– Tu plaisantes ou quoi ? C'est un Sisco. La plus grande famille de voleurs de tout l'est du comté. Ils vivent tous aux crochets de l'Etat. Ce sont des escrocs professionnels et des fraudeurs d'assurance

patentés. Ils mettent le feu à leur baraque tous les trois ans. Tu n'as jamais entendu parler d'eux? lança-t-il à Harry Rex en élevant la voix.

– Non. Comment sais-tu que l'on peut lui graisser la patte ?

– Parce que je l'ai déjà fait une fois. Pour une affaire de droit civil, il y a dix ans. Il était sur la liste des jurés potentiels. Je lui ai dit que je lui donnerais dix pour cent de la somme que consentirait le jury en dommages et intérêts. Il s'est montré très persuasif.

Jake lâcha sa liste et se frotta les yeux. C'était sans doute vrai, mais il ne voulait pas y croire.

– Et alors ? demanda Harry Rex.

– Alors il a été sélectionné dans le jury, et j'ai obtenu le plus gros dédommagement jamais consenti dans tout le comté. Le record est toujours à battre.

– C'était l'affaire Stubblefield ? demanda Jake, bouche bée.

– Tout juste, mon gars. Stubblefield contre la compagnie des Pipelines du Nord-Texas. En septembre 74. Huit cent mille dollars. Il y a eu appel, mais la Cour suprême a confirmé le jugement.

– Tu l'as payé ? demanda Harry Rex.

Lucien vida son verre et fit claquer ses lèvres.

– Quatre-vingt mille dollars, en billets de cent, répondit-il fièrement. Il s'est acheté une nouvelle maison, et puis il l'a incendiée.

– Quelle était votre part ? demanda Atcavage.

– Quarante pour cent, moins les quatre-vingt mille.

Le silence tomba dans la pièce tandis que chacun, mis à part Lucien, faisait un rapide calcul mental.

– Eh bien ! souffla Atcavage.

– Tu nous mènes en bateau, n'est-ce pas, Lucien ? demanda Jake avec hypocrisie.

– Tu sais bien que c'est vrai, Jake. Je mens à mon aise, mais jamais sur des sujets comme ça. Je dis la vérité, et je te dis que l'on peut acheter ce type.

– Combien il faut ? demanda Harry Rex.

– Pas question, lança Jake.

– Cinq mille dollars, mais ce n'est qu'une supposition.

– Pas question, je vous dis !

Tout le monde se tut et observa Jake pour voir s'il n'était vraiment pas intéressé par Clyde Sisco. Quand la chose fut évidente, chacun but une rasade en attendant le nom suivant. Vers 22 h 30, Jake ouvrit sa première bière. Une heure plus tard, le pack était vide et il restait quarante noms à examiner. Lucien tituba jusqu'au balcon et regarda le cortège de Noirs, déambulant avec leurs flambeaux sur la place du palais.

– Jake, qu'est-ce que fait ce flic devant ta porte ? demanda-t-il.

– C'est mon garde du corps.

– Il s'appelle comment ?

– Nesbit.

– Il dort ?

– Probablement.

Lucien se pencha dangereusement sur la rambarde.

– Eh ! Nesbit ! cria-t-il.

Nesbit ouvrit la portière de sa voiture.

– Ouais, qu'est-ce que vous voulez ?

– Jake aimerait que vous alliez lui chercher de la bière à l'épicerie. Il a la pépie. Tenez, voilà vingt dollars. Il voudrait une caisse de Coors.

– Je ne peux pas acheter d'alcool, je suis en service, protesta Nesbit.

– Première nouvelle ! lança Lucien en étouffant un fou rire.

– Je ne peux pas faire ca.

– Ce n'est pas pour vous, Nesbit. C'est pour maître Brigance. C'est absolument nécessaire. Il a téléphoné au shérif. C'est d'accord.

– Qui a appelé le shérif ?

– Maître Brigance, mentit Lucien. Le shérif a dit que vous pouviez aller acheter autant d'alcool que vous voulez, à condition que vous n'y touchiez pas.

Nesbit haussa les épaules et parut satisfait de cette réponse. Lucien lâcha un billet de vingt dollars du haut du balcon. Quelques instants plus tard, Nesbit était de retour avec un carton de vingt-quatre bières moins une, qui trônait, ouverte, sur le canon de son radar. Lucien demanda à Atcavage d'aller chercher les bières et d'ouvrir le premier pack de six.

Une heure plus tard, ils avaient fini d'éplucher la liste et la soirée tirait à sa fin. Nesbit prit Harry Rex, Lucien et Atcavage dans sa voiture de patrouille et les ramena chez eux. Jake et sa secrétaire s'installèrent sur le balcon, une bière à la main, et regardèrent le ballet des flambeaux tourner lentement sur la place. Plusieurs voitures étaient garées sur le côté ouest, et un petit groupe de Noirs attendaient leur tour dans des chaises pliantes de jardin.

– On ne s'en est pas trop mal sortis, annonça Jake à voix basse, tout en fixant le cortège de flambeaux. On a des notes sur presque tout le monde. Cent trente sur cent cinquante.

– Et maintenant ?

– Maintenant, je vais essayer de me renseigner sur les vingt restants, et puis je ferai une fiche pour chaque juré. D'ici lundi, on les connaîtra aussi bien que nos pères et mères.

Nesbit revint et fit deux fois le tour de la place, en surveillant l'attroupement de Noirs. Puis il se gara derrière la Saab et la B.M.W.

– La loi M'Naghten est la pièce maîtresse de notre dossier. Notre psychiatre, le Dr Bass, sera là demain, et je veux que vous étudiiez de nouveau ce point de droit avec lui. Il faut que vous analysiez les questions qu'on va lui poser au procès, et que vous prépariez ensemble ses réponses. Je suis inquiet. Je ne le connais pas, et je dois me fier à Lucien. Trouvez-moi ses antécédents et menez votre petite enquête. Passez tous les coups de fil nécessaires. Voyez à l'ordre des médecins s'il n'a pas eu de problèmes. C'est très important pour notre dossier, et je ne veux pas avoir de mauvaises surprises.

– D'accord, patron.

Jake vida sa dernière bière.

– Vous savez, Row Ark, Clanton est une toute petite ville. Ma femme est partie depuis cinq jours, et je suis sûr que les gens vont le savoir bientôt. Vous ne passez pas inaperçue. Les gens adorent les ragots, alors faites-vous discrète. Restez au bureau et menez vos recherches. Et dites simplement que vous êtes la remplaçante d'Ethel si l'on vous pose des questions.

– Je ne fais pas le poids.

– Vous en seriez capable si vous le vouliez.

– Attention, je suis bien moins gentille que j'en ai l'air.

– Je le sais.

Ils regardèrent le groupe de Noirs passer le flambeau à une équipe de relève. Nesbit jeta sa boîte de bière vide sur le trottoir.

– Vous ne rentrez pas chez vous ? demanda Jake.

– Je ne crois pas que ce serait une très bonne idée. J'ai au moins deux grammes d'alcool dans le sang.

– Vous pouvez dormir sur le canapé si vous voulez.

– Merci. Ça m'arrange.

Jake lui souhaita bonne nuit, ferma le bureau, et bavarda quelques instants avec Nesbit. Puis il se glissa lentement derrière le volant de sa Saab. Nesbit le suivit jusque chez lui. Jake se gara sous l'auvent, à côté de la voiture de Carla, et Nesbit s'arrêta dans l'allée. Il était 1 heure du matin, le mardi 18 juillet.

30

Ils arrivèrent par groupes de deux ou trois, des quatre coins de L'Etat. Ils se garèrent le long de la route gravillonnée, à côté de la cabane au fond des bois. Ils entraient habillés normalement, comme Monsieur Tout-le-Monde, mais une fois à l'intérieur, ils enfilèrent méticuleusement leurs robes et leurs capuches fraîchement repassées. Ils admirèrent leur costume, et s'aidèrent mutuellement à parfaire leur déguisement. La plupart d'entre eux se connaissaient, mais quelques présentations s'avérèrent nécessaires. Ils étaient quarante ; c'était un bon début.

Stump Sisson était satisfait. Il savourait son whisky et arpentait la pièce comme un entraîneur passant en revue ses joueurs avant le match. Il inspectait les uniformes et peaufinait çà et là quelques détails vestimentaires. Il était fier de ses hommes, et ne tarissait pas d'éloges. C'était le plus grand rassemblement depuis des années, disait-il. Il louait leur présence et leur sacrifice à la cause. Il savait qu'ils avaient tous un travail et une famille, mais l'heure était grave. Il évoqua la grande époque du Klan, où ils étaient craints dans tout l'Etat, la grande époque des bastonnades. Il était temps de restaurer ce règne et c'était à eux, hommes dignes et dévoués, qu'incombait la noble tâche de prendre les armes pour défendre les

Blancs. La manifestation pouvait s'avérer dangereuse, expliqua-t-il. Les négros pouvaient défiler et hurler toute la journée, tout le monde s'en fichait. Mais laisser les Blancs descendre dans la rue était toujours risqué. La ville avait donné son autorisation, et ce négro de shérif avait promis d'assurer l'ordre, mais la plupart des marches du Klan aujourd'hui étaient troublées par des bandes de jeunes négros cherchant la bagarre. Alors ouvrez l'œil et serrez les rangs. C'était lui, Stump, qui prendrait la parole.

Ils écoutaient tous attentivement le discours enflammé de Stump. Lorsque ce fut fini, ils montèrent dans une dizaine de voitures et prirent le chemin de la ville, à la queue leu leu derrière leur chef.

Peu de personnes, voire aucune, avaient vu à Clanton un défilé du Klan ; aussi, à l'approche de 14 heures, une vague d'excitation gagna la place du palais. Les marchands et leurs clients trouvèrent tous un prétexte pour sortir sur le trottoir et se massèrent sur le pourtour de la place, en surveillant les rues environnantes. Les vautours sortirent de leur repaire et se rassemblèrent sur le kiosque de la pelouse. Un groupe de jeunes Noirs se forma bientôt sous un chêne centenaire. Ozzie sentait les ennuis arriver. Ils étaient là en simples spectateurs, disaient-ils. Ozzie les menaça de les mettre tous au trou au moindre problème, puis il prit position avec ses hommes tout autour du tribunal.

« Les voilà ! » cria quelqu'un. La foule se bouscula pour apercevoir les hommes du Ku Klux Klan qui bifurquaient en rangs serrés comme à la parade, dans la rue Washington. Ils arrivaient par le nord et marchaient d'un air arrogant, en surveillant leurs arrières, le visage caché sous leurs capuches à bout pointu. Les spectateurs retinrent leur souffle en apercevant la procession en cagoule qui descendait lentement la rue Washington, et tournait au sud dans la rue Caffey, puis à l'est, vers la rue Jackson. Stump paradait d'un air fier devant ses hommes. Lorsqu'il arriva devant les portes du tribunal, il fit un brusque quart de tour à gauche et conduisit sa troupe jusqu'au milieu de l'esplanade. Ils se rassemblèrent en demi-cercle autour du podium de bois, au pied des marches du palais.

Les journalistes avaient joué des coudes et des mains pour suivre la marche, et lorsque Stump arrêta ses hommes, le podium se hérissa aussitôt d'une forêt de micros et de fils enchevêtrés partant tous azimuts vers les caméras et les magnétophones alentour. Sous le chêne, le groupe de Noirs avait grandi – beaucoup grandi – et certains d'entre eux s'étaient approchés à un mètre du demi-cercle. Les trottoirs se vidèrent. Marchands et clients se précipitaient sur la pelouse pour entendre ce que le chef, le petit gros sur les marches, avait à dire. Les policiers déambulaient lentement parmi la foule, surveillant particulièrement le groupe de Noirs. Ozzie se planta sous l'arbre, juste au milieu des siens.

Jake observait la scène depuis la fenêtre du bureau de Jean Gillespie. La vue des hommes du Klan, en tenue de cérémonie, leurs visages de lâches cachés derrière des masques menaçants, lui donna la nausée. Les capuches blanches, symboles de haine et de violence, étaient de retour. Lequel d'entre eux avait incendié une croix dans son jardin ? Avaient-ils tous fomenté le plan de faire sauter sa maison ? Qui serait le prochain à tenter quelque chose ? Du premier étage, il voyait le groupe de Noirs se rapprocher pas à pas.

– Vous les négros, vous n'avez rien à faire ici ! vociféra Stump dans les micros, en pointant son doigt vers les Noirs. C'est une manifestation du Ku Klux Klan, pas une manifestation de négros !

Des rues environnantes et des ruelles entre les bâtiments de brique, les Noirs continuaient d'affluer sur la place et se joignaient aux autres. En quelques instants, Stump et ses hommes se retrouvèrent à un contre dix. Ozzie appela par radio du renfort.

– Je m'appelle Stump Sisson, lança-t-il, en retirant sa cagoule. Et je suis fier de dire que je suis le grand prêtre pour le Mississippi de l'empire invisible du Ku Klux Klan. Je suis ici pour dire que les citoyens blancs du Mississippi en ont assez de voir les négros voler, violer et tuer à leur guise, sans être inquiétés. Nous réclamons justice, et nous réclamons la condamnation de Hailey et nous voulons voir son trou du cul de nègre dans la chambre à gaz.

– Libérez Carl Lee ! hurla quelqu'un dans l'assistance.

– Libérez Carl Lee ! répéta la foule à l'unisson.

– Libérez Carl Lee !

– Vos gueules, sales négros ! hurla Stump. Vos gueules, bandes de primates.

Ses troupes se tenaient face à lui, immobiles, dos tournés à la foule hurlante. Ozzie et ses hommes allaient et venaient entre les deux groupes.

– Libérez Carl Lee !

– Libérez Carl Lee !

Le visage de Stump, d'ordinaire rougeaud, avait viré à l'écarlate. Ses dents mordaient presque les micros :

– Vos gueules, sales négros ! vous avez eu votre défilé hier, et on vous a fichu la paix. Nous avons le droit de manifester en paix, comme vous ! Alors fermez vos gueules !

Les cris redoublèrent de force. « Libérez Carl Lee ! Libérez Carl Lee ! »

– Où est le shérif ? Il est censé faire respecter la loi et l'ordre, non ? Pourquoi ne faites-vous pas votre travail, shérif ? Pourquoi ne pouvez-vous vous faire obéir de vos propres frères ? Regardez, braves gens, voilà ce qui arrive lorsqu'on élit des négros !

Les cris continuèrent, Stump fit un pas en arrière et regarda les Noirs d'un air inquiet. Photographes et cameramen couraient en tous sens, essayant de ne rien rater de la scène. Personne ne remarqua une petite fenêtre qui s'ouvrait au deuxième étage du palais de justice. Les battants se soulevèrent lentement dans la pénombre, et quelqu'un jeta une bombe incendiaire. La bombe rudimentaire tomba sur le podium en dessous, explosa juste aux pieds de Stump qui fut aussitôt environné de flammes.

Et ce fut l'émeute. Stump hurla et roula sur les marches, transformé en torche vivante. Trois de ses hommes retirèrent leurs lourdes robes et leurs capuches et tentèrent d'étouffer les flammes. Une évidente odeur d'essence planait sur le podium en feu. Les Noirs attaquèrent, abattant gourdins et couteaux sur tout ce qui avait un visage blanc ou une tunique blanche. Sous chaque robe était dissimulée une matraque – les hommes du Klan s'étaient visiblement préparés à cette éventualité. Quelques secondes après l'explosion, l'esplanade du palais de justice du comté de Ford était devenue un champ de bataille – partout des hommes hurlant de rage ou de douleur sous d'épaisses volutes de fumée. Les pierres se mirent à voler, matraques et pavés strièrent le ciel au-dessus de la mêlée furieuse.

Des corps commencèrent à s'écrouler dans l'herbe grasse. Ozzie fut le premier à tomber – victime d'un coup de pied-de-biche sur le crâne. Nesbit, Prather, Hastings, Pirtle, Tatum et d'autres accoururent et tentèrent en vain de séparer les combattants avant qu'ils ne s'entre-tuent. Loin de se mettre à couvert, les vautours plongeaient au cœur du combat et de la fumée, tentant courageusement de prendre le cliché le plus spectaculaire et sanguinolent. Ils étaient des cibles faciles. Un cameraman, l'œil droit collé au viseur, reçut une pierre dans l'œil gauche. Il s'écroula avec sa caméra sur le trottoir ; dans la seconde suivante, un autre cameraman se précipitait pour filmer son collègue à terre. Une journaliste téméraire de la chaîne de Memphis plongea dans la mêlée, avec son micro au poing et son cameraman sur les talons. Elle évita une brique, mais s'approcha trop près d'un membre du Klan qui venait d'en terminer avec deux jeunes Noirs. En l'apercevant, l'homme poussa un cri perçant, abattit sa matraque sur son joli minois, et la rua de coups de pied avant de s'en prendre au cameraman.

Des troupes fraîches de policiers arrivèrent sur les lieux. Au centre de la bataille rangée, Nesbit, Prather et Hastings se rassemblèrent dos à dos, sortirent leur 357 magnum et se mirent à tirer en l'air. Le bruit des coups de feu mit un terme à l'émeute. Les combattants se figèrent sur place, cherchèrent des yeux la provenance des tirs et se séparèrent rapidement, en se regardant en chiens de faïence. Un cordon de policiers se mit en place entre les deux camps qui se regroupaient. La trêve était la bienvenue.

Une dizaine de corps gisaient à terre. Ozzie était assis, étourdi, et se massait l'arrière du crâne. La fille de Memphis était inconsciente et saignait abondamment de la tête. Plusieurs membres du Klan, leurs robes blanches maculées de terre et de sang, étaient étendus près du trottoir. Le podium continuait de flamber.

Le son des sirènes se fit entendre et finalement des voitures de pompiers et des ambulances arrivèrent sur le champ de bataille. Pompiers et infirmiers soignèrent les blessés. Personne n'était mort. Stump Sisson fut emmené en premier. Deux policiers aidèrent Ozzie à monter dans une voiture de patrouille. Des renforts arrivèrent et finirent de disperser la foule.

Jake, Harry Rex et Ellen regardèrent les infos sur le petit poste de la salle de réunion en mangeant une pizza tiède. Les événements de Clanton occupaient la moitié du journal télévisé de C.B.S. Le journaliste, apparemment sorti indemne de la rixe, retraçait chronologiquement les moments forts de la journée, l'altercation, la bombe, la bataille... « A l'heure actuelle, précisait-il, nous ne connaissons pas le nombre exact de blessés. La victime la plus sérieusement atteinte souffrirait de brûlures au troisième degré. Il s'agirait de Stump Sisson, qui s'est présenté comme étant le grand prêtre du Ku Klux Klan. Celui-ci a été admis à l'hôpital de Memphis où son état a été jugé sérieux. »

Le reportage montrait un gros plan de Stump transformé en torche humaine. Le commentaire continuait : « Le procès de Carl Lee Hailey va s'ouvrir à Clanton, lundi prochain. Personne ne sait quelle incidence cette émeute aura sur les débats. Certaines rumeurs prétendent que le procès pourrait être ajourné ou déplacé dans un autre comté. »

– Première nouvelle, dit Jake.

– Tu n'as entendu parler de rien ? demanda Harry Rex.

– Rien. Pas un mot. Et j'imagine que j'aurais été prévenu avant C.B.S.

Le journaliste disparut de l'écran et le présentateur, Dan Rather, annonça que la suite du reportage serait diffusée après une page de publicité.

– Qu'est-ce que ça veut dire ? demanda Ellen.

– Cela veut dire que Noose est stupide de refuser le renvoi du procès.

– C'est plutôt une aubaine pour toi, dit Harry Rex. Cela te donnera un argument pour faire appel.

– Charmant, Harry Rex. J'apprécie ta foi en mes capacités d'avocat.

Le téléphone sonna. Harry Rex décrocha et salua Carla. Il tendit le combiné à Jake.

– C'est ta femme. On peut écouter ?

– Non ! Va donc nous chercher une autre pizza. Allô, chérie ?

– Jake. Tu n'as rien ?

– Bien sûr que non.
– Je viens de voir les infos. C'est horrible. Où étais-tu quand ça s'est passé ?
– Je défilais avec une de ces robes blanches sur le dos.
– Jake, s'il te plaît. Ce n'est pas drôle.
– J'étais dans le bureau de Jean Gillespie, à l'étage. J'étais aux premières loges. J'ai tout vu. Je n'ai pas perdu une miette du spectacle.
– Qui sont ces gens ?
– Les mêmes que ceux qui ont brûlé la croix devant la maison et tenté de la dynamiter.
– D'où viennent-ils ?
– De partout. Il y en a cinq à l'hôpital. Ils viennent de tous les coins de l'Etat. Il y a, parmi eux, un type du comté. Comment va Hanna ?
– Très bien. Elle veut rentrer à la maison. Le procès va donc être repoussé ?
– J'en doute.
– Tu es en sécurité ?
– Bien sûr. J'ai mon garde du corps vingt-quatre heures sur vingt-quatre et j'ai mon 38 dans ma sacoche. Ne te fais pas de soucis.
– Tu sais très bien que je m'en fais, Jake. Je veux être à la maison, avec toi.
– Pas question.
– Hanna peut rester là-bas jusqu'à ce que ce soit fini, mais moi je veux rentrer.
– Non, Carla. Je préfère te savoir là-bas. Tu ne serais pas en sécurité ici.
– Alors, c'est que tu ne l'es pas non plus.
– On ne saurait l'être davantage. Mais je ne veux pas prendre de risques avec toi et Hanna. C'est hors de question. Point final. Comment vont tes parents ?
– Je ne t'ai pas téléphoné pour te parler de mes parents. J'ai appelé parce que je suis horriblement inquiète et que je veux être avec toi.
– Moi aussi, je veux être avec toi, mais pas maintenant. Essaie de comprendre.

Elle hésita.

– Où habites-tu ?

– Chez Lucien, la majeure partie du temps. De temps en temps à la maison, avec mon garde du corps dans l'allée.

– Comment va la maison ?

– Elle est toujours là. Sale, mais toujours debout.

– Elle me manque.

– Rassure-toi, tu lui manques aussi.

– Je t'aime, Jake, et j'ai peur.

– Je t'aime, et je n'ai pas peur. Rassure-toi et prends bien soin d'Hanna.

– Au revoir.

– Au revoir.

Jake rendit le combiné à Ellen.

– Où est-elle ?

– A Wilmington, en Caroline du Nord. Ses parents passent tous leurs étés là-bas.

Harry Rex avait rapporté une autre pizza.

– Elle vous manque, n'est-ce pas ? demanda Ellen.

– Plus encore que vous ne pouvez l'imaginer.

– Oh si, je peux.

A minuit, ils étaient dans la cabane à boire du whisky, à maudire les Noirs et à comparer leurs blessures. Plusieurs étaient passés à l'hôpital de Memphis pour rendre une courte visite à Stump Sisson. Il leur avait ordonné de poursuivre le plan prévu. Onze d'entre eux étaient sortis de l'hôpital du comté de Ford avec quelques hématomes et quelques entailles, et chacun exhibait ses blessures de guerre en racontant dans le menu détail son combat héroïque contre une horde furieuse de négros. Tous s'étaient battus comme des lions avant d'être traîtreusement attaqués par-derrière ou par surprise. Leur héroïsme se comptait à leur nombre de pansements. Les autres narrèrent à leur tour leur épopée et le whisky coula à flots. Ils ne tarirent pas d'éloges lorsque le plus grand d'entre eux se mit à raconter comment il avait corrigé la jolie journaliste de Memphis et son négro de cameraman.

Après deux heures de beuverie et de récits épiques, on en vint à discuter des tâches à accomplir. On sortit une carte du comté, et l'un des membres de la région cercla les points stratégiques. Il y avait à s'occuper de vingt maisons dans la soirée – celles de vingt personnes prises au hasard parmi les jurés potentiels. Eux aussi étaient parvenus à se procurer une liste.

Cinq équipes de quatre personnes montèrent dans des pick-up et partirent dans la nuit accomplir leurs méfaits. À l'arrière de chaque véhicule il y avait quatre croix de bois – des petits modèles d'un mètre cinquante sur un mètre –, chacune imbibée d'essence. Ils évitèrent Clanton ainsi que les petites bourgades du comté, et restèrent sur les petites routes de campagne. Leurs cibles étaient des maisons isolées, loin des grandes routes et sans voisins, dans des zones rurales où l'on pouvait passer inaperçu et où les gens se couchaient tôt et dormaient d'un sommeil profond.

La tactique était simple : le véhicule s'arrêtait à une centaine de mètres de l'objectif, hors de vue, tous feux éteints. Le conducteur restait au volant, moteur en marche, tandis que les trois autres emportaient la croix jusqu'à la maison, la plantaient dans le sol, et y jetaient une torche enflammée. Le pick-up allait récupérer discrètement les trois hommes devant la maison, et l'équipe s'en allait le cœur léger vers sa nouvelle cible.

Le plan fonctionna sans anicroche pour dix-neuf maisons. Mais Luther Pickett, habitant la dernière des maisons à visiter, avait été réveillé un peu plus tôt par un bruit étrange. Il était assis depuis un moment sur sa terrasse, à profiter de la fraîcheur de la nuit, quand il vit un pick-up passer lentement sur l'allée de gravillons derrière son pacanier. Il saisit son fusil et écouta le véhicule faire demi-tour et s'arrêter. Il entendit des voix, puis il aperçut trois silhouettes apportant une sorte de poteau devant sa pelouse. Luther se cacha derrière un buisson et épaula son arme.

Le conducteur prit une longue gorgée de bière fraîche et releva la tête, s'attendant à voir une croix s'embraser, mais au lieu de cela, il entendit un coup de fusil et vit ses compères abandonner la croix et la torche sans demander leur reste et sauter dans le petit fossé qui bordait la route. Une nouvelle déflagration retentit. Il y eut des cris et des injures. Il fallait se porter à leur secours ! Il jeta sa bière et enfonça la pédale de l'accélérateur.

Le vieux Luther fit feu de nouveau tout en s'avançant et vit alors réapparaître le pick-up qui s'arrêta à côté du fossé. Les trois types pataugèrent dans la boue en titubant, et tentèrent de monter sur la plate-forme du véhicule en poussant des jurons et des cris paniqués.

– Accrochez-vous ! hurla le chauffeur au moment où le vieux Luther tirait de nouveau, cette fois éclaboussant de plomb le pick-up.

Le vieil homme regarda avec un sourire le véhicule s'éloigner en zigzag dans une gerbe de gravillons. Encore de la viande saoule, songea-t-il.

Dans une cabine téléphonique, un membre du Klan avait la liste des vingt noms, avec leur numéro de téléphone. Il les appela tous, un à un, en leur disant simplement d'aller jeter un coup d'œil devant leur porte.

31

Le vendredi matin, Jake téléphona chez Noose. Mrs. Icabod lui apprit que Son Honneur présidait un procès dans le comté de Polk. Jake laissa à Ellen des instructions pour la journée et partit pour Smithfield, qui se trouvait à une heure de route. Il salua Noose d'un signe de tête en pénétrant dans la salle de tribunal déserte. Il s'installa au premier rang. A l'exception du box des jurés, tous les bancs étaient vides. Noose semblait s'ennuyer ferme. Les jurés et les avocats aussi. Au bout de deux minutes, l'ennui gagna Jake. Après l'audition du témoin, Noose demanda une courte suspension d'audience. Jake le rejoignit dans son bureau.

– Bonjour, Jake. Qu'est-ce que vous faites ici ?

– Vous avez appris ce qui s'est passé hier ?

– J'ai vu ça aux infos du soir.

– Vous êtes au courant pour ce matin ?

– Non.

– A l'évidence, quelqu'un a donné la liste des jurés au Ku Klux Klan. La nuit dernière, ils ont planté des croix en flammes devant la porte de vingt d'entre eux.

Noose était stupéfait.

– Nos jurés !

– Oui, Votre Honneur.

– La police a arrêté les suspects ?

– Bien sûr que non. Elle avait trop à faire avec les feux. Et de toute façon, comment voulez-vous arrêter ces gens-là ?

– Vingt de nos jurés... répéta Noose, éberlué.

– Oui, Votre Honneur.

Noose lissa sa masse hirsute de cheveux gris et marcha lentement de long en large dans le bureau, en secouant la tête et se grattant de temps en temps l'entrejambe.

– Ça m'a tout l'air d'une tentative d'intimidation, murmura-t-il.

Quelle vivacité d'esprit, songea Jake. Du génie à l'état pur.

– Je me dis la même chose.

– Et quelle réaction attend-on de moi ? demanda-t-il avec une pointe d'agacement.

– Renvoyez le procès devant un autre tribunal.

– Et lequel ?

– Quelque part au sud de l'Etat.

– Je vois. Dans le comté de Carey par exemple ? Je crois qu'il y a soixante pour cent de Noirs, là-bas. Il y aurait de quoi se concocter un bon jury pour la défense, n'est-ce pas ? Ou mieux encore, le comté de Brower. Les Noirs sont encore plus nombreux, là-bas. L'acquittement vous serait acquis d'avance.

– Peu importe l'endroit que vous choisirez. Il n'est simplement pas équitable de tenir le procès à Clanton. La situation était déjà critique avant la bataille rangée d'hier. A présent, les Blancs sont prêts à tous les lynchages, et mon client est la cible idéale. Vous savez très bien que ça sentait le roussi, bien avant que le Klan ne décore le comté avec ses sapins de Noël. Qui sait ce qu'ils nous réservent pour lundi ? Il sera impossible de trouver un jury impartial dans le comté de Ford.

– Vous voulez dire un jury noir ?

– Non. Je parle d'un jury n'ayant pas déjà jugé l'affaire. La vie de Carl Lee Hailey va dépendre de douze personnes qui ont déjà un avis arrêté quant à sa culpabilité.

Noose s'affala dans son fauteuil. Il souleva ses lunettes et les planta au bout de son nez.

– Nous pourrions rayer ces vingt personnes de la liste ? s'interrogea-t-il à haute voix.

– Ça ne changera pas grand-chose. Tout le comté est au courant, ou va l'être dans les heures qui viennent. Vous savez comme les nouvelles vont vite. Tous les jurés potentiels vont se sentir menacés.

– Nous pouvons dans ce cas dresser une nouvelle liste.

– Ça ne servira à rien, répondit Jake brutalement, agacé par l'entêtement de Noose. Tous les jurés doivent provenir exclusivement du comté de Ford et tous les habitants du comté sont au courant des événements. Ça ne marchera pas.

– Et qu'est-ce qui vous fait croire que le Klan cessera de faire pression si je renvoie l'affaire devant un autre tribunal ? lança-t-il, une pointe de sarcasme filtrant de chaque syllabe.

– Je ne crois pas qu'ils laisseront tomber, reconnut Jake. Mais il faut tenter notre chance. Ce qui est sûr, en revanche, c'est que le Klan est dans le comté de Ford, qu'il y est particulièrement actif et qu'il a déjà intimidé certains de nos jurés potentiels. Voilà la situation. La question est de décider de ce que l'on fait.

– Rien, s'entêta Noose.

– Pardon ?

– On ne fait rien du tout. Je me contenterai de rayer ces vingt personnes de la liste. Et j'interrogerai soigneusement les autres jurés lundi prochain, dès l'ouverture du procès à Clanton.

Jake le fixa des yeux. Ce n'était pas possible ; il y avait autre chose – un motif, une raison que Noose ne voulait pas avouer. Lucien avait raison, quelqu'un faisait pression sur Noose.

– Je peux vous demander pourquoi ?

– Peu importe, au fond, l'endroit où nous jugerons Carl Lee Hailey. Peu importe qui se retrouvera dans le box du jury. Peu importe la couleur de leur peau. Leur opinion est déjà faite. Tous autant qu'ils sont, où que l'on aille les chercher. Ils ont déjà jugé l'affaire, Jake. Et votre travail sera de choisir ceux qui pensent que votre homme est un héros.

C'était sans doute la vérité, songea Jake, mais il ne tenait pas à l'admettre. Il continua à regarder les arbres au-dehors.

– Pourquoi ne voulez-vous pas renvoyer l'affaire ? Qu'est-ce qui vous fait peur ?

Icabod plissa les yeux et défia Jake du regard.

– Peur ? Je n'ai peur d'aucune décision que je prends. Et vous, pourquoi avez-vous peur de défendre votre client à Clanton ?

– Je crois vous l'avoir expliqué.

– Mr. Hailey sera jugé dans le comté de Ford et son procès s'ouvrira lundi. Autrement dit, dans trois jours. Et le procès se déroulera là-bas, non parce que j'ai peur de le déplacer, mais parce que je ne vois aucun intérêt à le faire. J'ai réfléchi à la question en détail, maître Brigance, maintes fois, et je suis certain d'avoir pris la bonne décision. Le procès aura lieu à Clanton. D'autres questions ?

– Non, Votre Honneur.

– Parfait. Au revoir et à lundi.

Jake entra dans son bureau par la porte de derrière. La porte principale était fermée à double tour depuis une semaine, et il y avait toujours quelqu'un pour venir y frapper et rameuter le voisinage. La plupart des importuns étaient des journalistes, mais il y avait aussi des amis qui s'arrêtaient pour venir aux nouvelles et faire un brin de causette. Les clients appartenaient à un monde révolu. Le téléphone sonnait constamment. Jake ne décrochait plus. C'était Ellen qui répondait quand elle se trouvait à proximité de l'appareil.

A son arrivée, il la trouva dans la salle de réunion, plongée jusqu'aux coudes dans des recueils de jurisprudence. La règle de droit introduite au cours du procès M'Naghten était la clé de voûte de leur défense. Jake avait demandé un rapport d'au moins vingt pages. Elle lui en donna soixante-quinze parfaitement dactylographiées, pleines jusqu'aux marges, en lui expliquant qu'il était impossible d'étudier l'application au Mississippi de la loi M'Naghten en moins de pages. Son travail était dense et bien documenté. Elle avait commencé avec l'affaire N'Naghten elle-même, en Angleterre au XIXe siècle, et avait analysé ensuite cent cinquante ans de verdicts d'irresponsabilité pour démence dans le Mississippi. Elle avait écarté les cas ambigus ou sans intérêt, et avait exposé avec une clarté saisissante les affaires les plus compliquées. Son rapport se concluait par un rappel des derniers points de droit en vigueur, et de leur application dans le cas du procès Hailey.

Dans une petite étude de quatorze pages, elle avait exposé la conviction qu'auraient les jurés en découvrant les photos de Cobb et Willard gisant dans leur sang, leur cervelle en bouillie. Le ministère public n'allait pas manquer d'utiliser une pièce aussi spectaculaire, et elle ne voyait aucune façon de l'en empêcher.

Elle avait également tapé trente et une pages de recherches sur les cas d'homicides justifiables aux yeux de la loi, un système de défense qui avait traversé l'esprit de Jake juste après les meurtres. Elle était arrivée à la même conclusion que lui, à savoir que cette tactique serait vouée à l'échec. Elle avait trouvé une vieille affaire dans le Mississippi où un homme avait attrapé et abattu un prisonnier en fuite et armé. L'homme avait été acquitté, mais la différence avec l'affaire de Carl Lee était de taille. Jake n'avait pas demandé cette étude, et fut irrité de voir qu'une telle dépense d'énergie y avait été consacrée. Il s'abstint de faire quelque commentaire que ce soit, puisque le travail demandé avait été fait.

La bonne surprise était le fruit de son travail avec le Dr. W.T. Bass. Elle l'avait rencontré deux fois durant la semaine, et ils avaient étudié la loi M'Naghten en détail. Elle avait préparé un rapport de vingt-cinq pages où figuraient les questions que devait poser Jake et les réponses que devait donner Bass. C'était un dialogue enlevé et très bien construit ; Jake fut épaté. A son âge, il était un étudiant moyen, davantage intéressé par les filles que par les études. Elle, au contraire, simple étudiante de troisième année, rédigeait des rapports qui prenaient des allures de traités de droit.

– Comment ça a marché ? demanda-t-elle.

– Comme prévu. Il n'a pas bougé d'un poil. Le procès commencera lundi, avec la même sélection de jurés, moins les vingt qui ont reçu leurs petites mises en garde.

– Il est dingue.

– Vous travaillez sur quoi, en ce moment ?

– Je termine le rapport destiné à nous soutenir lorsque nous demanderons que les détails du viol soient exposés pendant le procès. C'est en bonne voie, pour le moment.

– Vous aurez fini quand ?

– Il y a urgence ?

– Pour dimanche, c'est possible ? J'ai un autre travail pour vous, quelque chose d'un peu différent.

Elle repoussa son carnet de notes et leva la tête vers lui.

– Le psychiatre du ministère public sera le Dr. Wilbert Rodeheaver, directeur de l'hôpital de Whitfield. Il a toujours travaillé là-bas, et il est venu témoigner à une centaine de procès. Je veux que vous creusiez un peu la question, et que vous voyiez combien de fois son nom apparaît.

– J'ai déjà aperçu son nom par-ci, par-là.

– Parfait. Comme vous le savez, les seuls procès dont nous avons la trace à la Cour suprême sont ceux où l'accusé a été condamné et où la défense a fait appel. Les acquittements ne sont pas mentionnés. Or ce sont ceux-là qui m'intéressent le plus.

– Qu'est-ce que vous avez en tête ?

– Quelque chose me dit que Rodeheaver est très réticent à déclarer un accusé légalement irresponsable de ses actes. Il ne l'a peut-être jamais fait. Même dans des cas où l'accusé était manifestement dingue et ne savait plus ce qu'il faisait. J'aimerais demander à Rodeheaver, pendant l'audience, qu'il nous parle de ces procès où, bien qu'il eût prétendu l'accusé parfaitement sain d'esprit, le jury a prononcé l'acquittement.

– Ça ne va pas être facile de mettre la main sur ces affaires.

– Je sais, mais vous pouvez y arriver, Row Ark. Je vous ai vue travailler toute cette semaine, je sais que vous en êtes capable.

– Merci du compliment, patron.

– Il est possible que vous ayez à passer des coups de fil aux procureurs qui ont eu affaire à Rodeheaver aux quatre coins de l'Etat. Cela risque de ne pas être de tout repos, Row Ark, mais je compte sur vous.

– Oui, patron. Et j'imagine que vous auriez voulu tout ça sur votre bureau dès hier soir ?

– Pas exactement. Je ne pense pas qu'on aura affaire à Rodeheaver la semaine prochaine ; vous avez donc un peu de temps devant vous.

– Je ne sais pas par où commencer. Vous dites que ce n'est pas urgent ?

– Non, mais ce rapport sur le viol l'est.

– Oui, patron.

– Vous avez déjeuné ?

– Je n'ai pas faim.

– Parfait. Ne prévoyez rien pour ce soir.

– Comment ça ?

– J'ai une petite idée.

– Une sorte de rendez-vous galant ?

– Non, une sorte de repas d'affaires, entre deux professionnels.

Jake remplit deux mallettes de documents et s'en alla.

– Je suis chez Lucien, annonça-t-il, mais n'appelez pas, saut en cas d'urgence. Et ne dites à personne où je suis.

– Qu'est-ce que vous allez faire ?

– Travailler sur la composition du jury.

Lucien cuvait son whisky dans la balancelle de la terrasse et Sallie n'était pas là. Jake se dirigea vers le grand bureau du premier étage. Lucien avait plus de livres de droit chez lui que la plupart des avocats dans leur cabinet. Jake posa ses affaires sur une chaise et s'installa au bureau avec, devant lui, la liste alphabétique des jurés, une pile de fiches cartonnées et un jeu de surligneurs fluorescents.

Le premier nom de la liste était Acker, Barry Acker. Il l'écrivit en gros caractères en haut d'une fiche avec un feutre bleu. Bleu pour les hommes, rouge pour les femmes, noir pour les Noirs, quel que soit le sexe. Sous le nom, il indiqua quelques précisions du style : âge, environ quarante ans. Marié deux fois, trois enfants, deux filles. S'occupe d'une quincaillerie sur la nationale à Clanton. Sa femme est secrétaire dans une banque. Il a un pick-up. Il est chasseur. Porte des bottes de cowboy. Plutôt gentil garçon. Atcavage était passé le jeudi à la boutique jeter un coup d'œil sur Barry Acker. Il lui semblait bien, et paraissait avoir un peu d'instruction. Jake inscrivit le chiffre neuf à côté du nom d'Acker.

Jake était impressionné par la masse de renseignements qu'il détenait. A coup sûr, Buckley n'avait pas mené de recherches aussi détaillées.

Le nom suivant était Bill Andrews. Quel nom ! On en comptait six dans l'annuaire du comté. Jake en connaissait un, Harry Rex en connaissait un autre, et Ozzie un autre encore, noir celui-là, mais personne ne connaissait celui qui avait reçu la convocation. Il inscrivit un point d'interrogation à côté du nom.

Gerald Ault. Jake esquissa un sourire en écrivant le nom sur la fiche. Ault avait eu affaire à ses services lorsque la banque avait saisi sa maison. Sa femme était malade des reins, et les factures médicales les avaient ruinés. C'était un intellectuel. Il avait rencontré sa femme à Princeton. Elle venait du comté de Ford, fille unique d'une famille de dingues qui avait investi toute sa fortune dans les chemins de fer. Il était arrivé dans le comté au moment où sa belle-famille croulait sous les dettes, et la belle vie promise se métamorphosa en enfer. Il enseigna pendant un temps, s'occupa de la bibliothèque, puis travailla comme greffier au palais de justice. Au fil du temps, il avait développé une aversion pour le travail manuel. Mais sa femme tomba malade et ils perdirent leur modeste maison. Il travaillait aujourd'hui dans une épicerie.

Jake savait quelque chose sur Gerald Ault que personne ne soupçonnait. Lorsqu'il était enfant, en Pennsylvanie, sa famille habitait une ferme près de la nationale. Une nuit, alors qu'ils dormaient tous, la maison prit feu. Un motocycliste s'arrêta, enfonça la porte et commença à secourir les Ault. Le feu s'étendit rapidement, et lorsque Gerald et son frère s'éveillèrent, ils étaient pris au piège dans leur chambre. Ils coururent à la fenêtre pour appeler au secours. Les parents et le reste de la famille impuissants hurlaient de terreur. Les flammes sortaient par toutes les fenêtres de la maison. Soudain, le motocycliste ouvrit le tuyau d'arrosage, s'aspergea d'eau et fonça dans la maison en feu. Il plongea dans les flammes et la fumée, se rua jusqu'au premier étage et enfonça la porte de la chambre. Il brisa la fenêtre à coups de pied, saisit Gerald et son frère, et sauta dans le vide. Par miracle, personne ne fut blessé. Tout le monde le remercia, avec force larmes et embrassades. Ils remercièrent cet étranger dont la peau était noire.

C'était le premier Noir que les enfants voyaient de leur vie.

Gerald Ault était l'un des rares Blancs du comté à aimer réellement les Noirs. Jake inscrivit un dix devant son nom.

Pendant six heures, il passa en revue la liste des jurés, rédigeant des fiches, se concentrant sur chaque nom, se représentant chaque juré dans le box du jury et dans la salle des délibérations, s'imaginant parler à chacun d'eux. Il leur donna à tous une note. Les Noirs étant automatiquement affublés d'un dix ; pour les Blancs la notation était moins évidente. Les hommes avaient une note plus élevée que les femmes ; les jeunes étaient mieux notés que les vieux ; les gens instruits recevaient un petit bonus ; les libéraux, lettrés ou non, avaient les meilleures notes.

Il élimina les vingt noms que Noose prévoyait d'exclure. Il avait des renseignements sur cent onze personnes finalement. Buckley ne pouvait sans doute pas en dire autant.

Au retour de Jake, Ellen était en train de taper à la machine sur le bureau d'Ethel. Elle éteignit l'alimentation, ferma ses registres juridiques et le regarda.

– Où va-t-on dîner ? demanda-t-elle avec un petit sourire malicieux.

– On a un peu de route à faire avant.

– Très bien. On peut savoir où on va ?

– Vous connaissez Robinsonville ?

– Non, mais je suis prête. Qu'est-ce qu'on trouve là-bas ?

– Rien que du coton, du soja et un super petit restaurant.

– Faut être habillée comment ?

Jake la considéra. Elle avait un jean, comme d'habitude, déchiré au bon endroit et délavé à souhait, une chemisette de coton trop grande de cinq tailles, mais qui blousait de façon charmante sur ses hanches.

– Vous êtes très bien.

Ils éteignirent la photocopieuse et les lumières et quittèrent Clanton à bord de la Saab. Jake s'arrêta à une épicerie dans le quartier noir pour acheter un pack de Coors, et une bouteille de chablis glacée.

– Il faut apporter sa boisson là-bas, expliqua-t-il en repartant.

Le soleil se couchait devant eux, à l'horizon, et Jake rabattit les pare-soleil. Ellen joua les serveuses et ouvrit deux boîtes de bière.

– Il est loin votre restaurant ?

– A une heure et demie de route.

– Une heure et demie ! Mais je meurs de faim !

– Alors buvez de la bière en attendant. Je vous assure que ça vaut le déplacement.

– Qu'est-ce qu'il y a au menu ?

– Barbecue, crevettes sautées, cuisses de grenouilles et poisson-chat grillé.

Elle but une gorgée de bière.

– Vous m'en direz tant.

Jake appuya sur l'accélérateur, et ils filèrent sur les innombrables ponts qui enjambaient les affluents du lac Chatulla. Ils gravirent les coteaux couverts de kudzu vert bouteille. Ils filèrent dans les courbes et doublèrent des camions chargés de bois faisant leur dernier voyage de la journée. Jake tira le toit ouvrant, baissa les vitres et laissa le vent s'engouffrer dans l'habitacle. Ellen se laissa aller au fond de son siège et ferma les yeux. Son épaisse chevelure voletait autour de son visage.

– Vous savez, Row Ark, ce dîner est strictement professionnel...

– Mais oui, mais oui.

– Mais c'est la vérité. Je suis votre employeur, vous êtes mon employée, et il s'agit d'un dîner de travail. Rien de plus, rien de moins. Alors ôtez de votre tête de femme libérée toute idée de luxure.

– J'ai plutôt l'impression que c'est vous qui avez des idées.

– Pas du tout. Je sais simplement à quoi vous pensez.

– Ah oui, vous êtes extralucide ? Vous croyez que vous êtes aussi irrésistible que ça et que je vous prépare une grande scène de séduction ?

– Gardez simplement vos mains sur vos genoux. Je suis marié avec une femme adorable qui vous arracherait les yeux si elle apprenait que vous me tournez autour.

– Très bien, faisons comme si nous étions amis. Juste deux amis qui vont dîner.

– Ça ne se passe pas comme ça dans le Sud. Un homme ne peut pas dîner en ami avec une femme si l'homme en question est marié. C'est inconcevable ici.

– Pourquoi donc ?

– Parce que les hommes n'ont pas d'amies femmes. C'est impossible. Je ne connais pas un seul homme marié dans tout le Sud qui ait une amie femme. Ça doit remonter à la guerre de Sécession.

– Je crois que ça remonte à l'âge de pierre. Pourquoi les femmes dans le Sud sont-elles si jalouses ?

– Parce que nous les avons éduquées ainsi. Elles ont appris ça à notre contact. Si ma femme va déjeuner ou dîner avec un homme, je lui arrache la tête, à ce type, et je demande le divorce. Elle sait très bien à quoi s'en tenir.

– C'est parfaitement ridicule.

– Bien sûr que oui.

– Votre femme n'a pas d'amis hommes ?

– Aucun à ma connaissance. Si vous savez quelque chose, dites-le-moi tout de suite.

– Et vous ? Vous avez des amies femmes ?

– Pourquoi aurais-je des amies femmes ? Elles ne connaissent rien au football, ni à la chasse au canard, ni à la politique et au droit, ni à aucun de nos sujets de conversation. Elles ne parlent que de gosses, de vêtements, de recettes de cuisine, de tissus et de meubles, des trucs auxquels je n'entends rien. Non, je n'ai pas d'amies femmes. Et je n'en veux pas.

– Voilà ce que j'aime dans le Sud. C'est la largeur d'esprit des gens.

– Merci.

– Vous avez des amis juifs ?

– Je n'en connais aucun dans le comté. J'avais un bon ami à la fac de droit, nommé Ira Tauber, du New Jersey. On était très proches. J'adore les juifs. Jésus-Christ était juif, vous savez. Je n'ai jamais compris l'antisémitisme.

– Mon Dieu, mais vous êtes un démocrate. Et les homosexuels ?

– Je suis désolé pour eux. Ils ne savent pas ce qu'ils ratent. Mais ça les regarde.

– Vous pourriez avoir un ami homo ?

– J'imagine, tant qu'il ne me le dit pas.

– Rectification, vous êtes un républicain.

Elle lui prit sa boîte de bière vide et la jeta sur la banquette arrière. Elle en ouvrit deux autres. Le soleil avait disparu, et l'air lourd et moite semblait frais à cent dix kilomètres-heure.

– Alors, nous ne pouvons être amis ? dit-elle.

– Impossible.

– Ni amants ?

– S'il vous plaît, j'essaie de conduire.

– Alors qu'est-ce que nous sommes ?

– Je suis l'avocat et vous êtes la secrétaire. Je suis votre employeur et vous êtes mon employée. Je suis le patron et vous le sous-fifre.

– Vous êtes l'homme et moi la femme.

Jake considéra ses jambes et les rondeurs de sa poitrine.

– Cela ne fait aucun doute.

Ellen secoua la tête et regarda les versants verdoyants filer sur le bas-côté. Jake sourit, accéléra et savoura sa bière. Il traversa une série de carrefours de campagne, et soudain, les collines disparurent, la plaine s'étendit à perte de vue devant eux.

– Quel est le nom de votre restaurant ? demanda-t-elle

– Le Hollywood.

– Le quoi ?

– Le Hollywood.

– Pourquoi avoir choisi un tel nom ?

– Le restaurant se trouvait autrefois dans une petite ville nommée Hollywood. Le restaurant a brûlé, et ils ont déménagé à Robinsonville. Mais ils ont gardé le nom.

– Qu'est-ce qu'il a de si bien ?

– La nourriture, la musique, l'ambiance, et c'est à cent cinquante kilomètres de Clanton. Personne ne me verra dîner avec une charmante inconnue.

– Je ne suis pas une inconnue, je suis une sous-fifre.

– Alors disons avec une charmante sous-fifre.

Ellen sourit intérieurement et passa la main dans ses cheveux. A un nouveau carrefour, Jake tourna à gauche et prit la direction de l'est jusqu'à un petit village près d'une voie ferrée. Un alignement de bâtisses de bois abandonnées bordait un flanc de la rue, et de l'autre côté, toute seule, se dressait une ancienne épicerie, environnée d'une dizaine de voitures. De la musique filtrait doucement des fenêtres. Jake prit la bouteille de chablis et accompagna sa secrétaire jusqu'aux marches du perron. Ils entrèrent.

A côté de la porte, il y avait une petite scène, où une ravissante Noire, nommée Merle, chantait *Rainy Night in Georgia* assise sur le piano. Trois longues rangées de tables partaient jusqu'à la scène. La moitié des tables étaient prises, et une serveuse au fond de la salle, un pichet de bière à la main, leur fit signe d'avancer. Elle les installa dans un coin, à une petite table couverte d'une nappe à damiers rouges.

– Tu veux des cornichons frits en apéritif, chéri ? demanda-t-elle à Jake.

– Oui ! Deux portions.

Ellen fronça les sourcils et regarda Jake.

– Des cornichons frits ?

– Absolument. Evidemment, vous ne connaissez pas ça à Boston !

– Les gens font donc frire n'importe quoi dans le Sud ?

– Tout ce qui se mange ! Si vous n'aimez pas ça, je mangerai votre part.

Une clameur s'éleva d'une table de l'autre côté de l'allée. Quatre couples portèrent un toast à quelque chose ou à quelqu'un, et éclatèrent de rire. Il régnait un brouhaha constant dans le restaurant.

– Ce qu'il y a de bien ici, expliqua Jake, c'est que vous pouvez faire tout le bruit que vous voulez et rester autant que ça vous plaît ; tout le monde s'en fiche. Lorsque vous vous installez à une table, elle est à vous pour la nuit. Ils vont commencer à chanter et à danser d'une minute à l'autre.

Jake commanda des crevettes sautées et du poisson grillé pour eux deux. Ellen préféra éviter les cuisses de grenouilles. La serveuse revint avec la bouteille de chablis et deux verres glacés. Ils trinquèrent à la santé de Carl Lee et à son esprit dérangé.

– Qu'est-ce que vous pensez de Bass ? demanda Jake.

– C'est l'expert idéal. Il dira tout ce que l'on veut.

– Ça vous ennuie ?

– Oui, si c'était un témoin. Mais c'est un spécialiste, et il peut dire ce qu'il veut. Qui ira le contredire ?

– Mais est-il crédible ?

– Oui, lorsqu'il est sobre. On s'est vus deux fois cette semaine. Le mardi, il était lucide et de bonne volonté. Le mercredi, il était saoul et se fichait de tout. Je pense qu'il fera l'affaire. Il n'est pas plus mal qu'un autre. Il se fiche de dire la vérité, et il racontera ce que nous voulons entendre.

– Est-ce qu'il pense sincèrement que Carl Lee était irresponsable au moment des faits ?

– Bien sûr que non. Et vous ?

– Non. Vous savez, Row Ark, Carl Lee m'a annoncé qu'il allait tuer ces types cinq jours avant de passer à l'acte. Il m'a montré l'endroit exact où il s'embusquerait, bien que je n'aie pas très bien réalisé ce qu'il me disait sur le coup. Oui, notre client savait exactement ce qu'il faisait.

– Pourquoi ne l'en avez-vous pas dissuadé ?

– Parce que je n'y croyais pas. Sa fille venait d'être violée et se trouvait encore entre la vie et la mort.

– Vous l'en auriez empêché si vous en aviez eu la possibilité ?

– J'ai prévenu Ozzie. Mais, à l'époque, aucun d'entre nous n'imaginait qu'il allait le faire. Non, je ne l'en aurais pas empêché si j'avais su ce qui allait se passer. J'aurais fait, à sa place, la même chose que lui.

– Comment ça ?

– Exactement la même chose. C'était très facile.

Ellen prit sa fourchette et observa la nourriture d'un œil suspicieux. Elle coupa un morceau, planta sa fourchette et approcha le bout de son nez. Elle ouvrit la bouche et commença à mâcher lentement. D'une mine dégoûtée, elle poussa sa pile de cornichons frits vers Jake.

– Encore un réflexe de Yankee, lança-t-il. Je ne vous comprends pas, Row Ark. Vous n'aimez pas la friture, vous êtes très séduisante, très brillante, vous pourriez travailler dans n'importe quel gros cabinet d'affaires du pays et vous faire un tas de fric, mais vous préférez perdre votre temps et gâcher votre carrière à défendre des coupeurs de gorge qui ont un pied dans la chambre à gaz, en échange d'une vague considération. Qu'est-ce qui vous pousse à faire ça, Row Ark ?

– Vous perdez bien le sommeil pour les mêmes gens. Aujourd'hui c'est Carl Lee Hailey. L'année prochaine ce sera un autre meurtrier que tout le monde déteste ; et vous perdrez encore le sommeil parce que ce type sera votre client. Un de ces jours, Brigance, vous aurez un client sur la chaise électrique, et vous comprendrez alors toute l'horreur d'une exécution capitale. Lorsqu'ils sangleront votre homme sur la chaise, et que celui-ci vous regardera pour la dernière fois, vous ne serez plus jamais le même après ça. Vous verrez à quel point ce système est barbare, et vous vous souviendrez de moi.

– Alors je me laisserai pousser la barbe et je rallierai l'A.C.L.U.

– Probablement, à condition qu'ils veuillent de vous.

Les crevettes sautées arrivèrent dans un petit poêlon noir. Elles grésillaient dans le beurre et l'ail et la sauce barbecue. Ellen se servit à pleines cuillères et mangea comme une affamée. Merle se lança dans une interprétation vibrante de *Dixie* et la foule se mit à chanter et à taper des mains.

La serveuse déposa en passant une assiette de cuisses de grenouilles croustillantes. Jake vida son verre et saisit à pleine main une dizaine de cuisses. Ellen fit tout ce qu'elle pouvait pour les ignorer. Lorsqu'ils furent rassasiés d'entrées, on leur apporta le poisson-chat grillé. L'huile crépitait et sifflait et ils ne touchèrent pas à la faïence brûlante. Le poisson était grillé au feu de bois, et portait de chaque côté les marques brunes du gril. Ils mangèrent en silence, savourant la chair parfumée du poisson, et burent lentement leur vin, en s'observant mutuellement.

A minuit, la bouteille était vide et on commençait à éteindre les lumières dans la salle. Ils souhaitèrent bonne nuit à la serveuse et à Merle, et descendirent avec précaution les marches du perron pour rejoindre la voiture. Jake boucla sa ceinture.

– Je suis trop soûl pour conduire, dit-il.

– Moi aussi. J'ai vu un petit motel sur la route en arrivant.

– Je l'ai vu aussi, mais il affichait complet. Joli coup, Row Ark. Me faire boire comme ça pour abuser de moi.

– Ne me tentez pas.

Pendant un instant, leurs regards se croisèrent. La lumière rouge de l'enseigne du restaurant se reflétait sur le visage d'Ellen.

Ils continuèrent à se regarder un moment encore, mais la lumière s'éteignit. Le restaurant avait fermé.

Jake démarra la Saab, fit chauffer le moteur, et fonça à toute allure dans l'obscurité.

Mickey Mouse appela Ozzie le samedi matin, et annonça que le Klan préparait un mauvais coup. La rixe du jeudi n'était pas de leur fait, expliqua-t-il, et pourtant c'était sur eux qu'était retombée la faute. Ils avaient défilé dans le calme, et maintenant leur chef luttait entre la vie et la mort, avec soixante-dix pour cent de son corps brûlé au troisième degré. Il y aurait des représailles ; les ordres venaient d'en haut. Des renforts arrivaient des autres Etats, et il y avait des actions violentes en vue. Rien de précis encore ; il rappellerait dès qu'il en saurait davantage.

Ozzie s'assit sur le bord de son lit, frotta la grosse bosse de son crâne et appela le maire. Puis, il appela Jake. Une heure plus tard, ils se retrouvaient tous les trois dans le bureau du shérif.

– La situation va devenir incontrôlable, annonça Ozzie, en maintenant un sac de glace sur son crâne et en grimaçant à chaque mot. Un indicateur de confiance vient de m'apprendre que le Klan se prépare à se venger des événements de jeudi. On dit que des renforts arrivent des autres Etats.

– Vous pensez que c'est vrai ? demanda le maire.

– Je le crains, oui.

– C'est le même indic que l'autre fois ? demanda Jake.

– Oui.
– Alors, il faut le croire.
– Quelqu'un a dit que le procès pouvait être ajourné ou renvoyé devant un autre tribunal, dit Ozzie. Il y a une chance que ça arrive ?
– Non, j'ai vu le juge Noose, hier. Il ne veut pas le déplacer et le procès s'ouvrira lundi, comme convenu.
– Tu lui as parlé des croix en feu ?
– Je lui ai tout dit.
– Il est fou ? s'interrogea le maire.
– Oui, et stupide. Mais gardez ça pour vous.
– Il a de solides bases légales pour faire ça ? demanda Ozzie.
Jake secoua la tête.
– Mieux vaut ne pas trop creuser.
– Qu'avez-vous l'intention de faire ? demanda le maire.
Ozzie changea de sac de glace et se frotta la nuque avec précaution. Il parla en serrant les dents de douleur.
– J'ai bien l'intention d'empêcher une nouvelle bataille rangée. Notre hôpital n'est pas assez grand pour faire face s'il y a de nouveau du grabuge. Il faut faire quelque chose. Les Noirs sont en colère et sous pression ; il ne faudrait pas grand-chose pour que tout explose. Je connais des Noirs qui brûlent d'envie de sortir leurs fusils, et ces Blancs en robe sont une cible tentante. J'ai le pressentiment que le Klan pourrait envisager quelque chose d'insensé, comme par exemple de tuer quelqu'un. Depuis dix ans, on n'a jamais autant parlé d'eux dans tout le pays. Mon indic m'a dit qu'après les événements de jeudi, ils ont passé des coups de fil aux quatre coins du pays, pour trouver des volontaires désireux de les rejoindre et de faire partie de la fête.
Il fit rouler lentement sa tête de droite à gauche, et alla chercher de nouveaux glaçons.
– Ça me fait mal de dire ça, monsieur le Maire,

mais je crois qu'il faudrait appeler le gouverneur et demander le soutien de la garde nationale [1]. Je sais que ça peut paraître démesuré, mais je ne voudrais pas que quelqu'un soit tué.

– La garde nationale ? répéta le maire, éberlué.

– Je le confirme.

– Faire venir l'armée à Clanton ?

– Oui. Pour protéger vos électeurs.

– Des soldats patrouillant dans les rues ?

– Oui. Avec des fusils et tout le toutim.

– C'est quelque peu démesuré, non ? Vous ne croyez pas que vous poussez le bouchon un peu loin ?

– Absolument pas. Il est évident que je n'ai pas assez d'hommes pour assurer l'ordre ici. Nous n'avons même pas pu arrêter une émeute qui s'est déclenchée juste sous nos yeux. Le Klan plante des croix dans tout le comté et nous sommes impuissants. Que ferons-nous quand les Noirs vont s'y mettre ? Je n'ai pas assez d'hommes, monsieur le Maire. Il nous faut de l'aide.

Jake était ravi de cette idée. Comment pourrait-on prétendre avoir un jury impartial lorsque le tribunal sera encerclé par la garde nationale ? Il imagina les jurés arriver lundi au palais de justice et traverser un cordon de soldats et de jeeps, flanqués peut-être d'un tank ou deux. Comment pourraient-ils se sentir libres de leur décision ? Comment Noose pourrait-il s'entêter à tenir le procès à Clanton ? Comment la Cour suprême pourrait-elle refuser de casser le jugement si, par malheur, une condamnation était prononcée ? Oui, c'était une excellente idée.

– Qu'est-ce que vous en pensez, Jake ? demanda le maire, cherchant un soutien de sa part.

– Je crois que nous n'avons pas le choix, monsieur le Maire. Nous ne pouvons courir le risque

1. Milice de volontaires commandée en temps de paix par le gouverneur de l'Etat, mais payée par le gouvernement fédéral. *(N.d.T.)*

d'une autre émeute. Ce pourrait être un désastre pour les élections.

– Je me fiche des élections ! rétorqua le maire avec aigreur, sachant très bien que Jake et Ozzie n'étaient pas dupes.

Au dernier scrutin, il avait été réélu avec moins de cinquante voix d'avance. Au moindre faux pas, il tombait aux prochaines élections. Ozzie lança un petit sourire à Jake tandis que le maire marchait de long en large, imaginant avec horreur sa petite ville tranquille envahie par l'armée.

Le samedi soir, Ozzie et Hastings firent sortir Carl Lee de la prison par l'arrière du bâtiment et l'emmenèrent dans la voiture de patrouille du shérif. Ozzie et son prisonnier bavardèrent gaiement tandis qu'Hastings, conduisant à petite vitesse, les faisait sortir de la ville. Ils passèrent devant l'épicerie Bates et s'engagèrent sur Craft Road. La pelouse des Hailey était couverte de voitures à leur arrivée. Ils durent se garer sur le bas-côté de la route. Carl Lee ouvrit la porte d'entrée comme un homme libre et une foule d'amis et de parents accoururent pour l'embrasser. Ils venaient à l'improviste. Il enlaça sa famille de toutes ses forces, tous les quatre en même temps, comme si c'était la dernière fois. L'assistance observa la scène en silence, regardant le grand homme agenouillé à terre, serrant dans ses bras ses enfants en pleurs. La plupart des convives eurent les larmes aux yeux.

La cuisine débordait de nourriture, et l'invité d'honneur s'installa à sa place habituelle, au bout de la table, avec sa femme et ses enfants de part et d'autre de lui. Le révérend Agee exprima à son tour sa reconnaissance par une courte prière d'espoir et de bienvenue. Une centaine de proches étaient venus dire bonjour. Ozzie et Hastings remplirent leurs assiettes et sortirent sous l'auvent, où ils bataillèrent contre les moustiques et discutèrent stratégie pour le procès. Ozzie était très inquiet pour la sécurité de Carl Lee, lorsqu'il devrait faire chaque jour le voyage de la prison au tribunal. Le détenu, lui-même, leur avait démontré que ces aller et retour n'étaient pas toujours sans risques.

Après dîner, les gens s'égaillèrent sur la pelouse. Les enfants jouèrent devant la maison, tandis que les adultes restaient sous l'auvent, le plus près possible de Carl Lee. Il était leur héros – l'homme le plus célèbre qu'ils aient jamais connu, et cet homme était leur ami. Pour ces gens, Carl Lee était jugé pour une seule et unique raison. Bien sûr qu'il avait tué ces hommes, mais ce n'était pas là le problème. S'il avait été blanc, il aurait été décoré pour sa bravoure. L'Etat l'aurait poursuivi en justice à contrecœur, et avec un jury blanc, le procès aurait été une simple formalité. Carl Lee se retrouvait devant le juge parce qu'il était noir. Et s'il était condamné, ce serait à cause de la couleur de sa peau. Et uniquement pour cette raison. Ils en étaient tous convaincus. Ils écoutaient Carl Lee parler du procès. Il avait besoin de leurs prières et de leur soutien moral ; il voulait qu'ils soient dans la salle et qu'ils veillent sur sa famille.

Ils bavardèrent pendant des heures dans l'air moite et étouffant – Carl Lee et Gwen dans la balancelle, oscillant lentement, entourés par leurs admirateurs qui tous voulaient approcher le grand homme. Puis vint le moment des adieux. Tout le monde s'embrassa et promit à Carl Lee d'être là lundi. Ils se demandaient tous s'ils le reverraient un jour assis sous l'auvent de sa maison.

A minuit, Ozzie annonça qu'il était temps de partir. Carl Lee serra une dernière fois Gwen et ses enfants dans ses bras, et monta dans la voiture d'Ozzie.

Bud Twitty mourut dans la nuit. Le central appela Nesbit, qui prévint Jake. Il fit livrer une gerbe de fleurs.

32

Dimanche. Jour J moins 1. Jake s'éveilla à 5 heures du matin avec un nœud à l'estomac qu'il attribua à l'angoisse, et avec un mal de crâne qu'il associa plutôt à la soirée arrosée de la veille en compagnie de sa secrétaire et de Lucien. Ellen avait choisi de dormir dans la chambre d'amis de Lucien, si bien que Jake avait passé la nuit sur le canapé de son bureau.

Il était encore étendu lorsqu'il entendit des voix dans la rue. Il se dirigea à tâtons dans l'obscurité jusqu'au balcon et resta muet de surprise en découvrant le spectacle qui l'attendait sous sa fenêtre. C'était le débarquement de Normandie ! C'était la guerre ! Patton était arrivé ! Les rues autour du palais de justice étaient encombrées de camions, de jeeps, et des soldats s'affairaient un peu partout, tentant de coordonner les opérations et de donner à l'ensemble un air de rigueur militaire. Les radios grésillaient, et des sergents aux ventres rebondis pressaient leurs hommes en hurlant leurs ordres. Un poste de commandement fut installé derrière le kiosque de la place. Trois détachements de soldats plantaient des piquets, tiraient sur des cordes pour monter finalement trois gigantesques tentes de campagne. Des barrières furent dressées aux quatre coins de la place, et des sentinelles prirent position, adossées aux réverbères, une cigarette aux lèvres.

Nesbit, assis sur le capot de sa voiture, regardait Clanton se transformer en place forte. Il bavarda avec quelques gardes. Jake fit du café et lui en offrit une tasse. Il était complètement réveillé à présent, et se sentait en totale sécurité : Nesbit pouvait rentrer chez lui et se reposer jusqu'au soir. Jake retourna sur le balcon et regarda l'armée s'activer jusqu'à l'aube. Lorsque les hommes furent en position, les camions de transport rentrèrent à la caserne de la garde nationale qui se trouvait au nord de la ville. Jake estima le nombre des soldats à deux cents. Ils déambulaient autour du tribunal par petits groupes, se promenaient dans les allées, regardant les vitrines des magasins, attendant que le lever du jour apporte quelques distractions.

Noose allait être fou de rage. Comment avait-on osé appeler la garde nationale sans le consulter ? C'était son procès. Le maire avait avancé cet argument, mais Jake avait répliqué que la sécurité de la population incombait au maire, non au juge. Ozzie avait appuyé Jake, et Noose n'avait pas été prévenu.

Le shérif et Moss Junior Tatum arrivèrent et eurent un entretien avec le colonel dans le kiosque de la place. Ils firent le tour du tribunal, inspectant les troupes et les tentes. Ozzie montrait du doigt divers points stratégiques à surveiller et le colonel opinait du chef. Moss Junior ouvrit les portes du palais afin que les troupes puissent se rafraîchir et avoir accès aux toilettes. Il était 9 heures passées lorsque le premier vautour découvrit que Clanton était occupé par l'armée. En une heure, ils étaient des dizaines, caméras et micros au poing, tentant d'obtenir quelques informations d'un sergent ou d'un caporal.

– Quel est votre nom, sergent ?

– Sergent Drumwright.

– D'où venez-vous ?

– De Booneville.

– Où est-ce ?
– A environ cent cinquante kilomètres d'ici.
– Pourquoi êtes-vous ici ?
– Ordre du gouverneur.
– Pourquoi ?
– Pour assurer l'ordre public.
– Parce que vous vous attendez à des troubles ?
– Non.
– Pour combien de temps êtes-vous ici ?
– Aucune idée.
– Vous allez rester jusqu'à la fin du procès ?
– On ne sait pas.
– Qui est au courant ?
– Le gouverneur, j'imagine.

Et ainsi de suite...

La nouvelle de l'invasion se propagea comme une traînée de poudre. Le dimanche midi tout le monde était au courant. Après la messe, les gens affluèrent sur la place pour vérifier de leurs propres yeux que l'armée avait bel et bien investi le palais de justice. Les sentinelles ouvrirent les barrières et laissèrent les curieux tourner en voiture autour de la place et regarder avec stupéfaction de vrais soldats en tenue de combat, avec leurs fusils et leurs jeeps. Jake s'assit sur le balcon, pour boire son café et apprendre par cœur les fiches de ses jurés.

Il appela Carla pour lui annoncer l'arrivée de la garde nationale à Clanton, et lui dire qu'elle n'avait plus de soucis à se faire. Jamais il ne s'était senti autant en sécurité, avec ces centaines de soldats armés jusqu'aux dents sous sa fenêtre, prêts à tout pour le protéger. Oui, il avait toujours son garde du corps. Oui, la maison était toujours debout. Puisque la mort de Bud Twitty n'était sans doute pas encore divulguée dans les journaux, Jake préféra ne pas en parler. Peut-être n'en aurait-elle aucun écho. Ils allaient partir à la pêche aujourd'hui avec le père de Carla, et Hanna réclamait son papa. Il lui dit au revoir. L'absence des deux femmes de sa vie lui pesait plus que jamais.

Ellen Roark ouvrit la porte de derrière et entra dans le bureau avec un sac rempli de provisions qu'elle déposa sur la petite table de la cuisine. Elle sortit de sa serviette un dossier et commença à chercher son patron. Il était sur le balcon, en train d'étudier ses fiches et de regarder le tribunal.

– Bonsoir, Row Ark.

– Bonsoir, patron.

Elle lui tendit un rapport d'au moins trois centimètres d'épaisseur.

– Voilà l'étude que vous m'avez demandée au sujet de l'intégration du viol aux débats. Il faut que ça marche, c'est trop important. Désolée pour l'épaisseur.

C'était un travail aussi soigné que ses précédents rapports, avec une table des matières, une bibliographie, et des pages numérotées. Il feuilleta le dossier.

– Bon sang, Row Ark, je ne vous ai pas demandé une encyclopédie.

– Je sais que vous êtes intimidé par mon côté universitaire érudit, alors j'ai veillé à n'utiliser que des mots ne dépassant pas deux syllabes.

– Vous êtes bien en verve aujourd'hui ! Vous ne pourriez pas me résumer ça, en une petite dissertation d'une trentaine de pages, par exemple ?

– Ecoutez, c'est une étude juridique complète faite par une étudiante surdouée, ayant de remarquables capacités de synthèse et de précision. C'est un travail exceptionnel et il est à vous pour pas un sou. Alors cessez de faire la fine bouche.

– Bien, madame. Vous avez mal à la tête ?

– Oui. J'ai mal depuis que je me suis réveillée ce matin. J'ai tapé ce truc pendant dix heures d'affilée, et j'ai besoin de boire quelque chose. Vous avez un mixer ?

– Un quoi ?

– Un mixer. C'est une nouvelle invention du Nord. Ça se trouve dans les cuisines, d'ordinaire.

– Vous en trouverez un sur l'étagère à côté du micro-ondes.

Elle disparut. Il faisait presque nuit, et le trafic avait diminué sur la place, à mesure que les badauds du dimanche s'étaient lassés de regarder les soldats faire le guet autour de leur tribunal. Après douze heures de chaleur suffocante, qui avait plongé Clanton sous une brume grasse et moite, les troupes étaient fatiguées et pressées de rentrer au bercail. Les soldats s'étaient installés sous les arbres et sur des chaises pliantes de toile, et maudissaient le gouverneur. A mesure que la nuit tombait, les gardes tirèrent des câbles et prirent du courant dans le tribunal pour éclairer les tentes. Un camion rempli de Noirs s'arrêta devant la poste avec des chaises pliantes et des flambeaux en prévision de la veillée du soir. Ils commencèrent à marcher sur le trottoir de la rue Jackson sous le regard intrigué de deux cents gardes armés jusqu'aux dents. Le chef du groupe était Miss Rosia Alfie Gatewood, une veuve de cent kilos qui avait élevé onze enfants et en avait mené neuf jusqu'à l'université. Elle était la première Noire connue à avoir bu de l'eau fraîche à la fontaine de la place et à être encore en vie pour le raconter. Elle toisa du regard les soldats. Personne ne souffla mot.

Ellen revint avec deux pichets décorés du blason de l'université de Boston remplis d'un liquide verdâtre. Elle les posa sur la table et prit une chaise.

– Qu'est-ce que c'est ?

– Buvez donc. Ça va vous détendre.

– D'accord, je vais le boire. Mais j'aimerais savoir ce que c'est.

– Une margarita.

Jake examina la surface du liquide.

– Où est le sel ?

– Je n'aime pas le sel dans les margaritas.

– Très bien, je m'en passerai. Pourquoi une margarita ?

– Pourquoi pas ?

Jake ferma les yeux et but une longue gorgée. Puis une autre.

– Row Ark, vous êtes une femme aux talents insoupçonnés.

– Non, je suis une sous-fifre.

Il but une autre gorgée.

– Ça fait huit ans que je n'ai pas bu de margarita.

– C'est triste.

Son pichet de soixante centilitres était à moitié vide.

– Quel genre de rhum avez-vous mis ?

– Si vous n'étiez pas mon patron, je dirais que vous êtes d'une ignorance crasse.

– Charmant.

– Ce n'est pas du rhum. C'est de la tequila, avec du jus de citron vert et du cointreau. Je croyais que tout étudiant en droit qui se respecte savait ça !

– Pourrez-vous un jour me pardonner ? Je suis sûr que je le savais lorsque j'étais à la fac.

Ellen détourna les yeux et regarda la place du tribunal.

– C'est incroyable. On se croirait au front.

Jake vida son verre et se lécha les lèvres. Sous les tentes, les soldats jouaient aux cartes en riant. D'autres, attaqués par les moustiques, avaient cherché refuge dans le palais. Les flambeaux tournaient au coin de la place et amorçaient leur descente dans la rue Washington.

– Oui, dit Jake dans un sourire. C'est beau, hein ? Pensez à la tête de nos chers et tendres jurés lorsqu'ils arriveront demain matin. Je réitérerai ma demande de renvoi. Noose la rejettera. Je demanderai alors un ajournement, et Noose refusera encore. Je m'arrangerai pour que les journalistes dans la salle sachent bien que ce procès tiendra plus des jeux du cirque que de la justice.

– Qu'est-ce que l'armée fait ici ?

– Le shérif et le maire ont appelé le gouverneur,

et l'ont convaincu d'envoyer la garde nationale pour assurer l'ordre dans le comté. Ils lui ont dit qu'au train où vont les choses, l'hôpital serait débordé d'ici la fin du procès.

– D'où viennent tous ces soldats ?

– De Booneville et de Columbus. Il y en avait deux cent vingt à midi.

– Ils sont restés là toute la journée ?

– Ils m'ont réveillé à 5 heures ce matin. Je les ai regardés s'activer toute la journée. Ils ont été débordés deux fois, mais des renforts sont arrivés. Il y a quelques minutes, ils ont fait la connaissance de l'ennemi en la personne de Miss Gatewood, lorsqu'elle et ses amis sont arrivés avec leurs flambeaux. Elle les a foudroyés du regard et leur a fait baisser les yeux. Si bien que maintenant, ils tapent le carton sous les tentes.

Ellen termina sa margarita et partit remplir son verre. Jake prit son jeu de fiches pour la centième fois et les posa d'un geste brusque sur la table. Nom, âge, profession, situation de famille, race, niveau d'études – il avait lu et relu ces informations depuis le matin. Le deuxième round arrivait enfin. Ellen saisit la pile de fiches.

– Correen Hagan, dit-elle, en sirotant sa margarita.

Il réfléchit une seconde et répondit :

– Age : environ cinquante-cinq ans. Secrétaire dans un cabinet d'assurances. Divorcée, deux enfants maintenant adultes. Niveau d'études : sans doute le lycée, pas plus. Il est précisé à tout hasard, « née en Floride ».

– Quelle note ?

– Je crois que je lui ai mis six.

– Très bien. Millard Sills.

– Il a une plantation de pacaniers près de Mays. Il a environ soixante-dix ans. Son neveu a été tué par deux Noirs – une balle dans la tête – pendant un vol à Little Rock, il y a quelques années. Il hait les Noirs. Il ne doit en aucun cas faire partie du jury.

– Quelle note ?
– Zéro, je crois.
– Clay Bailey ?
– Age : la trentaine. Six enfants. Un bigot de l'Eglise de la Pentecôte. Il travaille à l'usine de meubles à l'ouest de la ville.
– Vous lui avez mis dix ?
– Ouais. Je suis certain qu'il a lu dans la Bible le passage avec œil pour œil, dent pour dent. En plus, il a six gosses, et je crois qu'il a au moins deux filles.
– Vous les avez toutes apprises par cœur ? demanda-t-elle en désignant les fiches.
Il hocha la tête et but une gorgée.
– J'ai l'impression de connaître ces gens depuis des années.
– Combien en connaissez-vous de vue ?
– Très peu. Mais j'en sais davantage sur eux que Buckley.
– Je suis impressionnée.
– Quoi ? Ne me dites pas que mes capacités intellectuelles vous impressionnent !
– Si, entre autres choses.
– C'est trop d'honneur. Voilà que j'impressionne un génie en droit criminel. La fille du grand Sheldon Roark. Ce puits vivant de savoir. Il faut, à tout prix, que je raconte ça à Harry Rex.
– Où est ce grand éléphant au fait ? Je l'aime bien, je le trouve mignon.
– Appelez-le donc. Demandez-lui de se joindre à notre petite sauterie et nous regarderons ensemble les troupes se préparer à l'assaut final.
Elle se dirigea vers le téléphone du bureau.
– Et Lucien ?
– Non, pas Lucien. Je suis fatigué de Lucien.

Harry Rex apporta un fond de tequila qu'il avait déniché dans ses réserves d'alcool. Il se chamailla avec Ellen au sujet de la véritable composition de la margarita. Jake se rangea du côté de sa secrétaire.

Ils s'installèrent sur le balcon, énumérant les noms sur les fiches, buvant le mélange au petit goût amer. Ils interpellèrent les soldats aussi, et chantèrent tout le répertoire de Jimmy Buffet. A minuit, Nesbit raccompagna Ellen chez Lucien. Harry Rex rentra chez lui à pied. Jake s'endormit sur le canapé.

33

Lundi 22 juillet. Peu de temps après sa dernière margarita, Jake bondit de son canapé et fixa l'horloge de son bureau. Il avait dormi trois heures. Un essaim furieux de mouches s'agitait dans son ventre. Une douleur lancinante lui vrillait les intestins. Il n'avait pas le temps d'être malade.

Nesbit dormait comme un bébé derrière son volant. Jake le réveilla et sauta sur le siège arrière. Il fit un petit signe aux gardes, sur le trottoir d'en face, qui l'observaient. Nesbit gagna la rue Adams, déposa son passager, et attendit dans l'allée. Jake prit une douche et se rasa rapidement. Il choisit un complet anthracite, une chemise blanche, et une cravate de soie tout à fait anodine, couleur bordeau et rayée de discrètes bandes bleu marine. Le pantalon à pinces tombait parfaitement de sa taille fine. Il était superbe, et bien plus distingué que son adversaire.

Nesbit s'était rendormi lorsque Jake lâcha le chien et sauta sur la banquette.

– Tout est normal à l'intérieur ? demanda Nesbit, essuyant un filet de salive de son menton.

– Pas vu le moindre bâton de dynamite, si c'est à ça que tu penses.

Nesbit éclata de rire – il avait cette manie irritante de rire pour un rien. Les deux hommes firent le tour de la place et Jake descendit devant la porte de son bureau. Une demi-heure après son départ, il allumait les lumières et faisait du café.

Il prit quatre aspirines et but un quart de litre de jus de pamplemousse. Ses yeux le brûlaient et sa tête était douloureuse à cause de l'excès d'alcool et de la fatigue, mais le plus pénible était encore à venir. Sur la table de réunion, il ouvrit le dossier de Carl Lee Hailey. Il avait déjà été indexé et classé par son assistante, mais il voulait le mettre à plat et le ranger à sa façon. S'il fallait trente secondes pour trouver un document, c'était l'échec assuré. Mais il ne put s'empêcher de sourire en découvrant les talents d'organisatrice d'Ellen. Elle avait fait des dossiers et des sous-dossiers pour tout. En dix secondes, il avait tous les documents à portée de main. Dans un classeur, elle avait rangé un curriculum vitae du Dr. Bass et les grandes lignes de son témoignage. Elle avait préparé des notes pour répondre aux objections prévisibles de Buckley, et fourni les documents légaux pour les contrer. Jake était très fier de la façon dont il préparait ses procès, mais cette fois, une étudiante de troisième année lui donnait une grande leçon.

Il rangea le dossier dans sa mallette, celle d'épais cuir noir avec ses initiales en or sur le côté. La nature le rappela à l'ordre et il se rendit aux toilettes où il consulta une dernière fois ses fiches. Il les connaissait toutes par cœur. Il était fin prêt.

Quelques minutes plus tard, Harry Rex frappa à la porte. Il faisait encore nuit et il entra comme un voleur.

– Qu'est-ce que tu fais debout si tôt ? demanda Jake.

– Je ne pouvais pas dormir. Je suis un peu nerveux.

Il lui tendit un sac en papier maculé de taches de gras.

– Dell m'a demandé de te donner ça. Ils sont tout chauds. Il y a des friands au bacon-fromage, au poulet-fromage et à la saucisse. Tu es gâté. Elle se fait du souci pour toi.

– Merci, Harry Rex, mais je n'ai pas faim. J'ai l'estomac noué.
– Nerveux ?
– Comme une putain à l'église.
– Tu as une sale gueule.
– Merci.
– Mais ton costume est super.
– C'est Carla qui les choisit.
Harry Rex plongea la main dans le sac et en sortit quelques friands enrobés de papier gras. Il les empila sur la table et se servit un café. Jake s'assit en face de lui et feuilleta le dossier d'Ellen sur la loi M'Naghten.
– Elle a écrit tout ça ? demanda Harry Rex la bouche pleine et les mâchoires à l'œuvre.
– Oui. Il y a soixante-quinze pages sur tous les cas de démence prononcés au Mississippi.
– Elle est vraiment bien, cette fille.
– Elle a une cervelle et une jolie plume. La matière grise est là, mais elle a du mal à s'adapter au monde réel.
– Qu'est-ce que tu sais sur elle ?
Des miettes tombèrent de sa bouche et rebondirent sur la table. Il les balaya d'un revers de manche.
– Elle a de solides bases. Elle est deuxième de sa promo à Ole Miss. J'ai appelé Nelson Battles, le vice-président de la fac de droit. Son dossier est très bon et elle a de sérieuses chances de sortir première.
– Je suis sorti quatre-vingt-treizième sur quatre-vingt-dix-huit. J'aurais pu finir quatre-vingt-douzième s'ils ne m'avaient pas piqué avec une antisèche. J'ai voulu protester, et puis je me suis dit que quatre-vingt-treizième ferait aussi bien l'affaire. C'est vrai, qui allait se soucier de ça à Clanton ? Les gens allaient être surtout contents que je revienne exercer ici plutôt que partir pour Wall Street ou vers d'autres endroits de ce genre.
Jake esquissa un sourire en entendant Harry Rex raconter son histoire pour la centième fois.

Son ami sortit un friand au poulet et au fromage.

– Tu as l'air tendu, vieux.

– Ça va. Le premier jour est toujours le plus dur. La préparation est faite. Il n'y a plus qu'à attendre.

– A quelle heure Row Ark doit-elle faire son entrée en scène ?

– Je ne sais pas.

– Mon Dieu, je me demande ce qu'elle va se mettre cette fois.

– Ou ne pas se mettre. J'espère simplement que sa tenue sera décente. Tu sais comme Noose peut être pudibond.

– Tu ne vas quand même pas la faire asseoir à la table de la défense ?

– Je ne crois pas. Elle restera en arrière-plan, un peu comme toi. Elle pourrait offenser certaines femmes dans le jury.

– Sûrement. Garde-la à portée de main, mais hors de vue.

Harry Rex s'essuya la bouche de ses gros doigts.

– Tu couches avec elle ?

– Bien sûr que non ! Je ne suis pas complètement idiot, Harry Rex.

– Tu serais plutôt idiot de ne pas le faire. On doit pouvoir la mettre dans son lit, cette fille.

– Alors vas-y. J'ai d'autres chats à fouetter, moi.

– Elle me trouve mignon ?

– C'est ce qu'elle dit.

– Je crois que je vais tenter ma chance, annonça-t-il d'un air sérieux, avant d'éclater de rire et de tapisser la bibliothèque de miettes.

Le téléphone sonna. Jake secoua la tête et Harry Rex décrocha.

– Il n'est pas là, mais je serais heureux de prendre un message, dit-il en faisant un clin d'œil à Jake. Oui... oui, monsieur, c'est terrible, je sais... Comment un homme peut-il faire ça ?... oui, oui je suis d'accord à cent pour cent. Oui, c'est entendu... puis-je savoir votre nom ? Allô ? Allô ?

Harry Rex esquissa un sourire et raccrocha.

– Qu'est-ce qu'il voulait ?

– Il disait que tu étais une honte pour la race blanche et qu'il ne voyait pas comment un avocat pouvait oser défendre un négro comme Hailey. Il espérait bien que le Klan allait te régler ton compte, et sinon que le barreau allait s'en mêler et te reprendre ta licence. Il disait que tu es un avocat sans la moindre moralité puisque tu as été formé par Lucien Wilbanks qui vit avec une négresse.

– Et tu as osé dire que tu étais d'accord avec lui !

– Pourquoi pas ? Ce type disait ce qu'il avait sur le cœur. Ça n'avait rien de haineux. Et il doit se sentir mieux maintenant qu'il a vidé son sac.

Le téléphone sonna de nouveau, Harry Rex décrocha l'appareil d'un geste agacé.

– Jake Brigance, avocat au barreau, conseiller juridique et grand gourou.

Jake partit aux toilettes.

– Jake ! C'est un journaliste ! cria Harry Rex.

– Je suis sur le trône.

– Il a la chiasse, expliqua-t-il au journaliste.

A 6 heures – 7 heures à Wilmington – Jake appela Carla. Elle était réveillée et lisait le journal en prenant son café. Il lui parla de Bud Twitty, de Mickey Mouse, et de la promesse d'autres violences. Non, ce n'est pas ça qui l'inquiétait. Ça ne le dérangeait pas outre mesure. Ce qui l'inquiétait, c'était le jury, la réaction de ces douze personnes qui allaient être choisies, ce qu'ils allaient penser de lui et de son client. Sa seule crainte du moment, c'était ce que ce jury risquait de faire à son client. Peu importait le reste. Pour la première fois, elle ne lui parla pas de rentrer à Clanton. Il lui promit de la rappeler le soir.

Lorsqu'il raccrocha, il entendit du bruit au rez-de-chaussée. Ellen était arrivée, et Harry Rex haussait la voix. Elle a un chemisier à trous et une minijupe, songea Jake en descendant l'escalier.

Mais non. Harry Rex la félicitait sur sa tenue. Elle ressemblait à n'importe quelle femme du Sud, des pieds jusqu'au bout des ongles. Elle avait un tailleur gris avec un col en V et une jupe droite. Le chemisier de soie était noir, et apparemment, il y avait un soutien-gorge dessous. Ses cheveux étaient tirés en arrière et tressés en chignon. On distinguait même, chose incroyable, des traces de mascara, de rimmel et de rouge à lèvres sur son visage. Pour reprendre les mots d'Harry Rex, aucune femme ne pouvait ressembler davantage à un avocat.

– Merci, Harry Rex, répondit-elle. Je ne voulais pas vous déplaire.

– Vous êtes parfaite, Row Ark, annonça Jake.

– Vous aussi, dit-elle.

Elle regarda Harry Rex mais s'abstint de faire le moindre commentaire.

– Pardonnez-nous, Row Ark, dit Harry Rex. Nous sommes impressionnés parce que nous ne soupçonnions pas que vous aviez de si jolis vêtements. Pardon de vous admirer ainsi, pardon de révolter votre petit cœur de féministe. Oui, nous sommes de gros porcs sexistes, mais vous avez choisi de venir dans le Sud. Et dans le Sud, c'est plus fort que nous, les jolies femmes bien habillées nous font tourner la tête, qu'elles soient féministes ou non.

– Qu'est-ce qu'il y a dans ce sac ? demanda-t-elle.

– Le petit déj.

Elle ouvrit le sac en papier et en sortit un friand à la saucisse.

– Il n'y a pas de beignets ? s'enquit-elle.

– Des quoi ? fit Harry Rex.

– Laissez tomber.

Jake se frotta les mains et fit mine de se montrer plein d'entrain.

– Bien, maintenant que nous sommes réunis au grand complet, trois heures avant le procès, qu'est-ce qu'on fait ?

– Des margaritas ? proposa Harry Rex.
– Pas question ! rétorqua Jake.
– Je vais finir les fonds de bouteilles.
– Pas moi, répondit-elle, jamais d'alcool pendant le travail.
Harry Rex sortit un nouveau friand, le dernier.
– Comment ça va se passer aujourd'hui ?
– Lorsqu'il fera jour, le procès va s'ouvrir. A 9 heures, Noose va dire quelques mots aux jurés potentiels et procéder à la constitution du jury.
– Ce sera long ? demanda Ellen.
– Deux ou trois jours. Au Mississippi, nous avons le droit d'interroger individuellement chaque juré. Ça prend un certain temps.
– Où est-ce que je m'assois et qu'est-ce que je suis censée faire ?
– Elle a l'air d'avoir une sacrée expérience, lança Harry Rex. Elle sait au moins où se trouve le tribunal ?
– Vous ne vous assiérez pas à la table de la défense, répondit Jake. Il n'y aura que Carl Lee et moi.
Elle s'essuya la bouche.
– Je vois. Vous et votre client contre toutes les forces du Mal réunies, seuls face à la mort.
– Il y a un peu de ça.
– Mon père adopte parfois cette tactique.
– Je suis ravi que vous approuviez. Vous serez assise derrière moi, juste derrière la rambarde. Je demanderai à Noose de vous autoriser à assister aux discussions hors audience qui auront lieu en chambre du conseil.
– Et moi ? demanda Harry Rex.
– Noose ne t'aime pas, Harry Rex. Depuis toujours. Il va avoir une attaque si je lui demande une autorisation pour toi. L'idéal, en fait, serait de pouvoir dire que nous ne nous connaissons pas.
– Merci.
– Mais nous apprécions vraiment votre aide, dit Ellen.

– Allez vous faire foutre !

– Et vous pourrez toujours boire un verre avec nous, dit-elle.

– Et fournir la tequila.

– Désormais, il n'y aura plus une goutte d'alcool ici, lança Jake.

– Jusqu'à l'heure du déjeuner, précisa Harry Rex.

– Je veux que tu te tiennes derrière la table de la greffière. Surveille ce qui se passe comme à ton habitude. Et prends des notes sur les jurés. Rectifie nos fiches si besoin est. Ils seront probablement cent vingt.

– A tes ordres.

La levée du jour marqua le retour en force de l'armée. Les barrières furent réinstallées, et aux quatre coins de la place, les soldats se rassemblèrent derrière les fûts orange et blanc qui barraient les rues. Les hommes semblaient inquiets et sur le qui-vive. Ils regardaient d'un air suspicieux la moindre voiture, prêts à répondre à toute attaque de l'ennemi. L'inaction leur mettait les nerfs en pelote. Il y eut un peu d'animation lorsque les fourgons et les minivans des vautours, décorés de logos fantaisistes arrivèrent vers 7 heures et demie. Les troupes cernèrent les véhicules et annoncèrent qu'il était interdit de stationner aux abords du palais de justice pendant la durée du procès. Les vautours s'en allèrent dans les rues adjacentes, et réapparurent à pied avec leurs caméras et leur matériel encombrant. Certains s'installèrent sur les marches du palais, d'autres choisirent les portes arrière du bâtiment, un autre groupe investit la rotonde devant la salle d'audience du premier étage.

Murphy, l'homme de ménage bègue et le seul véritable témoin oculaire des meurtres de Cobb et Willard, annonça à la presse, du mieux qu'il put, que les portes du tribunal ouvriraient à 8 heures précises, et pas avant. Une file d'attente se forma rapidement, et s'étendit à travers toute la rotonde.

Les cars des églises se garèrent à la périphérie de la place, et les manifestants descendirent lentement la rue Jackson, sous la conduite des pasteurs. Ils brandissaient des banderoles « Libérez Carl Lee » et chantaient tous en chœur *We Shall Overcome*. Les soldats les entendirent approcher de la place. Les postes radio se mirent à crachoter des ordres en tous sens. Ozzie et le colonel s'entretinrent rapidement, puis, au grand soulagement des soldats, Ozzie prit la tête de la marche et conduisit le cortège jusqu'à une zone de la pelouse où les gens pourraient s'égailler et attendre sous l'œil vigilant de la garde nationale du Mississippi.

A 8 heures, un détecteur de métal fut installé devant les portes du tribunal, et trois policiers armés commencèrent à fouiller les gens qui patientaient pour entrer dans la salle de tribunal. La file d'attente s'étendait au-delà de la rotonde, et courait jusque dans les couloirs. A l'intérieur, Prather canalisait les gens, les faisait asseoir sur les longs bancs d'un côté de la salle, réservant l'autre partie pour les jurés potentiels. Le premier rang était réservé à la famille, le second aux dessinateurs qui commençaient déjà à croquer le banc des magistrats et de la défense, ainsi que les tableaux des héros de la guerre de Sécession.

Le Ku Klux Klan se devait de signaler sa présence dès l'ouverture du procès, en particulier aux jurés potentiels qui allaient arriver, et une vingtaine de membres en tenue d'apparat commença à défiler dans la rue Washington. Ils furent immédiatement arrêtés et cernés par les soldats. Le colonel ventripotent traversa la rue comme à la parade et se retrouva, pour la première fois de sa vie, nez à nez avec des membres du Klan en robes et capuches blanches, qui le dépassaient d'une bonne tête. Puis il aperçut les caméras, qui se précipitaient pour assister à la confrontation, et sa belle assurance fondit comme neige au soleil. Sa voix de stentor hargneux se mua en un bégaiement fluet et chevrotant, totalement inintelligible – même pour lui.

Heureusement, Ozzie arriva à la rescousse :

– Salut les gars, lança-t-il avec froideur en arrivant à la hauteur du colonel. Vous êtes cernés et à dix contre un. Mais nous savons que nous n'avons pas le droit de vous empêcher de manifester.

– Exact, répondit le chef.

– Alors si vous me suivez et faites ce que je vous dis, il n'y aura pas de grabuge.

Ils suivirent Ozzie et le colonel jusqu'à une autre partie de la pelouse. On leur apprit que c'était leur domaine jusqu'à la fin du procès. « Restez ici, tenez-vous tranquilles et le colonel veillera personnellement à ce que ses hommes vous protègent. » Ils acceptèrent le marché.

Comme prévu, la vue des robes blanches leva un tollé chez les Noirs à cinquante mètres de là, qui se mirent tous à scander : « Libérez Carl Lee ! Libérez Carl Lee ! Libérez Carl Lee ! »

Les hommes du Klan levèrent le poing et répondirent en hurlant : « Grillez Carl Lee ! Grillez Carl Lee ! Grillez Carl Lee ! »

Deux rangées de soldats se tenaient de part et d'autre de l'allée centrale qui menait aux marches du palais. Deux autres lignes de soldats se mettaient en place, la première devant les membres du Klan, la deuxième de l'autre côté de la place, devant les Noirs.

Les jurés pénétrèrent un à un dans le tribunal, en marchant d'un pas rapide entre les deux cordons de soldats. Ils serraient leur convocation de malheur dans leurs mains et écoutaient avec stupeur les deux groupes hurler et s'insulter.

L'honorable Rufus Buckley arriva à Clanton et informa poliment les gardes de son statut et de sa fonction. On le laissa se garer à côté du palais, à l'endroit marqué « Réservé au procureur du district ». La meute de journalistes était déchaînée. Ça devait être important, on avait laissé entrer quelqu'un dans le périmètre de sécurité. Buckley resta un moment dans sa vieille Cadillac pour laisser le temps aux journalistes de le rattraper. Ils étaient tous autour de lui lorsqu'il claqua sa portière. Buckley lança des sourires tous azimuts en se frayant lentement un chemin vers les portes du palais. Mais il ne put résister au feu des questions et le procureur viola l'interdit de Noose au moins huit fois, expliquant en souriant qu'il ne pouvait répondre à la question à laquelle il avait justement répondu. Musgrove marchait derrière, portant la mallette du grand homme.

Jake arpentait son bureau de long en large. La porte d'entrée était fermée à clé. Ellen était en bas, en train de travailler sur un autre rapport. Harry Rex était reparti au Coffee Shop, pour bavarder et avaler un nouveau petit déjeuner. Les fiches étaient étalées sur le bureau. Jake ne supportait plus de les voir. Il feuilleta distraitement un dossier, puis se dirigea vers les portes-fenêtres. L'air vibrait des clameurs de la foule. Il retourna à sa table de travail et étudia les grandes lignes de son début de plaidoirie. Il était capital de faire bonne impression, dès les premières minutes.

Il s'étendit sur le canapé, ferma les yeux, en songeant à toutes les choses qui auraient nécessité son attention. Il aimait son travail, la plupart du temps. Mais quelquefois, en des moments de stress comme celui-ci, il regrettait de ne pas être courtier d'assurances ou agent de change. Voire huissier de justice. Ces types-là avaient rarement des maux de tête et la diarrhée au cours de leur carrière.

Lucien lui avait appris qu'il était bon d'avoir le trac ; la peur était une alliée ; tous les avocats avaient peur lorsqu'ils s'adressaient à un nouveau jury et plaidaient leurs affaires. « Il est normal d'avoir peur – mais ne le montre pas. » Les jurés ne suivaient pas le beau parleur, le grand orateur. Ils ne suivaient pas le dandy, le clown ou le plaisantin. Ils ne suivaient pas non plus celui qui parlait le plus fort ou qui se battait comme un tigre. Lucien l'avait convaincu que les jurés avaient foi en celui qui disait la vérité, tout simplement, quel que fût son aspect, son élocution ou ses talents d'orateur. Un avocat devait rester naturel dans la salle de tribunal; peu importe s'il avait peur. Les jurés aussi avaient la frousse.

Faire de la peur une alliée, lui répétait Lucien, parce qu'elle ne s'en ira pas et qu'elle te détruira si tu la laisses te dominer.

L'angoisse mettait à rude épreuve ses intestins, et il descendit discrètement aux toilettes.

– Comment ça va, patron? demanda Ellen lorsqu'il vint lui rendre visite.

– Je suis prêt, j'imagine. On va y aller dans une minute.

– Il y a des journalistes sur le pas de la porte. Je leur ai dit que vous abandonniez l'affaire et que vous quittiez la ville.

– J'aimerais bien que ce soit le cas, en ce moment

– Vous avez entendu parler de Wendall Solomon?

– Par ouï-dire seulement.

– Il est attaché au Fonds de défense des détenus du Sud. J'ai travaillé pour lui l'été dernier. Il a défendu une centaine d'affaires pour meurtre à travers tout le sud du pays. Il est si anxieux avant un procès qu'il perd l'appétit et le sommeil. Son médecin lui donne des calmants, mais il reste si stressé que personne ne peut lui parler le jour de l'ouverture du procès. C'est comme ça, il ne peut rien y faire, alors qu'il a plaidé une centaine d'affaires.

– Comment votre père s'en sort?

– Il avale deux martinis avec un Valium. Puis il s'enferme à double tour, éteint les lumières et s'étend sur son bureau, jusqu'à ce que ce soit l'heure d'y aller. Il est sur les nerfs et d'une humeur exécrable. Tout ça est bien naturel.

– Alors vous savez ce que c'est ?

– Je ne connais ça que trop bien.

– J'ai l'air anxieux ?

– Non, fatigué. Mais ça ira.

Jake regarda sa montre.

– C'est l'heure.

Les journalistes sur le trottoir fondirent sur leur proie.

– Pas de déclaration, répéta-t-il en traversant lentement la rue pour rejoindre le tribunal.

Mais le feu des questions resta aussi nourri :

– Est-ce vrai que vous prévoyez de demander l'annulation du procès ?

– Il faudrait pour ça que le procès s'ouvre.

– Est-ce vrai que vous avez reçu des menaces du Ku Klux Klan ?

– Pas de commentaires.

– Est-ce vrai que vous avez fait quitter la ville à votre famille pour la durée du procès ?

Jake hésita et jeta un coup d'œil sur la meute de journalistes.

– Pas de commentaires.

– Que pensez-vous de la présence de la garde nationale ?

– Je m'en félicite.

– Pensez-vous que votre client peut avoir un procès équitable dans le comté de Ford ?

Jake secoua la tête, et ajouta :

– Pas de commentaires.

Un policier montait la garde à quelques mètres de l'endroit où avaient été abattus les deux hommes. Il montra du doigt Ellen.

– Qui c'est, Jake ?

– Elle est inoffensive. Elle est avec moi.

Ils gravirent rapidement l'escalier du fond. Carl Lee était assis tout seul à la table de la défense, dos tourné à la salle bondée. Jean Gillespie était occupée à faire l'appel des jurés convoqués tandis que les policiers arpentaient les allées, sur le qui-vive. Jake salua chaleureusement Carl Lee, veillant à lui serrer longuement la main, à lui faire un grand sourire et lui tapoter l'épaule. Ellen ouvrit les serviettes et disposa les dossiers sur la table.

Jake murmura quelques mots à son client et jeta un regard circulaire dans la salle. Tous les regards étaient braqués sur lui. Le clan des Hailey au complet était assis au premier rang. Jake leur fit un sourire et salua de la tête Lester. Tonya et les garçons avaient leurs habits du dimanche, et se tenaient entre Gwen et Lester, immobiles comme de petites statuettes. Les jurés se trouvaient de l'autre côté de l'allée centrale et ils regardaient avec attention l'avocat de Carl Lee Hailey. Jake se dit que c'était le moment de leur montrer la petite famille de Carl Lee. Il poussa les portes battantes de la balustrade et alla dire quelques mots aux Hailey. Il tapota tendrement l'épaule de Gwen, serra la main de Lester, pinça les joues des trois garçons et termina sa prestation en prenant dans ses bras Tonya, la petite fille qui avait été violée par ces deux rednecks qui n'avaient eu que ce qu'ils méritaient. Les jurés ne perdirent pas une miette de cette attendrissante scène de retrouvailles, et portèrent une attention particulière à la fillette.

– Noose veut nous voir dans son bureau, murmura Musgrove à Jake alors qu'il regagnait sa place.

Icabod, Buckley, et Norman Gallo, le greffier adjoint, étaient en pleine conversation lorsque Jake et Ellen entrèrent dans le bureau du juge. Jake présenta son assistante aux trois magistrats et au greffier. Il expliqua qu'Ellen Roark était en troisième année de droit à Ole Miss, et demandait, en tant qu'assistante de la défense, à se trouver derrière sa table et à assister aux entretiens en chambre du conseil. Buckley n'y vit pas d'objection. Cette requête n'avait rien d'exceptionnel, expliqua Noose, et il souhaita à Ellen la bienvenue.

– Des requêtes préliminaires, messieurs ? demanda Noose.

– Aucune, répondit le procureur.

– Plusieurs, annonça Jake en ouvrant un dossier. Je veux que cela soit porté au dossier.

Norman Gallo sortit son stylo.

– D'abord, je tiens à renouveler ma demande de renvoi devant un autre tribunal et...

– Objection ! lança Buckley.

– Fermez-la, gouverneur ! hurla Jake. Je n'ai pas fini, et ne vous avisez pas de m'interrompre une nouvelle fois !

Buckley et les autres restèrent bouche bée devant ce brusque emportement. C'est à cause des margaritas d'hier, songea Ellen.

– Je suis désolé, Mr. Brigance, dit calmement Buckley. Et cessez, quant à vous, de m'appeler gouverneur, s'il vous plaît.

– Précisons les choses tout de suite, commença Noose. Ce procès risque d'être long et pénible. Je sais la pression qui pèse sur vos épaules. J'ai été à votre place bien des fois, et je sais que vous vous en sortirez. Vous êtes d'excellents avocats, et je suis heureux d'avoir deux pointures comme vous pour un procès de cette importance. Mais je sens aussi une certaine inimitié entre vous deux. Cela n'a rien, certes, de bien extraordinaire, et je ne vais pas vous demander de vous serrer la main et d'être bons amis. Mais je tiens, lorsque vous êtes dans cette chambre du conseil, à ce que vous ne vous interrompiez pas mutuellement et que le niveau de vos voix reste autour d'un seuil acceptable. Vous seriez aimables, également, de vous appeler mutuellement maître Brigance, maître Buckley et maître Musgrove. Me suis-je bien fait comprendre ?

– Oui, Votre Honneur.

– Oui, Votre Honneur.

– Parfait. Vous pouvez poursuivre, Mr. Brigance.

– Merci, Votre Honneur, de votre intervention. Comme je disais, la défense réitère sa demande de renvoi devant un autre tribunal. Je veux qu'il soit noté que je renouvelle cette requête, ici, en chambre du conseil, à 9 heures un quart, le 22 juillet, et qu'au moment où nous nous apprêtons à sélectionner le jury, le palais de justice du comté de Ford est cerné par l'armée. Je veux qu'il soit noté également que sur la pelouse du tribunal, il y a des membres du Ku Klux Klan, en robes blanches, en train d'injurier un groupe de manifestants noirs qui, bien sûr, s'empressent de répondre à leurs injures ; que lorsque les jurés sont arrivés au tribunal ce matin, ils ont été témoins de toute cette agitation sur l'esplanade ; et que je soutiens qu'il sera impossible d'avoir un jury impartial et libre d'esprit.

Buckley écoutait Jake avec un petit sourire sur son visage. Lorsqu'il eut terminé, le procureur dit :

– Puis-je me permettre de répondre, Votre Honneur ?

– Non, rétorqua Noose. Veuillez noter que la requête de maître Brigance est rejetée. Vous avez autre chose à soumettre à la cour ?

– La défense demande le rejet total des jurés convoqués.

– Pour quelles raisons ?

– Parce que le Klan a tenté ouvertement d'intimider les jurés. Il y a eu au moins une vingtaine de croix plantées devant leurs portes.

– J'ai l'intention de rejeter les vingt jurés en question, si tant est qu'ils se présentent aujourd'hui, répondit Noose.

– Superbe, rétorqua Jake d'un ton sarcastique. Et que faites-vous des menaces dont nous ne savons rien ? Que faites-vous des jurés qui ont eu vent de cette histoire de croix ?

Noose se frotta les yeux sans répondre. Buckley

avait quelque chose à dire, mais n'osait plus interrompre qui que ce soit.

– J'ai ici la liste, poursuivit Jake, en ouvrant un dossier, des vingt personnes qui ont reçu la petite visite du Klan. J'ai aussi la copie des constats de police, et une déposition du shérif Walls qui explique en détail ces tentatives d'intimidation. J'ai l'intention de les soumettre à la cour pour étayer ma demande de rejet. Je veux que cela soit porté aux pièces du dossier afin que la Cour suprême puisse le voir écrit noir sur blanc.

– Vous vous préparez déjà à faire appel, Mr. Brigance ? demanda Buckley.

Ellen rencontrait Rufus Buckley pour la première fois. Elle comprit dès la première seconde pourquoi Jake et Harry Rex le détestaient.

– Non, gouverneur, je ne me prépare pas à faire appel. J'essaie simplement de m'assurer que mon client aura droit à un procès équitable avec un jury libre de ses décisions. C'est pourtant simple à comprendre.

– Je refuse de rejeter cette sélection de jurés. Ça nous ferait prendre une semaine de retard, annonça Noose.

– Qu'est-ce qu'une semaine quand la vie d'un homme est en jeu ? C'est toute la justice de notre pays qui est sur la sellette. Le droit à un procès équitable est le droit le plus fondamental de tout citoyen, vous vous souvenez ? C'est une hérésie de ne pas récuser cette sélection de jurés lorsqu'on a la preuve manifeste que certains d'entre eux ont été intimidés par une bande de gorilles en robes blanches qui veulent la peau de mon client.

– Votre demande est rejetée, annonça Noose sans détour. Vous avez autre chose ?

– C'est tout. J'aimerais simplement que lorsque vous rejetterez les vingt personnes en question, vous vous arrangiez pour que les autres jurés ne sachent pas pourquoi.

– Cela me paraît possible, maître Brigance.

On demanda à Mr. Pate d'aller chercher Jean Gillespie. Noose lui donna la liste des vingt noms en question. Elle repartit dans la salle de tribunal et lut la liste. Ces gens-là étaient délivrés de leurs obligations. Ils pouvaient se retirer. Puis elle vint retrouver le juge.

– Combien de jurés avons-nous ? lui demanda Noose.

– Quatre-vingt-quatorze.

– C'est amplement suffisant. Je suis persuadé que nous saurons trouver parmi eux douze personnes aptes à assumer leur devoir de citoyen.

– On n'en trouvera pas deux, marmonna Jake à Ellen, suffisamment fort pour que cela soit entendu de Noose et porté par Gallo au dossier.

Son Honneur mit fin à l'entretien et ils allèrent tous prendre place dans la salle.

Les quatre-vingt-quatorze noms furent écrits sur des petits bouts de papier et déposés dans une petite boîte cylindrique. Jean Gillespie secoua la boîte, et tira un nom au hasard. Elle donna le papier à Noose, assis au-dessus d'elle, qui semblait dominer la terre entière dans son fauteuil de juge aux allures de trône. Le public retenait son souffle tandis que ses yeux se plissaient derrière son long nez pour lire le premier nom.

– Carlene Malone, juré numéro un, lança-t-il en haussant la voix.

On avait libéré les premiers rangs, et Mrs. Malone vint prendre place en bout de rangée. Chaque banc comptait dix places et il y avait dix bancs, tous réservés aux jurés. Sur les dix bancs de l'autre côté de l'allée centrale se pressaient la famille et les proches de l'accusé, ainsi que quelques spectateurs, mais les journalistes avaient pris d'assaut la majorité des places.

Ils se mirent à griffonner dans leur calepin le nom de Carlene Malone. Jake fit de même. Elle était blanche, obèse, divorcée, et pauvre. Elle avait été affublée d'un deux sur l'échelle de Jake. Un à zéro, songea-t-il.

Jean agita de nouveau la boîte en bois.

– Marcia Dickens, juré numéro deux, hurla Noose.

Une Blanche. Une grosse, la soixantaine passée, l'air pas commode. Deux à zéro.

– Jo Beth Mills, numéro trois.

Jake s'enfonça encore un peu plus dans son siège.

Elle était blanche, environ la cinquantaine, et travaillait pour un salaire de misère à la fabrique de jupes de Karaway. Et pour comble de malchance, son patron était un Noir ignorant et grossier. Elle avait la note zéro sur l'échelle Brigance. Trois à zéro.

Jake regarda Jean d'un air suppliant tandis qu'elle agitait la boîte.

– Reba Betts, numéro quatre.

Jake s'enfonça encore et commença à se frotter le front. Quatre à zéro.

– C'est pas croyable, marmonna-t-il à Ellen.

Harry Rex secouait la tête dans son coin.

– Gerald Ault, numéro cinq.

Jake retrouva le sourire en regardant son premier juré s'asseoir à côté de Reba Betts. Buckley traça une marque rageuse devant son nom.

– Alex Summers, numéro six.

Carl Lee esquissa un sourire lorsque le premier Noir se leva au fond de la salle et vint prendre place aux côtés de Gerald Ault. Buckley sourit aussi en cerclant le nom du premier Noir.

Les quatre jurés suivants étaient des Blanches, dont aucune n'avait une note supérieure à trois. Jake s'inquiétait de plus en plus en voyant le banc se remplir. En vertu de la loi, il avait droit de récuser douze personnes, sans avoir à donner la moindre justification. Cette première dizaine allait le contraindre à utiliser au moins six de ses droits de veto.

– Walter Godsey, numéro onze, annonça Noose, sa voix de stentor commençant à faiblir.

Godsey avait la quarantaine. C'était un métayer, sans compassion et sans intérêt.

Lorsque Noose termina le tirage de la deuxième dizaine, il y avait sept Blanches, deux Noirs, et Godsey. Jake sentit la catastrophe arriver. Il respira enfin un peu lorsque, au quatrième tirage, Jean eut la main heureuse et sortit sept hommes, dont quatre étaient noirs.

Il fallut presque une heure pour achever le tirage. Noose leva la séance un quart d'heure pour permettre à Jean de dresser la liste des jurés dans l'ordre numérique. Jake et Ellen profitèrent de l'interruption de séance pour consulter leurs fiches et mettre un visage sur les noms. Harry Rex s'était installé derrière les grands registres et prenait des notes fiévreusement tandis que Noose appelait un à un les jurés. Il fit un signe de tête à Jake. Lui aussi trouvait que ça s'annonçait mal.

A 11 heures, Noose revint s'installer sur son siège. Le silence se fit de nouveau dans le tribunal. Quelqu'un suggéra au juge d'utiliser le microphone qui était placé à quelques centimètres de son nez. Il parla plus fort et sa voix désagréable de fausset résonna dans la salle tandis qu'il commençait à poser les questions d'usage. Il présenta Carl Lee et demanda aux jurés s'il existait un lien de parenté entre eux et l'accusé. Tout le monde savait qui il était, ce qui n'avait rien de surprenant, mais seuls deux jurés avouèrent le connaître avant le mois de mai. Noose présenta l'avocat de la défense et le procureur fit un bref rappel des charges qui pesaient contre l'accusé. Aucun juré prétendit ne pas être au courant des faits.

Noose mit enfin un terme à sa longue introduction à midi et demi. Ils suspendit la séance jusqu'à 2 heures.

Dell apporta des sandwiches chauds et du thé glacé dans la salle de conférence. Jake l'embrassa et la remercia, et lui dit de lui envoyer les factures.

Il ignora la nourriture, et étala ses fiches sur la table dans l'ordre où les jurés avaient été appelés. Harry Rex attaqua un sandwich rosbeef-fromage. « On n'a pas eu de chance, répétait-il en mastiquant de si grandes bouchées qu'il était sur le point de se déboîter la mâchoire. On n'a pas eu de chance. »

Lorsque les quatre-vingt-quatorze cartes furent étalées devant lui, Jake recula d'un pas et les contempla. Ellen se tenait à ses côtés en grignotant une frite. Elle examina les fiches.

– On n'a vraiment pas eu de chance, répéta Harry Rex, faisant passer le pain avec une lampée de thé glacé.

– Tu veux bien la fermer un peu ? lança Jake.

– Sur les cinquante premiers, nous avons onze Noirs, huit hommes et trois femmes, et trente Blanches. Il reste donc neuf Blancs, et pas des enfants de chœur. J'ai bien l'impression que l'on va avoir un jury de femmes, dit Ellen.

– Les Blanches, les Blanches, répéta Harry Rex. Les pires jurés qui soient au monde. Des Blanches !

Ellen le fixa des yeux.

– Je crois que ce sont les gros Blancs les pires.

– Ne vous méprenez pas, Row Ark, j'adore les Blanches. J'en ai épousé quatre, je vous le rappelle. Je déteste simplement voir une femme blanche dans le box des jurés.

– Je ne condamnerais pas Carl Lee si j'étais juré.

– Row Ark, vous êtes une communiste de l'A.C.L.U. Vous ne pourriez inculper personne pour quoi que ce soit. Dans votre petit esprit dérangé, vous pensez que les pornographes d'enfants et les terroristes de l'O.L.P. sont de pauvres victimes de la société que l'on persécute injustement.

– Et selon votre esprit cartésien, civilisé et plein de sollicitude, qu'est-ce qu'on devrait faire d'eux ?

– Les pendre par les orteils, les castrer, et les laisser se vider de leur sang, sans autre forme de procès.

– Et vous pensez que votre vision de la justice a quelque chose de constitutionnel ?

– Peut-être pas, mais cela aurait le mérite de mettre fin à la pornographie d'enfants et au terrorisme. Jake, tu veux de ce sandwich ?

– Non.

Harry Rex s'empara d'un sandwich jambon-fromage.

– Fuis le numéro un comme la peste. Carlene Malone. Elle fait partie du clan des Malone de Lake Village. C'est une harpie, méchante comme une teigne.

– J'aimerais fuir tout le monde, annonça Jake, les yeux rivés sur la table.

– On n'a pas eu de chance.

– Qu'est-ce que vous en dites, Row Ark ? demanda Jake.

Harry Rex s'empressa de déglutir sa nourriture.

– Je crois que l'on ferait mieux de plaider coupable et de se tirer d'ici. Ventre à terre, comme un chat échaudé.

Ellen contempla les cartes.

– Cela pourrait être pire.

Harry Rex se força à rire.

– Pire ! La seule façon d'avoir pire serait que les trente premiers à s'asseoir sur les bancs soient vêtus de robes blanches, avec des chapeaux pointus et des cagoules.

– Harry Rex, tu veux bien la fermer, dit Jake.

– J'essaie de t'aider. Tu veux des frites ?

– Non. Pourquoi ne te fourres-tu pas tout ça dans la bouche, une bonne fois pour toutes ? Ça te ferait taire pendant un moment.

– Je crois que vous vous trompez au sujet de certaines de ces femmes, dit Ellen. Je suis plutôt de l'avis de Lucien. Les femmes, en règle générale, se montrent plus compréhensives. Ce sont elles qui se font violer, faut-il que je vous le rappelle ?

– Je ne sais pas quoi répondre à ça, dit Harry Rex.

– Tant mieux, répliqua Jake. Laquelle de ces femmes serait cette ancienne cliente qui ferait n'importe quoi pour toi au moindre clin d'œil?

Ellen poussa un ricanement.

– Ça doit être le numéro vingt-neuf. Elle mesure un mètre cinquante et fait bien ses deux cents kilos.

Harry Rex s'essuya la bouche avec une feuille de papier.

– Très drôle. C'est la soixante-quatorzième. Elle est trop loin dans la liste. Laisse tomber.

Noose fit sonner son maillet et le silence tomba dans la salle du tribunal.

– Le ministère public peut procéder à l'examen des jurés, annonça-t-il.

Le procureur du district se leva lentement dans toute sa magnificence et s'avança d'un pas majestueux. Il s'arrêta au milieu de la salle et observa d'un air pénétré les spectateurs et les jurés. Il savait que les dessinateurs étaient en train de le croquer, et il sembla poser pour eux un moment. Il fit un grand sourire aux jurés, puis se présenta : il était l'avocat de la population, son client était l'Etat du Mississippi. Cela faisait neuf ans qu'il était son procureur, et c'était un grand honneur pour lui. Il serait à jamais reconnaissant de la confiance que lui avaient portée les braves gens du comté de Ford. Il les désigna du doigt en expliquant que chacun d'eux, assis sur ces bancs, représentait le peuple qui l'avait élu. Il les en remercia du fond du cœur, et annonça qu'il ferait tout pour ne pas les décevoir.

Oui, il était inquiet et plein de craintes. Il avait poursuivi en justice des milliers de criminels, mais la peur était la même à chaque procès. Oui, il avait peur, et il n'avait pas honte de le reconnaître. Peur de l'énorme responsabilité que la population avait placée sur ses épaules – celle d'envoyer des criminels en prison et de protéger la collectivité. Peur de faillir à sa mission, celle de défendre les intérêts de son unique client, les habitants de ce grand Etat.

Jake avait entendu toutes ces sornettes un nombre incalculable de fois. Il les connaissait par cœur. Buckley, le brave type, le défenseur de l'Etat, main dans la main avec la population pour rendre la justice et sauver la société. Il était un grand orateur. Il pouvait parler avec douceur à un jury, comme un grand-père donnant ses conseils à ses petits-enfants, et la seconde suivante se lancer dans un sermon exalté digne des meilleurs prédicateurs noirs. Il pouvait, en une salve oratoire, convaincre un jury que la stabilité de la société, et l'avenir même de l'espèce humaine, dépendait du verdict que celui-ci allait rendre. Il était au meilleur de lui-même dans les grands procès. Et celui-ci était le plus grand de tous. Il parlait sans notes, et tenait son auditoire en haleine ; c'était lui la victime, l'ami et l'allié des jurés qui, avec l'aide de chacun d'eux, allait trouver la vérité, et punir cet homme pour avoir perpétré ce crime monstrueux.

Au bout de dix minutes, Jake ne tenait plus en place. Il se leva d'un air agacé.

– Objection, Votre Honneur ! Maître Buckley ne cherche en rien à examiner les jurés. Je ne sais trop au juste ce qu'il fait, mais il est évident qu'il ne pose aucune question.

– Objection retenue, lança Noose dans son micro. Si vous n'avez aucune question à poser aux jurés, maître Buckley, veuillez vous rasseoir.

– Veuillez me pardonner, Votre Honneur, bredouilla Buckley, faisant mine d'être blessé.

Jake avait porté le premier coup.

Buckley ouvrit un carnet et se lança dans une longue série de questions. Il demanda si certaines personnes avaient déjà été jurés. Plusieurs mains se levèrent. Pour des affaires de droit civil ou de droit pénal ? Avaient-ils voté coupable ou non coupable ? Il y avait combien de temps de cela ? L'accusé était-il noir ou blanc ? Et la victime, noire ou blanche ? Y en avait-il, parmi eux, qui aient été victimes d'agression ? Deux mains se levèrent. Quand ? Où ? L'agresseur avait-il été arrêté ? Condamné ? Un Blanc ou un Noir ? Jake, Harry Rex et Ellen noircissaient des pages de notes. Quelqu'un de votre famille a-t-il été victime d'une agression ? Plusieurs mains se levèrent. Quand ? Où ? Qu'est-il arrivé au criminel ? Quelqu'un de votre famille a-t-il déjà été poursuivi par la justice ? Inculpé ? Jugé ? Condamné ? Connaissez-vous quelqu'un travaillant pour les forces de l'ordre ? Qui ? Où ça ?

Pendant trois heures d'affilée Buckley disséqua les jurés avec une précision chirurgicale. Il était un orfèvre en la matière. Il avait, à l'évidence, bien préparé son coup. Il posa des questions auxquelles Jake n'avait pas même songé. Et il posa pratiquement toutes les questions que Jake avait préparées. Il poussait sournoisement chaque juré à confesser ses opinions et ses sentiments. Et au moment venu, il faisait un trait d'esprit pour détendre l'atmosphère. Il tenait son auditoire. Noose l'interrompit à 5 heures alors qu'il était en pleine verve. Il finirait demain matin.

Son Honneur suspendit la séance jusqu'au lendemain, 9 heures. Jake bavarda avec son client tandis que la foule quittait la salle par les portes du fond. Ozzie se tenait à côté d'eux, les menottes à la main. Lorsque Jake eut fini, Carl Lee s'accroupit devant sa famille au premier rang et les prit un à un dans ses bras. Il les verrait demain, leur dit-il. Ozzie le conduisit dans la chambre de détention, puis ils descendirent les escaliers pour retrouver un essaim de policiers qui l'attendaient pour le ramener en prison.

34

Le deuxième jour, le soleil se leva rapidement et fit disparaître en quelques secondes la rosée qui recouvrait les haies vert bouteille de la place du palais. Une brume poisseuse s'élevait de l'herbe et s'accrochait aux rangers et aux pantalons de treillis des soldats. La chaleur montait déjà tandis qu'ils arpentaient d'un pas nonchalant les trottoirs du centre ville. Ils s'attardèrent à l'ombre des arbres ou des auvents des boutiques. Lorsque le petit déjeuner fut servi sous les tentes, les soldats, trempés de sueur, n'étaient déjà plus vêtus que de leur maillot de corps kaki.

Les pasteurs noirs et leurs ouailles se rendirent directement sur leur parcelle de pelouse et s'installèrent. Ils déplièrent des chaises de toile sous les chênes et posèrent des glacières sur des tables de camping. Des écriteaux « Libérez Carl Lee » bleu et blanc furent cloués sur des piquets puis plantés dans le sol en rangs réguliers. Agee avait fait imprimer de nouveaux posters avec la photo agrandie de Carl Lee en noir et blanc encadrée d'un liséré bleu blanc rouge. Ils étaient organisés comme de parfaits professionnels.

Le Ku Klux Klan se dirigea sagement vers la zone qui lui était réservée sur la pelouse. Ils dressèrent à leur tour leurs panneaux scandant en lettres rouges sur fond blanc : « Grillez Carl Lee »,

« Grillez Carl Lee ». Ils lancèrent des bras d'honneur aux Noirs de l'autre côté de la pelouse, et les deux groupes se mirent à se huer mutuellement. Un cordon de soldats armés se déploya entre les deux groupes, tandis qu'injures et cris de ralliement fusaient au-dessus de leurs têtes. Il était 8 heures du matin, deuxième jour du procès.

Les journalistes ne savaient plus où donner de la tête. Ils se ruèrent sur la pelouse dès que retentirent les premiers cris. Ozzie et le colonel inspectaient inlassablement les lieux, montrant du doigt divers points stratégiques et lançant leurs instructions par radio.

A 9 heures, Icabod souhaita le bonjour à la foule debout dans la salle. Buckley se leva lentement et annonça d'un ton théâtral qu'il n'avait plus de questions à poser aux jurés.

L'avocat Jake Brigance se leva de sa chaise, avec un nœud au ventre et les jambes en coton. Il s'approcha de la rambarde et fixa du regard les quatre-vingt-quatorze paires d'yeux tournées vers lui.

La foule écouta attentivement ce jeune avocat arrogant, qui s'était vanté de n'avoir jamais perdu un procès pour meurtre. Il apparut détendu et sûr de lui. Sa voix était puissante, mais restait chaleureuse. Il avait un langage châtié, mais sans sophistication. Il se présenta, puis il parla de son client et de la famille de son client, gardant pour la fin la petite Tonya. Il félicita le procureur d'avoir mené un interrogatoire aussi exhaustif la veille, et admit que la plupart de ses questions avaient déjà été posées. Il consulta ses notes. Sa première question eut l'effet d'une bombe.

– Mesdames et messieurs, y a-t-il certaines personnes parmi vous qui considèrent qu'en aucun cas la défense ne peut plaider la folie ?

Les jurés remuèrent sur leurs bancs mais aucune main ne se leva. Il les avait pris par surprise. Plaider la folie, plaider la folie... la graine était plantée.

– Si nous arrivons à prouver que Carl Lee Hailey n'était pas responsable de ses actes au moment où il a tué Billy Ray Cobb et Pete Willard, y a-t-il quelqu'un parmi vous qui refuserait de le reconnaître non coupable ?

La question était posée de façon volontairement complexe. Aucune main ne se leva. Quelques-uns eurent envie de répondre, mais ils s'abstinrent, de peur d'avoir mal saisi la question.

Jake les observa minutieusement, sachant très bien qu'ils ne savaient que répondre, mais qu'ils étaient tous en train de songer à l'idée que son client pouvait avoir perdu la raison au moment des faits. Jake voulait les laisser méditer là-dessus.

– Je vous remercie, leur dit-il en concentrant tout son pouvoir de séduction dans ces trois petits mots. Je n'ai plus de questions, Votre Honneur.

Buckley n'en revenait pas. Il tourna la tête vers le juge qui paraissait tout aussi surpris que lui.

– C'est tout ? demanda Noose, incrédule. Vous avez fini, maître Brigance ?

– Oui, Votre Honneur. Ces gens me conviennent parfaitement, annonça Jake sur un ton de confiance, à l'inverse de Buckley qui les avait assaillis de questions pendant trois heures.

Cette sélection de jurés n'avait rien d'acceptable, mais il était ridicule de poser les mêmes questions que Buckley.

– Parfait. Je demande à voir les avocats en chambre du conseil.

Buckley, Musgrove, Jake, Ellen et Mr. Pate suivirent Icabod et disparurent du tribunal par les portes situées derrière l'estrade de la cour. Une fois assis autour du bureau du juge, Noose prit la parole.

– Je suppose, messieurs, que vous voulez interroger individuellement chaque juré pour connaître sa position sur la peine de mort ?

– Oui, dit Jake.

– C'est exact, Votre Honneur, répondit Buckley.

– Parfait. Monsieur l'huissier, veuillez faire entrer le juré numéro un, Carlene Malone.

Mr. Pate quitta le bureau et partit appeler Carlene Malone. Quelques instants plus tard, elle revenait avec lui. Elle était terrorisée. Buckley et Jake lui sourirent, sans dire un mot : ordre de Noose.

– Je vous en prie, asseyez-vous, proposa Noose en retirant sa robe. Il y en a pour une minute, Mrs. Malone. Etes-vous fortement opposée, de quelque façon que ce soit, à la peine de mort ? demanda Noose.

Elle secoua la tête nerveusement et fixa des yeux Icabod.

– Non, monsieur le juge.

– Vous devez savoir que si vous faites partie du jury, et que Mr. Hailey est reconnu coupable, vous serez appelée à prononcer sa condamnation à mort.

– Oui, monsieur le juge.

– Si le ministère public prouve, sans le moindre doute, que les meurtres ont été prémédités, et si vous pensez que Mr. Hailey était responsable de ses actes au moment des faits, serez-vous prête à prononcer la peine de mort ?

– Bien sûr. Je crois qu'il faudrait en faire tout le temps usage. Ça pourrait mettre fin à toute cette violence. Je suis pour la peine de mort, à cent pour cent.

Jake continua à sourire, en hochant poliment la tête. Buckley souriait aussi, et lança un clin d'œil à Musgrove.

– Merci, Mrs. Malone. Vous pouvez retourner à votre place dans la salle, dit Noose.

– Faites entrer le juré numéro deux, ordonna Noose.

Marcia Dickens, une vieille de race blanche, l'air renfrogné, pénétra dans le bureau. Oui, elle était pour la peine de mort. Elle n'aurait aucun problème à la demander. Jake resta impassible, souriant. Buckley lança une nouvelle œillade à Musgrove. Noose la remercia et appela le juré numéro trois.

Les numéros trois et quatre se révélèrent aussi peu miséricordieux que les précédents, prêts à tuer si la preuve était faite. Puis arriva le numéro cinq, Gerald Ault, l'arme secrète de Jake.

– Merci, Mr. Ault. Cela ne va prendre qu'un instant, répéta Noose. Tout d'abord, êtes-vous fortement opposé à la peine de mort ?

– Oh, oui, Votre Honneur, s'empressa de répondre Ault, tout son visage revêtant le masque de la compassion. J'y suis farouchement opposé. C'est une pratique cruelle et barbare. J'ai honte de vivre dans une société qui s'autorise à assassiner des gens en toute impunité.

– Je vois. Pourriez-vous, sous certaines circonstances, voter pour la peine de mort si vous étiez juré ?

– Oh, non, Votre Honneur. En aucune circonstance. Quel que soit le crime commis. Non, Votre Honneur, impossible.

Buckley s'éclaircit la gorge et annonça d'un ton sinistre :

– Votre Honneur, le ministère public demande que Mr. Ault soit déchargé de ses obligations de juré, en vertu de la jurisprudence issue du procès de l'Etat contre Witherspoon.

– Demande acceptée. Mr. Ault, vous êtes déchargé de vos obligations légales, annonça Noose. Vous pouvez quitter le tribunal. Si, toutefois, vous désirez assister aux débats, je vous demanderai de ne pas aller vous asseoir avec les autres jurés.

Ault était abasourdi et regarda son ami Jake, qui fixait le sol en serrant les dents.

– Je peux savoir pourquoi ? demanda Gerald.

Noose retira ses lunettes et prit son ton professoral.

– Selon la loi, Mr. Ault, la cour doit refuser tout

juré potentiel qui reconnaît ne pouvoir envisager, et envisager est le mot clé, de prononcer la peine de mort. Il faut comprendre, que vous soyez pour ou contre, que la peine de mort est un châtiment légal dans le Mississippi comme dans la plupart des Etats de ce pays. Aussi serait-il contraire aux intérêts de la justice de sélectionner des jurés qui se révéleraient incapables de se conformer à la loi en vigueur.

La curiosité du public fut piquée au vif lorsque Gerald Ault poussa les portes battantes de la rambarde, traversa la salle de tribunal et quitta le palais de justice. L'huissier alla chercher le numéro six, Alex Summers, et le conduisit dans le bureau du juge. Il revint quelques instants plus tard et reprit sa place au premier rang. Il mentit à propos de la peine de mort. Il y était opposé comme la plupart des Noirs, mais il raconta à Noose qu'il n'y voyait aucune objection. Il fut sélectionné sans problème. Plus tard, pendant une suspension de séance, il expliqua discrètement aux autres jurés noirs comment il fallait répondre aux questions du juge.

La longue audition se poursuivit jusqu'au milieu de l'après-midi ; enfin, le dernier juré revint à sa place. Onze d'entre eux avaient été déchargés de leurs obligations du fait de leur réticence face à la peine de mort. Noose suspendit la séance à 3 heures et demie et donna une demi-heure aux avocats pour réviser leurs notes.

Dans la bibliothèque du deuxième étage, Jake et son équipe étudièrent la liste des jurés et leurs fiches individuelles. Il était temps de prendre une décision. Il avait rêvé depuis si longtemps de ces noms en lettres bleues, rouges ou noires, flanqués chacun d'une note. Il les avait lus et relus depuis deux jours entiers. Il les connaissait tous. Ellen voulait des femmes. Harry Rex voulait des hommes.

Noose consulta sa liste. Les jurés avaient été

renumérotés pour y faire apparaître ceux qui avaient été écartés pour leurs convictions. Le juge releva alors les yeux vers ses avocats.

– Messieurs, vous êtes prêts ? Parfait. Comme vous le savez il s'agit d'un procès où la peine capitale peut être requise. Vous avez donc droit, chacun, à douze veto. Maître Buckley, c'est à vous de proposer une liste de douze jurés à la défense. Veuillez nous présenter votre juré numéro un et vous référer aux jurés exclusivement par leur numéro.

– Oui, Votre Honneur. Le ministère public accepte les jurés numéros un, deux, trois, quatre, oppose son premier veto pour le numéro cinq, accepte le six, le sept, le huit, le neuf, fait usage de son second veto pour le numéro dix, accepte les numéros onze, douze, treize, oppose son veto pour le numéro quatorze, et accepte le numéro quinze. Ça fait douze, je crois.

Jake et Ellen cerclèrent les noms et prirent des notes sur leur liste. Noose recompta soigneusement.

– C'est exact, ça fait douze. Maître Brigance, nous vous écoutons, annonça-t-il.

Buckley avait choisi douze femmes blanches. Deux Noirs et un Blanc avaient été écartés.

Jake examina sa liste et raya des noms.

– La défense récuse les jurés un, deux, trois, accepte le quatre, le six, le sept, récuse les jurés huit, neuf, onze, accepte le treize, et récuse le quinze. Je crois que nous avons utilisé huit de nos veto.

Son Honneur tira des traits et fit des marques sur sa liste, faisant lentement le décompte.

– Vous avez tous les deux accepté les jurés quatre, six, sept et treize. Maître Buckley, c'est à vous de parler. Il nous faut huit autres jurés.

– Le ministère public accepte le seize, met son quatrième veto pour le numéro dix-sept, accepte le dix-huit, le dix-neuf, le vingt, récuse le vingt et un, accepte le vingt-deux, récuse le vingt-trois, accepte le vingt-quatre, récuse le vingt-cinq et le vingt-six, et accepte le vingt-sept et le vingt-huit. Cela fait douze et il nous reste quatre veto à utiliser.

Jake était abasourdi. Buckley avait encore écarté tous les Noirs et tous les hommes. Il lisait dans les pensées de Jake.

– Maître Brigance, c'est à vous.

– Puis-je demander quelques instants de réflexion ?

– Cinq minutes, pas plus, répliqua Noose.

Jake et son assistante se rendirent à la cafétéria où les attendait Harry Rex.

– Regarde ça ! lança Jake posant sa liste sur une table.

Ils se penchèrent tous les trois sur le document.

– Nous en sommes au numéro vingt-neuf. Il me reste quatre veto, comme Buckley. Il vire tous les Noirs et tous les hommes. C'est un jury de femmes blanches pour l'instant. Les deux suivants sont des Blanches, le trente et un, c'est Clyde Sisco, et le trente-deux Barry Acker.

– Ensuite sur les six suivants, quatre sont des Noirs, dit Ellen.

– Ouais, mais Buckley ne va pas nous laisser faire. En fait, ça m'étonnerait qu'on dépasse de beaucoup les numéros trente.

– Je sais que tu veux Acker. Et pour Sisco, qu'est-ce qu'on fait ? demanda Harry Rex.

– Il m'inquiète. Lucien m'a dit qu'on pouvait l'acheter.

– Parfait ! Prenons-le et graissons-lui la patte.

– Très drôle. Et si Buckley l'a déjà acheté ?

– On le lui reprendra.

Jake examina la liste, faisant les comptes pour la énième fois. Ellen était d'avis d'écarter les deux hommes – Acker et Sisco.

Ils regagnèrent le bureau du juge. Tout le monde était prêt.

– Votre Honneur, nous allons récuser les jurés

vingt-deux et vingt-huit. Il nous reste donc deux possibilités de veto.

– C'est à vous, maître Buckley. Vingt-neuf et trente ?

– Le ministère public accepte ces deux jurés. Ça fait douze, et quatre veto encore inutilisés.

– C'est à vous, maître Brigance.

– Nous allons récuser les vingt-neuf et trente.

– Et vous n'avez plus de veto, si je ne me trompe pas, demanda Noose.

– C'est exact.

– Très bien, Mr. Buckley. Trente et un et trente-deux ?

– L'accusation les accepte, s'empressa de répondre Buckley, en regardant les noms des Noirs qui suivaient Clyde Sisco sur la liste.

– Parfait. Ça fait douze. Procédons à la sélection des deux jurés suppléants. Vous avez droit chacun à deux veto pour les suppléants, Mr. Buckley, trente-trois et trente-quatre.

Le trente-trois était un Noir. Le trente-quatre était une Noire que Jake voulait. Les deux suivants étaient des Noirs.

– Nous allons récuser le trente-trois, accepter le trente-quatre et le trente-cinq.

– La défense les accepte tous les deux, annonça Jake.

Mr. Pate fit instaurer le silence dans la salle tandis que Noose et les avocats reprenaient leur place. Son Honneur appela les douze jurés. Un à un, ils se levèrent et allèrent s'installer d'un pas mal assuré dans le box du jury, où Jean Gillespie les fit asseoir par ordre d'appel. Dix femmes, deux hommes, tous blancs. Les Noirs se mirent à murmurer dans la salle, en se lançant des regards étonnés.

– C'est toi qui as choisi ce jury, Jake ? chuchota Carl Lee dans L'oreille de Jake.

– Je t'expliquerai, répondit-il.

Les deux jurés suppléants furent appelés et s'assirent à côté du box.

– A quoi servent ces deux pantins, murmura Carl Lee en désignant les deux suppléants noirs.

– Je t'expliquerai.

Noose s'éclaircit la gorge et regarda son nouveau jury.

– Mesdames et messieurs, vous avez été dûment sélectionnés pour constituer le jury de ce procès. Vous avez juré de juger en toute impartialité tous les faits que l'on vous présentera et de suivre la procédure légale, conformément à mes instructions. Comme l'exige la loi dans cet Etat, vous serez assignés à résidence durant toute la durée des débats. Cela signifie que vous serez logés dans un motel et que vous ne rentrerez chez vous qu'à la fin du procès. Je sais que c'est une grande contrainte, mais la loi l'exige. Nous allons bientôt suspendre la séance et vous serez autorisés à appeler votre famille pour vous faire apporter vêtements, effets personnels et tout ce qui sera nécessaire à votre confort. Chaque nuit, vous séjournerez dans un motel hors de Clanton, dont la localisation restera secrète. Vous avez des questions ?

Les douze jurés se regardèrent, éberlués d'apprendre qu'ils ne pourraient pas rentrer chez eux pendant plusieurs jours. Ils pensaient à leur famille, à leurs enfants, au travail, à la lessive. Pourquoi eux ? Parmi toutes les autres personnes présentes dans la salle, pourquoi avait-il fallu que cela tombe sur eux ?

Puisque aucune main ne se levait, Noose fit sonner son maillet et la salle commença à se vider. Jean Gillespie escorta la première jurée dans le bureau du juge, pour qu'elle puisse prévenir sa famille et demander qu'on lui apporte des vêtements et une brosse à dents.

– Où allons-nous ? demanda-t-elle à Jean.

– C'est secret, répondit Jean.

– C'est secret, répéta-t-elle à son mari au téléphone.

Vers 7 heures, les familles arrivèrent avec un

assortiment de bagages et de colis. Les élus montèrent dans un car Greyhound qui les attendait derrière le palais de justice. Précédé par deux voitures de patrouille et une jeep de l'armée, le car fit le tour de la place et quitta Clanton. Trois motards fermaient le convoi.

Stump Sisson mourut dans la nuit du mardi à l'hôpital de Memphis. Sisson ne s'était pas fait soigner depuis des années, et son corps fatigué et obèse n'avait pu résister aux complications postopératoires. Avec sa mort, le nombre total des victimes liées au viol de Tonya Hailey passa à quatre – Cobb, Willard, Bud Twitty et maintenant Sisson.

Immédiatement la nouvelle de sa mort atteignit la cabane dans les bois où les patriotes se retrouvaient pour boire et se saouler toutes les nuits. Ils ne rêvaient que de vengeance, œil pour œil, dent pour dent. Ils avaient trouvé de nouvelles recrues dans le comté, cinq au total. Ils étaient maintenant onze dans le groupe à être natifs de la région. Tous brûlaient de prendre leur revanche et de passer à l'action.

Le procès était trop calme. Il était temps de mettre le feu aux poudres.

Jake marchait de long en large devant le canapé et répétait pour la centième fois son début de plaidoirie. Ellen était tout ouïe. Elle l'avait écouté, interrompu, critiqué. Cela faisait deux heures qu'ils travaillaient sur ce sujet. Elle était fatiguée maintenant. Le discours de Jake était au point. Les margaritas l'avaient détendu et lui avaient délié la langue. Il parlait avec aisance. Il était doué. Surtout après un verre ou deux.

Quand il eut fini, ils allèrent s'installer sur le balcon et regardèrent la lente procession des flambeaux sur la place plongée dans l'obscurité. Les rires des joueurs de poker sous les tentes résonnaient dans la nuit. Une nuit sans lune.

Ellen partit une dernière fois remplir leurs verres. Elle revint avec leurs chopes de bière débordantes de glace et de margarita. Elle les posa sur la table et se tint derrière son patron. Elle posa ses mains sur ses épaules et se mit à lui masser doucement la nuque. Jake se laissa faire en penchant la tête de droite à gauche. Elle continua à lui masser les épaules et le bas du cou en se pressant contre lui.

– Ellen, il est 10 heures et demie et je tombe de sommeil. Où allez-vous dormir cette nuit ?

– Vous avez une idée ?

– Je crois que vous feriez mieux de rentrer chez vous à Ole Miss.

– Je suis trop saoule pour prendre le volant.

– Nesbit va vous raccompagner.

– Et vous ? Je peux savoir où vous allez passer la nuit, si je ne suis pas trop indiscrète ?

– Chez moi, dans la maison où j'habite avec ma femme, dans la rue Adams.

Elle cessa de le masser et reprit son verre. Jake se leva, se pencha sur le garde-fou et appela Nesbit.

– Nesbit ! Debout ! Tu as une course pour Oxford !

35

Carla découvrit l'article sur la deuxième page du journal du matin. « Un jury de Blancs pour le procès de Hailey », annonçait le titre. Jake n'avait pas appelé mardi soir. Elle lut l'article en laissant son café refroidir.

Le bungalow était situé au fond d'une petite anse de la plage. L'habitation voisine se trouvait à deux cents mètres de là. Son père avait acheté le terrain entre les deux bâtisses et n'avait aucune intention de le vendre. Il avait fait construire la maison dix ans plus tôt lorsqu'il avait vendu sa société à Knoxville et avait pris sa retraite. Carla était sa fille unique et Hanna serait son seul petit-enfant. La maison – avec ses quatre chambres et ses quatre salles de bains indépendantes étalées sur trois niveaux – aurait pu accueillir dix fois plus de monde.

Elle termina l'article et se dirigea vers les baies vitrées de la cuisine qui dominaient la plage et l'océan. Le cercle orange et lumineux du soleil venait juste de poindre à l'horizon. Autrefois, elle préférait rester dans la chaleur douillette de son lit bien après le lever du jour, mais la vie avec Jake lui avait donné goût à ces petites heures du matin. Son organisme était conditionné pour se réveiller à 5 heures et demie. Jake lui avait expliqué un jour que son rêve était de partir au bureau avant l'aube et d'en revenir à la nuit tombée ; un rêve qui était souvent réalité. Il tirait une grande fierté d'être l'avocat le plus travailleur du comté. Jake était spécial, mais elle l'aimait.

La petite bourgade paisible de Temple se trouvait à soixante kilomètres au nord-est de Clanton, dans le comté de Milburn, accrochée aux coteaux de la rivière Tippah. On y comptait trois mille âmes et deux motels. Le Temple Inn était désert – à cette époque de l'année, le contraire eût été étonnant. A l'extrémité d'une aile, huit chambres étaient occupées, gardées par des soldats et deux policiers. Les dix femmes s'étaient réparties par paires dans les chambres ; Barry Acker et Clyde Sisco s'étaient retrouvés ensemble. Le suppléant noir, Ben Lester Newton, avait hérité d'une chambre individuelle, comme son homologue femme, Francie Pitts. Les télévisions avaient été débranchées dans l'aile du motel et la presse y était interdite. Le dîner du mardi avait été servi dans les chambres. Le petit déjeuner du mercredi matin arriva à 7 heures précises tandis que le Greyhound faisait chauffer son moteur, enfumant le parking de vapeurs de gasoil. Une demi-heure plus tard, les quatorze passagers embarquèrent et le convoi s'ébranla, prenant la direction de Clanton.

Durant le voyage, ils parlèrent de leur famille et de leur métier. Deux ou trois dans le groupe se connaissaient. Mais la plupart ne s'étaient jamais vus avant lundi. Mal à l'aise, ils évitaient de faire allusion à la raison pour laquelle on les avait réunis et au travail qui les attendait. Le juge Noose avait été très clair sur ce point. Personne ne devait parler de l'affaire. Ce n'était pourtant pas l'envie qui leur en manquait : le viol, les violeurs, Carl Lee, Jake, Buckley, Noose, le Ku Klux Klan, la liste des sujets était longue. Ils étaient tous au courant des croix incendiées, mais personne n'en parlait – du moins dans le car ; ils avaient eu, en revanche, de longues conversations dans leurs chambres du motel.

Le Greyhound arriva au palais de justice à 9 heures moins cinq. Les jurés scrutèrent la place à travers les vitres teintées, cherchant à savoir combien de Noirs et de membres du Klan étaient venus, et combien de soldats étaient en position pour les maintenir à distance. Le car franchit les barrages et se gara derrière le tribunal, où les policiers s'apprêtaient à accueillir les jurés pour les escorter au plus vite jusqu'à la salle d'audience. Ils montèrent rapidement les escaliers, et pénétrèrent dans la salle des jurés où du café et des beignets les attendaient. L'huissier vint leur annoncer qu'il était 9 heures et que Son Honneur était prêt. Il les conduisit dans la salle d'audience bondée et les fit asseoir à leurs places respectives dans le box des jurés.

– Mesdames et messieurs, la cour ! lança Me Pate en faisant se lever la salle.

– Asseyez-vous, je vous en prie, lança Noose en se laissant tomber dans son grand fauteuil de cuir.

– Mesdames et messieurs, bonjour, dit-il en adressant un sourire aux jurés. J'espère que vous êtes en forme ce matin et que vous êtes prêts à entendre les débats d'aujourd'hui.

Ils acquiescèrent de concert.

– Parfait. Comme à chaque ouverture de séance, je vais vous poser la question suivante : quelqu'un a-t-il tenté d'entrer en contact avec vous, de vous parler ou de vous influencer de quelque manière que ce soit ?

Ils secouèrent tous la tête.

– Parfait. Avez-vous parlé de cette affaire entre vous ?

Tous mentirent et firent non de la tête.

– Parfait. Si quelqu'un tente d'entrer en contact avec vous, ou tente de vous parler de l'affaire ou de vous influencer, je tiens à ce que vous me le rapportiez sur-le-champ. Me suis-je bien fait comprendre ?

Ils approuvèrent.

– Bien, nous sommes donc prêts à ouvrir la séance. Nous allons, pour commencer, entendre l'exposition des faits par les parties en présence. J'insiste sur le fait que rien de ce que vont dire le procureur et l'avocat n'a valeur de témoignage et ne doit, en aucun cas, être considéré comme preuve. Maître Buckley, souhaitez-vous soumettre aux jurés votre version ?

Buckley se leva lentement et boutonna sa veste scintillante en polyester.

– Oui, Votre Honneur.

– Le contraire m'eût surpris. Nous vous écoutons.

Buckley prit le petit lutrin de bois et le posa juste devant le box du jury. Il s'installa, prit une profonde inspiration en feuilletant ses notes. Il aimait ce court instant de silence où tous les regards et toutes les oreilles étaient braqués vers lui. Il commença par remercier les jurés de leur présence, de leur sacrifice, de leur sens civique (comme s'ils avaient eu le choix, songea Jake). Il était fier d'eux, et c'était un honneur pour lui que d'être à leur côté pour une affaire de cette importance. Il répéta, une fois encore, qu'il était leur défenseur, que son client était l'Etat du Mississippi. Il leur fit part de ses craintes face à cette terrible responsabilité que le peuple – eux, les habitants du comté – avait placée sur les épaules de l'humble magistrat de Smithfield qu'il était. Il parla longuement de ses états d'âme, de ses espoirs et de son vœu le plus cher : être à la hauteur de la mission que la population de cet Etat lui avait confiée.

Il faisait toujours en gros le même discours d'introduction pour les ouvertures de procès, mais celui-ci était son meilleur. C'était un ramassis de propos abjects enveloppés dans un joli paquet cadeau. Jake brûlait de le faire taire, mais, par expérience, il savait qu'Icabod rejetterait toute objection durant un discours d'introduction – à moins qu'il n'y eût offense manifeste, ce qui n'était pas le cas. Pas encore. Toute cette logorrhée verbale et hypocrite mettait Jake hors de lui, en particulier parce que les jurés l'écoutaient et, trop souvent, se laissaient piéger. Le procureur était toujours le brave type, celui qui cherchait à faire justice, à châtier un criminel pour d'horribles crimes, à l'enfermer pour la vie pour qu'il ne puisse plus pécher. Buckley était passé maître dans l'art d'embobiner un jury. C'était ensemble, lui et les douze élus, qu'ils allaient s'attacher à faire éclater la vérité, main dans la main, tous unis contre le mal. La vérité était leur Graal, la vérité et rien que la vérité. Trouvons-la et justice sera faite. Suivez-moi – moi, Rufus Buckley, l'avocat du peuple –, et je vous mènerai jusqu'à elle.

Le viol était un acte terrible. Il était père lui-même. Il avait une petite fille sensiblement du même âge que Tonya Hailey, et, lorsqu'il avait appris ce viol, son estomac s'était retourné d'horreur. Il compatissait à la douleur de Carl Lee et de sa femme. Oui, il avait pensé que cela aurait pu arriver à sa propre petite fille. Oui, il avait eu des envies de vengeance...

Jake lança un sourire entendu à Ellen. Voilà qui était intéressant. Buckley avait choisi de parler du viol tout de go plutôt que de minimiser son importance. Jake s'attendait à devoir se battre bec et ongles pour que le viol puisse faire partie intégrante des débats. Les recherches d'Ellen avaient mis en évidence que les détails sordides ne pouvaient être exposés devant la cour, mais rien dans les textes de lois n'interdisait de faire allusion au viol ou de s'y référer. Manifestement, Buckley avait choisi de reconnaître son existence plutôt que de tenter de la passer sous silence. Bien joué, songea Jake, puisque de toute façon les douze jurés, comme tout le pays, connaissaient l'affaire jusque dans ses moindres détails.

Ellen lui retourna son sourire. Le viol de Tonya Hailey allait enfin être jugé.

Buckley reconnaissait qu'il était naturel pour les parents de vouloir se venger. Il aurait eu le même vœu, admettait-il. Mais, précisa-t-il en élevant la voix, il y avait une énorme distinction entre vouloir réparation et faire justice.

Il était chaud maintenant, et il marchait de long en large devant le box des jurés. Il avait trouvé son rythme. Il se lança alors dans un cours de vingt minutes sur le fonctionnement du système judiciaire, en précisant le nombre de violeurs que lui, Rufus Buckley, avait personnellement envoyés à Parchman pour le restant de leur vie – ou presque. La justice faisait son travail parce que les gens du Mississippi avaient la sagesse de s'en remettre à elle, mais tout le système allait s'effondrer si on laissait les gens comme Carl Lee Hailey agir à leur guise et faire justice eux-mêmes. Imaginez ce qui se passerait. Une société sans lois et des justiciers solitaires écumant tout le pays. Pas de police, pas de prisons, pas de tribunaux, pas de procès, pas de jury. Tous les hommes livrés à eux-mêmes.

C'était, finalement, assez paradoxal, lança-t-il d'un air pensif. Carl Lee Hailey se retrouvait maintenant devant eux et leur réclamait un jugement équitable en bonne et due forme, alors qu'il avait fait fi lui-même de tout souci d'équité. Demandez donc aux mères de Billy Ray Cobb et Pete Willard ce qu'elles en pensent ! Demandez-leur quelle forme de procès leurs fils ont eue !

Il se tut un moment pour laisser le jury et le public méditer ses dernières paroles. Un silence pesant tomba dans la salle, et tous les visages dans le box des jurés se tournèrent vers Carl Lee Hailey. Il n'y avait aucune compassion dans leur regard. Jake se cura les ongles avec un petit canif, en faisant mine de s'ennuyer ferme. Buckley feignit de consulter ses notes puis regarda sa montre. Il reprit la parole, prenant cette fois le ton assuré d'un professionnel. Le ministère public avait l'intention de démontrer que Carl Lee Hailey avait soigneusement prémédité les meurtres. Il avait attendu pendant près d'une heure dans une petite pièce, à proximité de l'escalier qu'allaient emprunter les deux hommes avant de réintégrer leurs cellules. Carl Lee Hailey était parvenu à introduire un M-16 dans le palais de justice. Buckley se dirigea vers la petite table à côté du greffier et s'empara de l'arme. « Voici le M-16 en question », lança-t-il au jury en brandissant le fusil à bout de bras. Il posa l'arme sur son pupitre et se mit à expliquer que Carl Lee Hailey n'avait pas choisi cette arme par hasard ; c'était le fusil qu'avaient les G.I.'s au Vietnam et Mr. Hailey savait très bien s'en servir. Il avait appris à tuer avec un M-16. Bien entendu, il était strictement interdit de posséder une telle arme au Mississippi. On ne pouvait acheter ce genre d'arme au supermarché du coin. Carl Lee Hailey avait donc dû se la procurer clandestinement. Un travail qui ne s'improvise pas.

La preuve serait faite : il s'agissait d'un meurtre de sang-froid soigneusement préparé et prémédité.

Et il ne fallait pas oublier le policier DeWayne Looney. Un fidèle du shérif depuis quatorze ans. Un père de famille, l'un des officiers de police les plus émérites que Buckley eût jamais connus. Abattu avec les autres, victime innocente du grand dessein de Carl Lee Hailey. Il avait eu la jambe amputée. Quelle était sa faute ? Peut-être la défense annoncera-t-elle que c'était un accident, et que ce regrettable événement ne doit pas être pris en compte. Nous ne saurions nous contenter de cette explication.

Il n'y a aucune excuse, mesdames et messieurs, à cet acte odieux de violence. Le seul verdict possible, c'est de reconnaître l'accusé coupable.

Ils avaient chacun droit à une heure pour leur

discours d'introduction, et le procureur du district était bien décidé à faire plein usage de son temps de parole. L'occasion était trop belle. Mais il commença à se répéter. Deux fois, il s'enferra dans la récusation d'un système de défense basé sur la notion d'irresponsabilité au moment des faits. Les jurés commençaient à montrer quelques signes de fatigue, et les regards se détournèrent du procureur, cherchant dans la salle d'autres sujets d'intérêt. Les dessinateurs abandonnèrent leurs carnets de croquis, les journalistes cessèrent de prendre des notes, et Noose commença à nettoyer ses lunettes pour tromper l'ennui – geste caractéristique chez lui. Jake l'avait vu frotter ses lunettes avec son mouchoir ou sa cravate pendant que des témoins, mis à rude épreuve, éclataient en sanglots, ou que les avocats se mettaient à hurler et se défiaient mutuellement en faisant claquer leurs manches. Il ne manquait pas une parole, pas une objection, pas une ruse, mais tout ceci l'ennuyait profondément, même pour une affaire de cette importance. Il ne s'endormait jamais sur son siège, mais l'envie ne lui en manquait pas. Pour lutter contre tout éventuel assoupissement, il retirait ses lunettes, les levait à la lumière, chassait d'un souffle d'hypothétiques poussières, et frottait ses verres avec énergie comme s'ils eussent été recouverts de gras, avant de les replacer sur son nez, juste derrière sa verrue. Cinq minutes plus tard, un nouveau nettoyage s'avérait nécessaire. Plus le discours de Buckley traînait en longueur, plus ses lunettes se salissaient rapidement.

Enfin, au bout d'une heure et demie de soliloque, Buckley se tut et la salle poussa un soupir de soulagement.

– Dix minutes de pause, annonça Noose qui se leva de son siège pour se rendre aux toilettes.

Jake s'attendait à cette suspension de séance. Après le discours marathon de Buckley, il décida de faire encore plus court que prévu. Les gens, d'ordinaire, n'aimaient pas les avocats qui s'écoutaient parler, ceux qui se faisaient un devoir de montrer leur éloquence, de répéter le moindre détail au moins trois fois, et d'assener leurs explications comme à coups de marteau pour être certains que tout le monde les avait entendues. Les jurés détestaient par-dessus tout les avocats qui perdaient du temps, pour deux excellentes raisons. D'abord, ils ne pouvaient dire à l'avocat de se taire. Ils étaient pieds et mains liés. Dehors, on pouvait injurier un avocat et lui rabattre le caquet, mais dans le box des jurés ils étaient pris au piège ; ils n'avaient pas droit à la parole. Alors, ils en étaient réduits à s'endormir, à renifler, à détourner les yeux, à remuer sur leur siège, à regarder leur montre ou à envoyer toutes sortes de signaux que les avocats obtus s'évertuaient à ne pas remarquer. Ensuite, les jurés n'aimaient pas les procès qui s'étiraient en longueur. Arrêtez les grands discours et finissons-en. Donnez-nous des faits, et on vous donnera un verdict.

Il expliqua tout ça à son client durant la suspension de séance.

– D'accord, Jake. Fais court, dit Carl Lee.

C'est ce qu'il fit. Quatorze minutes en tout et pour tout pour sa plaidoirie d'introduction. Et les jurés burent ses paroles comme du petit-lait. Il commença par parler des petites filles, de l'amour particulier qu'on leur portait. Elles étaient bien différentes des petits garçons et avaient besoin de plus d'attention. Il leur parla de sa propre fille, et de la relation privilégiée qui existait entre un père et sa fille, un lien qui défiait toute analyse, un lien sacré. Il avoua son admiration pour Mr. Buckley. Personne ne saurait montrer autant de miséricorde et de compassion pour deux ivrognes sadiques qui auraient pu violer sa propre fille. C'était un grand homme, assurément. Mais en réalité, est-ce que vous, membres du jury, montreriez autant de compassion et d'indulgence si votre fille avait été violée, violée par ces deux brutes, ivres d'alcool et défoncés, qui l'avaient pendue à un arbre et qui...

– Objection ! hurla Buckley.

– Objection retenue, cria Noose en retour.

Jake ignora les cris et continua d'une voix posée. Il leur demanda de garder à l'esprit, durant tout le procès, ce qu'ils auraient ressenti s'ils avaient été à la place de son client. Il leur demanda de ne pas condamner Carl Lee, mais de le renvoyer auprès des siens. Jake ne fit pas la moindre allusion quant à la santé d'esprit de son client – tout le monde savait qu'on aborderait bientôt le sujet.

Jake termina son exposé rapidement et laissa aux jurés la preuve flagrante qu'ils avaient affaire à deux avocats de style radicalement opposé.

– C'est tout ? s'enquit Noose avec étonnement.

Jake acquiesça et se rassit à côté de son client.

– Parfait. Maître Buckley, vous pouvez appeler votre premier témoin.

– Le ministère public appelle Cora Cobb.

L'huissier partit chercher dans la chambre des témoins Mrs. Cobb. Il la fit entrer par la porte située à côté des bancs des jurés. Jean Gillespie lui fit prêter serment et la fit asseoir dans le fauteuil des témoins.

– Parlez dans le microphone, lui précisa l'huissier.

– Vous êtes Cora Cobb ? demanda Buckley en haussant la voix tandis qu'il installait son pupitre près de la rambarde.

– Oui, monsieur.

– Où habitez-vous ?

– Route 3, Lake Village, comté de Ford.

– Vous êtes bien la mère de feu Billy Ray Cobb ?

– Oui, monsieur, répondit-elle les larmes aux yeux.

C'était une femme de la campagne, abandonnée par son mari quand ses enfants étaient en bas âge. Elle les avait élevés toute seule en travaillant seize heures par jour dans une fabrique de meubles bon marché entre Karaway et Lake Village. Rapidement elle avait perdu toute autorité sur ses enfants. Elle avait une cinquantaine d'années et essayait d'en paraître quarante, mais ses cheveux teints et son maquillage outrancier la vieillissaient de dix ans.

– Quel âge avait votre fils au moment de sa mort ?

– Vingt-trois ans.

– Quand l'avez-vous vu pour la dernière fois en vie ?

– Quelques secondes avant qu'il ne soit abattu.

– Où ça ?

– Ici, dans cette salle.

– Où a-t-il été tué ?

– En bas de l'escalier.

– Avez-vous entendu les coups de feu lorsque votre fils a été tué ?

Elle éclata en sanglots.

– Oui, monsieur.

– Où l'avez-vous vu pour la dernière fois ?

– A la morgue.

– Et comment était-il ?

– Il était mort.

– J'en ai terminé, annonça Buckley.

– Maître Brigance, voulez-vous interroger le témoin ? demanda Noose.

C'était un témoin sans intérêt. Elle était citée devant la cour dans le seul but de confirmer la mort de la victime et de susciter un peu de sympathie parmi les jurés. Il n'y avait rien à gagner à l'interroger, et d'ordinaire Jake l'aurait laissée tranquille. Mais il vit une occasion à ne pas rater, histoire de donner le ton et de réveiller Noose, Buckley, le jury, et d'attirer l'attention du public. Elle n'était pas aussi pitoyable que cela et elle en faisait un peu trop. Buckley lui avait sûrement conseillé de pleurer.

– Juste quelques questions, Votre Honneur,

annonça Jake tandis qu'il passait derrière Buckley et Musgrove pour se diriger vers le fauteuil des témoins.

Le procureur du district sentit immédiatement les ennuis arriver.

– Mrs. Cobb, est-il exact que votre fils a été condamné pour trafic de drogue ?

– Objection ! rugit Buckley en se levant de son siège. Le casier judiciaire de la victime n'a pas à être cité !

– Objection retenue.

– Merci, Votre Honneur, répondit Jake affable, comme si Noose venait de lui accorder une faveur.

Elle s'essuya les yeux et pleura de plus belle.

– Votre fils avait vingt-trois ans au moment de sa mort, c'est bien ça ?

– Oui.

– Et à l'âge de vingt-trois ans, combien d'autres enfants a-t-il violés ?

– Objection ! Objection ! hurla Buckley en levant les bras au ciel. Il lança un regard désespéré à Noose, qui répondit aussitôt :

– Objection retenue ! Vos questions sont hors de propos, maître Brigance. Hors de propos !

Mrs. Cobb éclata en sanglots une nouvelle fois en poussant des petits cris plaintifs. Elle s'arrangea dans sa douleur pour rester devant le microphone, et ses gémissements retentirent dans la salle pétrifiée d'effroi.

– Il devrait être sanctionné, Votre Honneur ! lança Buckley, ses yeux et son visage luisant de fureur, le cou virant au pourpre.

– C'est un coup bas, Brigance, murmura Musgrove.

– Je réclame une sanction, implora Buckley, et demande au jury de ne pas prendre en compte cette question

– Désirez-vous réinterroger le témoin ? demanda Noose.

– Non, répondit Buckley en se précipitant, un

mouchoir à la main, vers Mrs. Cobb qui avait enfoui son visage dans ses mains et pleurait à gros sanglots.

– Vous pouvez regagner votre place, Mrs. Cobb, annonça Noose. Huissier, veuillez raccompagner le témoin.

L'huissier, avec l'aide de Buckley, prit Mrs. Cobb par le bras et la fit descendre du box des témoins. Ils passèrent devant les bancs des jurés, puis franchirent les portes de la rambarde et s'éloignèrent dans l'allée centrale. Elle pleurnichait et gémissait à chaque pas, et ses sanglots augmentaient à mesure qu'elle s'approchait des portes. Au moment de quitter la salle, elle poussa un cri déchirant de douleur.

Noose fixa Jake des yeux jusqu'à ce que le témoin soit sorti et que le silence soit revenu dans le tribunal. Puis il tourna la tête vers le jury et dit :

– Veuillez ne pas tenir compte, mesdames et messieurs, de la dernière question de maître Brigance.

– Pourquoi est-ce que tu as fait ça ? murmura Carl Lee à son avocat.

– Je t'expliquerai.

– Le ministère public appelle Earnestine Willard, annonça Buckley d'une voix plus faible et avec beaucoup moins d'assurance.

On alla chercher Mrs. Willard qui attendait dans la chambre des témoins, située au-dessus de la salle du tribunal. On lui fit prêter serment et on l'installa dans le fauteuil des témoins.

– Vous êtes bien Earnestine Willard ? demanda Buckley.

– Oui, monsieur, répondit-elle d'une voix frêle.

La vie avait été cruelle envers elle aussi, mais elle gardait une certaine dignité qui la rendait plus émouvante que Mrs. Cobb. Elle portait des vêtements bon marché, mais ils étaient propres et fraîchement repassés. Sa couleur de cheveux était plus discrète que celle noir corbeau qu'arborait

Mrs. Cobb. Son visage était moins peinturluré aussi. Quand elle se mit à pleurer, ses larmes furent sincères et discrètes.

– Et où habitez-vous ?

– A côté de Lake Village.

– Pete Willard était votre fils ?

– Oui, monsieur.

– Quand l'avez-vous vu pour la dernière fois en vie ?

– Ici même, dans cette salle, juste avant qu'il ne soit tué.

– Avez-vous entendu les coups de feu ?

– Oui, monsieur.

– Où l'avez-vous vu pour la dernière fois ?

– A la morgue.

– Comment était-il ?

– Il était mort, dit-elle en essuyant ses larmes avec un Kleenex.

– Je vous présente toutes mes condoléances, dit Buckley. Je n'ai plus de questions, ajouta-t-il en surveillant Jake du coin de l'œil.

– Maître Brigance, vous avez des questions à poser ? demanda Noose en regardant Jake d'un air également suspicieux.

– Juste une ou deux, répondit Jake. Bonjour, Mrs. Willard, je suis Jake Brigance.

Il se tenait derrière le pupitre et la regardait sans compassion.

Elle hocha la tête.

– Quel âge avait votre fils ?

– Vingt-sept ans.

Buckley s'assit sur le bord de sa chaise, prêt à bondir. Noose retira ses lunettes et se pencha. Carl Lee baissa la tête.

– En vingt-sept ans, combien d'autres enfants a-t-il violés ?

Buckley se leva d'un bond.

– Objection ! Objection !

– Objection retenue ! hurla Noose avec véhémence.

Les cris effrayèrent Mrs. Willard qui se mit à sangloter.

– Je veux une sanction, Votre Honneur ! Il mérite une sanction !

– Très bien, je retire la question, annonça Jake en regagnant son siège.

Buckley leva les bras au ciel.

– Mais c'est trop facile, Votre Honneur, je réclame une sanction.

– Je veux voir les avocats en chambre du conseil immédiatement, ordonna Noose.

Il renvoya le témoin et suspendit la séance jusqu'à 1 heure de l'après-midi.

Harry Rex attendait sur le balcon du bureau de Jake avec des sandwiches et un pichet de margarita. Jake déclina l'offre et but un jus de pamplemousse. Ellen accepta un verre – un tout petit, juste pour se détendre les nerfs. Pour la troisième fois consécutive, c'était Dell qui avait préparé le déjeuner et l'avait apporté en personne au bureau. Cadeau du Coffee Shop.

Ils mangèrent et se détendirent sur le balcon en regardant le remue-ménage autour du palais de justice.

– Que s'est-il passé dans le bureau du juge ? demanda Harry Rex.

Jake mangea du bout des dents un sandwich campagnard. Il répondit qu'il voulait parler d'autre chose que du procès.

– Qu'est-ce qui s'est passé chez le juge, bon Dieu !

– Les Cards sont troisièmes au championnat, vous étiez au courant, Row Ark ?

– Je croyais qu'ils étaient quatrièmes.

– Qu'est-ce que t'a raconté le juge ?

– Tu tiens vraiment à le savoir ?

– Oui, nom de Dieu !

– Très bien. Je vais aux toilettes et je te raconte ça en revenant.

– Row Ark, qu'est-ce qui s'est passé, dites-le-moi.

– Pas grand-chose. Noose a piqué une grosse colère, mais rien de sérieux. Buckley voulait du sang, et Jake lui a dit qu'il allait justement se faire péter une artère s'il continuait à s'énerver comme ça. Buckley était hors de lui, il accusait Jake de vouloir choquer le jury et échauffer les esprits. Ce furent ses propres termes, mot pour mot. Jake se contentait de lui sourire en lui disant : « Désolé, gouverneur. » A chaque fois qu'il disait gouverneur, Buckley se mettait à hurler. « Il m'a appelé gouverneur, Votre Honneur, faites quelque chose ! » Et Noose répondait : « Messieurs, je vous en prie, j'attends de votre part du professionnalisme. » Jake répondait : « Merci, Votre Honneur », attendait quelques minutes et l'appelait de nouveau gouverneur.

– Pourquoi est-ce qu'il a fait pleurer ces deux pauvres femmes ?

– C'était très intelligent de sa part, Harry Rex. Il a montré au jury, à Noose, à Buckley et à tout le monde que c'était sa salle de tribunal, et qu'il ne craignait d'y malmener personne. Il a porté le premier coup. Il a fait une telle frayeur à Buckley que plus jamais il ne se sentira tranquille. Noose respecte Jake parce qu'il n'est pas intimidé par lui. Les jurés sont effarés, mais il les a réveillés et leur a dit de la manière la plus brutale qui soit qu'ils se trouvaient sur son champ de bataille. C'était très finement joué.

– Ouais, c'est ce que je me suis dit.

– Ça ne nous a causé aucun tort, au contraire. Ces femmes cherchaient à s'attirer la sympathie du jury, mais Jake a rappelé ce qu'avaient fait leurs charmants bambins avant de mourir.

– Ces sales ordures !

– Si quelques jurés lui en tiennent rigueur, ils auront oublié leur rancœur depuis longtemps lorsque viendra l'heure d'entendre les témoins.

– Jake s'en sort pas mal, hein ?

– Il est bien. Très bien. C'est le meilleur que je connaisse de sa génération.

– Attendez de le voir pendant sa plaidoirie finale. J'en ai entendu deux. Il arriverait à s'attirer la sympathie d'un sergent de Marines.

Jake revint sur le balcon et se versa une petite margarita. Une toute petite, pour se détendre les nerfs. Harry Rex but comme un trou.

Ozzie fut le premier témoin de l'accusation à la réouverture de la séance. Buckley déploya de grands plans du rez-de-chaussée et du premier étage du palais de justice, et ils retracèrent ensemble les derniers mouvements de Cobb et Willard.

Puis Buckley sortit un jeu de dix photos couleurs 18 × 24 de Cobb et Willard gisant au pied de l'escalier. C'étaient des clichés terribles. Jake avait vu des centaines de photos de cadavres, et aucune n'était ragoûtante par nature, mais certaines étaient tout à fait supportables. Dans l'une de ses affaires, la victime avait été tuée d'une balle dans le cœur avec un 357. On l'avait retrouvée étendue simplement sur sa terrasse. C'était un homme solide et musclé, et la balle n'était pas ressortie du corps. Il n'y avait pas de sang, juste un petit trou dans sa salopette, puis un autre dans sa poitrine. On avait l'impression qu'il dormait sur sa terrasse, écroulé de sommeil ou d'alcool, comme Lucien. La scène n'avait rien de spectaculaire, et Buckley n'en tirait aucune gloriole. Il ne les avait pas fait agrandir. Il avait juste brandi les petits polaroïds sous le nez des jurés, en prenant un air dégoûté devant ces images révoltantes de propreté.

Mais la plupart des clichés étaient sinistres et écœurants, avec du sang du sol au plafond et des morceaux de chair répandus partout. Ces photos-là avaient droit à un agrandissement spécial ; le procureur les montrait en grande pompe à toute l'assistance et les décrivait par le menu avec l'aide d'une cohorte d'experts. A la fin, à force de voir les jurés se tordre le cou pour apercevoir les images, Buckley demanda poliment au juge la permission de montrer les photos aux jurés – requête qui ne se voyait jamais refusée. Alors les clichés passaient de main en main, et Buckley et toute l'assistance regardaient les visages se décomposer, passer de l'horreur au dégoût le plus total. Jake avait vu deux jurés vomir en découvrant les images d'un cadavre atrocement tailladé.

De telles photos faisaient beaucoup de mal et étaient des pièces très dangereuses qu'on ne pouvait refuser de verser aux débats. « Pièces à conviction », comme les appelait la Cour suprême. Ces clichés pouvaient aider les jurés à se faire une opinion, comme l'instituaient quatre-vingt-dix ans de jurisprudence. Au Mississippi, il était solidement admis que les photos des cadavres, quel que soit leur effet sur le jury, étaient des pièces incontournables du dossier.

Jake avait vu les photos de Cobb et Willard voilà plusieurs semaines. Il avait fait savoir son objection pour la forme, qui avait essuyé le rejet d'usage.

Les photos en question étaient collées sur des planches cartonnées comme pour une exposition. C'était une première. Il s'approcha du box du jury et donna la première photo à Reba Betts. C'était un gros plan du crâne et de la cervelle de Willard.

– Doux Jésus, souffla-t-elle avant de passer la photo à son voisin qui hoqueta à son tour.

Le cliché passa ainsi de main en main, jusqu'aux suppléants. Buckley le récupéra et en donna un autre à Reba Betts. Le petit manège dura ainsi pendant une demi-heure, jusqu'à ce que toutes les photos reviennent entre les mains du procureur. Puis il saisit le M-16 et le tint sous le nez d'Ozzie.

– Pouvez-vous identifier cette arme, shérif ?

– Oui. C'est l'arme trouvée sur les lieux du crime.

– Qui l'a découverte ?

– C'est moi.
– Et qu'en avez-vous fait ?
– Je l'ai glissée dans un sac en plastique et l'ai mise dans le coffre de mon bureau. Je l'ai gardée là jusqu'à ce que Mr. Laird vienne l'emporter pour l'examiner au laboratoire de la police criminelle de Jackson.
– Votre Honneur, l'accusation demande à ce que cette arme, pièce numéro S-13, soit versée aux débats, annonça Buckley en brandissant l'objet.
– Pas d'objection, répondit Jake.
– Nous en avons terminé avec ce témoin, dit Buckley.
– Vous avez des questions, maître Brigance ? demanda Noose.
Jake feuilleta ses notes en marchant lentement vers le pupitre. Il n'avait que deux ou trois questions à poser à son ami.
– Shérif, c'est vous qui avez arrêté Billy Ray Cobb et Pete Willard ?
Buckley recula sa chaise et posa son grand corps en équilibre sur le bord, prêt à bondir en hurlant si nécessaire.
– Oui, c'est moi, répondit le shérif.
– Pour quel motif ?
– Pour le viol de Tonya Hailey.
C'était exactement la réponse que Jake désirait entendre.
– Et quel âge avait-elle lorsqu'elle a été violée par Cobb et Willard ?
– Elle avait dix ans.
– Est-il vrai, shérif, que Pete Willard a signé des aveux qui...
– Objection ! Objection ! Votre Honneur ! C'est intolérable et Mr. Brigance le sait.
Ozzie répondit en hochant la tête malgré les objections du procureur.
– Objection retenue.
Buckley tremblait de fureur.
– Je demande que cette question ne figure pas

dans le compte rendu de la séance et que le jury n'en tienne pas compte.

– Très bien, je retire la question, annonça Jake en lançant un sourire à Buckley.

– Mesdames et messieurs, veuillez ne pas considérer la dernière question de maître Brigance, ordonna Noose aux membres du jury.

– J'en ai terminé, annonça Jake.

– Voulez-vous réinterroger votre témoin ? dit Noose.

– Non, Votre Honneur, répondit Buckley.

– Parfait. Shérif, vous pouvez disposer.

Le témoin suivant de Buckley était un expert en empreintes digitales, venant de Washington, qui passa une heure à expliquer aux jurés ce que tous savaient déjà. Le point crucial de son analyse résidait évidemment dans la comparaison des empreintes relevées sur le M-16 avec celles de Carl Lee Hailey. Vint s'asseoir ensuite l'expert en balistique de la police criminelle dont le témoignage fut aussi ennuyeux et inintéressant que celui de son prédécesseur. Oui, sans l'ombre d'un doute, les balles retrouvées sur le lieu du crime provenaient du M-16 posé sur cette table. C'était la conclusion de son rapport ; Buckley prit plus d'une heure avec force plans et schémas pour le faire savoir au jury. Jake appelait ça de la zélomanie aiguë. Un mal dont souffraient tous les procureurs.

La défense n'avait aucune question à poser aux deux experts et, à 5 heures un quart, Noose renvoya les jurés en leur interdisant formellement de discuter avec quiconque de l'affaire. Ils acquiescèrent tous poliment et quittèrent le tribunal. Noose abattit son maillet et suspendit la séance jusqu'à 9 heures le lendemain matin.

36

Le sens civique et la rigueur du service gérant le séjour des jurés étaient devenus rapidement irréprochables. Dès la deuxième nuit, tous les téléphones furent retirés dans le Temple Inn – ordre du juge. Certains vieux magazines offerts par la bibliothèque de Clanton circulèrent un moment et furent rapidement abandonnés sur les tables, puisque peu de jurés dans le groupe étaient intéressés par la lecture du *New Yorker*, du *Smithsonian* et de l'*Architectural Digest*.

– Vous n'avez pas des *Penthouse* ? murmura Clyde Sisco à l'huissier qui faisait sa ronde.

Il répondit que non, mais qu'il allait voir ce qu'il pouvait faire.

Confinés dans leurs chambres sans télévision, sans journaux, sans téléphone, les jurés n'avaient guère d'autres occupations que de jouer aux cartes et de parler du procès. Les aller-retour jusqu'au bout du couloir pour aller chercher des glaçons et des sodas devenaient une distraction très prisée ; dans les chambres, on organisait soigneusement les roulements. L'ennui gagnait tout le monde.

A chaque extrémité du couloir, deux gardes veillaient dans l'obscurité. Le silence et la solitude du lieu étaient seulement rompus par les allées et venues des jurés allant chercher des sodas au distributeur.

On se coucha tôt, et, lorsque les sentinelles vinrent frapper aux portes à 6 heures du matin, tous les jurés étaient réveillés – certains même étaient habillés. Ils dévorèrent leur petit déjeuner du jeudi composé de pancakes et de saucisses, et s'empressèrent de monter dans le Greyhound à 8 heures pour leur voyage jusqu'à leur salle de tribunal.

Pour le quatrième jour consécutif, la rotonde était noire de monde dès 8 heures du matin. Les spectateurs avaient appris à leurs dépens que la salle était comble à 8 heures et demie. Prather ouvrit la porte et la foule passa lentement à travers le détecteur de métal, sous l'œil vigilant des policiers, avant de remplir les bancs de la salle d'audience – les Noirs sur ceux de gauche et les Blancs sur ceux de droite. Le premier rang était encore une fois réservé par Hastings pour Gwen, Lester, les enfants et les proches de la famille. Agee et d'autres pasteurs de la congrégation s'installèrent au second rang avec le reste de la famille qui n'avait pu trouver de la place aux côtés de Gwen. Agee se devait de partager sa présence entre la salle et les manifestations au-dehors. En fait, il préférait de beaucoup être dans le tribunal. Il s'y sentait plus en sécurité, mais la masse de caméras et de journalistes qui grouillaient sur la pelouse lui manquait. A sa droite, de l'autre côté de l'allée centrale, se trouvaient la famille et les proches de Cobb et Willard. Pour l'instant, ils se tenaient tranquilles.

Peu avant 9 heures, Carl Lee fut conduit dans la salle d'audience. L'un des nombreux policiers qui l'escortaient lui retira ses menottes. Il lança un grand sourire à sa famille et s'assit sur sa chaise. Les avocats prirent place et la salle se tut progressivement. L'huissier jeta un coup d'œil dans la salle à côté du box des jurés ; satisfait de ce qu'il y vit, il ouvrit grande la porte et fit pénétrer les jurés dans la salle de tribunal. Chacun prit place dans le box. Mr. Pate suivait les préparatifs devant le seuil de la chambre du conseil. Lorsque tout fut terminé, il s'avança dans la salle et annonça :

– Mesdames et messieurs, la cour !

Icabod, enveloppé dans sa vieille robe noire fripée, se laissa tomber dans son fauteuil et demanda à tout le monde de s'asseoir. Il souhaita le bonjour au jury et lui demanda ce qui s'était passé ou ce qui ne s'était pas passé depuis la suspension de séance de la veille.

Il regarda tour à tour la table de la défense et celle de l'accusation.

– Où est maître Musgrove ?

– Il arrivera un peu en retard, Votre Honneur. Mais nous sommes prêts à poursuivre les débats, annonça Buckley.

– Appelez votre témoin suivant, ordonna Noose.

Le médecin légiste de la police criminelle, qui attendait dans la rotonde, entra dans la salle de tribunal. D'ordinaire, il n'aurait pas eu le temps de se déplacer et aurait envoyé un sous-fifre pour expliquer les causes du décès de Billy Ray Cobb et de Pete Willard. Mais il s'agissait du procès Hailey, et il tenait à venir rendre ses conclusions en personne. En fait, c'était le cas le plus simple qu'il eût jamais étudié : les corps avaient été retrouvés sur le lieu du crime, l'arme à côté d'eux, et il y avait assez de trous dans les corps de ces garçons pour les occire dix fois. Tout le monde savait comment les deux hommes étaient morts. Mais le procureur avait demandé une autopsie complète, si bien que le médecin s'installa dans le box des témoins le jeudi matin, les bras chargés de rapports d'expertises, de photos et de planches anatomiques multicolores.

Un peu plus tôt, dans le bureau du juge, Jake avait proposé d'annoncer simplement les causes des décès, mais Buckley avait refusé. Non, il tenait à ce que le jury entende et apprenne comment Cobb et Willard étaient morts.

– Mais nous reconnaissons qu'ils sont morts de multiples blessures par balles, provenant du M-16, avait déclaré Jake.

– Non, Votre Honneur, j'ai le droit de le démontrer, s'entêta Buckley.

– Mais puisque Jake est prêt à reconnaître les causes du décès... lança Noose, éberlué.

– Non, j'ai le droit d'en apporter la preuve, insista Buckley.

Alors preuve il y eut. Dans un accès classique de zélomanie, Buckley fit établir la cause des décès. Pendant trois heures, le médecin démontra combien de balles avaient reçues Cobb et Willard, et expliqua les dégâts terribles qu'avait causés chacune d'elles au cours de la pénétration dans les chairs. Les planches anatomiques furent punaisées sur des tableaux devant les jurés, et l'expert prit des pastilles de plastique numérotées, représentant chacune une balle, et simula lentement leur trajet à travers les corps des victimes. Quatorze pastilles pour Cobb et onze pour Willard furent nécessaires. Buckley menait les débats, faisait la demande et les réponses, interrompait l'exposé pour insister lourdement sur un point.

– Votre Honneur, nous sommes prêts à reconnaître les causes du décès sans réserve, lança Jake, ne tenant plus en place au bout d'une demi-heure.

– Pas question, rétorqua Buckley, faisant preuve d'une concision inattendue, avant de s'intéresser à la pastille suivante.

Jake s'affala sur sa chaise en secouant la tête et échangea un regard avec les jurés, du moins avec ceux qui ne dormaient pas.

Le médecin termina son exposé à midi et Noose, fatigué et abruti d'ennui, annonça une suspension de séance de deux heures. Les jurés furent réveillés par l'huissier et conduits dans la salle des délibérations. Ils mangèrent des travers de porc sauce barbecue dans des assiettes en plastique et sortirent les jeux de cartes. Ils n'avaient pas le droit de quitter la salle du tribunal.

Dans la moindre bourgade du Sud, il y avait toujours un gamin qui cherchait à se faire un peu d'argent. C'était le gosse de cinq ans qui vendait de la limonade dans la rue, au prix de vingt-cinq cents les vingt centilitres de bulles aux arômes chimiques. C'était parfaitement imbuvable, mais il savait que les adultes ne pouvaient résister à son charme. C'était le premier à acheter une tondeuse à gazon à crédit au bazar du coin et à sonner à toutes les portes en février pour prendre commande des tontes de l'été. C'était le premier à acquérir une bicyclette pour distribuer les journaux matin et soir, à vendre en août des cartes de Noël aux vieilles dames, à faire du porte-à-porte, en novembre, pour proposer des parts de cake. Les samedis matin, alors que ses camarades regardaient les dessins animés à la télévision, il allait vendre sur la place des cacahuètes et des corn dogs [1]. A l'âge de douze ans, il acquérait sa première patente et négociait déjà avec son banquier. A quinze ans, il payait comptant son premier pick-up le jour même où il décrochait son permis de conduire. Il achetait une remorque pour transporter tout son matériel de jardinage. Il vendait des T-shirts pendant les tournois scolaires de football. C'était un débrouillard, un milliardaire en puissance.

A Clanton, le gamin en question s'appelait Hinky Myrick et était âgé de seize ans. Il attendait impatiemment dans la rotonde que Noose suspende la séance pour le déjeuner. Il se faufila alors entre les policiers et pénétra dans la salle du tribunal. Les places étaient si convoitées que personne n'osait quitter le tribunal pour aller manger. Cer-

1. Sorte de hot dog, planté au bout d'un bâtonnet, où le pain est remplacé par de la chapelure à base de mais. *(N.d.T.)*

tains se levaient, regardaient leurs voisins, montraient leur siège du doigt afin que tout le monde sache qu'il leur était réservé pour la journée avant de faire un aller-retour aux toilettes. Mais la plupart restaient sur leur portion de banc si chèrement acquise et se privaient de déjeuner.

Hinky flairait les bonnes affaires. Il repérait les gens affamés. Ce jeudi-là, comme la veille, il avança dans l'allée centrale en poussant un caddie chargé de sandwiches en tout genre et de plateaux-repas. Il se mit à vanter la qualité de sa marchandise et à distribuer ses produits dans les rangs. Il progressait lentement vers le fond de la salle. C'était un requin sans scrupules. Il vendait deux dollars une salade au thon sur du mauvais pain, alors que ça lui coûtait quatre-vingts cents. Il faisait payer trois dollars une assiette de poulet froid avec trois feuilles de salade, pour un coût réel d'un dollar vingt-cinq. Le prix des sodas en boîte était d'un dollar cinquante. Mais tout le monde payait sans rechigner, trop heureux de pouvoir garder sa place. Tout était vendu avant même qu'il ait atteint le cinquième rang. Il prit ensuite les commandes pour le reste de la salle. Hinky était le héros du moment.

Il quitta le tribunal et traversa en courant la pelouse encombrée de manifestants pour se ruer chez Claude. Il fonça aux cuisines, sortit un billet de vingt dollars et passa ses commandes. Il attendit d'être servi en regardant impatiemment sa montre. Le cuisinier était trop lent à son goût. Hinky lui donna un autre billet de vingt.

Jamais un procès n'avait attiré autant de clients chez Claude. Au petit déjeuner et au déjeuner, son petit café était pris d'assaut, et des longues files d'attente de gens affamés se formaient sur le trottoir, attendant dans la fournaise qu'une table se libère. Après la marée humaine du lundi midi, Claude avait écumé Clanton pour acheter toutes les tables et chaises pliantes disponibles. A l'heure du déjeuner, les tables étaient si nombreuses que les serveuses devaient user d'adresse pour se faufiler entre les gens dont la grande majorité était noire. Le procès était le grand sujet de conversation. Le mercredi, on avait longuement critiqué la composition du jury. Le jeudi, les conversations tournèrent autour de l'inimitié que suscitait le procureur.

– Il paraît qu'il veut devenir gouverneur.

– C'est un démocrate ou un républicain ?

– Un démocrate.

– Il ne passera pas sans les voix des Noirs, pas dans cet État.

– Ouais, et il n'aura pas beaucoup de voix après ce procès.

– J'espère qu'il le sait.

– Il serait républicain que ça ne m'étonnerait pas.

Avant le procès, la pause déjeuner, à Clanton, commençait à midi moins dix, lorsque les petites secrétaires bronzées du palais de justice, des banques, des cabinets d'avocats et d'assurances quittaient leurs bureaux et envahissaient les trottoirs. Pendant la pause, elles faisaient leurs courses sur la place. Elles allaient à la poste, passaient à leur banque. Elles faisaient les boutiques. La plupart achetaient leur déjeuner au fast-food chinois et mangeaient sur les bancs du parc, sous les grands arbres de la place du palais. Elles se retrouvaient entre amies pour bavarder. A midi, on voyait plus de jolies filles dans le kiosque qu'à l'élection de Miss Mississippi. La sortie des employées de bureau donnait le coup d'envoi de la pause du déjeuner ; c'était une coutume à Clanton. Elles ne retournaient travailler qu'à 13 heures. Les hommes arrivaient à midi et regardaient les filles.

Mais le procès avait bouleversé ces belles habitudes. L'ombre des grands arbres était une zone d'affrontement. Les cafés étaient pleins, de 11 heures à 13 heures, de soldats et d'étrangers qui n'avaient pu trouver place dans la salle de tribunal. Le traiteur chinois était plein de visages inconnus. Les secrétaires faisaient leurs courses à la hâte et mangeaient dans leurs bureaux.

Au Tea Shoppe, les banquiers avec d'autres cols blancs discutaient de l'incidence du procès sur les affaires et de l'image qu'il renvoyait de Clanton. On s'inquiétait de la présence du Ku Klux Klan. Personne ne connaissait quelqu'un ayant des relations avec cette secte, que l'on croyait reléguée aux choses du passé dans le Nord-Mississippi. Mais les vautours adoraient les robes blanches. Et maintenant, pour tout le pays, Clanton était le siège du Ku Klux Klan. Ils étaient furieux que le Klan se soit montré dans leur ville. Et ils maudissaient la presse qui les incitait à s'y pavaner.

Pour le déjeuner du jeudi, le Coffee Shop proposait sa spécialité du jour : des bajoues de porc grillées, assorties de fanes de navets, ou des ignames confites avec de la purée de maïs ou des gombos frits. Dell servait les plats du jour dans une salle noire de monde, composée à parts égales d'étrangers, de soldats et d'habitués. La règle officieuse de n'adresser la parole à quiconque ayant une barbe ou un drôle d'accent était suivie à la lettre, et les habitants, d'ordinaire chaleureux, s'interdisaient de sourire ou de parler à leurs voisins. Les visages de marbre et les lèvres pincées avaient depuis longtemps remplacé les effusions de joie que l'on réservait aux visiteurs les premiers jours, après la fusillade. Trop de journalistes avaient trahi la confiance de leurs hôtes et avaient écrit des articles offensants et calomnieux sur le pays et ses habitants. Ils arrivaient par bandes des quatre coins du pays et se posaient en spécialistes d'un peuple et d'une région qu'ils ne connaissaient pas vingt-quatre heures plus tôt. C'était incroyable.

Les gens du coin les regardaient courir en tous sens sur la place, pour quémander une interview du shérif, du procureur, de l'avocat ou de n'importe qui ayant quelque chose à dire. Ils les voyaient faire le pied de grue derrière le palais comme des loups affamés, prêts à fondre sur l'accusé, qui arrivait invariablement entouré d'un cordon de policiers, et ignorait leurs cris et leurs sempiternelles questions. Les habitants les regardaient avec dégoût braquer leurs caméras sur les membres du Klan et les manifestants noirs les plus vindicatifs, toujours à la recherche de l'élément le plus extrémiste pour l'ériger en symbole du mouvement.

Et plus ils les regardaient, plus ils les haïssaient.

– Qu'est-ce que c'est que ce truc orange qu'elle a sur la gueule ? demanda Tim Nunley, en regardant une journaliste installée dans un car à côté des fenêtres du restaurant.

Jack Jones croqua un gombo et examina le visage orange.

– Je crois que c'est pour les caméras. C'est pour que son visage paraisse blanc à la télé.

– Mais il est blanc déjà.

– Je sais, mais il ne sera pas blanc à l'écran si elle ne se peinturlure pas la tronche.

Nunley ne semblait pas convaincu.

– Et comment ils font quand c'est un Noir ? demanda-t-il.

Personne ne put lui répondre.

– Vous l'avez vue hier soir aux infos ? demanda Jack Jones.

– Non. Elle est sur quelle chaîne ?

– La quatre. Celle de Memphis. Hier, elle a interviewé la mère de Cobb, et bien sûr elle s'est arrangée pour faire pleurer la pauvre vieille. Tout ce qu'ils ont montré, c'était l'autre en train de pleurer. C'était écœurant. La veille, elle avait demandé à des types du Klan de l'Ohio ce qui n'allait pas ici, dans le Mississippi. C'est la pire de toutes.

L'accusation acheva l'audition de ses témoins le jeudi après-midi. Après la pause de midi, Buckley fit monter Murphy dans le box. Pendant une heure, la salle dut subir les bafouillements incontrôlables du malheureux. Ce fut un moment douloureux pour tout le monde, presque insoutenable.

– Détendez-vous, Mr. Murphy, répéta une centaine de fois Buckley.

Il acquiesçait et avalait un verre d'eau. Il essayait le plus souvent possible de répondre oui ou non de la tête, mais la greffière mettait un temps fou à transcrire cette langue des signes.

– Je n'ai pas eu le temps de noter sa dernière réponse, annonçait-elle, adossée au box des témoins.

Alors il essayait de répondre oralement et butait le plus souvent contre les consonnes P et T. Il bredouillait quelque chose, se mettait à bafouiller et à crachoter des paroles inintelligibles.

– Je n'ai pas compris, finissait-elle par annoncer d'un air désolé.

Buckley soupirait. Les jurés remuaient sur leurs sièges. La moitié des spectateurs se rongeaient les ongles.

– Vous pouvez répéter ? demandait Buckley en déployant des trésors de patience.

– Je suis d-d-d-d-d-d-désolé, disait-il souvent en émouvant tout le monde.

Il ressortit finalement, de tous ces bredouillements, que le pauvre Murphy était en train de boire un Coca assis sur les marches de l'escalier qui faisait face à celui où avaient été tués les deux hommes. Il avait vu un Noir sortir d'un débarras à dix mètres de là. Mais il n'y avait pas prêté grande attention. Soudain, lorsque les hommes descendirent l'escalier, le Noir s'était avancé et avait ouvert le feu, en criant et en riant. Lorsqu'il eut fini, il jeta son fusil et s'en alla. Oui, c'était bien lui, celui qui était assis à cette table. Le Noir là-bas.

Noose semblait creuser des trous dans ses lunettes à force de les frotter. Lorsque Buckley en eut terminé avec Murphy, Son Honneur se tourna vers Jake en lui lançant un regard suppliant.

– Maître Brigance, vous avez des questions à poser au témoin ? demanda-t-il la mort dans l'âme.

Jake se leva, son carnet de notes à la main. La greffière le fixa des yeux. Harry Rex lui soufflait dans le dos de se rasseoir. Ellen ferma les yeux. Les jurés se tordirent les doigts en le suivant du regard.

– Ne fais pas ça, murmura Carl Lee.

– Non, Votre Honneur, nous n'avons pas de questions.

– Merci, maître Brigance, fit Noose, respirant à nouveau.

Le témoin suivant fut l'officier Rady, l'enquêteur du shérif. Il informa le jury qu'on avait retrouvé une boîte de soda dans le cagibi à côté de l'escalier, et que les empreintes sur la boîte en question correspondaient à celles de Carl Lee Hailey.

– Cette boîte était-elle vide ou pleine ? demanda Buckley en prenant un ton de tragédien.

– Vide.

Quel scoop ! songea Jake. C'est donc qu'il avait soif. On savait qu'Oswald avait mangé du poulet avant d'abattre Kennedy... Non, il n'avait aucune question à poser au témoin.

– Nous appelons notre dernier témoin, Votre Honneur, annonça Buckley d'un ton péremptoire à 16 heures. L'officier de police DeWayne Looney.

Looney, une canne à la main, se dirigea en claudiquant vers le box des témoins. Il retira son arme et la donna à Mr. Pate.

Buckley l'observa d'un air satisfait.

– Voulez-vous vous présenter, s'il vous plaît.

– Je m'appelle DeWayne Looney.

– Où habitez-vous ?

– 1468 Bennington Street à Clanton.

– Quel âge avez-vous ?

– Trente-neuf ans.

– Où travaillez-vous ?

– A la police municipale de Clanton.

– Quelle y est votre fonction ?

– Je travaille au standard.

– Quelle était votre fonction le lundi 20 mai ?

– J'étais shérif adjoint.

– Vous étiez en service ce jour-là ?

– Oui. Je devais escorter deux suspects de la prison au tribunal.

– Qui étaient ces deux suspects ?

– Billy Ray Cobb et Pete Willard.

– A quelle heure avez-vous quitté la salle d'audience ?

– A environ 13 heures trente.

– Qui était en service avec vous ?

– Marshall Prather. On avait tous les deux la charge des suspects. Il y avait d'autres policiers dans le tribunal en renfort, et deux ou trois hommes nous attendaient dehors. Mais c'est moi et Marshall qui avions la charge des prisonniers.

– Que s'est-il passé à la fin de l'audience ?

– Nous avons passé les menottes à Cobb et Willard, et les avons fait sortir de la salle. Nous les avons emmenés dans la petite pièce à côté et avons attendu quelques instants, le temps que Prather s'assure que la voie était libre.

– Ensuite ? Que s'est-il passé ?

– Nous avons descendu à notre tour les escaliers. Cobb en premier, suivi de Willard et de moi. Comme je l'ai dit, Prather était déjà en bas. Il nous attendait dehors.

– Oui, c'est entendu. Ensuite ?

– Lorsque Cobb est arrivé au pied de l'escalier, les tirs ont commencé. J'étais sur le palier, prêt à descendre. Au début, je n'ai rien vu, et puis j'ai aperçu Mr. Hailey avec le fusil-mitrailleur tirant sur tout ce qui bougeait. Cobb fut projeté par les impacts contre Willard. Ils s'écroulèrent en hurlant tous les deux, essayant de regagner le palier où je me trouvais.

– Très bien. Décrivez-nous ce que vous avez vu.

– Les balles ricochaient sur les murs, partout. Jamais je n'avais entendu des coups de feu aussi puissants, et cela a paru durer une éternité. Les types se tordaient au sol en hurlant, ils avaient des menottes aux poignets, vous savez.

– Oui, nous savons. Que vous est-il arrivé ?

– Comme je l'ai dit, je n'ai pas dépassé le palier. J'imagine qu'une des balles a dû ricocher et me toucher la jambe. J'essayais de remonter l'escalier lorsque j'ai senti une vive douleur dans le mollet.

– Qu'est-il arrivé à votre jambe ?

– Ils l'ont amputée, répondit simplement Looney, comme si l'opération datait de nombreux mois. Juste sous le genou.

– Avez-vous eu le temps de bien voir l'homme au fusil ?

– Oui, monsieur le Procureur.

– Vous pouvez l'identifier devant les membres du jury ?

– Oui. C'est Mr. Hailey, l'homme qui est assis à cette table.

Cette réponse aurait dû clore le témoignage de Looney. Il avait été concis, précis dans ses réponses et dans l'identification du prévenu. Le jury l'avait écouté attentivement. Mais Buckley et Musgrove déplièrent un plan du palais de justice et l'installèrent devant le jury. Looney dut s'en approcher en claudiquant, pour retracer, sous la houlette de Buckley, les mouvements de chacun avant la fusillade.

Jake se frotta le front et se pinça l'arête du nez. Noose se mit à nettoyer nerveusement ses lunettes. Les jurés remuèrent sur leurs sièges.

– La défense désire-t-elle interroger le témoin ? demanda finalement Noose.

– Juste quelques questions, répondit Jake tandis que Musgrove repliait plans et schémas pour faire de la place.

– Mr. Looney, quelles personnes Carl Lee Hailey regardait-il pendant qu'il faisait feu ?

– Les types en question, autant que je puisse m'en souvenir.

– Vous a-t-il regardé à quelque moment que ce soit ?

– Je ne sais pas trop. Je n'ai pas vraiment eu le temps de chercher son regard. En fait, je m'enfuyais dans la direction opposée.

– Donc, il ne vous visait pas ?

– Non, bien sûr que non. C'est après les deux types qu'il en avait. Et il ne les a pas ratés.

– Quelle attitude avait Mr. Hailey pendant qu'il faisait feu ?

– Il hurlait comme un fou en riant. C'est la chose la plus étrange que j'aie jamais vue, il était comme une espèce de dingue. Et vous savez, j'entendrai toujours ces rires. Malgré les coups de feu, le sifflement des balles, les hurlements des types se tordant par terre, j'entendais résonner son rire de dingue.

La réponse était tellement parfaite que Jake eut du mal à dissimuler son sourire. Lui et Looney avaient répété cet entretien plus de cent fois. Leur prestation touchait à la perfection absolue. Pas un mot de trop. Jake feuilleta son carnet de notes en jetant un coup d'œil sur les jurés. Ils fixaient tous Looney des yeux, abasourdis par ce qu'il venait de dire. Jake griffonna quelque chose, n'importe quoi, juste pour gagner quelques secondes avant de poser la question la plus importante du procès.

– Mr. Looney, Carl Lee Hailey vous a donc blessé à la jambe ?

– C'est exact, maître.

– Pensez-vous que ce fut intentionnel de sa part ?

– Oh non, maître. C'était un accident.

– Voulez-vous qu'il soit puni pour vous avoir blessé ?

– Non, maître. Je n'ai rien contre cet homme. Il a fait ce que j'aurais fait à sa place.

Buckley laissa tomber son stylo et s'affaissa dans son siège. Il regarda d'un air désespéré son témoin clé.

– Qu'entendez-vous par là ?

– Simplement que je ne veux pas qu'on le punisse pour ce qu'il a fait. Ces types avaient violé sa petite fille. J'ai moi-même une fille. Si quelqu'un y touche, je lui fais la peau. Je lui fais voler la tête en morceaux, exactement comme l'a fait Carl Lee. On devrait le décorer.

– Désirez-vous que le jury reconnaisse coupable Carl Lee ?

Buckley bondit en hurlant :

– Objection ! Objection ! Question irrecevable !

– Non ! s'écria Looney. Je ne veux pas qu'on le condamne. C'est un héros. C'est un...

– Ne répondez pas, Mr. Looney ! cria Noose. Ne répondez pas !

– Objection ! Objection ! continuait de scander Buckley, sautillant sur place.

– C'est un héros ! Laissez-le sortir ! hurla Looney sous le nez de Buckley.

– Silence ! Silence ! rugit Noose en abattant son marteau.

Buckley se tut. Looney aussi. Jake regagna son siège et dit :

– Je retire la question.

– Veuillez ne pas tenir compte de cette question, ordonna Noose au jury.

Looney lança un sourire aux jurés et quitta la salle en claudiquant.

– Appelez votre témoin suivant, lança Noose en retirant ses lunettes.

Buckley se leva lentement et, avec un masque de martyr de tragédie antique, il annonça :

– Votre Honneur, le ministère public en a terminé.

– Parfait, répliqua Noose.

Le juge se tourna alors vers Jake.

– Je crois savoir que vous avez une ou deux requêtes à soumettre à la cour, maître Brigance ?

– Oui, Votre Honneur.
– Très bien. Vous me les ferez savoir dans mon bureau.

Noose renvoya le jury avec les mêmes consignes que la veille et suspendit la séance jusqu'au vendredi matin.

37

Jake s'éveilla avant l'aube, avec un petit mal de crâne dû en partie à la fatigue et à la Coors, mais aussi au son lancinant de la sonnette résonnant sans discontinuer, comme pressée par un gros pouce rageur. Il ouvrit la porte d'entrée, en chemise de nuit, et cligna des yeux, tentant de reconnaître les deux silhouettes qui se tenaient sur le seuil. C'étaient Ozzie et Nesbit, décida-t-il au bout d'un moment.

– Qu'est-ce que je peux faire pour vous ? demanda-t-il en les faisant entrer.

– Ils vont te tuer aujourd'hui, annonça Ozzie.

Jake s'assit sur son canapé et se massa les tempes.

– Je suis déjà un mort vivant.

– Jake, c'est sérieux. Ils ont décidé de te descendre. Ils ont tout prévu.

– Qui ça, ils ?

– Le Ku Klux Klan.

– C'est Mickey Mouse qui t'a prévenu ?

– Ouais. Il a appelé hier pour me dire que quelque chose se tramait. Il a rappelé il y a deux heures : tu es l'heureux élu. Aujourd'hui, c'est le grand jour. Le jour où ils passent à l'action. Ils vont enterrer Stump Sisson ce matin à Loydsville, et il est temps de rendre les coups, œil pour œil, dent pour dent, et tout le toutim.

– Pourquoi moi ? Pourquoi ne flinguent-ils pas Buckley ou Noose, ou quelqu'un qui le mérite ?

– On n'a pas vraiment eu le temps de leur soumettre l'idée.

– Comment ils vont s'y prendre ? demanda Jake, se sentant soudain mal à l'aise en chemise de nuit sur son canapé.

– Il n'a pas précisé.

– Mais il le sait ?

– Il n'a pas trop donné de détails. Il a juste dit qu'ils allaient essayer le te tuer aujourd'hui.

– Et qu'est-ce que je suis censé faire ? Laisser tomber ?

– Quand comptes-tu te rendre à ton bureau ?

– Il est quelle heure ?

– Presque 5 heures.

– Dès que j'aurai pris une douche et enfilé quelque chose

– On t'attend.

A 5 heures et demie, ils entraient rapidement dans le bureau et fermaient la porte à double tour. A 8 heures, un peloton de soldats se rassembla sous le balcon, prêt à escorter l'homme qu'il devait protéger. Harry Rex et Ellen regardaient la scène depuis les fenêtres du premier étage du palais de justice. Jake sortit du bâtiment, coincé entre Ozzie et Nesbit, et les soldats se regroupèrent en formation serrée autour des trois hommes. Ils traversèrent la rue Washington en direction du tribunal. Les vautours flairèrent quelque chose et se ruèrent vers le groupe.

Le silo abandonné se trouvait à côté de l'ancienne voie de chemin de fer, à mi-hauteur sur le versant de la plus haute colline de Clanton et à cent cinquante mètres au nord-est du palais de justice. Le seul accès au silo était une petite piste gravillonnée complètement défoncée. L'endroit était tranquille ; la route ne retrouvait une allure et des dimensions raisonnables que passé la rue Cedar, au bas de la colline, avant de déboucher dans la rue Quincy, qui bordait le flanc est de la place.

Du haut du silo, le tireur d'élite avait une bonne vue de l'arrière du tribunal. Il s'accroupit dans l'obscurité et épaula son fusil à travers la petite ouverture, certain de son impunité. Le whisky fortifiait sa confiance, et annihilait tout tremblement lorsqu'il collait son œil sur le viseur. Il répéta un millier de fois ce geste entre 7 heures et demie et 8 heures, jusqu'au moment où il aperçut un remue-ménage devant le bureau de l'avocat du négro.

Un compère l'attendait dans un pick-up, caché dans un entrepôt désaffecté. Le moteur tournait et le chauffeur fumait comme un sapeur des Lucky Strike, attendant nerveusement que retentissent les détonations du fusil de chasse.

Le tireur, voyant le groupe d'hommes imbriqués traverser la rue Washington, se mit à paniquer. Dans sa lunette, il n'apercevait que par intermittence la tête de l'avocat, qui allait et venait devant ses yeux, au milieu d'un océan vert kaki, suivi par une meute de journalistes. Allez, vas-y, lui soufflait le whisky faisant naître en lui une sorte d'excitation. Il suivit les oscillations de la cible, et appuya sur la détente quand elle approcha les portes arrière du tribunal.

Le coup de feu claqua dans l'air. Un bruit sec caractéristique.

La moitié des soldats s'aplatirent au sol, les autres saisirent Jake sans ménagement et le tirèrent sous les arcades. Un garde se mit à hurler de douleur. Les journalistes et les équipes de TV se couchèrent par terre, tout en continuant à filmer la scène. Le soldat se tenait la gorge et recommença à hurler. Il y eut un autre coup de feu. Puis un autre encore.

– Il est blessé ! cria quelqu'un.

Les soldats s'approchèrent en rampant de leur camarade à terre. Jake partit se réfugier à l'intérieur du tribunal. Il se coucha derrière les portes, la tête enfouie dans les mains. Ozzie se tenait à côté de lui, observant la scène au-dehors.

Le tireur quitta le silo, jeta son fusil sur la banquette arrière et disparut avec son compère dans la campagne. Un enterrement les attendait dans le sud du Mississippi.

– Il est touché à la gorge ! s'écria un soldat tandis que ses compagnons faisaient reculer les journalistes.

Ils soulevèrent le blessé et l'emportèrent dans une jeep.

– Qui est-ce ? demanda Jake sans ôter les mains de ses yeux.

– Un des types de la garde, annonça Ozzie. Ça va ?

– Oui, je crois, répondit-il tout en se massant l'arrière du crâne, avant de regarder autour de lui. Où est ma mallette ?

– Elle est restée dehors dans l'allée, on va aller te la chercher. Ne t'en fais pas.

Ozzie décrocha son talkie-walkie de sa ceinture et lança ses ordres au central, demandant que tous ses hommes le rejoignent au tribunal.

Lorsqu'il fut évident qu'il n'y aurait plus d'autres coups de fusil, Ozzie rejoignit la troupe de soldats. Nesbit s'approcha de Jake.

– Ça va, Jake ? demanda-t-il.

Le colonel arriva en courant et en poussant des jurons.

– Qu'est-ce qui se passe ? demanda-t-il. J'ai entendu des coups de feu.

– Mackenvale a été touché.

– Où est-il ? dit le colonel.

– On l'emmène à l'hôpital, répondit un sergent en désignant la jeep qui disparaissait au bout de la rue.

– C'est grave ?

– Ça en a l'air. Il a reçu une balle dans la gorge.

– La gorge ? Pourquoi n'ont-ils pas attendu les secours ?

Pas de réponse.

– Quelqu'un a vu quelque chose ? demanda le colonel.

– Ça semblait venir de la colline, annonça Ozzie en tournant la tête vers la rue Cedar. Pourquoi ne pas envoyer une jeep jeter un coup d'œil là-haut ?

– Bonne idée.

Le colonel reprit en main ses hommes avec force jurons et obscénités et lança une série d'ordres précis. Les soldats s'égaillèrent dans toutes les directions, fusil à la main, prêts au combat, à la recherche d'un assassin qu'ils ne pouvaient identifier et qui était déjà loin du comté quand la patrouille investit l'ancien silo à grain.

Ozzie posa la mallette aux pieds de Jake.

– Comment va Jake ? s'enquit-il à voix basse auprès de Nesbit.

Harry Rex et Ellen se tenaient immobiles dans l'escalier où Cobb et Willard avaient été abattus.

– Je ne sais pas, il n'a pas bougé depuis dix minutes, répondit Nesbit.

– Jake, ça ne va pas ? demanda le shérif.

– Ça va, ça va, répondit-il lentement sans ouvrir les yeux.

Le soldat se trouvait juste à sa gauche, épaule contre épaule. Il venait de lui dire : « Que d'agitation pour rien », lorsqu'une balle lui avait percé la gorge. Il s'était écroulé sur Jake, s'était accroché à son cou en hurlant et pissant le sang. Jake était tombé avec lui avant d'être traîné en lieu sûr.

– Il est mort, hein ? demanda-t-il doucement.

– On ne sait pas encore, répondit Ozzie. Il est à l'hôpital.

– Il est mort. Je le sais. J'ai entendu sa gorge éclater.

Ozzie regarda Nesbit, puis Harry Rex. Quatre ou cinq taches de sang, grosses comme une pièce de monnaie, maculaient sa veste gris clair. Il était le seul à ne pas les avoir encore remarquées.

– Jake, tu as du sang sur ta veste, lui dit finalement Ozzie. Retournons à ton bureau pour que tu puisses te changer.

– A quoi bon ? marmonna-t-il la tête baissée.

Les autres se regardèrent, l'air incrédule.

Dell et les clients du Coffee Shop, sortis sur le trottoir, regardaient Jake traverser la rue et rejoindre son bureau sous bonne escorte, ignorant les questions stupides des journalistes. Harry Rex ferma la porte, laissant les gardes dehors. Jake monta à l'étage et retira sa veste.

– Dites, Row Ark, si vous nous faisiez une petite margarita ? lança Harry Rex. Je reste en haut avec lui.

– Monsieur le Juge, nous avons eu quelques ennuis, expliqua Ozzie tandis que Noose ouvrait sa mallette et ôtait sa veste.

– Quel genre ? demanda Buckley.

– On a essayé de tuer Jake ce matin.

– Quoi !

– Mais quand ? demanda Buckley.

– Il y a environ une heure. Quelqu'un a tiré sur Jake alors qu'il se rendait au tribunal. Avec un fusil à lunette. On n'a pas retrouvé le tireur. Ils ont raté Jake, mais un garde a été touché. Il est à l'hôpital, à l'heure qu'il est.

– Où est Jake ? demanda le juge.

– Il est retourné dans son bureau. Il est encore sous le choc.

– On le serait à moins, compatit Noose.

– Il voudrait que vous l'appeliez.

– Bien sûr. Ozzie composa le numéro et tendit l'appareil au juge.

– C'est Noose, annonça Harry Rex en donnant le téléphone à Jake.

– Bonjour.

– Comment ça va, Jake ?

– Pas trop bien. Je ne pourrai pas venir aujourd'hui.

Noose fut pris de court.

– Comment ça ?
– J'ai dit que je ne viendrai pas au tribunal aujourd'hui. C'est au-dessus de mes forces.
– Mais, Jake, tout le monde est là. Qu'est-ce que je vais faire ?
– A vrai dire, je m'en contrefiche, dit Jake en attaquant sa deuxième margarita.
– Pardon ?
– Je dis que je m'en contrefiche. Je me fiche de ce que vous allez faire. Je ne viendrai pas.
Noose secoua la tête et regarda l'écouteur d'un air ahuri.
– Vous êtes blessé ? demanda-t-il avec sollicitude.
– On vous a déjà tiré dessus, monsieur le Juge ?
– Non, Jake.
– Vous avez déjà vu un homme se faire descendre et hurler dans vos bras ?
– Non, Jake.
– Vous avez déjà été aspergé de sang ?
– Non, Jake.
– Je ne viendrai pas, un point c'est tout.
Noose réfléchit un moment.
– Venez me voir, Jake. On va en parler.
– Non. Je ne quitte pas mon bureau. C'est dangereux dehors.
– Et si je suspendais la séance jusqu'à 13 heures. Ça vous irait ?
– A cette heure-là, je serai ivre.
– Quoi !
– J'ai dit que je serai ivre.
Harry Rex s'enfouit le visage dans les mains. Ellen s'en alla à la cuisine.
– Et quand pensez-vous être dégrisé ? demanda Noose d'un ton sec. Ozzie et Buckley échangèrent un regard.
– Pas avant lundi.
– Et demain, c'est pour les chiens ?
– Demain, c'est samedi.
– Oui, je sais, mais j'avais prévu de tenir

audience demain. Nous avons un jury séquestré dans un motel, je vous le rappelle.

– D'accord. Je serai là demain matin.

– Voilà une bonne nouvelle. Qu'est-ce que je vais bien pouvoir dire aux jurés aujourd'hui ? Ils sont déjà dans leur box à nous attendre. La salle est bondée. Votre client est assis à la table de la défense tout seul. Qu'est-ce que je vais pouvoir raconter à tous ces gens ?

– Vous trouverez bien quelque chose, monsieur le Juge. Je vous fais confiance.

Jake raccrocha. Noose regarda, interloqué, l'écouteur, n'arrivant pas à croire que Jake lui avait raccroché au nez. Il rendit le combiné à Ozzie. Son Honneur se dirigea vers la fenêtre et retira ses lunettes.

– Il a dit qu'il ne viendrait pas aujourd'hui.

Contrairement à son habitude, Buckley resta silencieux. Ozzie prit la défense de Jake.

– Ça lui a vraiment fichu un sale coup.

– Il a bu ?

– Jake ? Bien sûr que non, rétorqua Ozzie. Il est juste complètement retourné d'avoir vu ce garçon se faire tuer. Il était juste à côté de Jake, et il a reçu la balle qui lui était destinée. Ça fait un sacré choc, monsieur le Juge.

– Il nous demande de suspendre la séance jusqu'à demain matin, annonça Noose à Buckley qui se contenta de hausser les épaules sans rien dire.

La nouvelle se répandit. Sous les fenêtres de Jake, c'était un défilé continuel. Les journalistes affluèrent et tapèrent aux fenêtres dans l'espoir de voir quelqu'un ou d'apprendre quelque chose d'intéressant. Des amis s'arrêtèrent pour prendre des nouvelles de Jake. Les journalistes leur apprirent que Jake Brigance s'était enfermé et ne laissait entrer personne. Non, il n'était pas blessé.

Le Dr. Bass devait témoigner le vendredi matin.

Lucien et le psychiatre entrèrent dans le bureau par la porte de derrière un peu avant 10 heures, et Harry Rex partit acheter de l'alcool.

La conversation avec Carla s'était rapidement révélée impossible. Trop de pleurs, trop d'hystérie. Il l'avait appelée après avoir bu trois verres ; c'était une erreur. Il avait expliqué au père de Carla qu'il était indemne et que la moitié de la garde nationale du Mississippi avait pour mission de le protéger. Tâchez de la calmer, lui avait-il demandé. Je rappellerai plus tard.

Lucien était furieux. Il avait réussi à empêcher Bass de se saouler le jeudi soir pour qu'il puisse témoigner le vendredi. Maintenant que son témoignage était repoussé au samedi, Lucien ne voyait pas comment il pourrait empêcher Bass de boire pendant deux jours d'affilée. Lucien pleurait aussi tous ces verres qu'ils avaient ratés la veille, et cela ne faisait qu'accroître sa fureur.

Harry Rex revint avec quatre bouteilles de vodka suédoise. Ellen et lui préparèrent le cocktail en se chamaillant à propos des ingrédients. Elle rinça le pot de la cafetière et le remplit d'un bloody-mary surdosé en vodka. Harry Rex ajouta une rasade généreuse de tabasco et fit le tour de la table de réunion pour remplir à ras bord les verres de sa délicieuse mixture.

Le Dr. Bass vida son verre d'un trait et en réclama encore. Lucien et Harry Rex s'interrogeaient sur l'identité du tireur. Ellen regardait Jake sans rien dire. Il était assis dans un coin et fixait du regard les rayonnages de la bibliothèque.

Le téléphone sonna. Harry Rex décrocha et écouta sans rien dire. Puis il raccrocha et annonça :

– C'était Ozzie. Le soldat est au bloc opératoire. La balle s'est logée dans la moelle épinière. Il va sans doute rester paralysé.

Ils burent tous une gorgée en silence. Jake se frotta le front et vida son verre ; les autres évitèrent de le regarder et firent comme si de rien n'était. Ce court moment de recueillement fut interrompu par les coups étouffés de quelqu'un qui frappait à la porte du fond.

– Va voir qui c'est, ordonna Lucien à Ellen.

– C'est Lester Hailey, annonça-t-elle en revenant dans la pièce.

– Laisse-le entrer, marmonna Jake de façon presque inintelligible.

Lester se joignit au groupe. On lui proposa un bloody-mary mais il refusa, préférant quelque chose à base de whisky.

– Bonne idée, dit Lucien. J'en ai assez de ces trucs pour femmes. Allons nous prendre un Jack Daniel's.

– Ça me paraît une bonne idée à moi aussi, ajouta Bass en vidant son verre.

Jake lança un faible sourire à Lester, puis s'abîma de nouveau dans la contemplation de sa bibliothèque. Lucien jeta un billet de cent dollars sur la table, et Harry Rex repartit chercher de l'alcool.

Ellen se réveilla des heures plus tard, couchée sur le canapé de Jake. La pièce était plongée dans le silence et la pénombre ; il planait encore une forte odeur d'alcool. Elle se leva avec précaution. Elle trouva son patron profondément endormi dans la petite pièce à côté, allongé à même le sol, sous le bureau. Tout était éteint. Elle descendit prudemment l'escalier noyé d'ombre. La salle de réunion était jonchée de bouteilles vides, de boîtes de bière, de gobelets en plastique et de boîtes de beignets de poulet. Il était 9 heures et demie du soir. Elle avait dormi cinq heures.

Elle pouvait passer la nuit chez Lucien, mais elle avait besoin de se changer. Il était inutile que son ami Nesbit l'emmène à Oxford puisqu'elle n'était pas saoule. En outre, Jake avait besoin de toute la protection possible. Elle ouvrit la porte et se dirigea vers sa voiture.

Ellen était presque arrivée à Oxford lorsqu'elle vit un gyrophare bleu dans son rétroviseur. Fidèle à son habitude, elle ne dépassait pourtant pas les soixante-quinze kilomètres à l'heure. Elle se rangea sur le bas-côté et fit le tour de sa voiture. Elle commença à chercher ses papiers dans son portefeuille à la lumière de ses feux arrière, en attendant l'arrivée des policiers.

Deux hommes en civil s'approchèrent.

– Vous avez bu, madame ? demanda l'un d'eux en crachant sa chique.

– Non, monsieur. Je cherche mon permis de conduire.

Elle s'accroupit devant ses feux et continua à fouiller dans son sac. On la frappa soudain par-derrière. Elle fut plaquée au sol et une grosse couverture tomba sur elle. Une corde se referma autour de sa poitrine et de sa taille. Elle se débattit en hurlant, mais elle n'offrit aux deux hommes qu'une piètre résistance. La couverture lui recouvrait la tête et lui emprisonnait les bras. Ils la ficelèrent solidement.

– Tiens-toi tranquille, salope ! Tiens-toi tranquille !

L'un d'eux retira les clés du contact et ouvrit le coffre. On la jeta à l'intérieur. La porte du coffre claqua au-dessus de sa tête. Le gyrophare bleu fut débranché et la vieille Lincoln démarra, suivie par la B.M.W. Ils bifurquèrent sur une petite route et s'enfoncèrent dans les bois. Ils prirent ensuite une piste en terre battue qui menait à un petit pré où quelques membres du Ku Klux Klan faisaient brûler une grande croix.

Les deux agresseurs enfilèrent rapidement leurs robes et leurs capuches et sortirent Ellen du coffre de sa voiture. On la jeta au sol et on retira la couverture. Ils la bâillonnèrent et la traînèrent jusqu'à un gros poteau planté à quelques mètres de la croix. On la ficela, dos aux hommes, face au piquet.

Elle vit les robes blanches et les capuches pointues, et tenta par tous les moyens de cracher le chiffon graisseux qu'on lui avait enfoncé dans la bouche. Elle ne fit que s'étouffer.

La croix en flammes éclairait le pré et soufflait des bouffées de chaleur qui commençaient à la brûler. Elle se mit à se contorsionner contre le poteau en poussant des petits sons étouffés.

Une silhouette masquée s'approcha d'elle. Elle entendait son souffle siffler sous sa cagoule.

– Sale pute à négros, lança-t-il avec un fort accent du Middle West.

Il l'empoigna par le col et déchira son chemisier en soie jusqu'à ce qu'il pende en lambeaux autour de son cou et de ses épaules. Ellen était pieds et mains liés au poteau. Il sortit un grand couteau et commença à taillader les restes du chemisier.

– Sale pute ! Sale pute !

Ellen voulut l'insulter, mais ses mots ne furent que des gémissements étouffés.

Il dégrafa sa jupe bleue en lin. Elle tenta de se débattre, mais la grosse corde lui enserrait les chevilles. Il planta la pointe de son couteau au bout de la fermeture Eclair et trancha la jupe jusqu'à l'ourlet. Il passa son bras autour de sa taille et arracha le vêtement d'un mouvement brusque. Le reste du groupe s'approcha.

Il lui donna des claques sur les fesses en lançant : « Jolies, très jolies. » Il recula d'un pas pour admirer son travail. Elle grogna en se tordant sur place, mais elle était à leur merci. Il abaissa la culotte d'Ellen jusqu'à mi-cuisses. Avec un geste théâtral, il trancha le fin tissu et fit descendre la culotte jusqu'à ses pieds. Il la prit et la jeta au pied de la croix en feu. Il coupa les bretelles du soutien-gorge qu'il envoya au même endroit. Elle se débattit et se mit à gémir de plus en plus fort. Le demi-cercle d'hommes s'avança en silence et s'arrêta à trois mètres d'elle.

La chaleur était insupportable, maintenant. Son

corps nu était luisant de sueur. Ses cheveux roux étaient collés à son cou et ses épaules. L'homme plongea de nouveau sa main sous sa robe et en sortit un fouet. Il le fit claquer à côté des oreilles d'Ellen qui sursauta. Il recula d'un pas, prenant soigneusement ses marques.

Il brandit son fouet en visant le dos nu d'Ellen. Le plus grand du groupe s'interposa en secouant la tête. Aucune parole, aucun mot ne fut échangé, mais le fouet disparut.

L'homme s'approcha d'elle, referma sa main sur son cou et commença à lui couper les cheveux avec son couteau. Il les saisissait à pleines mains, coupant de grandes mèches, parfois jusqu'à la racine. Il la rendait méconnaissable à mesure que ses cheveux s'amoncelaient à ses pieds. Elle gémissait, pétrifiée de terreur.

Ils se dirigèrent vers les voitures. Ils vidèrent un bidon d'essence dans la B.M.W. et l'un d'entre eux jeta une allumette.

Quand ils furent tous partis, Mickey Mouse sortit des fourrés. Il détacha Ellen et l'emmena dans une petite clairière. Il rassembla ses restes de vêtements et essaya tant bien que mal de l'en couvrir. Quand la voiture d'Ellen eut fini de brûler dans le chemin, il s'en alla. Il se rendit à Oxford, trouva une cabine téléphonique et appela le shérif du comté de Lafayette.

38

Il était rare qu'il y ait des audiences le samedi au tribunal, mais cela se produisait parfois, en particulier lors des procès pour meurtre, quand les jurés étaient assignés à résidence. Personne n'y trouvait à redire puisque cela signifiait que le procès finirait un jour plus tôt.

Les gens du coin étaient contents aussi. Le samedi était leur jour de congé et, pour la plupart des habitants du comté, c'était leur seule chance d'assister au procès. S'ils ne trouvaient pas de place dans la salle, ils pourraient toujours traîner autour du tribunal pour être aux premières loges. Qui sait, peut-être y aurait-il d'autres fusillades ?

A 7 heures du matin, les cafés du centre-ville étaient pleins à craquer. Pour un heureux qui obtenait une table, deux malheureux étaient refoulés et se retrouvaient à rôder sur la place du palais dans l'espoir de pouvoir s'asseoir dans la salle d'audience. La plupart s'arrêtaient un moment devant le bureau de l'avocat pour tenter d'apercevoir celui qu'on avait essayé de tuer la veille

Beaucoup se vantaient d'avoir été clients du grand homme.

Juste au-dessus de leurs têtes, l'homme en question était assis à son bureau et vidait un fond de bloody-mary restant de la veille. Il fumait un Roi-Tan, avalait des sachets d'aspirine et se massait les tempes pour tenter de réveiller ses méninges engourdies. Oublie ce soldat, se répétait-il depuis trois heures, oublie le Ku Klux Klan, les menaces, ne pense plus qu'au procès et qu'au Dr. W.T. Bass. Il fit une courte prière, demandant à Dieu que Bass ne soit pas ivre dans le box des témoins. Le psychiatre et Lucien avaient passé l'après-midi à boire et à discuter, s'accusant mutuellement d'être des ivrognes et de faire honte à leurs professions respectives. Ils avaient failli en venir aux mains au moment de s'en aller. Nesbit était intervenu et les avait ramenés chez eux en voiture. La curiosité des journalistes fut piquée au vif lorsqu'ils virent les deux hommes éméchés quitter le bureau de Jake, escortés par un policier, et monter dans une voiture de patrouille en continuant de se disputer – Lucien sur la banquette arrière, Bass à l'avant.

Jake étudia à nouveau le superbe rapport d'Ellen à propos des cas où la défense avait obtenu gain de cause en plaidant la folie. Il ne changea pratiquement rien à la série de questions qu'elle avait préparée pour Bass. Il examina le curriculum vitae de son spécialiste – il n'avait rien d'extraordinaire, mais il suffirait amplement pour le comté de Ford. Le psychiatre le plus proche se trouvait à cent kilomètres de là.

Le juge Noose jeta un coup d'œil sur le procureur, puis lança un regard plein de sympathie à Jake qui était assis à côté de la porte et contemplait le portrait jauni de quelque grand juge du passé accroché au-dessus de la tête de Buckley.

– Comment vous sentez-vous aujourd'hui, Jake ? s'enquit Noose.

– Très bien.

– Comment va le soldat ? demanda Buckley.

– Il est paralysé.

Noose, Buckley, Musgrove et Mr. Pate baissèrent ensemble les yeux, secouèrent la tête et marquèrent un court moment de recueillement.

– Où est votre assistante ? demanda Noose en regardant l'horloge murale.

Jake consulta sa montre.

– Je ne sais pas, elle devrait être là.

– Vous êtes prêt ?

– Bien entendu.

– Tout le monde est arrivé, Mr. Pate ?

– Oui, monsieur le Juge.

– Parfait, allons-y.

Noose s'installa sur son siège et, pendant dix minutes, présenta des excuses au jury pour l'annulation de la séance de la veille. Les jurés étaient les seules personnes de tout le comté à ne pas savoir ce qui s'était passé vendredi matin. Et il valait mieux qu'ils continuent de l'ignorer. Noose parla de contretemps de dernière minute et de la fatalité qui parfois s'abat sur les procès et bouscule une belle organisation. Quand il eut enfin terminé son laïus, les jurés ne tenaient plus en place et priaient pour que quelqu'un se décide enfin à commencer les auditions.

– Vous pouvez appeler votre premier témoin, maître Brigance, lança finalement Noose.

– J'appelle le Dr. W.T. Bass, annonça Jake en se dirigeant vers le pupitre.

Buckley et Musgrove échangèrent en souriant un regard sinistre.

Bass était assis à côté de Lucien, au second rang, au milieu de la famille Hailey. Il se leva bruyamment et se fraya un chemin jusqu'à l'allée centrale, écrasant les pieds de tout le monde et heurtant la tête de ses voisins avec sa grosse mallette de cuir complètement vide. Jake entendit un choc dans son dos, mais continua de sourire aux jurés comme si de rien n'était.

– Mais oui, mais oui, je le jure, répondit rapidement Bass quand Jean Gillespie lui fit prêter serment.

Mr. Pate le conduisit au box des témoins en lui disant, comme à ses prédécesseurs, de parler dans le microphone. Malgré sa superbe gueule de bois, le médecin paraissait étonnamment sobre et sûr de lui. Il avait revêtu sa plus belle veste anthracite, coupée sur mesure, et portait une chemise blanche au col amidonné, assortie d'un charmant nœud papillon rose bonbon qui lui donnait un petit air intellectuel. Il pouvait effectivement faire illusion en tant qu'expert. Malheureusement, malgré les objections de Jake, il avait aux pieds une paire de bottes de cow-boy gris argent en peau d'autruche – une paire flambant neuve qu'il avait payée plus de mille dollars. Il les avait portées onze ans plus tôt, à la demande de Lucien, la première fois que celui-ci lui avait demandé de venir certifier qu'un accusé était irresponsable au moment des faits. Et l'accusé, parfaitement sain de corps et d'esprit, s'était retrouvé à Parchman. Il les avait portées pour sa deuxième citation comme expert, toujours à la demande de Lucien. Et l'accusé avait rejoint son prédécesseur à Parchman. Pour Lucien, ces bottes étaient censées être des porte-bonheur.

Jake ne voulait pas entendre parler de ces bottes de malheur. Lucien avait rétorqué qu'elles pouvaient faire leur petit effet sur le jury. « Sûrement pas des bottes en peau d'autruche hors de prix ! avait contre-attaqué Jake. – Ils ne verront pas que c'est de l'autruche », avait répliqué Lucien. Mais Jake ne voulait pas céder. Les rednecks feront davantage confiance à quelqu'un qui porte les mêmes bottes qu'eux, lui avait expliqué Lucien. Dans ce cas, avait dit Jake, qu'il enfile donc une paire de bottes de chasse couvertes de boue, des bottes qui ressemblent réellement aux leurs. « Mais elles jureraient avec le reste de mes vêtements », était intervenu Bass.

Il croisa les jambes, posant son pied droit sur son genou gauche, pour que tout le monde voie bien ce qu'il avait aux pieds. Il regarda tour à tour ses bottes et les jurés avec un sourire béat. Jamais peau d'autruche n'avait été objet de tant de fierté.

Jake consulta ses notes derrière le pupitre et aperçut les bottes qui brillaient au-dessus de la rambarde du box des témoins. Bass n'en finissait pas de les admirer. Les jurés ne savaient encore qu'en penser. Jake s'éclaircit la gorge et retourna à ses notes.

– Veuillez vous présenter, s'il vous plaît.

– Dr. W.T. Bass, répondit-il, oubliant enfin ses bottes.

Il fit un grand sourire à Jake.

– Où habitez-vous ?

– 908, West Canterbury, à Jackson.

– Quelle est votre profession ?

– Je suis médecin.

– Vous avez une licence pour pratiquer dans le Mississippi ?

– Oui.

– Depuis quand exercez-vous ?

– Depuis le 8 février 1963.

– Avez-vous une licence pour pratiquer dans un autre Etat ?

– Oui.

– Lequel ?

– Le Texas.

– Quand avez-vous obtenu cette licence ?

– Le 3 novembre 1962.

– Dans quelle faculté avez-vous fait vos études ?

– J'ai eu mon baccalauréat au lycée de Millsaps, en 1956, et mon diplôme de docteur en médecine à la faculté de médecine de Dallas, au Texas, en 1960.

– Est-ce une université reconnue par l'Etat ?

– Oui.

– Par quel organisme ?

– Par le ministère de l'Education et par le ministère de la Santé, ainsi que par le Conseil supérieur de l'ordre des Médecins et par l'autorité de tutelle de l'Etat du Texas.

Bass se détendit un peu, décroisa ses jambes pour exhiber sa botte gauche. Il se balançait doucement dans le confortable fauteuil pivotant, tourné de trois quarts vers le jury.

– Où avez-vous été interne et pendant combien de temps ?

– Après mon diplôme de la faculté de médecine, j'ai passé un an comme interne au Rocky Mountain Medical Center de Denver.

– Quelle a été votre spécialisation ?

– La psychiatrie.

– Expliquez-nous en quoi cela consiste.

– La psychiatrie est la branche de la médecine qui s'occupe des troubles de l'esprit. Elle a affaire le plus souvent – mais pas exclusivement – aux divers dysfonctionnements mentaux dont la base organique nous reste encore inconnue.

Jake commençait à reprendre confiance. Il était sur le qui-vive depuis que Bass était monté dans le box des témoins, mais finalement son médecin ne s'en sortait pas mal du tout.

– Très bien, docteur, dit-il en s'approchant nonchalamment des bancs des jurés. Voulez-vous maintenant décrire au jury en quoi a consisté votre spécialisation en psychiatrie ?

– Ma spécialisation a consisté en deux ans de travail à l'hôpital psychiatrique du Texas, qui est un centre de formation reconnu par l'Etat. Je me suis occupé, en tant que médecin, de patients psychotiques et psychoneurotiques. J'ai étudié la psychologie, la psychopathologie, la psychothérapie et les thérapies physiologiques. Cette formation, supervisée par d'éminents professeurs en psychiatrie, incluait un enseignement des aspects psychiatriques en médecine générale, chez l'enfant, l'adolescent et l'adulte.

Jake doutait que quiconque dans la salle eût compris ce que venait de dire Bass. Mais ces paroles sortaient de la bouche d'un homme aux allures soudaines de savant ou d'expert. Il fallait être un homme d'une grande culture et d'une grande intelligence pour prononcer des mots compliqués comme ceux-là. Avec son vocabulaire et son nœud papillon, en dépit de ces bottes d'un goût douteux, Bass augmentait sa crédibilité à chaque réponse.

– Etes-vous membre du Conseil de l'ordre des Médecins en psychiatrie ?

– Bien entendu, répondit-il avec assurance.

– Dans quelle branche êtes-vous diplômé ?

– Je suis diplômé en psychiatrie.

– Et quand avez-vous obtenu ce diplôme ?

– En avril 1967.

– Que faut-il faire pour être reconnu par le Conseil de l'ordre des Médecins en psychiatrie ?

– Le candidat doit passer des examens oraux et écrits, et réussir des épreuves pratiques devant le jury du Conseil.

Jake consulta ses notes et remarqua l'œillade que Musgrove lançait à Buckley.

– Docteur, êtes-vous membre d'une quelconque association de professionnels de la médecine ?

– Oui.

– Nommez-les, je vous en prie.

– Je suis membre de l'American Medical Association, de l'American Psychiatric Association et de la Mississippi Medical Association.

– Depuis combien de temps exercez-vous la psychiatrie ?

– Depuis vingt-deux ans.

Jake fit trois pas vers le siège du juge et soutint le regard de Noose.

– Votre Honneur, la défense propose le Dr. Bass comme expert en psychiatrie.

– Très bien, répondit Noose. Désirez-vous interroger le Dr. Bass, maître Buckley ?

Le procureur se leva avec son carnet de notes.

– Oui, Votre Honneur. Juste une ou deux questions.

Surpris mais confiant, Jake regagna sa place à côté de Carl Lee.

Ellen n'était toujours pas arrivée.

– Docteur Bass, êtes-vous, à votre avis, un expert en psychiatrie ? demanda Buckley.
– Oui.
– Avez-vous enseigné la psychiatrie ?
– Non.
– Avez-vous publié le moindre article dans une revue spécialisée en psychiatrie ?
– Non.
– Avez-vous publié le moindre livre ou traité de psychiatrie ?
– Non.
– Bien. J'ai cru comprendre que vous étiez membre de l'A.M.A., de la M.M.A. et de l'American Psychiatric Association ?
– Oui.
– Avez-vous travaillé, à quelque poste que ce soit, dans ces associations ?
– Non.
– Exercez-vous, en temps que médecin ou psychiatre, une activité dans un hôpital aujourd'hui ?
– Non.
– Avez-vous travaillé pour quelque organisme médical fédéral ou national ?
– Non.
La belle assurance du Dr. Bass quittait son visage, et sa voix commençait à chevroter. Il jeta un regard vers Jake, qui avait le nez plongé dans un dossier.
– Docteur Bass, exercez-vous aujourd'hui à plein temps dans le domaine de la psychiatrie ?
L'expert hésita et chercha Lucien du regard, assis au second rang.
– Je vois des patients régulièrement.
– Combien de patients recevez-vous dans votre cabinet et à quelle fréquence ? attaqua Buckley avec arrogance.
– J'en reçois cinq à dix par semaine.
– Un ou deux par jour, c'est bien ça ?
– En gros, oui.
– Et vous vous considérez comme un praticien à plein temps ?

– Je décide seul de mon emploi du temps.

Buckley jeta son carnet sur la table et se tourna vers Noose.

– Votre Honneur, le ministère public refuse que cet homme témoigne dans ce tribunal comme expert en psychiatrie. Il est évident qu'il n'en a pas les compétences.

Jake s'était levé, prêt à protester.

– Objection rejetée, maître Buckley. Vous pouvez poursuivre, maître Brigance.

Jake rassembla ses dossiers et retourna au pupitre, sachant que la suspicion du procureur avait réussi à déstabiliser son témoin clé. Bass cacha ses bottes.

– Bien. Docteur Bass, avez-vous examiné l'accusé Carl Lee Hailey ?

– Oui.

– Combien de fois ?

– Trois fois.

– Quand l'avez-vous vu pour la première fois ?

– Le 10 juin.

– Quel était le but de cet examen ?

– Il s'agissait de déterminer la condition mentale de l'accusé et celle qu'il avait le 20 mai, lorsqu'il a tiré sur Mr. Cobb et Mr. Willard.

– Où a eu lieu cet examen ?

– A la prison du comté de Ford.

– Etiez-vous seul pour mener cet examen ?

– Oui. Juste moi et Mr. Hailey.

– Combien de temps a duré ce premier entretien ?

– Trois heures.

– Avez-vous parlé de ses antécédents médicaux ?

– Dans le menu détail. Nous avons longuement parlé de son passé.

– Qu'avez-vous appris ?

– Rien de particulier, si ce n'est son séjour au Vietnam.

– Expliquez-vous, s'il vous plaît.

Bass croisa les mains sur sa petite bedaine et, très intelligemment, il regarda l'avocat de la défense d'un air renfrogné.

– Vous savez, Mr. Brigance, comme la plupart des vétérans du Vietnam à qui j'ai eu affaire, Mr. Hailey a gardé des séquelles indélébiles de cette terrible expérience.

La guerre c'est l'enfer sur terre, songea Carl Lee. Il écoutait attentivement à présent. Le Vietnam était un souvenir douloureux. Il avait été blessé. Il y avait perdu des amis. Il avait tué des gens, beaucoup de gens. Il avait tué des enfants, des petits Vietnamiens armés de fusils et de grenades. C'était une sale guerre. Il aurait aimé ne jamais aller là-bas. Il en rêvait souvent; il en faisait encore des cauchemars. Mais il ne se sentait pas traumatisé ou tourmenté pour autant – pas plus par cette guerre que par la mort de Cobb et Willard. En fait, il était plutôt content de les avoir occis. Eux comme les Viets.

Il avait expliqué tout ça à Bass en prison, et le médecin avait semblé trouver la chose parfaitement normale. Ils ne s'étaient vus que deux fois, et jamais plus d'une heure.

Carl Lee observait le jury en écoutant l'expert-psychiatre s'étendre en longueur sur les tragiques épreuves qu'il avait vécues au Vietnam. Le langage de Bass avait changé de registre. Il décrivait, dans un jargon scientifique, les séquelles qu'avait laissées la guerre sur Carl Lee. Ça semblait crédible aux néophytes qu'il avait devant lui. Bass parlait de cauchemars récurrents auxquels Carl Lee n'avait guère prêté attention, mais qui, d'un point de vue clinique, étaient extrêmement significatifs.

– A-t-il volontiers parlé du Vietnam ?

– Pas vraiment, répondit Bass, avant de se lancer dans une longue analyse, expliquant les difficultés qu'il avait rencontrées à extirper ces souvenirs douloureux de son esprit tourmenté, et sans doute déséquilibré.

Carl Lee n'avait pas eu cette impression, mais il écouta sagement les explications du médecin avec un certain malaise, se demandant pour la première fois de sa vie s'il n'était pas effectivement un peu dérangé.

Au bout d'une heure, tous les effets de la guerre avaient été analysés en détail. Jake décida de changer de sujet.

– Très bien, docteur Bass, dit Jake en se grattant le front. Mis à part le Vietnam, y a-t-il eu dans la vie de Carl Lee des événements susceptibles d'affecter son équilibre mental ?

– Non, à l'exception du viol de sa fille.

– Vous en avez parlé ?

– En détail, oui, au cours des trois examens.

– Pouvez-vous expliquer au jury quels effets a eus ce viol sur le psychisme de Mr. Hailey ?

Bass se frotta le menton et parut hésiter.

– Pour être franc, maître Brigance, cela risque d'être un peu long si vous tenez à ce que j'analyse réellement les conséquences de ce viol.

Jake hésita un moment, faisant mine de méditer la question.

– Vous pouvez peut-être tenter de nous en donner les grandes lignes ?

– Je vais essayer.

Lucien commença à se lasser d'écouter Bass. Il tourna la tête vers le jury, dans l'espoir de faire un petit signe à Clyde Sisco qui ne prêtait plus attention aux paroles du médecin. Malheureusement, il semblait abîmé dans la contemplation des bottes en autruche. Lucien continua à le surveiller du coin de l'œil, prêt à croiser son regard sitôt qu'il relèverait la tête.

Enfin, tandis que Bass se perdait dans ses explications, Sisco releva les yeux vers Carl Lee, regarda Buckley, puis l'un des journalistes du premier rang. Son regard s'arrêta enfin sur le vieil homme barbu aux yeux injectés de sang qui lui avait fait gagner une fois quatre-vingt mille dollars pour avoir fait son devoir de citoyen et avoir rendu le verdict escompté. Ils se regardèrent un long moment et échangèrent un sourire entendu. Combien ? disaient les yeux de Lucien. Sisco reporta son attention sur le témoin, mais la seconde suivante il regardait de nouveau Lucien. Combien ? disait Lucien en remuant les lèvres.

Sisco détourna les yeux et regarda Bass, réfléchissant à un prix honnête. Il releva la tête vers Lucien, se gratta la barbe, puis, brusquement, tout en regardant Bass, il dressa ses cinq doigts tendus devant son visage et se mit à tousser. Il fit une seconde fois le même signe, sans quitter l'expert des yeux.

Cinq cents ou cinq mille ? se demanda Lucien. Connaissant Sisco, cela devait plutôt être cinq mille, voire cinquante mille. Peu importe, Lucien paierait. Son aide n'avait pas de prix.

A 10 heures et demie, Noose avait nettoyé ses lunettes une bonne centaine de fois et avalé une dizaine de tasses de café. Sa vessie commençait à se faire douloureusement sentir.

– Il est temps de faire une pause. L'audience reprendra à 11 heures, lança-t-il en abattant son marteau, avant de quitter la salle.

– Comment je m'en sors ? s'enquit Bass d'un air inquiet.

Il suivit Jake et Lucien jusqu'à la bibliothèque du deuxième étage.

– Vous êtes très bien, répondit Jake. Mais cachez vos bottes !

– Les bottes sont essentielles, protesta Lucien.

– Il me faut un petit verre, implora Bass.

– Pas question, dit Jake.

– Moi aussi, ajouta Lucien. Allons nous en jeter un dans ton bureau.

– Bonne idée ! lança Bass.

– Pas question, répéta Jake. Vous êtes à jeun et vous êtes parfait.

– On a une demi-heure devant nous, lança Bass

en emboîtant le pas à Lucien que se dirigeait vers l'escalier.

– Non. Ne fais pas ça, Lucien! s'écria Jake.

– Juste un, répliqua Lucien en levant un doigt. Un seul.

– Il n'y en a jamais qu'un, avec vous.

– Viens avec nous, Jake. Ça va te détendre.

– Un tout petit!... cria Bass en disparaissant dans l'escalier.

A 11 heures, Bass se rassit dans le fauteuil des témoins, et contempla les jurés avec des yeux brillants. Il leur lança un grand sourire, presque en gloussant. Il entendait les crayons des dessinateurs courir sur les carnets de croquis; il prit la pose, essayant d'avoir l'air le plus professionnel possible. Il se sentait beaucoup plus détendu, effectivement.

– Docteur Bass, connaissez-vous l'affaire M'Naghten qui a fait jurisprudence en matière de responsabilité pénale?

– Bien entendu! répliqua Bass avec un air suffisant.

– Pouvez-vous expliquer ce cas de jurisprudence aux membres du jury?

– Avec plaisir. La jurisprudence du procès M'Naghten est le point de référence en matière de responsabilité pénale dans l'Etat du Mississippi comme dans quinze autres Etats. L'affaire s'est produite en Angleterre, en 1843, lorsqu'un certain Daniel M'Naghten a tenté d'assassiner le Premier ministre, Sir Robert Peel. L'homme a manqué sa cible et tué le secrétaire du Premier ministre, Edward Drummond. Au cours du procès, il a été mis clairement en évidence que M'Naghten souffrait de ce qu'on appelle une schizophrénie paranoïaque. Le jury a déclaré l'accusé non coupable, pour des raisons mentales. Depuis, ce verdict a fait jurisprudence et est devenu une règle de droit. Elle est toujours en vigueur en Angleterre et dans seize Etats des Etats-Unis.

– Que dit donc cette loi M'Naghten ?
– C'est très simple. Tout homme est présumé sain de corps et d'esprit, et pour avancer que l'accusé n'est pas responsable de ses actes, il faut qu'il soit démontré que l'accusé en question était, au moment des faits, sous l'emprise d'un trouble psychique dû à une maladie mentale et qu'il n'avait conscience ni de la nature, ni des conséquences de ses actes, ni qu'il était en train de commettre un crime répréhensible.
– Vous pouvez résumer ça en deux mots ?
– Oui. Si un accusé ne peut faire la distinction entre le bien et le mal, il est fou d'un point de vue légal.
– Vous pouvez préciser ce qu'on entend par folie ?
– Cette notion n'a aucun fondement médical en soi. Ce n'est qu'un critère juridique pour définir l'état mental d'un individu à un moment donné.
Jake prit une profonde inspiration et se lança :
– Maintenant, docteur, à la lumière des entretiens que vous avez eus avec l'accusé, avez-vous pu définir l'état mental de Carl Lee Hailey le 20 mai dernier, lorsqu'il a tué ces deux hommes ?
– Oui.
– Et quel était-il, selon vous ?
– Selon moi, répondit lentement Bass, l'accusé a rompu tout contact avec la réalité en apprenant que sa fille avait été violée. Lorsqu'il l'a vue juste après l'agression, il ne l'a même pas reconnue. Lorsqu'on lui a dit qu'elle avait été violée plusieurs fois par deux hommes, qui avaient tenté de la pendre à un arbre et l'avaient rouée de coups, quelque chose s'est brisé dans l'esprit de Carl Lee. C'est une description simpliste, mais cela traduit assez bien ce qui s'est passé. Quelque chose s'est brisé et il a perdu pied avec la réalité.
« Ils doivent mourir. » Voilà ce qu'il s'est dit lorsqu'il les a vus pour la première fois à l'audience. Il ne comprenait pas pourquoi les poli-

ciers les protégeaient. Il s'attendait, à tout moment, à voir un flic sortir son pistolet et leur faire éclater la cervelle. Mais les jours passèrent, et personne ne fit quoi que ce soit. Alors, peu à peu, il s'est forgé, dans son esprit, l'idée que c'était à lui de s'en charger. Je veux dire qu'il s'est peu à peu persuadé que la société attendait qu'il exécute ces deux hommes pour le viol de sa petite fille.

« Ce que j'essaie de vous dire, maître Brigance, c'est que, d'un point de vue psychique, cet homme a perdu le contact avec le monde extérieur. Il s'est réfugié dans un autre monde. C'était un homme coupé de la réalité. Un homme brisé mentalement.

Bass savait qu'il s'en sortait bien. Il s'adressait maintenant aux jurés, et non plus à l'avocat.

– Le lendemain du viol, il parla à sa fille à l'hôpital. La petite pouvait à peine articuler un mot parce qu'elle avait les deux mâchoires brisées, mais elle réussit à lui faire comprendre qu'elle l'avait vu dans les bois, venir à son secours, et qu'elle ne comprenait pas pourquoi il avait disparu. Vous imaginez ce que ces paroles peuvent avoir comme effet sur un père. Elle lui raconta plus tard que lorsqu'elle l'avait appelé, les deux hommes s'étaient moqués d'elle et lui avaient dit qu'elle n'avait pas de père.

Jake laissa ces paroles s'imprégner dans le cerveau des jurés. Il consulta les questions préparées par Ellen. Il n'en restait plus que deux.

– Bien. Docteur Bass, en vertu des entretiens que vous avez eus avec Carl Lee Hailey, et de votre appréciation quant à son état mental au moment des faits, êtes-vous en mesure de nous dire, en tant que médecin et psychiatre, si Carl Lee Hailey était, au moment de la fusillade, capable de faire la distinction entre le bien et le mal ?

– Oui, sans aucun doute.

– Et quel est votre avis, en l'occurrence ?

– En regard de son état mental du moment, il était totalement incapable de faire la distinction entre le bien et le mal.

– Est-ce que vous pouvez nous dire, en se fondant sur les mêmes critères, si Carl Lee était en mesure d'apprécier ou non la nature et la conséquence de ses actes?

– Je peux vous répondre sans ambiguïté.

– Et quelle est votre opinion, à cet égard?

– Mon opinion, en tant qu'expert-psychiatre, c'est que Carl Lee Hailey était totalement incapable d'apprécier la nature et les conséquences de ses actes.

– Merci, docteur. Le témoin est à vous.

Jake rassembla ses papiers et regagna tranquillement sa place. Il jeta un coup d'œil à Lucien, qui hochait la tête en souriant. Il regarda furtivement les jurés. Ils observaient Bass, encore sous le coup de son témoignage. Wanda Womack, une jeune femme à l'air sympathique, regarda Jake et esquissa un sourire. C'était le premier signal positif que lui renvoyait le jury depuis l'ouverture du procès.

– Pour l'instant, ça ne se passe pas trop mal, chuchota Carl Lee.

Jake lui fit un sourire.

– Te voilà un fin psychologue!

– Voulez-vous interroger le témoin? demanda Noose à Buckley.

– Juste une ou deux questions, annonça Buckley en s'emparant du pupitre.

Jake ne voyait pas Buckley parler psychiatrie avec un spécialiste, même s'il s'agissait de W.T. Bass.

Mais le procureur n'avait aucune intention de parler de psychiatrie.

– Docteur Bass, quel est votre nom complet?

Jake se figea. La question avait quelque chose de menaçant. Le ton de Buckley était chargé de soupçons.

– William Tyler Bass.

– Comment vous faites-vous appeler couram ment?

– W.T. Bass.

– Vous êtes-vous déjà fait appeler Tyler Bass ?

Le médecin hésita.

– Non, répondit-il d'un air guère rassuré.

Une bouffée d'angoisse envahit Jake. Un tison ardent lui traversa l'estomac. Cette question ne présageait rien de bon.

– Vous en êtes certain ? insista Buckley en fronçant les sourcils avec une méfiance évidente.

Bass haussa les épaules.

– Peut-être, il y a longtemps.

– Je vois... Bien. J'ai cru comprendre que vous avez fait vos études de médecine à la faculté de médecine du Texas ?

– C'est exact.

– Et où se trouve cette faculté ?

– A Dallas.

– Et à quelle période étiez-vous étudiant en médecine ?

– De 1956 à 1960.

– Et sous quel nom étiez-vous inscrit ?

– William T. Bass.

Jake était pétrifié de terreur. Buckley savait quelque chose du passé de Bass, un secret terrible connu de lui seul.

– Ne vous êtes-vous jamais fait appeler Tyler Bass durant vos études ?

– Non.

– Vous en êtes certain ?

– Absolument.

– Quel est votre numéro de sécurité sociale ?

– 410-96-8585.

Buckley fit un petit trait à côté de quelque chose sur son carnet.

– Et quelle est votre date de naissance ?

– Le 14 septembre 1934.

– Et quel était le nom de votre mère ?

– Jonnie Elizabeth Bass.

– Et son nom de jeune fille ?

– Skidmore.

Buckley fit un nouveau petit trait. Bass jeta un regard affolé à Jake.

– Et quel est votre lieu de naissance ?

– Carbondale, dans l'Illinois.

Un autre petit trait.

Jake aurait pu faire objection ; elle aurait été acceptée par le juge, mais ses jambes étaient en coton et ses intestins en compote. Il ne voulait pas prendre le risque de montrer son embarras et de se mettre à bégayer.

Buckley étudia ses petits traits et attendit quelques secondes. Toutes les oreilles étaient tendues dans la salle, attendant la prochaine question, sentant le drame se nouer. Bass regardait le procureur comme un condamné son peloton d'exécution, priant Dieu pour que les fusils s'enrayent.

Finalement, Buckley regarda l'expert en souriant.

– Docteur Bass, avez-vous déjà été condamné par un tribunal ?

La question claqua dans le silence et résonna au-dessus des épaules tremblantes de Tyler Bass. A la simple vue de son visage, toute la salle sut que c'était le cas.

Carl Lee fit la grimace et regarda son avocat.

– Bien sûr que non ! rétorqua Bass aux abois.

Buckley se contenta de hocher la tête et se dirigea lentement vers la table où Musgrove, d'un air solennel, lui donna un dossier qui semblait contenir d'importants documents.

– Vous en êtes certain ? tonna Buckley.

– Bien sûr que oui, s'entêta Bass en regardant l'inquiétant dossier.

Jake savait qu'il était temps de se lever, de dire quelque chose, d'empêcher le carnage imminent, mais son cerveau était liquéfié.

– Vous en êtes vraiment certain ? demanda Buckley.

– Oui, répondit Bass en serrant les dents.

– Vous n'avez jamais été condamné par un tribunal ?

– Je vous ai déjà dit non.
– Vous êtes aussi formel sur ce point que sur le reste de votre témoignage ?
Le piège s'ouvrait. C'était le coup mortel, la botte infaillible. Jake avait utilisé cette arme bien des fois. En entendant cette question, il sut que Bass était fini. Et Carl Lee aussi.
– Bien entendu, rétorqua Bass avec une arrogance feinte.
Buckley s'apprêta à porter le coup de grâce.
– Vous soutenez devant ce jury que le 17 octobre 1957, à Dallas, vous n'avez pas été condamné sous le nom de Tyler Bass ?
Buckley posait sa question en regardant tour à tour le jury et ses précieux documents.
– C'est un mensonge, répondit Bass d'une voix faible.
– Vous êtes certain qu'il s'agit d'un mensonge ? demanda Buckley.
– Oui, un odieux mensonge.
– Vous savez ce qu'est un mensonge, docteur Bass ?
– Bien sûr que je le sais !
Noose planta ses lunettes sur son nez et se pencha. Les jurés cessèrent de remuer sur leur siège. Les journalistes relevèrent leur stylo. Les policiers montant la garde au fond de la salle tendirent l'oreille.
Buckley sortit l'un des précieux documents du dossier et l'examina un moment.
– Vous soutenez que le 17 octobre 1957 vous n'avez pas été condamné pour détournement de mineur ?
Il était important de faire bonne figure, de rester impassible, même au milieu d'un coup de théâtre comme celui-ci. Il fallait toujours, devant les jurés à qui rien n'échappait, afficher un air optimiste. Jake avait su conserver cette image sereine et confiante à travers maints procès et maintes attaques, mais ce « détournement de mineur » le

fit pâlir, et son visage ne fut plus qu'un masque de douleur et de découragement qu'au moins la moitié des jurés put contempler à souhait.

L'autre moitié ne quittait pas des yeux le témoin dans son box.

– Avez-vous été, oui ou non, condamné pour détournement de mineur, docteur Bass ? répéta Buckley après un long silence.

Pas de réponse.

Noose se pencha en direction du témoin.

– Répondez à la question, docteur Bass.

Bass ignora Son Honneur et fixa des yeux le procureur du district.

– Vous vous trompez de bonhomme.

Buckley renifla d'un air dédaigneux et se dirigea vers Musgrove qui lui donna de nouveaux documents semblant encore plus importants que les précédents. Il ouvrit une grande enveloppe blanche et en sortit un jeu de photos.

– Très bien, docteur Bass. J'ai ici quelques photographies prises par la police de Dallas le 11 septembre 1956. Voulez-vous les examiner, docteur Bass ?

Pas de réponse.

Buckley les brandit devant les jurés.

– Voulez-vous les examiner, docteur Bass ? Peut-être vous rafraîchiraient-elles la mémoire ?

Bass baissa lentement la tête et regarda fixement ses bottes.

– Votre Honneur, le ministère public voudrait que ces documents soient versés aux débats. Il s'agit de pièces authentifiées par la chambre du ministère de la Justice, prenant acte du procès de l'Etat contre Tyler Bass et consignant qu'un certain Tyler Bass, le 17 octobre 1957, s'est reconnu coupable de détournement de mineur, crime dûment puni par la loi dans l'Etat du Texas. Nous sommes en mesure de prouver que ce Tyler Bass et le Dr. W.T. Bass ne font qu'un.

Musgrove donna à Jake, comme il se doit, une

copie de tous les documents que Buckley agitait sous le nez des jurés.

– La défense y voit une objection ? demanda Noose à l'adresse de Jake.

C'était le moment de se montrer en verve, de se lancer dans une belle tirade bien émouvante, qui aurait fendu le cœur des jurés, et leur aurait fait verser une larme sur le sort qui s'acharnait sur le pauvre Dr. Bass et son patient. Mais la procédure le lui interdisait. Bien évidemment, ces pièces pouvaient être versées au dossier. Incapable de se lever, Jake agita la main. Non, pas d'objection.

– Nous n'avons plus de questions, annonça Buckley.

– Maître Brigance, désirez-vous réinterroger votre témoin ?

Jake ne voyait pas ce qu'il pouvait demander à Bass qui aurait pu sauver la situation. Rien d'intelligent ne lui venait à l'esprit. Les jurés avaient assez vu l'expert en psychiatrie de la défense.

– Non, répondit Jake à voix basse.

– Parfait. Docteur Bass, vous pouvez quitter la salle.

Bass poussa les portes battantes de la rambarde et sortit du tribunal. Jake le regarda fixement s'éloigner dans l'allée centrale, en montrant autant de haine que possible. Il était important que les jurés voient à quel point l'avocat et l'accusé étaient choqués par cette nouvelle. Le jury devait se dire que la défense ne savait pas qu'elle avait fait monter dans le box des témoins un repris de justice.

Lorsque les portes se refermèrent sur Bass, Jake jeta un regard circulaire dans la salle, dans l'espoir de croiser un regard compatissant. Il n'y en eut aucun. Lucien se grattait la barbe en regardant le sol. Lester était assis, les bras croisés, avec une expression de dégoût. Gwen pleurait.

– Appelez votre témoin suivant, dit Noose.

Jake continua à regarder l'assistance. Au troisième rang, entre le révérend Ollie Agee et le révérend Luther Roosevelt, se trouvait Norman Reinfeld. Lorsqu'il croisa le regard de Jake, il fronça les sourcils en secouant la tête, comme pour dire : « Je l'avais bien dit. » De l'autre côté de l'allée centrale, la plupart des Blancs arboraient un air serein. Certains même lancèrent un grand sourire à Jake.

– Maître Brigance, vous pouvez appeler votre témoin suivant.

Alors que tout son être s'y refusait, Jake se leva. Ses genoux tremblaient, et il dut se soutenir à la table.

– Votre Honneur, dit-il d'une voix blanche, avec un ton de défaite. Pouvons-nous suspendre la séance jusqu'à 13 heures ?

– Mais il n'est que 11 heures et demie, maître Brigance.

Un mensonge s'imposait.

– Certes, Votre Honneur, mais notre témoin suivant n'est pas encore arrivé. Il ne sera là qu'à 13 heures.

– Parfait. La séance est levée jusqu'à 1 heure. Je veux voir les avocats dans mon bureau.

A côté de la chambre du conseil, il y avait une salle avec un distributeur de café où les avocats allaient se détendre et bavarder, ainsi que des toilettes. Jake s'y enferma, retira sa veste et la jeta au sol. Il s'agenouilla au pied de la cuvette, attendit un moment sans bouger, puis se mit à vomir.

Ozzie essayait d'engager la conversation avec le juge tandis que Musgrove et Buckley se regardaient avec un sourire de satisfaction. Ils attendaient le retour de Jake. Il arriva enfin, en s'excusant pour son retard.

– Jake, j'ai de mauvaises nouvelles, annonça Ozzie.

– Laisse-moi m'asseoir.

– Le shérif du comté de Lafayette m'a appelé il y a une heure. Ton assistante, Ellen Roark, est à l'hôpital.

– Qu'est-ce qu'il lui est arrivé ?
– Le Klan lui est tombé dessus hier soir. Quelque part entre ici et Oxford. Ils l'ont attachée à un arbre et l'ont frappée.
– Comment va-t-elle ?
– Son état est stationnaire mais sérieux.
– Qu'est-ce qu'ils lui ont fait ?
– On n'est pas encore sûrs. Ils se sont débrouillés pour arrêter sa voiture et l'ont emmenée dans les bois. Ils ont déchiré ses vêtements et lui ont coupé les cheveux. Elle a des hématomes et des entailles sur le crâne. On imagine qu'ils ont dû la tabasser.

Jake avait de nouveau des haut-le-cœur. Il n'avait plus de salive. Il se massa les tempes en regrettant que ce ne fût pas Bass qui eût été attaché à un arbre et roué de coups.

Noose regarda l'avocat de la défense avec compassion.
– Ça va, maître Brigance ?

Pas de réponse.
– Nous reprendrons l'audience à 2 heures. Je crois que nous avons tous besoin de décompresser un peu, dit Noose.

Jake monta lentement les marches, une canette de Coors à la main, avec une sérieuse envie de la fracasser sur le crâne de Lucien. Mais il n'aurait sans doute rien senti tellement il était imbibé d'alcool.

Lucien faisait tinter ses glaçons dans son verre et regardait au loin. La place du palais était déserte, à l'exception des soldats et des groupes de jeunes, comme tous les samedis soir, qui faisaient la queue devant les deux cinémas.

Ils ne se dirent pas un mot. Lucien avait les yeux dans le vague. Jake le fixait du regard, sa bouteille vide à la main. Bass était, à cet instant, à des centaines de kilomètres de là.

Au bout d'un moment, Jake demanda :

– Où est Bass ?
– Parti.
– Parti où ça ?
– Chez lui.
– Et c'est où chez lui ?
– Qu'est-ce que ça peut te faire ?
– J'aimerais savoir où il habite. J'aimerais lui rendre visite et lui fracasser le crâne à coups de batte de base-ball au beau milieu de son salon.
Lucien agita de plus belle ses glaçons.
– Ce n'est pas moi qui t'en blâmerais.
– Tu savais ?
– Je savais quoi ?
– Pour cette histoire de condamnation ?
– Bien sûr que non, bordel ! Personne n'était au courant. La condamnation était rayée de son casier.
– Je ne comprends pas.
– Bass m'avait dit que la trace de sa condamnation au Texas avait été effacée trois ans plus tard.
Jake posa sa bouteille sur la terrasse à côté de sa chaise. Il prit un verre poussiéreux, souffla dessus et le remplit de glaçons et de Jack Daniel's.
– Ça te dérangerait de t'expliquer, Lucien ?
– D'après Bass la fille avait dix-sept ans. Son père était un juge influent de Dallas. Le sang leur a monté à la tête et le père les a surpris en train de baiser sur le canapé. Il a porté plainte pour détournement de mineur et Bass n'avait pas une chance. Il a donc plaidé coupable au procès. Mais la fille était amoureuse de lui. Ils ont continué à se voir et elle est tombée enceinte. Bass l'a épousée et a donné au juge un joli bébé comme petit-fils. Le vieux s'est laissé attendrir et a fait disparaître la condamnation de son dossier.
Lucien vida son verre et regarda les lumières scintiller sur la place.
– Qu'est-ce qui est arrivé à la fille ?
– Au dire de Bass, une semaine avant qu'il ait terminé ses études de médecine, sa femme, de nou-

veau enceinte, et son petit garçon périrent dans un accident de train à Fort Worth. C'est à ce moment-là qu'il s'est mis à boire et à se laisser aller.

– Et il ne t'avait jamais raconté ça avant ?

– Ne commence pas ! Je t'ai dit que je ne savais rien. Je te rappelle que je l'ai moi-même appelé deux fois comme témoin. Si j'avais été au courant, je n'aurais jamais pris ce risque.

– Pourquoi ne t'en a-t-il jamais parlé ?

– J'imagine qu'il pensait que ça ne figurait plus nulle part. Va savoir. Sur le principe, il a raison : il n'y a plus aucune trace sur son casier judiciaire. Mais il n'en reste pas moins qu'il a été condamné.

Jake prit une longue gorgée de whisky. C'était d'un goût détestable.

Ils restèrent pendant dix minutes silencieux. Un concert de grillons résonnait dans la nuit. Sallie poussa la porte-moustiquaire et demanda à Jake s'il désirait dîner. Non, il n'avait pas faim.

– Qu'est-ce qui s'est passé cet après-midi ? demanda Lucien.

– Carl Lee a été entendu et on a levé la séance à 4 heures. Le psychiatre de Buckley n'était pas prêt. Il viendra témoigner lundi.

– Comment s'en est sorti Carl Lee ?

– Oh, très bien. Il a été aussi catastrophique que Bass. On sentait à dix pas la haine des jurés. Il était sur la défensive et ses paroles sonnaient faux. Je ne pense pas qu'il ait marqué beaucoup de points.

– Et Buckley ?

– Il a hurlé sur Carl Lee comme un fou furieux pendant une heure. Carl Lee s'est bien défendu, les attaques fusaient de part et d'autre, ça a été sanglant. Après Buckley, j'ai rectifié le tir et j'ai même réussi à le rendre sympathique et émouvant ; il avait les larmes aux yeux à la fin.

– Beau travail.

– C'est ça, beau travail, mais ça ne va pas les empêcher de le condamner, n'est-ce pas ?

– C'est probable.

– A la fin de l'audience, Carl Lee a voulu me virer. Il disait que j'avais perdu le procès et il voulait changer d'avocat.

Lucien se dirigea vers le bout de la terrasse et dégrafa son pantalon. Il s'appuya à une colonne et arrosa les buissons. Pieds nus et dépenaillé comme il l'était, il ressemblait à une victime d'un naufrage. Sallie lui apporta un nouveau verre.

– Comment va Row Ark ? demanda-t-il.

– Son état est stationnaire, il paraît. J'ai voulu l'appeler, mais une infirmière a refusé de me la passer. J'irai la voir demain.

– J'espère que ça ira. C'est une chic fille.

– C'est une sale gauchiste, mais d'une intelligence hors pair. Je me sens coupable, Lucien.

– Non, tu n'y es pour rien, c'est le monde qui est fou, Jake. On est entourés de dingues. La moitié des habitants du comté le sont en ce moment.

– Il y a quinze jours, ils ont planté de la dynamite sous mes fenêtres. Ils ont tabassé le mari de ma secrétaire jusqu'à ce que mort s'ensuive. Hier, ils m'ont tiré dessus et ont rendu infirme un soldat. Et aujourd'hui ils coincent mon assistante, l'attachent à un poteau, lui tailladent les vêtements et le cuir chevelu et l'expédient à l'hôpital. Qu'est-ce que ce sera la prochaine fois ?

– Tu crois que tu ferais mieux d'abandonner ?

– C'est ça, je vais marcher jusqu'au palais de justice, rendre ma mallette et déposer les armes. Mais aux pieds de qui, hein ? Mes ennemis sont invisibles.

– Tu ne peux pas laisser tomber, Jake, ton client a besoin de toi.

– Qu'il aille au diable, celui-là ! Il a voulu me virer aujourd'hui.

– Il a besoin de toi, tu ne peux pas faire marche arrière. Il faut aller jusqu'au bout.

La tête de Nesbit pendait à la fenêtre, et un filet de salive coulait sur sa joue gauche et dégouttait sur la portière, formant une petite flaque sur le « O » de Ford, l'insigne de la voiture de patrouille du comté. Une boîte de bière vide était coincée entre ses jambes. Après deux semaines de surveillance, il s'était habitué à dormir avec les moustiques dans sa voiture tout en protégeant de sa présence le célèbre avocat du négro.

Quelques minutes après minuit, dans la nuit du samedi au dimanche, la radio mit un terme à ce sommeil du juste. Il prit le micro tout en essuyant sa bave d'un revers de manche.

– S.O.8, j'écoute, répondit-il.

– Quelle est ta position ?

– Au même endroit qu'il y a deux heures.

– Devant chez Wilbanks ?

– Exact.

– Brigance y est toujours ?

– Exact.

– Va le chercher et conduis-le chez lui, rue Adams. C'est urgent.

Nesbit traversa la terrasse jonchée de bouteilles vides, puis entra dans la maison où Jake dormait sur le canapé du salon.

– Réveille-toi, Jake ! Il faut qu'on aille chez toi. C'est urgent !

Jake bondit sur ses jambes et suivit Nesbit. Ils s'arrêtèrent sur le perron et regardèrent, derrière le dôme du palais de justice, s'élever un nuage de fumée dans un halo orangé qui se perdit devant la demi-lune.

La rue Adams était barrée par des véhicules d'intervention de toutes sortes, pour la plupart des pick-up chapeautés de gyrophares rouge et jaune. Il y en avait des dizaines, balayant chacun la nuit de leur faisceau silencieux, illuminant la rue.

Les camions de pompiers étaient garés devant la maison. Les sapeurs déroulaient frénétiquement les tuyaux et se préparaient au combat sous les ordres de leur chef. Ozzie, Prather et Hastings se tenaient à côté d'un camion-citerne. Quelques soldats regardaient la scène, à l'abri derrière leur jeep.

La lumière de l'incendie était aveuglante. Les flammes sortaient en rugissant de chaque fenêtre. Le garage était complètement cerné par le feu. La Cutlass de Carla brûlait – les quatre pneus ressemblaient à de gigantesques torches. Curieusement, une voiture inconnue, plus petite, se consumait à côté de la Cutlass.

Les crépitements des flammes, les ronronnements des moteurs et les cris avaient rameuté le voisinage. Les gens s'étaient rassemblés de l'autre côté de la rue et regardaient le spectacle. Jake et Nesbit accoururent. Le commandant des pompiers les aperçut et vint à leur rencontre.

– Jake ! Il y a quelqu'un à l'intérieur ?

– Non, il n'y a personne.

– Tant mieux. Je craignais le pire.

– Il n'y a qu'un chien.

– Un chien !

Jake hocha la tête et leva les yeux vers la maison.

– Je suis désolé, dit le chef des pompiers.

Ils se réunirent autour de la voiture d'Ozzie, garée devant la maison de Mrs. Pickle. Jake répondit à quelques questions.

– La Volkswagen dans le garage n'est pas à vous, Jake ?

Jake regarda d'un air sidéré la maison de Carla qui partait en fumée. Il secoua la tête.

– C'est bien ce que je me disais. L'incendie semble avoir démarré de ce véhicule.

– Je ne comprends pas, dit Jake.

– Puisque ce n'est pas votre voiture, c'est que quelqu'un l'a mise ici. Regardez ces flammes sur le sol du garage. Vous avez déjà vu du ciment brûler ? C'est de l'essence. Quelqu'un a chargé la Volkswagen d'essence, l'a garée et s'est enfui. Il y avait probablement un système de mise à feu à l'intérieur.

Prather et les deux sapeurs-pompiers acquiescèrent.

– Ça fait combien de temps que ça brûle ? demanda Jake.

– Nous sommes arrivés il y a dix minutes, répondit le chef, et il y avait déjà de belles flammes. Je dirais que ça date d'une demi-heure. C'est un sacré feu. Les types savaient ce qu'ils faisaient.

– J'imagine qu'il est trop tard pour sauver quoi que ce soit ? demanda Jake, connaissant déjà la réponse.

– Effectivement, Jake, les flammes sont trop hautes. Mes gars ne pourraient rien faire, même si quelqu'un était coincé à l'intérieur. C'est un sacré feu.

– Qu'est-ce qu'il a de particulier ?

– Regardez ça, le feu a gagné toute la maison. Il y a des flammes derrière chaque fenêtre. Au rez-de-chaussée comme à l'étage. C'est très rare. Dans un instant, le toit va s'embraser.

Deux équipes de pompiers s'avancèrent avec les lances d'incendie, visant les fenêtres du rez-de-chaussée. Une autre équipe aspergeait celles du premier étage. Après avoir regardé pendant une minute l'eau s'engouffrer dans la maison sans produire d'effet notable, le chef des pompiers cracha par terre et lança :

– Ça va brûler de fond en comble.

Sur ce, il disparut derrière un camion-citerne et se mit à hurler ses ordres. Jake se tourna vers Nesbit.

– Tu peux me rendre un service ?

– Bien sûr, Jake.

– Va chercher Harry Rex et ramène-le ici. Je ne voudrais pour rien au monde qu'il rate ça.

– Tout de suite.

Pendant deux heures, Jake, Ozzie, Harry Rex et Nesbit, installés dans la voiture de patrouille, regardèrent se concrétiser les prédictions du chef des pompiers. De temps en temps, un voisin venait exprimer à Jake sa compassion et demander des nouvelles de la famille ; Mrs. Pickle, la gentille petite vieille d'à côté, se mit à sangloter lorsque Jake lui apprit que Max avait péri dans l'incendie.

Vers 3 heures du matin, policiers et badauds avaient regagné leurs pénates, et vers 4 heures la curieuse petite maison victorienne n'était plus qu'un tas de cendres fumant. Les derniers pompiers traquèrent le moindre signe de fumée parmi les ruines. Seules la cheminée et les carcasses des deux voitures demeuraient identifiables, tandis que les grosses bottes de caoutchouc fouillaient les cendres à la recherche de la moindre braise qui risquait de se raviver et de mettre le feu au voisinage.

On roulait les derniers tuyaux lorsque le soleil pointa à l'horizon. Jake remercia les pompiers de leurs efforts. Une fois seuls, lui et Harry Rex s'approchèrent pour contempler le désastre.

– Allez, dit Harry Rex, ce n'est qu'une maison.

– Tu ne veux pas appeler Carla pour le lui dire ?

– Non. C'est plutôt à toi de le faire.

– Je vais attendre un peu.

Harry Rex regarda sa montre.

– C'est presque l'heure du petit déj, non ?

– On est dimanche matin, tout est fermé, Harry Rex.

– Jake, tu es un amateur. Laisse faire les pros. Je sais où trouver à manger à n'importe quelle heure du jour et de la nuit.

– Au relais des routiers sur la nationale ?

– Tout juste !

– Entendu. Et lorsqu'on aura fini, on ira voir Row Ark à Oxford.

– Bonne idée. Je brûle de voir sa nouvelle coupe de cheveux.

Sallie décrocha le téléphone et le jeta sur Lucien qui se battit un moment avec le combiné pour approcher l'écouteur de son oreille.

– Ouais, qu'est-ce que c'est ? demanda-t-il en découvrant qu'il faisait encore nuit.

– Vous êtes Lucien Wilbanks ?

– Ouais, qui est à l'appareil ?

– Vous vous souvenez de Clyde Sisco ?

– Ouais.

– C'est cinquante mille dollars.

– Rappelez-moi plus tard dans la matinée.

39

Sheldon Roark était assis sur le rebord de la fenêtre, le pied sur le dossier d'une chaise, et lisait, dans le journal du dimanche de Memphis, un article sur le procès Hailey. Au bas de la première page, il y avait la photo de sa fille et l'histoire de sa rencontre avec le Klan. Ellen dormait paisiblement dans le lit, à un mètre de lui. Le côté gauche de son visage était rasé et couvert d'un épais bandage. L'oreille gauche avait été recousue avec vingt-huit points de suture. Le gros hématome avait désenflé. Les médecins avaient dit qu'elle pourrait rentrer chez elle mercredi.

Elle n'avait été ni violée ni fouettée. Lorsque les médecins l'avaient appelé à Boston, ils ne lui avaient guère donné de détails. Il avait voyagé pendant sept heures sans savoir ce qui lui était arrivé, s'attendant au pire. Samedi dans la nuit, les médecins firent de nouvelles radiographies et lui dirent de se tranquilliser. Les entailles finiraient par s'effacer et ses cheveux repousseraient. Elle avait été traumatisée, mais il y avait plus de peur que de mal.

Il entendit l'esclandre dans le couloir. Quelqu'un se disputait avec une infirmière. Il posa son journal sur le lit et ouvrit la porte.

Une infirmière avait bloqué Jake et Harry Rex qui s'étaient faufilés dans le couloir. Elle leur expliquait que les visites commençaient à 14 heures, et qu'ils avaient six heures d'avance ; seuls les membres de la famille étaient autorisés à entrer. S'ils insistaient, elle serait contrainte d'appeler la sécurité. Harry Rex rétorqua qu'il se fichait de ses horaires de visite, comme de tous les autres règlements stupides de son hôpital, qu'il était son fiancé et qu'il voulait la voir une dernière fois avant qu'elle ne meure. Si elle ne le laissait pas tranquille, il allait l'attaquer pour harcèlement sexuel parce qu'il était avocat, que ça faisait une semaine qu'il n'avait attaqué personne et que cela commençait à le démanger.

– Qu'est-ce qui se passe ici ? demanda Sheldon.

Jake tourna la tête vers le petit homme aux yeux verts surmontés d'une tignasse rousse.

– Vous êtes Sheldon Roark, Je suppose ?

– C'est exact.

– Je suis Jake Brigance. Celui qui...

– Oui. Je suis au courant. Vous pouvez les laisser passer, infirmière, ils sont avec moi.

– C'est ça, dit Harry Rex. Tout va bien. Nous sommes avec lui. Maintenant, si vous voulez bien nous laisser tranquilles avant que je ne porte plainte.

Elle promit d'appeler la sécurité et s'en alla en bousculant tout sur son passage.

– Je suis Harry Rex Vonner, dit-il en serrant la main de Sheldon Roark.

– Entrons, dit-il.

Ils lui emboîtèrent le pas et pénétrèrent dans la petite chambre. Ellen était encore endormie.

– C'est grave ? demanda Jake.

– Pas trop. De gros hématomes. Vingt-huit points de suture à l'oreille et onze dans le cuir chevelu. Elle va s'en sortir. Elle pourra quitter l'hôpital mercredi. Elle était réveillée hier soir et on a beaucoup parlé.

– Ils ont salement amoché ses cheveux, fit observer Harry Rex.

– Elle m'a raconté qu'ils lui ont tailladé les cheveux à coups de couteau. Ils ont aussi déchiré ses vêtements. A un moment, ils étaient à deux doigts de la fouetter. C'est elle qui s'est fait ces coups sur le front. Elle a cru qu'ils allaient la violer ou la tuer, ou les deux à la fois, alors elle s'est cogné la tête contre le poteau auquel elle était attachée. Ça a dû leur faire peur.

– Vous voulez dire qu'ils ne l'ont pas frappée ?

– Non. Ils ne l'ont pas touchée. Ils lui ont juste foutu une peur bleue.

– Elle a vu quelque chose ?

– Pas vraiment. Une croix en flammes, des robes blanches, une dizaine d'hommes. D'après le shérif, ça s'est passé dans un coin de forêt, à quinze kilomètres d'ici, appartenant à une fabrique de pâte à papier.

– Qui l'a retrouvée ? demanda Harry Rex.

– Le shérif a reçu un appel anonyme d'un type se faisant appeler Mickey Mouse.

– Ah oui. Notre vieil ami !

Elle gémit doucement et s'étira.

– Sortons, proposa Sheldon.

– Il y a une cafétéria dans le coin ? demanda Harry Rex. Je meurs de faim dès que je mets les pieds dans un hôpital.

– Bien sûr. Allons prendre un café.

La cafétéria du rez-de-chaussée était déserte. Jake et Mr. Roark prirent un café noir. Harry Rex commença par trois friands et un verre de lait.

– A en croire le journal, les choses se présentent plutôt mal, dit Sheldon.

– Le journal est loin de la vérité, marmonna Harry Rex la bouche pleine. Jake, en fait, vient de se faire botter le cul en plein tribunal. Et, dehors, ça ne se présente guère mieux. Lorsqu'on ne lui tire pas dessus ou que l'on ne kidnappe pas son assistante, on met le feu à sa maison.

– Ils ont incendié votre maison !

Jake hocha la tête.

– La nuit dernière. Les cendres fument encore.
– Je savais bien que ça sentait le roussi, répliqua Sheldon.
– Nous l'avons regardée brûler de la cave au toit. Ça a duré quatre heures.
– C'est une bien triste nouvelle. J'ai déjà reçu des menaces, mais cela s'est toujours arrêté à quelques coups de couteau dans mes pneus. On ne m'a jamais visé personnellement.
– Eh bien moi, ça fait deux fois.
– Le Klan sévit par chez vous, à Boston? demanda Harry Rex.
– Pas à ma connaissance.
– C'est dommage. Ces types donnent une autre dimension au métier d'avocat.
– Je vous crois sur parole. On a parlé à la TV des émeutes de la semaine dernière. J'ai suivi ça de près depuis qu'Ellen s'est mise sur le coup. C'est un grand procès. Même là-haut, on en parle. J'aurais bien aimé avoir votre chance.
– Je vous donne l'affaire, dit Jake. Je crois que mon client cherche un autre avocat.
– Combien de psy véreux l'accusation cite-t-elle à la barre?
– Un seul. Il va témoigner lundi matin. La plaidoirie et le réquisitoire auront lieu tout de suite après. Ce sera fini demain après-midi au plus tard.
– Je regrette qu'Ellen rate ça. Elle m'appelait tous les jours pour me tenir au courant.
– Je ne vois pas quelle erreur a faite Jake, lança Harry Rex.
– Ne parle pas la bouche pleine, dit Jake.
– Je pense que Jake a fait du bon travail. Les faits sont écrasants, dès le départ. Hailey a commis ces crimes, il les a soigneusement préparés et sa seule chance de salut, c'est l'irresponsabilité au moment des faits. A Boston, les jurés trouveraient la pilule plutôt grosse à avaler.
– A Clanton aussi, ajouta Harry Rex.
– J'espère que vous avez une plaidoirie bien émouvante dans votre manche, dit Sheldon.

– Il n'a plus de manches, rétorqua Harry Rex. Elles sont parties en fumée, avec ses vestes et ses pantalons.

– Pourquoi ne viendriez-vous pas assister au massacre demain au tribunal ? demanda Jake. Je vous présenterais au juge et vous pourriez assister aux entretiens à huis clos.

– A moi, il n'a jamais daigné faire cet honneur, dit Harry Rex.

– C'est une injustice criante, répondit Sheldon dans un sourire. Je dois dire que cela me tente. Je comptais rester ici jusqu'à mardi de toute façon. La sécurité est efficace, là-bas ?

– Pas vraiment.

La femme de Woody Mackenvale était assise sur un banc en plastique dans le couloir, à côté de la chambre de son mari, et pleurait en silence tout en essayant de faire bonne figure devant ses deux petits garçons qui se tenaient à côté d'elle. Les enfants avaient chacun à la main un Kleenex usagé, et s'essuyaient de temps en temps les joues et se mouchaient. Jake s'agenouilla devant elle et l'écouta attentivement rapporter ce que lui avaient dit les médecins. La balle s'était logée dans la moelle épinière – la paralysie serait importante et permanente. Il était contremaître à l'usine de Booneville. Il avait une bonne place. Une vie agréable. Elle ne travaillait pas, du moins jusqu'à l'heure actuelle. Ils s'en sortiraient de toute façon, même si elle ne savait trop encore comment. Son mari était l'entraîneur de l'équipe de minimes de son fils. C'était un homme très actif.

Ses pleurs redoublèrent et les enfants essuyèrent de nouveau leurs joues.

– Il m'a sauvé la vie, lui dit Jake avant de regarder les garçons.

Elle ferma les yeux et hocha la tête.

– Il faisait son travail. On s'en sortira.

Jake tira un Kleenex de la boîte et s'essuya les

yeux. Des membres de la famille se tenaient derrière lui et observaient la scène. Harry Rex faisait les cent pas au bout du couloir.

Jake la prit dans ses bras et tapota la tête des enfants. Il lui donna son numéro de téléphone – celui du bureau – et lui dit de ne pas hésiter à l'appeler en cas de besoin. Il promit de venir rendre visite à Woody dès que le procès serait terminé.

Les marchands de bière ouvraient à midi le dimanche, comme si les fidèles en avaient besoin après la messe dominicale ; ils partaient déjeuner chez la grand-mère armés de deux packs de six, s'apprêtant à passer un après-midi de débauche et de beuverie. Curieusement, les boutiques fermaient à 18 heures, comme pour empêcher les fidèles de se rendre complètement saouls à l'office du soir. Les autres jours de la semaine, les boutiques étaient ouvertes de 6 heures à minuit. Mais, le dimanche, la vente d'alcool était limitée dans le temps, en l'honneur du Tout-Puissant.

Jake acheta un pack à l'épicerie Bates et demanda à son chauffeur de se diriger vers le lac. La vieille Bronco de Harry Rex emportait dix centimètres de boue séchée sur les portières et les pare-chocs. Les pneus étaient inexistants. Le pare-brise était fendu et rendu opaque par les milliers de carcasses d'insectes écrasés. L'écusson du dernier contrôle technique datait de quatre ans et restait illisible. Des dizaines de boîtes de bière vides et de tessons de bouteilles jonchaient le sol. L'air conditionné ne fonctionnait plus depuis six ans. Jake avait proposé de prendre la Saab, mais Harry Rex était monté sur ses grands chevaux devant tant de stupidité. La Saab rouge aurait fait une cible facile pour les tireurs isolés, alors que personne ne ferait attention à sa vieille Bronco.

Ils roulaient tranquillement vers le lac, sans destination précise. La voix de Willie Nelson braillait dans l'autoradio. Harry Rex chantonnait en battant la mesure sur le volant. Sa voix, d'ordinaire rauque et éraillée, devenait carrément insupportable quand il chantait. Jake sirotait sa bière et cherchait à voir la lumière du jour à travers le pare-brise.

La fin de la canicule était proche. De gros nuages menaçants s'approchaient au sud-ouest. Lorsqu'ils dépassèrent le bar de Huey, la pluie se mit à tomber et à battre la terre desséchée. L'eau lava les feuilles des vignes vierges qui pendaient des arbres comme des lianes sur les bas-côtés de la route. Les gouttes se vaporisaient sur l'asphalte brûlant, soulevant une brume poisseuse au-dessus de la nationale. Les caniveaux en terre absorbèrent l'eau un moment, puis se mirent à déborder, déversant une myriade de petits rus dans les canalisations des égouts et les fossés. La pluie détrempa les pousses de coton et de soja, et martela les plantations jusqu'à ce que de petites flaques se forment dans les sillons.

Contre toute attente, les essuie-glaces fonctionnaient. Ils allaient et venaient laborieusement, débarrassant le pare-brise de sa collection d'insectes et de crasse. L'orage tonna. Harry Rex poussa le volume de son autoradio.

Les Noirs, avec leurs cannes à pêche et leurs chapeaux de paille, s'étaient réfugiés sous les ponts en attendant la fin de l'averse. À leurs pieds, les rivières devenaient torrents impétueux. Les eaux boueuses des champs et des caniveaux ruisselaient, gonflant les ruisseaux et les cours d'eau. L'eau montait et se pressait vers la mer. Les Noirs mangeaient du saucisson et des gâteaux salés, en se racontant des anecdotes de pêche.

Harry Rex était affamé. Il s'arrêta à l'épicerie Treadway, au bord du lac, et acheta un nouveau pack de bière, deux poissons-chats grillés sous cellophane et un grand sac de travers de porc sauce barbecue. Il les jeta sur les genoux de Jake.

Ils franchirent le barrage sous un rideau de pluie. Harry Rex se gara à côté d'un petit abri dans une aire de pique-nique. Ils s'installèrent sur la table en ciment et regardèrent l'eau clapoter sur le lac Chatulla. Jake but de la bière tandis qu'Harry Rex engloutissait ses poissons grillés.

– Quand vas-tu te décider à en parler à Carla ? demanda-t-il entre deux gorgées de bière.

L'eau faisait sonner le toit en zinc au-dessus d'eux comme une peau de tambour.

– A propos de quoi ?

– De la maison.

– Je ne vais pas le lui dire. Je compte la faire reconstruire avant son retour.

– Tu veux dire d'ici à la fin de la semaine ?

– Exactement.

– Tu es dingue, Jake. Tu bois trop et tu perds les pédales.

– J'ai ce que je mérite. J'ai ce que je voulais. Dans deux semaines je ferme boutique. Je suis sur le point de perdre le plus grand procès de ma carrière, pour lequel je suis payé neuf cents dollars. Ma belle maison, que tout le monde venait prendre en photo, et qui avait droit à des articles entiers dans *Splendeurs du Sud* à la demande des vieilles bourgeoises du coin, n'est plus qu'un tas de cendres. Ma femme est partie, et, lorsqu'elle apprendra ce qui est arrivé à sa maison, elle demandera le divorce. Ça ne fera ni une ni deux. Elle va me quitter. Et lorsque j'aurai dit à ma fille que son satané chien est mort dans l'incendie, elle me détestera pour le restant de ses jours. Il y a une épée de Damoclès au-dessus de ma tête. Les guignols du Ku Klux Klan veulent ma peau. Des francs-tireurs me canardent. Un soldat est à l'hôpital, avec une balle dans la moelle épinière. Ce n'est plus qu'un légume et je vais avoir son image devant les yeux jusqu'à la fin de mon existence. Le mari de ma secrétaire est mort à cause de moi. Ma dernière assistante en date est à l'hôpital, avec une coiffure à l'Iroquois et des hématomes partout parce qu'elle a eu le malheur de travailler pour moi. Les jurés pensent que je suis un escroc à cause du passé de mes témoins. Mon client veut me virer. Lorsqu'il sera condamné, tout le monde me jettera la pierre. Il ira embaucher un autre avocat pour faire appel, sûrement l'un de ces types de l'A.C.L.U., et ils me poursuivront pour incompétence professionnelle, et ils auront raison. Et je serai reconnu coupable. Je n'aurai plus ni femme, ni fille, ni maison, ni patente, ni client, ni argent. Plus rien.

– Il te faut un psy, Jake. Tu devrais prendre rendez-vous avec Bass. Tiens, bois donc une bière.

– Je pense que je vais émigrer chez Lucien et m'installer sur sa terrasse.

– Tu me laisses ton bureau ?

– Tu crois qu'elle va demander le divorce ?

– Oui, sûrement. J'en ai eu quatre, et je peux te dire qu'elles peuvent le demander pour n'importe quoi.

– Pas Carla. J'embrasse le sol qu'elle foule de ses pas et elle le sait.

– Peut-être, mais c'est sur ce même sol qu'elle va dormir quand elle va rentrer à Clanton.

– Non. On achètera une jolie caravane avec tout le confort. Ça fera l'affaire à merveille lorsque je serai à la rue. Et puis on trouvera une autre vieille maison à retaper et on recommencera de zéro.

– Tu ferais mieux de te trouver une autre femme. Pourquoi Carla quitterait-elle un charmant bungalow sur la plage pour aller s'enfermer dans une caravane à Clanton ?

– Parce que je serai dans cette caravane.

– Ça ne suffira pas, Jake. Tu seras devenu un ivrogne. Tu seras ruiné, radié du barreau. Un paria dans une roulotte. Tu seras humilié publiquement. Tous tes amis, à l'exception de moi et de Lucien, te tourneront le dos. Elle ne reviendra pas. C'est fini, Jake. En tant qu'ami et avocat spécialiste des divorces, je te conseille de demander le divorce tout de suite. Frappe le premier, pour qu'elle n'ait pas le temps de se retourner.

– Pourquoi demanderais-je le divorce ?

– Parce que, sinon, c'est elle qui va le faire. Nous dirons qu'elle a quitté le domicile conjugal et t'a abandonné au moment où tu avais besoin d'elle.

– Ça suffit pour un divorce ?

– Non. Mais nous dirons aussi que tu es devenu fou temporairement. Laisse-moi prendre tout ça en main. Je ferai jouer la loi M'Naghten. Je te rappelle que je suis sans pitié, en tant qu'avocat. Je suis le pire de tous.

– Comment pourrai-je oublier cette honte ?

Jake vida le reste de sa bière tiède et ouvrit une nouvelle boîte. La pluie faiblit et le ciel s'éclaircit. Un vent frais souffla sur le lac.

– Ils vont le condamner, hein, Harry Rex ? demanda-t-il en regardant les eaux miroiter au loin.

Harry Rex avala sa bouchée et s'essuya la bouche. Il posa son assiette en carton sur la table et but une longue gorgée de bière. Le vent projetait des gouttes de pluie sur son visage. Il les chassa d'un revers de manche.

– Oui, Jake. Ton bonhomme est sur le point de faire le grand saut. Je le vois dans les yeux des jurés. Ils n'ont pas gobé cette histoire de folie. D'abord, ils ne veulent pas faire confiance à Bass, et puis Buckley l'a fait faire dans son froc. C'est fini, Jake. Carl Lee, malgré toute sa bonne volonté, ne pouvait rien y faire. Il était trop sincère pour être crédible. C'est comme s'il avait voulu s'attirer la sympathie du jury. Il partait battu d'avance. J'ai bien regardé les jurés, et je n'ai vu aucune compassion dans leurs regards. Ils vont le déclarer coupable, Jake. Et ça ne va pas traîner.

– Merci de ta franchise.

– Je suis ton ami, et je pense qu'il faut que tu te

prépares à perdre ce procès et à te lancer dans une longue procédure d'appel.

– Tu sais, Harry Rex, j'aurais aimé ne jamais rencontrer Carl Lee Hailey.

– Il est trop tard pour te lamenter, Jake.

Sallie ouvrit la porte à Jake et lui présenta ses regrets pour l'incendie de sa maison. Lucien était dans son bureau, au premier. Il travaillait et était à jeun. Il montra un siège à Jake et lui fit signe de s'asseoir. Il y avait des carnets de notes partout sur son bureau.

– J'ai passé l'après-midi à travailler sur la plaidoirie, annonça-t-il en désignant le monceau de papiers devant lui. Ton seul espoir de sauver Hailey, c'est de les embobiner avec une plaidoirie bien sentie. Il s'agit de faire la plus belle plaidoirie du siècle. Et je pèse mes mots.

– Et tu considères avoir concocté ce petit chef-d'œuvre ?

– Oui, on peut le dire. C'est bien mieux que tout ce que tu aurais pu pondre. Et, sauf erreur, j'imagine que tu as passé ton après-midi à te morfondre de la perte de ta maison et à noyer ton chagrin dans la Coors. Je sais que tu n'as rien préparé. Alors je t'ai écrit cette plaidoirie.

– Je regrette de ne pas être aussi sobre que toi, Lucien.

– Même ivre, je suis un meilleur avocat que toi à jeun.

– Peut-être, mais moi je suis encore avocat.

Lucien lança un carnet sur les genoux de Jake.

– Tout est là. C'est une compilation de mes meilleures plaidoiries. C'est du Lucien Wilbanks au sommet de son art, dans un joli paquet cadeau pour toi et ton client. Je te conseille de l'apprendre par cœur, et de la répéter mot pour mot. C'est du grand art. N'essaie pas de modifier quoi que ce soit ou d'improviser dessus. Tu ficherais tout en l'air.

– Je vais réfléchir à la question. J'ai déjà plaidé, je te le rappelle.

– Tu n'as jamais su.

– Bordel ! Lucien. Lâche-moi un peu !

– Du calme, Jake. Viens boire un verre. Sallie ! Sallie !

Jake jeta le chef-d'œuvre sur le canapé et se dirigea vers la fenêtre qui donnait sur le jardin derrière la maison. Sallie monta les escaliers. Lucien commanda du whisky et de la bière.

– Tu as passé une nuit blanche ? demanda Lucien.

– Non, j'ai dormi de 11 heures à minuit.

– Tu as une sale tête. Il te faut une bonne nuit de sommeil.

– C'est à l'intérieur que ça ne va pas, et dormir n'y changera rien. Rien n'y fera tant que ce procès ne sera pas terminé. Je ne comprends pas, Lucien. Je ne comprends pas pourquoi tout a été de travers. La poisse ne nous a pas quittés. Le procès n'aurait jamais dû se tenir à Clanton. On a récolté le pire jury qui soit, un jury qui a été acheté, c'est sûr, même si je n'en ai pas la moindre preuve. Notre témoin clé a été réduit en miettes. Notre accusé n'a convaincu personne. Et les jurés ne me font pas confiance. Je ne vois pas comment ça pourrait aller plus mal.

– Tu peux encore gagner l'affaire, Jake. Cela tiendrait du miracle, mais les miracles se produisent parfois. Bien des fois, j'ai arraché une victoire dans les pires moments, avec une bonne plaidoirie. Il te suffit de convaincre un ou deux jurés. Joue avec eux. Charme-les. Souviens-toi qu'il en suffit d'un pour bloquer tout un jury.

– Je leur tire les larmes des yeux ?

– Si tu y parviens. Ce n'est pas aussi facile. Mais je crois beaucoup aux larmes. Ça porte toujours ses fruits.

Sallie apporta les boissons, et ils descendirent sur la terrasse. A la nuit tombée, elle leur servit des sandwiches et des frites. A 10 heures du soir, Jake prit congé et monta dans sa chambre. Il appela Carla et lui parla pendant une heure. Il ne mentionna pas l'incendie. Son estomac se noua en entendant sa voix. Il savait qu'un jour prochain il serait obligé de lui dire que la maison – sa maison – était partie en fumée. Il raccrocha en priant Dieu pour qu'elle n'apprenne pas la nouvelle par les journaux.

40

Clanton retrouva son effervescence habituelle le lundi matin. Les barrages furent de nouveau installés, et des bataillons de soldats investirent la place pour assurer l'ordre public. Ils allaient et venaient par petits groupes, regardant les membres du Klan et les manifestants noirs retrouver leurs portions de gazon. Les deux groupes avaient recouvré toute leur ardeur après le repos du dimanche. Dès 8 heures et demie, ils hurlaient à pleins poumons. L'humiliation du Dr. Bass était la grande nouvelle du jour, et le Ku Klux Klan criait victoire. Et, avec l'opération spectaculaire qu'ils avaient menée dans la rue Adams, ils étaient plus bruyants encore que d'habitude.

A 9 heures, Noose convoqua les avocats dans son bureau.

– Je voulais juste m'assurer que tout le monde était vivant, annonça-t-il en lançant un sourire à Jake.

– Arrêtez vos conneries et allons-y, murmura Jake suffisamment fort pour être entendu.

Les deux procureurs se figèrent. Mr. Pate s'éclaircit la gorge.

Noose tendit l'oreille, feignant d'avoir mal entendu.

– Qu'est-ce que vous avez dit, Mr. Brigance ?

– J'ai dit : merci, c'est gentil, mais allons-y.

– C'est bien ce que je croyais avoir compris. Comment va votre assistante, Miss Roark ?
– Elle va s'en sortir.
– C'était le Klan ?
– Oui. Les mêmes que ceux qui ont essayé de me tuer. Les mêmes que ceux qui ont planté des croix en feu dans tout le pays et Dieu sait quoi encore. Les mêmes que ceux qui ont probablement fait des menaces aux jurés assis dans la salle. Oui, Votre Honneur, c'était encore le Klan.

Noose nettoya ses lunettes.
– Vous avez des preuves ?
– Vous voulez dire des aveux signés, écrits noir sur blanc ? Non, Votre Honneur. Ils ne sont pas très coopératifs.
– Si vous n'avez pas de preuve, Mr. Brigance, laissez tomber.
– Oui, Votre Honneur.

Jake quitta le bureau en claquant la porte. Quelques instants plus tard, Mr. Pate demanda le silence et tout le monde se leva. Noose souhaita le bonjour aux jurés, en leur assurant que le procès tirait à sa fin. Personne ne lui sourit. Cela faisait une semaine qu'ils étaient séquestrés dans le Temple Inn.
– L'accusation a-t-elle d'autres témoins à citer ? demanda-t-il à Buckley.
– Un dernier, Votre Honneur.

On alla chercher le Dr. Rodeheaver. Il prit lentement place sur le siège des témoins et salua d'un signe de tête les jurés. Il ressemblait à un psychiatre. Costume noir, pas de bottes.

Buckley s'approcha du pupitre et lança un grand sourire au jury.
– Vous êtes le Dr. Wilbert Rodeheaver ? lança-t-il d'une voix de stentor, comme pour dire : « Voilà un psychiatre, un vrai. »
– Oui, maître.

Buckley posa mille et une questions à propos de la formation et des références professionnelles du médecin. Rodeheaver semblait confiant et détendu ; c'était un habitué des tribunaux. Il parla en détail des divers champs que recouvrait sa formation, de sa grande expérience en tant que médecin, et de l'importance de son travail actuel en tant que directeur de l'hôpital psychiatrique de l'Etat du Mississippi. Buckley lui demanda s'il avait fait des publications dans le domaine de la psychiatrie. Il répondit par l'affirmative, et pendant une demi-heure ils discutèrent des écrits du grand homme de science. Il avait reçu des distinctions du gouvernement fédéral, ainsi que dans de nombreux Etats. Il était membre de toutes les organisations auxquelles Bass appartenait, et de quelques autres encore. Il était reconnu par toutes les associations qui touchaient de près ou de loin à l'esprit humain. Il était poli, et à jeun, lui.

Buckley le proposa donc comme expert. Jake n'avait aucune question à poser.

Buckley poursuivit son interrogatoire.

– Docteur Rodeheaver, quand avez-vous examiné Carl Lee Hailey pour la première fois ?

L'expert consulta ses notes.

– Le 19 juin.

– Où cet examen a-t-il eu lieu ?

– Dans mon bureau, à Whitfield.

– Combien de temps cet examen a-t-il duré ?

– Deux heures.

– Quel était le but de cet examen ?

– De déterminer l'état mental de l'accusé au moment où il a tiré sur Mr. Cobb et Mr. Willard.

– Avez-vous examiné ses antécédents médicaux ?

– Mon assistant les a retracés pour moi. Je les ai revus, ensuite, avec Mr. Hailey.

– Quelles informations en avez-vous tirées ?

– Rien de particulier. Il a beaucoup parlé du Vietnam, mais rien qui soit remarquable.

– Eprouvait-il des difficultés à en parler ?

– Oh ! aucune. Il ne demandait que ça. C'était

comme si on lui avait dit de s'étendre le plus possible sur ce sujet.

– Quels autres sujets avez-vous abordés au cours de ce premier examen ?

– Nous avons parlé d'un tas de choses. De son enfance, de sa famille, de son éducation, des métiers qu'il avait exercés, vraiment de tout.

– Il a parlé du viol de sa fille ?

– Oui. Dans le menu détail. Cela semblait un sujet douloureux. Tout comme c'eût été le cas pour moi s'il s'était agi de ma propre fille.

– A-t-il évoqué les raisons pour lesquelles il a tiré sur Cobb et Willard ?

– Oui. Nous en avons longuement parlé. Je tenais à évaluer son degré de conscience et de compréhension à l'égard de cet acte.

– Que vous a-t-il raconté ?

– Au début, il n'était pas très loquace. Mais, à la longue, il s'est confié et m'a expliqué la façon dont il avait repéré les lieux trois jours avant la fusillade, et comment il avait trouvé sa cachette dans le palais.

– Et quant à la fusillade proprement dite ?

– Il ne s'est pas trop étendu sur ce sujet. Il a dit qu'il ne se rappelait plus grand-chose, mais je le soupçonne de m'avoir menti.

Jake bondit.

– Objection ! Le témoin doit s'en tenir aux faits, et non émettre des suppositions. Toute spéculation de sa part est irrecevable !

– Objection retenue. Veuillez poursuivre, maître Buckley.

– Quelle impression vous a-t-il laissée, au vu de sa façon de parler et de son attitude d'une manière générale ?

Rodeheaver croisa les jambes et se mit à se balancer doucement sur son siège. Il fronça les sourcils, comme plongé dans une intense réflexion.

– Au début, il se méfiait de moi, et il fuyait mon regard. Il répondait à mes questions seulement par oui ou par non. Il n'appréciait pas d'être sous surveillance et que les gardes lui passent parfois les menottes. Les murs capitonnés l'inquiétaient beaucoup. Mais, au bout d'un moment, les barrières sont tombées et il s'est montré plus ouvert. Il a refusé de répondre à quelques questions, mais, globalement, je dirais qu'il s'est montré coopératif.

– Où et quand a eu lieu l'examen suivant ?

– Le lendemain, au même endroit.

– Quelles étaient alors son humeur et son attitude ?

– Les mêmes que la veille. Il était froid au début, mais il s'est peu à peu dégelé. Nous avons parlé en gros des mêmes choses que le jour précédent.

– Combien de temps a duré cet examen ?

– Environ quatre heures.

Buckley consulta ses notes, puis murmura quelque chose à l'oreille de Musgrove.

– Bien. Docteur Rodeheaver, au vu de ces deux entretiens que vous avez eus avec Mr. Hailey les 19 et 20 juin, êtes-vous en mesure de donner un avis médical quant à l'équilibre mental de l'accusé à ces dates ?

– Oui, maître.

– Et quel est cet avis ?

– Le 19 et 20 juin, Mr. Hailey m'a semblé parfaitement sain d'esprit. Quelqu'un de normal, je dirais.

– Merci. Toujours au vu de ces entretiens, êtes-vous en mesure, en tant que médecin, de définir l'état mental dans lequel se trouvait l'accusé au moment où il a tiré sur Billy Ray Cobb et Pete Willard ?

– Oui.

– Pouvez-vous nous le préciser ?

– A ce moment-là, il était sain d'esprit et en pleine possession de ses facultés mentales.

– Sur quels critères fondez-vous votre jugement ?

Rodeheaver se tourna vers le jury et prit un air professoral.

– Il faut définir le degré de préméditation du crime. Le mobile est un facteur déterminant en l'occurrence. Et il avait, sans nul doute, une bonne raison de faire ce qu'il a fait ; quel que soit son chagrin, rien n'a su le détourner de son but. De toute évidence, Mr. Hailey avait préparé minutieusement son crime.

– Docteur, connaissez-vous la loi M'Naghten qui définit la responsabilité pénale d'un individu ?

– Bien évidemment.

– Et vous savez qu'un autre psychiatre, un certain Dr. W.T. Bass, a affirmé devant ce jury que Mr. Hailey était incapable de faire la distinction entre le bien et le mal et, qui plus est, qu'il ne pouvait mesurer la nature et la portée de ses actes au moment des faits ?

– Oui. Je suis au courant.

– Etes-vous d'accord avec ces conclusions ?

– Non. Ces propos sont absurdes et indignes d'un membre du corps médical. Mr. Hailey reconnaît lui-même avoir planifié ses crimes. Il a admis, en effet, que son trouble à l'époque ne l'avait pas empêché de préparer son action. Cela s'appelle de la préméditation dans tous les sens du terme, tant sur un plan légal que médical. On ne peut reconnaître avoir prémédité minutieusement un crime et prétendre, dans le même temps, ne pas savoir ce qu'on faisait sur le moment. C'est absurde.

A cet instant, Jake était de l'avis du médecin, tandis que ses dernières paroles retentissaient dans la salle. Rodeheaver semblait sûr de son fait et d'une crédibilité à toute épreuve. Jake songea à Bass et le maudit intérieurement.

Lucien était assis avec les Noirs et hochait la tête à chaque mot du médecin. Comparé à Bass, le médecin de l'accusation faisait grande impression. Lucien ignorait les bancs des jurés. De temps en temps, il tournait discrètement les yeux et apercevait Clyde Sisco en train de le regarder de façon ostensible. Mais Lucien veillait à ne pas tourner la tête dans sa direction. Le messager n'avait pas rappelé le lundi matin. Un hochement de tête ou un froncement de sourcils aurait scellé le pacte – les modalités de paiement seraient réglées ultérieurement, après le verdict. Sisco connaissait les règles, et il attendait une réponse. Il n'y en eut aucune. Lucien voulait d'abord en discuter avec Jake.

– Très bien, docteur. Au vu de votre diagnostic quant à l'état mental de l'accusé le 20 mai dernier, êtes-vous en mesure de nous dire, avec une raisonnable certitude médicale, si Mr. Hailey était capable de faire la distinction entre le bien et le mal lorsqu'il a tiré sur Billy Ray Cobb, Pete Willard et le policier DeWayne Looney ?

– Oui, c'est parfaitement possible.

– Et quel est votre avis à ce sujet ?

– Son état mental était normal et il pouvait tout à fait faire la distinction entre le bien et le mal.

– Et êtes-vous en mesure de nous dire, au vu des mêmes observations, si l'accusé était capable d'apprécier la nature et la portée de ses actes ?

– Oui, sans aucun doute.

– Pouvez-vous nous faire connaître votre avis en la matière ?

– Mr. Hailey savait parfaitement ce qu'il faisait.

Buckley referma son carnet d'un coup sec et s'inclina poliment.

– Merci, docteur. J'ai terminé.

– Vous désirez poser des questions au témoin, maître Brigance ? demanda Noose.

– Oui, une ou deux questions.

– Le contraire m'eût étonné. L'audience est levée pour un quart d'heure.

Jake ignora Carl Lee et sortit rapidement de la salle de tribunal. Il monta les escaliers et gagna la bibliothèque où l'attendait Harry Rex, sourire aux lèvres.

– Tout va bien, Jake. J'ai appelé tous les journaux de Caroline du Nord et aucun ne parle de l'incendie. Pas un mot non plus sur Row Ark. Le journal de Raleigh parle du procès, mais n'entre pas dans le détail. C'est tout. Carla ne sait rien, Jake. Pour l'instant, dans sa petite tête, sa petite maison est toujours debout. C'est une bonne nouvelle, non ?

– Génial. Merci, Harry Rex.

– Ne m'en veux pas, Jake. Ce n'est pas pour remuer le couteau dans la plaie, mais...

– Vas-y, accouche.

– Tu sais que je déteste Buckley. Je le hais encore plus que toi. Mais Musgrove et moi, on s'est toujours bien entendus. Je peux aller trouver Musgrove. Je me disais hier soir que ce ne serait peut-être pas une mauvaise idée de leur parler par l'intermédiaire de Musgrove et de discuter de l'éventualité de plaider coupable.

– Pas question !

– Jake, tu as tout à y gagner. Si tu plaides coupable, tu as une chance de lui faire éviter la chambre à gaz.

– Pas question !

– Ecoute, Jake. Ton bonhomme est à quarante-huit heures d'une condamnation à mort. Tu es aveugle ou quoi ? Ouvre les yeux !

– Pourquoi Buckley accepterait-il de négocier ? Il nous a coincés dans les cordes.

– Peut-être refusera-t-il. Mais laisse-moi tâter le terrain.

– Non, Harry Rex. Sors-toi ça de la tête.

Rodeheaver rejoignit sa place dans le fauteuil des témoins à la reprise de la séance. Jake l'observa, debout derrière le pupitre. Au cours de sa courte expérience, il n'avait jamais réussi à mettre en déroute un expert. Et, avec la chance qui le caractérisait en ce moment, il jugea plus sage de ne pas attaquer bille en tête.

– Docteur Rodeheaver, la psychiatrie est bien la science de l'esprit humain, si je ne m'abuse ?
– C'est bien ça.
– Et c'est loin d'être une science exacte, n'est-ce pas ?
– Oui, effectivement.
– Vous pouvez examiner une personne et donner un diagnostic radicalement différent de celui que donnerait un autre psychiatre ?
– C'est possible, en effet.
– En fait, pour dix psychiatres examinant le même malade mental, on peut avoir dix jugements différents ?
– C'est peu vraisemblable.
– Mais cela pourrait se produire, n'est-ce pas, docteur ?
– Oui, c'est possible. En psychiatrie comme dans le domaine de la justice.
– Mais nous ne parlons pas de décisions de justice en l'occurrence, n'est-ce pas ?
– Je vous l'accorde.
– La vérité, docteur, c'est que dans de nombreux cas la psychiatrie ne peut dire exactement ce qui ne va pas dans la tête de quelqu'un ?
– C'est vrai.
– Et les psychiatres passent leur temps à se contredire mutuellement ?
– Certes.
– Bien. Pour qui travaillez-vous, docteur ?
– Pour l'Etat du Mississippi.
– Depuis combien de temps ?
– Depuis onze ans.
– Et qui poursuit Mr. Hailey en justice ?
– L'Etat du Mississippi.
– En onze années de service pour l'Etat du Mississippi, combien de fois avez-vous témoigné à des procès où la démence de l'accusé était au centre des débats ?
Rodeheaver réfléchit un instant.
– Cela doit être ma quarante-troisième affaire.

Jake consulta ses notes et regarda le médecin avec un sourire inquiétant.

– Ce ne serait pas plutôt votre quarante-sixième ?

– Peut-être, oui. Je ne sais plus trop.

Le silence régnait dans la salle de tribunal. Buckley et Musgrove étaient penchés sur leurs dossiers, mais ne quittaient pas des yeux leur témoin.

– C'est la quarante-sixième fois que vous témoignez pour l'État du Mississippi dans un procès où la cause de la folie est soutenue ?

– Si vous le dites.

– Et cela fait quarante-six fois que vous attestez que l'accusé est parfaitement sain d'esprit. Je ne me trompe pas, docteur ?

– Je ne sais pas. Peut-être.

– Bien. Résumons. Vous avez témoigné quarante-six fois, et quarante-six fois l'accusé était sain d'esprit selon vous. C'est bien ça ?

Rodeheaver remua un peu sur son siège. Un soupçon d'inquiétude rida ses paupières.

– Je ne sais plus.

– Avez-vous déjà rencontré, docteur, un accusé qui ne soit pas sain d'esprit ?

– Bien sûr que oui.

– Parfait. Voulez-vous, s'il vous plaît, nous citer le nom de cet accusé et nous dire où s'est tenu son procès ?

Buckley se leva et boutonna sa veste.

– Votre Honneur, le ministère public s'oppose à ce genre de questions. On ne peut exiger du Dr. Rodeheaver qu'il se souvienne des noms et lieux de tous les procès auxquels il a participé.

– Objection rejetée. Asseyez-vous. Répondez à la question, docteur.

Rodeheaver prit une profonde inspiration et leva les yeux au plafond. Jake jeta un coup d'œil sur les jurés. Ils étaient tous attentifs et attendaient la réponse.

– Je ne me souviens pas, finit-il par répondre.

Jake agita une épaisse liasse de papiers sous le nez du médecin.

– Est-il possible que la raison pour laquelle vous ne vous en souvenez pas, c'est qu'en onze ans de carrière et quarante-six procès vous n'avez jamais témoigné en faveur d'un accusé ?

– Honnêtement, je ne me souviens pas.

– Pouvez-vous nous citer le nom d'un seul procès dans lequel vous avez jugé l'accusé irresponsable de ses actes au moment des faits ?

– Je suis sûr qu'il y en a eu.

– Alors oui ou non ? Citez-nous un seul procès, docteur.

L'expert regarda un instant le procureur du district.

– Non. Ma mémoire me fait défaut. Ça ne me vient pas à l'esprit.

Jake se dirigea lentement vers la table de la défense et souleva un gros dossier.

– Docteur Rodeheaver, vous souvenez-vous avoir témoigné au procès d'un certain Danny Booker, dans le comté de McMurphy, en décembre 1975 ? Il était accusé d'un double homicide plutôt sanglant ?

– Oui. Je me souviens de cette affaire.

– Et vous avez déclaré que cet homme était sain d'esprit, n'est-ce pas ?

– C'est vrai.

– Vous souvenez-vous combien de psychiatres ont attesté du contraire ?

– Pas précisément. Il y en a eu plusieurs.

– Est-ce que les noms de Noel McClacky, O.D. McGuire et Lou Watson vous disent quelque chose ?

– Oui.

– Ce sont bien des psychiatres ?

– Oui.

– Tous de qualité irréprochable ?

– Oui.

– Et, après avoir chacun examiné Mr. Booker,

ils ont tous soutenu que le pauvre homme n'était pas sain d'esprit. C'est bien la vérité ?

– C'est exact.

– Et vous avez déclaré que cet homme était parfaitement normal ?

– C'est exact.

– Combien d'autres médecins ont soutenu votre diagnostic ?

– Aucun, autant que je puisse m'en souvenir.

– Il y avait donc trois voix contre une ?

– Oui, mais je reste convaincu que j'avais raison.

– Je vois. Quel a été le verdict du jury, docteur ?

– Eh bien, il a été reconnu non coupable pour raisons mentales.

– Très bien. Maintenant, docteur Rodeheaver, vous êtes à la tête du centre psychiatrique de Whitfield, n'est-ce pas ?

– Oui. Si on veut.

– Vous êtes directement ou indirectement responsable des soins prodigués aux patients de Whitfield ?

– Je suis responsable, maître Brigance. Mais je ne peux voir personnellement tous les patients. J'ai une équipe de médecins sous mes ordres.

– Très bien. Dites-nous, docteur, où se trouve Danny Booker aujourd'hui ?

Rodeheaver lança un regard désespéré vers le procureur, avant de cacher son trouble par un beau sourire destiné aux jurés. Il hésita une seconde, une seconde de trop.

– Il se trouve bien à Whitfield ? demanda Jake d'un ton qui ne laissait aucun doute quant à la réponse.

– Je crois, oui, répondit Rodeheaver.

– Il est donc soigné par votre service, docteur ?

– Je suppose.

– Et de quelle maladie souffre-t-il, docteur ?

– Je ne sais plus. J'ai beaucoup de patients et...

– De schizophrénie paranoïaque ?

– C'est possible, oui.

Jake fit un pas en arrière et s'adossa à la rambarde. Il éleva la voix :

– Résumons les faits pour les jurés, voulez-vous, docteur ? En 1975, vous déclarez devant la cour que Danny Booker est entièrement sain d'esprit et qu'il sait parfaitement ce qu'il fait lorsqu'il commet son crime. Le jury vous désapprouve et déclare l'accusé non coupable. Et depuis cette époque, c'est un pensionnaire de votre hôpital, sous votre responsabilité, qui se fait soigner pour schizophrénie paranoïaque. C'est bien ça ?

Le sourire hypocrite du médecin fut éloquent.

Jake prit un autre document et fit mine de le relire.

– Vous souvenez-vous du procès d'un certain Adam Couch, dans le comté de Dupree en mai 77 ?

– Oui, je m'en souviens.

– C'était bien une affaire de viol ?

– Exact.

– Et vous avez témoigné contre Mr. Couch ?

– Exact.

– Et vous avez déclaré devant les jurés que l'accusé était parfaitement sain d'esprit ?

– C'était ma conviction.

– Y a-t-il eu des médecins pour soutenir le contraire et déclarer que cet homme était un malade mental ?

– Oui, plusieurs.

– Avez-vous souvenance des docteurs Felix Perry, Gene Shumate et Hobny Wicker ?

– Oui.

– Ce sont tous des psychiatres qualifiés, n'est-ce pas ?

– Oui.

– Ils ont tous témoigné en faveur de Mr. Couch, si je ne m'abuse ?

– Oui.

– Ils ont tous déclaré que l'accusé était un malade mental ?

– C'est exact.

– Et vous étiez le seul psychiatre à soutenir la thèse inverse ?

– Autant que je m'en souvienne, oui.

– Et quelle a été la décision des jurés ?

– Ils l'ont reconnu non coupable.

– Pour des raisons psychiatriques ?

– Oui.

– Et où se trouve Mr. Couch aujourd'hui ?

– Je crois qu'il est à Whitfield.

– Depuis combien de temps ?

– Depuis le procès, je crois.

– Je vois. Il vous arrive souvent d'admettre dans votre service des patients, et ce pendant plusieurs années, qui soient parfaitement sains d'esprit ?

Rodeheaver commençait à bouillir intérieurement. Il regarda son procureur, cet avocat du peuple, comme pour dire qu'il n'en pouvait plus, qu'il fallait arrêter ça.

Jake prit d'autres documents.

– Docteur, vous souvenez-vous du procès d'un certain Buddy Wooddall, dans le comté de Cleburne, en mai 79 ?

– Oui, bien entendu.

– Une affaire de meurtre, n'est-ce pas ?

– Oui.

– Et vous avez déclaré au procès, en tant qu'expert psychiatre, que Mr. Wooddall était sain d'esprit ?

– C'est exact.

– Y a-t-il eu des médecins qui ont témoigné en faveur de l'accusé et déclaré que le pauvre homme était un malade mental ?

– Je crois qu'il y en a eu cinq, maître Brigance.

– C'est exact, docteur. Cinq contre un. Vous souvenez-vous du verdict du jury ?

La colère et l'exaspération gagnaient le médecin coincé sur son siège des témoins. Le grand professeur qu'il était, le sage qui avait réponse à tout, commençait à perdre pied.

– Oui, je me souviens. Il a été reconnu non coupable pour des raisons psychiatriques.

– C'est étrange, vous ne trouvez pas, docteur ? Cinq contre un, et un jury qui vous désapprouve encore une fois ?

– On ne peut pas faire confiance aux jurés, lâcha-t-il malgré lui.

Il tenta de se ressaisir aussitôt et fit un grand sourire au jury.

Jake le regarda d'un air narquois, puis se tourna vers les jurés comme s'il n'en croyait pas ses oreilles. Il croisa les bras et laissa les dernières paroles du médecin pénétrer chaque juré. Il patienta un moment, puis se tourna vers le témoin et le regarda en souriant.

– Veuillez poursuivre, maître Brigance, ordonna finalement Noose.

Jake rassembla ses notes et ses papiers avec une lenteur affectée, en ne quittant pas Rodeheaver des yeux.

– Je crois que c'est suffisamment édifiant comme cela, Votre Honneur.

– Maître Buckley, désirez-vous réinterroger votre témoin ?

– Non, Votre Honneur. Le ministère public en a terminé.

Noose se tourna vers le jury.

– Mesdames et messieurs, le procès est bientôt terminé. Il n'y aura plus aucun appel de témoins. Je vais m'entretenir à présent avec les avocats de l'accusation et de la défense pour régler certains détails pratiques, avant qu'ils ne soient autorisés à faire entendre leur plaidoirie et leur réquisitoire. Nous reprendrons l'audience à 14 heures. L'intervention des deux parties durera deux heures et nous lèverons la séance à 16 heures ; vous serez alors autorisés à aller délibérer jusqu'à 18 heures. Si vous ne pouvez rendre un verdict aujourd'hui, vous serez ramenés à votre motel et vous reprendrez les délibérations demain. Il est presque

11 heures et je veux voir les avocats en chambre du conseil. L'audience est levée.

Carl Lee se pencha vers Jake et adressa pour la première fois la parole à son avocat depuis l'audience du samedi.

– Tu lui as bien rabattu son caquet, Jake.

– Tu n'as rien vu encore. Attends d'entendre ma plaidoirie.

Jake évita Harry Rex et prit la route de Karaway. Sa maison d'enfance était une ancienne ferme dans le centre-ville, entourée de chênes, d'érables et d'ormes qui apportaient de la fraîcheur même au cœur de l'été. Derrière la maison, un grand pré s'étendait sur deux cents mètres et se perdait derrière une petite colline. Un stoppeur de balles en grillage se dressait au-dessus de la mauvaise herbe, dans un coin du jardin. C'est ici que Jake avait fait ses premiers pas, ses premiers tours de roues de bicyclette, tapé pour la première fois dans un ballon ou une balle de base-ball. Sous un chêne, en bordure du pré, il y avait la tombe de trois chiens, d'un raton laveur, d'un lapin et de quelques canards. Un vieux pneu de Buick se balançait à une branche, non loin du petit cimetière.

La maison était inhabitée depuis deux mois. Le fils d'un voisin venait tondre l'herbe. Jake venait ouvrir la maison une fois par semaine. Ses parents étaient au Canada, en train de faire du camping – coutume estivale incontournable. Il regrettait leur absence.

Il ouvrit la porte et monta dans sa chambre. Elle était restée inchangée depuis son enfance. Les murs étaient couverts de posters d'équipes de football, de trophées, de casquettes de base-ball et de photos de Pete Rose, d'Archie Manning et de Hank Aaron. Une rangée de gants de base-ball étaient accrochés au-dessus de la porte du placard. Une photo de lui, en toque et robe, le jour de la remise des diplômes, se trouvait dans un cadre sur la commode. Sa mère venait faire le ménage une fois par semaine. Souvent, lorsqu'elle entrait dans sa chambre, elle s'attendait à le trouver en train de faire ses devoirs ou de classer ses images de joueurs de base-ball. Elle se mettait alors à feuilleter ses cahiers d'écolier les larmes aux yeux.

Il songea à la chambre d'Hanna, avec ses animaux en peluche et son papier peint avec maman oie et ses petits. Sa gorge se noua.

Il s'approcha de la fenêtre et se vit en train de faire de la balançoire sur le pneu, à côté des trois croix blanches sous lesquelles étaient enterrés ses chiens. Il se souvenait des funérailles, et de son père, à chaque fois, qui lui promettait de lui en acheter un autre. Il songea au chien d'Hanna et ses yeux s'embuèrent de larmes.

Le lit semblait tout petit aujourd'hui. Il retira ses chaussures et s'allongea. Un casque de football était suspendu au plafond. Huitième de finale, avec l'équipe des Mustangs de Karaway. Il avait marqué sept essais en cinq matchs. Il avait toutes les cassettes de ses matchs en bas, au salon. Son estomac se tordait douloureusement.

Il posa soigneusement ses notes sur la commode – les siennes et non celles de Lucien – et se tourna vers le miroir.

Il faisait face maintenant aux jurés. Autant aborder de front le plus gros problème, le Dr. W.T. Bass. Il présenta ses excuses. Un avocat dans une salle de tribunal, face à des jurés qu'il ne connaît pas, n'a rien d'autre à offrir que sa crédibilité. Et toute action qui nuit à celle-ci nuit à sa cause, à son client. Jamais il n'aurait appelé, à quelque procès que ce fût, un criminel pour témoigner en tant qu'expert. Il fallait le croire. Il ne savait rien de la condamnation du Dr. W.T. Bass. Il leva la main et le jura solennellement. Les psychiatres sont légion ; il aurait pu facilement en trouver un autre s'il avait été informé des démêlés de Bass avec la justice. Mais il ne le savait pas et le regrettait amèrement.

Mais quel rapport, finalement, avec son témoignage ? Il y a trente ans, il a eu une liaison avec une fille de moins de dix-huit ans au Texas. Cela veut-il dire que nous ne pouvons accorder foi à son jugement de professionnel ? Je vous conjure d'oublier la personne et de penser au médecin qu'il est. De penser à son patient, Carl Lee Hailey, qui ignorait tout du passé de Bass.

Il y avait cependant un détail que les membres du jury aimeraient sûrement connaître à propos de Bass. Quelque chose que maître Buckley n'avait pas jugé utile de mentionner lorsqu'il s'était acharné sur le médecin. La fille en question avait dix-sept ans. Elle est devenue sa femme par la suite et lui a donné un fils. Et elle attendait une petite fille lorsqu'elle et son petit garçon ont été tués dans un accident de train qui...

– Objection ! hurla Buckley. Objection, Votre Honneur. Ce sujet est hors de propos.

– Objection retenue. Maître Brigance, vous ne pouvez vous référer qu'à des faits ayant trait à l'affaire présente. Le jury est prié de ne pas tenir compte de vos dernières paroles.

Jake ignora Noose et Buckley et regarda le jury d'un air contrit.

Lorsque les récriminations cessèrent, il poursuivit son exposé. Que dire du Dr. Rodeheaver ? Avait-il lui aussi eu des relations sexuelles avec une fille de moins de dix-huit ans ? Cela semblait ridicule de se poser ce genre de questions, n'est-ce pas ? Quelle importance cela pouvait-il avoir – aujourd'hui, dans cette salle de tribunal – de savoir ce que Bass et Rodeheaver avaient bien pu faire trente ans auparavant ?

En revanche, le médecin de l'accusation avait un net penchant à déclarer les gens sains d'esprit. Voilà un spécialiste qui soignait toutes sortes de maladies mentales toute la sainte journée, mais qui ne pouvait reconnaître chez qui que ce soit le moindre déséquilibre mental lorsqu'il se retrouvait sur le banc des témoins. Ses affirmations étaient donc, pour le moins, sujettes à caution.

Les jurés l'écoutaient attentivement. Il ne jouait pas les prédicateurs, comme son adversaire. Il était simple, authentique. Il semblait fatigué, presque blessé en son for intérieur.

Lucien était à jeun. Il était assis les bras croisés et regardait les jurés, à l'exception de Sisco. Ce n'était pas la plaidoirie qu'il avait écrite, mais Jake ne s'en sortait pas mal. Cela semblait venir du cœur.

Jake demandait qu'on lui pardonne son manque d'expérience. Il n'avait pas participé à autant de procès que Mr. Buckley. S'il était encore un peu jeune, s'il avait fait quelques erreurs, il ne fallait pas que Carl Lee en supporte les conséquences. Ce n'était pas de sa faute. Il était un novice essayant de faire de son mieux face au vétéran qu'était Buckley et qui participait à des procès pour meurtre tous les mois. Il avait commis une erreur avec Bass, il en avait fait d'autres, mais il demandait au jury de ne pas lui en tenir rigueur.

Il avait une fille, le seul enfant qu'il aurait jamais. Elle avait quatre ans, presque cinq, et était le centre de toute sa vie. Elle n'était pas comme n'importe quel enfant ; c'était une fille et c'était à lui de la protéger. Il y avait entre elle et lui un lien particulier, quelque chose d'inexplicable, comme c'était toujours le cas entre un père et une fille.

Carl Lee avait une fille. Elle s'appelait Tonya. Jake tendit le doigt vers elle, assise entre sa mère et ses frères. C'était une adorable petite fille, âgée de dix ans. Et elle ne pourrait jamais avoir d'enfants. Elle ne pourrait jamais avoir de petite fille parce que...

– Objection, intervint Buckley sans élever la voix.

– Objection retenue, répondit Noose.

Jake ignora l'interruption de Buckley et se mit à parler du viol pendant un moment, expliquant ce qu'il y avait d'atroce dans ce crime. Lorsqu'il s'agissait d'un meurtre, la victime était morte et n'avait plus à supporter toute sa vie les conséquences de ce qui lui était arrivé. La famille devait surmonter sa douleur, mais pas la victime. Le viol était la pire chose qui soit. La victime passerait le restant de ses jours à essayer de comprendre, à se poser des questions ; et le pire, c'était de se dire que le violeur était en vie, qu'il pouvait un jour s'évader ou être relâché. A chaque heure, chaque minute, la victime pense au viol, assaillie de milliers de questions. Elle revit sa torture, étape par étape, minute par minute, et la douleur est toujours aussi vive.

Peut-être le crime le plus atroce de tous était-il le viol d'un enfant. Une femme victime d'un viol est en mesure de comprendre ce qui lui arrive. Certains hommes sont des monstres chargés de haine, de colère et de violence. Mais une petite fille ? Une enfant de dix ans ? Mettez-vous à la place des parents. Imaginez-vous en train d'expliquer à votre enfant pourquoi elle a été violée. Imaginez-vous en train de lui expliquer pourquoi elle ne pourra jamais avoir d'enfants.

– Objection !

– Objection retenue. Veuillez, mesdames et messieurs les jurés, ne pas tenir compte de ce qui vient d'être dit.

Jake ne laissait rien passer. Supposez que votre fille de dix ans ait été violée, que vous soyez un vétéran du Vietnam, très habitué au M-16, et que vous en ayez un dans les mains au moment où votre fille est à l'hôpital, entre la vie et la mort. Supposez que les violeurs aient été arrêtés, et que six jours plus tard vous réussissiez à les approcher à moins d'un mètre. Et que vous ayez à la main le M-16.

Qu'est-ce que vous faites ?

Maître Buckley vous a dit ce qu'il ferait, lui. Il verserait une larme pour sa fille, tendrait l'autre joue et attendrait que la justice fasse son travail. Il attendrait que les violeurs soient jugés et envoyés à Parchman, en priant le ciel pour qu'ils ne soient jamais libérés sur parole. Voilà ce qu'il ferait, et nous ne pouvons que nous incliner devant une telle grandeur d'âme. Mais que ferait n'importe quel autre père ayant deux sous de bon sens ?

Qu'est-ce qu'il ferait, lui, Jake Brigance, s'il avait un M-16 à portée de main ? Il leur ferait sauter la cervelle, voilà !

C'était aussi simple que ça. Ce n'était que justice.

Jake se tut pour boire une gorgée d'eau, puis passa la vitesse supérieur. L'air humble et contrit laissa place à l'indignation. Parlons un peu, maintenant, de Cobb et Willard. C'étaient eux la cause de tous ces malheurs. C'étaient leurs vies que l'accusation tentait de défendre. Qui se soucierait de leur mort, mis à part leurs mères ? C'étaient des violeurs d'enfants. Des trafiquants de drogue. Leur mort était-elle une si grande perte pour la société ? Le comté de Ford n'était-il pas plus en sécurité sans eux ? Ne valait-il pas mieux pour nos enfants savoir ces deux violeurs et ces deux trafiquants de drogue hors d'état de nuire ? Tous les parents devraient se sentir rassurés. Carl Lee méritait une médaille ou, du moins, un grand bravo. C'était un héros, c'étaient les propres mots du policier Looney. Il faut donner à cet homme une décoration. Et le renvoyer auprès des siens.

Il se mit à parler de Looney. Il avait une fille, lui aussi. Et une jambe en moins à cause de Carl Lee Hailey. Si quelqu'un pouvait avoir de la rancœur, réclamer vengeance, c'était bien DeWayne Looney. Mais il dit lui-même qu'il faut rendre Carl Lee à sa famille.

Jake suppliait le jury de faire preuve d'autant de mansuétude que Looney. Il le conjurait d'exaucer les vœux du policier.

Il prit ensuite un ton moins enflammé, presque

confidentiel, et annonça aux jurés qu'il avait presque terminé ; il voulait simplement les laisser partir avec une pensée en tête. Ou, mieux encore, une image : imaginez la petite Tonya étendue par terre, rouée de coups, ensanglantée, les jambes écartées, attachée à un arbre, elle sonde du regard les bois alentour. Dans un demi-coma, elle croit voir quelqu'un courir vers elle : son père – son papa arrive pour la sauver ! Au plus profond de sa détresse, le seul être à qui elle a encore la force de penser est son père. Elle l'appelle de toutes ses forces, mais ce n'est qu'une hallucination. Son père disparaît de sa vue.

Aujourd'hui, elle pense à lui aussi fort. Je vous en prie, ne la séparez pas une deuxième fois de son père. N'empêchez pas cette petite fille, au premier rang, de retrouver son père.

Laissez Carl Lee Hailey retrouver les siens.

Un silence de plomb régnait dans la salle lorsque Jake revint s'asseoir à côté de son client. Il regarda furtivement le jury et aperçut Wanda Womack essuyer une larme sur sa joue. Pour la première fois, depuis deux jours de calvaire, il sentit poindre une lueur d'espoir.

A 4 heures, Noose souhaita bonne chance au jury. Il leur demanda d'élire un président et de se mettre au travail. Ils pouvaient délibérer jusqu'à 18 heures, voire 19 heures, mais s'ils ne parvenaient pas à rendre un verdict, les délibérations reprendraient le mardi matin à 9 heures. Les jurés se levèrent et quittèrent la salle en file indienne. Une fois qu'ils eurent disparu, Noose suspendit la séance jusqu'à 18 heures et demanda aux avocats de ne pas s'éloigner ou de laisser à la greffière un numéro de téléphone où l'on pourrait les joindre.

Les spectateurs restèrent à leur place et se mirent à bavarder à voix basse. On autorisa Carl Lee à aller rejoindre sa famille au premier rang. Buckley et Musgrove allèrent patienter en chambre du conseil avec Noose. Harry Rex, Lucien et Jake retournèrent au bureau où les attendait un dîner exclusivement liquide. Personne ne prévoyait un verdict rapide. L'huissier enferma les jurés dans la salle des délibérations et ordonna aux deux jurés suppléants de s'asseoir dans le petit couloir. A l'intérieur, Barry Acker fut élu président du jury à l'unanimité. Il déposa les pièces à conviction et les instructions du juge sur une petite table dans un coin. Les jurés étaient assis autour de deux tables pliantes placées bout à bout.

– Je propose que nous fassions un vote informel, dit-il. Histoire de voir comment nous nous situons. Quelqu'un y voit-il une objection ?

Pas de réponse. Il avait sous les yeux une liste de douze noms.

– Vous pouvez voter coupable, non coupable, sans opinion ou vous abstenir. Reba Betts ?

– Sans opinion.

– Bernice Toole ?

– Coupable.

– Carol Corman ?

– Coupable.

– Donna Lou Peck ?

– Sans opinion.

– Sue Williams ?

– Je m'abstiens.

– Jo Ann Gates ?

– Coupable.

– Rita Mae Plunk ?

– Coupable.

– Frances McGowan ?

– Coupable.

– Wanda Womack ?

– Sans opinion.

– Eula Dell Yates ?

– Sans opinion pour le moment. Il faut qu'on en parle.

– C'est ce que nous allons faire. Clyde Sisco ?

– Sans opinion.

– Ça fait onze. Mon nom est Barry Acker et je vote non coupable.

Il fit les comptes pendant quelques secondes et annonça :

– Nous avons cinq coupables, cinq sans opinion, une abstention et un non coupable. Il semble que nous ayons du pain sur la planche.

Ils examinèrent les pièces à conviction, les photographies, les analyses d'empreintes digitales et les rapports balistiques. A 18 heures, ils annoncèrent au juge qu'ils n'étaient pas prêts à rendre un verdict. Ils avaient faim et étaient pressés de s'en aller. Noose suspendit la séance jusqu'au lendemain matin.

41

Les deux hommes restèrent pendant des heures sous l'auvent de la terrasse, à regarder le soir tomber sur la ville, attendant l'arrivée imminente des moustiques. La canicule était de retour. L'air moite s'accrochait à la peau et trempait les chemises. Les sons d'une nuit d'été résonnaient dans l'air au-dessus de la pelouse. Sallie proposa de leur préparer à dîner. Lucien déclina l'offre et réclama un whisky. Jake n'avait pas faim non plus, et la Coors emplissant son estomac eut tôt fait de combler tout éventuel petit creux. Quand il fit nuit et que tout fut redevenu calme sur la place, Nesbit sortit de sa voiture, traversa la terrasse et entra dans la maison. Un instant plus tard, il ressortait en claquant la porte, une bière fraîche à la main, et regagnait son véhicule garé dans l'allée. Sans un mot. Sans un regard pour eux.

Sallie passa la tête dans l'entrebâillement de la porte et leur proposa une dernière fois à manger. Les deux hommes refusèrent encore.

– Jake, j'ai eu un appel, cet après-midi. Clyde Sisco veut vingt-cinq mille dollars pour bloquer le jury et cinquante mille pour un acquittement.

Jake secoua la tête.

– Avant de dire non, écoute-moi une seconde. Il sait qu'il ne peut garantir un acquittement, mais il peut bloquer le jury sans problème. Pour vingt-cinq mille dollars. Je sais que ça fait une somme, mais tu sais que je les ai. Je peux payer et tu me rembourseras au fil des ans. De toute façon, je m'en fiche. Que tu me rembourses ou non, peu importe. J'ai un compte en banque plein. Tu sais que l'argent n'a pas de valeur pour moi. Si j'étais à ta place, je n'hésiterais pas une seconde.

– Tu es fou, Lucien.

– Bien sûr que je suis dingue. Mais toi aussi tu as pas mal perdu la boule, ces derniers temps. Les procès rendent dingue. Regarde un peu dans quel état tu es. Tu ne dors plus, tu ne manges plus, tu n'as plus d'horaires, plus de maison. Et tu picoles pas mal.

– Mais j'ai encore un reste d'éthique professionnelle.

– Et moi, pas le moindre. Pas d'éthique, pas de morale, pas de conscience. Mais j'ai gagné des procès, moi. J'en ai gagné bien plus que n'importe qui à la ronde, et tu le sais

– C'est de la corruption, Lucien.

– Et tu t'imagines que Buckley n'use pas de cette arme ? Il mentirait, tricherait, volerait père et mère pour sortir vainqueur. Il se fiche de ton éthique ridicule, de tes règles et de tes scrupules. Il ne se pose pas de cas de conscience. Une seule chose compte pour lui, une seule : la victoire ! Et tu as une occasion en or de le prendre à son propre jeu. Il ne faut pas se gêner, Jake.

– Pas question, Lucien. Je t'en prie, ne parlons plus de ça.

Ils restèrent silencieux pendant une heure. Les lumières de la ville, dans le lointain, s'éteignirent une à une. Les ronflements de Nesbit résonnaient dans la nuit. Sallie leur servit un dernier verre et leur souhaita bonne nuit.

– C'est bien ça le plus terrible, dit Lucien. Attendre que douze Américains moyens donnent une issue à tout ça.

– C'est dingue comme système, non ?

– Oui, c'est vrai. Mais ça ne marche pas si mal. Les jurés ont raison quatre-vingt-dix fois sur cent.

– Je ne me sens pas très en veine en ce moment. Et j'espère un miracle.

– Jake, mon garçon, le miracle arrivera demain.

– Demain ?

– Oui. Dès demain matin.

– Cela te dérangerait de t'expliquer ?

– Demain vers midi, Jake, il y aura dix mille Noirs pressés comme des sardines devant le palais de justice du comté. Peut-être davantage.

– Dix mille pour quoi faire ?

– Pour crier et scander : « Libérez Carl Lee ! Libérez Carl Lee ! » Pour attirer les foudres du ciel, pour faire peur aux gens, intimider les jurés. Pour foutre le bordel, quoi. Il va y avoir tant de Noirs dans la rue que les Blancs vont aller se terrer dans leur cave. Le gouverneur a fait appeler des renforts de troupes.

– Et comment tu sais tout ça ?

– Parce que c'est moi qui ai mis cette manifestation en place.

– Toi ?

– Ecoute, Jake, quand j'étais au sommet, je connaissais tous les pasteurs des quinze comtés alentour. J'allais leur rendre visite dans leurs églises. Je priais avec eux, je défilais avec eux, chantais avec eux. Ils m'envoyaient des clients, et je leur envoyais de l'argent. J'étais le seul avocat blanc de la N.A.A.C.P. dans le nord du Mississippi. J'ai poursuivi davantage de gens pour discrimination raciale que les dix cabinets de Washington réunis. C'étaient mes frères et il m'a suffi de passer quelques coups de fil. Ils vont commencer à arriver demain matin, et vers midi la place sera noire comme du goudron.

– D'où viennent tous ces gens ?

– De partout. Tu sais comme les Noirs affectionnent les marches de protestations. L'occasion est trop belle pour eux. Ils n'attendaient que ça.

– Tu es fou, Lucien. Tu es, mon ami, fou à lier.
– Oui, mais je gagne, mon pote !

Dans la chambre 163, Barry Acker et Clyde Sisco finissaient leur dernière partie de gin-rummy, et se préparaient à aller au lit. Acker rassembla un peu de monnaie et annonça qu'il voulait un soda. Sisco n'avait pas soif.

Acker passa, sur la pointe des pieds, devant le garde endormi dans le couloir. Le distributeur de boissons était hors service ; il ouvrit sans bruit la porte de l'escalier et monta à l'étage, où se trouvait un autre distributeur à côté d'une machine à glaçons. Il inséra ses pièces. Le distributeur lui rendit un Coca light. Il se pencha pour ramasser son bien.

Deux silhouettes jaillirent de la pénombre. Ils le jetèrent au sol, le rouèrent de coups de pied et le coincèrent dans un coin à côté de la machine à glace, non loin d'une porte fermée d'une chaîne cadenassée. Le plus grand saisit Acker par le col et le projeta contre le mur en ciment. Le petit se tenait à côté du distributeur de Coca et surveillait les alentours.

– C'est toi Barry Acker ? demanda le grand entre ses dents.

– Oui, c'est moi ! Foutez-moi la paix !

Acker voulut se libérer, mais son agresseur le plaqua contre le mur en le serrant à la gorge. De sa main libre, il sortit un couteau de chasse. Il enfonça la pointe dans une narine. Aussitôt, Acker cessa de gigoter.

– Ecoute-moi, ordonna-t-il en murmurant d'une voix sans appel. Et ouvre bien tes oreilles. Nous savons que tu es marié et que tu habites au 1161 Forest Drive. Nous savons que tu as trois enfants, et également dans quelle école ils vont et où ils jouent. Ta femme travaille à la banque.

Acker se liquéfia sur place.

– Si ce négro s'en sort, tu vas amèrement le regretter. Ta famille aussi. Cela pourra prendre des années, mais un jour ou l'autre tu le regretteras.

Ils le plaquèrent au sol et le saisirent par les cheveux.

– Souffle un mot de tout ça à qui que ce soit, et tu peux dire adieu à l'un de tes gosses. Compris ?

Les deux hommes disparurent. Acker se mit à respirer profondément, presque comme s'il manquait d'air. Il se frotta la gorge et la nuque, et resta assis dans l'obscurité, trop terrifié pour faire le moindre mouvement.

42

Dans les centaines d'églises noires du Nord-Mississippi, les fidèles se rassemblèrent avant l'aube et chargèrent paniers pique-nique, chaises pliantes et bonbonnes d'eau dans les cars scolaires et les camionnettes des pasteurs. Tout le monde se retrouvait et discutait du procès. Depuis des semaines, ils avaient suivi de près les rebondissements de l'affaire Hailey ; maintenant, ils passaient à l'action. Il y avait beaucoup de vieux et de retraités, mais des familles entières avaient fait également le déplacement, avec bébés et parcs *ad hoc*. Lorsque les cars furent pleins, les gens s'entassèrent dans les voitures et suivirent leurs pasteurs. Ils chantaient et priaient. Les convois se regroupaient dans les petites villes, et envahissaient les nationales encore plongées dans la nuit. Lorsque le jour pointa à l'horizon, les routes menant au comté de Ford étaient encombrées de caravanes de pèlerins.

Ils engorgèrent bientôt toutes les rues autour de la place du palais. Ils s'arrêtaient lorsqu'ils ne pouvaient plus avancer et déballaient leurs affaires.

Le gros colonel venait de terminer son petit déjeuner et se tenait dans le kiosque pour surveiller les opérations. Des centaines de cars et de voitures, klaxonnant pour la plupart, convergeaient vers le tribunal.

Les barrages bloquaient encore les accès. Il hurlait ses ordres et les soldats s'activaient. La situation s'aggravait ; à 7 heures et demie, il appela Ozzie à la rescousse et lui apprit l'invasion. Ozzie arriva immédiatement sur les lieux et partit s'entretenir avec Agee, qui lui assura qu'il s'agissait d'une marche pacifique. Une sorte d'occupation passive des lieux. Combien étaient-ils ? demanda Ozzie. Des milliers, répondit Agee. Des milliers.

Ils s'installèrent sous les chênes centenaires et arpentèrent la pelouse, inspectant les lieux. Ils déplièrent tables et chaises, montèrent les parcs pour bébés. Ils étaient effectivement très calmes jusqu'à ce que quelqu'un se mette à crier : « Libérez Carl Lee ! » Ils s'éclaircirent la gorge et reprirent en chœur le slogan. Huit heures n'avaient pas encore sonné.

Une radio noire de Memphis lança un appel dès l'aube pour aller soutenir les manifestants. Il fallait des frères pour aller défiler à Clanton. Des centaines de voitures se regroupèrent sur un boulevard de Memphis et prirent la direction du sud. Tous les militants pour les libertés civiles des Noirs et tous les politiciens noirs de la ville étaient du voyage.

Agee était déchaîné. Il lançait, tous azimuts, ses ordres dans un porte-voix. Il dirigeait les nouveaux arrivants vers la place qui leur était réservée, il coordonnait les actions des pasteurs. Il affirma à Ozzie et au colonel qu'il maîtrisait parfaitement la situation.

Tout se passa bien jusqu'à ce qu'une poignée de membres du Klan fassent leur entrée en scène. Pour la plupart des manifestants, c'était la première fois qu'ils voyaient ces robes blanches et ils réagirent violemment. Ils avancèrent vers les hommes du Klan en hurlant des injures. Les soldats s'interposèrent. Les gens du Klan étaient stupéfaits et terrorisés, ils ne répondirent pas aux insultes.

Vers 8 heures et demie, le centre-ville de Clanton était interdit à la circulation. Des voitures, des camionnettes, des cars étaient abandonnés sur les parkings et les trottoirs des quartiers résidentiels. Un flot incessant de Noirs se déversait sur la place. Il était impossible de circuler. Les rues étaient barrées. Les commerçants devaient laisser leurs voitures à des centaines de mètres de leurs boutiques. Le colonel se tenait au milieu du kiosque et se rongeait les ongles, en suppliant Ozzie de faire quelque chose. Autour de lui, des milliers de Noirs se pressaient et chantaient à l'unisson. Il ne pouvait tout de même pas arrêter tous les gens présents sur la place, rétorqua Ozzie au militaire.

Noose se gara dans une station-service à cinq cents mètres de la prison, et fit le reste du chemin à pied en compagnie d'un groupe de Noirs. Les gens se contentèrent de le regarder avec curiosité. Personne n'imaginait qu'il était un personnage clé du procès. Buckley et Musgrove laissèrent leur voiture dans une allée de la rue Adams, et partirent à pied au tribunal, agacés par ce contretemps. En passant, ils aperçurent les restes calcinés de la maison de Jake, mais s'abstinrent de faire le moindre commentaire. Ils étaient trop occupés à maudire tous ces Noirs qui encombraient la rue. Précédé par une cohorte de voitures de police, le Greyhound quitta le motel et arriva au tribunal avec vingt minutes de retard. Derrière les vitres teintées, les jurés contemplaient avec effarement la foule de carnaval qui avait envahi la place du palais.

Mr. Pate demanda le silence dans la salle bondée, et Noose souhaita la bienvenue au jury. Il s'excusa du contretemps causé par la manifestation au-dehors, et avoua son impuissance. Si les jurés n'avaient aucun problème de procédure à soumettre, ils pouvaient continuer à délibérer.

– Parfait. Vous pouvez vous retirer dans la salle

des délibérations et vous mettre au travail. Nous nous reverrons juste avant la pause déjeuner.

Les jurés quittèrent la salle d'audience. Les enfants de Carl Lee vinrent retrouver leur père à la table de la défense. Les spectateurs, maintenant à forte dominante noire, restèrent à leur place et commencèrent à bavarder. Jake retourna à son bureau.

Le président Acker s'installa au bout de la table poussiéreuse et songea aux centaines, voire aux milliers, de gens qui avaient rempli leur devoir de citoyen à cette table et rendu la justice depuis un siècle. Après ce qui s'était passé la veille au soir, il ne ressentait plus la moindre fierté à présider un jury dans une affaire de cette importance. Il se demandait combien de ses prédécesseurs avaient été menacés de mort. Pas beaucoup, sans doute, décida-t-il.

Les autres se servaient un café et prenaient lentement place autour de la table. La pièce rappelait de bons souvenirs à Clyde Sisco. Sa dernière prestation comme juré lui avait rapporté une coquette somme, et il espérait bien réitérer cet exploit en faisant rendre une nouvelle fois un verdict juste et équitable. Mais son messager ne l'avait pas encore contacté.

– Comment désirez-vous procéder ? demanda le président.

Rita Mae Plunk avait un air particulièrement revêche et sans pitié. C'était une matrone, qui vivait dans une caravane, sans mari ; elle avait deux vauriens de fils qui ne cachaient pas leur haine à l'égard de Carl Lee Hailey. Elle voulait vider son sac.

– J'ai quelques petites choses à dire, annonça-t-elle.

– Très bien. Pourquoi ne pas commencer par vous ? Et puis nous ferons un tour de table.

– J'ai voté coupable hier et je voterai coupable la prochaine fois. Il n'y a pas trente-six solutions.

Et j'aimerais bien que quelqu'un m'explique comment on pourrait voter en faveur de ce négro!

– Mesurez votre langage! lança Wanda Womack.

– Je dirai « négro » si ça me chante! Et c'est pas vous qui allez faire la loi, répliqua Rita Mae.

– Evitez d'employer ce terme, dit Frances McCowan.

– C'est une offense pour moi et les miens, dit Wanda Womack.

– Négro! Négro! Négro! hurla Rita Mae de l'autre côté de la table.

– Ça suffit! intervint Clyde Sisco.

– Calmons-nous, dit le président. Ecoutez, Miss Plunk, soyons honnêtes, d'accord? La plupart d'entre nous utilisent ce terme de temps en temps. Je sais bien que certains l'utilisent plus souvent que d'autres. Mais c'est un terme offensant pour beaucoup. Il serait donc judicieux de le bannir de notre vocabulaire le temps des débats. Nous avons assez de soucis comme ça. Pouvons-nous nous entendre sur ce point?

Tout le monde hocha la tête, à l'exception de Rita Mae.

Sue Williams décida de prendre la parole. Elle était élégante, plutôt jolie, et âgée d'environ quarante ans. Elle travaillait pour la caisse d'assurance maladie du comté.

– J'ai préféré ne pas voter hier. Je me suis abstenue. Mais je serais plutôt du côté de Mr. Hailey. J'ai une fille et, si elle se faisait violer, je suis sûre que cela me perturberait profondément. Je comprends très bien qu'un parent puisse craquer et faire une folie dans cette situation; je crois donc qu'il serait injuste de notre part de prétendre que Mr. Hailey avait tous ses esprits lorsqu'il a commis ce meurtre.

– Vous pensez qu'il n'était pas sain d'esprit? demanda Reba Betts qui s'était déclarée sans opinion la veille.

– Je ne saurais le dire, mais je crois qu'il était très perturbé. On le serait à moins.

– Alors vous croyez ce que ce pantin de médecin a déclaré ? lança Rita Mae.

– Oui. Son jugement n'est pas moins respectable que celui de l'expert de l'accusation.

– Il avait de jolies bottes en tout cas, lança Clyde Sisco, mais son trait d'humour tomba à plat.

– Il a quand même été condamné, dit Rita Mae. Il a menti et essayé de noyer le poisson. On ne peut pas croire un mot de ce qu'il a dit.

– Il a eu des relations sexuelles avec une fille de moins de dix-huit ans, dit Clyde Sisco. Si c'est un crime, une bonne part d'entre nous devraient être derrière les barreaux !

Encore une fois, personne n'apprécia son humour. Clyde décida de se faire oublier pendant un moment.

– Mais il a épousé la fille en question, précisa Donna Lou Peck, une autre sans opinion.

Ils firent un tour de table complet ; chacun exprima son point de vue et répondit aux questions. Le terme « négro » fut soigneusement évité par ceux qui voulaient une condamnation. Les deux camps se précisèrent. La majorité des sans opinion semblaient enclins à voter coupable. La préparation minutieuse de Carl Lee, sa connaissance exacte des déplacements des deux hommes, son M-16... tout semblait par trop prémédité. S'il les avait abattus en les prenant sur le fait, personne n'aurait songé à le condamner. Mais prévoir son coup avec minutie, pendant six jours, ne traduisait guère quelque déséquilibre mental.

Wanda Womack, Sue Williams et Clyde Sisco voulaient un acquittement, les autres une condamnation. Barry Acker resta très réservé.

Agee déroula une longue banderole bleu et blanc « Libérez Carl Lee ». Les pasteurs se regroupèrent derrière elle et attendirent que la procession se forme. Ils se tenaient au milieu de la rue Jackson, devant le tribunal, tandis qu'Agee hurlait ses ordres à la masse de ses ouailles. Des milliers de Noirs se pressèrent derrière leurs pasteurs. La procession se mit à descendre la rue, tourna à gauche dans la rue Caffey et remonta la place par son côté ouest. Agee marchait en tête, tandis que retentissait le classique « Libérez Carl Lee ! Libérez Carl Lee », un cri de ralliement qu'ils répétaient inlassablement en un chœur assourdissant. Au fur et à mesure que la procession faisait le tour de la place, la foule et les cris grandissaient.

Sentant les ennuis arriver, les marchands fermèrent boutique. Ils partirent se réfugier chez eux et vérifièrent que leur police d'assurance couvrait bien les dommages en cas d'émeute. Les soldats en tenu kaki étaient noyés par cette marée noire. Le colonel, dégoulinant de sueur, ordonna à ses hommes d'encercler le tribunal et de tenir leurs positions coûte que coûte. Tandis qu'Agee et les manifestants débouchaient dans la rue Washington, Ozzie partit négocier avec les gens du Klan. Il leur annonça, en toute franchise, qu'il pouvait être débordé à tout instant et qu'il ne pouvait assurer leur sécurité. Il reconnaissait le droit qu'ils avaient de manifester, mais il leur demandait de s'en aller avant que des incidents ne se produisent. Ils avaient pu faire entendre leur voix, finalement. Les gens du Klan prirent donc leurs cliques et leurs claques et disparurent sans demander leur reste.

Lorsque la banderole passa devant la salle des délibérations, les douzes jurés se précipitèrent aux fenêtres. Les clameurs faisaient vibrer les vitres. La voix amplifiée par le mégaphone retentissait au-dessus de leurs têtes. Les jurés contemplaient la foule d'un air incrédule. Toutes sortes d'écriteaux de facture artisanale se dressaient au-dessus de la masse, réclamant la libération de l'accusé.

– Je ne savais pas qu'il y avait autant de négros dans le comté, lança Rita Mae Plunk.

A cet instant précis, les onze autres se faisaient la même réflexion.

Buckley était fou de rage. Il observait la scène, avec Musgrove, depuis les fenêtres de la bibliothèque, au deuxième étage. Les clameurs avaient interrompu leur conversation.

– Je ne pensais pas que le comté de Ford comptait autant de négros, dit Musgrove.

– Ils sont bien moins nombreux que ça. Quelqu'un a fait venir ces gens d'ailleurs. Je me demande bien qui est derrière tout ça ?

– Sans doute Brigance.

– Oui, probablement. Ce n'est pas par hasard qu'ils viennent faire tout ce cirque au moment où le jury délibère. Il y a bien cinq mille négros dans la rue.

– Au moins.

Noose et Mr. Pate regardaient la manifestation depuis les fenêtres du bureau du juge. Son honneur était mécontent. Il se faisait du souci pour son Jury.

– Je ne sais pas comment ils vont pouvoir se concentrer avec tout ce raffut.

– Elle tombe à pic, cette manifestation, vous ne trouvez pas ?

– A pic, vous l'avez dit.

– Je ne savais pas qu'il y avait autant de Noirs dans le comté.

Il fallut vingt minutes à Jean Gillespie et à Mr. Pate pour trouver les avocats et rétablir le silence dans la salle d'audience. Lorsque le calme revint, les jurés reprirent leur place dans le box. Ils avaient l'air morose.

Noose s'éclaircit la gorge.

– Mesdames et messieurs, c'est l'heure du déjeuner. Je suppose que vous n'avez pas encore de verdict à nous soumettre ?

Barry Acker secoua la tête.

– Le contraire m'eût surpris. Allons déjeuner. Nous reprendrons la séance à 13 h 30. Je sais qu'il vous est impossible de quitter le palais de justice, mais j'aimerais que vous preniez le temps de manger tranquillement, sans parler de l'affaire. Je suis désolé pour tous ces désagréments, mais en toute franchise je ne vois pas ce que je pourrais y faire. L'audience est levée.

Dans le bureau du juge, Buckley tournait comme un lion en cage.

– C'est de la folie ! Comment voulez-vous que le jury travaille dans ces conditions ? C'est une tentative d'intimidation manifeste !

– Cela ne me dit rien qui vaille, dit Noose.

– Ce n'est pas un hasard ! C'est un complot ! lança Buckley.

– Je n'aime pas ça, ajouta Noose.

– Je suis presque prêt à demander l'annulation du procès !

– C'est hors de question. Et vous, Jake, qu'est-ce que vous en dites ?

Jake sourit pendant un moment et lança :

– Libérez Carl Lee.

– Très drôle, grogna Buckley. C'est vous qui êtes derrière tout ça.

– Non. Je vous rappelle, Mr. Buckley, que j'ai justement voulu éviter tout ça. Je n'ai eu de cesse de demander un renvoi dans une autre juridiction. J'ai répété que le procès ne devait pas avoir lieu à Clanton. Mais c'est vous, Buckley, qui insistiez pour qu'il ait lieu ici, et c'est vous, Votre Honneur, qui avez été sourd à mes suppliques. Il est bien temps de se lamenter. Vous avez l'air fin !

Jake était surpris par sa propre arrogance. Buckley grogna et regarda par la fenêtre.

– Regardez-les. Tous ces négros en furie ! Ils sont bien dix mille !

Pendant la pause déjeuner, les dix mille devinrent quinze mille. Des voitures arrivaient de partout, à plus de cent kilomètres à la ronde – il y avait même des plaques du Tennessee –, et se garaient sur les bas-côtés des nationales à l'entrée de la ville. Les gens faisaient quatre ou cinq kilomètres à pied sous un soleil de plomb pour rejoindre la manifestation. Agee interrompit les festivités pour aller déjeuner. La place redevint silencieuse.

Les Noirs s'installèrent paisiblement. Ils ouvrirent les glacières et les paniers pique-nique, et partagèrent leurs repas avec leurs voisins. Ils se regroupèrent à l'ombre des arbres, mais la place vint rapidement à manquer. Ils envahirent le palais de justice à la recherche d'eau fraîche et de toilettes. Ils déambulèrent sur les trottoirs, en regardant les vitrines des boutiques fermées. Redoutant des échauffourées à la vue de cette horde, le Coffee Shop et le Tea Shoppe avaient mis la clé sous la porte à l'heure du déjeuner. Devant chez Claude, une file d'attente de cent mètres s'étendait sur le trottoir.

Jake, Harry Rex et Lucien se reposaient sur le balcon et profitaient du spectacle confortablement installés. Un pichet de margarita, bien fraîche et onctueuse, venait d'être vidé. Parfois, ils participaient et criaient : « Libérez Carl Lee » ou chantonnaient *We Shall Overcome.* Seul Lucien connaissait les paroles. Il les avait apprises durant la grande époque du combat contre la ségrégation raciale, dans les années soixante. Il se vantait d'être le seul Blanc de tout le comté à connaître par cœur toutes les paroles, jusqu'au moindre couplet. Il avait rallié une église noire à l'époque, racontait-il entre deux verres, après que son église avait décidé de fermer ses portes aux Noirs. Il avait entendu, à ce sujet, un sermon de trois heures qui lui avait donné des haut-le-cœur. Il avait décidé, une fois pour toutes, que les Blancs n'étaient pas dignes d'entrer au royaume de Dieu. Il continuait, toutefois, à verser son obole.

De temps en temps, une équipe de TV s'approchait du balcon de Jake et hurlait une question. Jake faisait mine de ne pas entendre et lançait en retour : « Libérez Carl Lee. »

A 13 h 30 précises, Agee retrouva son porte-voix, déroula sa banderole, regroupa ses pasteurs et rappela ses ouailles. Il se mit à entonner de nouveau l'hymne, en hurlant dans son mégaphone, et la procession descendit la rue Jackson, obliqua dans la rue Caffey et recommença à tourner en rond autour du palais de justice. A chaque tour, les rangs grossissaient, et la clameur s'amplifiait.

Un grand silence s'installa dans la salle des délibérations après que Reba Betts, indécise la veille, eut rejoint le camp des défenseurs de Carl Lee. Si un homme l'avait violée, elle lui aurait fait sauter la cervelle à la moindre occasion. Ils étaient maintenant cinq contre cinq, et deux sans opinion. Tout compromis semblait impossible. Le président continuait de ménager les uns et les autres. La pauvre Eula Dell Yates avait dit blanc puis noir, et tout le monde savait qu'elle suivrait la majorité. Elle était partie pleurnicher à la fenêtre. Clyde Sisco la raccompagna doucement à sa place. Elle voulait rentrer chez elle. Elle avait l'impression d'être prisonnière.

Les cris et la marche portaient leurs fruits. Lorsque le mégaphone passait sous les fenêtres, la tension dans la chambre du jury atteignait un paroxysme. Acker demandait le silence, et ils attendaient nerveusement que le bruit s'estompe. Mais il restait toujours une rumeur. Carol Corman fut la première à s'inquiéter pour leur sécurité. Pour la première fois de la semaine, ils se mirent à regretter leur petit motel.

Trois heures de cris et de chants avaient fini par mettre en pièces le peu de sérénité qui leur restait. Peut-être pouvait-on cesser de parler de l'affaire, proposa le président du jury, et parler de la pluie et du beau temps jusqu'à ce que Noose vienne les libérer à 5 heures ?

Bernice Toole, un membre du camp anti-Hailey, suggéra une chose à laquelle tout le monde pensait tout bas sans oser le dire tout haut.

– Et si nous allions voir le juge pour lui annoncer que nous sommes dans une impasse ?

– Il annulera le procès, n'est-ce pas ? demanda Jo Ann Gates.

– Oui, répondit le président. Et Hailey sera rejugé dans quelques mois. Pourquoi ne pas nous donner un jour de plus, et essayer encore demain ?

Tout le monde accepta. Ils ne voulaient pas encore abandonner. Eula Dell pleurnichait dans son coin.

A 4 heures, Carl Lee et les enfants s'approchèrent d'une des grandes fenêtres le long de la façade du tribunal. Le père remarqua une petite poignée. Il tourna le bouton de cuivre et la fenêtre s'ouvrit, donnant sur un petit balcon. D'un signe de tête, il chercha l'assentiment du policier de faction et s'avança. Il tenait Tonya par la main et regarda la foule à ses pieds.

Les gens l'aperçurent. Ils se mirent à crier son nom et se précipitèrent vers lui. Agee conduisit la procession jusqu'aux marches du palais de justice. Une marée humaine se pressa sous les fenêtres, chacun jouant des coudes et des mains pour apercevoir leur idole.

– Libérez Carl Lee !

– Libérez Carl Lee !

– Libérez Carl Lee !

Il salua de la main ses fans. Il embrassa sa fille et serra ses garçons contre lui. Il salua de nouveau la foule et demanda à ses fils de faire de même.

Jake et ses acolytes profitèrent de la diversion pour traverser la rue et regagner le tribunal. Jean Gillespie venait de téléphoner. Noose voulait voir les avocats en chambre du conseil. Il ne savait plus que faire. Buckley était hors de lui.

– Je veux annuler le procès ! Je veux annuler le procès ! hurlait-il sous le nez de Noose au moment où Jake ouvrait la porte du bureau.

– Vous faites une requête, tout au plus, gouverneur, vous n'exigez rien du tout, lança Jake, l'œil vitreux.

– Allez au diable, Brigance ! C'est vous qui avez manigancé tout ça. C'est vous qui avez organisé cette émeute, qui avez rameuté tous ces négros !

– Où est le greffier ? s'enquit Jake. Je veux que ces propos soient inscrits noir sur blanc au dossier.

– Messieurs, messieurs, je vous en prie, intervint Noose. Restons professionnels.

– Votre Honneur, le ministère public demande l'annulation du procès, dit Buckley dans un langage plus protocolaire.

– Requête rejetée.

– Très bien. Dans ce cas, le ministère public demande que le jury soit autorisé à délibérer ailleurs que dans l'enceinte du palais.

– Voilà qui est plus sensé, répondit Noose.

– Pourquoi ne pourraient-ils pas délibérer dans leur motel ? C'est un endroit tranquille et peu de gens savent où il se trouve, ajouta Buckley qui reprenait confiance.

– Jake ? Qu'en pensez-vous ? demanda Noose.

– Non, c'est impossible. Vous ne pouvez, légalement, organiser des délibérations hors du palais de justice.

Jake fouilla dans ses poches et sortit plusieurs feuilles de papier qu'il lança sur le bureau du juge.

– L'Etat contre Dubose, en 1963, dans le comté de Linwood. L'air conditionné du palais de justice était tombé en panne, en pleine canicule. Le juge a autorisé le jury à délibérer dans la bibliothèque municipale. La défense a fait objection. Le jury a condamné l'accusé. En appel, la Cour suprême a déclaré que la décision du juge était illégale et qu'elle mettait en danger le secret des délibérations. La cour a rappelé que les délibérations du jury devaient avoir lieu dans le tribunal où était jugé l'accusé. Vous ne pouvez pas déplacer les jurés, Votre Honneur.

Noose examina les documents et les tendit à Musgrove.

– Allez annoncer que nous reprenons la séance, ordonna-t-il à Mr. Pate.

A l'exception des journalistes, la salle était littéralement noire de monde. Les jurés semblaient hagards et épuisés.

– J'imagine que vous n'avez pas de verdict à rendre ? demanda Noose.

– Non, Votre Honneur, répondit le président du jury.

– Je voudrais vous poser une question. Sans rien me dire de la façon dont se partagent les voix dans votre groupe, pensez-vous être dans une impasse totale ?

– Nous en avons discuté, Votre Honneur. Et nous avons décidé d'arrêter les débats pour aujourd'hui, de prendre une nuit de repos et de réessayer demain. Nous ne sommes pas prêts à abandonner.

– Voilà qui fait plaisir à entendre. Je suis désolé pour tous ces désagréments mais, encore une fois, ils sont indépendants de ma volonté. Mille pardons. Je sais que vous ferez au mieux. Vous avez d'autres questions ?

– Non, Votre Honneur.

– Parfait. La séance est levée jusqu'à 9 heures demain matin.

Carl Lee tira Jake par le bras.

– Qu'est-ce que ça veut dire ?

– Ça veut dire qu'ils sont dans une impasse. Ils peuvent être six contre six, onze contre un ou un contre onze pour te condamner ou t'acquitter. Alors ne t'excite pas.

Barry Acker prit l'huissier à part et lui donna une feuille de papier. On pouvait y lire :

Luann,
Prends les gosses et va chez ta mère. Ne dis rien à personne. Restes-y jusqu'à ce que le procès soit terminé. Fais ce que je te dis. Ça risque de tourner mal.
Barry.

– Vous pouvez remettre ça à ma femme aujourd'hui ! Notre numéro le téléphone est le 881-0774.

– Bien sûr, répondit l'huissier.

Tim Nunley, mécanicien au garage Chevrolet, ancien client de Jake et client du Coffee Shop, était assis dans le canapé de la cabane, une bière à la main. Il écoutait ses frères du Ku Klux Klan maudire les négros. De temps en temps, il les maudissait eux tout autant. Des bruits couraient depuis deux soirs. Il y avait anguille sous roche. Il tendait l'oreille.

Quand il se leva pour aller chercher une autre bière, ils lui sautèrent dessus. Trois de ses camarades le plaquèrent contre le mur et le rouèrent de coups de pied et de coups de poing. Ce fut un passage à tabac en règle. Puis ils le ficelèrent et le traînèrent sur la route de gravillons jusqu'au pré où avait eu lieu la cérémonie qui avait fait de lui un membre du Klan. Une croix y brûlait. On l'attacha à un poteau et on lui arracha ses vêtements. Il fut fouetté jusqu'à ce que ses épaules, son dos et ses jambes virent au pourpre.

Son corps avachi contre le poteau fut arrosé d'essence sous le regard d'une vingtaine de ses anciens frères, pétrifiés d'horreur. Le chef, celui qui avait le fouet, se tint à côté de lui pendant un long moment. Il prononça enfin la peine de mort et gratta une allumette.

Mickey Mouse fut réduit au silence à jamais.

Ils remballèrent leurs affaires et leurs costumes, puis rentrèrent chez eux. La plupart ne reviendraient jamais dans le comté de Ford.

43

Mercredi. Pour la première fois depuis des semaines, Jake dormit huit heures. Il s'était écroulé sur le canapé dans son bureau, et s'était réveillé à 5 heures au son des militaires qui s'affairaient, prêts au pire. Il était reposé, mais son ventre se noua à l'idée que c'était sûrement le grand jour. Il prit une douche, se rasa au rez-de-chaussée et se versa une rasade de boisson aux fruits de la passion qu'il avait achetée à l'épicerie. Il enfila le plus beau costume bleu marine de Stan Atcavage – les manches de la veste étaient un peu courtes et les épaules un peu larges, mais ce n'était pas si mal vu les circonstances. Il pensa au tas de cendres de la rue Adams puis à Carla, et son estomac se noua de nouveau. Il courut chercher les journaux.

En première page des journaux de Memphis, de Jackson et de Tupelo, il y avait des photos de Carl Lee saluant la foule du haut de son petit balcon, tenant sa fille dans ses bras. Pas un mot sur la maison de Jake. Il se sentit soulagé et soudainement affamé.

Dell le serra dans ses bras comme une mère retrouvant son enfant ; elle retira son tablier et s'assit à côté de lui dans un coin de la salle. A mesure qu'ils arrivaient, les clients venaient saluer Jake et lui taper sur l'épaule. Ils étaient contents de le revoir et ils étaient de son côté. Il avait une mine de déterré aux dires de Dell ; il commanda presque tout ce qui figurait sur la carte.

– Dis donc, Jake, tous ces Noirs vont revenir aujourd'hui ? demanda Bert West.

– C'est possible, répondit-il en tranchant son pancake.

– Il paraît qu'ils vont être encore plus nombreux aujourd'hui, dit Andy Rennick. Toutes les radios de négros du Nord-Mississippi leur demandent de descendre à Clanton.

Génial, songea Jake. Il ajouta quelques gouttes de tabasco sur ses œufs brouillés.

– Est-ce que les jurés entendent tout ce raffut ? demanda Bert.

– Bien entendu, répondit Jake. C'est pour ça qu'ils sont là. Ils ne sont pas sourds.

– Ça doit leur fiche une sacrée frousse.

Jake l'espérait bien.

– Comment va la famille ? demanda Dell discrètement.

– Bien, j'imagine. J'ai Carla au téléphone tous les soirs.

– Elle n'a pas trop peur ?

– Elle est terrifiée.

– Qu'est-ce qu'ils t'ont fait dernièrement ?

– Rien depuis dimanche.

– Carla est au courant ?

Jake avala sa bouchée et secoua la tête.

– Je m'en doutais. Mon pauvre, je te plains de tout cœur.

– Ça va aller. Qu'est-ce qu'on raconte ici ?

– On a fermé hier, à l'heure du déjeuner. Il y avait tant de Noirs dehors, on craignait une émeute. On va regarder comment ça va se passer ce matin. Il est possible que nous fermions encore à midi. S'il est condamné, Jake, qu'est-ce qui va se passer ?

– Ça risque de chauffer.

Il resta une heure dans le café et répondit aux

questions de tout le monde. Des têtes inconnues passèrent le seuil de la porte. Jake s'en alla.

Attendre, il n'y avait rien d'autre à faire. Il s'installa sur le balcon, but un café, fuma un cigare et regarda les soldats s'activer. Il songea à son petit cabinet paisible du Sud, avec une brave secrétaire et de braves clients, à ses entretiens et à ses visites dans les prisons ; à sa vie tranquille, avec une famille, une maison, la messe à l'église les dimanches matin. Il n'était pas fait pour tenir le devant de la scène.

Le premier car des églises arriva à 7 heures et demie et fut arrêté par les soldats. Les portes s'ouvrirent, et un flot de Noirs avec des chaises pliantes et des paniers de nourriture se déversa sur la chaussée et se dirigea vers la pelouse. Pendant une heure, Jake fuma en soufflant de gros nuages de fumée dans la touffeur et regarda, ravi, la place se couvrir de gens pacifiques venus montrer leur colère. Les pasteurs étaient nombreux à avoir répondu à l'appel, et dirigeaient leurs ouailles en assurant à Ozzie et au colonel qu'il s'agissait d'une manifestation non violente. Ozzie en était convaincu. Le colonel l'était un peu moins. Vers 9 heures, les rues étaient noires de monde. Quelqu'un aperçut le Greyhound. « Les voilà ! » hurla Agee dans son mégaphone. La foule se pressa au coin des rues Jackson et Quincy. Les soldats et les policiers formèrent un cordon de sécurité du véhicule jusqu'aux portes arrière du tribunal.

Eula Dell Yates pleurait sans retenue. Clyde Sisco, assis à côté de la fenêtre, lui tenait la main. Les autres regardaient avec effarement le car se frayer un chemin à travers cette marée humaine. Un couloir, hérissé de fusils, fendit la foule jusqu'au palais de justice. Ozzie monta dans le car. Nous contrôlons la situation, leur assura-t-il, haussant la voix pour se faire entendre dans le bruit ambiant. Suivez-moi et marchez aussi vite que possible.

L'huissier ferma la porte de la chambre des délibérations tandis que les jurés se regroupaient autour de la cafetière. Eula Dell s'assit dans un coin et sanglota sans bruit, sursautant à chaque fois qu'un « Libérez Carl Lee » retentissait sous les fenêtres.

– Je me fiche de ce qu'on va faire, dit-elle. Je m'en fiche éperdument. Tout ce que je veux, c'est qu'on en finisse. Je n'ai pas vu ma famille depuis une semaine, et maintenant il y a tous ces dingues dehors. Je n'ai pas dormi de la nuit. Je vais faire une dépression nerveuse. Il faut que cela se termine.

Clyde lui tendit un Kleenex et lui tapota l'épaule.

Jo Ann Gates, qui était une partisane modérée de la condamnation, était également sur le point de craquer.

– Je n'ai pas dormi non plus la nuit dernière. Je ne supporterai pas ça une journée de plus. Je veux retrouver mes gosses.

Barry Acker se tenait derrière la fenêtre et songea à l'émeute qui risquait d'éclater si Hailey était reconnu coupable. Il ne resterait plus une pierre debout, même le tribunal serait par terre. Il doutait qu'on assure leur sécurité après le verdict, en cas de condamnation. Ils ne pourraient sans doute jamais rejoindre leur car. Heureusement, sa femme et ses enfants s'étaient envolés pour l'Arkansas.

– J'ai l'impression d'être une otage, dit Bernice Toole, une partisane convaincue de la condamnation. Cette foule va mettre à sac le tribunal sitôt qu'on l'aura déclaré coupable. Je ne me sens pas rassurée.

Clyde lui tendit la boîte de Kleenex.

– Je me fiche de ce qu'on va décider, gémit de désespoir Eula Dell. Finissons-en et partons d'ici. Peu importe qu'on le condamne ou qu'on le laisse libre. Décidons-nous simplement. Je n'en peux plus.

Wanda Womack se tenait à l'extrémité de la table. Elle s'éclaircit la gorge et demanda une minute d'attention.

– J'ai une proposition à faire, annonça-t-elle, qui pourrait résoudre le problème.

Les pleurs cessèrent, et Barry Acker revint s'asseoir à la table. Tout le monde était tout ouïe.

– J'ai eu une idée hier soir, pendant que je n'arrivais pas à trouver le sommeil. J'aimerais qu'on en discute. Cela risque d'être pénible. Il faudra peut-être que vous fassiez une sorte d'examen de conscience que vous regardiez chacun au fond de vous-même. Mais je crois que c'est nécessaire. Et si chacun veut bien être honnête et jouer le jeu, je crois que nous pourrons en finir avec cette histoire avant midi.

Seules les clameurs au-dehors rompaient le silence de la salle.

– Pour l'instant, nous sommes répartis en deux groupes égaux. Nous pouvons annoncer au juge que nous sommes bloqués. Il déclarera l'annulation du procès et nous rentrerons chez nous dans la seconde. Et, dans quelques mois, toute cette histoire recommencera. Mr. Hailey sera de nouveau jugé dans le même tribunal, avec le même juge, mais avec un jury différent. Un autre jury, sélectionné parmi les habitants du comté, parmi nos amis, nos maris, nos épouses et nos proches. Des personnes en tout point semblables à nous se retrouveront autour de cette table. Ces nouveaux jurés seront confrontés au même problème, et ils ne se montreront pas plus futés que nous autres.

« Il faut prendre une décision maintenant. Il serait lâche de notre part de nous soustraire à nos responsabilités et de refiler le bébé au prochain jury. Est-ce que tout le monde est d'accord sur ce point ?

Personne ne protesta.

– Parfait. Voilà ce que je vous demande. Je veux, pendant un moment, que vous voyiez les choses comme je les vois. Je veux que vous fassiez appel à votre imagination. Je veux que vous fermiez les yeux et que vous écoutiez mes paroles, rien qu'elles seules.

Ils fermèrent tous les paupières. Ils ne risquaient rien à essayer.

Jake était allongé sur son canapé et écoutait Lucien raconter les prestigieuses carrières de son père et de son grand-père, l'histoire de leur grand cabinet et de tous les gens qu'ils avaient dépossédés de leur terre ou de leurs billets de banque.

– Avec une telle lignée, ma voie était toute tracée ! lança-t-il. Ils cherchaient le moindre pigeon pour le plumer !

Harry Rex fut pris d'un fou rire. Jake avait entendu bien des fois Lucien raconter ces anecdotes, mais il avait toujours le même plaisir à les entendre.

– Et le fils débile d'Ethel ? demanda Jake.

– Je t'interdis de parler de mon frère comme ça, protesta Lucien, c'est le plus intelligent de la famille ! Evidemment que c'est mon frère, ça ne fait pas l'ombre d'un doute. Quand Ethel a été embauchée par mon père, elle avait dix-sept ans. Ça paraît peut-être inconcevable, aujourd'hui, mais elle était tout à fait charmante à l'époque. Ethel Twitty était la pin-up du comté de Ford. Mon père était toujours en train de la tripoter. C'est difficile à croire, mais c'est pourtant la vérité.

– C'est répugnant, dit Jake.

– Elle a une ribambelle de gosses et il y en a deux qui sont mon portrait tout craché, surtout le débile. C'était très gênant à l'époque

– Comment ta mère prenait-elle la chose ? demanda Harry Rex.

– C'était une de ces vieilles femmes du Sud dont le principal souci était de fréquenter les gens de la haute société. Il n'y avait pas beaucoup de grands noms dans le coin, alors elle passait son temps à

Memphis à essayer de faire impression et de pénétrer le cercle de la haute bourgeoisie du coton. J'ai passé une bonne part de mon enfance à l'hôtel Peabody, affublé d'un col amidonné et d'un nœud papillon rouge, à jouer les enfants modèles devant les fils à papa de Memphis. Je n'aimais pas ça, et je n'aimais pas beaucoup plus ma mère. Elle était au courant pour Ethel, mais elle ne le prenait pas trop mal. Elle demandait simplement à mon vieux d'être discret et de ne pas mettre sa famille dans une situation délicate. Il a été discret et j'ai hérité d'un demi-frère débile.

– Quand est-elle morte ?

– Six mois avant que mon père ne périsse dans son accident d'avion.

– Elle est morte de quoi ? demanda Harry Rex.

– De la syphilis. Refilée par le jardinier.

– Lucien ! Arrête tes bêtises !

– Du cancer. Elle l'avait depuis trois ans, mais elle est restée très digne, jusqu'à la toute fin.

– A quel moment as-tu pris la tangente ? demanda Jake.

– Je crois que ça a commencé dès l'école primaire. Mon oncle possédait une grosse plantation au sud de la ville, et il avait plusieurs familles noires à son service. C'était au moment de la Grande Dépression. J'ai passé là-bas mon enfance, parce que mon père était trop absorbé par son travail et ma mère trop occupée à prendre le thé avec ses gens de la haute. Tous mes compagnons de jeu d'alors étaient des Noirs. J'ai été élevé par des serviteurs noirs. Mon meilleur ami s'appelait Willie Ray Wilbanks. Sans blague. Mon arrière-grand-père avait acheté son arrière-grand-père. Lorsque les esclaves furent émancipés, la plupart gardèrent le nom de ma famille. Ils n'avaient guère d'autre choix. C'est pour cette raison qu'il y a autant de Wilbanks parmi les Noirs de la région. Tous les esclaves de la région appartenaient à ma famille, et la grande majorité devint des Wilbanks.

– Il y en a quelques-uns qui doivent être de ta famille, dit Jake.

– Connaissant les joyeux lurons qu'étaient mes aïeux, on doit tous être cousins.

Le téléphone sonna. Ils se figèrent, les yeux rivés sur l'appareil. Jake se redressa et retint son souffle. Harry Rex décrocha, puis raccrocha.

– C'était un faux numéro.

Ils échangèrent un regard en souriant.

– Bon, allez. Revenons à tes premiers pas d'écolier.

– D'accord. Lorsque nous fûmes en âge d'aller à l'école, Willie Ray et ses petits camarades montèrent dans le car pour l'école réservée aux Noirs. Je sautai dans le bus à leur suite, mais le chauffeur me prit délicatement la main et me fit descendre. Je me suis mis à hurler et à pleurer, et mon oncle m'a ramené à la maison et a raconté l'événement à ma mère.

– Lucien a voulu monter dans le bus des Noirs.

Elle était horrifiée, et je reçus une bonne fessée. Mon vieux me corrigea aussi, mais il reconnut des années plus tard que c'était plutôt comique. Je suis donc allé à l'école pour les Blancs où je retrouvai mon statut de gosse de riches. Tout le monde détestait les fils de nantis, en particulier dans une bourgade misérable comme Clanton. Je n'étais pas particulièrement gentil, mais tout le monde prenait un malin plaisir à s'acharner sur moi parce que nous avions de l'argent. C'est pour cela que je n'ai aucun respect pour l'argent. Cela a été le point de départ de mon côté anticonformiste. Dès ma première année scolaire, j'ai décidé que je ne serais jamais comme ma mère qui avait toujours cet air pincé et hautain, ni comme mon vieux qui se tuait au travail. Je ne voulais pas de cette existence de merde. Je voulais profiter de la vie.

Jake s'étira et ferma les yeux.

– Nerveux ? demanda Lucien.

– J'ai hâte que ce soit fini.

Le téléphone sonna de nouveau. C'est Lucien qui décrocha. Il écouta, puis reposa l'écouteur.

– C'était Jean Gillespie. Le jury est prêt.

– Oh, mon Dieu, dit Jake en se frottant les tempes.

– Ecoute, Jake, commença à professer Lucien. Des millions de gens attendent de savoir ce qui va se passer. Reste de marbre. Tiens ta langue.

– Et moi ? gémit Harry Rex. J'ai envie de vomir et tout le monde s'en fiche.

– C'est un curieux conseil, venant de ta part, Lucien, dit Jake en boutonnant la veste de Stan.

– Avec l'expérience on apprend. Montre ta classe. Si tu gagnes, fais attention à ce que tu vas dire à la presse. Cache ta surprise et n'oublie pas de remercier le jury. Si tu perds, ne...

– Si tu perds, lança Harry Rex, prends tes jambes à ton cou et barre-toi, parce que les négros dehors vont débouler dans le tribunal.

– Je ne me sens pas très bien non plus, reconnut Jake.

Agee monta sur le perron du palais de justice et annonça que le jury était prêt à rendre son verdict. Il demanda le silence ; aussitôt la foule se tut. Les gens se dirigèrent vers les arcades de la façade, et Agee leur demanda de s'agenouiller. La foule lui obéit et se mit à prier avec ferveur. Hommes, femmes, enfants se prosternèrent devant Dieu et l'implorèrent de laisser cet homme vivre en paix. Les soldats resserrèrent les rangs et prièrent également pour que Carl Lee soit acquitté.

Ozzie et Moss Junior s'installèrent dans la salle de tribunal, tandis qu'un cordon de policiers se déployait autour du palais. Jake entra dans la salle d'audience et regarda Carl Lee assis à la table de la défense. Il jeta un coup d'œil sur le public. Beaucoup étaient en train de prier. D'autres se rongeaient les ongles. Gwen séchait ses larmes. Lester lança à Jake un regard chargé d'appréhension. Les enfants semblaient complètement terrorisés.

Noose s'installa dans son fauteuil et sa venue fit tomber un silence de mort dans la salle. Dans la rue, il n'y avait pas un bruit non plus. Vingt mille Noirs étaient agenouillés dans la rue comme des musulmans à l'heure de la prière. On aurait entendu une mouche voler, dans le tribunal comme sur la place.

– Il semblerait que le jury ait arrêté sa décision, n'est-ce pas, monsieur l'Huissier ? Avant de faire entrer les jurés dans la salle, j'ai quelques précisions à apporter. Je ne tolérerai aucune manifestation de joie ou de mécontentement, et je demanderai au shérif d'expulser tout contrevenant. Si besoin est, je ferai évacuer la salle. Monsieur l'Huissier, veuillez aller chercher les jurés.

La porte s'ouvrit et, au bout d'un moment interminable, Eula Dell Yates apparut les larmes aux yeux. Jake se prit la tête dans les mains. Carl Lee bravait du regard le portrait de Robert E. Lee qui trônait au-dessus de Noose. Les jurés s'installèrent dans le box. Ils semblaient tendus et mal à l'aise. La plupart avaient pleuré. Jake se sentit faible. Barry Acker tenait une feuille de papier sur laquelle tous les regards étaient fixés.

– Mesdames et messieurs, avez-vous un verdict à rendre devant cette cour ?

– Oui, Votre Honneur, répondit le président du jury d'une voix nerveuse et haut perchée.

– Veuillez donner votre verdict à madame la Greffière, s'il vous plaît.

Jean Gillespie prit le document et le tendit à Son Honneur qui l'étudia un long moment.

– Tout me semble en bonne et due forme, finit-il par annoncer.

Eula Dell pleurait à gros sanglots et ses reniflements résonnaient dans le silence. Jo Ann Gates et Bernice Toole s'essuyaient les yeux avec un mouchoir. Ces pleurs ne pouvaient signifier qu'une seule chose. Jake s'était juré de ne pas prêter attention à la mine des jurés avant la lecture du verdict, mais c'était au-dessus de ses forces. Lors de sa première affaire criminelle, les jurés étaient revenus prendre leur place en souriant. A cet instant, Jake avait cru avoir gagné. Quelques secondes plus tard, il comprit à ses dépens que ces sourires exprimaient la joie des jurés d'avoir mis un criminel hors d'état de nuire. Depuis lors, il s'était promis de ne plus jamais regarder le jury. Mais c'était plus fort que lui. Il aurait été pourtant bien agréable qu'on lui fasse un petit signe – un clin d'œil ou un pouce levé en signe de victoire, mais cela n'arrivait jamais.

Noose se tourna vers Carl Lee.

– Accusé, levez-vous.

Jake savait que c'était sans doute la phrase la plus terrible qu'un homme puisse entendre, mais pour l'avocat cette requête, à ce moment précis, revêtait également de terribles implications. Son client se leva, mal à l'aise, l'air misérable. Jake ferma les yeux et retint son souffle. Ses mains tremblaient et son estomac était pris dans un nœud coulant.

Noose rendit le document à Jean Gillespie.

– Veuillez lire le verdict, madame la Greffière.

Elle déplia la feuille et se tourna vers l'accusé.

– Le jury, considérant l'accusé légalement irresponsable de ses actes au moment des faits, déclare Carl Lee Hailey non coupable des crimes qui lui sont reprochés.

Carl Lee se précipita vers la rambarde. Tonya et les garçons sautèrent de leur banc pour se ruer au cou de leur père. Ce fut le délire dans la salle. Gwen poussa un cri et fondit en larmes. Elle enfouit son visage dans les bras de Lester. Les pasteurs se levèrent et brandirent les bras au ciel en hurlant : « Alléluia ! », « Louons le Seigneur ! » et « Dieu tout-puissant ! ».

Les avertissements de Noose n'avaient servi à rien. Il fit retentir son marteau sans grande conviction en lançant : « Silence, silence, ou je fais évacuer la salle. » Mais personne ne pouvait l'entendre dans le brouhaha général. Il ne semblait pas mécontent de laisser les gens exprimer leur joie.

Jake avait le vertige. Il était pâle et raide comme une statue. Son seul mouvement fut un faible sourire qu'il lança en direction du jury. Ses yeux s'embuèrent de larmes et ses lèvres se mirent à trembler, mais il se reprit, s'interdisant de se donner en spectacle. Il fit un petit signe de tête à l'intention de Jean Gillespie, qui s'était mise à pleurer, puis il se rassit à la table de la défense, incapable de faire autre chose que de hocher la tête en souriant. Du coin de l'œil, il aperçut Musgrove et Buckley qui rassemblaient leurs carnets, leurs dossiers et leurs documents si importants, pour les jeter dans leurs mallettes. Un jour on gagne, un jour on perd, c'est la vie, avait envie de leur dire Jake.

Un jeune garçon se faufila entre deux policiers et traversa la rotonde en hurlant : « Non coupable ! Non coupable ! » Il se précipita vers un petit balcon surplombant les marches du palais et cria à la foule : « Non coupable ! Non coupable ! » Un concert de vivats explosa.

– Silence ! Silence dans la salle ! hurlait Noose alors qu'un tonnerre d'applaudissements explosait à son tour derrière les fenêtres du palais.

« Silence ! Silence !

Il laissa le public donner libre cours à sa joie pendant une minute encore, puis demanda au shérif de ramener l'ordre dans la salle.

Ozzie leva les bras et prit la parole. Les applaudissements et les vivats cessèrent aussitôt. Carl Lee lâcha ses enfants et revint s'asseoir à la table de la défense. Il s'approcha de son avocat et lui passa un bras autour des épaules, pleurant et riant à la fois.

Noose lança un sourire à l'accusé.

– Mr. Hailey, vous avez été jugé par vos pairs qui vous ont reconnu non coupable. Je ne pense pas qu'il soit nécessaire de vous faire examiner par un quelconque expert pour nous assurer que vous n'êtes pas dangereux, ni que vous ayez besoin de quelque traitement psychiatrique. Vous êtes libre.

Son Honneur se tourna vers ses avocats.

– Si vous n'avez rien à ajouter, la session de cette cour d'assises est ajournée jusqu'au 15 août prochain.

Proches et amis se ruèrent sur Carl Lee, pleins d'amour. Tout le monde se tombait dans les bras. On embrassait Carl Lee, Jake, son voisin et toute la famille. Les gens pleuraient sans retenue et remerciaient le Seigneur. Jake était leur sauveur.

Les journalistes se pressèrent contre la rambarde et commencèrent leurs salves de questions. Jake leva les mains et annonça qu'il n'avait aucun commentaire à faire. Mais il tiendrait une conférence de presse dans son bureau à 14 heures.

Buckley et Musgrove sortirent par une porte dérobée. Les jurés furent reconduits dans la salle des délibérations en attendant que le car leur fasse faire leur dernier voyage jusqu'au motel. Barry Acker demanda à parler au shérif. Ozzie le retrouva dans le couloir et l'écouta attentivement. Il lui promit de l'escorter jusqu'à chez lui et d'assurer sa protection vingt-quatre heures sur vingt-quatre.

Les journalistes se ruèrent sur Carl Lee. « Je veux juste rentrer chez moi, répétait-il. Je veux juste rentrer chez moi. »

La foule était en liesse sur la pelouse. Les gens chantaient, dansaient, pleuraient, se tombaient dans les bras, se congratulaient, riaient, remerciaient Dieu. Gloire au Tout-Puissant ! Que le Ciel soit loué ! Un grand et tumultueux sabbat avait lieu sur la place. La foule se massa devant les portes du palais et attendit qu'apparaisse son héros pour lui réserver sa plus vibrante ovation.

Leur patience avait des limites. Après avoir crié pendant une demi-heure : « Carl Lee ! Carl Lee ! », leur homme apparut sur le seuil de la porte. Un tonnerre de hourras l'accueillit. Il se fraya un chemin à travers la foule, en compagnie de son avocat et de sa famille, et s'arrêta devant les marches du palais où se dressaient des centaines de microphones. Les cris et les vivats de vingt mille personnes étaient assourdissants. Il serra son avocat dans ses bras, et les deux hommes saluèrent la mer de visages hurlants de joie.

Les appels désespérés du bataillon de journalistes étaient complètement inaudibles. De temps en temps, Jake cessait de saluer la foule et hurlait qu'une conférence de presse aurait lieu à 14 heures dans son bureau.

Carl Lee prit sa femme et ses enfants dans ses bras, et toute la famille salua de nouveau la foule. Un rugissement de joie s'éleva. Jake s'esquiva et retourna dans le palais de justice, où l'attendaient Lucien et Harry Rex dans un coin, à l'écart de toute cette agitation. « Allons-nous-en ! » cria-t-il. Ils fendirent la foule et sortirent du tribunal par-derrière. Jake repéra un essaim de journalistes qui l'attendait devant la porte de son bureau.

– Où es-tu garé ? demanda-t-il à son ancien patron.

Lucien montra une petite rue sur le côté, et les trois hommes disparurent derrière le Coffee Shop.

Sallie leur apporta, sur la terrasse, des travers de porc et des beignets de tomates vertes. Lucien sortit une bonne bouteille de champagne ; il l'avait gardée spécialement pour l'occasion, jurait-il. Harry Rex mangeait avec ses doigts, rognant la viande jusqu'aux os comme s'il n'avait rien eu à se mettre sous la dent depuis un mois. Jake picorait dans son assiette, mais appréciait le champagne glacé. Au bout de deux verres, il esquissa un sourire, le regard perdu au loin. Une bouffée de bonheur l'envahit.

– Tu as l'air complètement idiot, lança Harry Rex la bouche pleine.

– Tais-toi, Harry Rex. Laisse-le savourer son heure de gloire.

– Pour la savourer, il la savoure. Regarde l'air niais qu'il a !

– Qu'est-ce que je vais dire à la presse ? demanda Jake au bout d'un moment.

– Dis-leur que tu cherches de nouveaux clients, répondit Harry Rex.

– Les clients ne vont pas manquer, dit Lucien. Ils vont faire la queue sur le trottoir pour avoir rendez-vous.

– Pourquoi as-tu refusé de parler aux journalistes dans le tribunal ? Leurs caméras et leurs magnétophones tournaient. Je leur aurais dit un petit mot, si j'avais été à ta place, dit Harry Rex.

– Ils auraient bu tes paroles comme du petit-lait ! ajouta Lucien.

– Je les ai à ma botte, dit Jake. Ils ne vont aller nulle part, ne t'en fais pas. Si on faisait payer l'entrée à la conférence de presse, on se ferait une fortune.

– Laisse-moi venir voir ça, Jake, s'il te plaît, implora Harry Rex.

44

Ils discutèrent un moment, se demandant s'ils allaient prendre la vénérable Bronco ou la Porsche déglinguée de Lucien. Jake ne voulait pas conduire. Harry Rex parla plus fort que les autres, et ils montèrent tous les trois à bord de la Bronco. Lucien se fit une place sur la banquette arrière. Jake jouait les copilotes et indiquait la route. Ils empruntèrent des petites rues et parvinrent à éviter les encombrements autour de la place. La nationale était noire de monde, et Jake fit passer la voiture par une myriade de petites routes gravillonnées. Ils retrouvèrent enfin le macadam et filèrent vers le lac.

– J'ai une question à te poser, Lucien, dit Jake.

– Vas-y.

– Et je veux la vérité.

– Vas-y.

– As-tu passé un accord avec Sisco ?

– Non, mon garçon. Tu as gagné tout seul.

– Tu le jures ?

– Devant Dieu. La main sur une pile de Bibles.

Jake préférait le croire ; il abandonna le sujet. Ils roulèrent en silence, sous un soleil de plomb, tandis que Harry Rex chantonnait avec l'autoradio. Soudain, Jake tendit le doigt en poussant un cri. Harry Rex écrasa la pédale de frein et tourna brutalement sur la gauche pour s'engager sur une nouvelle route gravillonnée.

– Où allons-nous ? demanda Lucien.

– Encore un peu de patience, on est bientôt arrivés, dit Jake en regardant s'approcher une enfilade de maisons sur la droite.

Il désigna la deuxième bâtisse de la rangée. Harry Rex s'engagea dans l'allée et se gara sous un arbre. Jake sortit de la voiture, regarda autour de lui et monta sur le perron. Il frappa à la porte-moustiquaire.

– Ouais, qu'est-ce que vous voulez ?

– Je m'appelle Jake Brigance, et...

La porte s'ouvrit, et l'homme sortit sur le seuil pour serrer la main de Jake.

– Ravi de vous connaître, Jake. Je suis Mack Loyd Crowell. Je faisais partie du jury d'accusation qui a failli ne pas inculper Hailey. Vous avez fait du bon boulot. Je suis fier de vous.

Jake serra la main de l'homme en répétant son nom. Et soudain il se souvint : Mack Loyd Crowell ! l'homme qui avait rabattu le caquet de Buckley pendant les délibérations.

– Oui, Mack Loyd, je me souviens de vous maintenant. Merci pour tout.

Jake tenta de jeter un coup d'œil à l'intérieur de la maison.

– Vous voulez voir Wanda ? demanda Crowell.

– Eh bien, oui. Je passais dans le coin, et je me suis souvenu qu'elle habitait par ici. J'avais vu son adresse sur la liste des convocations.

– C'est bien ici qu'elle habite. Et moi aussi, la plupart du temps. Nous ne sommes pas mariés, ni rien, mais nous sommes ensemble. Elle fait un petit somme. Elle est épuisée.

– Ne la réveillez pas, dit Jake.

– Elle m'a raconté ce qui s'est passé. Elle a fait ça pour vous.

– Comment ça ? Qu'est-ce qui s'est passé ?

– Elle leur a demandé de fermer les yeux et de l'écouter. Elle leur a dit d'imaginer que la gamine était blonde aux yeux bleus, que les deux violeurs étaient des Noirs, qu'ils avaient attaché son pied droit à un arbre et son pied gauche à une barrière, et qu'ils l'avaient violée à plusieurs reprises en la couvrant d'injures parce qu'elle était blanche. Elle leur a demandé d'imaginer cette petite fille gisant par terre, appelant son papa au secours, tandis qu'ils la rouaient de coups et lui brisaient les mâchoires, les dents et le nez à coups de pied. Elle leur a dit d'imaginer deux Noirs ivres morts, en train de l'asperger de bière et de lui pisser dessus. Wanda leur a demandé d'imaginer que cette pauvre victime maintenant était leur fille, leur propre enfant. Elle leur a demandé alors d'être honnêtes avec eux-mêmes et d'écrire sur un morceau de papier si, oui ou non, ils n'iraient pas tuer ces deux sales Noirs à la moindre occasion. Tout le monde a voté à bulletin secret. Les douze ont été du même avis. Oui, il fallait les tuer. Le président a compté les voix. Douze à zéro. Wanda a annoncé qu'elle ne bougerait pas de sa position – ils pouvaient discuter jusqu'à Noël s'ils le voulaient, elle ne voterait jamais coupable, et que tous devaient être de son avis, s'ils étaient honnêtes. Dix jurés étaient d'accord, mais une femme refusait de céder. Alors il y a eu des cris, des insultes, tant et si bien qu'elle a fini par craquer. Cela a été sanglant, vous savez, Jake.

Jake écoutait de toutes ses oreilles, en retenant sa respiration. Il entendit du bruit. Wanda Womack apparut derrière la moustiquaire. Elle lui sourit, les larmes aux yeux. Il la regarda fixement sans pourvoir dire un mot. Il se mordit la lèvre et hocha la tête.

– Merci, parvint-il à articuler.

Elle s'essuya les yeux et le remercia d'un signe de tête.

Sur Craft Road, des centaines de voitures étaient garées sur les bas-côtés, aux alentours de la maison des Hailey. La longue pelouse frontale était encombrée de véhicules, d'enfants en train de jouer et de parents assis à l'ombre des arbres ou sur les capots des voitures. Harry Rex se gara dans le fossé, à côté de la boîte aux lettres. La foule accourut pour accueillir l'avocat de Carl Lee. Lester le prit dans ses bras et lança :

– Tu as encore réussi ! Tu as encore réussi !

On lui serra la main, on lui donna des tapes amicales dans le dos tout le long du chemin jusqu'à la terrasse. Agee le serra à son tour dans ses bras et loua le Seigneur. Carl Lee se leva de la balancelle et descendit les marches du perron, suivi par sa famille et ses admirateurs. On se pressa autour de Jake, tandis que les deux héros du jour se regardaient les yeux dans les yeux. Ils se serrèrent la main en se souriant, chacun cherchant ses mots. Puis ils tombèrent dans les bras l'un de l'autre. La foule applaudit et poussa des hourras.

– Merci, Jake, dit doucement Carl Lee.

L'avocat et son client s'installèrent dans la balancelle et répondirent aux questions qu'on leur posa sur le procès. Lucien et Harry Rex rejoignirent Lester et quelques amis sous un arbre, pour trinquer à la victoire. Tonya gambadait dans le jardin avec une centaine d'autres enfants.

A 2 heures et demie, Jake s'assit derrière son bureau et appela Carla pour lui annoncer la nouvelle. Harry Rex et Lucien finirent le pichet de margarita ; ils étaient déjà ivres. Jake but du café et annonça à sa femme qu'il quitterait Memphis dans trois heures et serait en Caroline du Nord vers 22 heures. Oui, il allait bien. Tout allait bien. C'était fini. Des dizaines de journalistes se pressaient dans la salle de réunion – si elle ne le croyait pas, il lui suffisait de regarder les infos ce soir à la TV. Jake comptait parler quelques petites minutes aux journalistes, puis prendre la route de Memphis. Il lui dit qu'il l'aimait, qu'il avait envie d'elle et qu'il serait bientôt à ses côtés. Il raccrocha.

Demain, il appellerait Ellen.

– Pourquoi tu t'en vas aujourd'hui ? demanda Lucien.

– Tu es fou, Jake, complètement fou. Tu as des centaines de journalistes à tes pieds, et tu plies bagage. Tu es fou à lier, grogna Harry Rex.

Jake se leva.

– De quoi j'ai l'air, les gars ?

– D'un crétin si tu quittes la ville, lança Harry Rex.

– Reste dans le coin encore un jour ou deux, insista Lucien. C'est une chance qui ne se reproduira pas deux fois. Reste, Jake, je t'en prie.

– Pas de panique, les gars. Je vais aller les retrouver, les laisser me tirer le portrait et répondre à quelques-unes de leurs questions stupides, et puis « au revoir tout le monde ».

– Tu es dingue, Jake, dit Harry Rex.

– Je suis d'accord avec lui, dit Lucien.

Jake se regarda dans la glace, ajusta le nœud de la cravate de Stan et lança un sourire à ses amis.

– Je vous remercie, les gars, pour tout, vraiment. J'ai touché neuf cents dollars pour ce procès, et je compte les partager avec vous.

Ils se versèrent un dernier verre de margarita, l'avalèrent d'un trait et suivirent Jake Brigance qui descendait l'escalier pour affronter les journalistes.

" Caprice de milliardaire "

Le testament

John Grisham

Avant de se suicider, le magnat de la finance Troy Phelan orchestre le dernier de ses caprices : il dépossède ses trois ex-femmes et leurs enfants respectifs pour faire de sa fille illégitime, Rachel, inconnue de tous, sa seule héritière. Josh Stafford, son exécuteur testamentaire, dispose de peu d'éléments pour retrouver la trace de Rachel : il sait seulement qu'elle est médecin missionnaire auprès d'une tribu indienne dans le Pantanal, immense jungle marécageuse qui sépare la Bolivie du Brésil. Dans l'impossibilité de la rejoindre lui-même, il envoie son associé, un alcoolique suicidaire, à sa recherche. Nate n'a qu'un mois pour retrouver la riche héritière, mais son expédition tourne au cauchemar...

(Pocket n° 11258)

" Le revers de la médaille "

La loi du plus faible

John Grisham

Ambitieux, talentueux et riche, Michael travaille pour le célèbre cabinet juridique Drake & Sweeney. Sa seule préoccupation est de faire prospérer ses patrons et collègues. Mais sa vie bascule lorsqu'un SDF désespéré prend en otages les membres du cabinet avant d'être abattu par les forces de police. Intrigué, Michael enquête et découvre que le pauvre hère avait été expulsé de son logement par Drake & Sweeney. Peu à peu, le jeune loup se trouve confronté à la face cachée de l'Amérique prospère.

(Pocket n° 11157)

" Jeux de vilains "

Le maître du jeu

John Grisham

Un procès retentissant oppose Céleste Wood, la veuve d'un ancien fumeur, aux puissantes compagnies de tabac américaines. Pots-de-vin, menaces auprès des jurés : la défense ne recule devant rien, car les enjeux financiers sont colossaux. Dans cette lutte du pot de terre contre le pot de fer, un élément vient fausser la donne : il est avocat ; il s'appelle Nicholas Easter. Il est le véritable maître du jeu.

(Pocket n° 10287)

www.pocket.fr
Le site qui se lit comme un bon livre
Informer
Toute l'actualité de Pocket, les dernières parutions collection par collection, les auteurs, des articles, des interviews, des exclusivités.
Découvrir
Des 1ers chapitres et extraits à lire.
Choisissez vos livres selon vos envies :
thriller, policier, roman, terroir, science-fiction...
POCKET
Il y a toujours un Pocket à découvrir sur www.pocket.fr

Achevé d'imprimer sur les presses de

BUSSIÈRE

GROUPE CPI

à Saint-Amand-Montrond (Cher)
en juin 2005

POCKET - 12, avenue d'Italie - 75627 Paris Cedex 13
Tél. : 01-44-16-05-00

— N° d'imp. : 51702. —
Dépôt légal : mai 1996.
Suite du premier tirage : juillet 2005.

Imprimé en France